The Mystery Collection

BEHIND CLOSED DOORS

そのドアの向こうで

シャノン・マッケナ／中西和美 訳

二見文庫

BEHIND CLOSED DOORS

by

Shannon McKenna

Japanese language paperback rights arranged with

Kensington Books, an imprint of

Kensington Publishing, New York

そのドアの向こうで

主要登場人物

ロレイン(レイン)・キャメロン……本編の主人公。〈レイザー貿易〉秘書
ヴィクター・レイザー……レインのおじ。〈レイザー貿易〉社長
セス・マッケイ……セキュリティ・コンサルタント
コナー・マクラウド……FBI捜査官
デイビー・マクラウド……コナーの兄
ショーン・マクラウド……コナーの弟
エドワード・リッグズ
ビル・ヘイリー
……FBI捜査官
セリーナ・フィッシャー……医師
アリックス・キャメロン……レインの母親
ピーター・マラット・レイザー……レインの父親
ベリンダ・コラソン……殺されたスーパーモデル
カート・ノヴァク……ヴィクターのクライアント
マーラ……ヴィクターの部下
ハンク・イェーツ……セスの恩人。引退した警官
ジェシー・カヒル……セスの弟でコナーの元パートナー

プロローグ

その夢は、いつも同じだった。

父親のヨットがゆっくり岸を離れていく。雲がじょじょに黒くなる。暗い海面に突風が吹きつけて波頭が白く砕け、彼女の足元に白い泡が打ち寄せている。みぞおちにずっしりと恐怖を感じる。冷たい石のような恐怖。ヨットはどんどん離れていく。稲妻が光る。雷鳴。すると、彼女は父親と一緒に背の高い黒い大理石のオベリスクの前に立っている。父親の腕が肩にまわされ、ハンサムな顔は青ざめて気味が悪い。父親がオベリスクを指差す。彼女はそれが墓石だと気づく。

ぞっとするような恐怖が体を駆けぬける。父親の墓石。

彼女は父親の名前と生没年月日を読もうとかがみこむ。大理石に彫られた溝は、濡れて黒ずんでいるように見える。濡れているだけではない。黒っぽい液体がしたたり落ちている。にじみだした液体は、深紅の細長いヘビのように大理石の表面を流れ落ちている。血。

恐怖にかられて父親を振り返る。だが、それはもう父親ではない。おじのヴィクターになっている。金属的な銀灰色の冷たい眼、不自然に尖っているように見える白い歯。ヴィクターはがっしりした筋肉質の腕を彼女の肩にまわし、肺が破裂しそうなほど締めつけてくる。

彼女はあえぎながら眼を覚ました。ひりひりする喉に悲鳴を詰まらせ、血走った眼で暗闇を見つめる。息をしようと、激しい鼓動を鎮めようとしながら。

この夢のせいで正気を失うまで、あとどのくらいかかるのだろう。

1

午後九時四十五分。ほぼ定刻

暗い部屋でモニターが気味の悪いブルーに光っている。だが、ビデオモニターをモザイクのようにおおっているいくつものウィンドウは、どれも頑《かたく》ななまでに黒いままだ。セス・マッケイはちらりと腕時計に眼をやり、いらいらとデスクを指でたたいた。彼女のスケジュールは決して変わらない。いつ帰宅してもおかしくない。

もっと重要な仕事がある。フィルターをかけられるのを待つ音声や映像は山とあり、たとえカーン特製のデジタル信号フィルターを使っても、すべてを解析し終えるには時間がかかる。せめて発信機《ビーコン》ディスプレイを監視するか、ほかの監視地点をチェックしているべきだ。少なくとも、こんなことをしているべきではない。

にもかかわらず、彼は体内でざわつく熱い興奮に合理的な説明をつけようとしながら、モニターを見つめていた。彼女を撮ったデジタルビデオなら何百時間分もあるが、それではだめだ。彼には生《なま》の彼女が必要だった。リアルタイムの彼女が。

麻薬中毒者に麻薬が必要なように。

セスは頭をかすめるそんな思いに毒づいた。ばかばかしい。おれに必要なものなどない。いまはもう。ジェシーが死んだとき、おれは生まれ変わったのだ。サイボーグのように冷静で超然としている。心拍数が変化することも、手のひらが汗ばむこともない。目的ははっきりしている。それは導きの星のように、彼の内なる世界の暗闇で煌々《こうこう》と光を放っていた。十カ月前にヴィクター・レイザーとカート・ノヴァクに弟のジェシーを殺されて以来、ふたりの殺害計画だけがセスの唯一の関心事になっていた。その計画に、驚異的なまでに一心に集中していたのだ――三週間前までは。

もうすぐ眼の前のモニターに映っている部屋へ女が入ってくる。その女は彼のふたつめの関心事になっていた。

ガレージを監視している光と動きを感知するカメラがまたたき、息を吹き返した。セスはいっきに高まる鼓動を無視するよう努めながら、ちらりと腕時計を見た。九時五十一分。彼女は午前七時からずっとオフィスにいた。当然ながらレイザー貿易のオフィスに設置したカメラでも彼女を監視していたが、それとこれとは別物だ。セスは彼女をひとり占めするのが好きだった。

車が停まり、ヘッドライトが消えた。彼女は長いあいだ前かがみで車内に留まっており、カメラのスイッチが自動的に切れて画面が暗くなった。セスは歯噛みして毒づき、設定《デフォルト》を三分から十分にプログラムしなおすよう心に留めながら、赤外線モードを起動するコマンドを打ちこんだ。この世のものならぬ緑色にぼうっと光る彼女の姿が現われた。彼女はさらに二分間暗いガレージをぼんやりと見つめてから、ようやく車を降りた。

彼女が玄関の鍵をあけてキッチンへ移動するに従って、忠実に次の二台のカメラのスイッチが入る。彼女はグラスに水をくむとべっこう縁の眼鏡をはずし、バランスを崩さないようにシンクをつかんで両眼をこすった。頭をうしろに傾けて水を飲む。ほっそりした白い喉がむきだしになった。

きっと強い女に見えるようにあの眼鏡をかけているのだろう。大きな勘違いだ。レンジの時計に隠したカメラが、青白い顔と頑固そうな顎《あご》、眼の下の隈《くま》を映しだしている。プリンセスは眼をアップにした。翼のようにまっすぐな眉とカールした睫毛が、色の薄い肌を背景にはっとするほど黒々と見える。輝くブロンドは間違いなく本物だが、そうと知らなければブリーチしたものと思っただろう。彼女は眼を閉じた。睫毛が繊細にカーブする頬骨に影を落としている。マスカラがにじんでいた。疲れているようだ。

レイザーの新しいセックスのお相手でいるのは、予想以上に骨が折れるに違いない。彼女はどれほどレイザーに関わっているのだろう。離れられないほど深く関わっているのだろうか。レイザーに関わった者の多くが、早い段階で深みにはまっていることに気づく。もちろん、そのときはもう手遅れだ。

彼女の監視に客観的な理由などない。職員ファイルをハッキングしたので、一カ月前に秘書としてレイザー貿易に雇われたことはわかっている。レイザーの元愛人の家に住んでいなければ、関心を向けることなどなかっただろう。この家へのレイザーの訪問は監視する必要があり、その監視は数カ月前からつづいている。

だが、レイザーは一度もこの女を訪ねていない。少なくともいまのところは。彼女は食べ物や雑貨を買ったり、服を受け取るためにクリーニング店に寄るだけで、毎晩オフィスからまっすぐ帰宅する。車に設置した送受信機《トランスポンダー》で、彼女が決してルートを変えないことはわかっていた。毎週母親にかける電話からは、母親が娘の転職についてなにも知らないことがわかったただけで、それは充分理解できることだった。卑劣な金持ちの犯罪者のお楽しみのために囲われた若い女が、家族に知られないようにするのは当然だ。彼女はシアトルにひとりも知りあいがいないし、どこへも外出せず、わかっているかぎり社交生活はゼロだ。

まるでセスのように。

彼女の大きな不安げな瞳は銀灰色で、虹彩はインディゴブルーで縁取られている。セスは拡大した映像を見つめ、胸騒ぎを覚えた。彼女は……くそっ、〝魅力的〟という言葉が心に浮かび、顔をしかめる。誰かをひそかに監視しても道徳的呵責《かしゃく》を感じたことなど一度もなかった。漫画を読む子どもだったころ、彼は迷うことなく自分のスーパーヒーローとして突然変異体を選んだ。ヒーローのX線の眼はなににも勝る。それは彼のように偏執的な者にとって完璧な突然変異だった。知識は力であり、力はよいことだ。彼はその哲学に基づいて大きな利益をあげるビジネスを築きあげた。ジェシーにはそのことでからかわれたものだ。

セスは心が疼《うず》く前に、素早くジェシーの思い出を払いのけた。

自分は冷静で超然としていなければならない。サイボーグ。漫画のスーパーヒーローは、そう呼ばれていた。彼は古い漫画に出てくる、そういった突然変異の男たちが好きだった。彼らはみな苦しみを抱え、抑圧され疎外されていた。その気持ちをセスは理解できた。

以前は、氷のように冷静にモンセラー——レイザーの元愛人——を監視していた。レイザーとベッドで悶《もだ》える彼女を見つめていても心を動かされることはなく、わずかに嫌悪感すら抱いた。良心の呵責を感じたことなど一度もなかった。

だが、モンセラーはプロだった。しなやかで計算ずくのボディランゲージを見ればそれは明らかだ。彼女はつねに仮面をかぶっていた。レイザーと寝るときも、ひとりでいるときも。このブロンドは仮面などかぶっていない。彼女は無抵抗で無防備で柔らかい。まるでホイップクリームのように、バターのように、シルクのように。

そのせいで、彼女を監視していると薄汚いことをしているような気がした。あまりになじみのない感情だったので、そうとわかるまで数日かかった。厄介なことに、薄汚く感じれば感じるほど、監視をやめられなくなった。彼女を救わなければならないという気持ちを、振り払いたくてたまらなかった。そもそも自分は白馬の騎士タイプではない。それに、おれにはジェシーの復讐がある。それだけでも責務は充分だ。

彼女がこれほど美しくなければよかったのに。それが心をかき乱す。

精神科医なら彼の病的執着を説明できるだろう――いわく、〝彼女がおとぎ話のプリンセスのように見えるために、自分の恵まれない幼少期を投影しているのだ。子どものころ、彼は数えきれないほど漫画を読んでいた。彼はストレスを感じ、ふさぎこみ、なにかに取りつかれており、現実に対して異質な認識を持っていて……〟などなど。この女のみごとな肉体は、セスに現実感を見失わせ、彼の麻痺《まひ》したリビドーをいっきによみがえらせた。

寝室のペンダントライトの、黒いすかし細工の内側に設置したカラーカメラの視界に、彼女は疲れたようすで入ってきた。そのライトはモンセラーが置いていったものだ。前の愛人は突然出ていき、この家を飾るために自分が購入したものすら荷造りする余裕がなかった。

一方、ブロンドはこの家に自分のものをひとつも持ってこなかったし、もとからあるものを移動しようともせず、それは好都合だった。カメラは衣装だんすの上の鏡が映る場所にあり、セスのお気に入りの場面が細部までよく見えた。彼はかすかな良心の呵責を無視しながら映像を拡大し、画面全体まで広げた。なにを置いてもこの場面を見逃すわけにはいかない。

彼女はジャケットを脱ぎ、スカートに手をかけた。コルビット社の最新型カラーカメラの息を呑むほどすばらしい解像度のおかげで、クリーム色からピンク、そして深紅へと変わる完璧な肌のグラデーションまではっきりと見える。このデータを処理するにはコンピュータの容量を余分に食うが、それも惜しくない。彼女はスーツをハンガーにかけた。ブラウスのすそがめくれ、丸いヒップの膨らみにフィットしたシンプルなコットンのパンティがむきだしになっている。彼女の手順は古いテレビ番組の冒頭に流れるクレジットのように熟知しているが、それでも細かいところまで見ずにはいられない。セスは彼女の気取らない態度に魅了されていた。彼が知っている美しい女の多くは、架空のカメラに向かって絶えず演技していた。自分が美しいことを確認するために、歩いている最中もなにかに映る自分をすべてチェックする。だがこの夢見るような瞳をした女は、そんなことには気づいていないか、気にしていないようだった。

彼女はストッキングを脱いで部屋の隅に放り投げると、いつもどおり無邪気でぎこちないストリップショーをはじめた。さっさとしろと怒鳴ってやりたくなるほど、ぐずぐずとカフスをいじくりまわす。それから、別世界でも見ているように鏡をのぞきこみながら、スタンドカラーのブラウスの喉元にあるボタンをもたもたとはずす。

ようやく体をくねらせてブラウスを脱いだ瞬間、セスは息を吸いこんだ。ふっくらした豊かな胸が、白いアンダーワイヤブラにしっかり収まっている。金持ちのおもちゃが身につけるような、ちっぽけでセクシーな下着ではない。地味な太い肩ひもがつき、実用的で飾り気がない——そこからわずかにのぞいている谷間は、見たことがないほどセクシーだ。

彼女がブラウスのわきのにおいを入念にかいでいるのを見て、彼はにやりとした。優美で大理石のように白い体が汗をかくとは考えにくいが、自分なら彼女に汗をかかせることができる。おれの下に裸で横たわれば、突かれるたびに汗をかきながらしきりに腰を突きだすだろう。あるいは、両脚を大きく開いておれにまたがり、下から突きあげられるたびにあの豊満な乳房を手のなかではずませて。おれなら、あの象牙のような肌を野バラのピンクに染めることができる。彼女の頬や喉にもつれた巻き毛がまとわりつく。全身ずぶ濡れにしてやる。熱く、甘く、すべりやすくなったあらゆる場所を。

セスはうめきながらほてった顔を手でぬぐった。レイザーのおもちゃを相手に、よくあるちょっとした勃起以上のものを感じている場合ではない。こんなことはばかげてるし、やめなければならない。

だが、彼女は髪をいじりはじめていた。くそっ、おれが大好きなところだ。

彼女はドレッサーの上にある陶器の皿に次々とピンを置き、うなじでまとめた髪からブロンドの太い三つ編みをほどいた。三つ編みをほぐして頭を振ると、腰のくぼみの下まで波打つように髪が落ち、きらきらと輝く細い毛先が丸いヒップをそっと撫《な》でた。手を背中にまわしてブラのホックをはずすのを見て、セスは低いうめき声を漏らした。先端に淡いピンク色の乳首がついた官能的な乳房を見つめていると、手がぞくぞくした。張りのある締まったバラ色の乳房が、自分の指や手のひら、ほてった顔や唇にあたる感触を想像する。

彼女がパンティを脱ぐと、ふたたび心臓が高鳴りだした。肩と首をまわして背中を反らし、ひとりきりで裸でいる自由な感覚を楽しんでいる。仮面をかぶっていない姿。ホイップクリームとバターとシルク。

軽やかにカールした金色の体毛は、均整のとれた太腿のあいだの影を隠しきれてはいない。あの巻き毛に顔を押しあてて温かな女性の香りを吸いこみ、彼女が悦びで気を失うまで舐《な》め、吸いたかった。映像と音声では足りない。もっとデータが欲しい。感触、におい、味。それが欲しくてたまらない。

やがて、彼女は毎回彼を腰砕けにするポーズを取りはじめた。腰から上体を曲げて髪を前に振りだし、背中を丸めて波打つ髪を指で梳《す》く。カメラと鏡の配置のおかげで、柔らかな曲線を描く太腿となめらかなヒップの丸み、そのあいだでそそるように影を落とす深みという、すばらしいながめが見えた。

そのながめは、死人をよみがえらせるに充分だ。

ジェシー。ふいにずきりと心が痛んだ。

彼はモニターから顔をそむけ、焼けるような痛みをこらえて息をしようと努めた。負けてはならない。悲嘆のせいで意志を鈍らせるわけにはいかない。逆に、決意を固めるためにそれを利用しろ。唯一の目的に向けて全身全霊を捧げる禍根の道具になるのだ。彼は残りのショーから視線をそらすことで自分に罰を与えた。つらい記憶が牙を食いこませてくる前に押しのけるすべなら、すっかり身についている。だが、このブロンドはそんな集中力も吹き飛ばしてしまう。自分が生きている理由を思いだせ――ノヴァクに接触するまで、裏切り者のレイザーを監視するんだ。そうなったら、狩りのシーズンがはじまる。復讐のときが。

ふたたびモニターに視線を戻すのを自分に許したとき、ブロンドはゆったりしたフリースのスウェットスーツを着て、コンピュータにログオンしていた。セスはコンピュータとモニターがならんだ別の列に駆け寄り、彼女の電子メール周波ノイズをとらえるために設置しておいた隠しアンテナを起動した。モニター上にあるものを解読・復元するデータ処理システムにノイズを通し、メールを傍受する。メールはバルセロナのファン・カルロスに宛てたものだった。彼女は半ダースもの異なる言語を繰るが、このメールはスペイン語だったので、ロサンジェルスのスラム街で育ったセスにも理解できた。〝お元気ですか。わたしは一生懸命働いてるわ。マルセルとフランコの赤ちゃんは元気？　マドリッドでの仕事の面接はうまくいった？〟どれも他愛のない内容だ。彼女は寂しそうだった。ファン・カルロスは彼女とどういう関係なのだろう。おそらく元恋人。彼女は頻繁に彼にメールを出しているようだ。

　この男の背景調査でもしてやろうかと考えていたとき、首すじに冷たい風が触れた。セスはデスクからシグ・ザウエルP２２８をつかみ、さっと振り向いた。

　コナー・マクラウド。セスの共謀者であり、実にいらいらさせられる男。コナーはジェシーの親友で、ジェシーが〝洞窟《ケイブ》〟と呼んでいたFBIの秘密特別捜査班で彼のパートナーだった。アラームが作動しなかったのも無理はない。コナーはアラームをすりぬけたのだ。こそこそした野郎だ。不自由な脚と杖にもかかわらず、幽霊にように移動する。

　セスは拳銃を置き、肺からゆっくりと息を吐きだした。「おれに忍び寄るんじゃない、マクラウド。殺されるぞ」

　コナーの鋭い緑色の瞳は素早く部屋を見まわし、細かいことまですべて見て取った。「まあ落ちつけよ。コーヒーを持ってきたんだが、どうやら飲まないほうがよさそうだな」

　セスはつかのま、コナーの眼を通して薄汚い部屋をながめた。散乱したビール瓶とテイクアウトの容器が、埃《ほこり》だらけのもつれたケーブルや電気機器の上に散らかっている。このアパートは日増しにむさくるしくなり、においもひどくなっている。

　だが、それがなんだというのだ？　ここは一時的な住まいにすぎない。彼はコーヒーをつかんで蓋《ふた》を開け、ひと口飲んだ。

「礼にはおよばないよ」コナーが皮肉をつぶやいた。「次はカモミールティーを持ってくる。それと抗鬱剤《こううつ》もな」

「誰にも尾行されなかっただろうな？」

　コナーは腰をおろしてモニターをのぞきこんだ。質問に答える気はないらしい。「ふむ。もしこれがバービー人形のドリームハウスじゃなかったら」彼は言った。「彼女が本物のブロンドだってことにいくら賭ける？」

「おれの仕事によけいな口を出すな」セスはぴしゃりとはねつけた。

　コナーのほっそりした顔に凄みのある表情が浮かんだ。「ケイブの人間は、誰もあんたのことを知らないんだ、マッケイ。これからも知ることはない。そして、あんたの仕事はおれの仕事でもある」

　その悪意のない言葉には、返答のしようがなかった。セスは口を閉ざし、相手が居心地悪く感じるか、退屈して帰る気になればいいと思いながらようすをうかがった。

そんな幸運には恵まれなかった。刻々と秒針が進んでいく。それが数分になった。コナー・マクラウドはこちらを見つめたまま、辛抱強く待っている。

セスはため息をついて観念した。「なにか用か?」不承不承尋ねる。

コナーは片方の眉をあげた。「最後に連絡をもらってからしばらくたつからな。あんたがどうしてるかと思っただけさ。レイザーの新しい娼婦でマスをかいてる以外にな」

「減らず口をたたくな」セスはプリントボタンを押し、ファン・カルロス宛てのメールが吐きだされるのを待った。ファイルに手を伸ばしたところで、コナーがさっと取りあげた。

「見せてみろ。ロレイン・キャメロン、アメリカ人、コーネル大学の学位、主席で卒業。これはこれは、おりこうなお嬢さんじゃないか。六種類の言語に精通? 求職のときは自分のキャリアを偽ったようだな。ふーむ。たぶんレイザーは彼女のおっぱいを見て、気にしないことにしたんだろう。ところで、彼女のおっぱいはどうだ?」

「いい加減にしろ」セスはうなるように言った。

「落ちつけよ」とコナー。「いいか、おれはこのベイビーが現われたとき、あんたにとってはジェシー以外にも考えることができてよかったと思ってたんだ。だが手がつけられない状態だな。あんたは取りつかれてる」

「通俗心理学のたわごとは勘弁してくれ」

「あんたはいまにも爆発しそうな爆弾だ。そうだろうがおれはかまわない。だが、おれとおれの兄弟を道連れにするのはやめてくれ」コナーは色の濃いぼさぼさの金髪をかきあげ、不安げに額をこすった。「あんたは巻きすぎたぜんまいと同じだ、マッケイ。そういったものがどうなるか、おれは見たことがある。男があんたみたいな顔つきをすると、そのうちドジを踏んで、ひどい死に方をすることになるんだ」

セスは無関心な表情に戻るよう自分に言い聞かせた。「心配するな」嚙みしめた歯のあいだから言う。「ノヴァクを巣穴から追いだすまでは、爆発しないと約束する。そのあとは、どうなろうが知ったこっちゃない。そうしたいなら、おれを精神病院の隔離病室に閉じこめておけばいい。おれはいっこうにかまわない」

「そういう態度は感心できないな、マッケイ」

「おれは生まれつき態度が悪いんだよ」セスはブロンドのファイルをコナーの手からひったくり、ファン・カルロス宛てのメールを押しこんだ。「むきになるな。そして、おれの領分に首を突っこむな」

「ばか言うな」コナーは言った。「おれが必要なのはわかっているはずだ。この仕事をするために必要なコネを持っているのは、おれだ」

セスはコナーが細めた冷たい眼をにらみつけた。否定したいが事実だった。自分はレイザーとノヴァクに対する隠密作戦を進めるための金と技術的なノウハウを持っている。だが、コナーはさまざまな法執行機関に長年いるあいだに、地元の情報提供者を大勢獲得した。問題は、コナーもセスも横柄で傲慢《ごうまん》であり、命令するのに慣れていることだ。性格的にも仕事をするうえでも。その結果、パートナーシップはぎこちないものになっている。

「コネといえば、今日ケイブへ行ってきた」コナーは言った。「脚が不自由なところを宣伝してきたんだ。〝身体的不都合による休暇〟ってやつを、自分でもどうしていいかわからないふりをした。おれは足手まといだと言うだけの度胸があるのはリッグズだけだった。熱帯のビーチにでも行って、マイタイでも飲めと言われたよ。ちっぽけなビキニを着たかわい子ちゃんたちを見て、できるものならベッドへ連れこめってさ」

「くそったれと言ってやったのか?」

「いいや」コナーは穏やかに言った。「おれは、あんたほど無頓着に捨て鉢にはなれないんでね。この件をかたづけるまではな」

リッグズ。セスはジェシーの告別式の記憶をよみがえらせた。彼はコートの下に小型ビデオカメラを忍ばせて後列にひそみ、ジェシーの同僚たちの顔を撮影しながら、どれが弟を売ったろくでなしの顔だろうと考えていた。頭の禿げかけたずんぐりした男がいたのを覚えている。ジェシーが聞いたら噴きだしそうな退屈な弔辞を読んでいた。「リッグズというのは、ジェシーの告別式でくだらないスピーチをした、ビール腹の眼鏡をかけたやつか?」

「おれは当時意識不明だったが、くだらないスピーチをしたのならリッグズに違いない」ポケットからタバコの葉が入った袋を取りだす。「また倉庫を襲撃する計画はあるのか?」タバコの巻紙を探しながらなにげない口調を装っているが、期待に眼が輝いているところを見ると、本心は違うようだ。

セスは不満げに鼻を鳴らした。「おまえたちマクラウド兄弟は、本当にあれが好きだな」

「わくわくするからな」コナーが認めた。「ヴィクター・レイザーの頭にちょっかいを出すのは、セックスよりいい。おれはたぶん、ＦＢＩから招集がかからなくて退屈してるのさ。

犯罪に満ちた人生には魅力がある。まったく、すごい快感だ」

セスは肩をすくめた。「がっかりさせて悪いんだが、作戦のその段階は終わった」

コナーが眼を細めた。「レイザーが餌に食いついたのか？」

「ああ」詳細を語ろうとしない。

コナーはようすをうかがった。数秒が過ぎる。「で？」冷酷な声。

「おれは明日の朝、レイザーの本社へ行く。マッケイ・セキュリティ・システム・デザインが、あいつが抱えてるあらゆる問題を解決する理由を説明することになっている。先方のスタッフには、おれは高周波GPS管理追跡システムを設計すると言うつもりだ。だから明日の打ちあわせは芝居だ。そして明後日、レイザーとおれは全面的なTSCMの詳細について話しあうために、ふたりで会う」

「ふむ」コナーの眼が細くなる。「TSCMね。言うなよ、考えてるんだ。その略語は、専門的監視《テクニカル・サーベイランス》……」

「専門的監視防衛策《テクニカル・サーベイランス・カウンターメジャー》だ」いらだたしそうに言葉を継いだ。「スパイ装置の撤去」

コナーはタバコの葉をひとつまみ取りだした。顔はまったくの無表情だ。「思いがけない幸運だな。やつのほうから電話をしてきたのか？」

「幸運じゃない」セスは言った。「計画と言ってくれ。この業界には、おれに借りがある人間がたくさんいる。レイザーが機密漏洩を解決する方法を考えはじめたとき、おれは間違いなくおれとおれの会社の噂《うわさ》がやつの耳に届くようにしたんだ」

「なるほど」コナーは巻紙に載ったタバコの葉をじっと見つめた。「で、この進展をいつおれに話すつもりだったんだ？」

「おまえが知る必要があるようになりしだい」よどみなく言い返す。「言うまでもないが、そいつをここで吸うつもりじゃないだろうな」

コナーは器用に指をひねってタバコを巻き終え、顔をしかめた。「雨が降ってるんだぜ」

「そりゃお気の毒に」

コナーはため息をつき、コートのポケットにタバコを差した。「ジェシーが死んだのは、おれのせいだと思ってるんだろう？」

ジェシーの死の背後にある冷厳な事実が、ふたりのあいだにずっしりと冷たく横たわっていた。ケイブの何者かがレイザーに捜査のことを密告し、ジェシーの隠れみのを暴いた。セスはその人物を特定し、ずたずたに引き裂いてやるつもりだった。だが、その人物はコナーではない。彼はジェシーの親友であると同時にパートナーだった。コナーは今回の悲惨な失敗で、命を落とす寸前だった。その傷を一生抱えて生きていくことになるだろう。

「おまえのせいだとは思ってない」セスは言った。ふいに疲れを感じた。「おれは、ジェシーが犯した過ちを犯したくはない」

「というと？」

セスは首を振った。「自分がやっていることを、必要以上の人間に知られることだ。あいつは、ほんの小さなガキのころからそうだった。おれにはやめさせることができなかった」

コナーは陰気な表情を浮かべたまま、しばらく黙っていた。「あんたは誰も信用していないんだな？」

セスは肩をすくめた。「ジェシーのことは信じていた」

ふたりはモニターを見つめた。ブロンドはキッチンに入ってぼんやりと冷凍室を見ている。なにをするつもりだったのか忘れてしまったかのようだ。やがて、頭をはっきりさせるように首を振り、冷凍ディナーを取りだしてオーブンに突っこんだ。

「かならず裏切り者を見つけてやる」ようやくコナーが口を開いた。

セスは椅子に座ったまま、くるりと振り向いた。「そいつはおれが始末する」

コナーの眼は、セスのそれと同じように亡霊に満ちていた。「番号札を取って列にならべよ」静かに言う。「ジェシーが好きだったのは、あんただけじゃないんだ」

セスは視線をそらせた。密告した裏切り者をどうするか、もう考えてある。レイザーとノヴァクをどうするかも。適正な法の手続きとは無関係な計画だ。だから自分の捜査の合法性――むしろ合法性の完全な欠如――など、さほど気にかけていない。ひとたびノヴァクを手に入れたら、法に基づいて裁くために誰かに助けてもらう必要などない。レイザーも同じだ。その仕事はおれだけでやる。

コナーがにやりとした。「見ろよ。愛人が日課の体操をやってるぜ。わーお。あの男は女の趣味がいいな。モンセラーより色っぽい」

セスは必死で無関心を装いながらモニターに振り向いた。

彼女はカーペットに座っていた。両脚を広げ、ほっそりした背中を伸ばしている。髪をうしろにはねあげると、上半身を曲げて床に胸をつけた。ダンサーのように優雅でしなやかだ。

「彼女があいつと寝てるとは思わない」唐突に声が出た。

コナーが疑わしそうに見ている。「どうしてわかる?」セスは肩をすくめた。とっさに口に出したのが悔やまれた。コナーの思案げな鋭い眼に見つめられていると、ありそうもないばかげた意見に聞こえる。「彼女は全然外出しない。毎晩ここで寝ている。まっすぐオフィスへ行き、まっすぐ帰宅する。そして、あいつは一度もここへ来ていない」

コナーは肩をすくめた。「忙しい男だ。たぶんオフィスのデスクでやってるのさ」

「いや」セスは反論した。「おれは、あいつのオフィスも監視している。あそこのテープを見た。彼女があいつの専用オフィスにいたことは一度もない」

「へえ、そうなのか?」コナーの眼がおもしろそうにきらめいた。「それは興味深い」

「おれはレイザーに関するあらゆるものに興味がある」セスは嚙みつくように言った。

「見あげた心がけだ」コナーは言った。「だが、ひとつ確かなことがある。もしヴィクターがこの女のためにモンセラーをお払い箱にしたのなら、彼女は口を使うのがうまいに違いない。彼女がフェラチオをはじめたら電話してくれ。見物したいからな」

セスはマウスをつかんでクリックし、ウィンドウを閉じた。ブロンドが消え、かわりに眼鏡型の小さなアイコンが現われた。

コナーはうんざりしたように首を振った。ポケットからタバコを出して火をつけ、挑戦的に深々と一服する。「いいだろう」そして冷たく言った。「彼女はあんたのものだよ、マッケイ。どうやらあんたは幻想の世界にふけるしかないようだ。好きにすればいい」

「そうしてくれ」ドアが閉まる音と同時に、セスは振り向いてふたたび映像を映しだした。

彼女は猫のように優雅に背中を丸めていた。髪がなまめかしく顔に落ちかかっている。やがて、流れるような動きでその手順を逆にたどり、背中を反らせてヒップを持ちあげた。丸める、反らす。丸める、反らす。眠気と興奮を誘うような、ゆっくりした一定のリズム。ああ、レイザーがここへ来なくて助かる。うっとりするようなやさしい眼をした彼女の上で、あの貪欲《どんよく》な男がうめいたり汗をかいたりしているのを見るのは楽しいものではないだろう。それどころか、その日一日が台なしになる。

セスはモニターに向かって毒づいた。どうしても視線をそらすことができない。彼女を見つめていると感じる、生き返ったような感覚に中毒になっていた。たとえそのせいで不安定なバランスが崩れ、コントロールの仕方を学んだはずの苦痛の発作に無防備になろうとも。たとえ、彼女を見つめているあいだはジェシーを裏切ることになろうとも。

三週間ほど前まで、毎朝目覚めて最初に考えるのは、どうやってレイザーとノヴァクを始末するかということだった。危険を気にかけたりしなかった。自分はもう空っぽの抜け殻になったような気がしていた。殻の内側にあるのは、復讐への燃えるような無限の渇望だけだ。ハンクが亡くなってから五年がたち、ジェシーも死んだいま、もはや自分を悼《いた》む者も必要とする者もいない。ふたりが燦然《さんぜん》たる栄光のなかへ連れて行ってくれるなら、それも悪くない。ひとつの章が終わり、関係者は安堵《あんど》のため息を漏らすだろう。

だが、ブロンドが現われて以来、この世とおさらばする前に、いくつかやっておいても悪くないことがあると思うようになった。たとえば、彼女は本当にあのぼってりしたセクシーな唇の使い方がうまいのかどうか、確かめてもいい。

その幻想は嵐のようにセスをとらえた——眼の前で膝をついている裸の彼女。おれは両手を彼女の髪にうずめ、官能的な唇に怒張したペニスが出入りするのを誘導している。そう、きっとすばらしいだろう。

モニターのなかの彼女は背中を丸めていた。弓なりになった体に力が入って震えている。渦巻く髪が光り輝くプールのように床に落ちている。ずり落ちたスウェットシャツが胸で引っかかり、腹部の曲線があらわになっていた。ベルベットのように傷つきやすく見える肌は、かろうじて見分けがつくほどの白っぽいブロンドの産毛におおわれている。なめらかで香りのいいぬくもりに鼻を押しつけ、ローションと石鹸の香りを記憶に留めたい。明日、おれはレイザーの役員室へ行く。明日になれば、彼女が実際にどんな香りがするかわかるだろう。

そう思うと同時に興奮が押し寄せ、圧倒的な欲望が突きあげてきた。セスは力まかせにデスクをたたいた。腕にびりびりと痛みが這《は》いあがる。キーボードが飛び跳ね、空のビール瓶が倒れて、床をおおっている汚れた灰色のカーペットで鈍い音をたてた。

落ちつけ。集中するんだ。何カ月もかけて辛抱強く張りめぐらせたクモの糸に、レイザーを奥深く誘いこめるかどうかは、明日にかかっている。さっさとクリックして欲望をそそるブロンドの姿を消し、集音《ガルパー》マイクから回収した最新データの加工処理にとりかかったほうがいい。すべてのデータにフィルターをかけるには、ほとんどひと晩じゅうかかるだろう。そろそろはじめなければ。いますぐ。ただちに。

やろうとしたが、どうしても指がマウスのボタンを押そうとしなかった。

体操の手順は長々とゆっくりつづいたが、セスはいっこうに飽きなかった。

2

早朝の通りを縫うように運転するレインの心のなかで、今朝の夢のイメージがちらちら揺れていた。それはこのシアトルで送っている単調で孤独な生活より、はるかに鮮明で実体のあるものだった。夢の分析は得意——どれだけ多くの経験を積んできたことか——だが、よく考えてみても、この夢のもっともらしい意味は考えつかなかった。

レインはちっぽけな大きさになり、ガラスの水槽のなかで泳いでいた。水槽の底は人工的に色をつけたきらきら輝く小石でおおわれている。彼女は珊瑚《さんご》の小さな枝のあいだをすりぬけ、プラスティックでできたミニチュアの城や沈没した海賊船の上をゆっくりと泳いでいた。なにも身につけておらず、裸でいることを痛いほど意識している。長い髪を体に巻きつけようとしても、髪は淡い色の渦巻く雲になって顔の周囲で浮きあがってしまう。海賊の黒い旗が水のなかで物憂げに揺れていた。五時半に目覚し時計に起こされたとき、意識に残った最後のイメージは、旗に描かれていた髑髏《どくろ》マークだった。背後でフォード・エクスプローラーのクラクションが鳴り響き、レインははっとわれに返って信号が青になっていることに気づいた。ぼんやりしてないで、雨ですべりやすくなった眼の前の通りに集中するのよ。

レイザー貿易にあてがわれたあの家で寝るようになってから、しょっちゅうこの夢を見るようになった。住んでいるのではなく、寝ているだけだ。あそこではくつろげない。しがない秘書にとって家具つきの美しい部屋はかなり贅沢《ぜいたく》だが、あそこにいると落ちつかない気分になる。問題は居心地の悪さ以外にもたくさんある。息をつく余裕ができたら、そして余分な出費に耐えられるようになったら、すぐにアパートを探そう。

裸で閉じこめられてなすすべもない自分の夢は、自信を持てるようなものではなかった。強くて変化を恐れない自分が出てくる夢を見られたらいいのに。反り身の短剣を振りかざし、戦いの雄叫びをあげる海賊の女頭首《パイレーツ・クイーン》。でも、不平を言うべきではない。血を流す墓石の夢にくらべたら、水槽の夢のほうがはるかに精神的負担は少ない。水槽の夢を見ても息を呑んで恐怖に眼を見開くことはないし、亡くなった父親への悲しみに胸を痛めることもない。

それでも、髑髏マークが気になった。何度も見る夢には、いつも死のイメージがある。わたしはついてるわ。ブラックユーモアを感じながら、レインは思った。血のしたたる短剣やヘビの巣やきのこ雲で一日をスタートするなんて。毎日悲鳴をあげそうになるほど大量のアドレナリンを血管に放出するのは、コーヒーより役に立つ。

オフィスが入っているビルの地下のガレージに車を入れると、胃がむずむずしはじめた。軽薄な駐車場係のジェレミーがウィンクして手を振ってよこすのを見て、なんとか弱々しく微笑み返した。レイザー貿易に職を得るために偽の履歴書を書いたが、そのごまかしの代償は日に日に大きくなっている。レインはこの巨大な多角経営企業を徹底的に調査し、自分の履歴書を細工して気に入られるような職歴をでっちあげた。わたしは正しいことをしていて、それにはりっぱな理由があるのだ。そう言い聞かせることで、良心の呵責をなだめている。

それでも嘘をつくのは苦手だった。嘘をつくと胃が痛くなる。朝食を食べれば少しはましかもしれないが、ペストリーをかじる時間もない。

それに、レイザー貿易は、たとえ毎日真っ赤な嘘をついていなくてもストレスの多い職場だった。これまで勤めたなかに、これほど他人の中傷ばかりしている悪意に満ちた職場などなかった。同僚と友人になることなどありえない。レインはエレベーターの曇りガラスの壁に映る自分の姿を見つめ、うんざりした。わたし、やせたわ。スカートがゆるくなって腰に引っかかっている。でも、レイザーのねぐらで食事をする時間がある者などいやしない。仕事中にトイレへ行く隙を見つけられるだけでも幸運なのだ。

口紅を直していると、エレベーターがピンと音をたてて一階に止まった。するりとドアが開いて男がひとり乗りこみ、そのうしろでドアが閉まった。ふいにエレベーターがひどく狭くなったような気がした。レインはバッグに口紅を押しこんだ。背の高い草をなびかせるそよ風のように、肌の表面にむずむずする感覚が走る。

エレベーター内でのエチケットに従って男性を直視しないようにしたが、視界の隅ではたっぷり情報を集めていた。背が高い。たぶん六フィートを少し超えるくらいだろう。引き締まった体。こっそり視線を走らせると、スーツの袖口からのぞいている手がきれいに日焼けしているのがわかった。とてもおしゃれでとても高価なスーツ。たぶんアルマーニだわ。バルセロナにいるあいだに、臆面もなく最新ファッションを追い求めるフアン・カルロスとひと夏つきあったおかげで、男性ファッションの微妙なニュアンスならよく知っている。

男はレインを見つめていた。顔の横に熱い視線が注がれているのがわかる。確認するためにまっすぐ相手を見たほうがいい。今度ばかりは好奇心が怯《おび》えに勝った。たぶん夢で見た髑髏マークのせいだろう。だが、視線をあげて相手を見たとたん、そのイメージが心を貫いた。

彼は海賊の顔をしていた。

古典的なハンサムではない。顔つきは厳しくていかついし、鼻はでこぼこして曲がっている。漆黒の髪は短く刈りこまれ、なめらかな黒いブラシのようにまっすぐ立っていた。深い影を落とす高い頬骨に、くっきりと黒い眉、口は凄みがあると同時にセクシーだ。だが、なによりレインをどきりとさせたのは、男の眼だった。厚くまぶたがかかった、エキゾチックな黒い瞳。その瞳が焦がすほど激しく彼女を見つめている。

略奪する海賊の眼。

男の鋭い視線がレインの全身を舐めまわした。あたかも上品なスーツやブラウスや下着を透かし、その下で震えている肌を見ているように。見つめるのは当然の権利だと思っているような、あけすけで傲慢な品定め。なぐさみものにするために自分の船室へ引きずっていく前に、なすすべない捕虜を見る海賊の長《おさ》。

レインは無理やり視線をそらせた。海賊をイメージしたと同時にすさまじいスピードで豊富な想像力が働き、男からアルマーニを消し去って海賊の衣装を着せていた——たっぷりしたシャツ、彼の……彼の持ちものを目立たせている膝までのぴったりしたズボン、深紅のサッシュに差さった反り身の短剣、耳につけた金の輪。ばかばかしいイメージなのに、狼狽《ろうばい》して顔がほてった。鏡が曇る前にエレベーターをおりたほうがいい。

ありがたいことに、二十六階でドアが開いた。出口へ突進したところで乗りこもうとしていた男性にぶつかり、もごもごと意味不明の謝罪をつぶやきながら階段へ走った。オフィスまで階段で行けば遅刻するけれど、落ちつきを取り戻す必要がある。

まったく。なんて感傷的で、なんて典型的なんだろう。エレベーターのなかでセクシーな男性に見つめられただけで、びくついたバージンのように反応するなんて。海賊に誘惑されるという千載一遇のチャンスをふいにしてしまった。異性関係がはかばかしくないのも無理はない。はじまりもしないうちに台なしにしてしまうのだ。いつだってこうなんだから。

その日は不吉なスタートを切った。コートをかけていると、業務マネジャーのハリエットが急ぎ足でやってきた。細面の顔がとがめるようにひきつっている。「もっと早く来ると思ってたわ」ぴしゃりと言う。

レインはちらりと腕時計を見おろした。七時三十二分。「でも、まだほんの――」

「十二時までに外国資産統制局《OFAC》の最新の承諾書を仕上げて、フェデラルエクスプレスで発送しなければならないのはわかってるはずよ！　それに、ワインの出荷に対する封鎖資金について、インターコンティネンタル・アラブ商工銀行からまだ返答がないわ。パリはもう午後四時半になっていて、うちの流通業者はいらいら机をたたいてる。誰かがブラジル産のエスプレッソ・ビーンズの注文を交渉しなくちゃならないし、いまこのオフィスでまがりなりにもまずまずのポルトガル語を話せるのは、あなただけなの。ウェブサイトの新しいページがまだ未完成だってことは言うに及ばずね。自分の仕事に責任を持ってもらえると嬉しいわ、レイン。わたしには、すべての進捗《しんちょく》状況を見守ることなんてできないんだから」

レインは歯を食いしばって謝罪めいたことをつぶやくと、腰をおろしてボイスメールのスイッチを切る暗証番号を打ちこんだ。

「それからもうひとつ。ミスター・レイザーが、朝食会議用のコーヒーと紅茶とペストリーを配ってほしいそうよ」ハリエットがつづけた。

レインはぞっとして跳びあがった。「わたしが？」

ハリエットの唇がすぼまる。「あなたが遅刻したと伝えることになるなんて、思ってもなかったわ」

胃が不安でざわめいた。「でも、彼はこれまで一度も……いつもステファニアが……」

「あなたをご指名なのよ」ハリエットがさえぎる。「彼の希望がすべてよ。コーヒーはもう淹《い》れてあるわ、あなたの手をお借りするまでもなくね。食べ物は、たったいまケータリング業者が配達してきた。キッチンにあるわ。食器とカトラリーはもう会議室にセットしてあるから」

仕切りの陰からステファニアが顔をのぞかせた。「ゲイシャガールの作法をしっかり守るのよ」忠告するように言う。「レイザーが相手だと、完璧に美しくなきゃいけないの。コーヒーを一滴こぼしただけで一巻の終わりよ」批判的な眼でレインをじろじろ見ている。「それから、メイクを直したほうがいいわよ。左眼のメイクがにじんでるわ。ほら、リップライナーを貸してあげる」

レインはうろたえて言葉を失ったまま、リップライナー・ペンシルを見おろした。ヴィクター・レイザーが公然と彼女の存在を認めたのは、これがはじめてだ。もちろん彼を見かけたことはある。見落とすことなど不可能だ。レイザーは嵐のようにオフィスを通りぬける。自分の前にいる人間を追い散らし、通りすぎたあとに人びとを引きこみながら。彼は幼いころの記憶どおり、力強くて威圧的だった。ただ、記憶にあるほど長身ではなかった。

はじめてレインを見たとき、レイザーの射るような灰色の瞳は完璧に無関心なまま彼女の全身をざっとながめただけで、レインは安堵のあまり膝から力が抜けそうになった。明らかに、十七年前の白っぽいブロンドをおさげにしていた十歳の姪と、雇ったばかりの秘書の関係には気づいていなかった。

彼が突然わたしに関心を持つなんて、不吉な予感がする。

「急いでちょうだい、レイン！　会議は七時四十五分にはじまるのよ！」

ハリエットのかみそりのように鋭い口調に、レインははっとした。どきどきしながらキッチンへ急ぐ。たいしたことじゃないわ。食べ物からラップをはがしながら、自分に言い聞かせた。コーヒーとクロワッサン、ベーグル、ミニマフィン、フルーツを配るだけのことよ。笑顔を浮かべて愛想よく振る舞い、仕事をするレイザーとクライアントを残して行儀よく引きさがればいい。ロケット科学とは違う、脳外科手術とは違う。

違うに決まってるじゃない。頭のなかで、皮肉たっぷりの甲高い声が聞こえた。父親を殺した犯人に、間近で直接会うだけのことよ。たいしたことじゃないわ。

社員用のキッチンにすでに用意されていた頭が割れそうなほど濃いコーヒーをカップに注ぎ、いっきに飲み干した。口と喉が焼ける。もし本気でやり遂げるつもりなら、なにがなんでも勇気を出さなければ。ヴィクターがわたしに眼を留めたことを喜ぶべきだ。父親の死を調べたいのなら、彼に近づく必要がある。だからこそ、この悪夢のような仕事に就いたのだ。だからこそ、こんな現実離れした生活を送っているのだ。墓石の夢の謎を解くには、こうするしかない。

何年もかけて、あの身の毛のよだつ夢を解明しようとしてきた。論理的な説明ならいくつも考えた――自分は父親を恋しく思っていて、その死に対して無意識に怒りを抱き、生贄《いけにえ》を必要としている、そんなようなことを。夢分析心理学を勉強し、心理療法を受け、建設的視覚化や催眠療法やヨガなど、ストレスを軽減するために思いつくかぎりの方法を試みた。だが、夢は頑固につづいた。そして彼女の心を焼き焦がして体重を減らし、人生を軌道に乗せようとするあらゆる努力を反故《ほご》にした。

毎晩見るようになったのは、一年前からだ。まぎれもない絶望を抱くようになったのは、そのときからだった。めまいがひどくなり、眠るのが怖くなった。睡眠薬で気持ちを鎮めようとしたが、翌日の頭痛に耐えられなかった。彼女は途方に暮れたまま、自分の人生がぎしぎし音をたてながら止まるのを見つめていた――それも、二十七歳の誕生日の午前三時までのことだ。レインはあえぎながらベッドから上体を起こし、きつく肩を抱きしめるヴィクターの腕の容赦ない力を感じながら、濡れてひりつく眼で漆黒の闇を見つめた。夜明けの光が部屋の窓を黒から濃灰色に変えるころ、彼女はついに降参した。夢はなにかを要求しているのだ。そして、これ以上その要求をはねつけることはできない。はねつけようとすれば、いつか夢に破滅させられるだろう。

もちろん証拠はない。事件の記録は明白で、反論の余地はなかった。父親はヨットの事故で死亡した。ヴィクターは仕事で海外にいたし、レインの母親は、自分と娘は当時イタリアにいたと頑固に主張してそれ以上その話をしようとはしなかった。十六歳のとき、最初の夫の死は事故だと信じているのかと母親に訊いたことがある。母親は、レインの頬をたたいて大声で泣きだし、震えながらうろたえている娘を抱きしめて許してくれと訴えた。「もちろん事故に決まってるわ、ハニー。もちろんそうよ」母親は途切れとぎれにそうくり返した。「これ以上この話をするのはやめましょう。終わったことよ。ごめんなさい」

レインは二度とその話題には触れなかったが、過去を取り巻く沈黙で息が詰まり、窒息しそうだった。彼女はほとんどなにも覚えていなかった——長年にわたる逃亡と潜伏の日々。果てしなくつづく偽りの名前とパスポート。おじの名前が出るたびに、母親の声に含まれるむきだしの恐怖感。いつまでも消えないパニックと恐怖の記憶は、哀しみときつく結びついている。そして、あの夢。あの夢は執拗《しつよう》につづいた。

だからこそ、わたしはここにいるのだ。ここに来てから三週間たつが、わかったことはなにひとつない。くらくらするほど大量のOFACの規定や財務表計算ソフト、コンテナ輸送契約のテンプレート、ウェブサイトツールのほかは。自分は大嘘つきのくせに、言い逃れの才能などこれっぽっちもないけれど、それはそれだ。できるかぎりなんとかやっていくしかない。レインはやきもきと不安げに、切り分けたメロンとミニマフィンをいじった。真実と正義を追い求めるの。恐れを知らない勇敢でむこうみずな女性になるのよ。

クリームチーズからアルミフォイルをはがしているとき、ふたたび全身の皮膚にチクチク刺すような痛みが走った。くるりと振り向いたとたん、手に持っていたものが落ちた。言うまでもなく、チーズを下にして。

エレベーターで見かけた男がキッチンの戸口に立っていた。

レインはごくりと大きく喉を鳴らした。コーヒーとミニマフィンを配るのよ。貪欲な眼をした海賊にレイプされているひまはない。どれほど彼がセクシーで、思わず惹きこまれてしまうような男でも。「道に迷いましたか？」彼女は礼儀正しく尋ねた。

男の熱いまなざしが、独占欲に満ちた力強い手のように全身を撫でていく。「いや。会議室の場所はわかっている」低い声が全身の神経の先端をかすめた。まるで、ぞくぞくするほどゆっくりした愛撫《あいぶ》のように。

「では、その、朝食会議にいらしたんですね」もごもごと言った。

「ああ」男はヒョウのように優雅にキッチンへ入ってくると、かがんでクリームチーズを拾った。そして体を起こした——みるみる体が起きあがり、五フィート五インチのレインを見おろすようにそびえ立つ。男は彼女のうしろにあるカウンターからナプキンを取り、べたべたしたチーズから糸くずをぬぐって差しだした。「誰にもわからないさ」小声で言う。「ふたりだけの秘密だ」

レインはチーズを受け取り、相手がうしろへさがるのを待った。すぐに、男には動くつもりはないと悟った。その逆だ。レインは背後の盛り皿を手探りし、それ以上の被害を与えずになんとかチーズを置いた。心臓が激しく脈打っている。

笑顔を浮かべなさい。必死で自分に言い聞かせた。いちゃつくことだってできる。わたしは大人の女性なんだから。そうしても許される。でも、彼はすぐそこにいる。ぎらぎらと飢えた眼をして。強烈な男性エネルギーで身動きできない。口をきけず、肺が締めつけられ、息を吸うことも吐きだすこともできない。どうしようもない弱虫だわ。

「エレベーターで落ちつかない気分にさせたのなら謝る」ふたたび彼の声に撫でられた。スエードのように柔らかな声。「きみを見てびっくりしたんでね。礼儀を忘れてしまった」

レインはカウンターに沿って横へ逃れようとした。「いまも礼儀をお忘れだわ」彼女は言った。「それに、いまもわたしは落ちつかない」

「そうか?」彼はカウンターに両手をつき、男性的な熱がパチパチと音をたてている領域に彼女を囲いこんだ。「ふむ、おれはいまもびっくりしてるよ」

彼がかがみこんでくる。キスされると思った瞬間、男はレインの髪のすぐ手前で動きを止めて深く息を吸いこんだ。「いいにおいだ」

レインはカウンターにぴったりつくまであとずさった。調味料の引き出しがお尻に食いこむ。「香水はつけてないわ」果敢に言い返した。

彼はふたたび息を吸いこんでため息を漏らした。温かくていい香りのする息が喉にあたる。「だから好きなのさ。香水はいいものを隠してしまう。この髪、この肌。さわやかで甘くて刺激的だ。陽射しを浴びている花のようだ」

こんなことありえない。夢のなかには、目覚めているときより現実感があるものもある。そしてこの言葉にできないほど大胆でゴージャスな男は、もっとも非現実的な夢に現われるタイプだ。ユニコーンやケンタウロスや悪魔やドラゴンと一緒に。不道徳律や制限にとらわれず、とてつもない魅力を持つ不可思議な生き物たち。どうしようもなく危険な生き物たち。

レインは眼をしばたたいた。彼はまだそこにいる。圧倒されるほど近い。引き出しの把っ手はいまもしっかりお尻に食いこんだままだ。彼は百パーセント現実で、煙のなかへ溶けていきそうには見えない。なんとかしなければ。

「こんな……困ります」息を切らせながらつぶやいた。「あなたとは知りあいでもないし。うしろにさがって少し離れてください」

彼は明らかにしぶしぶといったようすでうしろにさがった。「悪かった」謝罪にはほど遠い口調。「覚えておく必要があったんだ」

「覚える？」

「きみの香りを」あたりまえのように言う。

レインは啞然《あぜん》と男を見つめた。肺に息を吸いこむたびに、乳首がブラの生地をかすめ、シルクのブラウスが肌をこすっているのがはっきりわかる。顔がほてり、唇が腫《は》れているような気がした。脚ががくがくする。彼の眼に浮かんだ表情に、体の奥深くにあるなにかが搔きむしられた――彼の視線で芽吹き、つぼみが花開く未熟な秘密の場所が、名状しがたいあこがれに疼《うず》いている。

いいえ。このあこがれは名状しがたいものなんかじゃないわ。わたしは興奮したのよ。ぞっとするような羞恥心の波とともにレインは悟った。レイザー貿易の社員用キッチンで、一度も会ったことのない男に欲情したのだ。触れられてもいないのに。体の奥に隠れている放縦な女の性欲が頭をもたげる格好のチャンスだっただけ。いつもタイミングが悪いのだ。

「ああ。ミスター・マッケイじゃないか」

ヴィクター・レイザーの皮肉に満ちた声に、レインはさっと振り向いた。なにひとつ見逃さない銀灰色の眼で状況を見極めながら、ゆっくりキッチンへ入ってくる。

海賊は慇懃《いんぎん》にうなずいて彼に会釈した。「ミスター・レイザー。お会いできて光栄です」言葉と口調は礼儀正しいが、愛撫するような粗野な特徴は消えている。ガラスのように明瞭で硬質な声。

ヴィクターは笑みを浮かべたまま冷静に男を値踏みしていた。「わたしの秘書に会ったことがあるのかね?」

「エレベーターのなかで」海賊が答える。

ヴィクターの視線が素早くレインへ動き、彼女のほてった顔の上で三秒ほど留まった。三秒が永遠にも感じられる。「なるほど。では……そろそろ行こうか? みんなが待っている」

「はい」

あたりに緊張がみなぎった。ふたりの男はじっと相手を見ている。どちらも愛想がよく、同じように本心が読めない笑顔を浮かべて。ふだんは誰もがレイザーのほんのささいな願いにも跳びつくが、この浅黒い客は自分なりの重力場を持っている。この男は自分が望んだときに動き、それまでは動かない。宙ぶらりんな状態でふたりのあいだに残されたレインは、怖くて身動きできなかった。

ヴィクターの顔をおもしろそうな笑みがかすめた。「こちらへどうぞ、ミスター・マッケイ」小さな子どもの機嫌を取るように言う。「レイン。朝食を運んできてくれないか。われわれは、相談することが山ほどあるんだ」

海賊は最後にもう一度値踏みするようにレインを一瞥《いちべつ》し、レイザーのあとを追ってキッチンを出ていった。

顔を赤くしたり、どもったりしてはだめよ。銀のポットにコーヒーと紅茶を入れながら、レインはしっかり自分に言い聞かせた。カーペットにつまずいたり、ドアにぶつかってはだめ。こんな出会いは苦もなくかわせるようにならなければ。それに、わたしの計画の邪魔にならないかぎり、熱い情事はかならずしも悪い考えじゃないわ。

甘美な抗しがたい思いに、パニックが全身をかけめぐった。レインは廊下で立ち止まり、トレイの重さで両腕を震わせながら思いをめぐらせた。いつになく大胆なことをすれば、ほかから影響を受けずに勇気を持って行動できるようになるかもしれない。そうしたほうがいいのかもしれない。自分のためだけでなく、自分の調査のために。この不可能な仕事をやり遂げるためには、まったく別の人間になる必要がある。大胆で恐れを知らず、無情な人間に。セックスライフからはじめるのがいちばんじゃない？　そのためには、間違いなく大掛かりなオーバーホールが必要だ。

レインはゲイシャガールの笑顔を顔に貼りつけ、会議室のドアを足で押し開けた。室内には、ヴィクターと海賊以外に数人の人間がいた。コーヒーと紅茶を注ぎながら、ひとりひとりに微笑みかけたが、海賊にカップを手渡すときは顔を見ないように心がけた。カップを受け取った彼の長くて優雅な褐色の指がちらりと見えただけで、胸が高鳴った。

室内はざわめいているが、会話ははっきり聞き取れない。彼女は耳を澄ませて意味をくみ取ろうとした。どんな情報でも、調査の役に立つかもしれない。海賊はトランスポンダーや電波方式認識《RFID》について話している。データ収集。スマートラベルとデータロックとプログラミング・サイクル。GPSトラッキング、データストリーミング、ワイヤレス・モデム。これまでならまっすぐ頭の上を飛び越えていったような、冷たい技術的な言葉。

だが、彼の低い声はとてもよく響き、セクシーだった。その声を聞いていると、彼の手や唇や温かい息で愛撫されているようにうなじがぞくぞくする。なかなか集中できない。名前を呼ばれ、びくっとした拍子に持っていたカップがソーサーの上で大きな音をたてた。

「……きっと役に立つだろう。レイン、ハリエットに伝えてくれ」ヴィクターが話している。

レインはごくりと喉を鳴らし、ヴィクターの肘の近くに慎重にカップとソーサーを置いた。

「彼女に伝えるって……なにをでしょうか?」

ヴィクターの幅の広いハンサムな顔にいらだちが浮かんだ。「ちゃんと聞いていてくれ。きみにはミスター・マッケイとわたしに同行して、明日レントンの倉庫へ行ってもらう。三時に出かける準備をしておくように」

近くで見ると、彼の顔は父親にそっくりだった。だが、父親より険しくて角張っている。オリーブ色の肌を背景に、短い髪がはっとするほど白い。

父は白髪になるまで長生きできなかった。

「わたしが?」レインは小声で言った。

「なにか問題でもあるのかね?」ヴィクターの声はシルクのように柔らかい。

素早く首を振る。「いいえ、もちろんありません」

ヴィクターが微笑むと、レインの背筋を寒気が走った。「よろしい」彼がつぶやく。

レインは追従するような言葉をもごもごつぶやきながら、その場を離れた。よろめきながらオフィスにならぶ仕切りを通りすぎ、化粧室へ向かう。いちばん奥の個室に隠れると、どうしようもない震えを鎮めようと、ほてった顔を膝に押しつけた。

父の顔は、死んでから十七年たっていても驚くほどはっきり思い浮かべることができる。とてもやさしくて、静かに話す人だった。詩を読み、物語を話してくれた。ルネサンス美術をテーマに書いた論文のなかにある美しい絵を見せてくれた。木や野草の見分け方を教えてくれた。父はときどき夢に現われる。そんな夢から覚めたときは、ひどく父が恋しくなった。まるでガラスを踏みつぶすように、胸が粉々に張り裂けそうな気がした。

きっかけをつかんだのよ。必死で自分を叱咤《しった》した。トイレでくじけている場合じゃない。お祝いをしなければ。パイレーツ・クイーンが本領を発揮するチャンスなのよ。

それなのに、夢に出てくる無力な生き物になったような気がするのはなぜだろう。閉じこめられ、透明な世界のなかを落ちつきなくぐるぐる裸で泳ぎまわる生き物に。裏にもっと大きな意味があることも知らず、近づく運命の影から逃れられない生き物に。

3

「社長? 申し訳ありませんが、ミスター・クロウからお電話で、島へ来る許可をいただきたいとおっしゃっています」

ヴィクターはパティオの下のビーチに打ち寄せる波をじっと見つめていた。ウィスキーをひと口飲み、燻《いぶ》したような複雑な風味を味わう。「目的はなんだと?」

若い女の世話係はそっと咳払いした。「お訊きしたところでは、その……闇のハートに関することだそうです」

ヴィクターの口元に満足げな笑みが浮かぶ。刺激的な一日の幕引きとしては完璧だ。クロウに詩的な側面があるなどと、誰が思っただろう? 闇のハート。言い得て妙ではないか。

「来るように伝えろ」

「わかりました」女は音もなくフレンチドアを抜け、屋敷のなかへしりぞいた。

ヴィクターはスコッチをすすりながら、ストーン・アイランドに美観を添える、風にさらされた松の黒いシルエットに眼を向けた。一時間二十分ピュージェット湾を船で渡らなければならない不便な場所ではあるが、彼はここが気に入っていた。招かれずに近づこうとする愚かで不運な人間には、災いが訪れる。ここにいると、完璧なプライバシーのなかで湾を見つめ、美と残酷さを兼ね備えた自然のパノラマを観賞することができる。ハクトウワシ、ミサギ、オオアオサギ、イルカ、シャチ。すばらしいながめだ。

陽射しが翳《かげ》ってから久しく、風が冷たくなっているが、喉を焼きながら伝い落ちていく上質な酒の感触を楽しんでいると、室内へ入る気にはなれなかった。滑稽《こっけい》なほど自分に満足している。現在進行中のゲームと、そのゲームに組みこんだ可能性にも。年齢を重ねるにつれて欲求は変化し、権力と支配への欲求は、気晴らしと刺激へ取って代わりつつある。若返っているに違いない。じきに衝動を抑えられなくなるだろう。彼はグラスを掲げ、ばかげた思いつきに乾杯した。

ようやくセキュリティの問題を解決できるのがなによりだ。あの件では忍耐が切れかけていた。セス・マッケイと彼のコンサルティング会社には、せいぜい役に立ってもらわなければ。噂を聞いたかぎりでは役に立ちそうだ。慎重に情報収集をはじめて以来、マッケイ・セキュリティ・システム・デザインの名前が何度も浮上した。外国政府や各政府機関、国際航空会社、防衛関係の請負業者、外交官や有名企業の役員が彼の会社を頻繁に利用し、最先端の監視機材や特注のソフトウェアはもとより、専門的監視防衛策に対する卓越した能力は立証ずみだとひそかに評判になっている。なにより眼を引いたのは、マッケイの慎重さへの評判だった。このところ巧妙なプロによる倉庫への不法侵入が頻発しているが、警察に通報するわけにはいかない。それを考えると、慎重さこそヴィクターが求めているものだった。

窃盗自体は、深刻な経済的損失にはなっていない。あの手の強盗に百回遭ったところで損失は苦もなく吸収できる。むしろヴィクターを不安にさせたのは、強盗のタイミングと正確さ、そして犯人が選んだ略奪品だった。犯人は、彼の顧客のなかでも、もっとも機密扱いで要求の厳しい相手に送ることになっていた品物を正確に盗んでいった。

その副業——美術品やアンティークなどの密輸——は数年前にごく内密にはじまり、自分自身を楽しませるという唯一の目的のために発展していった。最近の気晴らしは、人びとの注目を集めるような裁判に登場する、悪名高い殺人事件の凶器の売買だ。この趣味に没頭するようになったきっかけは、偶然ともいえるようなものだった。人間は、社会史を彩る暴力的で身の毛のよだつような盗品のために、嬉々としてばかばかしいほどの大金を支払う。たしかに邪道だが、その邪道を利用することによって、ヴィクターは毎回大きな利益をあげてきた。人生における不変の慰めのひとつにすぎない。

最近行なった取引のひとつは、アントン・ラーセンが使用したハンティングナイフだった。五つの州にまたがり十ほどの市で暴れまわった、シンシナティの切り裂き魔。ヴィクターは、ナイフを盗んだ人間が計画と人件費にかけた五倍の金額で、そのナイフを競り落とした。それは地元の製薬会社のCEOのもとへ行った。よく一緒にゴルフをする、大勢の孫を持った太鼓腹の温厚そうな男だ。男の妻は、破壊的な暴力に対する夫の関心の強さに気づいているのだろうか。知らずにいるほうが彼女のためだろう。それは間違いない。

その種の品物を調達していると、なにかをうまくやってのけるという、えもいわれぬ感覚を味わうことができた。危険を冒すスリルのせいで、灰色で空虚な感覚をしばらく寄せつけずにすむ。たぶん子どもじみているのだろう。だがわたしの人生は、自分の好きなことをする余裕がある時期に到達している。あるいは、そうだと思っている。

いずれにしても、調達の手はずは自分ひとりで整えている。つまり、きわめて手慣れた侵入を計画、実行したのが誰であれ、その人物は電子的スパイ装置によってのみ入手可能な情報にアクセスしたことを意味している。

セス・マッケイの被害対策プランには、かなりの金がかかるだろう。彼の手数料は法外だが、自分ならたやすくまかなえる。マッケイ自身も好奇心をそそられる人物だ。頭が切れて抜け眼なく、驚くほど胸のうちが読み取れない。だが、わたしは人間の弱点をかぎつける天才だ。今朝のマッケイを見れば、彼の弱点は火を見るより明らかだった。

ヴィクターは大きく笑い声をあげ、もうひとロウィスキーを飲んだ。舞台上手からロレイン・キャメロン登場。かつては白っぽいブロンドを三つ編みにした、小さなカーチャ・レイザーだった。長らく行方不明だった姪。タイミングは絶妙だ。

あの子には驚かされた。ピーターの死後、母親のアリックスはいかにも卑劣な臆病者らしく、娘を連れて大慌てで逃げだした。彼女は滑稽なほど必死になって自分たちの足取りを隠しつづけたが、そんな手間をかける必要はなかったのだ。わたしの情報ネットワークには太刀打ちできない。

もはやアリックスにはなんの興味もないが、姪の成長はなみなみならぬ関心を持って見守ってきた。姪には可能性がうかがえたが、幼いころはどうしようもない引っこみ思案が障害になっていた。そしてもうずっと前に、姪は魅力的ではあるが点々と放浪することに満足し、なにに対してものめりこまず、なにひとつやり遂げることのできない、取るに足りない小娘としてかたづけていた。だが、偽の履歴書でレイザー貿易に求職してくる図々しさを持ちあわせていると知って、好奇心をかきたてられた。あのぎこちなく純真なうわべの下には、力強く強烈なものがふつふつとくすぶっているのかもしれない。

本当にピーターがあの子の父親なのだろうか。アリックスが多方面に向けた性欲を考えるとその可能性はあまり高くない。もっとも、あの子が父方の祖母に似ているのは確かだ。そう考えてみると――ヴィクターはつかのま計算した――そうだ、大いにありえる。あの子はわたしの娘であってもおかしくない。おもしろい。だからといって現時点でどうというわけではないが。そんな感傷的な考えは、もうずっとむかしに私利追求のために犠牲にした。それに、もしあの子が自分の娘だったら、わたしはもっと多くのことを彼女に求めるだろう。

いずれにしても、ピーターに対して犯した間違いをあの子に対して犯すつもりはない。過保護にはしない。甘やかしはしない。いかなる情けもかけない。鍛えて、内にある誇り高いレイザーの核を引きだすのだ。オフィスでの仕事は、スタミナの有無を確かめるために行なった最初のテストだった。そしてあの子はりっぱに持ちこたえている。言語に長《た》け、文章を書くのがうまく、当意即妙に頭を働かせ、魅力的で言葉遣いにそつがない。そして、無能な人間を淘汰《とうた》するために特別に組まれた就業スケジュールに順応している。それでも、不安そうにすくみあがったウサギに変わりはない。アリックスのせいだ。あの子を燃えあがる炎のようにたくましい本物の女へ変貌させることができるか、やってみるのはおもしろいだろう。新しいセキュリティ・コンサルタントは、明らかにこのゲームにおける自分の務めを果たしたがっていた。あの子が美しいのは実に幸運だった。少なくともその点では、放縦で身持ちの悪いあばずれだった母親が大いに役に立ったわけだ。若いころのアリックスは、はっとするような美人だったが、あの子はその母親をしのいでいる。あるいは、誰かが服の選び方を教えてやれば、いずれしのぐようになるだろう。

今朝の会議のあと、マッケイには今回の仕事の役得のひとつとして、あの子を提供すると言ってある。もちろん遠まわしな言い方をしたが、得心したように貪欲にきらめいた彼の眼がすべてを語っていた。ヴィクターはクックッと笑った。悪ふざけをしている気分だ。自分が悪魔のように巧みに人を操る人間だということはわかっている。だが、人間はものごとをおもしろくするものだし、これはあの子のためにもなるのだ。マッケイはこれまでレインが自分で選んだくだらない男より、胸躍るセックスパートナーになるに違いない。恋人選びに関しては、あの子は父親のどうしようもない悪趣味を受け継いでいるらしい。気の毒なピーター。

明日は、あのふたりを好きにさせ、欲望に賭けてみよう。なにが起こるか予測したりコントロールするすべはない。可能性の要素があるのはありがたいことだ。それがなければ、とっくに退屈して手首を切っていただろう。

あの子がベッドへ誘われる場面を録画したいところだが、それは趣味が悪いうえに、戦略的にも複雑だ。なんといってもあの子は姪なのだ。ある程度のプライバシーは認めてやろう。せめていまのうちだけは。

純粋な気晴らしになるという点は別にしても、状況は幸運に恵まれている。機密事項を扱うプロジェクトを進める前に、謎めいたマッケイに対して影響力を持つ必要がある。十カ月前、ＦＢＩのおとり捜査官だったジェシー・カヒルの死で不首尾な結末を迎えた出来事のあとではなおさらだ。かろうじて事態を収拾したとはいえ、特定の業界ではかなり面目を失うはめになった。

なかでもカート・ノヴァクは、いまだに恨みを抱いている。だが、これからクロウが持ってくる〈闇のハート〉があれば、状況は一変するだろう。あれさえあれば、ノヴァクを望みどおりの場所へ連れ戻すことができる。ヴィクターは夢見るような笑みを浮かべながら、月明かりの空をかすめるちぎれ雲を見あげた。

フレンチドアが乾いた音をたてて開き、世話係が咳払いをした。「ミスター・クロウがおいでになりました」丁重につぶやく。

風が強まっている。一陣の風に枯葉と松葉が巻きあげられ、いたずら好きのポルターガイストのように敷石の上で渦巻いた。これから行なう取引におあつらえむきの雰囲気だ。「通せ」ヴィクターは命じた。

まもなく、椅子のうしろに影が現われた。カラス《クロウ》は本名ではない。彼の本名など知らないし、ヴィクターの知るかぎり知っている者はいない。クロウは、複雑で慎重を要し、きわめて違法な手はず——悪名高い殺人事件の凶器を盗むというような——を整えたいときに接触するたぐいの男だ。彼はこれまで使った仲介役のなかでもっとも頼りになり、同時にもっとも料金が高い男だった。

クロウはさえないオリーブ色の長いレインコートに身を包み、薄闇のなかでも身につけているつばの広い帽子とミラーグラスのせいで顔は影になっていた。かろうじて見て取れる顔は、冷酷で骨ばっている。彼はヴィクターが座っている椅子の横にスチール製のキャリングケースを置くと、背筋を伸ばして相手の反応を待った。持参した品物の真偽を確認する必要はない。彼の評判だけで充分だ。

ヴィクターの頭のなかで、ゲーム盤のコマが動き、新たに攻撃的な陣形を組んだ。「金は今夜いつもの口座に送金する」興奮を抑えた静かな声で言う。

クロウの影が音もなく引きさがった。ヴィクターはケースに手を伸ばし、膝の上に置いた。コラソン。闇のハート。まさしくその名のとおり、手のなかで脈打っている。囚われた魔神を持っているアラジンになった気分だ。力と欲望と暴力の意味を理解し、啓発されたアラジン。そして、わたしの魔神はカート・ノヴァクだ。

ヴィクターはケースを開いた。ワルサーPPKは、鑑識に送るために入れられた札のついたビニール袋のなかにあり、いまも指紋採取用の粉がついていた。この銃には値段のつけようがないほどの価値がある。なにしろその価格には、一生分の脅威と寵愛《ちょうあい》に匹敵する価値が含まれているのだ。

過去と現在と未来が一体になっている。不運なベリンダ・コラソンの顔が脳裏に浮かんだ。膝の上にある冷たい鋼鉄のかたまりは、生命を奪った暴力の無限の一瞬のなかに永遠に閉じこめられている。これは、自分のように明晰夢（夢を見ていると自覚しながら見る夢）にさいなまれ、権力の力学に敏感で、この銃に記された署名を読み取ることができる人間を惹きつける。

ベリンダ・コラソン殺しの真犯人を知っている人間はこの世でふたりしかおらず、そのひとりでいるのはわずらわしかった。ヴィクターは憂鬱の警告ランプが灯るのを感じ、勢いよくケースを閉じて未然に食いとめた。罪悪感を抱くいわれはない。ミス・コラソンは単なる知りあいで、友人ではなかった。多くの有名人のように、彼女はヴィクターの豪華で人気のあるパーティの客だった。

一年前、彼とノヴァクはひじょうに利益の大きな取引を結んだ。取引のあと、上機嫌のうちに交わされた好意の応酬のなかで、ノヴァクは内密にベリンダを紹介してくれと言ってきた。わたしの罪はそこまでだ。責任を負うべきなのは、それだけだ。

どんな手を使ったのかは知らないが、ノヴァクは本当にあの軽薄な女の関心を引くことに成功した。プレゼントした南洋黒真珠の三連ネックレスのせいかもしれないし、ノヴァクが持つ毒のある魅力のせいかもしれない。女の好みははかり知れない。いずれにしても、最終的にミス・コラソンはノヴァクの魅力に愛想をつかし、ほかの男たちと同じように、彼も簡単にお払い箱にできると考えた。その過ちを、彼女は命で償った。

ヴィクターはアンティークの銀のシガレットケースからタバコを取ると、物憂げに合図した。ドアが開き、世話係が急ぎ足で彼の横にやってきた。彼女は強風に苦労しながらタバコに火をつけると、無言で立ったまま退出か別の指示を命じられるのを待った。

ヴィクターの経験を積んだ眼が、若い女の顔と体を隅から隅までゆっくりながめまわした。退屈しないように世話係は頻繁に代える。この女は新しく来たばかりだ。彼は豊満な胸と運動選手のようにすらりとした体を見つめた。まっすぐな髪は長い栗色で、肌は浅黒く、ハシバミ色の斜視ぎみの眼をしている。そそられる。寒さのせいで乳首が固くなり、肌に張りついたシャツを透かしてつんと立っているのがはっきり見えた。風に吹かれた髪がもつれ、美しい顔にかかっている。ふっくらした赤い唇を見つめていると、もう少しでその気に……だめだ。

今夜はだめだ。こんなに爽快《そうかい》な気分はめったに味わえない。意識がみなぎっている。ピーターが死んでから、これほど活気と生気に満ちあふれた気分になったことはない。ひとりで満喫するべきだ。

彼は若い女に愛想よく微笑みかけ、ひと呼吸置いてからなんとか女の名前を思いだした。

「ありがとう、マーラ。もういい」

マーラはまぶしい笑顔を浮かべて去っていった。本当に美しい。明日は好きなだけ楽しもう。いまはただ、この幸福感の恩恵にひたりながらゲーム盤の新しい陣形をじっくりながめ、コマをどう動かすのがベストかを考えるのだ。

このゲームは複雑で、進行には時間をかけている。市や州の役人や実業家、政治家に関する個人的な情報を知りつくしているおかげで、事実上法の規制を受けることはない。そして気前のいい寄付や贈与や選挙資金援助は、ものごとを申し分なくスムーズにしている。ヴィクター・レイザー――地域の柱。眼をきらきらさせた慈善家であり、すばらしいパーティの主催者。レイザーの名前に対するささいな汚点も、パーティへ招待される魅力をいっそう高めているにすぎない。人間は不埒《ふらち》な気分になるのを好む。これもまた、人生の不変な慰めのひとつだ。ゲームのコマが予測不可能な新しい陣形を組んだいま、土曜の晩ストーン・アイランドで催される饗宴はかつてないほど楽しいものになるだろう。

そう、自分はどうしようもないほど挑戦を求めている。そして、未知の部分が残る美しいレインを。あの子ははかり知れない。彼女自身わかっていない。あの子が自分の新しい務めに専心する機は熟したのだ。

セス・マッケイ。では、それが彼の名前なのね。レインは自宅に入りながら、数えきれないほどくり返してきたせりふを、ふたたび声には出さずにつぶやいた。オフィスは一日じゅう噂話でもちきりで、彼女はスポンジのようにそれを吸収した。ハリエットのぴんと伸ばした背中が向こうを向くたびに、秘書たちはセス・マッケイについて話しだした——彼の顔、彼の体つき、燃えるような眼について。どうやら彼は、管理システムを無線ＩＤ技術で革命的に変化させる、やり手のセキュリティ・コンサルタントらしい。レインは最近アップデートしたウェブサイトに新しいセキュリティ・システムに関する宣伝文句を組み入れるために、一時間残業をした。

コートのボタンをはずしているとき、郵便受けに封筒がひとつあるのに気づいた。差出人はセベリン・ベイ検屍官事務所。心臓が喉元まで跳ねあがった。シアトルに来て最初にやったのは、父親の解剖記録のコピーを求める手紙を書くことだった。レインは震える手で封筒を開いた。

すでに知っていることしか書かれていない——溺死による事故死と判定。彼女は落ちついて公平な見方をするよう努めながらページをめくっていった。臓器と組織のサンプル、化学分析と毒物検査、胃、胸腔、腎臓、硝子体組織から採取した液体。書類を見つめているうちに、空気が抜けたような冷えびえとした孤独な気分になった。この記録では新たなことはなにもわからない。なにも示唆していない。署名したのはセリーナ・フィッシャーという医師だった。レインはその名前を心に刻んだ。

電話が鳴って、びくっとした。友人は誰もここの番号を知らない。母親としか考えられない。彼女は受話器に手を伸ばした。「もしもし？」

「ああ、やっと家にいるところをつかまえたわ」

気分を害した不機嫌な口調を聞いて、胃が締めつけられた。「こんにちは、アリックス」

「何度も何度も電話したのに、全然家にいないんだから！　数えきれないほどメッセージを残したけれど、おまえのことだから折り返し電話なんかしてこないし。いったい毎日一日じゅうなにをしてるの？」

レインはそっとため息をつきながら、床にバッグを落とした。レイザー貿易で十四時間働いたあと、母親との会話ほど避けたいものはない。言い訳を考えながら、コートを脱いでハンガーにかける。「ああ、いろんなことよ。その、このあいだは遊覧船に乗ったわ。もちろん雨だったけれど、すばらしかった。買い物にも行ったし、仕事の面接も受けたわ。いいお友だちも何人かできたの」

「すてきな紳士のお友だちは？」

熱い愛撫《あいぶ》のように喉にあたるセス・マッケイの息が、痛いほどはっきりとよみがえる。レインはクスクス笑いそうになるのをこらえた。セス・マッケイにはいろいろなことがあてはまるかもしれないが、〝紳士〟という言葉があてはまらないのは確かだ。そのほうがいいわ。もし彼と一緒にいるチャンスに恵まれても、レディのように振る舞うつもりはないんだから。

「ええと、紳士の友だちはいないわ」もごもご答える。

「まあ」アリックスはがっかりした声を出したが、意外ではなさそうだった。「まあ、おまえが一生懸命やっているとは思えないものね。これまでだって、そうだったんだから」

娘の反応を待つあいだ、いっとき沈黙が流れた。退屈でおなじみの口論が口火を切るきっかけを待っている。レインは頑なに沈黙を守った。疲れてゲームをする気にはならない。

アリックス・キャメロンは耐えきれずにため息を漏らした。「おまえがシアトルを選んだ理由を理解できないわ」とがめるように言う。「すごく遅れた街よ。いつも灰色でじめじめしてるし」

「ロンドンだって、灰色でじめじめしてるじゃない」レインは指摘した。「それに、お母さんは何十年もここへ来たことがないでしょう。シアトルはとても進んでるのよ」

年長の女性は小さく咳払いをした。「その呼び方はやめてちょうだい。歳を取ったような気分になるって、知ってるでしょう」

レインは唇を嚙みしめていつもの小言をこらえた。母親が変名するたびに新しい名前を覚えるのは、何年間も果てしなくつづく厄介な問題だった。アリックスが元の名前に戻す決心をしたときは、ほっとしたものだ。数カ月ごとに新しい名前に慣れるより、はるかに簡単だった。

レインは電話台に載っている検屍記録をじっと見つめ、即座に心を決めた。深く息を吸う。

「アリックス、ずっと訊こうと思っていたことがあるんだけど……」

「なあに、ハニー？」

「パパのお墓はどこにあるの？」

電話の向こうでショックを受けたように沈黙が落ちた。「なんなの、ロレイン」アリックスの声は、首を絞められているように聞こえた。

「べつに変な質問じゃないでしょう。お墓参りをしたいだけよ。花をたむけて」

あまり長く待たされたので、電話が切れてしまったのではないかといぶかった。ようやく口を開いたとき、アリックスの声はひどく歳を取っているように聞こえた。「知らないわ」

レインの顎ががくんと落ちた。「知らないって――」

「わたしたちはこの国を離れてたのよ、忘れたの？　二度と戻らなかった。わたしが知るわけないでしょう？」

どうして知らずにいられるの？　レインは心のなかでささやいた。みぞおちの固いしこりに手をあてる。「そう」

「登記所で調べられると思うわ」母親がうわの空で言った。「いくつか墓地に電話してみなさい。なにか方法があるはずよ」

「ええ、あるはずね」レインはくり返した。

喉を詰まらせて鼻をすするような音が聞こえ、ふたたび母親が話しだした。涙で声が曇っている。「ハニー、わたしたちはイタリアのアマルフィ・コーストにあるポジタノにいたのよ。ロッシーニ家の子どもたちとビーチで遊んだのを覚えてるでしょう？　ガエタノとエンザを？　わたしたちが知らせを受けたのは、あそこにいるときよ。マリアンジェラ・ロッシーニに電話をしてごらんなさい。知らせを聞いたわたしを落ちつかせるために、お医者さまを呼んだのは彼女なんだから。わたしを信じられないなら、彼女に電話すればいいわ」

「もちろん信じるわ」レインは母親をなだめた。「ただ、夢を見つづけるものだから――」

「ああ、やめて！　子どものころみたいに、夢と現実が一緒になってるなんて言わないでちょうだい！　それを聞くと、心配で気が狂いそうになるわ！　それだけはやめてちょうだい、ロレイン！」

「わかったわ」こわばった口調で言う。「もう言わない」

「夢なのよ、ロレイン！　現実ではないの！　聞いてるの？」

レインはたじろぎ、耳から受話器を離した。「ええ。ただの夢よ。わかったから落ちついて」

アリックスは大きな音をたてて鼻をすすった。「シアトルへ行ったのは、古い骨をほじくり返すためじゃないと言ってちょうだい、ハニー！　過去はそっとしておきなさい。おまえはとても頭がよくて、たくさん可能性を持ってるんだから！　前を見て前進すると言ってちょうだい！」

「前を見て前進するわ」従順にくり返す。

「わたしに生意気な口をきくんじゃありません」

「ごめんなさい」

母親の不安をなだめて電話を切るには、さらに数分を費やさなければならなかった。ようやく電話を切ると、みぞおちをつかみ、サンドイッチを作ろうという考えをあきらめた。いつものように、嘘をついたせいで胃がぎゅっと収縮してずきずきしているが、ほかに選択肢はなかった。わたしは究極の罪を犯そうとしている。たとえ掘削機を借りることになろうが、できるだけ多くの骨をほじくり返すつもりだ。

母親の言葉をじっくり考えてみた。父の死につづく日々は、哀しみに打ちのめされて記憶のなかでかすんでいる。そしてふたたび周囲に関心を払うようになったときは、新しい名前で別の国にいた。でも、ひとつだけ確かなことがある――ポジタノであの知らせを受けた記憶はない。もしそうなら、その記憶は石に刻まれたように心に刻まれ、あらゆる細部まで変わることなく鮮明に覚えているはずだ。

父の墓は一度も見たことがない。墓が夢で見たものと違うとわかれば、夢の恐ろしさも消えるだろう。

でも、もし現実が夢と同じだったら？

そう思った瞬間胃がひっくり返り、レインはぞっとする思いを押しのけた。錯乱している場合ではない。ただでさえ神経がすり切れそうなのだ。明るい面に心を向けなければ。セス・マッケイとヴィクターに出会ったことで、ようやく事態が動きだした。これはいいことだ。進展。明日着ていくものを決めなければ。

もっとはっきり言えば、明日やることを決めなければ。

胸で沸き立つ興奮の激しさに、レインは笑い声をあげた。寝室へ行って衣装だんすの上の鏡をのぞき、セス・マッケイの眼に映った自分の姿を想像しようとした。彼は明らかに求めているものを見ていた。けれど、それがなにかはわからない。自分に見えるのは、なにかに怯えたような青白い顔をした、いつもどおりの地味なレインだ。

災厄の縁でバランスを取っているときに欲望に溺れるなんて、愚かだしタイミングが悪すぎる。でも、タイミングの悪さと判断力のなさは、最初からわたしのセックスライフの特徴だった。フレデリック・ハウとフアン・カルロスを見ればわかる。

何年も旅をつづける生活は、友情を築いたり人づきあいの技術を磨く助けにはならなかった。最終的にアリックスは、ぼんやりしたスコットランド人の実業家、ヒュー・キャメロンに出会って結婚した。アリックスとレインはヒューとともにロンドンに落ちついたが、そのときはすでにダメージを受けたあとだった――レインはひどく内気になっていたのだ。腕いっぱいに小説を抱えてよろよろ歩いている眼鏡をかけた寡黙な少女を、学校の少年たちは相手にしようとしなかった。

大学へ通うためにアメリカへ戻ったときも、状況はまったく変わっていなかった。そして誰にも求められずに処女でいることが、負担になりはじめた。二十四歳になってまもなく、パリでフレデリック・ハウと出会った。義父の仕事仲間だったハウは三十代前半のたくましいイギリス人で、愛想がよく礼儀正しかった。彼はレインを夕食に誘い、ノンストップで自分のことをしゃべりつづけた。それでもいい人のように思えたし、安全でごく普通に見えた。夕食のあとレインは深呼吸をし、言われるままに自分の小さなアパートまで送らせた。

それは大きな間違いだった。ハウは手荒く不器用で、押しつぶすようにのしかかってきて、息はにんにくとワインのにおいがした。状況を考えれば、ほとんどはじまったとたんに終わったのは幸運だった。ひどく苦痛だったのだ。そして彼女がバスルームで体を洗っているうちに、彼はさようならも言わずにアパートを出ていった。

その屈辱から立ちなおってもう一度試す気になるまで、一年半かかった。フアン・カルロスとは、ある夏バルセロナでスペイン語を学んでいるとき出会った。彼は公園で、チェロでバッハを演奏していた。とろけそうな褐色の瞳とバイロンのような巻き毛を持つほっそりしたハンサムで、グッチとプラダでほれぼれするほど決めていた。レインは彼の優雅さと神経の細やかさにうっとりした。鈍感なフレデリックとは大違い――傷ついた恋愛感を癒すにはもってこいだと思った。

でも、ふたりの情熱が頂点に達した瞬間は、フアン・カルロスにとっては好ましいものではなかった。レインは気が進まなそうな相手に耐え、フアンをなだめて安心させ、自尊心を励ました。最終的に、彼は自分はゲイかもしれないと告白した。

その夏、レインはフアンとの変わらぬ強い友情を築きあげた。フアンは性欲に関する真実を直視する勇気を与えてくれたとレインに感謝し、それは結構で申し分ないことだった。レインはやさしくフアンを愛し、彼の幸福を心から願った。でも、彼女は以前とまったく同じ状態に戻ってしまった。不安で頭が混乱した。気が狂いそうだった。

その夏が終わった直後から、さかんに墓石の夢を見るようになった。鬱積した性のエネルギーは即座に問題リストの二番めに追いやられ、完全に忘れ去られた。

いままではそうだった。それは、よりによって最悪のタイミングで華々しいカムバックを果たしたのだ。頭がおかしくなりそうだった。これまでずっと、自分ではどうしようもない出来事に翻弄《ほんろう》されてきた。いまは、もっと恐ろしい内なる力に翻弄されている。恐怖、夢、セス・マッケイに対する胸が高鳴るような反応に。

レインはジャケットを脱いでハンガーにかけた。恐怖は直視して乗り越えられるものだ。

スカートのホックをはずしながら、励ますように自分に言い聞かせる。夢と折りあいをつけるために、できるかぎりのことをしている。それにセス・マッケイに関しては、恐怖を超えた問題だ。彼はユニコーンやケンタウロス、悪魔やドラゴンの王国の一員なのだ。その世界に入れば、さすがのわたしでも、ふと気がついたら魔法で変身しているかもしれない。

ブラウスのボタンをはずして椅子に放り投げ、髪からピンを抜きながらじっと鏡を見つめた。本当に、これ以上体重が減らないようにしなきゃ。体が弱そうに見えはじめている。明日は眼の下の隈にもっとコンシーラーを塗って、頬紅を濃くしよう。レインは頭を振って編んだ髪をほぐし、ストレッチレースのスリップをぐっと脱ぎかけ……そこで手を止めた。スリップをもとの場所に戻し、セス・マッケイの眼に思いを馳せる。顔がぽっとほてった。明日は頬紅は必要なさそうだ。

鏡に向かい、誘うようになまめかしく微笑む。体を前に倒して髪をくしゃっと乱し、指で逆毛を立てて膨らませると、さっと頭をあげて髪で肩をおおい、巻き毛が少し顔にかかるようにした。飼い慣らされていない〝ジャングルのクイーン〟のイメージ。たぶん少し口紅を塗ったほうがいい。光沢があって、濡れた感じのものを。唇を突きだしながらスリップをたくしあげ、セクシーに体をくねらせて脱いだ。指からスリップをぶらさげたまま手を伸ばし、カーペットに落とす。

次はパンティストッキングだ。これは問題外。太腿までのストッキングを買わなければ。そうすれば、椅子の縁に腰掛けてガーターの留め金をはずし、太腿に沿ってゆっくりおろしていける。そそるようにほてった脚の輪郭をたどる海賊の眼に見つめられながら。

このままじゃ、足首から引き抜くときによろけないよう気をつけながら、かがんで脱がなければならない。もっと経験豊かな女性なら、セクシーに見せることもできるのだろうが、自分には無理だ。それに、手持ちのランジェリーは悲惨なほどさえないものばかりだ。大きな胸ではいつも決まりが悪い思いをしてきたので、控えめで目立たなくなるように、できるだけ胸を小さく見せるアンダーワイヤブラを使っている。いまはじめて、谷間がむきだしになるような、カットが深くてフリルのついたブラが欲しくなった。

まあ、いいわ。悪女ぶるのは、はじめてだもの。ほかのことと同じように、マスターするのに多少時間がかかっても無理はない。

レインは鏡のなかで乳房に両手をあて、セスがうしろにいるところを想像した。彼の手がお腹を撫でていき、あやすように乳房を持って弾力と重さを感じている。首と肩にキスされ、熱い息と顎の不精髭が喉にあたる。次の瞬間、彼は彼女の前に来ていた。乳房に顔をうずめ、影になった深い谷間を舐めている。レインはブラのホックをはずし、裸の自分を見つめられているところを想像した。

それはあまりにも真に迫っていた。閉じたまぶたのうしろで、怖いほど鮮明にその場面がくり広げられていく。彼の愉悦のうめきが聞こえるような気がした。キスされ舐められるときの彼の口の湿り気と熱を、味わうように巻きついてくる舌を感じることができるような気がした。彼の口が乳首をとらえる。それはもう淡いピンク色ではなく、濃いラズベリー色に赤らんで固くなっている。セスはどんなふうに愛してくるのだろう。ゆっくりとけだるく？それとも情熱的にしつこく責めてくるのかしら？　ロマンス小説やポルノ小説で読んだことしかないようなことをしてくるのかしら？

レインはパンティをさげ、足首に落とした。太腿のあいだへ手をすべらせる。幻想が渦巻いて、止められない——彼は眼の前で膝をついている。わたしのおへそに鼻をすりつけ、恥丘に顔を押しつけて香りを吸いこむ。陽射しを浴びた花のように熱く甘い——彼の言葉が心のなかでこだまして、レインはせつなげにため息を漏らした。

幻想のなかの恋人の動きに従って、自分自身に触れる。なめらかで熱く湿った場所に、じらすように彼の手が入ってくる。充血した硬いつぼみの上で、彼の舌が円を描く。レインはびくっとして眼を見開いた。いつもの幻想はバラ色でやんわりと霞《かすみ》がかかっているが、これは強烈で貪欲で細部まではっきりしていた。この幻想は、みずからの意思を持っている。レインは怯えた眼を大きく見開きながら、なすすべもなく従った。顔は上気し、唇は開かれ、眼はうつろになっている。足首にパンティをからませたまま片手で胸を愛撫し、もう一方の手で大切なところをおおっている自分はみだらに見えた。

まるで、欲望に溺れそうになっている女みたい。

レインはパンティを蹴《け》飛《と》ばし、力の抜けた脚で慎重にベッドへ歩いた。太腿のあいだが執拗に疼き、せつないほどの欲求不満で怖いくらいだった。差し迫った欲求が、体のなかで激しく熱く脈打っている。枕に倒れこんでなめらかなフランネルのシーツの上で身悶えし、敏感になった肌を一心にこすりつけた。

両脚を広げて、そのあいだにある湿り気へなりふりかまわず指をすべらせる。次々にみだらなイメージを思い描いた。あらゆる可能性、あらゆる局面を。たぶん彼はわたしの脚を大きく押し開いて大切なところに顔を押しつけ、ゆっくりとやさしく吸ってくるだろう。舌が柔らかなひだを上下になぞり、そのあとで熱く震える奥まで差しこまれてくるだろう。自分にのしかかっている彼が見える。引き締まった美しい体の重さと体温を感じる。彼がいっきに入ってくる。ゆっくりと出たり入ったりされるときのえもいわれぬ感触。彼の肩につかまって体をぴったり押しつけたまま、力強く奥まで突かれる。彼は鋼鉄のような腕でしっかりわたしを抱きながら眼をのぞきこみ、わたしの魂が解き放たれて光り輝き、完全に彼のものになるのを見ている。

それが限界だった。レインは鋭い悲鳴をあげながらベッドの上で体を反らし、絶頂を迎えた。果てしない興奮の震えが滝のように襲いかかる。経験したことがないほど激しいオルガスム。

その晩、レインはわなわな震える体にシーツを引き寄せ、疲れきった眠りへと落ちていった。

ふたたびガラスの水槽のなかで裸で泳いでいる夢を見た。周囲できらきらと髪がたなびいている。だがその夢は以前とは違っていた。水槽の壁が消え、色つきの小石はきらめく砂に変わり、つくりものの枝珊瑚は、水中の薄暗がりのなかでぼんやりと光る、そびえるような巨大な建物になった。プラスティックの城はなくなっていたが、沈没したガリオン船は本物で、表面が藻とフジツボでおおわれていた。

ガラスの壁が与えてくれていた防御がなんであれ、それはなくなっている。大きな魚と一緒に泳ぎたいという願いがかなえられた。レインはちらちら明滅する細い光線のように、底なしの海底へ泳いでいった。ぼんやりと感じた危険は、胸の奥で湧きあがる無限の自由の感覚にほとんどかき消されていた。

4

ストリップショーを観ていたとき、ひとりだったのは実にラッキーだった。もしマクラウド兄弟の誰かが観ていたら、そいつを殺さなければならなかっただろう。

彼女が眠ってからかれこれ一時間たつが、セスはまだモニターを見つめていた。燃えるような眼を見開き、ペニスは花崗岩のように硬いままだ。もし監視装置を設置したのが自分ではなく、気づかれる可能性はほとんどないと確信していなければ、すべては自分のために念入りに仕立てられた芝居だと考えただろう。それ以外に、おれが正気を失うように正確に計算された行動を、彼女がカメラの前でやるはずがない。

だが、レイン・キャメロンが芝居の仕方など知っているわけがない。それには体の一部を賭けてもいい。あのオルガスムは間違いなく本物だった。

まったく、ずいぶん久しぶりだ。ジェシーが死ぬ前でさえ、おれのセックスライフには多少問題があった。並はずれて性欲が強く、ベッドでのテクニックも申し分なかった（うぬぼれではなく、百パーセント保証できる）が、行為の前後や最中に女が聞きたがるせりふを言うのは苦手だった。元恋人のひとりは去っていく直前に、あなたは基本的な社交能力に欠けていると言った。否定しようとは思わなかった。いつもありのままに話したせいでしくじってきたからだ――女たちは腹を立てて出ていき、その後のセックスの可能性がいちじるしく減少したり、ゼロになったりする。

厄介なことではあったが、さほど気にならなかった。もっと差し迫った問題が心を占めていたのだ。金はあるし、そこそこ見栄えもいい。その気になれば魅力的になることだってできる。女がひとり腹を立てて出ていったところで、たいしたことはない。空席を埋めるために待っている女は、いくらでもいた。

そしてレイザーとノヴァクに弟を殺された瞬間、セックスのことなど忘れ去った。セスは凍るような浮遊感に一種の安堵を覚えた。肉体を離れた脳になったような気がした。安らぎとは言いきれないが、それに近いものがある。捜査へ全エネルギーを向けることに肉体が協力しているのはいいことだ。だがレインが現われ、セスの性欲はだしぬけに空白の埋めあわせをしはじめた。

携帯電話が鳴り、セスは電気ショックを受けたように椅子の上で跳びあがった。ディスプレイに表示された番号をチェックしながら、手が震えていることに気づいて不愉快になった。コナー・マクラウド。すばらしい。まさにおれを元気づけてくれる男。セスはデジタル言語スペクトル反転装置を作動させ、コナーの送信を解読する暗証番号を入力すると、あきらめのうなりをあげながら通話ボタンを押した。「ああ」

「コラソン殺人事件の銃が昨日行方不明になったらしい」挨拶抜きでコナーが言った。

つづきを待ったが、なにも聞こえてこない。「コラソン?」誘いをかける。

コナーはいらだったような声を出した。「ニュースを観ないのか?」

「さあ――」

「まあいい」コナーがさえぎる。「この前の夏、ゴージャスなスーパーモデルが海沿いにある自宅のペントハウスで殺された。なにか思いあたることは？」

「ああ、彼女か。わかった」漠然とだが。スーパーのレジ横に置かれたあらゆる雑誌の表紙を、彼女の美しい顔が飾っていた。ゾンビでもなければ、ベリンダ・コラソン、一九八〇～二〇〇二年。なんてことだ、彼女は若かった。コラソン殺人事件を見逃すことはできなかっただろう。「死んだスーパーモデルが、おれたちとどういう関係があるんだ？」

「耳をかっぽじってよく聞けよ。おれとジェシーが、レイザーが有名な裁判にかけられた殺人事件の凶器を仲介してるって噂を追ってたのを覚えてるか？」

セスは顔をしかめた。「そんなものを買うやつが本当にいるのか？」

「いるんだよ。この世には、金のありあまったいかれたやつがたくさんいるのさ。問題は、おれたちの坊やがこの窃盗を依頼した可能性が高いってことだ。そして、おれにはあいつが誰のためにやったのかも想像がつく」

「誰だ？」いらいらと問いつめる。

だがコナーはとりすまして謎めいた質問をした。「レイザーはどこにいる？」

「ストーン・アイランドだ」躊躇《ちゅうちょ》なく答える。ヴィクターが使用するあらゆる車輌には、リモートコントロール式の強力なマイクロ波トランスポンダーを設置してある。レイザーの銀色のメルセデスは六時五十九分にマリーナに到着した。桟橋のカメラが彼が船に乗ったことを確認し、船に設置したトランスポンダーは、船は八時十九分に島に到着したことを示している。

「一日じゅうあいつを追ってたのか？」

「ああ。二時四十五分までオフィスにいた。〈ハント・クラブ〉でローラン・グループと二時間にわたるパラーランチ。五時半から六時三十五分までエンブリーとクロウと会議。そのあとマリーナへ直行した」

「今夜ほかに島へ行く者は？」

「わからない」セスは言った。

「わからないとはどういう意味だ？　カメラを設置してあるんだろう？　ああ、待て、わかったぞ。さては、バービー人形のドリームハウスをチェックしてたな？」

「くそったれ」セスは歯ぎしりした。

「あきれたもんだぜ、マッケイ。このセックス狂いのまぬけ野郎が。おれと一緒にこの仕事をする気があるのか？」

「リアルタイムで島を監視することはできない」セスは怒鳴りつけた。「八五マイル離れてるんだぞ。これだけの距離を、一度に二日以上かけて送信できるポータブル電源は持ってないし、あそこのセキュリティは厳重で、現地の電力を借用するのは不可能だ。あのろくでもない島へ向かった人間を知りたきゃ、自分で行ってデータを回収し、ここで加工処理する必要がある」

コナーは舌打ちをした。「おい、言い訳かよ」

「マクラウド、さっきも言ったが――」

「わかったわかった。悪かったよ。今度ばかりはあんたの言い分を聞いてやる。さっさとデータを回収してこい。九時から十時のあいだにレイザーに客がなかったか知る必要がある。おれの情報源から聞いた内容と一致するはずだ」

「おまえの情報源は、ほかになんと言ったんだ？」

「好奇心ではちきれそうか？」コナーが冷やかした。

「ふざけるのはやめろ」ぴしゃりと言い返す。

コナーは笑い声とも取れる音をたてて鼻を鳴らした。「オーケイ。教えてやろう。ノヴァクは彼女に惚れてたんだ」

「コラソンに？」容易には信じられない。「まさか。有名人の彼女が、あいつみたいなドブネズミを相手にしたはずがない。ノヴァクはそんな賭けに出やしない」

「出たんだよ、どうやらな。もちろん極秘にだ。あいつは彼女に、没落した帝国の戴冠用宝石やら有名なファラオの純金のデスマスクやら、トリノの聖骸布といったありとあらゆるものを贈ったのさ。なにがなんでも彼女を手に入れたかったらしい」

「そして、やつのためにそのろくでもない品物を調達したのは、レイザーだというのか？」

「ビンゴ！　バービーの世界でぼんやりしてないときは、鋭いじゃないか」

好奇心をそそられ、からかわれても反応できなかった。「じゃあ、どうしておまえたちは彼女をおとりにしなかったんだ？」

「秘密の情事だったのさ。おれたちは知らなかった。そしてもう彼女は死んでるんだから、よけいな口を出すな、わかったか？」

「口を出すつもりはない」セスはこつこつとテーブルをたたいた。興味深い。「じゃあ、彼女を殺したのはノヴァクなんだな？」

「もうひとつ、あんたによだれが出そうな話があるんだ、マッケイ。ニュースを観てないあんたのために、要約して話してやろう。コラソンの恋人だったアイスホッケーのスター、ラルフ・キネアを覚えてるか？　キネアは現場で発見された。裸で全身彼女の血にまみれ、凶器にはやつの指紋がべたべたついていた。やつはなにがあったかなにも覚えていなかった」

「おやおや」セスはつぶやいた。

「ああ。気の毒なうすのろにとっては、ひじょうにまずい状況に見えた。だがどうなったと思う？　何者かが間髪入れずにキネアの弁護団に電話をかけた。キネアの顔を調べて、顕微鏡でしか見えないほど小さな催眠ガス・アンプルの破片を探すように密告したんだ」

セスはいっときその情報の意味を嚙みしめた。「妙な話だな」

「ああ。弁護団はアンプルの破片を発見し、さらにキネアの腹に引きずられたあとがあるのも見つけた。ラルフ君は無罪放免、電話をかけてきた謎の人物に感謝感謝ってわけだ。で、今度は銃がなくなった。妙だろ？」

「じゃあ、おまえはレイザーがノヴァクに売るために、その銃を盗んだと思ってるのか？　失った愛の形見にするために？　なんてことだ」

「ああ。ロマンティックだろ？　データを取ってこい、マッケイ。そして、今夜レイザーに客があったか知らせるんだ」

電話が切れるカチリという音にセスは歯嚙みした。二度とおれに命令するなと言うだけのために、もう少しで電話をかけなおしそうになる。問題は、おそらくマクラウドに笑い飛ばされるということだ。どうせ島に直行することになる。ばかげたことをしてるひまはない。

当然のなりゆきとして、そう思ったとたん彼の心はもっともばかげた考えに舞い戻った。モニターのなかで眠っている女にふたたび眼を向ける。たぶんレイザーは、おれを誘惑しろと彼女に言ったのだろう。そして彼女はその役になりきっている。そう考えれば、今朝の会議のあとでレイザーが言ったことも理解できる。あの野郎はなんと言った？　ビジネスと楽しみをミックスすることについてだ。おれが望むなら、そのふたつを完璧なバランスでミックスさせるために、魅力的なレインが喜んで手を貸すと言った。おれが望むなら、だと？　セスは爆笑した。笑うのは久しぶりだったので、笑い声は錆《さ》びついて咳のように聞こえた。レイザーは、どれほどおれが〝望んで〟いるか、正確に見抜いていたのだ。そう思うと、無性に腹が立つ。

レイザーが友人や仕事仲間にセックスの相手を提供するのはよく知られている。それによって彼らはレイザーに縛られ、自分たちに対する影響力を与えることになる。レイザーが同じことをそそのかしてきたら、自分はどうするだろう。

まあ、もうわかっている。真実に鼻をこすりつけていたせいで、すっかり獰猛《どうもう》な気分になっていた。レイン・キャメロンは、救いだされるのを待っているおとぎ話の無垢《むく》なプリンセスなんかじゃない。ロマンティックな幻想は打ち砕かれたのだ。

苦い現実はすべてひっくるめて直視したほうがいい。もうなにがあってもレイン・キャメロンとファックするオファーを断りはしない。彼女が何者であろうが、条件がなんであろうが。レイザーが一点先取。セスは苦々しい思いで認めた。だが、もしあの巧妙な男に一点与えなければならないのなら、それだけの見返りはいただいてやる。

そう思ったとたん、次々に計画が浮かんだ。彼女を台座から引きずりおろし、頭がおかしくなるほどファックしてやる。頭にたまった性欲の霧を晴らすのだ。これっぽっちも罪の意識を感じずに、好きなだけ楽しんでやる。義務もなく、決まりきった求愛の手順も踏まず、例の退屈な男と女の決まりごとも抜きにする。そんな時間もエネルギーも持ちあわせていない。状況を考えれば、彼女からプロのテクニックを受けることだって期待できるかもしれない。おもしろそうじゃないか。事実、考えただけでまた硬くなっている。硬く、熱く……そして激しく。

くそっ。熱くなればなるほど、怒りが増すような気がした。ジェシーの復讐へと駆り立てる、固い決意を秘めた冷たい感情ではない。落ちつきのない荒れ狂った感情が、頭のなかで赤い霧のように渦巻いている。この種の怒りは要注意だ。判断を狂わせる。ミスの原因になる。火事のもとになる。

氷のように冷たく振る舞い、理想的な復讐計画がおのずと現われてくるのを待たなければ。遅かれ早かれ、ジェシー殺害の責めを負うべき三人の男たちを破滅させる絶好のチャンスが訪れる。ひと握りにも満たない既存のTSCMコンサルティング会社のなかから、レイザーがおれの会社を選んだのが吉兆のはじまりだ。そのために働きかけてはきたが、あてにはしていなかった。

完璧な復讐がどういうものなのか、具体的にはまだわからない。だが、そのときが来ればわかる。予測がつかない生き方には慣れている。生まれたときからずっとそうしてきたのだ。ストーン・アイランドへ侵入する仕事があってよかった。なにをするより気持ちが落ちつくだろう。あの島を取り巻くセキュリティの壁は、さすがのおれにとってもまれに見る難物だ。陸軍奇襲部隊にいたころの、防諜任務の記憶がよみがえる。カーン――ビジネスパートナーであり、科学技術の天才でもある――は、遠隔カメラの電源に関する問題を完全には解決しておらず、ありがたいことにいつも現地に忍びこんでデータを回収している。この任務は嫌いじゃない。それどころか気に入っている。カーンが納得のいく解決策を考案したら、きっとがっかりするだろう。惨禍の縁でこそ歩きまわっているときだけは、真の平安を感じることができる。過去と未来が崩壊し、純粋な本能に従って動く時間。一瞬一瞬に集中し、つらい記憶や感情に悩まされることはない。普通の人間が眠りを求めるように、セスはそういった瞬間を求めた。

求めるどころか、愛していた。自分でもわかっている。ハンクとジェシーもわかっていた。ふたりはセスを救おうとしたが、ふたりとも死んだいま、セスが救われるすべはなくなった。

セスは歯を食いしばり、モニターのなかで眠っている女をにらみつけた。せいぜいゆっくり寝ておくんだな。明日は生涯忘れられない日になる。

ストーン・アイランドに侵入してデータを回収するために必要な機材を集めはじめたが、視線は絶えずモニターへと舞い戻った。彼女の白い肩がむきだしになっている。ほっそりしたウェストのカーブまでシーツがずり落ちている。セスはシーツを引きあげて毛布をかけてやりたかった。

あんなふうになにもかけずに寝ていたら、寒い思いをするだろう。

「ちょっと待ってください」ノートパソコンのキーボードを懸命にたたきながら、レインは訴えた。「フランス語からドイツ語に切り替えるなら、発音区別符号の設定を替えないと。すぐ終わります」

ヴィクターはため息を漏らし、リムジンの豪華なシートにもたれこんだ。かすかにいらだたしそうな表情がよぎる。飲み物をすすり、グッチの靴をはいた脚を組んで、もどかしげに指でたたいている。

レインは言語リストの《ドイツ語》をクリックして新しいドキュメントを呼びだすと、手が震えているのに気づかれないよう願いながらキーボードの上で指を構えた。「どうぞ」

だがヴィクターは口述を再開しようとしなかった。射るような鋭い眼でこっちを見つめている。彼と視線を合わせるには、どんどん弱まる気力を振り絞る必要があった。たとえひそかに相手の失脚をたくらんでいなくても、カリスマ的なおじのすぐそばに四十分いるのは骨の折れることだった。

「多言語に精通しているのは、アメリカ人にしては珍しいな」ヴィクターが口を開いた。

レインは眼をしばたたかせた。「わたしは、その、子どものころヨーロッパで過ごす時間が長かったので」しどろもどろに答える。

「ああ、そうなのか？　どこで？」

この質問は覚悟していた。そして、許されるかぎり真実を話そうと決めていた。「最初はフランスです。リヨンの近く。それからしばらくニースにいて、そのあとオランダへ行きました。途中でいろいろなところに寄りながら。フィレンツェには二年いて、それからスイスへ。そのあとロンドンです」

「なるほど。ご両親は海外勤務に就いていたのかね？」

どうして口述をはじめないの？　どうしてよりによってふたりっきりのときに、あの射るような瞳でわたしを見つめなきゃならないの？「ええと……いいえ」もごもごと答える。

「母は旅行がとても好きだったんです」

「お父上は？　やはり旅行がお好きだったのか？」

レインはどぎまぎしながら深く息を吸った。簡単に答えるのよ、本当のことを言うの。

「父は、わたしが幼いころに亡くなりました」

「ああ、すまない」

彼女は小さく会釈して、ヴィクターがふたたび口述をはじめて自分を放っておいてくれるよう願った。

そうはならなかった。彼は不興げに眉をひそめてレインの顔を見ている。「その眼鏡だが。それをかけなくても仕事はできるのか？」

まったく違う話題にうろたえた。「あの、ええと、できると思います。近視なので、本当は遠くを見るときしか必要ないんですが――」

「きみの視力の問題には、いっさい関心がない。わたしの前では、二度とその眼鏡をかけないでほしい」

レインは眼を丸くしてヴィクターを見つめた。「この……この眼鏡がお嫌いですか？」

「ああ。不格好にもほどがある。コンタクトレンズにすればいい」そう言うと、彼は愛想よく寛大な笑みを浮かべた。

いつまでもぽかんと口を開けてるのはやめなさい。レインは自分に言い聞かせた。たぶんこれはひねくれた心理テストなんだわ。普通の秘書なら、こんなにぶしつけで権利を侵害するような要求に甘んじて従ったりしない——もちろん、わたしが臆病な意気地なしでなければだけれど。でもヴィクターの世界に〝普通〟のものなど存在しない。彼はさながらブラックホールのように、住み慣れた世界を原型を留めないほどゆがめてしまう。

ヴィクターは片方の眉をあげ、こつこつ脚をたたきながらようすをうかがっている。

コンタクトをやめてこのみっともない眼鏡を買ったのは、母親と似ているのをヴィクターに悟られないようにするためだった。レインは眼鏡をはずし、そっとバッグにすべりこませた。視界がぼやけてめまいがする。リムジンが停まり、心臓が跳びあがった。

コンピュータを閉じ、リムジンから降りる。倉庫の駐車場にいるのはわかったが、裸眼ではまばゆいばかりの白い空を背景に、不格好な灰色の四角形がぼんやり見えるだけだ。ガソリンと湿ったコンクリートのにおいがする。

エレベーターとキッチンのときと同じように、姿を見る前から彼の存在を感じ取った。ぼやけた視界のせいで、彼を意識する気持ちがいっそう高まった。昨夜の常軌を逸したエロティックな幻想の記憶が、頭のなかをぐるぐるまわる。あらゆる感覚が、水を求める花のようにすべてを吸収しようとしている。

長身で浅黒い人影が近づき、セス・マッケイの姿にまとまった。黒いジーンズとダークグレーのセーター、黒い革ジャケットという、さりげなく優雅ないでたちだ。すぐそこにいるので、セーターのゆったりしたワッフル織りや、うっすら伸びている髭まで見える。そっけなくちらりとこちらを見ただけだったが、見えない離岸流のような強い関心が感じ取れた。

ふたりの男は挨拶を交わし、セスはレインに手を差しだした。表情には、昨日のからかうような温かみは微塵もなく、黒い瞳は翳りを帯びて厳しい。たぶん仕事に集中しているのよ。レインはみぞおちで騒ぐ不安を振りきって、あたりさわりのない明るい笑みを浮かべた。

彼の大きく温かい手に触れたとたん、熱いショックが走った。わずか二秒のことだったが、彼が手を放したとき、レインのあたりさわりのない笑顔は完全に溶け去り、心臓は狂ったように高鳴っていた。男たちは大股で倉庫に向かっている。レインは慌ててあとを追った。

ヴィクターが振り向いた。「すまないが、そこで待っていてくれ、レイン」

彼女は眼をしばたたかせ、がらんとした駐車場を見まわした。「でも——」

「ミスター・マッケイとの会話は極秘事項なんでね」やさしく言う。

「それなら、どうしてわたしを同行なさったんですか?」言ったとたんに後悔した。

ヴィクターの表情がこわばる。「わたしの移動時間は貴重なんだ。可能なときは秘書を同行して、できるかぎりその時間を有効に使う。わたしが決めたことに説明を求めるのは、これっきりにしてくれ。いいね?」

レインは真っ赤になってうなずいた。セス・マッケイの静かで強烈な存在感を痛いほど感じる。自分が無力で愚かな人間になった気がしながら、歩き去るふたりを見つめた。まったく。パイレーツ・クイーンなら、ふたりの内緒話を盗み聞きするうまい方法をとっさに思いつくのに。彼女なら、脅されても決して眼鏡をはずしたりしなかっただろう。

でも、パイレーツ・クイーンならバッグにコンタクトレンズを忍ばせておくだけの抜け眼なさもあるだろう。彼女は先を見越して計画を立てることができる。大胆だけれど、奸知《かんち》にも長けている。勇敢だが忍耐強い。必要なら闘うこともできるが、無益な争いで体力や財産を浪費したりしない。そして、欲しいものを手に入れるのを恐れたりしない。欲しいものが真実や正義であろうと、長身で浅黒いセクシーなセキュリティ・コンサルタントであろうと。

レインはため息をつきながら、リムジンの後部シートに腰をおろした。セス・マッケイはまだ知らないけれど、彼はパイレーツ・クイーンに誘惑されようとしているのだ。

「まず、詳細な弱点分析と危険査定をします」セスは言った。「弱点を特定するために、そちらの施設の隅ずみまで調べます。鍵、ドア、警報装置、電話、ネットワークとコンピュータセキュリティ。ありとあらゆるものです」

レイザーはかすかに眉をしかめ、巨大な倉庫を見まわした。「期間はどのくらいかかる？」

セスは肩をすくめた。「状況しだいです。本社と倉庫すべてを終えるのに、少なくとも数日はかかるでしょう。危険査定にご自宅も加えますか？　それをお薦めしますが」

レイザーの眼が細くなった。「考えておこう」

セスは精一杯ひとなつこい〝これぞプロ〟という笑顔を殺人犯に向けた。「実際にスパイ装置の撤去作業に入るときは、うちの社員を応援に呼びます。高周波スキャンから着手して、次にラインとコンダクタをチェックします。それがすんだら、有線マイクと遠隔停止発信機の詳細にわたる物理的検査を行ないます」

レイザーは倉庫の裏口のドアを開けて押さえ、先に出るようセスに合図した。「そういう作業をしているあいだ、どうやって機密事項を保護するつもりだね？」

相手を見くだすような口調に、セスはガラスを嚙んでいるような気分になった。振り向いてレイザーが横に来るまで待つ。裏切り野郎に背中を向けるようなまねなどするものか。

「ご心配かもしれませんが」彼は言った。「遠隔操作で電源を入れたり切ったりできる機器を発見するには、どちらかといえば営業時間中にスキャンしたほうが簡単なんです。でも、もしあなたの敵が調査に気づいたら、遠隔操作で電源を切ることも可能ですし、マイクのエレメントを帯電させた高電圧コンデンサーで気化させることさえ可能かもしれません。そうなるかどうかは五分五分です。判断はお任せします」

「なるほど」レイザーがつぶやいた。「よく考えてみよう」

「高周波スキャンとなると、うちのスペクトルアナライザはこれまで使用したなかで最高です」セスはつづけた。「あらゆるアナライザを試してみた結果です」

「ああ、きみの会社の評判はよく聞いている」

セスは執拗に宣伝文句をつづけた。「高周波スキャンに加え、非線系接合検知機と赤外線探査機も使用します。電話にはドメイン反射測定を使います。できるだけ早急にセキュリティの設置履歴と電話回線の配線図を見せてください」

レイザーがうなずいた。「明朝には用意させよう」

ふたりは黙って歩きつづけた。ほんの六週間前にマクラウド兄弟と押し入ったばかりの倉庫のひとつを通りすぎる。すべては芝居にもかかわらず、おかしなことにセスの頭は自動的にTSCMモードに切り替わり、装置を無効にするための包括的な戦略を考えはじめていた。

今回の仕事はこれまでやった盗聴／盗撮器撤去のなかでもっとも簡単なものになるだろう。なにしろ、こちらは装置がしかけられている場所をすべて知っているのだ。クライアントを満足させるためにたっぷり証拠の品を見つけ、それよりはるかに多くの装置を新たにしかけてやろう。そしてそのサービスに対して法外な料金をふっかけてやるのだ。すばらしい。

この契約で、レイザーは自分を破滅させるために金を払っている。そう思うと愉快だった。その事実はセスの正義感に訴えると同時に、いくつかの差し迫った問題を一度に解決した。ジェシーが死んでから、自分の仕事の要因のいくつか――はっきり言えば、金儲けに関すること――をおろそかにしてきたし、驚異的なスピードで個人的な蓄えを食いつぶしている。

セス本人が、自分の会社のもっとも厄介な金払いの悪いクライアントになっていた。カーンとほかのスタッフは、ほとほと困り果てていた。だが、この取引でまた調査の仕事ができる。レイザーの施設をセス自身のスパイ行為と略奪から守る仕事で。ストーン・アイランドの屋敷にしかけられた装置を探すことを思うと、実際に唾液が出てきた。どれほどの大混乱を巻き起こしてやれることか。

セスとマクラウド兄弟は、ここの倉庫襲撃をいたく楽しみ、レイザーのタウンハウスへの侵入はいっそう楽しんだ。ひとたび既存のセキュリティ・システムを分析し、持参した監視装置をセットすると、仕事は簡単すぎるほどだった。つづいて行なった倉庫への侵入は、いずれもっと困難であり、そしておもしろみも多かった。カーンとレスリーの新しい超高感度赤外線ゴーグルを使うと、あっけないほど容易に警備員がひそんでいる場所がわかった。正々堂々とした手段とはいえないかもしれないが、べつに気にならなかった。弟を虐殺した手段も正々堂々としたものではなかったのだ。

ふたりは建物の角を曲がり、リムジンが停まっている倉庫の前へ向かった。車に近づくと、後部座席からブロンドが降りてきた。眼鏡がないと、別人に見えた。柔らかく、はかなげで、瑞々《みずみず》しい。ずっと下唇を嚙んでいたのだろう。唇が赤く腫れている。

まるで、情熱的なキスでもしていたみたいだ。

レイザーがふたたびしゃべりだし、セスは無理やりそちらへ関心を向けた。

「……にどのくらいかかる？」

セスはレイザーの質問の残りを無意識に短期記憶から探りだし、ブロンドに聞かせるために作り話をする必要があることをぎりぎりのところで思いだした。「既存の管理システムを分析する必要があります。それからほかの場所を視察して、そのあとでお返事します」

「もし都合がつけば、明日の朝倉庫を視察してかまわない」レイザーが言った。

「明日の朝でけっこうです」

「ふむ、じゃあこれで話は終わりだな。すまないが、わたしはここで失礼する。ダウンタウンで急ぎのアポイントが入ってね」レイザーはちらりとレインに視線を走らせた。その顔に気取った笑顔が浮かんでいるのを見て、セスは相手の顔を殴りつけたくなった。「レイン。ミスター・マッケイはシアトルへ来たばかりなんだ。彼を案内してくれないか？　レストランや観光名所といったところへ」

レインは、驚くほど無邪気な驚きを装って眼を丸くした。かすかに怯えたようすはみごとなほどだ。リアルな雰囲気が出ている。顔を赤らめてさえいる。「わたしがですか？　まあ……でもわたし……でも、きっとハリエットが……」

「ハリエットは承知している」レイザーがこともなげにさえぎった。「大切な客は歓迎しなければ。有能なきみに任せる」

「まあ」彼女の視線は、ふたりのあいだを素早く行ったり来たりした。罠にかかったように見えた。

レイザーはセスに手を差しだした。「きっと彼女の接待を楽しんでもらえるだろう」

激しい怒りが全身を駆けぬけ、セスはレイザーの手を砕いて血まみれの肉にしないようにかろうじてこらえた。相手がリムジンに乗りこむあいだ、必死で礼儀正しい笑顔を浮かべる。

つまり、レイザーはすでに彼女を味見したという意味だ。そのメッセージは明らかだった。忘れろ。セスは自分に言い聞かせた。彼女はプロだ。そもそも、そんなことは最初からうすうすわかっていたじゃないか。

レインは下唇を噛みしめながら、走り去るリムジンを見つめていた。途方に暮れているようだ。あるいは単に、無邪気な乙女のふりをしているのだろう。いかにもそれらしく見える。それは認めざるをえない。

セスは革ジャケットをずらし、痛いほど勃起しているものを隠した。みだらな場面が次々に脳裏に浮かんだ。出てきたばかりの倉庫には、暗くて人目につかない場所がたくさんある。

どこが監視ビデオに映らないか、正確にわかっている。彼女を壁に押さえつけてストッキングを引き裂き、熱く濡れた奥まで脈打つものをねじこめる場所を。彼女は太腿をおれの腰に巻きつけてしがみつき、力強く突かれるたびに愉悦の悲鳴をあげるだろう。

そして、大急ぎで激しく二、三度ファックして飢えをやわらげたら、どこかでベッドを見つけてペースを落とす。そのときは、けだるく舌と手足を使う。彼女のかぐわしい体の味と感触をすべて試してやろう。そのあとは向こうがお返しする番だ。セスはレインのかすかに腫れた官能的な唇を見つめた。太平洋の波のように、耳のなかで血管が脈打っている。

そのとき、ようやくレインがなにか話していることに気づいた。首を振って頭をはっきりさせる。「なんだ？　なんと言った？」

レインはおどおどと微笑んでいる。本当にびくついているように見えた。社外の人間を相手にするのは、これがはじめてなのだろう。おれは、レイザーの売春婦の処女航海の相手なのだ。視界が赤い靄《もや》で曇る。セスはふたたび注意を向けるよう自分を鞭《むち》打った。

「……わたしも、どちらかといえば新参者だと言ったんです。この街へ来てから、一カ月もたっていません。ですから、レストランや観光名所に関しては、あなたと同じようなものなんです」

セスは眼をしばたたいた。なるほど、そういう役を演じるつもりなんだな。

知ったことか。我慢できるかぎり調子を合わせてやろう。だがそれほど長くもつとは思えない。

「車に乗れ」彼は命じた。

5

ひどく神経がぴりぴりしていたので、レインはドアが閉まる小さな音にも息を呑んだ。彼が車の前をまわって運転席へ向かっているあいだ、眼をつぶって冷静になろうとした。パニックを起こして逃げだすわけにはいかない。これはただのゆきずりのセックスよ——楽しみと興奮と欲望がすべて。末永く幸せに暮らしました、というようなものじゃない。まったく違うものをごっちゃにしてはだめ。

運転席のドアが開き、びくっとした。長身のセスが浅黒い体をふたつに折って乗りこんでくると、大きなシェビー・アバランチの車内が狭くなったような気がした。彼はイグニッションに差したキーをまわし、エンジンが低い音をたてはじめると探るような眼を向けてきた。

「で？」視線がさっと体へ落ち、それからまた顔に戻る。「どこへ行く？」

レインは困ったようにもじもじした。「その、場合によります」

「どんな？」

「あの、あなたがなにをしたいか。なにに興味があるかによります」必死で答える。

彼の浅黒い細面の顔に皮肉な笑みがよぎった。「なにに興味があるか、ね」

「ええ」レインはしゃにむに言葉を継いだ。「ええと、美術館があります。いまは……最後に調べたときはフリーダ・カーロ展をやっていました。それからもちろんパイクプレース・マーケットもあって、〈スペース・ニードル〉はいつも人気があります。それから、すばらしい遊覧船もあります、もしごらんになったことがない――」

「美術館には興味がない。買い物にも。船にも」

レインは彼の眼を見た。その声には意地の悪い笑いのようなものがこもっていた。「では……なにをしたいんですか？」口ごもりながら言う。

セスが好色そうな笑みを浮かべると、口のまわりのしわが深くなった。

顔がかっとほてり、鼓動が速まった。ふたりのあいだに沈黙が落ちた。彼は動こうともしゃべろうともしない。冷酷な男。わたしを苦しめるつもりなんだわ。なんでもお見通しと言いたげな海賊めいた笑顔を浮かべたまま、炎のなかで悶えるわたしを見つめている。彼は待つつもりなのだ……こちらから言わせようとしている。

そして、彼はわたしが言うとわかっている。探るような黒い瞳は、体の奥で絶えることなく脈打つ甘い疼きまで見通している。頑固でみだらで自由奔放な女が、裸で待ち構えている場所を。わたしがどれだけ彼を欲しがっているか、わかっているのだ。

レインはなにか筋の通ったせりふが出てくることを祈りながら、口を開いた。「なにがしたいの、セス？」小声でささやく。

セスの視線が唇に落ちた。「当ててみろ」

レインは眼をつぶり、思いきって口に出した。「わたし……？」

苦しいほどの沈黙が流れた。眼を開け、セスの顔に浮かぶあからさまな欲望を見て息を呑んだ。

彼はシニョンからほつれていた髪をひと束つかみ、指にからみつけた。透きとおるほど色が薄いので、手の上で輝いているように見える。「ああ」彼は言った。「いいだろう?」

レインは小さくうなずいた。

ああ、やったわ。もう後戻りはできない。未知の世界へ飛びこむのよ。胸のなかで心臓が早鐘を打っている。彼の優雅で厳しい顔を撫で、絶えず発散している灼熱《しゃくねつ》するエネルギーの脈動をなだめたい。深紅の火花——怒りと血——がくらくらする脳裏できらめいた。夢のイメージと同じだ。チクチクと肌を刺す不安が、眼がくらむほどの興奮の魔力と混じりあう。きっと興奮の副作用よ。レインは自分に言い聞かせた。ここで逃げだすわけにはいかない。どうしても手に入れたい。

セスはキーをまわし、エンジンを切った。「髪をおろせ」

震える手でなにかできるのが嬉しかった。低く結ったシニョンからヘアスティックを抜いてポケットにしまう。カールした髪がふわりと肩に落ちた。

セスはその髪を片手で集め、波打つ毛束に顔をうずめた。と、突然つかまれ、レインは思わず短い悲鳴をあげた。抱きあげられてシートを隔てるコンソールを越え、膝の上に乗せられた。彼は震える体をきつく抱きしめてこちらを見つめている。心が読めそうな鋭くて厳しい眼。たぶん、彼には読めるんだわ。それでもかまわない。こんなにありのままの自分をさらしている気持ちになったことはない。レインはセスの眼を見つめ返し、両脚をコンソールの上でぶらぶらさせながら彼に身を寄せた。下にある硬い体が心地よい。指先でためらいがちに触れると、胸の筋肉はバネのようだった。熱い体温が伝わってくる。熱があるに違いない。うなじに手をまわしてそっとキスすると、彼の呼吸がこちらと同じくらい速くなった。

セスは喉の奥でかすれた音を出すと、思いきりぎゅっと抱きしめてきた。いましがたの蝶のように軽いキスは、本格的なキスをはじめてもいいという合図になってしまった。これまで想像したこともない、熱くむさぼるようなキスを。レインは彼の飽くなきエネルギーと味と感触に酔いながら、まっさかさまに落ちていった。セスはとてもいい香りがした――石鹸と革とウール、そして彼特有の温かくてかすかにレモンが混じった香り。顎があたってチクチクする。貪欲な口が、レインの口を開かせようとしている。熱心に、大胆に、そそるように。

彼にぴったり寄り添って身悶えしたい。あらゆるものに触れてすべてを味わいたい。

セスがスカートの縁からゆっくり手を入れてくると、手にできたたこがストッキングにひっかかった。「おまえが熱くなっているのがわかる」しゃがれ声が聞こえる。そっと脚を開かせ、さらに奥へ手を入れてきた。太腿の内側の敏感な皮膚を指先がかすめる。

レインは彼の首すじに顔を押しあてた。太腿を撫でる羽根のような感触のひとつひとつがはっきりとわかる。やさしく探る彼の指が通りすぎたあとには、光と熱が残った。ふいに感情が高まり、きつく脚を閉じて彼の手を封じこめた。

セスはふたたび髪に手を巻きつけ、レインの頭をうしろに引っぱってじっと眼を見つめた。

「おれが欲しいんだな」質問ではない。

レインは髪をつかまれたまま、できるかぎりうなずいた。セスは指にからめていた髪をほどくと、もう一方の手をさらに奥へ入れてきた。脚が押し広げられ、もっとも敏感な場所を指がかすめる。焼けるような強烈な感覚に、レインはびくっと息を呑んだ。セスは笑い声をあげ、指先でじらすように円を描きはじめた。「熱い雲に手を入れているみたいだ」

心と裏腹に、体が欲望でわなないている。「セス、こんなの急すぎて――」

だが、むなしい抵抗は容赦ないキスでさえぎられた。手が臆することなく奥へすべり、大切なところをぴったりとおおってくる。これまで誰も触れたことのない場所、フレデリックとのぶざまでひどい経験でも触れられなかった場所に。彼の手はゆっくりと確実に、みだらなほどしたたかに動いている。セスはレインの口に舌を差しこみながら、親指の腹でクリトリスを撫でまわした。パンティとストッキングの上から、官能的でけだるい円を描いている。くらくらと意識が遠のき、レインは彼の腕のなかでおののいた。

男たちがどっと笑う声にいきなり魔法が解け、ふたりはびくっとした。レインはセスから離れて身を硬くした。彼は息を殺して毒づいている。

男たちのグループがゲートへ歩きながら、にやにや笑ってひやかしの声をあげている。見えなくなる前に、ひとりが車に向かって親指を立ててみせた。レインは自分の姿を見おろしてぎょっとした。髪はもつれて広がり、スカートはウェストまでめくれている。汗だくでほてった顔は、たぶん真っ赤になっているのだろう。両脚をみだらに広げ、そして彼の手が……あそこに触れている。なんてこと、この密会はあっという間に手のつけられないところへ行ってしまった。震えながら体をよじってセスから離れる。「やめて。わたしは露出狂じゃないわ！」

「おれもだ、ふだんはな」彼はレインの手をつかみ、ジーンズ越しにくっきり輪郭が見えている硬いペニスに押しつけた。「誰かに見られながらセックスするのはおれの趣味じゃない。だがおまえに火をつけられたから、どうでもよくなった」

「わたしはどうでもよくないわ！」息をはずませて言う。

「もう少しで騙《だま》されるとこだったよ」彼はレインのうなじに手をあてて引き寄せ、ふたたび荒々しくキスをした。指に髪をからめて唇をむさぼりながら、いきり立ったものを押しつけてくる。力強く執拗な手は痛いくらいだが、実際に痛いわけではない。彼の手は震えていた。まるで、ばらばらになりそうなレインをつなぎとめておけるのは自分だけだというように。

レインはきつく眼をつぶり、彼の黒いコートの頑丈な革に爪を食いこませた。すごく無防備な気がする。興奮のあまり揺らめく雲のなかへ溶けてしまいそうで、必死でキスに応えた。

セスは声を出さずに笑うと、レインから身を引いた。あざけるような眼。男のうぬぼれた勝利感で輝いている。

レインは彼をにらみつけようとした。「こんなのフェアじゃないわ」震えながら言う。「あなたのせいよ」

セスがいぶかしげに眼を細めた。「なにがおれのせいなんだ？」

「これよ！」ふたりのからみあった体を必死で示す。「あなたのせいよ。わたしをその気にさせて、頭をおかしくした！」ふたたび引き寄せられてキスされそうになり、彼を軽くたたいた。「やめて。やめてちょうだい」

「でも、欲しがってるじゃないか」かすれた魅惑的な声でなだめてくる。「おまえの反応は気に入った。ジーンズの前を開けて、いますぐここで突っこみたいくらいだ。だが、これはただの前菜だ。ただの誘い水。いちばん近くにあるベッドへ行くまでの、いちばん近くにある鍵のかかるドアへ行くまでのな。そこで本当のことをしてやろう。激しく速いのも、けだるくやさしいのも、おまえが欲しいだけ。なんでも望むものを一日じゅうしてやる」

レインはなすすべなく、ぎらぎらした魅惑的な黒い瞳を見つめた。体がほてり、みだらな気分になっている。彼の誘惑に負けたくてたまらない。彼にすべてを与えたくてたまらない。

倉庫のドアが勢いよく開いた。新たに男が三人出てきて、レインのなかでなにかが踏みとどまった。セスが心のなかに植えつけたひどくよこしまな幻想が、煙となって消えていく。

彼の肩に指を食いこませ、冷静になろうとした。「あの人たち、どこかへ行く気はないようよ」小さくささやく。「お願い、からかわないで」

セスは一瞬で真顔になった。レインの髪から手を引きぬき、シートにもたれる。「じゃあ、膝の上でもじもじするのはやめてくれないか。頭がどうにかなりそうなんでね」

レインは慌てて助手席に戻り、スカートを引きおろした。「ごめんなさい」そう言ったものの、すぐにいったいなにに謝っているのだろうと思った。

セスがシェビーのギアを入れた。車が加速しながら駐車場を出ると、反動で背もたれに押しつけられた。混乱する心を反映するかのように車外の風景がぼんやりとぼやけて見える。

レインは慌てて眼鏡を探すと震える手でかけた。シートベルトを締め、しわくちゃになったスカートを冷たい手でならし、ゆっくり息をしようと努める。無駄なあがき。肺が膨らもうとしない。「どこへ行くの？」思いきって尋ねた。

彼はちらりと一瞥した。「家はどこだ？」

「だめよ、わたしの家はだめ」思わず口に出た。

「だめ？　どうしてだめなんだ？」

レインは肩をすくめた。あえて説明したいとは思わない。「あそこでは安心できないの」

「おれと一緒にいるのは安心できるのか？」

あざけるような口調に背中がこわばる。「いいえ、セス」穏やかな威厳をこめて言った。

「あなたといても、安心などできないわ」

彼の顔から、ばかにしたような笑みが消えた。

「だから、あなたが欲しいの」簡潔に言う。「あなたといると、無謀になれる気がするの。なにも怖いものはないような気が。わたしは……そんなふうに感じる必要があるの」

ついに言ってしまった。ありのままの真実。顔をしかめて顎の筋肉をひきつらせていると
ころを見ると、セスは気に入らないらしい。

彼はウィンカーを出した。車が幹線道路をおりはじめ、レインの胸でパニックが狂ったように跳びはねた。

「なにを……どこへ……」

「ホテルの看板が見えた」ちらりとこちらを見る。「ベッドとドアと鍵。無謀で怖いものがなくなる場所。なんでもおまえの思いのままだ」

車はマリオットホテルの駐車場で停まった。助手席から降りるなり腕をつかんで引き寄せられ、レインは小走りでついていくのが精一杯だった。

自分は巨大な機械のスイッチを入れてしまったのだ。もう止めることはできない。臆病で

怯えた部分は、中断して逃げだしたがっていたが、奔放なパイレーツ・クイーンは、うまくいったと意気揚々と喜んでいる。もう阻止することはできない。セスが相手では無理だ。彼はわたしに選択肢を与えるつもりはない。

わたしの運命は決したのだ。

もはやじらしも策略もなかった。ホテルの部屋のドアが背後で閉まるやいなや、セスはレインが逃げだそうとでもしているかのように、彼女に視線をすえたまま いっきに服を脱ぎはじめた。レインもぎこちなく靴を脱ぎ、もぞもぞジャケットに手をかけている。

セスはベルトのバックルをはずし、蹴るようにジーンズを脱いだ。順に靴、ソックス、下着と脱いでいく。準備は整った。彼は裸のまま、いまだにカフスでてこずっているレインを待った。なにをぐずぐずしてるんだ？ 近寄ると彼女は不安げにあとずさったが、もはや忍耐は限界だった。彼女の背中が壁にぶつかったとたん、ブラウスに手をかける。くそっ、はぎ取れるような伸縮性のある服を買ってやろう。この七面倒くさいボタンというやつには本当に頭にくる。手を貸したのはブラウスのためにはならなかった。繊細なシルクはほとんどばらばらになり、少なくとも三つのボタンがはじけ飛んだ。レインは息を呑んで手を払いのけようとしたが、そのときにはセスはもう破れた服を肩から引きはがしていた。温かなかぐわしい香りが解き放たれる。

「すまない」しゃがれ声で言った。「別のを買ってやる」

「いいのよ」レインはささやいた。セスが毒づきながらスカートのチャックと格闘しているあいだ、彼女はほっそりした冷たい手を彼の胸にあてていた。ようやくチャックがおりると、彼は即座に膝をついて足首までスカートを引きおろした。同じようにストッキングと白いコットンのパンティも引きおろす。

そこで手を止めた。筋肉がこわばり、動悸は激しくなっていた。自分を見失いそうだ。冷静になれ。さもないと台なしになってしまう。だが、眼の前に柔らかにカーブするレインの太腿がある。細かいところまですべて見える。ブロンドの濃淡が混じりあった巻き毛、たおやかなヒップの曲線へつながる、そそるように影になった場所が。

レインが見おろしている。大きなその瞳は影になっている。なにか言いたげにかすかに唇が開いているが、感情の高まりで表情は固まったままだ。背後の照明に照らされて、天使の光輪のように髪が輝いて見える。こちらの肩に置いた手で体を支え、この触れあいにたじろいでいる。と、彼女の手がゆっくりと動いて喉に触れ、それから蝶のようにそっと顔に触れてきた。冷たい指先で顎の骨と頬骨を探り、野生の獣をなだめるように髪を撫でている。

セスは切望の槍《やり》に体を貫かれ、傷の深さにもう少しで悲鳴をあげそうになった。眼をつぶり、自制を失わないように自分に鞭打ちながらすべらかな腹に顔を押しつける。

ちくしょう。感情を抜きにしなければ。自分の立場と自分が相手にしている人間を、つねに意識しておく必要がある。さもないと頭がおかしくなってしまう。たぶん、おかしくなりかけているのだ。発狂し、われを忘れて熱に浮かされ、ナイフの刃の上でバランスを取っているような気がする。彼女の完璧な肉体のあらゆる細部が、セスを揺さぶって衝撃を与えた。お腹の肌はサテンのようになめらかで、まるで赤ん坊のようだ。影を落としてへこんだへそは、愛撫とキスをせがんでいる。

彼は優雅にアーチを描くレインの脚を片方ずつ持ちあげ、足首からストッキングと下着を取り去った。そして、ビデオではじめて彼女の裸体を見たときからずっと熱望していたことをはじめた。太腿のあいだに手を入れてわずかに開かせ、恥丘に顔を押しあてる。彼女ははっと息を呑むような悲鳴をあげて体を震わせた。いろいろなものが混ざりあった甘い香りを深く吸いこむ――かすかな石鹼とローションのにおい。その奥には、興奮をつのらせている女の熱くて濃厚な香りがある。

そっと柔らかなひだを分けると、レインは肩に爪を食いこませ、太腿をわななかせた。巻き毛の奥は、バラ色に紅潮して濡れている。そこに口を押しつけて味わうと、レインが低いすすり泣きを漏らして体を震わせるのがわかった。塩辛さと甘さが混ざったえもいわれぬ味。すっかり潤っている。おれを欲しがっている。レインの興奮を鼻に感じ、欲望を舌に感じる。いくら金を積まれようが、これを芝居でできる女はいない。

この興奮は本物だ。そしてすべておれのものだ。手放すつもりはない。せめて彼女をファックしているあいだだけは幻想の世界に生き、現実を追いやることにしよう。正気を保つには、それしか方法はない。幸運なことに、セスはそれが得意だった。この十カ月のあいだ、現実を追いやる実践なら山ほど積んできた。それを精一杯生かす必要がありそうだ。

セスは立ちあがった。息をするたびに大きく胸が上下する。「そいつをつけておくつもりか？」問いつめるように訊く。

レインはいっそう頰を赤らめながら、背中に手をまわしてブラジャーのホックをはずした。

地味な白いブラで胸をおおったまま、じっと動かずに見つめている。

こういったじらしにはうんざりだ。セスは手からブラをもぎ取って放り投げた。レインが驚いたように口を開け、素早く胸の上で両腕をクロスさせた。

思っていたのとは、全然違う。彼女は仕事にかかったとたん、誘うような眼で悪びれることもなくひざまずき、慣れた手つきで硬く反ったペニスを口に含むと思っていた。それ以外にも考えられるシナリオはいくらでもある。そのうちどれをされても文句はない。

そして、レインはどのシナリオにも合わなかった。ただそこに立って浅い息をはずませ、顔を紅潮させている。震える唇からは、ほとんど口紅が落ち、きらきら輝く大きな眼の下でマスカラがにじんでいる。ほっそりした片腕でしっかり胸をおおっているせいで、腕の上で乳房が盛りあがって見えた。反対の手では股を隠し、体を小刻みに震わせながら、裸の男をはじめて見るようにこちらの体を見つめている。

どうでもいいことだ。効果はあるんだから。ゴージャスな女に世界の七不思議を見るような眼でペニスを見つめられるのは、大いに自尊心をくすぐられる。男のペニスは女からの称賛に飽きることはない。

セスは多少の抵抗を受けながら、てっぺんがピンク色をした完璧な乳房から腕を引きはがした。彼女の手は冷たくて震えていた。それを暖めるもってこいの方法なら知っている。セスはほっそりした指を自分の硬いペニスに巻きつけた。焼けつくように熱い肉にひんやりした手が触れると、たまらず快感のうなり声をあげた。

つづいて彼女の手を上からしっかりとつかみ、どんなふうに動かしてほしいかやってみせた——先端まですべらせ、根元からなめらかに動かせるように、あふれだした露で濡らす。反対の手が彼の上でさまよっている。まるでそちらも使いたいのだが、間違ったことをするのを恐れているかのように。セスがその手をつかんで顔の近くへ持っていくと、レインは怯えたように小さく悲鳴をあげた。「手のひらを舐めろ」

レインは眼をしばたたかせると、おずおずと湿った舌を出してそっと手のひらを舐めた。セスは純粋な欲望に揺さぶられ、深く息を吸いこんでなんとか自分を抑えた。「もう一度だ」乱暴に言う。「ちゃんと濡らすんだ」

レインは頭をさげ、言われるままに手を舐めた。その手を引きおろしてペニスに巻きつけ、荒々しく動かした。「きつく握るんだ。心配いらない。痛くはない」

レインは驚いたように声を漏らし、ほてった顔を彼の胸にあてて隠した。いい香りのする髪が鼻をくすぐる。彼を握る手に自信が満ちていき、セスは快感にうめいた。あらゆるくぼみや曲線をかすめながら、なにかを求めるようにレインの体の上に手を這わせていく。たわわな乳房をつかんで指先で乳首を転がすと、彼女は息を詰まらせた。

レインの手はじょじょに大胆になり、セスを瀬戸際まで追いつめた。おれの誤算だ。彼女にやらせようとしたのは間違いだった。この種のプレイをするには興奮しすぎている。

セスは下へ手を伸ばして彼女の手を止めた。レインは湿った頰を彼の胸にこすりつけ、褐色の平らな乳首にそっとキスをした。舌を出し、ペニスを握る手に力をこめながら胸を舐めている。

ここまでだ。恥ずかしそうにセスを見あげ、反応をうかがっている。これ以上待てない。

彼はレインを背後のドレッサーに押しやり、なめらかな天板に乗せて、太腿のあいだに自分の脚をねじこんだ。彼女はあまりに美しく、どこからはじめていいかもわからない。カールした髪が、はちきれそうなバラ色の乳房とほっそりした腰の上にこぼれ落ちている。セスは脇腹からくびれたウェストへと貪欲に手をすべらせた。そして柔らかな白い太腿をぐっと押し開き、湿った巻き毛の奥できらめく彼女自身が見えるようにした。

肩をつかむレインの指が食いこんだ。手はもう温かくなっているが、まだ震えている。なまめかしく濡れたひだを指でたどると、ほとんど聞き取れないほど小さくうめいた。まるでシルクのような手ざわりだ。温かな女の香りが立ちのぼり、誘いかけてくる。いずれこの甘美な味を堪能し、むさぼるように舐めてやろう。だが、いまはだめだ。ペニスは本来の目的を果たしたがっていて、これ以上抵抗できるとは思えない。

さらに奥へと指をすべりこませて探ると、レインはじっとセスの眼を見つめ返した。きつそうだが、濡れそぼって柔らかくなり、ぎゅっと締めつけてくる。

セスはゆっくり指を抜き、ふっくら色づいたつぼみの上で円を描いた。「これが好きか?」

レインはさらに指を食いこませ、セスの手に向かって腰を突きあげた。「ええ」あえぎながら答える。

「おれのペニスにさわるのは楽しかったか?」

きつく眼を閉じてうなずいた。

セスは慎重に彼女を見つめた。「入れてほしいのか?」

彼女の腰がせつなげに上下し、ふたたび無言でうなずくのを見て、セスは満足した。

ドレッサーの上にまきちらしておいたコンドームを、ひとつつかんで引き裂いた。素早く装着してレインの脚を肘にかける。

レインはうしろに肘をつき、期待で眼を輝かせながら、身をまかせるように白い太腿を広げている。すべてをさらけだした無防備な姿。その顔に浮かんだ表情を見ると、セスは頰の繊細なカーブを撫でてやりたくなった。愛情をこめて、やさしく。

だめだ。そんなつもりではじめたんじゃない。ばかげているにもほどがある。彼は恐怖にも似た痛みをみぞおちに感じた。

とっさにその感覚を払いのけ、自分をつかんで離さない欲望に集中した。先端を彼女にあて、柔らかなひだのなかへ少しずつ押し入っていく。しっかりと奥につかえるまで。一度でするりと入るだろう。

だが、そうはならなかった。信じられないほどきつい。緊張してこわばった小さな筋肉が彼を拒んでいる。セスはさらに強く突いた。眼に汗が入ると同時に、レインが鋭い叫び声をあげた。

なにひとつ予想したとおりには進まない。いまごろは、セックスの忘却の嵐にとらえられ、美しい女の濡れそぼった深みへ突入しているはずだった。激しくて自由で頭が空っぽになるような、駆り立てるリズムにわれを忘れた女の深みへ。

それなのに、おれはじっと立ちつくし、彼女を傷つける不本意さに歯を食いしばっている。

レインはセスのフラストレーションを感じ取り、彼の肩を引き寄せてかすかにひるみながらもう少しだけ受け入れた。ぴったりまとわりついてくる感触に自制を失いそうになり、セスはレインの腰をつかんで動きを止めた。彼女が口元を震わせながらおぼつかない笑みを浮かべるのを見て、不愉快な感情が心を駆けぬけた。

「ごめんなさい」レインがささやいた。「もう少し時間が必要みたい、その……する前に」

セスは引きぬいた彼女自身を手に取り、先端でそっと彼女を撫であげた。ゆっくりと舐めるような動きに、レインがわななないて息を呑む。「緊張しすぎだ」

レインは神経が高ぶったような笑い声をあげた。「たぶん、あなたのが大きすぎるせいよ」

セスはあざけるようにうめいた。冗談じゃない、おれのはそれほど大きくない。たしかにそれなりのサイズはあるし、まったく不満はないが、並はずれて大きいわけじゃない。セスはレインをドレッサーからおろして床に立たせた。彼女はよろめいてふたたび彼の胸に手をかけ、大きな眼で問いかけるように見あげた。

「横になれ」セスはきっぱりと言った。

レインはどうすればいいのかわからないように、不安げにためらっている。彼はいらいらとベッドを指差した。

なにか言おうとしたものの、セスの表情を見て気が変わったらしい。レインは唇を噛み、無言で言われたとおりにした。

彼女はやけに従順で、どぎまぎしている。予想とは大違いだ。そのせいで腹が立ち、混乱して落ちつかない気分になっていた。セックスがすべてのはずだった。純粋で赤裸々で熱いセックスが。

レインがおずおずと問いかけるようにこっちを見ている。

「横になれ」セスはくり返した。

レインは生贄の捧げもののようにベッドに横たわると、不安そうに眼を見開いた。

どうでもいい。かまうもんか。おれは上になるほうが好きだ。ベッドだろうがどこだろうが、ものごとを仕切るのがおれの性分だ。たぶん彼女はそうと知って、しかるべく振る舞っているんだろう。いかにも腕のいい高級娼婦がやりそうなことだ。セスはつかのま頭をかすめたそんな思いがもたらした鋭い怒りを、ぎりぎりのところで振り払った。

幻想の世界に留まるんだ。そこに留まれ。

レインは髪をうしろに持ちあげてきらめく扇のように枕の上に広げると、恥ずかしそうに微笑みながら両手を差しだした。

全身が反応し、自分が動いているのもわからなかった。気がつくと彼女にまたがっていた。心臓が早鐘を打っている。セスはどうしようもない渇望を感じながら、愛らしいにこやかな笑顔を見つめた。

あたかもレインが逃げようとしているかのように、とっさに彼女を押さえつけながら両脚を開かせた。だが彼女は抵抗せずに、ため息を漏らして小さく悶《もだ》えただけだった。ほっそりした両腕を肩にまわし、ぬくもりを求めるかのように小さく愉悦の声をあげている。

セスは柔らかな腹に燃えるようなペニスを押しつけ、金色の髪に指をうずめてキスをした。明るく歓迎するようなやさしさをむさぼりたい。すべてを自分のものにしたい。おれのものだと主張し、自分だけのものにしたい。

レインが首に腕をからみつけてくる。背中に爪が食いこんでいる。甘やかな唇から求める

ように おずおずと舌が入ってくる。両手を彼の髪にからませ、花びらのように華奢《きゃしゃ》な体を反らせ、はじめたことを終わらせてくれと無言でねだっている。だがおれはすでに一度見込み違いをしている。そして一度なかに入ってしまったら、彼女の言動いかんにかかわらず、自分を抑えられなくなるだろう。

たとえそのために命を落とそうが、確信があるのはいいことだ。

なめらかな体を下へと移動していくと、レインは彼の髪をつかんでうめき声をあげた。膝を折り曲げて信じがたいほど柔らかい内腿の皮膚をざらざらした頬でこすり、彼女自身の熱い香りを堪能した。膨れあがったつぼみを口に含むと、レインはびくっと悦びの声をあげた。

頭がどうにかなりそうだった。彼女がもたらす甘く豊かな味。秘密の場所のシルクのような完璧さ。セスは容赦なく押さえつけて舐めつづけた。責めたりなだめたりしながら、ゆっくりと時間をかけて愛撫する熟練した舌の動きに身悶えし、腰を突きあげている。セスは容赦なく押さえつけて舐めつづけた。責めたりなだめたりしながら、ゆっくりと執拗に、容赦なく舌を躍らせる。そして、そのまま絶頂の恍惚《こうこつ》へと解き放った。彼女の愉悦のむせびを、抑えきれない痙攣《けいれん》を呑みこむ。彼は歓喜と勝利を感じていた。頭をあげて口をぬぐい、じっと彼女を見つめた。レインは眼をつぶって息をはずませている。野バラのようなピンク色に染まった全身が汗で湿り、まだ余韻でわなないている。これ以上ないほどリラックスしている。

おれの番だ。

セスは身震いするほどの欲望をなんとかこらえながら彼女にのしかかり、すっかり潤った場所へと少しずつ押し入った。ふいの侵入にレインはぱっと眼を開けたが、逆らわずに抱きしめてきた。

半分入れたところで、彼女が息を呑んだ。「ちょっと待って。少し慣れさせて」セスは彼女の顔を両手ではさみ、わずかに腰を上下させながら訴えるようにやさしくキスをした。「リラックスするんだ。おれを入れてくれ」欲望で声がかすれる。

彼女はセスの腰に脚を巻きつけた。「嘘じゃないわ。一生懸命やっているのよ」

彼はレインの顔を見つめた。眼を見開いてこちらを見ている。荒々しいキスで腫れた唇が、またしても興奮でわなないている。彼女は手をあげて彼の湿った頰に触れ、そっと撫でた。

すべてをさらけだしている。なにひとつ隠していない。ホイップクリームとバターとシルク。思い描いていた幻想そのままだ。こうあってほしいとセスが望んでいたとおり。気味が悪いほどだ。もしこれが芝居なら、信じられないほどうまい芝居ということになる。

「いつもこうなのか？」思わず声に出した。

レインは眼を開けた。とまどっている。「こう、って？」

「なんでもない」セスはわけのわからない怒りを押しやり、根元まで貫いた。

彼女のぬくもりにぴったりと包まれ、わずかに残っていた自制が吹き飛んだ。ふたたび突き立てる。レインの苦しげな鋭い悲鳴が、はるかかなたで聞こえているような気がした。悦びの悲鳴なのか拒絶の悲鳴なのかわからない。わかったところでどうしようもない。セスはわれを忘れてがむしゃらに突きつづけた。肉体の獰猛な欲望にとらわれ、速度を落とすこともやめることもできない。暴走する貨物列車のようにオルガスムが迫り、身をよじるようなすさまじい絶頂に達した。

やがて、彼女の上にぐったりと横たわったままわれに返った。室内は、しんと静まり返っている。セスはレインの上から体を持ちあげた。彼女は向こうを向いていて、繊細なカーブを描く紅潮した頬しか見えなかった。なぜか不安になった。開花しようとしていたものを壊してしまったような気がする。蝶のようにもろいものを。

わきにどくと、レインは震えながら深く息を吸いこんだ。泣いているように呼吸が肺でつかえている。セスはなぐさめる言葉かやさしい言葉を探したが、すさまじいオルガスムのせいで頭が空っぽになっていた。

レインはくるりと背中を向けて離れ、ベッドから起きあがった。脚が震えて膝が崩れ、壁に手をついたまま足早にバスルームへ歩いていく。

バスルームのドアに鍵がかかり、耳障りな大きな音がした。

セスは歯のあいだから小さく息を漏らして上体を起こし、両手に顔をうずめた。セックスのあとで女が無言のままバスルームに行くのは、いい兆候ではない。

すぐさま、もっともらしい言い訳を考える――おい、彼女は悦んでたじゃないか。最初から最後までずっと。最後の最後にしくじっただけだ。

いちばん肝心なときに。くそっ。

室内の静けさで気が狂いそうだった。コンドームをむしり取ってゴミ箱に捨て、頭のうしろで腕を組んで仰向けに横たわる。どれだけかかろうが、待つ覚悟はできている。こんな状況でこの密会を終わらせるつもりはない。

これはプライドの問題だ。

6

レインはバスタブのなかでうずくまった。体ががたがた震えて立っていられない。シャワーノズルに手を伸ばしたが、ノズルをつかみそこなってうしろに倒れ、冷たい蛇口にどしんとぶつかった。

震えが止まらない。

あれは、想像とは似ても似つかないものだった。フレデリックと過ごしたお粗末な現実とも違う。フレデリックとのセックスはばつが悪いだけで、さっさと忘れて先へ進むような過ちだった。これとは違う。人生が変わってしまうようなものなんかじゃなかった。

経験豊富な恋人とのセックスに対して抱いていたイメージは、キャンドルが灯るソフトフォーカスの世界だった。映画のラブシーンのように、バラ色と黄金色に輝く世界。セスはライトをすべてつけ、そのままつけっぱなしにしておいた。ロマンティックな薄暗さなどゼロ。すべてにおいて、彼は荒々しく、そっけなくて明白だった。鋼鉄のように硬いがっしりした体も、はかり知れない体力も。レインを探って突き立ててきた大きなペニスも。乱暴な命令も、飽くことのない貪欲《どんよく》な男性エネルギーも。

レイプされ、略奪されたような気がする。男性に身をゆだねることがこんなことになるとは思ってもいなかった。彼の前であられもなく身悶えしたせいで、こんなに無防備な気分になるなんて。いまは震えが止まらない。ベッドをともにしたからって、相手の男性に恋をするわけにはいかない。彼のことはほとんど知らないのだ。彼が好きなのかもわからない。二十八歳にもなって、なんてこと。もっと分別があってもいいはずだ。

彼はベッドで待っている。ヒョウのように飢えた、引き締まった体の彼が。いったいなにを考えているんだろう。バスルームを出て彼と顔を合わせなければならない。レインは関節が白くなるほどバスタブの縁を握りしめ、声をたてずにぶるぶる痙攣した。笑っているのか泣いているのかわからない。たぶん両方だろう。生きていることをこんなに強く実感するのははじめてだった。セスはわたしの世界からベールをはぎ取った。いまは、あらゆるものが異様なほどまばゆく光り輝いて見える。トイレとシンクの白い陶器は内側から光っているように輝き、地味な金属製の蛇口は、あたかも太陽に照らされたプラチナのような光を放っている。

頭がおかしくなりそう。

レインはようやくなんとかシャワーノズルをつかみ、脚のあいだをそっと洗いながら唇を噛みしめた。いつもこんなに痛いのかしら。少なくともフレデリックは、処女喪失にまつわる不愉快な状況から表面的には救ってくれたと思っていたが、たぶんそれは思い違いだったのだ。わたしのほうに構造上の欠陥があるのかもしれない。そうだとしても、意外には思わない。

たしかにセスのほうがフレデリックよりかなり肉体的に恵まれている。でも、わたしはすごく興奮した。脚のあいだがひりひりしているのに、まだ緊張で震えている。彼には中毒になる。たとえまた痛い思いをしようと、もっと彼が欲しかった。

もしまだいるのなら、彼が欲しい。

あばらのあいだにすべりこむ冷たいナイフのように、心にある思いが忍びこんできた。寝室は静まり返っている。たぶんまた同じことのくり返しよ。バスルームを出たときには、寝室は空っぽになっているんだわ。

レインはお湯を止め、じっと耳を澄ませた。

なにも聞こえない。

彼女は機械的に体を洗い終えた。どうせドアを開ければわかることだ。心配しても意味はない。

心配する時間なら、あとでいくらでもある――頭のなかで皮肉な声が聞こえる。

レインは髪を肩におろし、ドアの鍵を開けて勢いよく寝室へ出ていった。

いた。どうしよう、彼がいる。引き締まった褐色の体をゆったりとベッドに横たえ、リラックスしながらも危険をはらんでいるように見える。彼の顔に純粋な喜びと安堵の笑みが浮かんだ。がっしりとたくましい両腕を頭のうしろで組み、わきの下の濃い茂みがむきだしになっている。平らなお腹の上に載った大きな太いペニスが、みるみる赤みを帯びて屹立《きつりつ》しはじめた。

「大丈夫か？」黒い瞳は鋭くて油断がない。

レインは不謹慎な笑みが浮かぶのをこらえながらうなずいた。

「痛かったか？」

レインはためらった。彼は眼を細め、無言で真実を言うように迫っている。「いいのよ」おずおずと答えた。「痛くするつもりじゃなかったのはわかってるわ」

彼は上体を起こした。表情が暗くなっている。「すまない」

「いいえ、本当にいいの、わたしは大丈夫」慌ててなだめた。「前半はすばらしかったし……」

「前半？」

「あなたが手でやったこと、それと、その、口で」うまく言葉が出てこない。彼の顔にゆっくりと笑みが浮かんだ。レインはぱっと赤くなり、深く息を吸って話をつづけるよう自分に鞭打った。「残りの部分も……すばらしかったわ。刺激的で」ばつが悪くて急いで話を終わらせた。「すてきだった」

にこりと笑うと、彼の顔はまったく別のものになった。いつも怖い顔をしているからだわ。彼の笑顔で部屋が明るくなった。レインは思わず微笑み返した。

彼が両手を差しだした。「コンドームをいくつか持ってこいよ」

期待で股間がぽっと熱くなる。「もう？」

「手元に置いておきたいだけだ。急ぐことはない」

レインは落ちつかなげに唇を舐《な》めた。「いくつ？」

彼の眼がいたずらっぽくきらめいた。「おまえが決めろ」

あらそう。パイレーツ・クイーンに挑戦するとどうなるか、思い知らせてあげるわ。彼女は両手いっぱいにコンドームを持ち、大股で彼のほうへ歩いていった。ベッドにコンドームを放りだし、精一杯冷静で挑戦的な表情を浮かべながら彼を見おろす。

「いいえ、セス。あなたが決めて」

彼の顔からじょじょに笑みが消え、完全に集中した表情に取ってかわった。レインは両手で体を隠したい気持ちを必死でこらえながら胸を張り、彼の凝視にじっと耐えた。

セスはなにか意外なものを見つけたように、眼を細めた。「おまえは蝶じゃない」ひとりごとのように口に出す。

「え？」

「花でもない」

謎めいた言葉を理解しようとしながら、じっと彼を見おろした。「どういう意味かわからないわ」

セスは居心地が悪そうに肩をすくめた。「おまえは見かけほどか弱くない。そういう意味だ」ぶっきらぼうに言う。

明るく温かな喜びがこみあげた。なにより嬉しい言葉だった。

「ありがとう」レインはぎこちなく応えた。「嬉しいわ」

「どういたしまして」

長いあいだ、ふたりは微笑みながら見つめあっていた。セスが手を差しだす。「来いよ」

熱い誘惑が眼にあふれている。

レインは驚くほど大きく勃起した彼自身にちらりと視線を走らせた。セスはその視線に気づいたが、意味を取り違えはしなかった。「心配いらない。おまえをもっと気持ちよくさせてやる。今度は痛い思いはさせない」

レインは彼の手を取った。「さっきよりよくなったら、きっとその場で燃えちゃうわ」

手をつかまれて、彼の上へ引き寄せられた。肌が触れた衝撃に思わず声が漏れる。膝をついてたくましい太腿をまたぎ、全身にむさぼるような視線と手を這《は》わせた。

彼はすばらしかった。貴重な掘り出し物。官能的な逸品。褐色の体はうっすらと毛でおおわれ、絹のように光沢のある黒い毛が、肌にぴったり張りついている。どこから触れていいのかわからない。

セスは両肘をつき、体の上をかすめるレインの手を見つめていた。食いしばった顎《あご》が震え、お腹の上には誇らしげにペニスが立っている。レインは喉のカーブとくぼみを指でなぞった。首まで太くてたくましい。がっしりした肩の筋肉を愛撫し、繊細な網目模様を描く血管や腱《けん》を探った。彼の体は硬くしなやかで、みごとなまでに釣りあいが取れていた。これまでに想像した理想の男性像のなかで、最高にすてきな体よりさらにすばらしい。

この体に飽きることなんてできるはずがない。

レインは広い胸に両手をあて、平らな乳首にキスをした。セスは喉の奥で低くつぶやくと体を起こそうとしたが、途中でうめきながら仰向けに倒れこんだ。もう少しでウエストにまわせそうな長い指でレインの腰をつかみ、そのまま上へすべらせて、ぞくぞくするような軽いタッチで乳房の下をなぞった。レインはその動きをまねて彼の胸に指先を這わせ、黒い胸毛を撫でていった。胸毛は矢印のようにおへそにつづき、おへその上には硬くなったペニスが横たわっている。しばらくためらってから、両手でペニスをつかんだ。熱くて硬く、スエードのようになめらかな手ざわりだ。

セスは息を呑み、さっと彼女の手を自分の手でおおった。「それはまずい」

「なぜ?」上になっているせいで、主導権を握っているような快感がある。それにペニスを握っているのは楽しかった。脈動するエネルギーを自分の手のなかに閉じこめていると、とてもわくわくする。レインは大胆にペニスをしごきはじめた。彼をはさんでいる太腿に、無意識に力が入る。

セスは両手に力をこめて動きを止めさせた。「今度はもっと気持ちよくさせてやると約束したからだ。おまえに触れられると、約束を守れなくなる」

レインはにっこり微笑んだ。「でも、わたしがそれを望んでいるとしたら? 約束を破ってほしいと思っているとしたら? なんだかそそられるわ」

セスはペニスからレインの手を引きはがし、大きな手で両手首をつかんだ。「だめだ」きっぱりと言う。

手を引っぱってみたが、鋼鉄の手錠をかけられているように動かない。「いつもこんなに横暴なの?」

「ああ」冷酷な顔で言う。「慣れろ」

レインは虚しく両手を引っぱった。「放して。あなたはとってもすてきよ。もっとさわりたいの」

「だめだ。おまえは信用できない」

屈託のない口調だったが、ふたりのあいだにだしぬけに暗く冷たいものが口を開けた。レインの顔からからかうような笑みが消えていく。ふたりは真剣な面持ちで警戒するようにじっと見つめあった。

レインは大きくため息をついて重い沈黙を破った。「あなたにはできるわ」

「なにを？」冷たく用心深い眼。

「わたしを信用することよ」

彼の口元がこわばり、顎の小さな筋肉がひきつった。手首をつかむ手に力が入り、レインははっと息を呑んだ。

「やめるんだ」頑《かたく》なに言う。「おれは楽しんでるんだ。台なしにするんじゃない」

「なぜわたしを信用すると台なしになるの？」

返事はなかったが、セスはゆっくりと手を放した。レインはずきずきする手首をさすりながら、やさしく話しかけた。「教えて、セス。なぜ信用できない――」

「やめろ」乱暴に胸に引き寄せられ、体の下に組み敷かれた。顔は無表情だが、眼は不可解な怒りで燃えたぎっている。

レインは彼を見つめた。ショックでわけがわからない。「でも――」

「なにも……言うんじゃ……ない」穏やかな声なのに、全身に寒気が走った。「ここまでだ」

なにか重要なことだとわかった。とても重要なこと。でも追求するのはやめておこう。石の壁に突きあたったときのことなら、誰よりもよく知っている。追求すれば、彼は激怒するに違いない。

この人のことはなにも知らない。それに、彼はとても体格がよくて力が強く、すっかり興奮している。そして自分は、そんな彼の下に全裸で横たわっているのだ。

彼を激怒させたくはない。

「わかったわ」レインはささやいた。

セスの体内で張りつめていた緊張が、ほんの少し解けた。わずかに体を持ちあげたので、息ができるようになった。ふたりはじっと見つめあった。しゃべるのが怖い。

彼は頑なな仮面の下になにか隠している。その眼を見ればわかる。自分と同じ、疼くような孤独がひしひしと伝わってくる。

胸の奥でなにかが反転し、ずきりと痛んだ。レインはふたりの体にはさまれていた腕を引きぬくと、両手でセスの顔に触れ、角張った顎と頬骨を撫でた。なめらかな黒髪に指を入れてそっと口づけする。頬、顎、口元。

なだめて落ちつかせるつもりだったのに、逆効果だった。セスの体内で、ガソリンをかけた炎のように欲望が燃えあがった。彼は腕に力をこめ、顔を傾けて飢えたように舌を差しこんできた。灼熱した焼印のようなペニスが大きくなり、レインのお腹をつついた。貫かれるときの刺すような痛みに怯えているのに、体は彼に応えて柔らかくなっていく。

いきなりセスが低く毒づきながら体を起こし、背中を向けてベッドの縁に腰をおろした。

「くそっ、おまえは危険だ」かすれ声でつぶやく。「おまえといると限界を超えそうになる」

レインは膝をついて起きあがった。「ごめんなさい」慎重に小さな声で言う。

彼は体をひねって振り返り、レインを見た。彼女の全身に視線を這わせている。それから首を振って乱暴に顔をこすった。「よく聞け。次のラウンドの基本ルールを言う。おまえは手を出さないで、おれがいいと言うまでペニスなどないふりをしろ。わかったか？」

レインはとまどいながら彼を見つめた。「じゃあ、わたしはなにをすればいいの？」

セスは皮肉な笑みを浮かべた。「なにもするな。黙っておれに約束を守らせていればいい。おれはおまえに触れ、おまえを舐めていかせてやる。何度も何度もな」

「そう」消え入りそうな声しか出ない。

彼は手を伸ばして片方の乳房をつかんだ。「そうだ」穏やかにつづける。「そして、おまえが燃えるように熱くなったら……」彼の手がお腹へとすべる。さらにもっと下へ。「……おまえが自分の名前も忘れて身悶えしながらせがむようになったら、もう一度ためしてみよう。そうすれば、どんなにおれたちがぴったり合うか、おまえにもわかる」

「そう」レインはうわの空で言った。胸のなかで心臓が激しく動悸を打っている。

セスはレインの股間の巻き毛にそっと指をからませた。その手を太腿に移動して押し広げる。「おれの首に腕をまわせ」耳元でささやいた。

レインは震えながら言われたとおりにした。これからどうなるかわかっている。彼はわたしのすべてを裸にし、黒い瞳を冷淡にきらめかせながら、思いのままにクライマックスへ向かわせるつもりなのだ。

彼の手が慣れた手つきで体の上をさまようにつれ、首にまわした腕に力が入った。彼にも自制を失ってほしい。一緒に限界を超えてほしい。表向きは言いなりになりながらも、心の奥底で反抗的な考えが浮かぶ。彼はぜったいにそんなことはさせてくれないだろうが、鎧《よろい》の下にその方法が隠れているに違いない。

セスはレインの首に顔をうずめ、声をあげさせるほどきつく噛むと、噛まれて敏感になった場所を舐めながら巧みに柔らかなひだを分けた。「おれがなかにいるあいだに、いかせてやる」興奮で声がかすれている。「できるだけ奥まで入れて、おまえのオルガスムを感じるんだ。締めつけてくるおまえを」

レインはうめいた。両脚を広げたまま、彼の言葉とやさしくむさぼるようなキスに魅了された。セスは熱くつややかな湿り気をそっとひだに広げながら、味わうように舐めている。「そうだ、ベイビー、それでいい」彼がささやいた。「もうおれを迎え入れる準備ができている。おれのために、柔らかくなって濡れている」

彼が指を一本入れてきた。興奮の吐息が漏れ聞こえる。「動け。おれが入っているときどう動くか、やってみせろ。動くんだ!」

その声はむきだしになったレインの神経の先端を鞭のようにたたきつけた。自分のなかにある長い指をはっきり感じながら、彼の首につかまって体を支え、おそるおそる膝立ちになる。そして震えるようにうめきながら腰を沈め、彼を奥まで受け入れた。膣がぎゅっと締まり、励ますようになにかささやいているセスの声もほとんど耳に入らない。巧みに突いてくる指の動きに合わせるうちにじょじょにリズムをつかみ、いつしかレインは急きたてられるように腰を動かしていた。こすりつける甘美な感覚をもっと味わって、クライマックスを迎えたい。

セスに反対の手でヒップをつかまれ、レインはあがいた。混乱して震えている頭に、彼の言葉が突き刺さる。「まだだ。まだだめだ。もう少し我慢すれば、もっとすばらしいところへ連れてってやる」

「我慢できないわ」レインはむせびながら言った。太腿で彼の手を必死に締めつける。「お願い、セス」

「我慢できないって？　いますぐおれにファックしてほしいのか？」

違う状況なら、露骨な言葉に腹を立てていただろう。でもプライドなどどうでもいい。常識なんて、どうでもいい。「ええ、お願い。我慢できない」セスの肩に顔をうずめてせがんだ。

セスはレインのうなじの髪をつかんで上を向かせ、まっすぐ自分の眼を見つめさせた。強力な個性が燃えさかっている。やがて冷ややかで危険な笑みを浮かべると、わななく下唇へとゆっくり舌をすべらせ、そっと歯のあいだにはさんだ。「できなくてもするんだ」まつわりついてくる彼女の深みから、じらすように指を出してつぶやく。「我慢するんだ。おまえに選択肢を与えるつもりはない」

その声の暗い響きにぞくりとし、レインは冷たい未知の深みへ引きずりこまれた。きつくつかまれたままもがいているうちに、以前に感じた迫りくる恐怖の波が、いっそう鋭く冷たくなって戻ってきた。「どうしてこんなことするの、セス？」震える声で訊く。「あなたはわたしを好きなようにできる。力を使って駆け引きする必要なんてないわ」

彼の胸から低い笑い声が響き、レインは唇に触れているその口にあざけるような笑みが浮かんだのがわかった。「理由はふたつある」彼は言った。「ひとつ。この駆け引きは、おまえをいかせるためだ……絶叫するようなやつをな」

ふたたびキスでレインの口を封じた。「ふたつ」慎重な声でつづける。「煎じ詰めれば、この世はすべて力しだいだからさ。まだそいつに気づいていないなら、そろそろ気づいたほうがいい」

決定的なひとこと。決闘を申しこむ冷たく無情な手袋が、眼の前に投げだされたのだ。なによりもその事実がレインの薄れゆく興奮を凍りつかせた。

彼女はしっかりつかまれたままぴたりと動きを止め、彼の眼を見つめた。「それは違うわ」静かに言った。

力を集める荒波のように、彼のなかで緊張が高まっていく。細めた眼のなかに、顎でこわばる筋肉のなかに、レインはそれを見て取った。それでもなんとか気力を奮い起こして彼の凝視を受けとめた。

セスは喉の奥で冷たい笑い声をあげ、レインを仰向けに押し倒して脚を開かせた。あまりに急だったので、抵抗するひまがなかった。「違うかどうかいずれわかる」そうつぶやきながら、のしかかってきた。

獰猛で貪欲な表情を見て、レインのなかでなにかがはじけた。ふいに罠が締まった音に気づいた野生動物のように身をひるがえし、パニックで震えながら這って逃げようとした。

セスはレインに突進し、ウェストをつかんでふたたび仰向けに押し倒した。ベッドをはずませながら彼女を押さえ、激しく振りまわしている両手を頭の上で押さえつけた。眼がぎらぎらしている。「どこへ行くつもりだ？」

レインは悲鳴をあげようと口を開けたが、すぐさま手でおおわれた。彼は苦痛をこらえるかのように歯を食いしばり、眼をつぶってなにかつぶやいている。

そして手を放した。だがレインが口を開く前に、予想もしなかったほどやさしくキスをしてきた。唇の上で、彼の唇がやさしくなだめるように動いている。まるでレインの唇の甘さをすすっているかのように。レインはショックで涙があふれ、わけがわからずに身震いした。セスが顔をあげてレインの頰を撫でた。「しーっ、すまない。やりすぎた」

しゃべろうとしたものの、彼の重さで息ができず、唇がわなないた。セスは眼尻からこぼれた涙をキスでふき取った。

「大丈夫だ」額や頰にキスを浴びせながら、ささやく。「すまない。怖がらせるつもりじゃなかった」そう言うとレインの手首を放し、額から湿ってもつれた髪をはらって体を少し持ちあげた。

レインは眼をつぶった。「セス、たぶんもうやめたほうが――」

「なにも言うな。リラックスしておれにまかせろ」

「でもわたし……でもあなたが……」

「駆け引きはなしだ」なだめるように言う。「ただ楽しもう。ただおまえを狂わせ、おまえをとろけさせていかせてやる。怖がらなくていい。約束する」

思いがけない彼のやさしさと、哀願するようなキスのせいで、緊張の身震いがおさまっていった。彼が真剣なのがわかる。燃えさかる炎の熱のように、真剣さが伝わってくる。でも、官能的な約束の下に罠がひそんでいることもわかっていた。

どんな罠かはわからない。知りたくはない。レインはみずからの疑念を無意識の奥に沈め、くるくる回転しながら忘却のかなたへ落ちていくにまかせた。彼は危険で予測がつかない。けれど、顔に触れるその唇はとても心地よく、彼に触れてほしくてたまらなかった。彼はわたしの心を欲望で満たし、理性を消し去った。わたしは何年も飢えていた。そしてセスはすばらしいご馳走だ。抵抗できない。危険を覚悟でやらなければならない。

レインは涙のあとが残る顔をセスに向け、無言の謝罪を受け入れて顎にそっとキスをした。セスはなにも言わなかったが、応えるようにいっそう強く抱きしめてきた。呼吸がじょじょに鎮まり、安心したのがわかる。

彼はレインのぴたりと閉じた脚をやさしく開かせた。「おれを入れてくれ。リラックスして受け入れてくれさえすれば、ずっといい気持ちにさせてやれる」

ヒップを撫でながら膝のあいだに割って入り、レインが身をゆだねると小さく満足のうめきを漏らした。体を下へずらし、乳房に手をあてて両側から押しつけ、夢中で顔をこすりつける。「ああ、すごくセクシーだ。はじめて見たときから、こうして鼻をこすりつけ、キスしてしゃぶりたかった」

レインの震えた笑い声は、不安になるほどすすり泣きに似ていた。「あ……ありがとう」

セスは安心させるように一瞬歯をきらめかせて微笑むと、頭をさげて胸を愛撫しはじめた。ゆっくり唇を引きずっていくようなキスに、レインは混沌とした快感の渦へ引きずりこまれていった。彼の舌が蜜をしたたらせる異国の果物を舐めるように這っていく。ふっくらとカーブを描く場所で、執拗《しつよう》に円を描いている。レインは枕に沈みこんで体を反らし、彼にすべてをゆだねた。

セスは乳首をそっと口に含み、歯ではさんで軽く引っぱった。まばゆく焼けつく銀線のような感覚に、レインは悲鳴をあげた。怖いほど痛みに似ているけれど、それとはまったく違う感覚。押しつけた乳房の深い谷間を舐められ、レインは彼の頭をぎゅっとつかんで快感にわななないた。閉じたまぶたを透かし、頭上で灯るライトが視界を燃え立つような赤に染めている。赤は心惹きつける濡れたセスの唇の色だ。股間で高まっていく脈動する疼きの色。

ひどく敏感になっていたせいで、太腿のあいだを軽く触れられただけでクライマックスを迎えそうになった。長い指がするりと入ってきた感触に、はっと眼を開ける。彼はそれでいいというようなことを静かにつぶやくと、もう一本指を入れてそっとレインを押し広げた。なだめるような愛撫は休むことなくつづき、やがてレインをとめどないクライマックスへと導いた。快感がきらきら光る波のように押し寄せてくる。

ふたたび眼を開けたとき、セスが考えこんだように見つめていた。「おまえはおれの腕のなかでいった。自分のもののように、おまえのオルガスムを感じた」そしてやさしく言った。「おれは、おまえがいくのが好きだ」

レインは声をコントロールできるようになるまで待ってから返事をした。「あんなのはじめてよ。こんなのはじめて。あなたがそうさせたの」彼はあからさまに勝ち誇った笑みを浮かべた。「自慢げにほくそ笑むのは、よくないわ」

「おれがいいやつだなんて誰が言った?」ふたたび脚のあいだに入ると、大きく広げさせた。レインはびっくりしてもがくように体を起こした。「また? セス、少し休ませて!」

「休むことなんて忘れろ。こっちはまだはじまってもいないんだ。もっと欲しい」

レインはぼんやりと押しのけるつもりで彼の頭をつかんだ。だが、その瞬間もっとも敏感な部分を彼の舌がかすめ、その快感になすすべなくむせびながらふたたび枕に倒れこんだ。

時間は意味を失った。レインは何度オルガスムに達したかわからなかった。ある時点で、あらゆるものが頂きと谷間と広大な景色を持つ、ひとつの果てしないおののきの波に溶けこんだ。セスはあくまでも貪欲だった。レインが夢にも思わなかった場所まで駆り立て、懇願するまでやめようとしなかった。

セスは自分の髪からレインの指をそっとほどくと、一本ずつキスをした。ふたたびのしかかってきたとき、こちらを見おろすその眼は、間違いようのない意図できらめいていた。

「いまだ」かすれ声でそう言って、しわくちゃのシーツの上にばらまかれたコンドームをひとつつかんだ。「いまならおれを迎える準備ができている、レイン」

それは本当だった。彼は容赦ないテクニックと意志の力であらゆる障壁を取り去っていた。レインの守りは、セスが突破するまであることにも気づかなかったものまで崩れていた。そして、レインはそれが嬉しかった。

彼女はセスに両手を差しだした。「お願い」

彼は集中に顔をゆがめながらコンドームをつけると、すっかり潤って待ち構えている場所をじらすように何度か軽くつついてきた。レインは欲求不満で息をあえがせ、セスの腰へ手をすべらせた。汗ですべすべしていて、こわばった筋肉が震えている。彼女は彼の腰をつかんで引き寄せ、自分のなかへ招き入れた。

実際は、準備ができているどころではなかった。さっきまで抵抗していた小さな筋肉が、いまは必死で彼にまとわりつき、激しくこすられて悦んでいる。

セスはいったん腰を引き、ふたたび愉悦のうめきを漏らして突き立てた。両手でレインの顔をはさみこむ。「今度も痛いか？」

無言で首を振っただけでは満足しなかった。「どんな感じか言うんだ」執拗に問いただし、レインの腰が動くほどさらに力強く奥まで突き立てた。言うべき言葉が見つからず、レインはただぎゅっと眼を閉じた。

「これが好きか？」

「好き」彼の肩に腕を巻きつけて必死にしがみつきながら、レインはあえぐように言った。

「好きよ」

彼の肺から長く官能的なため息が漏れ、唇がレインの唇をやさしくおおった。ふたりは一緒に揺れていた。深く突くたびに、燃えつきそうな快感にため息とあえぎが漏れる。セスはレインの肩の下に両腕を入れ、いっそう強く抱き寄せた。「全部欲しいか？」

その声に含まれた無防備さに、レインの心臓が高鳴った。それは絶望的なほどの切望がこめられた声だった。彼女は彼の腰に両脚を巻きつけた。「全部ちょうだい。わたしはか弱くなんかないわ、忘れたの？　蝶じゃない。全部ちょうだい」

セスは彼女の眼を見つめながら両膝をつき、レインの膝を曲げて胸にあてた。のしかかって腰を激しく前後させるその顔は、問いかけるように張りつめている。レインは手を伸ばして彼の頬を撫で、背中を反らせて無言で彼を許した。

セスはその仕草を理解した。彼の自制が切れたとたんにすべてが一変し、レインはハリケーンに巻きこまれた。激しく貫かれ、悲鳴がほとばしる。苦痛ではない。歓喜のせいだ。体のあらゆる部分が彼を歓迎し、体がぶつかりあう音とこすれあう感覚を賛美している。レインはわれを忘れた。自分のイメージを粉々に壊し、もっと深くて激しいものを、強くて高貴で獰猛な女の部分を解放した。

セスが自制を失っているのが嬉しくて、勝ち誇った気分だった。彼を引っかいて嚙みつきたい。彼の障壁を取り払い、わたしの前で無力なありのままの姿になった彼を見たい。セスが絶頂に達すると、レインは彼の顔を見つめながら狂ったように悦びの声をあげ、激しい勝利感とともにみずからも甘くきらめく絶頂を迎えた。

眼を開けると、セスは彼女の首に頭をうずめて顔を隠していた。髪を引っぱって眼を合わせようとしたが、セスは首を振って抵抗し、いっそう強く顔を押しつけてきた。

レインは彼の首に腕をまわして涙を流した。それは自分を清めて生まれ変わらせる、穏やかなすすり泣きだった。セスを抱きしめているうちに、体内を吹きぬけるまばゆい嵐が静まり、雨に洗われた爽快な空のようにすっきりと清められていく。レインはその感覚が怖かった。こんなに幸せなのは危険だ。もはや後戻りできないところまで来てしまったのがわかる。

セスが顔をあげた。びっくりするほど気取らない表情をしている。レインは泣きながら笑い声をあげ、手の甲で涙をぬぐった。「心配いらないわ」涙ぐみながらくすくす笑う。「わたしは大丈夫。大丈夫どころじゃない。幸せよ。とてもすてきだった。あなたはすてきよ」

レインは彼がふたたび抱きしめてくれると思っていた。だが彼は唐突に身を引き、ベッドから立ちあがった。湿ってほてった体に、室内の空気がふいに冷えびえと感じられた。彼はこちらに背中を向けてコンドームを処理している。漠然とした恐怖感がレインのみぞおちをつかみ、涙の源をふさいだ。

「どうしたの、セス？」

耐えきれないほど長い時間がたってから、彼は振り向いた。

「どうしたらこんなふうに夢中になれるんだ？」いぶかしげで冷たい声。

レインは上半身を起こして濡れた顔から髪をはらい、微笑みかけた。「そうせずにいられたと思う？」

「じゃあ、おまえはいつもこうなのか？　誰が相手でも？」

冷たい視線にはっとした。眼の前に突然絶壁が現われたような気がする。「誰が相手でもって、どういう意味？」

「レイザーが仕事相手とファックするようおまえを送りだすたびに、ってことだ」

胸の奥が凍りついた。じっと彼を見つめる。聞き間違いならいいとなかば思いながらも、そうではないとわかっていた。

彼女は喉に引っかかったしこりを呑みくだした。「あなたはわたしが……ヴィクターが……」声がしだいに小さくなっていく。息が詰まって肺を満たすことができない。

「あいつからいい給料をもらっていればいいが」彼は言った。「おまえにはそれだけの価値がある。みごとなもんだ。あんなセックスは、はじめてだったよ」

レインはふたたび口を開いたが、なにも出てこなかった。彼女は首を振った。この十秒間を帳消しにして、否定して消してしまいたい。

セスは黙ってじっとこちらを見つめている。冷ややかで揺るぎない眼。彼は本気でそう思っているのだ。

なんてこと。彼はそのつもりでわたしと愛しあったんだわ。

いいえ、愛じゃない。セックスでさえない。彼はそのつもりでわたしとファックしたのだ。

レインは髪を前に振って胸を隠した。冷たい視線を浴びながら裸でいるのは耐えがたかった。「ひどいことを言うのね、セス」そっとつぶやく。「わたしは秘書よ。コールガールじゃない」

彼の表情は変わらない。

レインは這うようにベッドをおり、脱ぎ散らかした服を探しはじめた。冷えきった震える指で服を拾ったが、カフスボタンをとめたり裂けたブラウスをスカートにたくしこむ気にはなれなかった。素足をパンプスに突っこみ、ドアへ走る。

セスが力強い腕のあいだにはさみこんで行く手をさえぎった。「待て」淡々と言う。「服を着てから送っていこう」

レインは眼の前にある黒い瞳をのぞきこみ、これまで誰に対しても一度も声に出したことのなかった言葉をきっぱりと口にした。

「ろくでなし《ファック・ユー》」

力まかせに裸の胸を押し、セスを二歩うしろによろめかせた。そしてドアをこじあけ、駆けだした。

7

傷つけられた恋人たちの守護聖人が、見守ってくれていたに違いない。ロビーを駆けぬけていくと、空港から来たタクシーがホテルの外で客を降ろしていた。レインはタクシーに飛び乗った。追いかけてきたセスにつかまったら、きっとヒステリーを起こしてしまう。

実際、あと一歩でヒステリーを起こしそうな状態で、全力でそれを食いとめていた。白髪混じりの歳取った運転手も気づいたらしい。分厚い眼鏡の奥から、心配そうにルームミラーでちらちらうしろを見ている。

「お客さん、大丈夫かね？」

「大丈夫よ、ありがとう」

ありふれたせりふをしゃべる唇が麻痺《まひ》しているような気がした。もう少しで笑いそうになったが、ぐっとこらえた。笑ったら水門が開いてしまう。その次には涙がやってくるだろう。そして、きっとコントロールできなくなる。

大丈夫よ、ありがとう。内面が死にかけていた十七年間、何度もこのせりふをくり返してきた。大丈夫なんかじゃない。最悪の気分だし、それは多くを物語っている。しかも、今回はすべて自分のせいなのだ。

いったいなにを期待していたというの？　劣等感を克服しようとまたしても過激な行動に走り、一緒に夕食を食べたこともなければ、基本的な個人情報すら交換していない男とベッドに飛びこんだ。彼が育った場所も、どの大学へ行ったかも、電話番号すら知らない。わたしはふしだらなことをしたのだ。自分で責任を取らなければならない。

でも、あまりにつらくて息をするのがやっとだった。

パイレーツ・クイーンのことを考えるのよ。レインは自分に言い聞かせた。なにがパイレーツ・クイーンよ。世慣れた彼女なら、たとえ自分の体が快感で吹き飛んだって、バリヤを取り去ったりせずにセックスのために男を利用できるわ。彼女なら、〝ファック・ユー〟なんてぶしつけで野暮な言葉以外にも、なにか言うだけの平静さを保っていたはずだ。彼の心臓まで——あるいは、せめて骨まで——突き刺さるような言葉を。あの男に心臓があるとは思えないけれど。

いまにも感情の嵐に襲われそうだ。レインはぐっとこらえ、学生時代からいつもやっているように、カウントダウンをはじめた。ひとりになって、ばらばらに崩おれることができる場所に着くまでの秒数を逆にたどる。八、七。数えながら運転手に料金を払い、部屋までの階段を駆けあがる。六、五。指が震え、なんどやっても鍵穴に鍵が差さらない。四。ようやく鍵が差さってまわす。三。ぐいっとドアを開ける。二……。

「こんばんは、レイン」

レインは悲鳴をあげてドアの外へ跳びすさった。

ヴィクター・レイザーが玄関ホールの椅子にゆったり座り、グラスに入ったウィスキーをすすっていた。「悪いが、勝手にバーを使わせてもらったよ。この家のことはよく知っているんでね。あのバーの酒は、数カ月前にわたしがそろえたものだ」

「ああ、ええ、かまいません」レインは小声でつぶやいた。

ふん、またなのね。いい子ちゃんは誰かに顔を踏まれても、文句を言うのが怖くて〝かまいません〟と言うのよ。

ヴィクターは勇気づけるように微笑み、なかへ入るように合図した。レインは一歩室内へ踏みこんだ。アドレナリンが噴出し、いつでも逃げだせる体勢を取りながら、招かれてもいないのに彼がここにいる理由をあれこれ考える。

どの理由も、いいものではない。

ああ、神さま。どうか彼が色眼を使ってきませんように。レインは死に物狂いで願った。それはやめて。それだけはだめ。そんな頼みはきけない。きっとわたしは悲鳴をあげながら逃げだしてしまう。そしてもしあの夢が戻ってきたら、血まみれになって気を失うまで精神病院の壁に頭を打ちつけるはめになる。

無礼な振舞いへの怒りが、暗い水底から浮かびあがる泡のようにじょじょに大きくなってきた。レインはしっかり胸を張って立っているよう自分に鞭打った。

「バーを見たかぎりでは、きみは酒を飲まないようだな」グラスのなかの氷を上品にまわしながら、ヴィクターが言った。

「ほとんど飲みません」堅苦しく応える。

「それに、食事もしない。きみの冷蔵庫から察すると」たしなめるようなやさしい声。「体に気をつけなければいけないよ、レイン。きみはダイエットをする必要などない。その逆だ」

「わたしの冷蔵庫のなかをごらんになったんですか？」信じられない。自分でも驚くほど大きな声が出た。

ヴィクターはかすかに傷ついた顔をした。「酒のために氷が欲しかったのでね」ウィスキーを飲み干しながら説明し、電話台にグラスを置く。「ちょっと身なりを整えてきてくれないか、レイン」上品に寝室の方向を示して微笑んだ。「話はそのあとにしよう」

なんのために？　レインは必死で考えをめぐらせた。彼の背後にある鏡をちらりと見た瞬間、息が詰まった。髪はぼさぼさにもつれて広がり、唇は赤く腫れている。しわくちゃのブラウスはボタンがいくつかなくなり、だらしなく開いた袖口がぶらさがっていた。ブラウスの一方のすそはスカートにたくしこんであるが、反対側ははみだしている。黒くにじんだ眼窩《がんか》で、両眼がぎらぎら光っていた。

レインはゆっくり息を吐きだした。気のふれた女みたいに見えるからって、なんだというの。今日は地獄へ行ってきた。ここはわたしの家よ。召使みたいに追いだされるつもりはない。彼女はジャケットのポケットを探ってヘアスティックを出すと、髪をひねってシニョンをつくり、スティックを突き刺した。バッグから眼鏡を出し、悠々とそれをかける。「なんのご用ですか、ミスター・レイザー？」

ささいな反抗的態度に腹を立てたとしても、ヴィクターは顔には出さなかった。口元をぴくぴくさせている。「ミスター・マッケイと楽しい午後を過ごしたかね？」

レインの顔がぱっと赤くなった。「そのことはお話ししたくありません――」

「〈サン・スーシ〉で夕食を食べるように薦めればよかったんだが、うっかり忘れてしまってね」よどみなくつづける。「美術館へ行ったのかね？　それともパイクプレースへ？」

「いいえ」必死で答える。

「では、彼をまっすぐベッドへ連れこんだのか」

レインはドアへあとずさった。「ミスター・レイザー……」

「たしかにわたしはミスター・マッケイを楽しませるように頼んだが、正直に言って、きみがそこまで個人的にとらえるとは思わなかった」

レインはぽっかりと口を開けた。「あなたがおっしゃっているのは、わたしが――」

「まわりくどい言い方はやめなさい」ヴィクターはぴしゃりと言った。「おたがい大人だ。そしてミスター・マッケイは、〈スペース・ニードル〉へ行ったりモノレールに乗ったりするより、きみなりの接待のほうをはるかに楽しんだことだろう」

レインは相手のすました顔を見つめた。「わたしを騙したのね」小さな声で言う。

彼は顔をしかめた。「やめてくれないか。きみとマッケイのあいだでなにがあったにせよ、それはきみが自分でやったことだ、レイン。そして百パーセントきみの責任だ」

レインはひるんだ。ヴィクターの言うとおりだ。誰もセス・マッケイに体を投げだせなどとわたしに命令しなかった。プロの売春婦だと勘違いされるほど熱心に投げだせとは。

そう思うとひどく滑稽で、レインはくすくす笑いだした。咳払いでこみあげる笑いをこらえる。

「大丈夫かね？　コニャックをよそおうか？」

「いいえ、大丈夫です。ありがとうございます」ああ、またたわ。パイレーツ・クイーンなら、踏み板を歩けと言われて〝大丈夫〟なんて答えない。

ヴィクターはゆったりと脚を組んだ。「びっくりさせたのなら謝る。ここへは理由があって来たんだ」

レインは体をこわばらせた。「理由？」

「セス・マッケイに対するきみの意見を聞きたい。彼に関する情報はほとんどないし、個人的にはかなり得体の知れない人物だと思っている。きみも知ってのとおり、彼には機密事項を扱うきわめて微妙なプロジェクトを任せている。きみは……独特な視点で彼を見たんだから、別の感想を聞かせてもらえると思ってね」

唾を呑みこもうとしたが、喉が乾ききっていてできない。「いいえ」レインはかすれ声で言った。「感想なんてありません。ひとつも」

彼は銀のケースをたたいて細長いタバコを一本取りだした。「ひとつも？」

きっぱりと首を振ると、慌ててまとめたシニョンが揺れてうなじにずり落ちた。レインはヘアスティックを抜いた。シニョンがほどけて背中に髪が落ちる。「ひとつも」彼女はくり返した。

ヴィクターの視線がちらりと下に落ち、関節が白くなるほどきつく握りしめているレインの拳を見た。そしてタバコに火をつけた。「きみはもっと注意深くなるべきだ」

「そうですか？」ヘアスティックを握る指に力が入り、カットクリスタルのビーズが手のひらに食いこんだ。

ヴィクターは細長い煙を吐きだした。色の薄い瞳が、きらきら輝く裂け目のようだ。「ウィリアム・メレディスという詩人が、かつてこう言った……『男に関する言及のなかで最悪なのは、不注意だと言われることだ』」

夢見がちで不注意な父親のイメージが、ヴィクターの顔に重なる。古い怒りの埋められた熾火《おきび》が胸のなかでくすぶりはじめた。「わたしなら、もっとひどい言葉も思いつきます」にべもなく言った。

ヴィクターの眼がきらめいた。彼は電話台に載ったずっしりしたクリスタルの灰皿で、タバコの灰をたたき落とした。「そうかね？」

レインは必死で冷静な表情を保った。

彼は永遠とも思えるほど長いあいだ、レインの眼を見つめていた。「今度はもう少し努力してくれたまえ」

なにげない口調に、胸の奥の熾火がぱっと燃えあがった。「セス・マッケイと寝て彼をスパイして、それをあなたに報告しろと命令しているんですか？」

ヴィクターの顔を嫌悪感がかすめた。「下品な誇張は好かない」

「下品な誇張などいっさいしていません」レインは息巻いた。「よく聞いてください、ミスター・レイザー。ひとつ。今度なんてありません。なぜならわたしは二度とセス・マッケイに会いたくないからです。ふたつ。わたしはベッドの相手をスパイするつもりはありません。ぜったいに」

ヴィクターはもうひと口タバコを吸うと、手際よくもみ消した。「若い人間が〝ぜったいに〟と言うときの自信はいいものだ」

見くだした口調にレインの拳に力が入る。「申し訳ありませんが、もう夜も遅いので帰っていただけませんか。いますぐに」

声が割れて、効果が台なしになった。レインは息を詰め、自分をクビにしてくれるようになかば願っていた。そうすれば解放される——少なくとも、またあの墓石の夢で正気に焦げ穴ができるまでは。

でも、今度そうなったときはどうすればいいかわからない。

ヴィクターは立ちあがってクロゼットからコートを出した。

やったわ。彼が出ていく。眼がくらむほどの勝利感で、レインは大胆になった。自分の幸運に賭けてみよう。「それから、ミスター・レイザー？」

「なんだね？」彼は手を止めた。眉があがっている。

「わたしのプライベートな場所でくつろがないでいただけると助かります。わたし以外の人間に、この家の鍵を持っていてほしくありません」

彼の眼がひどくおもしろそうに輝いた。「ちょっとアドバイスをしようか、レイン。主導権の幻想にしがみついて、時間とエネルギーを無駄にするんじゃない。疲れるだけだ」

レインは差しだした手をおろさなかった。「これはわたしの幻想です。わたしはそれにしがみつきます」

ヴィクターはくすくす笑うと、コートのポケットから鍵を出し、鍵を置いた手のひらを差しだした。

指先で鍵をひったくった瞬間、跳ね罠のように手首をつかまれてレインは悲鳴をあげた。ヴィクターのたくましい腕に肺の空気をしぼりだされている夢の記憶が、稲妻のように心を貫く。彼女はぶるぶる震える手を体に引きつけ、パニックを起こさないよう努めた。どこからともなく、セスの声が響いてくる――煎じ詰めれば、この世はすべて力しだいだからさ。まだそいつに気づいていないなら、そろそろ気づいたほうがいい。

レインは命綱であるかのように、その辛辣《しんらつ》な言葉にしがみついた。おそらくセスは正しいのだろう。それがこの悪夢のような世界のルールなのだ。ルールをマスターしていないいまは、ちっぽけな怯《おび》えた自分を精一杯鞭打つことしかできない。耳鳴りがおさまり、視界がはっきりしてきた。つかまれた手はまだ痛むが、我慢はできる。

レインはまばたきもせずにヴィクターの眼を見つめた。「おやすみなさい、ヴィクター」

驚いたことに、彼は手を放し、称賛するようにうなずいた。「すばらしい」穏やかに言う。「おやすみ、レイン」

彼のうしろで小さな音をたててドアが閉まったとたん、レインはドアに突進して勢いよくデッドボルトをかけた。凝った彫刻を施したマホガニーのドアに背中をあて、そのままずるずる床まですべり落ちてすすり泣いた。十七年間、反射的に口から出るようになるまで偽りの〝大丈夫です〟を言いつづけたあげくがこれだ。自分がどれほど愚かで無駄な努力をしてきたか、たった一日で思い知らされた。

主導権の幻想にしがみつくな。ヴィクターはそう言った。煎じ詰めれば、この世はすべて容赦なく、白く荒れ狂う波にもまれ、ふたりのあざけるような声がレインの頭のなかで、無慈悲な現実に圧倒されるレインの頭のなかで、ふたりのあざけるような声がこだました。わたしには力がない。主導権がない。幻想もない。白く荒れ狂う波にもまれ、どんどん沈んでいる。わたしはなにひとつコントロールできない——自分の心も、心臓も、夢も。自分の体すらコントロールできない。今日の午後、セスがそれを証明した。容赦なく、何度もくり返し。

すすり泣きがおさまり、レインは麻痺したように押し黙った。膝に顔を押しつけて、祈りはじめた。誰に祈っているのか、自分でもわからなかった。神の存在などまったく信じていないが、善と悪という拮抗する力があるのは信じている。わたしはものごとをコントロールできないし、力もなければ、計画すらないかもしれない。でも、わたしは真実を探すためにここにいるのだ。父親のために。

わたしは愛のためにここにいる。それには価値があるに違いない。いずれにしても、わたしにあるのはこれだけだ。そして、レインは十本の指すべてでそれにしがみつくつもりだった。

レイザーのタウンハウスのセキュリティは、四カ月前にセスとマクラウド兄弟が押し入ったときよりかなり厳重になっていた。だが強化されたセキュリティも、データ収集のために自分たちが施した手段を考えると、たいしたことはない。簡単すぎるくらいだ。

赤外線モーションセンサーのはるか圏外にあたる茂みのなかを影のようにすりぬけながら、セスは最初に侵入したときのことを考えた。本来なら、なにかを考えている場合ではない。

百パーセント集中しているべきだ。だがレインのことを考えるよりはましだった。

ヴィクター・レイザーを電子的に襲撃するために、自分たち四人は驚くほど円滑に一致協力して働いた。ビデオカメラ、電話発信機、レーザーガルパーマイク、壁共振マイクの設置。すべては偽りの押し込み強盗のあいだに行なわれた。全員が、ひとつの機械のなかでなめらかに動く部品のようだった——邪魔になる自我はなく、思考は同じ溝に沿って進んだ。彼らはセスのように訓練を受けたプログラマーではなかったが、呑みこみがよかった。有能なチーム。厄介でひねくれた個性は、仕事中はわきへ追いやられていた。

セスは闇のなか、手探りでレイザーのオフィスの共振盗聴器を稼動させるマイクロ波周波数をセットした。受信機の整調に失敗して毒づくと、もう一度やりなおした。自分に課した時間内で終わらせるには、急がなければならない。急ぐのは嫌いだった。

事前に手順をさらい、あらゆる動きをシミュレーションしたが、すべてが無駄に終わっている。集中力が粉々に吹き飛んでいた。ニンジャのようにこっそり行なう夜間のデータ回収は、いつもセスを冷静にした。だが今夜は違う。脳波はアルファ波のカーブへは鎮まらず、折れた櫛《くし》の歯のようにぎざぎざになっていた。全身の筋肉がこわばっている——頭と首と睾《こう》丸《がん》がずきずき疼《うず》き、冷静になろうとするたびに新たなイメージがどっと押し寄せて息が詰まった。

レイン・キャメロンに関する触感のデータなら山ほどあるのに、その埋めあわせをさせられていない——データフローをコントロールできないのだ。それは奔流となって押し寄せていた。彼女の香り、ベルベットのような柔らかさ、笑顔。この世の地獄だ。彼女と寝る前よりひどい。とてつもなくひどい。

あのビデオのせいだ。レインがホテルの部屋を飛びだしていったとき、自分はすでにいらいらしていた。そのあとアパートに戻ってコンピュータにログオンすると、彼女の家で酒をすすっているレイザーが見えた。リアルタイムで。あらゆる本能が、さっさとあそこへ行って彼女を守れと叫んだが、やがてサイボーグが立ちあがってその場を仕切った。そんなことをしても早死にするだけで、ジェシーの復讐ができなくなる。それに、彼女が自分のヒモを恐れる必要がどこにある？　ファンタジーの時間は終わったのだ。眼を覚まして現実を直視しろ。

だから彼は歯を食いしばり、腰をすえて彼女が自宅に戻るのを待った。ひとつ確かなことがある。もしレイザーが彼女とファックするところを見なければならないのなら、胃が空っぽなのは幸いだ。

九時三十五分から九時四十七分にかけて交わされた会話は、彼を驚愕《きょうがく》させた。レイン・キャメロンは見た目どおりの人間――大規模な貿易会社の当惑した秘書――だったのだ。では、あの挑発的なセッティングはどういう意味だ？　なぜ彼女は元愛人の愛の巣におさまっている？　なぜ自分の務めであるかのように、おれとベッドに飛びこんだ？　つじつまが合わない。なにひとつ合わない。

セスはマリーナにあるレイザーのメルセデスをチェックして、船がストーン・アイランドに向かっていることに満足すると、十二分間の映像を何度も再生しなおした。やがてその場面が頭のなかで果てしなくまわりつづけ、彼はうろうろと歩きまわりながら、安物の家具を蹴飛ばし壁を殴りつけた。

なにかせずにはいられない。さもないと頭がおかしくなってしまう。こそこそしたやりがいのあることを。危険であればもっといい。データ回収作業はひどく単調な仕事だが、それがどうした。ホイールキャップを盗むよりはましだ。

こんなことはばかげている。自分にはもっと心配すべきことがある。たしかにおれは美しい女と寝て、彼女の気持ちを傷つけ、怒らせた。だからなんだ。この手の話は、毎度のことじゃないか。

だが、相手はレインだ。おとぎ話のセクシーなプリンセス。

茂みと小道をすべるように通過しながら、頭のなかでは最後にレインに放った残酷な言葉がこだましていた。彼女はおれの心を開かせ、それは予想外のことだった。レイザーの女の前で、ありのままの無防備な姿になるわけにはいかない。だから本能がレインをはねつけた。可能なかぎり迅速に、強く。

セスは仮住まいのアパートへ戻り、オーディオデータをプロセッサーにかけた。音声認識フィルターがガルパーマイクが集めた膨大な周波数のデータすべてを変換し、レイザーかノヴァクの周波数にマッチするものを発見するまでしばらく時間がかかる。レイザーのタウンハウスにある電話には、デジタルコード化された通話の問題をほとんど回避する、事実上検知不可能な搬送変流器を取りつけてある。だが、ストーン・アイランドにはまだ同様のしかけを施していない。あそこからの通話は未知数で、監視範囲に大きな口を開けた穴になっている。セスはそれがひどく気になっていた。

くそっ。こんな窮屈で息が詰まりそうな場所にぼんやりと座り、機械がしゃりしゃり音をたててデータを処理しているのをじっと見ているなんて耐えられない。ライトがきらめく広々した夜へ出ていく必要がある。セスは自分がぴりぴりして物騒な気分になっているのがわかった。がつんと殴られたような、恍惚とした二度のオルガスムで頭が冷静になったはずなのに、かつてないほどいらだっている。彼はシェビーへ突進してエンジンをかけ、通りを疾走した。さまざまな思いが心を駆けめぐる。支離滅裂でわけのわからないことが、データやイメージや感情と一緒に流れていく。

テンプルトン・ストリートへつづく出口が見えたとき、心のなかでコナー・マクラウドの言葉が響いた――男があんたみたいな顔つきをすると、そのうちドジを踏んで、ひどい死に方をすることになるんだ。

レインの家から半ブロック離れたところに車を停めるまで、セスはスピードを落とさなかった。今日の午後の出来事と、なんであれ今夜これからやるかもしれないばかげた行動は、正式なドジとみなされるのだろうか。

彼は顔が完全に影になるまで浅くシートに座り、彼女の家をじっと見あげた。ああ、ドジとみなされるだろうな。おれを見ろ。ストーカーみたいに暗闇にひそんでいる。少なくともこの時間なら、誰かに気づかれて警察に通報されることはないだろう。そんなことになったら、不名誉もはなはだしい。

見晴らしのきくそこからは玄関と裏口の両方が見わたせ、さらにリビングと寝室、バスルームの明かりが見えた。この距離なら――カーンの悪魔的かつ非凡な才能に感謝――シェビーのダッシュボードに組みこんでおいた受信機のスイッチを入れるだけで、電話回線を使わずともノートパソコンで彼女のあらゆる動きを監視できる。

さらに、彼女の家の警報器を解除し、三つの鍵を破って部屋のなかへ入ることもできる。彼女がどれほど無防備か考えると、頭に血がのぼった。こんな怒りは筋が通らない。防備が甘いほうが、自分にとっては有利じゃないか。今夜はなにひとつ筋が通らない。

おれが入っていったら、彼女はどうするだろう。最初は激怒する。だが、おれは彼女が態度を軟化させるまで平身低頭して弁解する。彼女をめろめろにする方法なら心得ている。いったんバリヤを破れば、その先は生まれたときから知っているかのように心得ている。あの家の警報器の解除の仕方や鍵を破る方法を知っているように、彼女のガードの下にもぐりこむ方法を知っている。セックスとなると、おれには天賦の才能がある。これまでその才能が役に立たなかったことはない——少なくとも、行為のあいだは。

もちろん、そのあとはまた話が別だ。だが、いまそれを心配することはない。一度に一歩ずつだ。

まずは言葉と魅力。次にキスと抱擁。レインが落ちついて、おれを信頼してぴったり体を寄せてくるまで。おれがなにをするつもりなのか彼女がいぶかりはじめるまで、愛撫《あいぶ》し鼻をすりつける。そして彼女のなかで、あの、いてもたってもいられないエネルギーが湧きおこっている微妙なサインを感じたら、それが開始の合図だ。

ベッドでもカウチでもカーペットでも、とにかくいちばん手近にあるものの上に彼女を横たえ、どうしておれに腹を立てていたのか忘れるまで口で悦ばせる。身悶えし、すっかり潤って無抵抗になるまで。せがんでくるまで。わくわくする。簡単だ。赤ん坊からキャンディを取りあげるようなものだ。おれには手段がある。力がある。だがドアノブに手をかけたとき、なにか妙なことが起こった。セスはただ……動きを止めた。

彼に選択肢はなかった。頭のなかで突然クーデターが起こり、コントロールタワーが乗っ取られた。見たこともない指揮グループがすべてを取り仕切っている。奇妙な考えが浮かび、セスはうろたえた。レインの家の鍵を破れるからといって、かならずしも破る必要はない。いま自分にできるせめてものことは、彼女の家を守り、本当に安全な一夜を保障することだ。抑止力はあまりに強く、この数週間やってきたように受信機のスイッチを入れてX線スペクトルプログラムを起動させ、彼女を監視することさえできないような気がした。今夜はなにもかも変だ。レインはおれに持てるすべてを与え、自分はそれをすべて奪った。そして返したものといえば……ああ、くそっ。おれは罪悪感を抱き、すまなかったと思っている。もううんざりだ。

こんなことはばかげている。こんな犠牲を払ったところで、レインが感謝するわけじゃない。バッグに手品のトリックを入れたままじっと闇のなかに座っているのがどれほどつらいか、彼女にわかるはずがないんだから。

妙な感じだ。これまでの人生で、騎士道精神を発揮したことなど一度もない。そういうことはジェシーの担当だった。

ほんの一瞬だったが、弟のことを考えたのは間違いだった。今夜は不愉快な思いを振り払うことができない。その思いは心のなかを駆けめぐり、久しぶりの自由に狂喜して転げまわっていた。

ひとつの記憶が別の記憶を呼び覚ます。ほんのささいな記憶でも、みぞおちが締めつけられた。年がら年じゅう寝ぐせがついて立っていたジェシーの土色の髪。車のヘッドライトを浴びているように、きらきら輝く緑色の瞳。時速一〇〇マイルのスピードでひらめく知性、気の利いたジョーク。世界じゅうへ注ぐあふれるほどの愛——世界にひどい目に遭わされているときですら、そうだった。

母親のディアンが元恋人のひとり——ミッチ・カヒル——と結婚して自分たちのアパートへ連れこんだとき、セスの心臓はすでに分厚く装甲されていた。やがてディアンは、父親役の人間がいるようになったのだから、サンディエゴで彼女の母親と暮らしているセスの五歳下の異父弟を迎えに行こうと思いつき、みずからの過ちをさらに大きくした。セスは、そのおしゃべりな洟《はな》たれ小僧には生まれてから二度しか会ったことがなかった。彼にとっては、二度でも充分すぎるくらいだった。

セスはひと目でミッチが嫌いになった。そして、十一歳の兄のあとを尾《つ》けまわしては邪魔をし、おしなべて彼をわずらわせてばかりいる真ん丸の眼をしたチビのガキにむっつりと腹を立てていた。だが、ジェシーは鼻にとまろうとするハエに似ていた。ぜったいに追い払えなかったのだ。ジェシーは兄を愛しているのだと気づいた日の、ぞっとするような恐怖感はいまだに覚えている。セスが愛すべき人間だったからではない——そんな人間ではなかったし、彼はなにも知らないいけすかないチビに対して、徹底的に意地悪だった。セスが愛されるに値する人間だったからではない。なにしろ、彼はそんなことに値する人間ではなかった。

セスは率先してみなに嫌われるようにしていた。

違う。ジェシーが兄を愛したのは、誰かを愛さずにはいられなかったからだ。あいつはそういうふうに生まれついていた。ジェシーはディアンも愛した。ミッチすら愛した。ミッチの、野蛮でぐだらなくてゴミのような悪臭を放つ父親づらしたたわごとさえも。ミッチを愛せるなんて、奇跡としか言いようがなかった。

ジェシーは、呼吸せずにはいられないように、愛さずにはいられなかった。そして、セスはたまたまその対象になったのだ。しばらくすると、セスは不本意ながらもこのチビは自分のもので、守ってやらなければいけないと感じるようになった。弟にちょっかいを出すやつはひとり残らず追い払い、身につけているものがすり切れていれば服や靴を万引して与え、ミッチとディアンが酔いつぶれて食事を与えないときは、食べる物を用意してやった。どれもささいなことだったが、やがてはずみがついて、気がつくとジェシーのすべてはセスのものになっていた。彼の頭痛の種であり、彼が責任を負うべき存在に。周囲には、弟にほんのわずかな関心を払えるほどにもしらふな人間はいなかった。

ジェシーとの絆《きずな》は公式なものではない。ディアン・マッケイとミッチ・カヒルの関係は、正規の登録など頓着しない内縁関係だった。ディアンは平然とジェシーはミッチの息子だと言い張り、ミッチにえんえんと小言を言いつづけ、ジェシーの苗字をカヒルに変えさせた。ふたりの言い争いは、いまでもはっきり覚えている——「でもおれは、おまえの生意気な口をきく盗人のガキに、名前をくれてやるつもりはないんだよ。だからいい加減にせっつくのはやめろ」

ハ！　まるでジェシーがそうしてほしがってるみたいじゃないか。くそったれ。

母親の死後、セスは福祉援助を受けられる公的機関へちゃっかり逃げだした。だがミッチから弟を守るために、近所をうろついてジェシーからは眼を離さないようにした。

容易なことではなかった。ジェシーを守るのはむずかしかった。弟は愚かなほど見境なく人を愛した。うしろ足で砂をかけた友人を許し、泥棒やクラック常用者に金を貸し、数えきれないほど何度も恋に落ちては捨てられた。それでも、みすみす傷つくとわかっている道をあえて選んで心を注ぎつづけ、その情熱は決して枯れることはなかった。

自分と弟の絆を愛情ととらえたことはなかった。なぜなら当時、セスのボキャブラリーに〝愛〟という言葉はなかったのだから。むしろ、不器用なチビの面倒をみるのは、決してなくならない悩みの種だと思っていた。だが、あえて絆について考えてみたとき――ありがたいことに、そんな機会はめったにないし、たいていは酔いつぶれているときだった――セスは自分が弟の周囲をうろついている理由がわかった。ジェシーのように、自分もせめてひとりは愛さずにはいられなかったのだ。厳しく、相手を管理するような愛ではあったが、彼に与えられるのはそれが精一杯だった。これまで与えたなかで最高の愛。

ジェシーは法執行機関になど入るべきではなかった。弟は人を信じすぎ、心がやさしすぎた。小児科の看護師か、いまいましい幼稚園の教師になるべきだったのだ。セスは死に物狂いで世間から弟を守ろうとしたが、世間は広くて抜け目なく、罠がひそむ場所だった。そしてジェシーは、そんな世間を悪人から守ろうと固く決意していた。

もしジェシーがここにいたら、自分をあわれんで時間を無駄にするのはやめろと言うだろう。そして、恋に悩むティーンエイジャーのように女の家の外の暗がりに車を停めているセスを見て、大笑いするに違いない。ゲラゲラ笑いながら自分を指差している弟の姿が眼に浮かぶ――「ハ！　今度は兄さんの番だな。そろそろそんなころじゃないかと思ってたんだ。兄さんのほうがえらいってとこを見せてもらおうじゃないか」

眼がひりひりする。セスはレインのバスルームの窓を見あげながら手の甲で眼をこすった。彼女はまた泣いているのだろうか。さっきは彼女が泣くところを見ないようにした。それは全部で二十二分二十六秒つづいた。

たぶん彼女は風呂に入っているのだろう。バスタブのなかで体を伸ばし、石鹸の泡を全身に塗りつけている彼女の魅力的な曲線から、水がしたたって輝いているのが眼に浮かぶ。百十秒あれば、部屋へ入って彼女のそばへ行ける。

彼女の体を洗ってやれる。

セスはゆっくりとドアノブに手をかけた。拳が疼くまできつく握りしめ、それからそっと放した。頭のなかのコントロールタワーにいる男たちは武装した危険なやつらで、おかしなまねは許さなかった。彼らは戒厳令を敷き、道徳を振りかざしている。

セスはかがみこんだ。頭ががんがんしてみぞおちがひきつっている。なにか軽く食べておくべきだった。会議の前は気分が高揚していたし、レインをつかまえているあいだはセックスに夢中で、そのあとは混乱していた。朝腹に入れたコーヒーといくつかのドーナツは、身長六フィート、体重二一〇ポンドの代謝の激しい男にとっては百万年前に食べたに等しい。飢えたオオカミのように飛びかかる前に、レインにランチをご馳走すべきだったが、ひどく興奮して血迷っていた。気が変わってするりと逃げてしまうんじゃないかと怖かった。セスはノートパソコンを放りだした。憂鬱《ゆううつ》で、責められているような気がする。闇のなかに座ってなにひとつ仕事が手につかないなんて、弁解の余地はない。すさまじい良心の呵責《かしゃく》というものは、胸焼けのように比較的すぐに通りすぎてしまう症状なのだろうか。それともにきびのように慢性的なものなのだろうか。

いずれにしても、良心の呵責を感じているのにも限界がある。たとえ戒厳令が出ていようが、もしレインがドアから出てきたら、攻撃しても許される。

もしドアから出てきたら、彼女はおれのものだ。

8

寝室、階段、キッチン、ダイニングルーム、リビングルーム。レインはカーペットに一本のすり切れた痕を残しながら、同じコースをぐるぐる歩きつづけていた。熱いお風呂とヨガ、ハーブティー、心を落ちつける音楽を試したが、動くのをやめるたびに、体はまるでバネに乗っているようにぽんと飛び跳ねた。いまはもう、このアドレナリン過剰が、過酷な仕事をもう一日乗りきらせてくれることを願うしかない。

仕事。思いはぐるぐる駆けめぐる。どうしたら仕事に戻れるの？　どうしたらいつもの一日のようにメイクをしてストッキングをはき、オフィスへ出かけていけるの？——はい、わかりました。いいえ、違います。はい、おっしゃるとおりにします——こんな無茶苦茶な夜のあとで、どうしたらそんなことができる？　わたしがもてあそばれて侮辱されるようにヴィクター・レイザーが仕組んだのが本当なら、どうして彼のそばにいて気に入られるように振る舞えるだろう？

そう思ったとたん、セス・マッケイと過ごした瞬間瞬間があらためてよみがえった。わたしはすごくみだらで、必死で求めていた。体は疲労困憊《こんぱい》し、手荒く扱われたせいでひりひりしているのに、彼のことを思ったとたんに息が詰まり、レインは震える太腿をぎゅっと閉じた。羞恥心で燃えてしまいそうなのに。本当にばかだった。

時計が午前二時三十分を指したとき、レインは眠るのをあきらめてジョギングスーツを身につけた。このブロックを数周し、落ちつかない気分を鎮めよう。

ポーチで軽くストレッチをすると、いっきに走りだして茂みが落とす影のあいだを駆けぬけた。雨と枯葉のにおいがする。暗闇はいつもより禍々《まがまが》しく見えるけれど、きっと気分のせいだ。くたくたになるまで体を疲れさせよう。そうすれば、普通の人間のふりをする手順をはじめられるだろう。

車のドアが開くくぐもった音が聞こえ、心臓が喉元まで跳ねあがった。レインはくるりと向きを変え、全速力で駆けだした。

うしろから誰かが走ってくる軽い足音が聞こえる。「レイン、おい――」

彼の声だとわかったが、パニック寸前になっていたので引き返せなかった。悲鳴をあげようと息を吸った瞬間、彼の手に口をおおわれた。「おれだ、ばかだな。落ちつけ」

レインは彼の手に歯を食いこませた。セスが三つ編みを引っぱって、無理やり引きはがす。

レインは彼の眼に向けて鍵を突きだした。

セスはその手をさえぎり、彼女の背中に押しつけた。「やめろ!」

「びっくりするじゃない!」レインはわめきたてた。「離して!」

セスは手首と三つ編みを離そうとしない。「驚かせて悪かった――」

「よく言うわ!」怒りにかられて彼を殴る。

「――でも、真夜中の暗い通りで女の気を引くまともな方法などない。とにかくちょっとおれの話を聞いてくれ」

心臓がどきどきして、いまにも気絶しそうだった。「なんのために?」

彼はナイフのように鍵を握りしめているレインの手を、自分の顔のところへ持ちあげた。手の甲に頬をすりつける。ぎこちなくておぼつかない仕草。「謝るためにだ」ぼそっと言う。

レインはショックで気が抜けた。「謝る?」

「ああ」

レインが体をひねると、セスはかろうじて向きあえる程度に力をゆるめた。街灯の薄暗い光を浴びて、瞳がきらめいた。黒くて抜け目がない海賊の眼。夜の影が美しい顔の平面や角をいっそう謎めいたものにしている。「そんなのばかげてるわ」彼女はつぶやいた。「あんなことを言っておきながら――」

「ああ、わかってる。ひどいことを言った。おれが悪かった。おれは人間のくずだ。なあ、いったいここでなにをしてるんだ? ジョギングだと? 気でも狂ったのか?」

レインは無意識に、彼の牽制を無視した。「はっきりさせましょう。つまり、気が変わったと言いたいの? もうわたしはあなたと寝るために雇われたとは思ってないの?」

「そうだ。そのとおり。間違いない」

ぱっと嬉しさがこみあげ、レインは警戒した。自分のなかに、むこうみずで自滅的な愚かさの無尽蔵の源があるというまぎれもない証拠だ。「なぜ気が変わったの?」

セスがじっとにらんでいる。「よく考えてみたんだ」

「よく考えてみた、ね」彼女はくり返した。ショックが怒りに取って代わる。「それはよかったこと、セス。なんて鋭いんでしょう。すごく敏感なのね」

彼は体をこわばらせた。「レイザーが仕組んだんだ、レイン。あいつは葉巻を差しだすように、おまえを差しだした。おれはどう考えればよかったんだ？」

じゃあ、やっぱり事実だったのね。思っていたとおり。レインはぞっとするような情報をわきに押しやり、あとで考えることにした。「そして、あなたは差しだされたものを受け取った。あなたも悪党に変わりはないわ」

彼はなにか言おうとしたが、押しとどめた。首を振り、レインをぐっと引き寄せる。「おまえが欲しかったんだ」

「なによ」レインはよろめいて、彼の硬い壁のような胸にぶつかった。「今日あったことは、とてもすばらしかった。なのにそのあと……なのにそのあと、あなたは……」

「ああ、わかってる」セスがさえぎる。「おれがばかだった。おまえが望むなら、永遠に謝りつづける。這いつくばってでも。ほら、見ろ。這いつくばりオリンピックの金メダリストだ」そう言うと、彼女の腰をつかんだままひざまずいた。

レインは彼の頭をたたいた。セスは前後に頭を動かしてよけたが、レインからぴりぴりした雰囲気が消えたのを感じたのか、本気でよけようとはしていない。しばらくすると、レインは落ちつきを取り戻し、彼につかまれたまま黙って黒い瞳を見おろした。身震いするような熱い感情が全身に広がっていく。気がつくと、セスの髪を指で梳《す》いていた。撫でているといってもいい。

セスはもうわたしに黒魔術をかけて、魔術師のわざで心を曇らせている。どれほど彼がろくでなしか、どれだけ気持ちを傷つけられたか忘れさせようとしている。レインは彼のふさふさした髪に指をうずめ、思いきり引っぱった。セスはひるんだが負けなかった。顎をお腹に押しつけてヒップをつかんでいる。生地を通して大きな手のぬくもりが伝わってくる。

レインの喉が震え、全身がばらばらになりそうなほどわななないた。「離して、セス」彼女はささやいた。

「だめだ。おれの謝罪を認めるまで放さない」

レインは震える手で顔をおおった。手に彼の髪の香りがついている。「そんなの無理よ。無理やり謝罪を認めさせることなんてできないわ」

「おれを見ろ」有無を言わさぬ低い声。

「こんなところにいたら、凍えちゃうわ。ばかなまねはやめて」

「おれが暖めてやる」彼はお腹に顔を押しつけてきた。チャックを閉めたスウェットを通して、息の温かさが伝わってくる。

がたがた震えているので、指のあいだをすべる彼の髪だけがよりどころだった。移り変わる世界のなかで、重力が引っぱっている方向を知る方法はそれしかない。ふるいにかけられたように怒りが漏れだし、うつろで空虚になっていく。いつまでも怒りを抱えてはいられない。それは彼女が生まれつき持っている欠点だった。

抜け目ないセスは、瞬時にレインが態度をやわらげたことを感じ取った。立ちあがってシェビーのドアを開け、やすやすと彼女を車内に押しやった。そのあとから自分も乗りこみ、ドアを閉める。ドアがロックされた。ふたりは深い闇のなかに腰をおろしていた。静寂のなか、たがいの荒い息遣いしか聞こえない。

セスはレインの震える体を膝の上に乗せ、喉のくぼみに彼女の頭を引き寄せてぎゅっと抱きしめた。たくましい体が緊張で震えている。言葉にせずとも、痛いほどの謝罪の気持ちが伝わってきた。

彼の喉で血管が脈打っているのがわかる。太腿にあたる勃起したものの熱さも。たぶんこれのせいなのだ。今日の午後だけでは飽きたらず、謝りさえすればもっと手に入ると思ったのだ。胸のなかで怒りの火花が散ったが、それを大きな炎にするには疲れすぎていた。火花は風に飛ばされて消えてしまった。レインは疲れきった体でぐったりと彼にもたれた。

セスはなだめるように首に軽くキスをしている。体温が伝わってきて、レインはため息を漏らしながら体を伸ばした。もう少しで猫のように喉を鳴らしてしまいそうだった。赤ん坊のように彼のたくましい腕に抱かれ、彼の体温に包まれているのは変な感じだ。守られ、あやされているような気がする。もちろん幻想だけれど、うっとりするような心地よい幻想だ。いつまでもつづいてほしい。

でも、くつろぐのはばかげている。セスは矛盾の迷路だ。やさしさと残酷さ。うっとりするような口説き文句と容赦ない強制。それらがしっかりからみあって、ばらばらにすることはできない。彼はわたしが築いたバリアを、ティッシュペーパーのようにことごとく払いのけた。今夜は新たなバリアを築く元気はない。

「二度とわたしをばかにしないで、セス・マッケイ」レインは彼の首の熱くなめらかな肌に口を押しつけ、歯を立てた。彼がひるむほど強く。「二度としないで」

彼の腕に力が入り、ほとんど息ができなくなった。「しない」

レインは腕のなかでもがいた。「ねえ、力をゆるめて」

「だめだ」

「息をさせて。わたしはどこへも行かないわ」

彼は疑わしそうな眼をしたが、力をゆるめた。ほんの少しだけ。

レインは彼の顎の下から体を引きはがした。「抱きしめさせてあげたからって、許してもらったとは思わないでちょうだい」

彼の歯がきらりと光る。「そんなこと夢にも思っていない」小さな音がした。彼がスウェットのチャックを開き、手を入れて体を撫でまわしている。

レインはその手を払いのけた。「じゃあ、これが目的なのね？　もう一度わたしとファックしたいから、謝ったのね？」

セスが手を止める。「おまえの口からそんな言葉を聞くとは思わなかった」どこか非難めいた口調。

レインは思わず笑い声をあげた。「あらそう、セス？　わたし、あなたを怒らせた？」

胸にぎゅっと抱きしめられた。ウールのセーターに頬がこすれる。「気にするな」セスがつぶやいた。「ここにいろ」

「いつからここにいたの？」

「十二時半ごろから」

「二時間も？」レインはびっくりして、もがくように体を起こした。

セスは肩をすくめた。三つ編みの先で頬を撫でている。「それがどうかしたか？　ああ、おまえの髪は柔らかいな」

三つ編みを引っぱったが、彼は油断なくしっかりとつかんでいる。「どうして……訪ねてこなかったの？」

彼は三つ編みの香りをかいだ。「またあっちへ行けと言われると思ったんだ。なにしろ、おまえはひどくおれに腹を立てていたし、夜中だったから」

「じゃあ、なぜなの？」レインは問いつめた。「なぜずっと暗いなかにいたの？」

「いけないか？　なにかをするのに理由がいるのか？　おれには理由がなきゃいけないのか？　おれは気がとがめていた。おまえのそばにいたかった。たぶん、罪を償うとか、そういった妙なことをしたかったんだろう」

「罪を償う」レインはくり返した。口元がひきつりそうになる。「もし罪の償いなら、まだ足りないわ」

「どうすれば気がすむんだ？」

レインは膝に乗ったまま彼の胸に手をつき、彼と向きあうまで体をひねった。「ちょっと考えさせて」

セスは不満そうに鼻を鳴らした。「やめておけ。考えるんじゃない、レイン」

「そうね。わたしが考えないほうが、あなたには都合がいいものね、違う？　悪いけど、わたしの頭には電源を切るスイッチはないの」

彼はつかのま彼女を見つめていた。眼が影になっていて、なにを考えているのか読み取れない。スウェットの下で彼の手がすべるように動いた。「ジョギングスーツを着ていると、どんなにセクシーに見えるか知ってるか？」

「やめてちょうだい」レインははねつけた。「やめて。そういう安っぽいお世辞で、わたしの気はそらせないわよ。あんなことをしたあとで……」

「ああ、わかってる」彼がさえぎる。「おれは無作法な大ばか野郎だ。それはおたがいにわかってる。話を先に進めよう。おれは、このシャツの下のおまえの肌がどれほど柔らかいか話すほうがいい。この下におれの手を入れて、腹にさわりたい……こんなふうに。ああ、すごく柔らかい。花びらみたいだ。こんなものにさわるのははじめてだ。おれなら何時間でも飽きずにおまえをかわいがってやれる」

けだるい愛撫に、全身に心地よい震えが走る。声にひそむ激しい欲望といくつかの簡単な言葉だけで、レインの脳裏にイメージが浮かびあがった。体のなかで感情が解き放たれ、魅力的で官能的な悦びへの期待と融けあっていく。自分の頭には電源を切るスイッチはないと言ったけれど、それは嘘だった。スイッチはある。セスはそのスイッチを見つけた。そして彼はそれに気づいている。

「あなたは危険だわ、セス・マッケイ」レインはささやいた。

セスはレインの口からほつれ毛をはらい、顎に蝶のような軽いキスをした。「たぶんな」ふたたび彼女の唇を味わう。いっそう深く、いっそうむさぼるように。彼の唇はなにかを探し、なだめ、そして求めていた。

レインは顔をそむけた。胸がどきどきしている。「あなたはやさしくないわ」

「ああ」冷静に認める。「そんなふりをしたことはない」ほとんどひとり言のように、つぶやいた。「あなたが相手じゃ、歯が立たない」

彼はレインの顔の横に鼻をこすりつけた。「あいにくだったな」そっとつぶやく。「おまえはおれを選んだ。そしておれに夢中になった。好き嫌いにかかわらず、もうおれを相手にするしかないんだ。おれはそう簡単にはお払い箱にできない」彼女の顔に手を添える。頬骨の輪郭をたどっていく手のたこが、肌を軽くこすった。「何回経験がある？」

「え？」彼の手の動きに頭が混乱して集中できない。

「もっとおとなしい相手を選べばよかったと言っただろう。どういう意味だ？これまで何回セックスしたことがある？」

彼がお尻を撫でている。その指がお尻の割れ目を羽根のようにたどり、レインはびくっとした。くすぐったくてむずむずする。集中しなければ。「ええと、それほど多くないわ」

「正確には何回だ？正直に言うんだ。嘘をついても、おれにはわかる」

セスの本気なようすに、レインは追いつめられたような気がした。「あなたとは関係ないことだわ」

「それが勘違いだというんだ。昨日からおまえに関することはすべておれと関係がある」

理不尽な言葉に反論する言葉を探した。説得力のあるものはひとつも浮かばないものの、彼に応戦するときは慎重になったほうがいいということだけはわかる。彼には桁《けた》はずれなカリスマとスタミナがあり、無防備で弱い自分には、それに抵抗するすべはない。

今回は彼に勝たせたほうがいいだろう。少なくともこの件に関しては隠すものなどない。それどころか、話すことなどないに等しい。

レインはゆっくりと長いため息をついた。「一度だけよ」

彼がぴたりと動きを止めた。「一度?」

不愉快な思い出に顔がゆがむ。「ええ。パリで。わたしはバージンでいるのにうんざりしていたの。だから心を決めて――」

「いくつのときだ?」

レインは思考の流れをさえぎられ、一瞬とまどった。「ああ、二十四歳だったと思うわ。もうすぐ二十五になるところ。三年ちょっと前になる。ルーブル美術館にいたときに、ばったり知りあいの男性に出会ったの。そして――」

「なんとまあ。二十四とは」セスがあきれたように言う。

「あなたが話せって言ったのよ」ぴしゃりと言い返す。

「つづけてくれ。もう口をはさまない」

「とにかく。わたしは知りあいの男性にばったり会って、そして、その、彼はいい人に見えたのよ。ちょっと鈍いけれど愛想がよかったから。それで、この人なら安全だと思ったの。彼は仕事でパリに来ていたわ。一緒に夕食を食べて、わたしはいまがチャンスだと思った。だから自分のアパートまで送ってもらったの」

「それで?」セスがうながす。

彼女はふたたび顔をしかめた。「それで? わたしは彼に……その、わたしたちは、つまり……したのよ」

「それで？」

顔が真っ赤になった。「ねえ、あなたは加減ってものをしないの？」

「しない」落ちつき払って言う。「教えてくれ」

「そうね。ひどいものだったわ」ばつの悪いせりふがいっきに口をついた。

セスは意味ありげに沈黙した。「具体的にどうひどかったんだ？」本気で訊きたいらしい。

「ねえ、いい加減に――」

「教えてくれ。そうすれば、おれはぜったいに同じことをしない」

レインの笑い声は、むしろすすり泣きに聞こえた。「あなたがするはずないわ。一分もしないうちに終わってしまったんだもの。それに痛かった。彼は……彼は、わたしが体を洗っているうちに逃げだしたの。バスルームを出たら、もういなかった」

セスは腹立たしげにうめいた。「なんてやつだ！」

レインは彼の怒った声を聞いて、にっこり微笑んだ。「もう乗り越えたわ」

「前戯もなし、愛撫もなし、オーラルセックスもなし、なにもなしか？」

顔がいっそう赤くなる。「セス、お願い――」

「いい子ぶるのはやめろ」ぴしゃりと言う。

レインはため息をついた。「彼は我慢できなかったのよ。彼がしたかったのは、ただ……わかるでしょう」

「ああ、わかるとも。その理由もね。だが、だからっておまえの初体験を台なしにする言い訳にはならない。くそっ。とんでもない野郎だ」

本気で腹を立てている。レインは胸をつかれて彼の額にキスをした。「いいのよ。二回めが埋めあわせをしてくれたもの」

セスは独占欲にあふれた仕草でぎゅっとレインを抱きしめた。首に鼻をこすりつけられ、レインは頭を反らせて小さな吐息を漏らした。

「そいつの名前はなんていうんだ？」

質問の意味を理解して凍りついた。「なぜ知りたいの？」

「そいつを殺してほしいか？」やけになにげない声で訊く。

みぞおちを冷たい手でつかまれたような気がした。「冗談はやめて、セス」

「ふう、すまない。何本か骨を折ってやるのはどうだ？　あばら、膝、指、どれがいい？」

薄暗がりのなかで彼の歯がきらめく。「好きな場所を選べ」

「その必要はないわ、ありがとう」こわばった声で言う。「わたしはもう乗り越えたから。ベッドのなかで卑劣で粗野でたちが悪いからって、死刑になるような重罪を犯したことにはならないわ、セス。あなただってわかってるでしょう？」

「ものごとに変化はつきものさ」彼の声はキスのようにやさしかった。ふたたびスウェットの下に手を入れ、お腹に指を這わせてくる。「おまえに卑劣で粗野なことをするのは、たったいまから重罪になったんだ」

彼にはひどく不安にさせられる。レインは彼の手に両手を載せ、しっかりと押さえた。

「セス、冗談を言ってるのよね？」

彼はふたたびレインを抱き寄せた。「もちろんそうさ」なだめるように言う。「たった一度だって？　くそっ。それを知っていれば、あんなことはしなかったのに」

彼の温かい息が愛撫のように耳にあたり、全身の肌にとろけるような快感が走る。「わたしはあのままでもよかったわ。最後の三分以外は」

彼はむさぼるように唇を左右に動かしながらキスをし、きつくレインを抱きしめた。「じゃあ、おれを許してくれるのか？」

その声の激しさに警戒心が浮上する。「まだわからないわ」

「はっきりしてくれ。おれはもう燃えつきそうだ」

「せかすのはやめて、セス・マッケイ」声にできるかぎりの威厳をこめた。「あなたの立場はまだ不安定なんだから」

彼は笑い声をあげた。「不安定な立場でできるかぎりのことをしているよ」

たっぷり時間をかけたうっとりするような巧みなキスは、自分をくらくらさせて無力にするためだとレインにはわかっていた。でも、そのとおりになっても、彼が勝ち誇った笑みを浮かべているのを唇に感じても、腹は立たなかった。セスは彼女の髪をうしろにかきあげ、顔をのぞきこんだ。

「あんなことを言ってすまなかった、レイン。できるものなら帳消しにしたい」

真剣なようすに胸がずきんとした。熱くて甘い痛み。赤ん坊にするように彼の顔にやさしいキスを降らせ、荒々しい見かけの下に隠れている孤独を埋めあわせてあげたい。レインは彼の首に両腕を巻きつけ、その髪に顔を押しあてた。

やさしく抱きしめられて、セスのなかで炎が燃えあがった。レインのジャケットの前を広げ、焦ったように乱暴に鎖骨までTシャツをまくりあげる。レインは抵抗して体をひねった。

「セス、やめて」

息を切らせて言った言葉も、温かな手に撫でられて意味を失った。「これだけでいいんだ。おまえの肌に顔をこすりつけさせてくれ。こうしたくてたまらないんだ。すごく柔らかい。いいにおいがする。頼む、レイン。これだけでいい」かすれた声でせがみ、スパンデックスのブラジャーの上から胸を愛撫する。飢えた唇が、喉のくぼみやブラジャーの上の柔肌を這っていく。

セスはわたしに選択肢を与えてくれているんだわ。そう思いこむほうが簡単だ。そう思ったとたん、ブラジャーの前についたチャックに気づいたセスが、その便利さに嬉しげな声をあげた。

これで決まり。素早くチャックをおろし、むきだしになった乳房に顔をうずめる。

レインはわれを忘れた。セスは両手で乳房をつかむと、左右の乳首を交互にしゃぶっては張りだした乳房に舌を這わせた。温かな彼の息で、どうしようもなく気持ちが高ぶる。もはや止めることはできない。彼は望むものをすべて手に入れ、もっと奪っていくれとわたしに懇願させることができる。わたしのすべてを手に入れるまで。

セスが頭をあげた。「レイザーを辞めろ」

「え?」とまどったように言う。彼に舐められて濡れた胸がひんやりする。「なに?」

「聞こえただろう。あいつのところを辞めるんだ。あそこはおまえにとって健全な場所じゃない。もう戻るな。電話もするな。ただ無視するんだ」

レインは当惑して首を振った。「そんなわけには――」

「あそこはおまえを蝕《むしば》む。おれが正しいのは、おまえもわかっているはずだ」

ああ、彼が知ってさえいれば。レインの心はもっともらしい言い訳を探してフルスピードで回転した。「黙って出ていくことなんてできないわ。わたしはどこへ行けばいいの？　この家の名義だって――」

「おれと来い。おれが面倒をみてやる」彼はレインのタイツのウェストから手を入れ、パンティの内側をまさぐった。その指が太腿のあいだの巻き毛にからみつく。

レインは鋭い悲鳴をあげて、不安げに笑いながら彼の手首をつかんだ。「それで、わたしの面倒をみるかわりに、どうするつもりなの？　わたしはあなたの、その、情婦かなにかになるの？　あなたの愛の奴隷に？」

彼の舌が開いたレインの唇をたどり、探るように舌とたわむれながら、不安で高まる呼吸を呑みこんだ。手はさらに奥をまさぐり、やさしい指がつややかに湿ったほてりを探しあてた。「それはいい」かすれた声で言った。「情婦、愛の奴隷、どっちでもおれはかまわない。情婦を持ったことはないが、楽しそうだ」

「やめてよ、セス。ただの冗談よ。わたしはそんなこと……」

彼の手がぐっと奥へ差しこまれ、レインは鋭くあえいで言葉を失った。「きっと完璧だ。おれはおまえの面倒をみたい。おまえを守りたい。おまえと寝たい。いつでも好きなときに。前から、うしろから、横から、壁に押しつけて、シャワーを浴びながら、いつでもだ。肩書きはなんでもいい。黙っておれと来い」

「セス、待って」もがきながら言う。「待って。わたしは――」

「言うとおりにしろ」セスがレインの喉を嚙みながらつぶやいた。「頼む、レイン。なにも心配することはない。おれにはたっぷり金がある。報酬は支払う」

氷水をかけられたような気がした。レインは彼を突き飛ばし、タイツから彼の手を引きぬいた。「なんて人なの!」

「なんだ?」心底とまどっている声。

「報酬を支払う? どれだけ反省しているか、どれだけ悪いと思っているかさんざん言っておいて、そのあげくにあなたは……わたしを買うって言うの!」

セスはうんざりしたようにため息をついた。「レイン……」

「おろしてちょうだい」力強い腕のなかでもがく。

「売春婦呼ばわりするつもりはなかった」セスは彼女を胸に引き寄せた。「ただの言葉のあやだ。仕事を辞めておれの情婦になれと説得するには、金があると言ったほうがいいと思ったんだ。おれはただ、おまえは金のことを心配する必要はないと言いたかっただけだ。おれにとって、金などどうでもいいんだ。わかってもらえたか?」

レインはもがくのこそやめたものの、まだ怒りで全身がわなないていた。「あなたは無礼で鈍感だわ」

「ああ、おれはいつも社交術に欠けると言われるんだ」ぶすっと言う。

「そのとおりよ」

「オーケイ、悪かった。神に誓ってもいい。おまえを侮辱するつもりはなかった。それだけはしたくないと思っている。許してくれ。頼む。もう一度許してくれ」

彼の声にこもる挫折《ざせつ》感は本物だ。レインは長いあいだセスの緊張した横顔を見つめていたが、やがてうなずくとゆっくり彼の手を取った。

セスは大きく安堵のため息をついた。「オーケイ。巻き戻して消去だ。そして最初からやりなおそう」彼は言った。「おれの金のことはどうでもいい。忘れてくれ。セックスのために一緒に暮らそう。楽しむために。おれはおまえを満足させることができる。わかってるだろう。気絶するまでおまえをいかせてやる。本当だ。今日のことを覚えてるか？　ベッドに横たわったおまえはタフィーみたいに甘くとろけてた。気に入ってたはずだ。ああいうふうになるんだ。いつも。おまえが望むだけ」

ふたたび手がタイツの内側にもぐり、そっと腰のほうへおりていく。むきだしのお尻を両手でおおわれた。そのときになって、ようやくレインはいまの自分の状況に気づいた。ひと晩じゅう、見ず知らずの人間に体を投げだすなんてばかげている。いまだってセス・マッケイは見ず知らずの人間に変わりはない。それなのに、またしても裸同然で、彼の車のなかで自分を見失いそうになっている。まったく、どうしてこんなに懲《こ》りないのだろう。

「待って」しゃべろうとしたが、口に彼の舌が差しこまれ、太腿のあいだに手がすべりこんだ。ぎゅっと指をはさむと、彼は震えるレインの唇にキスをしたまま、満足そうになにかつぶやいた。もがいてもしっかり抱きしめられているので動けない。クリトリスの上で親指が円を描く。容赦なく、慎重にゆっくり時間をかけてレインを未知の快感の中心へと駆り立てていく。

すさまじい絶頂が訪れた。熱くほとばしる快感が、稲妻のように何度も何度も全身を突きぬける。

ぼうっとしたまま彼に抱かれていた。セスはぐったりしたレインの体をあやし、太腿のあいだから手を引きぬいた。その手を顔へ持っていって息を吸い、一本ずつ指をしゃぶる。

「天国だ」

レインは涙ぐみながら震えた笑い声をあげた。「それはわたしのせりふよ」

彼はレインの片足のランニングシューズの靴ひもをほどき、靴を脱がせた。「そいつは今度おまえをいかせたときに言ってくれ」

「待って、セス。そんな……」

「おまえはすっかり濡れている」もう一方の靴ひもをほどこうとしている。「そこを舐めたい。いますぐに」鈍い音をたてて靴が床に落ちた。「何時間でもおまえを食べてやる」

熱に浮かされたような激しさに、レインは不安になった。「セス、待って。待って」彼の胸を押して抵抗する。「そんなに急がないで、お願い」

「おれに抵抗するな」彼は大きな手でレインの両手首をつかみ、タイツを脱がせはじめた。

耳を貸そうとしないことにレインはかっとした。肘をたたきつけると、セスが驚いたようにうめいた。レインは凍りついた。わたし、なにをしたの？

「いったいどういうつもりだ？」

レインは喉につかえたしこりを呑みこんだ。「力ずくはやめて」

しっかりと巻きついている両腕のなかでもがくと、セスが腕を離した。レインは彼の膝の上でぐらつきながら震えていた。胸はむきだしで、タイツは太腿のなかほどまでずり落ちている。完全に不利な立場。理解できない状況に筋が通る言葉を探したが、なにひとつ見つからなかった。

「これが好きなんだろう、レイン」ゆっくりとセスが言う。「おまえをいい気持ちにさせてやっていたのに。なにがまずいのか、おれには理解できない」

「力ずくでやりすぎるのよ」レインは涙をこらえた。「もっとゆっくりやってほしいの。わたしはなにひとつコントロールできない。それが怖いの」

彼は心を読もうとしているように瞳をのぞきこんでいる。「どうしておまえがなにかコントロールしなくちゃならないんだ？　なにをコントロールする必要がある？　とてもうまくいってたじゃないか。狂ったみたいにいってたじゃないか。ものすごかった」

「お願い」レインはささやいた。手を伸ばし、震える指で彼の頬に触れる。「ゆっくりやって、セス。わたし、耐えられない」

彼は上を向いて眼をつぶった。どうしようもない欲求不満で首を振っている。「くそっ。おれはぜったいにこれを台なしにしたくないんだ」

挫折感で傷ついた声を聞いて、胸が痛んだ。「台なしになんかしてないわ」思わず口に出す。「いまはまだね。でも、わたしは、ただされるままになっているようなことはできないの。少なくとも……するべきじゃないと思う」

「なぜだ？」

レインはさっと両手を振りあげた。「だって、わたしはあなたを知らないからよ！」

彼は顔をあげた。「だから？　おれがどれだけおまえを欲しがってるか、わかってるだろう。おまえをどれだけいい気持ちにさせてやれるか。それ以外になにを知る必要がある？」

わたしたちの考え方には大きなギャップがあるんだわ。レインは呆然《ぼうぜん》とした。

「今日の午後、わたしたちはとんでもない間違いを犯したわ。ふたりともとても傷ついた。あんなことをくり返したくないの」真剣な声で説明する。「わたしは、見ず知らずの人とゆきずりのセックスができるような人間じゃないの。あれは……間違いだった」

「間違い？」危険なほどやさしい声。

「いいえ！　いえ、そうよ。つまり、あなたと寝るのはすばらしかったけれど、見ず知らずの人と寝たのは間違いだった。わたしはあなたに見ず知らずの人でいてほしくないの、セス。もっとよくあなたのことがわかるまで、あなたとは寝ない」

彼の沈黙に勇気がくじけそうになる。「なにを知りたい？」

レインはさっと両手をあげた。「なんでもいいのよ。普通のこと」

セスは短く笑った。「おれには普通のことなんてあまりないんだ、レイン」

「じゃあ、普通じゃないことでいいわ」やけになって言う。

「具体的に言ってくれ。具体的に、なにを知りたい？」

「もう、話をむずかしくしないでよ」レインはぴしゃりと言った。「出身はどこなの？　どこの学校へ行ったの？　家族はどんな人？　ご両親はなにをしているの？　好きなシリアルはなに？」

「耳障りのいい話を聞けるとは思ってないだろうな」

抑揚のない口調に、レインははっとした。「思ってないわ。本当のことを話して」セスは彼女の太腿に両手を載せて撫でた。「おれはロサンジェルスで育った。親父のことはよく知らない。おふくろも知らなかった。おふくろが知ってたのは、親父の名前はラウルで、スペイン語しか話せないということだけだ。おやじはおれとそっくりだったらしい。おれのほうが背が高いだけで。ふたりはベッド以外ではたいしてコミュニケーションができなかった。おれが親父について知ってるのは、これで全部だ。たぶん、親父はおふくろの供給源で、当時おふくろがはまっていた麻薬《ドラッグ》がなんであれ、親父からそいつを巻きあげていたんだと思う」

レインは唖然《あぜん》と彼を見つめた。「まあ、なんてこと。セス」

「おふくろはおれが十六のとき、ドラッグのやりすぎで死んだ。まあ、それまでだってさんざんやっていたから、おれにとってはとっくに死んだも同然だったんだ。しばらくは義理の親父みたいなやつがいたが、そいつはおれにとってなんの意味もなかった。おれは多かれ少なかれ、自分で自分の面倒をみながら育った」

レインは彼の首に両腕を巻きつけた。ほてった顔に頬を押しあてると、セスが体をこわばらせた。「同情はやめてくれ」彼はつぶやいた。「そんなつもりじゃない」

「ごめんなさい」レインは身を引いた。「どうやって暮らしていったの？」

「さあな。おれはひどく荒れた。いやというほどトラブルに巻きこまれた。けんかも山ほどした。けんかは得意なんだ。それから、もちろんセックスも。セックスはかなり早いうちにはじめた」そこで口ごもる。「セックスも得意だ」そう言い添えた。

彼は話を中断し、レインの反応を推し量ろうとした。彼女は辛抱強く待っている。

「おふくろはドラッグが好きだった。そして義理の親父は酒が好きだった。でもおれが選んだドラッグはアドレナリンだ。おれは拳を使うのがうまいんだ。ナイフもな。腕のいい泥棒だった。ピッキングで鍵を開けられるし、車の点火装置をショートさせてエンジンをかけることもできる。しばらくはドラッグレースをやっていたこともある。すごくおもしろかった。それに、万引の腕はぴかいちだった。一度も捕まったことはない」

彼はようすをうかがっている。レインは励ますようにうなずき、彼の髪を撫でた。

「だが、ドラッグの取引にはいっさい関わらなかった」セスが言った。「おふくろを見ていたから、ドラッグには心底うんざりしてたんだ」彼は拳に握った手の甲でレインの頰を撫でた。ゆっくりと、名残り惜しそうに。「まだおれが怖いか、レイン?」

皮肉とも取れる口調だったが、レインはそのうしろで叫んでいるメッセージを聞き取った。彼のような男性にとって、これほど痛ましく個人的な話をするのは容易なことではない。そっけない言葉は生贄《いけにえ》の供物なのだ。レインはその態度に胸を打たれた。

怖くなんかない。胸がつぶれる思いはしたけれど、これっぽっちも怖じ気づいてはいない。彼の子ども時代は、わたしと共通するところがたくさんある。疎外感、孤独。そして、たぶん恐怖。でも、彼はそれを認めるくらいなら死んだほうがましだと思っているだろう。

レインは彼のうなじの短く柔らかな髪を撫で、チクチクする頰に顔をこすりつけた。にっこりと微笑みかける。

「いいえ」そしてやさしく言った。「全然怖くないわ。つづけて」

9

レインの言葉で、セスの全身にふたたび不慣れな感情が駆けぬけた。今夜の彼は、ジャッキアップされて制御不能になった車と同じだ。だしぬけに鎧にひびが入ったのだ。過去にまつわる身の毛のよだつような詳しい話は、誰かに言って聞かせるたぐいのものではない。それなのに、言葉が自然に口から出た。裸同然なのはレインだが、裸のような気がするのはセスのほうだった。

彼はレインのしなやかなウェストに指をまわした。これまでつきあった女と、不幸な子ども時代について話しあったことがあっただろうか。これは打ち解けた会話とは違う。刺激になるようなものではない。だがレインには効果があるようだった。レイザーのために情報を聞きだそうとしている可能性もあるが、翳りを帯びた瞳や震える唇を見ると、そうとは思えなかった。

彼女の手がやさしく顔を撫でている。その感触にセスは心をかき乱された。

「オーケイ」考えをまとめなければ。「ある日、ある男の家に押し入ると、どこからともなくそいつが現われておれの首のうしろにどでかい銃、パラ・オーディナンス・モデルP14-45を突きつけた。あとでわかったが、引退した元警官だったんだ。名前はハンク・イェーツ。

ハンクはおれを軽くぶちのめすと、警察署に引きずっていこうとした……」

喉が詰まる。セスはごくりと喉を鳴らし、口を閉ざした。ここから先は話せない。ハンクはセスの襟首をつかんで車に押しこんだとき、口の減らない盗人のガキが高熱を出していて、咳きこんで血を吐いたことに気づいた。結局ハンクは少年院のかわりに救急治療室へセスを連れていき、そこでセスは気管支炎を放置したために肺炎にかかっていると診断された。彼が回復すると、どら声の独善的な老人は、病気の子どもを殴ったことを気に病み、犯罪人生からセスを救いだすのが自分の義務だと考えた。まったく、恥さらしもいいところだ。

あれには本当にいらいらさせられた。ハンクは融通のきかない権威主義者で、とっくに独立した子どもたちとは疎遠になっている孤独なやもめだった。当初ふたりは激しく衝突したが、荒れた時期が終わると、おたがいに相手が必要だと気づいた。ハンクは殊勝なことを言い、セスも彼なりにハンクには感謝していた。ハンクの助けがあったおかげで、ジェシーにも努力しだいで成功するチャンスを与えてやれたのだから、なおさらだ。

少なくとも十カ月前までは、ジェシーにもチャンスがあった。

レインは彼の顔を撫でながら辛抱強く待っている。セスは子ども時代の汚泥のどこに彼女を置き去りにしてきたか、思いだそうとした。「どこまで話した?」

「もう少しでハンクに警察に連れて行かれそうになったところ」やさしく言う。

「ああ、そうだった。その、連れて行かれなかったんだ。そのかわりに、ハンクはおれを更正させることにした。そしてしばらくすると、おれは彼の好きにやらせることにした。このままじゃ、自分にはたいした未来はないと気づくくらいの頭はあったのさ」

「そう。それで?」

「話せば長い。だが要するに、ハンクは学力検定試験を受けるようにおれを脅したりうるさくせっついたりしたんだ。そのあとは、おれが陸軍を除隊するまで脅したりせっついたりをくり返した。ハンクはむかし陸軍の軍人だったんだ」

こういうことを思いだすのは、ずいぶん久しぶりだ。まるで古い映画を観ているように、脳が勝手に記憶を上映しているようだった。ハンクのどら声まで聞こえてくる――。

「いい加減にしろよ、小僧。おまえの好きな工学関係のことを、軍隊以外のどこで勉強するつもりだ? 学校を卒業する手助けもしてくれるんだぞ。こんなチャンスを無下にするな。スタンフォード大学へ行くために、マットレスのなかかどこかに八万ドル隠してあるのか? 金持ちの親戚でもいるのか? 銀行を襲うつもりか? いや、待て。これには答えるな」

だが、すでにセスはにやにやしていた。「やろうと思えばできるぜ、わかってるだろ」

「おもしろくないぞ、小僧」

「誰が冗談を言った? 誰が笑ってる?」

――セスはふたたび首を振った。妙に集中できず、いらいらする。「どこまで話した?」

ぶすっと言う。

「陸軍よ」レインがうながした。

「ああ、陸軍。そうだ。連中はおれに山ほど試験を受けさせて、おれの突っぱった態度の下には知能が隠れていることに気づいた。おれは特殊部隊の訓練を受け、やがて第七十五部隊に配属された。そして、バン! おれは夢中になった。兵役中は、国家の安全への脅威を調査した。対敵諜報活動、対テロリズム、対諜報活動、あらゆることだ。訓練はまさにこの世の地獄だったが、行儀よくしていれば連中のおもちゃで遊べるとわかっていた。現に、おれにとっては行儀よくするだけの価値があるものだったんだ。だから我慢した」

「よかったわね」レインは彼の額にキスをした。

彼女の手首をつかんでぎゅっと握りしめると、レインは小さく悲鳴をあげた。「はっきりさせておく、レイン。子どものころの話をしてるのは、同情してもらうためじゃない。おれは自分に同情などしていない。話してるのは、ふたつの理由のためだ。ひとつは、嘘は時間の無駄だからだ」

レインは口ごもった。「わたしもそう思うわ」

「よし。意見が一致して実に嬉しい。もうひとつの理由は、もしおれの理解が正しければ、話さないうちは、おまえはおれとセックスしないからだ。そしておれはおまえともう一度セックスがしたい。すぐに。それどころか、いまここで。それに異存はないか？」

「オーケイ」彼はレインの手首を放し、ふたたび腰をつかんだ。「それをはっきりさせておきたかった。これ以上の誤解はごめんだ」

「異存はないわ」励ますように微笑む。「つづけて」

セスは手を下へすべらせ、レインのお尻の膨らみで止めた。「かいつまんで言えば、おれは予備兵として兵役を終えた。復員兵援護法でＵＣＬＡに入り、奨学金をいくつかもらってなんとか授業料を捻出した。電子工学の学位を取り、数人のインテリと組んでマッケイ・セキュリティ・システム・デザインをはじめた。監視や対監視の構想を練るときは、元泥棒という経歴が役に立つが、客になりそうな相手には話さないことにしている。かわりに特殊部隊にいたことを強調する。たいていは、そのほうが信頼感を得られるんでね。だから、この話はおまえだけの胸に留めておいてくれるとありがたい」

影のなかで嬉しそうに微笑むレインの笑顔に、ペニスが痛いほど脈打った。爆発する前に、さっさと話を終わらせてまた彼女を誘惑しなければ。「そういうことだ」話を締めくくる。「おれの人生さ。おれは疵物《きずもの》だが、必要なときはそうじゃないふりができる。金が多くの問題を隠してくれる」

レインはしっかりとセスを抱きしめた。「あなたはとても皮肉っぽいのね」

セスは鼻を鳴らした。「ああ」手のひらを広げ、むきだしのお尻の温かな膨らみをつかむ。「で？　もう一度おれにいかされる前に、ほかに知りたいことがあるか？」

彼女はセスの腕のなかで体をひねった。抱きしめて顎にキスをすると、柔らかな乳房がセスの胸にぴったりついた。「お母さまのことは同情するわ」胸に響くような声でつぶやく。

セスはやさしいキスから顔をそむけた。「同情はやめてくれ。おれはきっとそれを利用するようになる」彼は乱暴に言った。「おれは日和《ひより》見主義者だ。それを忘れるな」

レインはふたたび彼の額に自分の額をつけ、小さく笑って体を震わせた。「あなたが日和見主義なら、なぜわたしに警告しているの？」

「知ったことか」ぶすっと言う。「誰かがやらなきゃならないからだろ」

質問することに心を奪われていたレインは、セスがスパッツを引きおろし、ソックスを脱がせていることにもほとんど気づかなかった。「いまでもハンクとは連絡を取ってるの？」

「ハンクは五年前に死んだ。肝臓癌で」脱がせた服を床に放り投げる。

「お気の毒に」レインは言った。「じゃあ、いまは……ほかには家族は誰もいないの？　おばさんとかおじさんとか、おじいさんやおばあさんは？　誰もいないの？」

セスは口ごもった。「いない」

「でも……以前は誰かいたんでしょう？」しだいに声が小さくなり、もの問いたげな沈黙が落ちる。

一瞬口ごもったのは間違いだった。レインは頭の回転が速い。一心に耳を傾けていた彼女は、セスのなかでジェシーが占めていた場所に残る、ぎざぎざの黒い穴を感じ取ったのだ。そこにだけは行きたくない。

注意をそらしたほうがいい。

セスはレインの足首をつかんでシートに載せ、両脚を広げて自分の前に横たえた。「悪いが今日のところは時間切れだ」

レインはかすかなあえぎとともにシートにもたれた。差しだすように腰をあげている。おおいかぶさると、暗闇のなかで革ジャケットがきしんだ。そっとなかに指をすべらせる。

「ひりひりするか？」セスは尋ねた。「今日はかなり乱暴にしたから」

「大丈夫よ」レインは彼のセーターの前をつかみ、手の動きに沿って体を動かした。

「おれの申し出をどう思う？」求めるような腰の動きに合わせて敏感なひだをもてあそび、湿り気をそっと周囲に広げていく。「レイザーを辞めて、おれと一緒に来るか？」

静まり返った車内で、小さな音がやけに大きく響いた。ベルトのバックルをはずす音、ジーンズのボタンを勢いよくはずす音、コンドームの袋を開けて彼自身にかぶせる音。

レインの拳が震え、セーターをぎゅっと握りしめた。「わたしは誰かに守ってもらう必要はないわ、セス」そうささやく。「自分の面倒は、自分でみられる」

いきなり探るようにペニスをあてると、レインが鋭い吐息を漏らした。彼は先端をそっと上下させ、ゆっくりと慎重に愛撫した。「おれにはそうは見えない」

さかんに腰を上下させるレインをしっかりとシートに押さえつけ、鼻をくんくん言わせたままじらした。おれと同じくらい求めているのがはっきりわかるまで。どうしてもそこまでじらしたい。

「まるであなたから守ってもらう必要があるみたいに聞こえるわ」レインは落ちつかなげに小さく笑った。

彼はむさぼるような熱いキスで彼女の口をおおいながら、少しだけ深く突き立てた。レインのふっくらした下唇を噛み、誘うような浅い腰の動きをまねて彼女の口に舌を差しこむ。「ああ。おまえはたぶん、おれみたいな人間から守られるべきなんだ」邪悪な勝利感を隠そうともせずに言った。「だが、そうはならない、レイン。どうしてかわかるか？」

「なぜ？」彼を引き寄せながらレインはせがんだ。眼がぼうっとしている。「なぜ？」

「なぜなら、おれがここにいるからさ」

彼はいっきに奥まで貫いた。

レインはもう少しで悲鳴をあげそうになった。すごく太くて硬くて熱い。快感と苦痛がないまぜになった荒々しいひと突き。彼の言うとおりだ。前回のセックスのせいでひりひりしている。けれど体は否応なしに高まり、やめてくれとも、スピードを落としてとも言えない。セスのすべてが欲しい。なにもかも。彼女にはそれが必要だった。いまも、これからもずっと。セスなら恐怖を追い払ってくれる。それができるのは、白熱するように純粋な、この渇望の炎だけだ。

レインはセスの力強い二の腕にしがみついた。なめらかな革に手がすべると、かわりにセーターをしっかり握りしめた。最初は上半身を起こし、汗に湿ったシートと彼のあいだにはさまれていた。やがてセスは彼女を仰向けに倒し、両膝を曲げさせて胸に押しつけると、体重をかけて突いてきた。

もう狭苦しいシートと上下するセスの体のことしか考えられない。彼はあらゆる光を消し去り、心地よい激情の闇にレインを封じこめた。ときおり車が通りすぎるたびに、こわばったセスの顔の上をヘッドライトが不規則に横切っていく。レインはうっすらとライトに気づいたが、どうでもよかった。彼の重さと彼の息、力強い手、そして突き立ててくる太いペニスのことしかわからない。彼が解き放った炎が体のなかで荒れ狂い、いっそう高く深くレインを駆り立てる。突かれるたびに、燃えあがり、とろけ、熱くなっていく。

セスは彼女が与えられるものをすべて手に入れた。そして彼も惜しみなくレインの体に快感の電流を注ぎこみ、その魔法でレインを変えた。それはうっとりするような完璧なものだった。永遠につづいてほしい。けれど、ふたりはすでに猛スピードで崖を飛び越え、クライマックスに向けて突進していた。

筋の通った考えができるようになったとたん、レインは喉がひりひりしていることに気づいた。ずっと大きな声をあげていたらしい。誰かに聞かれただろうか。でも聞かれたとしてもどうでもいい。

ふたりは汗だくになって息をあえがせたまま、長いあいだ抱きあっていた。「くそっ」やがてセスが口を開いた。「汗びっしょりだ」

レインは彼の額にキスした。汗が塩辛い。「ジャケットを脱げばよかったのよ、おばかさんね」

「思いつかなかった」

彼に巻きつけた手足に力を入れ、胸に抱き寄せて湿った髪を梳いた。セスが満足の吐息を漏らす。レインはぎゅっと眼を閉じて、この完璧に親密な瞬間を記憶に刻みつけようとした。やがて暖かな毛布に冷気が忍びこむように、じわじわと現実が忍びこんできた。

セスがレインの肩にキスをして頭をあげた。「スーツケースに荷物を詰めてこい。とりあえずホテルへ行くが、不動産屋が開きしだいどこか借りてやる。街のどのあたりに住みたい？」

レインは体をこわばらせた。「待って、セス。待ってちょうだい。そんなことできない——」

「できないって、なにが？」鋭い声。

「自分が情婦に向いているとは思えないわ」

「わかった。おれの情婦になる話は忘れろ。とにかくおれと来るんだ。肩書きなどどうでもいい。自分のアパートを見つけるんだ。十分もすればもっとましな仕事を見つけられる。だが、いますぐ荷物をまとめろ。じきに夜が明けて、近所の人間が目を覚ます」

もう決まったことのように話しているが、油断なくじっと動かずにいる態度は別のことを物語っていた。彼女を深く貫いたまま、ようすをうかがっている。レインは彼の下で体をくねらせた。ほとんど身動きできない。

もし彼についていって言われるまま彼のものになり、彼に守られて暮らしのすべてを決められたら、束縛されるのと同じだ。無力なのと同じだ。彼には抵抗できない。

それには心をそそられた。レインは皮肉に笑いそうになった。飢餓から大食漢のご馳走へ。前から、うしろから、横から、壁に押しつけられて、シャワーを浴びながら。セスの大きな美しい体の下であられもなく横たわり、至福でわれを忘れるまでくり返しオルガスムに達する自分が眼に浮かぶ。それを本業にできたらどんなにすばらしいだろう。過去の亡霊には、ほかに選択肢はなかったと言えばいい。悪いわね、みなさん。真実と正義の探求のことは忘れてちょうだい。足をすくわれて仰向けに転んじゃったのよ。

いいえ、そんなに簡単にやめるわけにはいかない。セスはわたしの頭のなかにあるものから、わたしを守ることはできない。悪夢、過去、運命。そこからわたしを守れるのは、わたしだけだ。

不審そうに細めた彼の眼を見れば、どれほどわたしを守りたがっているかわかる。レインの眼に熱い涙がこみあげた。彼女はセスの首をぎゅっと抱きしめ、感謝をこめてキスをした。

「ごめんなさい、セス。あなたと一緒には行けないわ」

反論しようと彼の体がこわばる。「だめなの」レインは言った。さっきよりきっぱりと。「だめなものはだめなのよ、セス。いま仕事を辞めるわけにはいかないの。そして、あなたと一緒には行けない。助けてくれようとしてくれてありがとう。でも、だめなの」

彼の顔からやさしさが消えた。「なぜだめなんだ？」

レインは彼の頬に触れた。本当のことを話せたら、どんなにいいか。「わたしにはわたしの理由があるの」そっと言った。

セスはさっと身を引き、体を離した。ジーンズのボタンをとめてあたりを見まわし、レインの服をかき集める。くしゃくしゃになった服のかたまりを彼女に投げつけた。「着ろ」吐き捨てるような口調に凍りついたまま、レインは服を胸に抱きしめた。「それしか言うことはないの？」

「もし犬みたいに泣きついたら、気が変わるのか？」

彼女は首を振った。

「じゃあ、さっさと着ろ。おれには仕事があるんだ」

「夜中の三時に？」

「ああ」それ以上説明しようとはしない。

レインは裏返しになった服をなおし、身につけた。汗が冷えてうまく着られない。靴ひもを結んでチャックを閉めるまで、セスはにこりともせず黙って待っていた。それからドアのロックを解除して車を降りた。「降りろ」

「セス……」

彼は車のなかに腕を伸ばし、レインの腕をつかんで引きずり降ろした。「家の鍵は持ってるか？」有無を言わさぬ口調。「見せてみろ」

レインは寒さに震えながらポケットから鍵を出した。

「なかへ入れ。帰る前にドアに鍵がかかったところを確認したい」

そう言うと車に乗りこみ、レインは凍えたまま通りに残された。脚がぶるぶる震え、身動きもままならない。顔から転びそうで怖かった。低い音をたててエンジンがかかった。運転席の窓が開く。「さっさと家に入るんだ、レイン」

とげとげしい声が神経にさわる。「わたしに命令するのはやめて、セス」

「もし抱きかかえて家に入れてやらなきゃならないのなら、そうしてやる。だがそうなったら、おれをひどく怒らせることになるぞ」

レインは両手をあげてあとずさった。これ以上彼の冷たい顔を見るのは耐えられない。小走りで家に入って鍵をかけ、窓から外をうかがった。セスは彼女を見ると、うなずいて走り去った。レインは彼の車のテイルランプが通りの向こうへ消えていくのを見つめていた。

カーペットにどさりと沈みこむ。肩が震えているが、なぜだかわからない。状況から考えれば涙があふれて当然なのに、このところ泣いてばかりいるので涙は枯れていた。

やがて、あれほど情熱的で激しいセックスをしたのに、まだ電話番号を聞いていないことに気づいた。

結局のところ、彼女は笑うしかなかった。

10

ヴィクターはブランデーをすすり、空を見あげた。雲の切れ間から月が姿を現わし、つかのま水面を照らしてからふたたび雲に隠れた。

とうに零時は過ぎているが、今夜のように満月が近づくと、ほとんど眠れなくなる。風は身を切るほど冷たいが、気持ちが高揚しているので気にならない。つまるところ、姪はウサギではなかったのだ。もう少し磨く必要があるが、素材は悪くない。たぶんあの子は本当にわたしの娘なのだ。気の毒なピーターの気質を受け継いでいないのは明らかだし、アリックスはやかましく騒ぎ立てるばかりで、気概や強さとは無縁だった。

あの子を鍛えあげる作戦はうまくいっている。マッケイとの出会いはすばらしい効果をあげた。現に、あの子は公然とわたしに挑戦してきた。自宅から出ていけと言った。すばらしい。全身の隅ずみまで心地よく覚醒し、興奮に打ち震えている。今夜は祝いの夜だ。

ヴィクターはブランデーの最後のひと口を飲み干して室内に入り、近くに控えていた世話係にグラスを渡した。「十分後にわたしの部屋へマーラをよこせ」てきぱきと言う。

服を脱ぎ終わらないうちに、静かなノックの音がした。マーラを外で待たせたままローブをはおり、窓と鏡が見わたせるよう配置されたお気に入りの椅子に腰をおろす。「入れ」

マーラがすべるように部屋に入ってきた。素足で、長い黒髪が肩のまわりで渦を巻いている。深紅のシルクの短いローブをまとい、ウエストでベルトを締めている。彼女は期待に満ちた笑顔を浮かべながらゆっくりとなまめかしく近づいてくると、数歩手前で立ち止まって次の指示を待った。彼のスタッフは教育が行き届いている。

ヴィクターは彼女の全身を探るようにながめ、見たものに満足した。「ローブを脱げ」マーラはベルトをほどいて肩をくねらせた。つややかな肩からするりとローブが落ち、つんと立った褐色の乳首で思わせぶりにつかのま引っかかったあと、ヒップの丸みにもう少し長く留まってから音もなく足元に落ちた。

ネイルアートを施した足。ヴィクターはそういうディテールが好きだった。足に指輪をしているのは感心しないが、いまは大目に見てもいいだろう。明日管理人に言えばいい。「まわれ」彼は言った。

マーラは髪をあげ、背中を反らせて優雅に一回転した。筋肉がさざ波のように収縮し、乳房は完璧だ。ヴィクターの体内で、エネルギーが鋭いうなりをあげて凝集した。いまこそ、そのときだ。

前にひざまずくよう合図して背もたれにもたれ、マーラがそそるような笑顔を浮かべながらひざまずくのを見つめる。彼女はローブの下に手を入れ、冷たいなめらかな手でいきり立ったペニスをつかんだ。

テクニックは申し分なかった。巧みで官能的。ペースは完璧だし、強さもちょうどいい。歯はまったくあたらない。手の動きは、唇と舌の動きに完璧に連動している。マーラは大胆でありながら優雅だった。ともすれば下品になりがちなフェラチオという行為を行ないながらも、みごとなほどセクシーだ。容易なことではない。口で不愉快な音をたてることもないし、なによりも、自発的に喜んでやっているという熱意が見て取れる。真実にしろ芝居にしろ、それは評価に値する。

ヴィクターは視線を鏡に向け、マーラの姿を楽しんだ。くびれたウェストからヒップへつづく曲線は、なめらかな大理石のようだ。傷ひとつない。彼女にボーナスをやるように管理人に伝えよう。ヴィクターはタバコに火をつけた。マーラが問いかけるようにちらりと見あげる。彼はつづけるようにうなずいた。

部屋の薄暗さがふいに息苦しく感じられ、ヴィクターはライトをつけた。だが、そのせいでマーラの額がいくぶん低く、鼻は少し細すぎるという事実が浮き彫りになった。明かりの下で見ると、メイクが濃く見える。

彼は眼を閉じ、その光景を締めだした。ふと気がつくと、姪のことを考えていた。あの子にとって、マッケイとの密会はいい経験になったに違いない。少なくともそうとう強烈だったはずだ。わたしに言わせれば、そういう経験こそ価値がある。マーラはまだ顔を赤らめるようなことがあるのだろうか。眼を開けて彼女を観察した。つやつやした深紅の唇をペニスが出たり入ったりしている。この女には無理だろう。

矛盾した思いがのしかかり、気分と勃起が脅かされた。押しのけようとしたが、驚くべき考えはじょじょに明確になっていく。あまりに滑稽な考えなので無視できない。

不器用で無知で清廉潔白な姪がうらやましい。あの子は奇跡と災難のはざまで揺れている。

なにが起こっても不思議ではない。どんなことでも起こりうる。あの子の人生の危険と激しさは、自分が日々直面している退屈な虚しさとは雲泥の差がある。

ヴィクターは眼をつぶり、マーラの唇の巧みな動きに導かれるままのぼりつめていった。クライマックスに達し、長く尾を引く痛いほどの痙攣《けいれん》に身をまかせる。圧倒するような静寂に包まれた。

眼を開けると、タバコは不安定な灰になっていた。マーラは口をぬぐい、眼に浮かぶ懸念を隠そうとしている。ヴィクターは素早くローブの前を閉じた。「さがっていい」そっけなく言う。

マーラが立ちあがった。少し傷ついているようだが、抗議をするほど素人ではない。彼女は無言で立ち去った。

ヴィクターは窓の外を見つめた。胸の奥の冷たさがいっそう増していく。

マーラを呼んだのは間違いだった。セックスがこの冷たさを緩和してくれることもあるが、強めることもある。残念ながら、その気になった時点では、どちらへ転ぶかわからない。たぶんセックスそのものをやめるべきなのだろう。刺すような失望感とともに、ヴィクターは思った。もはや、リスクを冒してまでやる価値はない。禁欲は退屈だが、現時点では、勝手気ままに振る舞ったところでどうせリスクはあるのだ。

マーラに対し、自分がいかに冷たくて無愛想だったかを思うと、少々居心地が悪い。彼女はベストを尽くしたし、ああなったのは彼女のせいではない。だが、マーラは気持ちを傷つけられるためにたっぷり報酬を得ているのだ。ヴィクターはその思いを押しやってグラスにウィスキーを注ぐと、海の上に浮かぶ月の荒涼とした美しさをながめながら酒をすすった。なにが起こっているかわかっている。胸の奥の冷たさは、うつろな疼きへ深まっていくだろう。疼きが広がって体にひびが入り、その隙間から空虚な深淵がのぞく。こんな夜には、月は冷たくよそよそしい眼のようにすべてを見つめ、すべてを記憶してなにひとつ許さない。ときおり、薬でこの疼きと空虚さを消したくなるが、薬やアルコールで霧に包まれるより、激しい不快感のほうがまだましだ。今夜は眠る努力などするべきではないのかもしれない。こんな気分のときは、かならず夢に苦しめられる。レインも夢に関するレイザーの血を受け継いでいるのだろうか。

ヴィクターのような人間にとって、それはもっとも都合の悪い天性だった。もはやセックスが気晴らしにならないとすると、夢中になれる娯楽が必要だ。不愉快なカヒルの一件以来、うんざりするほど行儀よく振る舞ってきたが、違法行為を控えているせいでいらいらしている。そろそろ蒐集《しゅうしゅう》を再開してもいいだろう。金庫に保管しているような貴重品の蒐集ではない。たしかにそれらも値がつけようがないほど高価な品だが、自分が本当に好きなのは人間の蒐集だ。

人間の弱みを見つけて利用するのは、むかしから得意だった。盗まれた凶器は、むかしからのテーマ——秘密と共謀罪によって、相手を自分に縛りつける——の新しいバリエーションにすぎない。自分は力を愛している。相手をコントロールする感覚を。

コレクションは広範にわたり変化に富んでいるが、最近は役人や地元の有名人の蒐集には飽きてきた。これまでかなり長いあいだ、自分の動物園には危険でなにをしでかすかわからない人間をもっと集めたいと思っていた。風変わりな人間を。そういう人間の重要な秘密は、ほかの人間のものよりずっと醜くて危険なものだ。自分自身の秘密のように。

カート・ノヴァクに関わるようになったのは、この衝動が原因だった。これまで蒐集したいと望んだ対象のなかで、ノヴァクはもっとも風変わりな人間だった。毒へビの尾をつかんで振りまわしているときのように、絶えず遠心力を保つ必要がある。だがひとたび捕まえれば、息子よりさらに力を持つ父親、ハンガリー人のパヴェル・ノヴァクをコントロールする力を手に入れることができる。急成長を遂げる東欧マフィアのなかで、もっとも裕福で影響力を持つドンのひとりを。この戦利品の魅力には抗《あらが》いようがない。楽しみと利益の可能性が無限に広がるだろう。

前回の試みは、ジェシー・カヒルの予期せぬ妨害によって失敗に終わった。ノヴァクは激怒し、おとり捜査員を罠にかけて殺すことによってかろうじて怒りを鎮めた。

カヒルを殺さなければならなかったのは、心から遺憾に思っている。殺人は好みではないし、カヒルは人好きのする青年だった。だが、自分が相手にしている人間をもっと知るべきだった。カヒルはサイコロを振り、負けたのだ。彼の処刑の場にいなくてよかった。ノヴァクの好みは、控えめに言ってもグロテスクなものだ。

だが、その場面は夢に現われた。実に残念だ。

新しいゲームをはじめるために、ひとつの夢に賭けなければならない。自分の常人離れした能力は予測不能なので、夢を利用することはめったにない。いつ裏切られるともかぎらず、リスクがある。だが、一方で見返りもある。ヴィクターの心は、疼きと空虚さからつかのま解放してくれるこのアイデアに、飢えたようにしがみついた。この計画は、何カ月もかけて系統だてて練りあげてきた。コラソンの夢を見るようになってからずっと。

ヴィクターはタバコに火をつけて、電話に手を伸ばした。

盗聴防止のスクランブルをかけた電話が、四回めの呼出音でつながった。「やあ、ヴィクター。こんな時間に電話をかけてくる厚かましさがあるとは驚いた」

「こんばんは、カート。元気でやっているかね？」

「自分が不眠症に悩んでいるからといって、他人にも押しつけるな」冷たい明快な声には、かすかに訛《なま》りがある。

「すまない。だが、日中にはふさわしくない会話もある。そういう会話はおのずと闇を好む」

ノヴァクは鼻を鳴らした。「今夜はおまえの謎めいたたわごとにつきあう気分じゃない、ヴィクター。要点を言ってくれ。この電話は盗聴される恐れはない、保証する」

ヴィクターは微笑みながら月光に照らされた雲を見あげた。「もちろんだ、カート。コラソンの拳銃が最近行方不明になったことは知っているか？」

ノヴァクがふいに示した関心が、電流のように電話線を伝わってきた。「あの件に関わっていたのか、ヴィクター？」

ヴィクターはタバコを一服し、相手の関心の高さを堪能した。ノヴァクのような錯乱した獣の前に、生肉をぶらさげるのは実に愉快だ。「実はそうなんだ。この品物を調達するために、わたしがどれだけ多くの好意を求めなければならなかったか、きみには想像もできないだろう。ビジネスをひとつ築きあげるほどの縁故に圧力をかけた」

「それはわかる。わからないのは、手に入れた理由だ」ノヴァクは言った。「だが、おまえはきっとおれの疑問を解いてくれるだろう。そのときが来たら」

「投資としてね、当然だ。買い手になりそうな人間はいくらでもいる。だが、まずきみの意向を訊きたかった。あの若い女性に対してきみが抱いていた気持ちの強さは重々承知している」

ノヴァクは長いあいだ黙っていた。「完全に頭がおかしくなったのか?」くだけた口調で尋ねる。

「いいや。あの銃が、誰ともつかぬ人間の個人コレクションのなかに永遠に消えてしまう前に、知らせてほしいんじゃないかと思っただけだ。もちろん決めるのはきみだ。だがあの拳銃は別の品物にも関連していることを承知しておいたほうがいい。そうすれば、この品物にもっと関心を持つはずだ。きみの父上も」

「別の品物?」

「ビデオテープだ」ヴィクターはそっと言った。

「なんだと?」いらいらとせっつく。「はっきり言え」

ヴィクターは眼をつぶり、イメージを呼び覚ました。夢見るような低い声で話しはじめる。

「のぞき穴から外を見た彼女は、ドアの向こうにいる人間が気に入らなかった。帰るように言ったが、客は言うことをきかない。客の男は鍵を開けて押し入り、彼女を床に突き飛ばした。彼女の長い黒髪は濡れている。シルクのローブを着ている。白いローブだ。男はローブを引き裂く。その下は裸だった。部屋にあるものはすべて白い。鏡の下のサイドボードに飾られたチューリップまで。彼女は男がコートから出したものを見る……そして悲鳴をあげはじめる」

そこで口を閉ざした。ノヴァクはなにも言わない。ヴィクターは話をつづけた。

「彼女の恋人が寝室から出てくる。裸で、ワルサーPPKを持っているが、使い方を知らないのは明らかだ。謎の客はポケットから見慣れない小さな拳銃を出し、恋人の顔をまっすぐ狙って引き金を引く。恋人は喉をつかみ、壁に倒れこんで床にずり落ちる。まだ生きていて、自分があとで身代わりにされるとは夢にも思っていない。謎の客は若い女に振り向く。彼女は必死で立ちあがろうとしている」ヴィクターは口を閉ざした。「もっとつづけるか?」

「どうやった?」ノヴァクが憎々しげに言う。

「方法など、どうでもいい」たしなめるように言った。「重要なのは、コピーした複数のビデオテープがそれぞれ違う場所に保管してあるということだ。わたしが不慮の死を遂げた場合の処理法を指示した書類と一緒に。べつにきみの友情を疑っているわけではないよ、カート」

「じゃあ、電話をかけておれの完璧な復讐を台なしにした謎の人物は、おまえだったんだな」ノヴァクの声はぞっとするほど穏やかだった。「キネアには一生刑務所に入っていてほしかったんだ、ヴィクター。ずうずうしく彼女に触れた罪のために」

「わたしがたまに不眠症に悩まされているからといって」ヴィクターはつぶやいた。「ラルフ・キネアをオオカミの群れに投げこむのは少々度を越しているような気がしたんでね」

「自分が誰を相手にしているか、わかってるのか、ヴィクター？　本気でおれにちょっかいを出すつもりなのか？」

「このあいだきみが無作法な振舞いをしたとき、父上はしばらく目立たないようにしているよう厳命したんじゃなかったか？」ヴィクターが尋ねた。「ただでさえ、父上の組織はイメージの問題を抱えているんだ。有名なスーパーモデルの身の毛のよだつような殺害にわがまま息子が関わっているとなれば、さぞ心を痛めるだろう。メディアの熱狂を想像してみたまえ。とんでもない騒ぎになるぞ」

ノヴァクはつかのま沈黙していた。「テープにいくら払ってほしい？」

「陳腐な話はやめてくれ、カート。金の問題じゃない。テープは売り物ではない。永遠にわたしの個人コレクションに収めておく。永遠にな」

それにつづく緊迫した沈黙のなかで、ヴィクターは体内の組織でなにかが麻薬のように作用しているのがわかった。駆け引きで巧みな策略を用いた勝利感が駆けぬける。ビデオテープなど存在しない。存在したこともない。夢から集めた情報を使うときは、言葉に注意する必要がある。生きいきと象徴的に表現するために、時系列はしばしば犠牲にされる。何年もかけて、この変動性を補う方法を習得してきた。

「なにが望みだ、ヴィクター？」ノヴァクは自制を取り戻し、ブランデーの好みの銘柄を尋ねるような淡々とした声になっている。

「きみのビジネスにおける特権的立場を取り戻したい。経費を払ってくれるだけでいい。もちろん、この拳銃が欲しければだが。五〇〇万ドルで充分だろう。それから言うまでもないが、この件はわたしたちだけの秘密だ」

「おまえはおれより狂ってる」ノヴァクの声には、不本意ながらも称賛するような含みがこもっていた。「おれの代理人に会う手はずを整えよう」

「きみのためにこの品物を調達するのに、かなり苦労したんだぞ、カート」ヴィクターは穏やかに言った。「直接会いたい」

そうすれば、ノヴァクの新しい顔を見た選ばれた人間のひとりになれる。ゲームの第二段階。ヴィクターは息を詰めて返事を待った。

「本気なのか、ヴィクター?」ノヴァクがゆっくりと尋ねる。「十カ月前にあったことのせいで、おれがどれだけ被害をこうむったかわかってるだろう。おれは顔の形成手術を受けるために、社会とのつきあいを絶たざるをえなかった。あんなふうにセキュリティが不充分な人間と仕事をするつもりはない。もし今回も前回と同じようなへまをしたら、おまえを殺す」

「わかった」ヴィクターは言った。にやりとしながら月を見あげる。ふたたびすっかり機嫌がよくなった。狂った誇大妄想者から殺すと脅されることほど、しつこい憂鬱を吹き飛ばすものはない。

「ところで、おまえに訊こうと思っていたことがある。テンプルトン・ストリートの家におまえが囲ってる例の美人だが。おれは彼女に夢中でね。おまえのいつものタイプとは違うじゃないか」

嫌悪感で全身がぞくっとした。「彼女がどうかしたかね?」なにげなく訊く。

「友人にいらぬちょっかいを出すのは、おまえにかぎったことじゃない。いまもしゃべりながら写真を見ているんだ。彼女は目がくらむような純真な雰囲気があるな。実にすばらしい。だが、おれだったら彼女の被服費を増やしてやるがね」

「彼女は三十三歳だぞ、カート」五歳水増しした年齢を言った。「きみの好みは、まだ十代のういういしさがある女だろう」

「三十三？　奇妙だな。十《とう》は若く見える」

「三十三だ」きっぱりと言う。

「彼女はおまえの眼が届かないところで別の男と寝てるぜ」ノヴァクがおもしろそうに言った。

「そうか？」

「まさに今夜な。まだ一時間もたってない。彼女は天使のように見えるが、ほかの女と同じように汚らしい売春婦だ。通りに停めたスポーツタイプの車の後部シートでやっていた。おれの情報源によると、筋肉隆々の絶倫男はかなり荒っぽかったそうだ。それに、彼女の感謝の仕方はかなりやかましかったらしい。今度彼女の家へ行くときは覚えておくといい。そうすれば、あの女も満足するためによそ見をする必要がなくなる」

「教えてくれて感謝するよ」

ノヴァクはヴィクターがうろたえたのを察知したに違いない。いかにも狡猾《こうかつ》なけだものらしい。考えられるシナリオのなかで、これ――ノヴァクが姪に関心を持つこと――だけは予測していなかった。もっとも好ましくないシナリオだ。

「もちろん、彼女が自分の間違いに気づくようにしてほしければ、おれが喜んで教えてやろう」ノヴァクは穏やかに言った。「言うまでもないが、おれがもっとも得意とするところだからな」

「そして、わたしの楽しみを奪うのか?」ヴィクターは小さく笑った。「せっかくだが遠慮しよう、カート。自分で対処する」

「気が変わったら教えてくれ。こういったことに関しては、おまえのほうが弱腰だからな。だが、お望みなら前もって限界を決めておくこともできる。彼女のきれいな体には傷をつけない。だがあの女が二度とおまえを拒まないようにすることは保証する」

ベリンダ・コラソンの血が飛び散った白いカーペット。胸が悪くなるようなイメージが脳裏をよぎる。「覚えておこう」

「自分の楽しみのためなら、おれが労を惜しまないのはわかっているだろう、ヴィクター」カートがつづけた。「こいつはおれにとってすごく価値がある。去年サンディエゴでおまえが誉めそやしていたデリンジャーを手放す気にだってなるかもしれない。一八八九年の有名なジョン・F・ヒギンズの殺人/自殺事件の凶器さ、覚えてるか? おれは二〇万ドル払った。もっとも、その倍の価値はあったがね。考えておけ。それから、もうひとつのつまらない件についてだが……近いうちに連絡する」

かちりと音がして電話が切れた。

ヴィクターは受話器を置いた。恐怖の兆候が生理的に現われていることに愕然とする。冷や汗、震え、みぞおちの不快感、すべてだ。あまりに久しぶりなので、こんな感覚はほとんど忘れかけていた。

最後に誰かを恐れたときのことなど思いだせない。自分は本当に姪を気にかけているのだと悟り、動揺した。ノヴァクをもてあそぶのはかまわない。自分は失望した冷酷な老人で、みずからの人生とみずからの富に飽きあきしている。失うものなどなにもない。姪をノヴァクの悪意に満ちた注目にさらすのは、まったく別の問題だ。鍛えあげて強くするのは問題ない。だが、あれほど悪意に満ちた敵を相手に、あの子が太刀打ちできるわけがない。

マッケイが姪に夢中になっていることに、どこか慰められた。もし原始的なオスの本能が掻きたてられれば、マッケイはあの子の周囲に手ごわい砦を築くだろう。掻きたてられているのは明らかだ。

なにしろ、住宅街の通りで。スポーツタイプの車の後部シートで、やかましいセックスをするくらいなのだから。

お転婆娘め。不本意ながら、口元に笑みが浮かぶ。あの子は順調に進歩している。

「あら、あら、ありがたいこと。ようやくお出ましいただいたようね」ハイヒールを高らかに響かせながら、ハリエットが大股でレインのボックスへやってきた。

レインはデスクにバッグを置き、ちらりと腕時計を見た。一時間の遅刻だが、ここ最近の経験を考えれば、遅刻を心配するエネルギーなど残っていなかった。「おはよう、ハリエット」

ステファニアがハリエットの肩越しに顔をのぞかせた。「ちょっと、みなさん」へつらうような笑顔を浮かべている。「今週の人気者よ。昨日はわたしたちがあなたの仕事を片づけているあいだ、楽しい午後を過ごせたといいけれど」

レインはコートのボタンをはずしながら、ふたりに振り向いた。心のなかの冷ややかで超然とした部分が、ほんの二日前ならこの状況には吐き気をもよおしていただろうと考える。いまは、ふたりが遠くでブンブン飛んでいる蚊《か》のように見える。わずらわしいが、たいしたことではない。「なにか問題でも？」落ちついて尋ねた。

ハリエットは眼をぱちくりさせた。「あなた、遅刻したのよ」

「ええ」レインは認めた。「しかたがなかったの」

ハリエットは即座にペースを取り戻した。「言い訳になんて関心ないわ、レイン。わたしが関心があるのは――」

「結果よね。ありがとう、ハリエット。その講釈は何度も聞いたわ。それじゃ、もし失礼してよければ、もっと結果を出せるように仕事にかからせていただくわ」

ハリエットの顔が険悪になる。「ミスター・レイザーと個人的な関係を享受しているから自分は特別だと思っているんでしょうけど、それは――」

「そんなこと思ってないわ」うんざりしたようにレインは言った。「がみがみ言われる気分じゃないだけ」

「まあ！」ハリエットの顔が朱色に染まる。

「たぶんお姫さまは、フェリーに乗り損ねたことに関心をお持ちになるんじゃないかしら」

ステファニアが言った。「ミスター・レイザーに電話して、あなたはマリーナの双胴船《カタマラン》が来るまでストーン・アイランドへは行けないと言わなきゃならないでしょうね。彼は午前中ずっと秘書なしで仕事をしなくちゃならないわ。きっと喜ばないでしょうね」

「フェリー？　フェリーって？」レインを守っていた疲労と無関心の霧を、警戒心が貫いた。ナイフのように突き刺さる。

ハリエットはそれを察知して、勝ち誇ったようににやりとした。「ええ、そうよ。あなたは島で勤務することになっているの。ミスター・レイザーはよくあそこで仕事をするのよ。そのときは、補佐チームがフェリーでセベリン・ベイへ行くの。そこに彼の専用ボートが迎えにきて、ストーン・アイランドへ行くのよ」

「もし時間どおりに来ていれば、ほかの人と一緒に八時二十分のフェリーに乗れたのよ」ステファニアが言う。「でもこうなると、カタマランを待たなきゃならないわ。それでもセベリン・ベイまで車で行くより早いと思う」

「だから、今日もあなたの仕事はわたしたちがやるのよ」ハリエットがぴしゃりと言った。「コートを脱ぐことはないわ。下で車が待ってるわよ」

三十分後、レインはマリーナで海を渡ってくる冷たい風に身震いしていた。必死で自分に言い聞かせる――ストーン・アイランドに立ち向かう覚悟はできている。そして、記憶のなかの島を渦のように取り巻いているパニックの瘴気《しょうき》にも。

母は父が死んだ日はイタリアにいたと言い張ったが、あれは嘘だ。それは間違いない。レインは眼をつぶり、あの日のことを思いだそうとした。これまで数えきれないほどくり返してきたように。

父親が小さなヨットに乗りこんだとき、わたしはきっと抱きついていってらっしゃいのキスをしたはずだ。たぶん、いつものように一緒に連れて行ってほしいとせがんだのだろう。でも、めったに連れて行ってはもらえなかった。父はひとりでいるのが好きだった。ひとりでいれば、島を見つめながら小さな銀のフラスコから酒を飲み、白昼夢にひたることができるのだから。

最後の別れを思いだせないのはつらかった。永遠に記憶に刻まれていて当然なのに、黒いインクで分厚く塗りつぶされているように思える。パニックへとどんどんつのっていく不安しか感じない。今日は平然とプロらしく振る舞うのはむずかしくなるだろう。長年押し殺していたあとで、あらゆることがいっきに起こっている。あまりに急激に変化しているので、一瞬一瞬の自分をとらえるので精一杯だ。

そう思ったとたん、セスの早朝の訪問と、狂ったようになりふりかまわず反応した自分を思いだした。車の後部シートで、裸で汗まみれになって、臆することなく悦びの叫びをあげていた。そうね。たしかに光速で変化してるわ。顔がぱっと赤くなり、レインは冷たい風に顔を向けてほてりを冷やした。

「おはよう」誰かが言った。

さっと振り返る。三十代後半の上品でハンサムなブロンドの男が、男性特有の好奇心もあらわに見つめていた。ミラーグラスで眼は見えない。男はにっこり微笑んだ。レインはどこかで会ったことがあっただろうかといぶかりながら、微笑み返した。相手は深くえくぼがくぼむ、愛嬌のある魅力的な笑顔を浮かべている。会ったことがあれば覚えているはずだ。

数秒が経過した。なにも話しかけることが浮かばない。男はじっと彼女を見つめていて、その笑顔は客観的に言っても魅力的だ。だが男は妙なエネルギーを発散していた。まるで、雑音を消すために精神科の待合室に流れているホワイトノイズのようだ。レインは雑音のことを考えることすらできない気がした。

男が近づいてきたとき、なぜか脳裏にメドゥーサの姿が浮かんだ。見つめるだけで人間を石に変える、ヘビの髪をした神話の女。男はさらに近づいてくる。近すぎる。ミラーグラスに映る自分の姿が見える。怯えたように大きく見開かれた自分の眼が見えた。男の禁欲的な薄い唇の端がかすかに上を向いた。レインを怯えさせたことを楽しんでいるらしい。

怒りが燃えあがる。だが、その変化は抗議するにはあまりに小さくかすかだった。このいまいましい男は、ひとことも言わずにわたしを餌食になった気分にさせている。「失礼します」彼女はそうつぶやいて、あとずさった。

「待ってくれ。どこかで会ったかな?」愛想がいい声には、どことは特定できないがかすかにヨーロッパ訛りがある。

レインはその場に凍りついて首を振った。「ないと思います」

ばか。腹立たしげにひとりごちる。ミスお上品ったら、相手に隙を見せたうえに、あやふやで無防備なしゃべり方をして。ピヨピヨピヨ。ぽっかり口を開けたヘビの前で、ふわふわした小鳥が鳴いているみたいじゃない。

「レイザー貿易で働いているんじゃないか？」

ふたたび気味の悪いショックを受けた。この男はすでにいろいろなことを知っているのだ。

「ええ」さらにあとずさる。

男はひるまずに、さらに近づいてくる。「それでわかった。きみの雇い主と以前仕事をしたことがあるんだ。きっときみにも会ったことがあるに違いない。島でのパーティで。会議やレセプションだったかも」にっこり微笑む。男の歯は白くてきれいにそろっている。漫画の登場人物のような、不自然な完璧さ。

「わたしはレイザーに勤めてから数週間しかたっていません」レインは言った。「会社のおやけの集まりには出席したことがありません」

「ふうん」男がつぶやいた。「変だな。ぜったいにどこかで会った気がするんだが。朝食を一緒にどうだい？」

「いえ、けっこうです。もうすぐ船に乗るので」

「ストーン・アイランドへ行くんだろう？ぼくの船に乗っていかないか。そっちのほうがずっと速い。そうすればヴィクターに恩を売れるし、同時にきみと朝食を楽しむこともできる」

体内にプログラムされた信号は、礼儀正しく微笑んで、もごもごと言い訳をしろと命令していた。彼女はそれを押しとどめ、深呼吸して心を落ちつかせると、命令をはねつけた。

「いいえ」

「いつか会えるかな？」

「いいえ」ばかみたいにくり返す。

男がサングラスをはずした。眼のまわりに紫がかった隈《くま》があり、翡翠《ひすい》のような緑色の瞳を気味悪く際立たせている。「決まりの悪い思いをさせたなら謝る」男は言った。「欲しいものを見ると、いつもでしゃばってしまうんだ。きみは、その、フリーじゃないんだね？」

「ええ」レインは言った。「フリーじゃありません」エレベーターのなかでセス・マッケイに飢えたように見つめられた息が詰まる瞬間から、フリーではなくなった。たった二日前のことなのに、はるかむかしのような気がする。

でも、この男とつきあうつもりはない。どんな状況だろうが。生きているかぎり。生まれ変わったあとも。

「ぼくは孤独なんだ」男は穏やかに言った。

自動的に笑顔を浮かべる筋肉を抑えきれないうちに、ミスお上品がにっこり微笑んだ。カタマランが桟橋に到着しようとしている。レインはそちらへ視線を走らせながら、男のそばから逃げだすまでの秒数を数えはじめた。

「よかったら、雇い主に伝言を頼んでもかまわないかい？」

「もちろん」礼儀正しく答える。

男はレインの全身に視線を這《は》わせた。頭からつま先へ移動し、それからゆっくり顔に戻る。

「当初の入札金額は、たったいま倍になったと伝えてくれ。このままの言葉で」

レインは近づく車のヘッドライトのなかで凍りつく動物になったような気がした。「どなたからの伝言かうかがってもいいですか？」ぼんやりと尋ねる。

男は手を伸ばして顔に触れてきた。レインははっと身を引いた。男の手から眼を放せない。人さし指の第一関節がない。男は切断された指先で彼女に触れたのだ。

「言わなくてもわかる」男がそっと言った。「保証する」

翡翠色の瞳がきらりと光った。太古の氷河の氷がきらめくように。男は冷たく謎めいたよそよそしい笑みを浮かべると、大股で去っていった。レインはその場で身動きもできずに男のうしろ姿を見つめた。

もしセスの電話番号を知っていたら、大急ぎで携帯電話を買って彼に電話をするのに。ぶっきらぼうな声を聞くだけで安心できるだろう。また怒鳴られたとしても、気が楽になる。でも、自力でなんとかしなければ。

カタマランから降りてくる人びとのざわめきで、現実に引き戻された。レインは急いで船に向かった。なにげなく言い寄ってきた他人に、どうしてこんなに怯えてしまうんだろう？さっきの出会いには、ひどい悪意などなかった。想像しすぎなのよ。

冷静な分別も、胃のなかでざわめく不快感を鎮めることはできなかった。〝当初の入札金額は、たったいま倍になった〟あれは、いったいどういう意味？いいことであるはずがない。それだけは確かだ。

レインはごくりと大きく喉を鳴らすと、ふたたび冷たい風に顔を向けた。セス・マッケイの情婦になることが、いまほどすばらしく思えたことはなかった。

11

「朝だぞ」

セスはぱっと両手をあげて顔をかばった。その手をおろし、自分のしたことに対して小さく毒づく。

殴られるんじゃないかとびくつきながら目を覚ますなんて、陸軍に入隊したてのころ以来だ。焦点がしだいにコナー・マクラウドに合っていく。湯気の立つカップを持っている。

「なんだ？」

「ひゅー。今日はあんまり機嫌がよくないみたいだな」

セスはブーツをはいた足を床におろし、コーヒーをふんだくった。マクラウドの射るような瞳に見つめられると、落ちつかない気分になる。珍種の虫を見るような眼つきで見られるのは気に食わない。

「そのカウチは、あんたには小さすぎるぜ」マクラウドが言った。「ベッドを使えよ、まったく。レイザーはまだ島にいるのか？」

セスはちらりと腕時計を見た。「四十分前にはいた」

コナーはポケットに両手を突っこんだ。眼に懸念が浮かんでいる。「大丈夫か？　ひどい顔してるぞ」

セスは冷たくにらみつけた。「大丈夫だ」

コナーが肩をすくめる。「ちょっとようすを見にきたんだ。あんたのバービー人形もストーン・アイランドへ向かったと教えてやろうと思ってね」

セスはコンピュータに突進した。熱いコーヒーが手にかかり、床にこぼれる。「彼女はどこだ？」

「おい、落ちつけよ。駐車場にいるおれの仲間が、リムジンがマリーナに向かったと言ってきた。そいつは、一時間前にオフィスを出たレイザーのスタッフが、彼女は遅刻してフェリーに乗れないと文句を言ってるのを小耳にはさんだんだ。だからわかったのさ。おれも十分前に電話で聞いたばかりだ」

「どうしてすぐに電話しなかった？」

「ここへ来る途中だったんでね」コナーの声は穏やかだが、トゲがあった。「マリーナにビデオカメラを設置したんだろ？　なら、落ちつけ。映像を出せよ。まだ彼女がマリーナにいるかどうか見てみよう」

セスはあわただしくキーボードをたたき、モニターにマリーナのビデオカメラの映像を次次に映しだした。いた。レインはカメラの視界ぎりぎりのところで、マリーナを見おろすデッキの手すりから乗りだしていた。風に吹かれ、シニョンからカールした長い髪が幾束かほつれている。カメラは果てしない空を見つめている繊細な横顔をとらえていた。まるで高価な香水のポスターのようだ。レインはポケットからティッシュを出して眼鏡についた雨粒をふき、ティッシュをポケットにしまった。

「しっかりしろよ。どうしようもないだろ」コナーが言った。「レイザーが彼女を自分のものにするのは、時間の問題だったんだ」

「黙っておれに考えさせてくれ」セスは怒鳴りつけた。デスクに肘をついて髪に指をうずめ、彼女を止めにマリーナへ行く時間を計算する。だが、昨夜彼女は救いだしてもらう必要はないと言った。いまになって気が変わるなんてことがあるだろうか？　セスは眼をこすり、ばかげたパニックと闘った。

「おい、セス。トレンチコートの男を見ろ」

素早くモニターに向きなおる。体が無駄なアドレナリンを放出するのをやめてくれるといいんだが。拷問以外のなにものでもない。ジャッキアップされたままエンジンをふかしている状態なのに、取っ組みあうサーベルタイガーもいなければ、死に物狂いで逃げなければならない溶岩流もない。恐怖と疑惑をつのらせながら、モニターを見つめることしかできない。

「なんてこった。あんたもおれと同じことを考えてるか？」コナーの声に微塵も皮肉がこもっていないのは、はじめてだった。

「まさか」セスは言った。

「そのまさかだ」コナーがモニターに駆け寄る。「顔が変わってる。手術を受けたんだ。すごく腕のいい医者の。だが雰囲気でわかる。どろどろしたものがにじみだしている」

「この男のほうが背が高い。体つきも細い。それに、ジェシーのビデオとは生え際が違う」セスは反論した。

「じゃあ、上げ底をして体重を減らし、こめかみを剃《そ》ったんだ」

レインがあとずさった。男はジャッカルのような捕食者の笑みを浮かべながら近づいていく。セスは総毛立ってぱっと立ちあがった。「あそこへ行く」

「遠すぎる」淡々とした事務的な声。「おれたちよりショーンとデイビーのほうが近くにいる。それに、たぶんあいつは完全武装した六人のボディガードに守られている」

セスはデスクに拳をたたきつけ、キーボードが飛び跳ねてやかましい音をたてた。

「冷酷で辛抱強いアプローチをするように努めてきたのは、あんただぞ」コナーが念を押す。

「落ちつくんだ。あいつを見ろ。自信満々で彼女をもてあそびながら、自分の新しい顔をたっぷり世間にさらしてる。あいつは自信過剰になってるんだ。これはいい兆候だぞ」

「いい兆候？　どこがいいんだ？　彼女とあいつはあそこにいて、おれたちはここにいる。いい兆候であるものか。くそっ！」

コナーはどさりと椅子に腰をおろし、モニターを見つめた。「ケイブに電話をしてみる」ゆっくりと言う。「ニックがマリーナの近くに住んでる。あいつは信頼できる。ケイブの連中は騎兵隊だ。彼らを呼べなければ、おれたちにはなにもできない」

「すばらしい」セスがうなる。「最後におまえがケイブに電話したとき、おれの弟はずたずたにされて、おまえは八週間意識不明になった」

コナーはセスから眼をそらした。「おれはそうは思わない。あいつらはおれの仲間だ。おたがいのために命を賭けてきた」

セスの指がキーボードの上を飛ぶように動き、レインがあとずさって画面の外に出たとたん、新しい画像を映しだした。「黙れ、マクラウド」ぶすっと言う。「おまえと話してると叫びたくなる」

謎の男がレインの顔に手をあげた。レインがたじろぐ。その瞬間、ふたりは第一関節のない人さし指に気づいて息を呑んだ。動かぬ証拠。

「義指を捨てやがった」コナーがつぶやく。「傲慢《ごうまん》な野郎だ」

セスは首を振った。「彼女を怯えさせるためにはずしただけだ」

「効果はあったな」

セスはひとつずつ別の映像を呼びだし、ノヴァクがカメラの視界から出て見えなくなるまであとを追った。

カタマランから降りた人びとがデッキにつづく階段を昇り、急ぎ足でレインの横を通りすぎていく。彼女は催眠術にかかったように立ちつくしている。誰かに押され、はっとわれに返ると、とまどった迷子の少女のようにあたりを見まわして慌てて桟橋まで階段をおりていく。

「あんたの彼女にとって、今日はさんざんなスタートになったな」コナーが言った。「レイザーに奉仕するために島へ向かい、ノヴァクにはしっかりかわいがられた。これ以上なにが起こるか、わかったもんじゃない」

セスはコナーの言葉を聞き流した。吐き気をこらえながら桟橋を離れるカタマランを見つめる。船は桟橋を離れ、どんどん小さくなっていく。彼女を止めるすべはない。

「……おい、セス。おい、聞いてるのか?」

「ああ？」マクラウドのしかめっ面に意識を戻す。

「こいつはおもしろいことになりそうだと言ったんだよ。もしノヴァクが彼女に関心を持ってるなら――明らかにそう見えたし、だからって誰もやつを責められないが――もしそうなら、おれたちは新たな糸口をつかんだことになる。おれたちの誰かが彼女を誘惑するべきかもな。知ってることを訊きだすんだ。彼女に発信機をつけてもいい。願ってもないことじゃないか？」

「彼女はなにも知らない」セスはうなるように言った。

「そんなのわからないだろう。おれが名乗りをあげてもいいぜ」

セスは勢いよく振り返り、デスクからマウスをはじき飛ばした。

「もちろん優先権はあんたにある」コナーが慌てて言い添える。「あんたは彼女にずっと眼をつけてたんだからな。だがもしその気がないなら、おれが髭を剃って髪を梳かし、彼女を誘ってもいい。むずかしいことじゃないさ。彼女はいい女だ」

「マクラウド――」

「それとも弟のショーンに譲るかな」考えこんだように言う。「あいつのほうがハンサムだし、セクシーな巨乳の金髪に眼がないことにかけちゃ誰にもひけを取らない。これまでショーンが情報を訊きだすために女と寝たことがあるとは思わないが、まあ、なんにでもはじめてってことはある」

なにかがはじけた。血のように赤いフィルターを通し、あらゆるものが不気味にぼやけた。空間と時間がゆがみ、セスはスローモーションで宙を飛んでコナーにぶつかっていた。椅子に座った彼を殴りつけ、床に放りだす。電子機器がけたたましい音をたてて床に落ちた。コナーの引き締まった首に手をかけて絞めあげる。コナーが必死に手を引きはがそうとしながらなにかしゃべっている。かすれた声をふりしぼっている。じょじょに言葉が聞き取れるようになった。

「や……やめろ、セス。やめるんだ。落ちつけ。おれにこんなことをしてる場合じゃないだろ。時間とエネルギーの無駄使いだぞ。やめ……やめろ」

赤い靄《もや》が薄れていく。靄を透かしてゆっくりコナーの顔が現われた。緊張しているが、自制している。眼を細め、鷹のようにセスを見つめている。

セスは力を抜いて手を放すよう自分に言い聞かせた。くるりとうしろを向いて床に座り、震える両手に顔をうずめた。

コナーがのろのろと体を起こした。「背骨が折れたみたいだ。それに、大事な機械がいくつか壊れたぞ」

セスは顔をあげもしなかった。「修理する」ぼんやりと言う。

「へえ、心配してくれてありがとよ。気にするな。おれは大丈夫だ」

セスの両手が落ちた。薄汚れた灰色のカーペットを見つめる。うめき声をあげ、ふたたび両手で顔をおおった。

「もう彼女とやったんだな?」コナーが問いつめる。「こそこそしやがって。なぜ言わなかった?」

セスはコナーと眼を合わせ、すぐに視線をそらせた。

「ああ、くそっ」コナーはふたたび床に寝転んだ。細面の顔にかかるもつれた髪をはらい、天井を見あげている。「おい、この件から抜けたいなら、そう言えよ。彼女を連れて無人島にでも行けばいい。あんたが彼女となにをしようが、おれの知ったことじゃない。おれの捜査の邪魔だけはしないでくれ」

「おれたちの捜査だ、マクラウド。そして、おれは邪魔なんかしていない」

「ああ、レイザーの情婦に手を出しただけでな」コナーがやり返す。「それが捜査の邪魔じゃないと言うなら――」

「彼女はあいつの情婦じゃない。レイザーはおれに彼女を差しだしたんだ。彼女はなにも知らない。だからおれを挑発するな。次はおれを言い負かせないぞ」

コナーは肘をついて体を起こした。驚いた顔を見ると溜飲がさがったが、コナーはゆっくり時間をかけてショックから回復した。「おれはかまわないね」はねつけるように言う。「これからだって、あんたのへらず口を黙らせてやるさ」

セスが両手を握りしめた。「まっぴらだ」

「そして、あんたは杖をついてる男にやりこめられて、マッチョな男のプライドがずたずたになるんだ。実に哀れなもんだな。手加減してやろうか、え？　なにしろ、あんたはもうみじめで哀れなまぬけ野郎なんだからな」

セスは長々とコナーをにらみつけていたが、やがて視線を落とした。不本意ながらこみあげてくる笑いを噛み殺す。

コナーは床に座ったまま杖ににじり寄り、杖をつかんでよろめきながら立ちあがった。

「ゴリラみたいに胸をたたきあうのはまた今度にしよう。すべて終わったとき片をつければいい。どっちのタマのほうがでかくて毛深いか、はっきりさせようぜ。それまでは手を組もう。いいか？」そう言って、手を差しだした。

セスは立ちあがり、傷だらけの手を握った。「保留にしとこう」

ふたりは長いあいだ、見つめあっていた。

「わざとおれを怒らせたな？」セスが尋ねた。「二度とあんなまねはするな、マクラウド」

「あんたがどこまで正気を失ってるか確かめたかったんだ」コナーが冷ややかに言う。「最悪の事態を恐れていたが、こいつはもっとひどい。あんたは単に取りつかれているんじゃない。恋をしてるんだ」

「ほざけ」セスが嚙みつく。

「そうなのか？　ひゅー、やれやれ」コナーは眉から汗をふき取るまねをした。「なら、彼女を餌に使ってもいいんだな？」

「彼女に近づくな。おまえの計画に巻きこむな。彼女のことを考えるのもやめろ、マクラウド。彼女はこの件とは無関係だ。わかったな？」

「現実に眼を向けろよ」コナーが取り澄まして言う。「彼女はレイザーと島にいるんだぜ。ノヴァクと親しげに話していた。あんたと寝てもいる。どうやってこれ以上深くこの件に関われるんだ？」

セスは追いつめられたように必死で首を振った。「彼女は無関係だ」そうくり返す。

「おい、肩の力を抜けよ」穏やかにそう言うと、ジーンズから埃《ほこり》を払い、首を振りながらこもった笑い声をあげた。「まったくいいお笑い草だぜ」ぼそりと言う。「どうしてあんたに同情しなきゃならないんだ？　寝たのはあんただ。ノヴァクが彼女になんと言ったかわかれば、彼女が無関係かわかるさ。マリーナのガルパーマイクはノヴァクの声をとらえているんだろう？」

セスは歯を噛みしめた。「ああ」

「よし。じゃあ、取ってこい。それから……最後にシャワーを浴びて髭を剃ったのはいつだ？　浮浪者みたいだぞ。そんなざまでマリーナをこそこそうろついていたら、ホームレスと勘違いされて逮捕されるぞ」

「とっとと消えろよ、マクラウド」もう、うんざりだ。「そうこなくちゃ」

コナーはにやりとしながらセスの肩をたたいた。

ストーン・アイランドの黒い島影が近づくにつれて、レインの心は穏やかに鎮まり、畏敬の念に包まれた。島からは広漠とした静けさがあらゆる方角に広がっている。松の木立をため息のように風が吹き抜け、空には雲が垂れこめている。朝霧が晴れはじめ、見覚えのある海岸線が現われた。苔《こけ》や湿った木、藻《も》、松とモミの香りが鼻腔を満たす。

ヴィクターの個人秘書を務めるクレイボーンが桟橋でレインを待っていた。ぴくぴくひきつった細長い上唇の上に、鉛筆のように細い灰色の口髭をはやした中年の男で、つねに心配ごとを抱えているように見える。

「やっと来たな」彼はレインについてくるようにせかせかと手を振った。「こっちだ。営業時間中にフランス語がわかる人間が必要だったのに、モロッコではもう午後七時を過ぎている。いったいどうしてこんなに遅くなったんだ？」

「すみません」レインはうわの空でつぶやいた。小道を進んでいくと、眼の前に大きな屋敷が現われた。不規則に広がっているのに、どこかしら優雅な印象を受ける。しっとりと落ちついた光沢のある銀灰色の板を側面に張った屋敷は、外から見ると一見シンプルに見える。

豪奢《ごうしゃ》な室内の香りに触れ、レインの記憶がよみがえった。あらゆる部屋に、ラベンダーと松のポプリを入れたボウルが置かれ、壁は上質のヒマラヤスギの鏡板でおおわれていた。アリックスは濃厚な木の香りにいつも不満を漏らし、頭痛がすると文句を言っていたが、レインは大好きだった。島を逃げだしたあとも、香りは何カ月も彼女の持ち物から消えなかった。ある日フランスでコートの折り目に顔をうずめ、ヒマラヤスギの香りがすっかり消えてしまっていることに気づいたとき、どれほど失望したかいまでも覚えている。

クレイボーンは二階にある騒がしいオフィスへまっすぐレインを案内してデスクのうしろに座らせると、猛スピードで指示を出しはじめた。そのほうがいい。レインは彼に感謝した。やることがたくさんあるうえに、どれも至急を要するので、状況を受け入れているひまはない。思い出を寄せつけずにいるには完璧な方法だ。

いつのまにかサイドボードの上にサンドイッチとフルーツが用意されていたが、神経が高ぶっていて食べることなど考えられないような気がした。屋敷が手招きし、ささやきかけてくる。素早く頭をめぐらせたら、むかしの自分の姿が見えるだろう。牛乳瓶の底のような眼鏡のせいで、驚いているように眼が大きく見える少女の静かな断片が。

外では風が悲しげな音をたて、松が激しくざわめいている。デスクの横にある窓ガラスに雨粒がしたたっている。やがて、あわただしい周囲の動きとホワイトノイズのうなりのせいで、じょじょに記憶を押しとどめていられなくなった。

幼いころ、ストーン・アイランドには一緒に遊ぶ子どもがいなかった。父親は本と一緒に図書室にこもっているか、銀のフラスコだけをお供に海に出ていた。そして母親はシアトルのアパートで過ごすほうが多かった。レインは静寂や木々や海、石や節くれだった木の根と友だちになった。島全体が、ドラゴンやトロールや幽霊が住む自分だけの空想の世界だった。のちに、国や言語が次々に変わる騒音と混沌のただなかで、記憶に残るストーン・アイランドの静寂は、夢の楽園のような存在になった。いま、あの空想の世界がいくつもの押し殺した声でささやきながら、彼女を引っぱっている。

終業時間が近づいたころ、クレイボーンがせかせかと部屋に入ってきた。「レイン、図書室へ行ってくれ」重大なことのように言う。「ミスター・レイザーがお呼びだ。われわれが本土に戻りしだいフェデックスで発送しなければならない手紙を作成してほしい。さあ、急いでくれ」

レインはノートをつかんで駆けだしたが、半分も行かないうちに図書室の場所を尋ねなかったことに気づいた。うっかりミス。でもいまさら大騒ぎしてもしょうがない。

ストーン・アイランドがどんなに寂しくて冷えびえした場所か忘れていたなんて、変な感じがする。この島で唯一温かくて色彩にあふれていたのはヴィクターだった。周囲と距離を置いた父親の憂鬱《ゆううつ》と、母親の自己陶酔とは対称的に、ヴィクターは活力と脅威の熱風だった。

図書室のドアの前に立つと、手が震えた。

手に負えないほどの活力と脅威。レインはドアを押し開けた。

見覚えのある部屋が手を伸ばし、腕を巻きつけて室内へ引き入れるのが感じられるような気がした。床から天井までずらりと本がならび、本棚のあいだに背の高い窓がある。窓の周囲を飾るステンドグラスにはねじれたつると朝顔が描かれ、夕暮れの深いブルーに輝いていた。

そっと無人の部屋に入り、祭壇めいて写真がならんでいる棚に引きつけられるように向かった。ヴィクターと、十二歳のやせっぽちの少年だったころの父親の写真。十八歳くらいのヴィクターは薄いタンクトップを着ている。たくましい腕を弟の首にまわし、口からタバコがぶらさがっている。

祖母を描いた色あせた鉛筆画もあった。色の薄い瞳をしたかわいらしい黒髪の少女。その少女が目鼻立ちの整った高齢な女性になったときの写真もあり、写真をもとに描かれた肖像画が脇机の上にかかっていた。レインはミドルスクールの六年生のときに撮った自分の写真を見つめた。いまいましいグリーンのベルベットのドレスについたレースの襟《えり》が、チクチクしたのを覚えている。

最後の写真には、父親のヨットが写っていた。ヨットの前に立っているのは自分だ。母親とヴィクターと見覚えのない男と一緒に写っている。見知らぬ男はハンサムな黒髪で、濃い口髭をはやしていた。笑っている。その男を見るとなぜかうなじがむずむずしたが、その感覚は表面まで浮かびあがってこなかった。あたかも暗い海へ消えていく魚のように、不気味な不安の疼きとともにひらりとかき消えた。レインは自分に鞭《むち》打って写真を手に取り、じっくりと見つめた。

　めずらしく晴れた日で、黄色いホルターネックのサンドレスを着た母親はあでやかで美しかった。シルクのスカーフで髪をうしろで結んでいる。ヴィクターはアリックスの肩に腕をかけ、もう一方の手でレインの髪をくしゃくしゃにしている。写真に写っている緑色のカエルがプリントされた水着と、おそろいの緑のカエルのサングラスを覚えている。理由は忘れたが、ヴィクターにおさげをぐいっと引っぱられ、泣きそうになったことがあった。やがて、記憶の奥から彼の声が響いてきた。かすかに訛りのある、音を引きずるようにしゃべる冷たい声が。「ああ、いい加減にしてくれ、カーチャ。強くなるんだ。泣き虫はだめだ。世の中は泣き虫にはやさしくしてくれないぞ」

　あのときは、サングラスが隠してくれることに感謝しながら、まばたきして涙をこらえた。少なくとも、泣いていないふりはできた。

　写真の横に、あのときのカエルのサングラスが置いてあった。サングラスに手を伸ばす。きっとホログラムのように手が突きぬけるに違いない。本物だ。ひんやりとなめらかな硬いプラスティック。レインはその小ささに驚きながら、じっとサングラスを見つめた。

　胃のなかでなにかがむかつくように暴れだす。恐怖がらせんを描いて広がり、高まっていく。走る、悲鳴。水。緑色の霞《かすみ》で視界がかすむ。眼がくらむようなパニック。

「カーチャ」背後で低い声がした。

　はっとしてくるりと振り返った。サングラスが床に落ちて小さな音をたてた。むかしの名前を知っているのは母親だけだ。十七年間、その名前で呼ばれたことはない。

ヴィクター・レイザーが戸口に立っていた。上質なウールのズボンのポケットに両手を入れている。「すまない。驚かせるつもりはなかった。どうやら癖になっているらしい」

「ええ、そうですね」震えを抑えようと深呼吸した。

ヴィクターはレインが持ったままでいる写真を示した。「その写真のことを言ったんだ。その女の子は、わたしの姪のカーチャだ」

「ああ」レインは写真を棚に置いた。さあ、姪ごさんが元気にしているか礼儀正しく尋ねなさい。普通はそうするわ。これ以上写真に注意を引きたくない。間が開けば開くほど、黙っていることがよけいに注意を引いてしまう。「かわ……かわいい子ですね」口ごもりながら言った。「いまはどこにいらっしゃるんですか?」

ヴィクターは写真を手に取り、じっと見つめた。「残念ながら、わからないんだ。何年も前に音信不通になってね」

「まあ、すみません」

彼はカーペットに落ちたサングラスを顎で示した。「思い出のためにとってある。姪が写真でつけているものだ」

レインはサングラスを拾ってもとの場所に戻した。「あの、すみませんでした」たどたどしく口に出す。「そんなつもりじゃ……」

「気にすることはない」ヴィクターは安心させるように微笑んだ。「サングラスで思いだしたが、きみはまだ眼鏡をかけているんだな」

このせりふは覚悟していた。「すみません。でも、これがないときちんと仕事ができないんです」

「残念だ」ぼそりと言う。

レインはビジネスライクな笑顔を奮い起こした。「では、はじめましょうか？　今夜じゅうにフェデックスで送るなら、急がないといけませんし……」

「わが社の謎のセキュリティ・コンサルタントとの激しいロマンスはどうなっているのかね？」

レインは震える唇をぎゅっと噛みしめた。「昨夜はっきりお話ししたと思いますが。その件に関してお話しするつもりは――」

「おいおい。昨夜きみは二度と彼に会いたくないと言った。どうやら彼はそうとう強い印象を残したに違いない」

「セス・マッケイの話はしたくありません。いまも、これからも」

「彼はきみのことも利用している」ヴィクターは言った。「もしそうでないとしても、すぐにそうなる。この世とはそういうものだ。彼はそれほどストイックな忠義を見せるに値する人間なのかね？　きみにオルガスムを与えられるというだけの理由で？」

またただ。ヴィクターはまたしても低い猫撫で声を使い、ブラックホールのように自分の周囲で世界をゆがめている。わたしの自信を失わせている。「あなたの質問は不適切です」レインは言った。「この会話全体が不適切です」

ヴィクターの笑い声はみごとだった。たっぷりと豊かな声。それを聞くと、自分の張りつめた神経質な声が、女々しくて無力に思える。鈍くてユーモアのない人間になったような気がした。彼の言ったことにはなにひとつ同意しない愚か者。

彼は写真を指差した。「見てごらん」かすかなロシア訛りが際立つ。「わかるかね？　わたしの母だ。そしてこれは弟のピーター。四十年近く前、わたしはソビエトから逃げだした。働き、計画を立て、母親と弟を呼び寄せるのに必要な賄賂《わいろ》と書類を手に入れるために金を稼いだ。この会社は、ふたりのために築きあげたんだ。そのために多くの妥協をしてきた。不適切なこともたくさんした。人間はそうせざるをえない。なぜならこの世は完璧ではないからだ。人間はそれに慣れる……もしプレーヤーになりたければね。そして、きみもプレーヤーになりたいんじゃないかね？」

レインはごくりと喉を鳴らした。「わたしなりにやっています」

ヴィクターは首を振った。「きみはまだ自分なりにどうこうできる段階ではない。力への第一歩は、現実を受け入れることだ。真実を直視すれば、自分が進むべき道がもっとはっきり見えてくるだろう」

レインは体の奥深くにあるものにしがみつき、ヴィクターのカリスマの牽引力と闘った。「いったいなんの話をされているんですか、ミスター・レイザー？」

はっきりした明瞭な声。その声で彼の呪いが解けた。

彼は眼をぱちくりさせると、嬉しそうににっこり微笑んだ。「ああ。真実の声だ。わたしは少ししゃべりすぎるようだ、違うかね？」

その発言には触れなかった。一〇フィートの棒を使ってもごめんだ。レインは口を閉じたまま、自分の世界にじっと留まっていた。彼の世界ではなく。

ヴィクターはおもしろそうに笑い、棚に写真を戻した。「何年もわたしに本当のことを言う度胸のある人間はいなかった。実に新鮮だ」

「ミスター・レイザー……手紙は……？」レインがうながした。「もうすぐフェリーが出ます。それにわたしは……」

「よければ今夜はここに泊まりなさい」

ヴィクターとふたりっきりでストーン・アイランドでひと晩過ごすと思うと、ぞっとした。

「いえ、その、スタッフによけいな迷惑をかけたくありません」

彼は肩をすくめた。「スタッフは迷惑をかけられるためにいるんだ」

わたしの世界よ。彼のではないわ。気を鎮めるように深呼吸しながら、ふたたびそう自分に言い聞かせる。「できれば、今夜は家へ帰りたいと思います」

ヴィクターがうなずいた。「では、おやすみ」

レインは面食らった。「でも、口述は？」

彼は魅力たっぷりに微笑んだ。「日をあらためる」

マリーナの男のことが心をよぎった。「ああ、そういえば、ミスター・レイザー。今朝会った男性に、あなたへの伝言を頼まれました」

彼の笑顔がこわばった。「そうか？」

「三十代の身なりのいい金髪の男性でした。名前はおっしゃいませんでしたが、右手の人さし指が欠けていました」

「その男のことは知っている」そっけなく言う。「伝言とは?」

「当初の掛け金は倍になった、とおっしゃっていました」

ヴィクターの顔を生きいきさせていたユーモアと魅力が消えた。その下にあるのは、冷たく硬い鋼鉄だ。「ほかになにか?」

レインは首を振った。「どなたなんですか?」恐るおそる尋ねる。

「知らないほうがきみのためだ」薄れゆく光のなかで、ヴィクターは急に歳を取ったように見えた。「その男を図にのらせるんじゃないぞ、レイン。また会うことがあったら、できるかぎり彼を避けろ」

「言われるまでもありません」レインは本気だった。

「ああ、ではきみはいい勘をしている」そう言ってレインの肩をたたいた。「自分の勘を信じろ。信じれば、もっと勘が強くなる」カエルのサングラスを手に取り、手のひらでひっくり返した。「それから、これを持っていきたまえ」

「まあ、いえ、そんな」動揺してあとずさる。「姪ごさんの思い出の品です。いただけません……」

彼はレインの手にサングラスを押しつけ、指を曲げて握らせた。「そうしてもらったほうがいいんだ。人生は前進し、止めることはできない。みずから進んで過去を手放すのはとても重要なことだ、そうだろう?」

「え……ええ。そう思います」ささやくようにつぶやき、サングラスを見つめた。ふたたび奇妙なパニックに襲われそうで怖い。

サングラスは静かに手のなかにある。冷たくて生命のないプラスティック。

「おやすみ、レイン」

もうさがっていいということだ。レインは急いで図書室を出た。船に乗りそこね、亡霊でいっぱいのこの島に取り残されるようなことにだけはなりたくない。

船の上で身を切るような風に髪をなびかせながら、彼女はヴィクターの謎めいた言葉を考えていた。過去を手放す。なによ。ポケットに手を入れ、カエルのサングラスを握りしめる。まるでわたしが手放そうとしたことがないみたいに。まるで簡単なことでもあるみたいに。わたしの人生は日ごとに複雑になっている。いまや、ヴィクターのみならず、謎の金髪の男にも気をつけなければならない。

そして、セス・マッケイ。膝から力が抜けて手すりをつかんだ。セスに関わるべきじゃない。彼は未知数だ。強くて気分屋で傲慢。彼のせいで計画が狂うかもしれない。でも、彼はストーン・アイランドで経験したもの寂しい孤独な冷気を消してくれた。彼は、轟音《ごうおん》をあげながら熱を放つ溶鉱炉だ。たとえわが身を焼かれても、求めずにはいられない。

セスが母親の死についてたどたどしく要点だけを語った話を思うと、心が痛む。彼がぎこちなく隠そうとしていた苦しみが気の毒でならない。ひどく腹が立った。彼を傷つけ、顧みなかった人間をひとり残らず罰してやりたい。無邪気な少年だったころの彼を守ってあげたい。涙がこみあげる。レインは、むかし栈橋でヴィクターが言った言葉を思い浮かべた。

強くなるんだ、カーチャ。世の中は泣き虫にはやさしくしてくれないぞ。

これまでずっと、ヴィクターの厳しいアドバイスに従おうと努力してきた。でも、ようやく真実を悟った。世の中は泣き虫だけにやさしくないのではない。世の中は、誰に対してもやさしくないのだ。

風が目元から涙を吹き飛ばし、レインは眼をしばたたかせた。自分を抑えるためにしてきた愚かで無駄な努力を思うと胸が詰まる。沿岸のライトが涙でにじみ、柔らかな色に溶けていく。何年も胸の奥で頑なに凍りついていたものも同じだ。それが不安の兆しとともに溶けていく。さらに涙があふれたが、ぬぐおうとはしなかった。泣いたほうがいい。泣いたからといって、かならずしも弱い人間ということにはならない。泣くのは心が死んでいないからだ。

そして、それはいい兆候だった。


こいつらを殺してやる。ふたりとも殺す。そのあとで、自分の尻を蹴飛ばしてやるのだ。思いっきり。マクラウド兄弟のようないけすかない連中と手を組んだ、まぬけな自分の尻を。

足を引きずって部屋を歩きまわっていたコナーが、うんざりしたようにため息をつきながらどさりと椅子に座った。「あきらめろ、マッケイ。彼女はおあつらえむきのエサになる。ビデオを観ただろう。ふたりの会話も聞いた。あいつは彼女を欲しがっている。おれたちは予想以上に早く、この件にけりをつけられるかもしれない。もし――」

「彼女はあいつを突っぱねた。あいつは二度と近づいてこないかもしれない」

マクラウド兄弟の長兄、デイビーが不満げに鼻を鳴らし、長い脚を組んだ。「いいや。ノヴァクに限ってそれはない。いまごろは、彼女に礼儀を教えてやろうと思ってるさ」

胃がでんぐり返った。「だから彼女は街を出るんだ。今夜シアトルを出る最初の飛行機でな。行く先などどこでもいい」

兄弟は長々と心得顔で眼を見合わせていた。「そういうことか?」デイビーが尋ねる。「彼女に全部話すつもりなのか?」

セスは椅子に座ったままくるりと振り向き、血走った眼をこすった。あの男がジェシーを殺す前にやった身の毛のよだつ行為のイメージが、次々に心に浮かぶ。そのイメージをさえぎることができない。ノヴァクにレインに手だしをさせるわけにはいかない。ぜったいに。

「こんなふうに考えろよ」狂人に理を説こうとするようにコナーが言った。「おれたちが利用しようがしまいが、彼女はエサなんだ。すでにあんたには、接着剤みたいにあの女にぴったり貼りついているりっぱな理由がある。これ以上望みようがない状況なんだから、さっさと利用しろ。楽しめよ」

「だめだ。彼女をこの街から遠ざける」セスはくり返した。「危険すぎる」

コナーが首を振る。「縫い目を全部ほどかないかぎり、彼女をこの件から引きはがすことはできないんだ、セス」穏やかに言う。「冷静になれ。うまくやり遂げるためには、あんたのテクノマジックが必要なんだ」

「恩着せがましい言い方はやめろ、マクラウド」セスは声を荒らげた。

コナーは無言でセスを見つめている。色の薄い瞳は冷静で、気力を奪われる。

自分が間違っているとは認めたくない。そう思うと、歯ぎしりしたくなる。セスは眼をつぶり、考えをまとめようとした。「おれは彼女にぴったりくっついている必要がある。彼女を守る」いやいや譲歩する。「尾行しているだけじゃだめだ」

兄弟が無言で長々と見つめあっているのを見て、セスはくるりと背を向けた。いやおうなしにジェシーを思いだす。だからと言って、ジェシーがそばにいるときは黙っていることなどほとんどなかった。ジェシーは決して口を閉じていなかった。

くそっ、腹が立ってしょうがない。おれの弟は死んだのに、まだ兄弟がいるマクラウドに腹が立つ。みすみす殺されたジェシーに腹が立つ。窮地を脱する方法など知りもしないくせに、恐ろしく複雑なことに巻きこまれつつあるレインに腹が立つ。

なにより腹が立つのは、脳裏に浮かぶ体をふたつに折って大笑いしているジェシーの姿だ。あの恩知らずのちびは、自分の復讐のために兄が骨を折る姿に感謝していると思う者もいるだろう。だが、それは違う。生きているときと同じように、ジェシーは死んでも変わり者なのだ。

セスはカーンの道具が詰まった黒いプラスティックケースのひとつを開けた。携帯電話をつかみ、蓋《ふた》をこじあけて作業をはじめる。

「なにをしてるんだ?」デイビーが尋ねた。

セスは携帯電話のなかに発信機を取りつけた。「新しい恋人にやるプレゼントを組みたてている」彼は言った。「コルビット発信機《ビーコン》がついた携帯電話だ。彼女のほかの持ち物にもつけるつもりだ。おれが一緒にいないとき、彼女の居場所をつねに把握できるようにしておきたい。めったに離れるつもりはないが」

デイビーが考えこむような顔をした。「あんたがいつもうろちょろしてたら、ノヴァクは行動を起こさないかもしれない」

「そりゃ悪かったな」吐き捨てるようにセスが言った。「おれが彼女のそばにいないときは、おまえらのひとりが見張ってるんだ。武装して、いつでも攻撃できるようにしてな。わかったな？　わかったら、帰ってくれ。おまえたちに首筋に息を吹きかけられていたんじゃ、集中できない」

デイビーは挨拶がわりにうなずくと、長身の体をかがめて低いドアから出ていった。コナーはあとにつづこうとしたところで、振り返った。不本意ながら同情を隠せない眼をしている。「こういうふうに考えろ。この件を早く終わらせれば、それだけ早くあんたも身を落ちつけて、彼女と子どもを十人持てる」

「うせろ、マクラウド」反射的に言葉が出た。

そのときはじめて、どうして自分はこんなふうに反応しているのだろうと思った。

コナーがうなずく。まるでセスが〝さよなら〟とか〝またな〟とか〝楽しい夜を過ごせよ〟とでも言ったように。「じゃあな」彼は言った。「また連絡してくれ」

セスはふたたび準備にとりかかった。だがコナーの言葉で浮かんだイメージが、杭《くい》に刺さったばかりの矢のように頭のなかで震えていた。

父親になることを真剣に考えたことなどない。自分は、ろくでもない父親になる男の典型だ。乱暴で粗野で傲慢。とてつもなくたちが悪い傾向があり、控えめな言い方をすれば道徳的発達に問題を抱え、基本的な人づきあいの能力に欠けている。無愛想でかんしゃく持ちの老人だったハンクを別にすれば、父親像の手本になる人間などいなかった。もちろんミッチは別だが。それがすべてだ。

得意なことのリストは短く、それが多くを物語っている。スパイ行為。盗み。けんか。セックス。相手をたたきのめすこと。金を稼ぐこと。

　かたことの赤ん坊を膝に抱いてしゃべり方を教える技術に長けているとはとても言えない。子どものころから、自分の人生にはテレビで観るホームコメディや、生命保険や朝食用シリアルのコマーシャルと似ているものはなにひとつないとわかっていた。世をすねた子どもだったセスは、まもなくテレビに映る完璧に正常な世界など、実在しないのだと考えはじめた。いまは陰鬱で野蛮な裏社会にいることに満足している。その社会の掟《おきて》と落とし穴を熟知している。結婚や家族や温かな家庭の幸せなどというおとぎ話を夢見たことなどない。

たしかにある程度は社会と協調している。選挙権はあるし、軍隊に入隊して国に奉仕した。税金を払い、陸運局には写真付きIDも登録されている。だが、表向きの人格は目的を達成するための手段だ。ハンクとジェシーは判断の基準であり、普通の世界とセスをつなぐ大使だった。ふたりがいなければ、宇宙のかなたにいるのも同然だ。地図にも載らず、スクリーンに映ることもない。

思考や感情を払いのけることには慣れているはずだった。それなのになんてざまだ。妊娠したレインを思い描いている。自分の赤ん坊を抱いているレインを。そのイメージが引き起こした感情の強さに、セスは戦慄《せんりつ》した。言葉に尽くせないほど無防備になる自分への恐怖。そして怒り。なぜなら恐怖のあとにはかならず怒りがやってくるからだ。醜く、みぞおちがよじれ、歯ぎしりするようなさまざまな怒り。

怒りと恐怖は父親になる秘策とはとても言えない。誰かをたたきのめしたり、金を稼いでいるほうがましだ。そちらの世界ではさほど被害を出さないだろう。集中しなければ。なにをしていたんだった？　そう、テンプルトン・ストリートへ持って行く機材を集めていたのだ。復讐と禍根。ようやく心を集中させるものが見つかった。足場はかたまった。自分が理解していることに集中しろ。プロはそうするものだ。セスはシェビーにバッグを放りこみ、レインやジェシーのことを考えないようにしながら通りを走りぬけた。

復讐と禍根について考えなければ。冷酷に、慎重に、秩序立てて。ノヴァクはレインを欲しがっている。おれはノヴァクが欲しい。公式は単純だ。レインはエサ。ノヴァクを殺せば、レイザーを始末する時間ができる。それでこの件は終わりだ。どこかの堅物がおれを起訴しようとしたら話は別だが、そうなったら慎重に姿をくらませ、まともな社会に束縛されないところで残りの人生とやらを過ごせばいい。そうなるかもしれないと考えても、さして恐怖は感じない。どうせ人生の半分はそういう世界で生きてきたのだ。ルールはたいして変わらない。すでに偽名の身分証明書をいくつか手配し、いつでも使えるようになっている。パスポート、クレジットカードの履歴、その他もろもろを。人里離れた場所に金を隠してあるし、それを使い果たしたところで問題はない。裏社会には、自分のような能力を持つ人間が大金を稼げる仕事が山ほどある。

だが、そこへ女を連れていくわけにはいかない。少なくとも特定のタイプの女は。女を連れていれば、かならず地図に載る。女は家族の集まりが好きだ。クリスマスカード。赤ん坊。

ふと、自分はジェシーに対してそれほどひどい兄ではなかったと思った。誕生日を覚えているようなタイプではなかったかもしれないが、いざというときにはかならずそばにいて、相手をぶちのめした。

くそっ。なにを考えているんだ？　相手をぶちのめせるからといって、家庭の幸せを得る権利があるとはかぎらない。通りをうろついているちんぴらなら、誰でも相手をぶちのめせる。

その権利を得るには、はるかに得体の知れない信用証明がいろいろ必要なのだ。レインの家の前に車を停めたとき、ひとつの結論に達した。得体の知れない信用証明に記されたリストには、女をスパイしたり、彼女のアパートを盗聴したり、持ち物に発信機を取りつけたりすることは含まれていない。そして、サディスティックな悪党のエサに選ばれたことをあえて教えないことも。そのリストは、ルールを守ったり、境界線を尊重したり、良い子のボーイスカウトのように真実を話したりするような単調で厄介なたわごとをもっと重視しているのだろう。

だめだ。真実はあまりにも危険で教えることなどできない。新発見したばかりの良心の呵責も道徳心もこれまでだ。セスは苦々しい笑みを浮かべながら、レインの部屋の鍵にピッキングの道具を差しこんだ。病は治った。万歳。

暗いアパートへ忍びこみ、室内を歩きまわる。レインは見てわかるような痕跡はなにひとつ残していない。彼女の存在がぞくぞくするほどはっきり感じられるだけだ。冷蔵庫は空っぽで、食器棚はがらんとしている。彼女がここに住むようになってから、この部屋に入るのははじめてだった。どこへ行っても彼女の香りがする。彼女の石鹸やローション、言葉にできない彼女の甘い香りがかすかに漂っている。セスはベッドの横にひざまずき、枕に顔をうずめた。痛いほど気持ちが高まる。

コンピュータのスイッチを入れ、室内の壁に設置したセンサーとビデオカメラをすべてオフにした。今夜この部屋で起こることには、完全なプライバシーが必要だ。目撃者はいらない。記録はいらない。

頭を働かせるなら、外へ出て彼女が帰ってくるまで車のなかにいるべきだ。それから呼び鈴を鳴らす。ピンポン。そして上品ぶって言う。こんばんは。今夜はきれいだね。人づきあいがうまいふりをするミスターお上品。これまでさんざんやってきたごまかしの上に、もうひとつ嘘を重ねるだけだ。

くそっ。どうしてそんなふりをする必要がある？　彼女はもうわかっている。ベッドに連れて行かれたときから、おれがどんな人間か知っている。よかったじゃないか。ひねくれて危険な考えではあるが、この世にひとりでもおれの内面を知る手がかりを持っている人間がいるのはいいことだ。

椅子に腰をおろし、ビーコンの表示画面を呼びだす。ストーン・アイランドの船は、ようやくセベリン・ベイに向かっていた。フェリーの運航表を呼びだし、航行時間とタクシーの所要時間を計算する。それが終わったら、このゲームにおける彼女の正確な役割を考えるつもりだった。ショーン同様、これまで情報を得るために女と寝たことはない。だがコナーも言ったじゃないか。なにごとにもはじめてがある。

12

運がよければチキンスープぐらいは胃が受けつけてくれるだろう。それと、しけたクラッカーを何枚か。

レインはタクシーのシートにぐったりともたれこんだ。ずいぶん長くなにも口にしていないので、体が抗議しはじめている。でも、買い置きの食料を思い浮かべても、心をそそられない。買い物や料理やレストランのことを考える気力もない。テイクアウトメニューの山からひとつ選ぶことすら考えられないような気がした。

もっと食事に気をつけなければ。気力だけで生きていくわけにはいかない。日を追うごとに、一日がいっそう狂気じみたものになっていく。行きつく先は、精神病院と壁に詰め物をした個室だ。

アパートに着くと、ふらふらと室内を歩きながらコートを放り投げ、蹴《け》るように靴を脱いだ。電気をつける気にもならない。つかのま覚えた空腹感も消え、いまは疲労のあまり食事などとうてい無理なように思える。レインは寝室へ向かった。まずシャワーを浴びて体を温めてから、柔らかなフリースのパジャマを着て、そのあと……。

「いったいどこにいたんだ?」

戸口から飛びのき、廊下の壁にぶつかった。心臓があばら骨を打ちつけている。ノートパソコンのモニターがぼんやりと放つブルーの光が、寝室のドアから漏れていた。セスよ、もちろん。ほかに誰がいるの。レインはドアの内側に手を伸ばし、ライトをつけた。

前かがみに座っているウィングバックチェアは、長身の彼には窮屈そうに見えた。夜盗のように黒ずくめの格好をしている。黒いジーンズ、黒いスウェットシャツ。ブラシのように短く刈りこまれた濃い黒髪は、一日じゅうかきむしっていたようにあらゆる方向にはねていた。疲労で眼の下に隈ができているが、射るような視線を向けている。

あまりのショックに、ドアの側柱をつかんでいないとまっすぐ立っていられなかった。

「びっくりして心臓が止まりそうだったわ！」

彼は何度かキーボードをたたくと、ぱちりとパソコンを閉じた。バッグにパソコンを入れ、じっとにらみつけてくる。しおらしいようすは微塵もない。まるで悪いのはわたしのほうみたい。無礼で無遠慮な男。

「はっきり言っておくわ」ずかずかと部屋に入りながら言った。「今度誰かが暗闇から飛びだしてきてわたしを震えあがらせたら……その人を殺してやるわ。こんなことはもううんざりよ。聞いてるの？　言い訳も説明も聞きたくない。仮定の話をしてるんじゃないわよ。わかった、セス？」

彼はまばたきもしない。「ああ」

「ああ？」怒りがこみあげてかっとなる。「それだけ？　『ああ』だけなの？」

セスが立ちあがった。「ああ、わかったよ。この十六時間、おまえがなにをしていたか話そう」

あんまり腹が立っていたので、長身のセスに上からねめつけられても恐怖は感じなかった。「それがあなたとどんな関係があるの？　あなたにそんなことを訊く権利はないわ！　ここにいる権利だってないのよ！　警察に電話するわよ！」

「昨日から、おれにはあらゆる権利がある」

冷静な確信がこもった声にいっそう腹が立った。靴を脱がなければよかった。二インチ背が高ければ、彼を見あげずにすむのに。「ちょっと説明させてちょうだい、セス。わたしたち、意思の疎通がしっかりできてないみたいだから」レインは言った。「もしわたしに恋人がいたら、当然生活のすべてに彼を組みこむわ。彼に電話をして、メールを出して、彼の携帯電話にかわいらしいメッセージを残したりする。ちゃんと行き先も連絡するし、いつ帰宅するかも――」

「そうだ。そのとおり。おれが言いたかったのはそれ――」

「でも、わたしには恋人なんかいないのよ、セス！」声を張りあげた。「電話番号は知らないし、ポケベルの番号も知らない。なにひとつ知らないの！　わたしにいるのは扱いにくい人間だけ。プライバシーを侵害して、ホラー映画のモンスターみたいに暗闇から飛びだしてくる、大きくて意地悪で扱いにくい人間だけよ！　わたしと寝たからわたしは自分のものだと思っている男！」

「正確に言えば、ただ寝ただけじゃない」

「あらそう？　じゃあ、正確に言うとあれはなんだったの？」問いつめるように言う。「教えてちょうだい。断っておくけど、わたしはああいったことにはあなたほど経験豊富じゃないの」

「あれは……あれは、それ以上のものだった」髪をかきあげて首を振る。「おれはわれを忘れた。それに、寝たと言っても眠ったわけじゃない。実際、おまえに会ってからおれは全然眠れないんだ」

「まあ、光栄だわ！　わたしはベッドですごく激しいから、あなたは自分を抑えられないというわけ？　不眠症で頭がおかしくなってるから、わたしの家に忍びこんでもいいと思ったの？　わたしがなにをしたって言うの、セス？　誰も彼もが、わたしには礼儀正しい普通の態度を取らなくてもいいと思ってるみたいなのはなぜなの？　わたしの背中には、〝なんでもあり〟って書いてあるとでもいうの？」

セスは不満げに息を漏らした。「ちくしょう、レイン。おれはここで、おまえがあいつになにをされたかと、身を切られるような思いをしてたんだぞ。なのに、電話番号を教えなかったと言っておれを責めるのか？」

レインはびっくりして彼を見つめた。「どうしてわたしが島にいたことがわかったの？」

「オフィスに電話したんだ！　おまえがいたら、夕食に誘おうと思ったのさ！　でもおまえはいなかった！　レイザーのろくでもない島に行ってたんだ！」

レインはベッドに腰をおろし、厚いカーペットにつま先をうずめた。「どうしてヴィクターがわたしをひどい目に遭わせると思ったの？」穏やかに訊く。

「へえ、ヴィクターになったのか？　ミスタ・レイザーではなく。え？」

手を振ってその言葉を払いのけた。「ばかなことを言うのはやめてちょうだい。質問に答えて」

「あいつは昨日、プロの売春婦をあてがうように、おまえをおれに差しだしたんだ、レイン」かすれた声で言う。「おまえをオオカミの群れに投げこんだ。そして、あいつは楽しむためにやったんだ。気晴らしのために。それがあいつの楽しみ方だとしたら、もう一度やらないと誰に言える？」

レインはぽっかり口を開けた。彼は心配していたのだ。わたしのために怯《おび》えていた。レインはほろりとして、一瞬腹を立てているのを忘れた。「ヴィクター・レイザーは、あなたと寝るように強制したわけじゃないわ」やさしく語りかける。「わたしは、チャンスがあればあなたを誘惑しようと思っていたの」

彼は鼻を鳴らした。「チャンスがあれば、ね」

レインはつんと顎をあげた。「わたしはあなたが欲しかったから、ついていったの。わたしは、あなたが思ってるほどいくじなしでもばかでもないわ。今日はね、台湾製の医薬品とインドネシアのチークの床材や織物、バルト諸国の木材とノルウェー産チーズの契約書をつくったわ。年次報告書も作成したし、世界じゅうに宛てた手紙やメールを五カ国語でタイプした。いつもどおりの一日よ、セス。ヴィクターにしろ誰にしろ、セックスでもてなすように頼まれたりしなかった。だから安心して」

セスが口を開けたが、レインは手をあげて制した。「まだ話は終わってないわ。ルールを守ってちょうだい。鍵が締まっているドアをノックするようなことよ。たいして無理なお願いじゃないでしょう。そして、こんなふうに暗闇から突然現われてびっくりさせないで。こんなことには耐えられない」

「カーペットにしょんべんをする犬みたいに？」

不機嫌な顔をしている。レインは必死で笑いをこらえた。「そうよ。誰でも、文明社会の基本的なルールを守るように努力しなくちゃならないの。とくに……恋人同士は」

部屋のなかがしんと静まり返った。セスの視線がレーザー光線のように顔にあたっているのがわかる。「それは、おれたちは恋人同士という意味か？」

核心に触れるときがきた。今朝彼がアパートに来たときから、いつかそのときが来ると思っていた。高い崖から未知の海底へ飛びこむか、泡を食って逃げだすかを決めるときが。きつく眼をつぶる。めまいがして頭がぐるぐるまわっている。「そうなの？」レインは眼を開けて崖から飛びこんだ。「わからないわ、セス」ささやくように言う。

セスは素早く二歩前に進み、眼の前にやってきた。「ああ、そうだ」

ぎゅっとつかまれて、レインは体をこわばらせた。こんなのだめ。早すぎる。わたしはまただ腹を立てているし、頭が混乱している。周囲の景色ががくんとさがって回転した。気がつくと、カーペットの上に仰向けに横たわっていた。セスがのしかかっている。レインのシニヨンをほどいて頭のまわりに髪を広げると、両脚を分けてそのあいだに硬い体を入れてきた。

レインは彼の胸を押した。「セス、待って。待って！」

「力を抜いて」スカートのウエストからブラウスを引きだし、ブラウスの下に手を入れた。

「どうしたんだ？　おれたちは恋人だと言ったじゃないか」

レインは彼の手首をつかんでブラウスの下から引きだした。「セックスだけじゃないでしょ、犬じゃあるまいし！」

彼の瞳がきらりと光る。「ウー」犬のようにうなる。「なにが言いたいんだ？」

「恋人は一緒にいろんなことをするの！　ビデオを借りたり観覧車に乗ったり、ピザを食べに行ったりスクラブルをやったりするの。恋人同士は……恋人同士は話をするのよ！」

「話す？」セスが頭をあげて顔をしかめた。とまどった顔をしている。「いつも話してるじゃないか、レイン。おれは、こんなにしゃべりながらセックスをしたことはない」

「そのことを言ってるの！」もぞもぞと体を動かしたが、彼はぴくりともしない。「あなたと一緒に二分もいると、わたしは仰向けになってるのよ。いつもね！」

彼の顔に、ゆっくりと心得たような笑顔が浮かぶ。「それはつまり、上になりたいと言ってるのか？」

もうたくさん。一日じゅうこき使われていたせいで、まだアドレナリンがあふれている。彼のおつにすましたうぬぼれ顔を見たとたん、我慢が限界に達した。考えたり判断したりする間もなく、なにかがぷつんと切れてセスの顔を平手打ちしていた。

ふたりは凍りついたように見つめあった。レインはじんじんする手を見た。自分の手だなんて信じられない。セスは無言でレインの手首をつかみ、頭の上に押さえつけた。自制した怒りで目つきが険悪になっている。

「なんてこと」レインはささやいた。「自分がしたなんて信じられない」

「おれもだ」低く凄みのある声。ぐっと体重をかけられ、息が詰まる。「いまのは大目にみてやる。だが、二度と、二度とおれの顔をたたくんじゃない。わかったか？」

レインは乾いた唇を舐め、つかまれた手首を引っぱった。「セス、わたし――」

「わかったのか？」

こくりとうなずく。沈黙が長々とつづいた。ふたりはじっと身動きせずにいた。爆弾が爆発するのを待ってでもいるように。

レインは肺が膨らむ余地をつくろうと、彼の胸を押した。「あなたはまた支配権争いのゲームをしているわ。やめてちょうだい」

「これはゲームなんかじゃない。おまえが無理強いしてるんだ、レイン。おれを試してる。だからおれはルールを決めてるんだ」

「あなたのルールでしょ」

「そうだ」情け容赦のない顔。「おれのルールだ」

「そんなのフェアじゃないわ」

「どこがフェアじゃないんだ？　文明社会の基本的なルールを守りたいんだろう？　文明社会の人間は、他人を殴ったりしない。単純なことだ。それとも、そのルールがあてはまるのはおれだけで、おまえは違うのか？」

「あなたはわたしの家に忍びこんだだけよね。ごまかさないで」レインは噛みついた。「あげあしを取るのはやめて！　それに、無理強いしてるのは、わたしじゃないわ。あなたが無理強いしてるのよ。いつもそうじゃない。どいてちょうだい。いますぐ。息ができないわ」

セスは体をずらし、肘をついた。「でも、おまえは無理強いされると興奮するじゃないか」彼は言った。「どうすればおまえが熱くなるか、おれにはわかる。わかっているから、おまえをいかせてやれるんだ。おまえが望んでいる場所に無理強いすることで」

理性が粉々になっているときに、とらえどころのない思いを言葉にするのはむずかしかった。「でも、それをされると頭がおかしくなるのよ！」

「おまえの頭をおかしくするのは好きだぜ」彼はキスをしようと頭をさげてきた。

即座に頭を押しやる。「頭がおかしくなるっていうのは悪い意味で言ってるの、いい意味じゃなく！　生まれてから誰かを殴ったことなんて一度もなかったのよ、セス。わたしは意気地なしの平和主義者なのに……なのに、あなたのせいで、あなたを殴るはめになった！」

セスは長いあいだ、抜け目なくうかがうようにレインの顔を見つめていた。「みんな嘘っぱちだ」ようやく口に出す。

レインはわけがわからずに、眼をしばたたかせた。

「困ったような無邪気な顔でおれを見るのはやめろ。おまえの意気地なしぶった態度は見せかけだ。おれにはその下が見える。本当のおまえが見える、レイン」

「そう？」彼の下で身じろぎする。落ちつかない。「なにが見えるの？」

「なにかが輝いている。美しくて強くて荒々しいものが。それがおれを引きつけて、体が疼いて焼けそうになる。月に向かって遠吠えをしたくなる」

熱っぽい言葉が炎のようにレインを舐めた。彼女は最後にもう一度だけ震えるようにため息を漏らすと、抵抗するのをやめて彼を抱きしめた。「あまり無理強いしないで」

「抵抗するのはやめろ」彼はなだめるようにレインの唇を喉に押しあて、そっと嚙んだ。「おれにされるままになってれば、信じられないほど遠くまで連れて行ってやる。おれにまかせるんだ、レイン。約束する。おれは自分のことはわかってる」

レインは思わず笑い声をあげた。「信じてもらえないのに、どうしてあなたを信じられるの？　わたしたちを見てごらんなさい、セス」依然として自分を押さえつけている彼の体を示した。「わたしの体重は一二〇ポンドそこそこよ。だけどあなたは——」

「いや、もっと軽い。おまえの冷蔵庫には、しなびたリンゴ二個とマスタードしか入ってない。食事ってものをしないのか？」

揶揄《やゆ》するような言い方に、神経を逆撫でられた。「わたしの冷蔵庫の中身について、つべこべ言われる筋合いはないわ」ぴしゃりと言う。「わたしが言いたいのは、押さえつける必要なんてないってこと。わたしはあなたから逃げられるほど素早くない。たとえ逃げたくてもね」

「逃げたくないのか？」

レインは口を開け、閉じた。彼につけこむ隙は与えたくない。覚悟を決めるしかなさそうだ。ありのままの真実を話さずにいるような平静さは持ちあわせていない。

「ええ。あなたから逃げたいとは思わない」穏やかに言う。「手を放してほしいだけ。息をさせてちょうだい」

手錠のようにしっかり押さえつけている指から、ゆっくり力が抜けていく。「また殴られるのはごめんだ」セスが警告した。

「約束するわ。ぶったりしない」

彼はレインを横向きに寝かせて向かいあい、パズルを解こうとするかのようにじっと顔をのぞきこんだ。「家に忍びこんですまない」堅苦しい口調で言う。「怖がらせて悪かった」

レインは彼の顔に手をあて、たたいた場所を撫でた。「謝っていただいて嬉しいわ」彼のあらたまった口調をまねる。

「おまえのことが心配だったんだ」顔をしかめて言い足した。

その言葉で呪文が解けた。レインは面と向かって笑い声をあげた。「お行儀の悪さを正当化して、謝罪を台なしにしちゃだめよ」

彼の顔から警戒した笑みがさっと消えた。「じゃあ、おれはおまえの恋人なのか？　正式に？」

またしても崖から未知の世界に飛びこむはめになった。セスの心のなかの異質な場所から出てきたその言葉が、彼にとってどんな意味があるのかわからない。でも、レインの胸で熱く柔らかなものがうごめいていた。もう後戻りはできない。返事をするのは奇妙でばつが悪いけれど、彼の眼を見れば、どれほどそれを聞きたがっているかわかる。

主導権の幻想にしがみつくんじゃない。ヴィクターは、そう言った。今度ばかりは彼の言うとおりだ。このチャンスに賭けてみよう。事態はいま以上に混乱しようがない。

「いいわ」やさしく言った。「あなたはわたしの恋人よ。もしあなたが望むなら」

セスは長々とため息をつくと、脚をレインの脚にかけて全身がぴったり寄りそうように引き寄せた。「おれは恋人になりたい。くそっ。これ以上ないほど、なりたいと思ってる」

「いいわ」こわばった彼の顎をそっと撫で、にっこりと微笑みかけた。「じゃあ、あなたは恋人よ。正式に。リラックスしていいわ」

セスはふたりのあいだにレインの髪を広げた。自分の鼻のすぐ近くに。髪を撫でて香りをかげる場所に。「自分が少し強引だってことはわかってる」ためらいがちに言う。「こんな変な気分は、はじめてだ」

「その話をしたい？」やさしくうながした。

「いいや」眼の前でゲートが勢いよく閉まったような気がした。レインはさっと身を引いた。セスは小さく毒づきながら、ふたたびレインを抱き寄せた。「すまない、レイン。この話はできないんだ。おれはたしかに気が荒いが、危険な人間じゃない」

「そうなの？」顔をそむけてキスを拒む。

「ああ。おまえに対しては違う」彼は両手でレインの顔をはさみ、キスを求めた。親指がやさしく頬を撫でている。レインは彼の唇の熱く甘い感触と、執拗《しつよう》に差しこまれる舌を味わった。

セスが言ったことは真実ではない。この情熱的でうっとりするようなやさしさのためなら、わたしはどんなものでも差しだすだろう。だからこそ、彼は危険なのだ。

彼は顔をあげ、レインの額から髪をどけた。「携帯電話の番号を教える」

あまりに意外だったので、返す言葉が見つからなかった。

「かわいらしいメッセージを送ってくれるか？」

レインはびっくりして開いていた口を閉じた。「そうしてほしいの？」

「ああ、そうしてほしい」傲慢な口調だが、かすかにばつの悪さがこもっている。「おれはもう正式な恋人なんだ。だから、それにふさわしい扱いを受けたい。かまわないだろう？」

「え、ええ」

彼は大きな手でレインの顔をはさみ、ふたたびキスをした。だがさっきのキスとは違う。訴えるようなやさしさがある。レインが与えずにはいられないものを無言で求めているように。彼女の心を押しとどめていたものが壊れていく。

セスは体を離してレインを見つめた。とまどった顔をしている。

「どうしたの？」

「不安なんだ」ぶっきらぼうに言う。「女とまじめにつきあったことはない。陶器の店に入った雄牛になったような気がする」

レインはやさしく笑い、彼の眉間にできた深いしわを撫でた。「やさしくすればいいのよ。それだけ」

「セックスのことを心配してるんじゃない」そっけなく言い返す。「それに、おまえにはずっとやさしくしてきた」

「手荒なまねをしないからってやさしいことにはならないのよ、征服者コナン」

セスはレインの髪を撫でた。毛先まですっと指をすべらす。「ああ、たまらない。おまえが欲しい。なんてきれいなんだ。おれはただ、汚らしいねぐらへおまえを連れ帰って、永遠に愛しあいたいだけだ。熊の毛皮の上で」

レインは指先で彼の顔に触れ、黙ってじっと眼を見つめた。彼がセクシーな力を蓄え、レインを欲望で無力にする呪文を唱えているのがわかる。セスは彼女の手のひらに情熱的にキスをすると、彼女の手の甲で自分の頰を撫でた。「二度とおれを頭のおかしい征服者コナンと呼ぶことはない。今度は、おまえのほうからおれが欲しいと言わせてやる。おまえがそう言うのを聞きたい。すごく」

レインは不安を覚えて身を引いた。「また支配権争いをしているように聞こえるわ。セス、わたしは――」

「しーっ」彼の指が唇にあたる。「違う、そうじゃない。それは誤解だ。おまえのなかにあるものを見せてやりたいだけだ。美しいものを。きっとおまえも気に入る」そう言うと、魂を奪うような熱い瞳で見つめながらレインの下唇に指を這わせた。

激しい衝動が体を突きぬける。レインは彼の指先をくわえてしゃぶった。セスは感電したようにびくっとすると、彼女の口から手を放して震える指でブラウスのボタンをはずしはじめた。「いまいましいボタンだ」

レインはくすりと笑った。「わたしの服が気に入らないみたいね?」

「ああ、気に入らない。おまえは、ガムテープをたくさん張った箱みたいだ」

「かわいそうに。いらいらするでしょう」からかうように言う。

「ブラウスのことが心配なら、言葉に気をつけたほうがいいぞ」セスが警告した。

彼はボタンをはずして素早くブラウスの前を開くと、ブラのホックをはずすために横を向かせた。厳粛なほどゆっくりとホックをはずし、つんと立った乳首に手のひらをこすりつける。服の上をあわただしく手がさまよったかと思うと、レインは裸で彼の前に横たわっていた。

セスが見つめている。指先をお腹からおへそのくぼみへすべらせ、それから脚のあいだの柔らかな茂みにそっとからませる。「自分でさわったことはあるか？」

レインは唖然として言葉を失い、ぽっかり口を開けたまま彼を見つめた。顔がぱっと熱くなる。

「どうなんだ。あるのか？」セスがうながした。

「誰でもあるんじゃない？」なにげなさを装って答える。

「ほかの人間のことなど、どうでもいい。おまえはどうなのかを知りたい」

彼が発散している熱で、恥ずかしさが溶けた。「もちろんあるわ」短く答える。

「さわってみてくれ」かすれた訴えるような声。

「でも……あなたは……」

彼は黒いジーンズの膨らみにレインの手を押しつけた。「ああ、そうだ。これは次にとっておく。だが、まず最初におまえ自身の手でおれに体を開いてほしい。無理強いされるんじゃなく」そう言うと、レインの脚のあいだに体を入れ、両脚を開かせた。「おれを試してみろよ、レイン」そっとつぶやく。「礼儀正しい自制した人間かどうか。おれにこんなことができるとは思わなかっただろう？」

「これもいつもの支配権争いなの？」レインが問いつめた。

「まさか。これはプレゼントさ。おれを殴ったお返しだ」

レインは不安げに笑い声をあげ、意地の悪い好色な笑みを浮かべているセスから逃れようともがいた。「やめて、セス。こんなのずるいわ」

彼は素早くレインの腰をつかんで押さえつけた。「頼む、レイン」やさしく言った。「こいつがすごく個人的で秘密めいたことなのはわかってる。おれは、どうしてもそれを知りたい。そこまでおれを信じていることを証明してくれ」彼はレインのお腹と腰にやさしくキスをすると、愛情をこめてゆっくり太腿に手をすべらせた。膝をつかみ、ふたたび脚を開かせる。「おまえがなにを思い浮かべるのか知りたい。そして自分でいくのを見たい。きっと、天国にいるような気分になるだろう」

レインは返事ができなかった。しゃべることができない。セスは彼女の手を取り、大切なところに指をそっと押しあてた。「見せてくれ」

レインはきつく眼をつぶり、言われたとおりにした。最初はためらいがちだったが、セスの魔法は強力で、自制は熱くて甘いシロップへと溶けていった。寝室が消える。ここはどこであってもおかしくない。白い蘭の静かな中心にふたりで浮かんでいても、南の海を泳いでいても。レインは、ふたりのあいだで躍るエネルギーに身をまかせた。セスが頑《かたく》なな自制と視線で挑発している。レインは体と欲望で彼を挑発した。

体のなかで激しい快感が膨れあがる。レインは柔らかなひだへと指を走らせ、体を弓なりに反らしてすべてをさらけだした。もう、体内で広がる感覚も怖くない。燃えたぎる雲が、胸や腹や子宮のなかで膨らんでいく。どんどん熱く高まり、輝きを増していく。セスの自制を破りたいが、彼はじっと座ったまま見つめている。眼が熱っぽくぎらぎら輝いている。高い頬骨のあたりが紅潮していた。

「いまなにを考えてる？」セスが尋ねた。

「なにも考えてないわ。感じてるの」震える声で答える。

「なにを感じてる？」

「あなたを」レインは自分のなかに指を入れ、身悶えした。

「おれになにをされてるんだ？」

「あなたは……わたしに触れてるわ。キスをしてる」

「舐められているのか？」

「ええ」レインはうめいた。「そうよ」腰を激しく上下させる。

「いまは？」催眠術をかけているような低い声。「おれが入ってるのか？」

「お願い、セス……」

「おれにファックされてるのか？」

「そうよ！」快感の波が高まるにつれて、動きが速くなる。

「言え」セスが言った。「はっきり言うんだ。おれになにをされてるんだ？」

「あなたが……入ってるわ。わたしをファックしてる」あえぎながら言う。自分が発したあからさまな言葉にいっきに快感が高まり、すべてがはじけ飛んだ。

レインは大きな声をあげ、全身をわななかせて絶頂に達した。

息をはずませて横向きになり、体を丸める。ゆっくりと現実が戻ってくるにつれて、恥ずかしくなった。彼はどう思ってるだろう。こんなふうに自分をさらけだすなんて。これほど無防備な気持ちになるのは、はじめてだ。

きっと、それが彼の目的だったのだ。

ベルトのバックルをはずす音が聞こえ、レインはぱっと眼を開けた。セスは引き締まった体から黒いシャツを脱ぎ、放り投げた。ブーツとソックスをむしり取るように脱いで部屋の隅に投げ、ジーンズのウェストに親指をかける。「おれの番だ」

レインは唇を舐めた。「あなたといると、頭がおかしくなるわ、セス」

彼がジーンズと下着を脱いだ。はじかれたように現われたペニスが、物欲しげにレインを差している。「それはいい意味か？　それとも悪い意味か？」

レインはためらいがちに彼に腕をまわした。「まだわからない」そっとささやく。

「おれは無理強いはしなかったぞ」セスが主張した。「全部、おまえが自分でやったんだ」

「いいえ。あなたがやらせたのよ」たくましい肩の筋肉を撫でながらつぶやく。「あなたは、無理強いせずにはいられないのよ、きっと」

セスはレインの肩に腕をまわし、硬い胸を乳房に押しつけた。「じゃあ、おれはベッドで、その、ちょっと変わってるのか？」

不安げな口ぶりにもう少しで笑いそうになったが、ぎりぎりのところでこらえた。「わたしには比較する基準がないもの」やさしく言った。

彼の腕に力が入る。彼はレインの額にキスをした。「そのままにしておくんだ」

レインは彼の背中の筋肉の膨らみに手を這わせた。「それに、ここはベッドじゃないわ」

「ベッドからじゃ鏡が見えない」セスが言った。「あの鏡はいい。おまえのゴージャスな体が映ってる。いいながめだ」

レインは鏡を見て、ふたたび赤くなった。セスは彼女の視線を追うと、横向きになってうしろからレインを抱きしめ、硬く熱いペニスを背中に押しつけた。そっと脚を開かせて膝を曲げさせ、脚のあいだに手を入れて、喉の奥から低くうめいた。「すばらしい。もう準備ができてる。なにをしてほしいか、はっきり言うんだ、レイン。さあ」

レインは眼を閉じ、うしろから大胆に愛撫してくる手に体を押しつけた。「どうしてこんなことするの、セス？　あなたはいつもなにかを証明したがる。弱くなった気がするわ」

彼はレインの耳たぶをそっと噛んだ。「認めろよ。おまえは弱いんだ」

あたりまえのような口調に腹が立った。体を離そうとしたが、逆にうつ伏せにされてセスが背中に乗ってきた。

鏡のなかで彼と眼が合う。「あいにくだったな、え？」穏やかで皮肉めいた、挑発するような声。「おれがやさしくておとなしい普通の男のほうがよかったか？」

脚を押し開いて指を入れてくる。レインはセスの下で体をこわばらせ、小さくうめいた。セスは指を抜き、ふたたび差し入れてきた。二本の指で、さらに深く。覚悟を決めさせている。

考えることもしゃべることもできない。レインは彼の指を締めつけた。「いまのままのあなたが好きよ」途切れとぎれに言う。「でも、どうすればあなたが求めているものをあげられるかわからない。知らない外国語をしゃべろと言われているような気がする」

セスは彼女の首筋に歯を立てた。「そんなに複雑なことじゃない。おまえがなにを求めているか、自分で気づいてほしいだけだ。そうすれば、それをおまえに与えていると確信できる。信じられないかもしれないが、おれは本気で礼儀正しくしようと努力してるんだぞ」

レインは笑い声をあげた。「礼儀正しい？　自分は礼儀正しいと思ってるの？　セス、あなたは野獣よ」

彼の眼が月光を浴びたオオカミのようにきらめき、レインはふたたび身震いした。自分の言葉は、閉じこめておいたほうがいいものを解き放ったのだ。セスはレインの腰をつかんで四つん這いにさせた。自分の姿を思い浮かべると、いっそう顔が熱く赤くなる。彼がうしろからのしかかり、たくましい手で体を撫でている。「こうしてほしいんだろう？　野獣のおれが好きなんだから」

その体勢は、ひどく無防備な気がした。あいまいになにかつぶやいて逃れようとしたが、彼のほうが素早かった。腰の前に手を入れ、上から押さえつけられた。「おれを信じろ」なだめるように言う。

レインは必死で首を振った。「いやよ、セス。こんな――」

「待て」やさしく愛撫しながら説きつける。「おまえにさわらせてくれ……こんなふうに。もっと脚を広げるんだ。そうだ。きれいなお尻だ。桃みたいにジューシーで甘い。おまえがいやがることはしない、レイン。きっとおまえも気に入るはずだ」

彼の指が敏感なひだに沿ってそっとすべり、その巧みな愛撫がもたらす至福の快感にレインはわなないた。彼はさらに脚を押し広げ、抵抗しないレインに満足のつぶやきを漏らした。「きっと気に入る」欲望のこもったかすれ声は、催眠術のような効果があった。「どうしてそう思うかわかるか？　おまえも野獣だからだ、レイン。おれのように」

親指がそっとクリトリスを撫でている。もっと強くあたるように、レインは腰を動かした。服従の姿勢を取れば弱く無力になったような気がすると思っていたが、そうではなかった。全然違う。そう気づいたとたん体が熱くなった。野蛮で貪欲《どんよく》になった気がして、激しい原始への憧れに満たされる。体じゅうのエネルギーが目覚め、純粋で荒々しい力が満ちてくる。強くなった気がする。相手をじらす傲慢なセスに腹が立ち、背中を反らして彼を誘惑した。むきだしで純粋な獣そのものになった体で。彼の眼を見ると、なすすべなく反応しているのが見て取れた。つかのま、彼に対して自分がどれほど大きな力をふるえるか気づいた。その力の使い方を知ってさえいれば。

「背中を反らして、腰をあげるんだ。おれに全部見せてくれ」かすれた声でセスが言った。官能の魔術にしっかりとらえられ、レインは言われるままに従った。彼は好きなだけわたしに無理強いできる。ほろ苦くすばらしいクライマックスに向かわせることができる。そうしてくれなければ、わたしはきっと死んでしまう。

彼がジーンズからコンドームを出して手早くつけたとき、レインは安堵《あんど》でむせび泣きそうだった。「ゲームはやめて、セス。もう我慢できない」

「言っただろう? きっと気に入ると思ってた。おれの美しい野獣」彼は深く貫いてきた。背中に彼の体があたり、喉から鋭い声が漏れる。彼のリズムに合わせて体を持ちあげる。突かれるたびに、いっそう潤って欲望が高まっていく。

「おれたちを見ろ」セスが言った。「おれが強く突くたびに、どんなふうに見えるかを……こんなふうに」そう言うと同時に激しく突き立てた。「くそっ。こんなゴージャスな眺めははじめてだ」

レインは朦朧《もうろう》としながら自分の姿を見つめた。これまで思い描いたなかで、もっともみだらな空想よりさらにエロティックだった。髪が顔にかかり、乳房は突かれるたびに揺れ、大きく脚を開いて腰を高くあげている。そして男神のように美しいセスがうしろにいて、汗に光るたくましい金色の体で貫いている。

レインの白い脇腹にあてた大きな手は黒く、首に腱《けん》が浮きだしている。彼は鏡に映った自分たちの姿を魅せられたように見つめたまま、片手をすべらせて乳房を愛撫し、もう一方の手を湿った金色の茂みにうずめた。

レインは自分の姿にショックを受けた。怯えていると言ってもいいような紅潮した顔。セスは手をうしろにまわしてレインの体を起こした。背中がうしろに反り返る。セスは自制したままゆっくりと腰を上下させながら、長い指で根気よく愛撫をつづけた。レインはじょじょにのぼりつめ、やがて熱く炸裂《さくれつ》するとめどない快感へ飛びこんでいった。

「すごい。いったときのおまえは、濡れた手みたいにぎゅっと締めつけてくる。信じられない、レイン。おまえは最高だ」

驚いたことに、ふたたび激しい欲望が高まりはじめた。レインは背中を反らせ、自分のなかで高まっていく快感の激しさに怯えながら死に物狂いで腰を動かした。

セスは彼女の髪をつかみ、指にからませた。「眼を開けろ」有無を言わさぬ口調。「おまえをファックしているおれを見るんだ、レイン」

彼女はあえぎながら眼を開けた。「野蛮人みたいなまねはやめて」ぴしゃりと言い返す。

「髪を引っぱるなんて、いくらあなたでもやりすぎよ」

彼はにやりとすると、いっそう強く髪をつかみ、レインの首を一方に引っぱって汗ばんだ首筋に歯を立てた。「こうされるのが好きなんだろう?」腰を動かし、貫かれるレインを見つめている。「おれはターザン。おまえはレイン」

自分たちがしている謎めいたセックスの激しさを思うと、そのばかげたせりふがひどくナンセンスに聞こえ、レインは思わず笑い声をあげた。その声がすぐにすすり泣きに変わり、泣き笑いをしながら前へ倒れこむ。セスの声は聞こえるが、なにを言っているのかわからない。やがて、不安げに訴える言葉が聞こえてきた。

「泣かないでくれ、レイン。頼む。泣かれると、どうしていいかわからない」

「それはあいにくだったわね」涙を流して笑いながら言う。「もし泣かれるのが嫌いなら、泣かない子を探すのね」

セスはレインをうつぶせに寝かせ、やさしくおおいかぶさって自分のぬくもりでレインを包んだ。カーペットが頰にこすれ、涙が心を解きほぐしていく。全身を駆けめぐる衝撃は、快感と呼ぶには激しすぎた。彼はしっかりと熱く、耐えられないほど激しく突き立ててくる。そしてクライマックスが近づくと、両腕でレインをぎゅっと抱きしめた。激しく腰を動かす彼のエネルギーが全身に注ぎこまれ、レインは松明《たいまつ》のように燃えあがった。

眼を開けたとき、横を向いていた。顔は濡れ、まだかすかにすすり泣いているせいで体が震えている。セスは彼女の髪と肩を撫で、しっかりと抱きしめて首筋に何度も訴えるような軽いキスをした。レインは深呼吸をして身震いを抑えた。

汗が乾きはじめる。セスは体を離し、無言で立ちあがってバスルームへ向かった。レインは動こうとしたが、できなかった。意思と体がばらばらになり、ぐったりとカーペットに横たわることしかできない。洗面所で水を使う音につづき、バスルームのドアが開いた。セスが横にしゃがみ、レインの顔にかかった髪をかきあげて顔を傾けさせた。彼の手は、洗面所に置いてあるフルーツの香りの石鹸のにおいがした。ローズヒップ・ラズベリー。

「くたくたなの」レインはささやいた。「動けない」

「なにか食べなくちゃだめだ」

彼の言葉に顔をしかめる。「マスタードをつけた、しなびたリンゴ？　まずそう」

「そうじゃない。注文しておいた」得意げに宣言する。「パン、ポテトサラダ、ターキー、パストラミ、ローストビーフ、ハム。チェダーチーズとスイスチーズ。瓶詰めのフルーツティーもいくつかある。それと、ブラウニーだ」

それを聞いて、レインはなんとか頭をあげた。「ブラウニー？」

セスはレインのわきと膝の下に手を入れ、軽々と抱きあげた。「ああ。二種類注文しておいた。ダブルファッジ・ウォルナッツとチョコレート・チーズミックス」ベッドに運んで寝かせる。「サンドイッチをつくってやる。そのあとは、少し眠れるか試してみよう」

レインは眉をひそめた。「わたしのベッドに泊まっていいと言った覚えはないわよ」わざとらしく言う。

「正式の恋人は、泊まることになってるんだ」慎重にレインに上掛けをかけながら、セスが言った。「恋人の役得のひとつさ。標準的な決まりごとのひとつ。文明社会のルールにものっとっている。いかせてもらったあとで、相手の男を放りだすなんて、無作法だ。いったのは三回だったか？　それとも四回？」

レインは意に反してくすくす笑ってしまった。「ほんとうに放りだしたほうがよさそうね。お行儀を教えるために」

「ああ。ウージ・サブマシンガンとダクトテープを持った屈強な男を、十人ばかり用意するんだな」

ふたたびくすくす笑うと、その隙をついてセスがキスをしてきた。「それに、おれを放りだしたら、誰にサンドイッチとブラウニーを食べさせてもらうんだ？」

「まったく」レインは言った。「あなたって、ほんとうにご都合主義ね」

「よくわかってるじゃないか」レインを見つめる彼の顔から、ゆっくりと笑みが消えていく。「もし本当に帰ってほしいと思ってるなら、おれにはわかる。そのときは出ていく。邪魔にされながら長居をするつもりはない。だが、おまえはおれにいてほしがっている。さっき、床に押し倒してほしがっていたように。野獣みたいにな」

体を起こすと、上掛けが腰まですべり落ちた。「わたしがなにを望んでいるか、わざわざ教えてもらう必要はないわ、セス・マッケイ」

セスは手を伸ばして乳房に触れてきた。その手をぱちんとたたく。セスは傷ついたように肩をすくめた。「おれは、おまえの合図に従っているだけだと言いたかったんだ。気を悪くしたのなら、謝る」

レインは上掛けを引きあげて胸を隠し、横目でにらんだ。「わたしを罰するためにやってるんだと思ったの。あなたを獣だって言ったから」

彼はびっくりしたように眼を丸くした。「罰する？　ばかな、それは違う！」

「そんな気がしたのよ」そっとつぶやいた。「少なくとも最初のうちは」

「叫び声をあげるようなオルガスムを何度も迎えることが、罰だって言うのか？」

当惑した表情に、レインはもう少しで笑いそうになった。「オルガスムは関係ないわ」

「あるに決まってるだろ！　もしあれを罰だと思ってるなら、褒美はなんなのかぜひ聞きたいね！」

「セス――」

「さもないと死んでしまう」信じられないというようにつづける。「頭が破裂する。それに、獣と呼ばれるのが侮辱だってことも知らなかった。それどころか嬉しかったんだ。興奮した」

レインは枕をつかんでセスをたたいた。「もう、やめてちょうだい。あなたはなんにでも興奮するんだから」

セスは彼女の手から枕をもぎとり、ベッドにあがってきた。レインを仰向けに寝かせて体をまたぎ、顎をつかんでまっすぐに眼を見つめさせる。「いいか、もしおれがベッドのなかで少々変わってたり乱暴だったりやりすぎたりするんなら、抑えるようにする。セックスはいつも荒々しくて無茶苦茶である必要はない。もし、キャンドルの光のなかでやさしくて穏やかなセックスをしたいなら、いっこうにかまわない。やさしく穏やかにしよう」

「本当？」

「ああ。やさしくて穏やかだってかまわない。おれも好きだ。なんでもおまえが望むとおりにする。それがおれの望みだ。わかったか？」

レインはうなずいた。セスが安心したように立ちあがる。「じゃあ、おれが食べ物を準備するあいだ、休んでいるといい」ジーンズをつかんで身につける。「サンドイッチにはなにをつける？ あてずっぽうはしたくない。的外れなことは、もううんざりだからな。カーペットに小便をしたからって、あっという間に放りだされるのはごめんだ」

「もう、やめてよ」

「少しずつ全部にするか？ マスタード、マヨネーズ、それとも両方？」

「両方がいいわ」

「レモネードとピーチティーのどっちがいい？」

「レモネードをお願い」

セスはさらになにか言いたそうに見えたが、口を閉ざした。枕を拾い、レインの頭の下にそっと差しこむと、枕の上に髪を広げる。「すぐ戻る」

彼のうしろでドアが閉まった。レインは上掛けの下にもぐりこみ、冷たいシーツの感触に身震いした。天井のファンを見つめながら、自分に起こっていることを理解しようとした。

そして、はたしてそれがいいことなのか、悪いことなのかを。

13

恋人。おれはレイン・キャメロンの正式な恋人だ。セスはその言葉を舌の上で転がし、口に出そうとした。たしかにカモフラージュにすぎない。だが、これ以上のカモフラージュがあるだろうか。恋人になったばかりの嫉妬深くて独占欲の強い男ほど、ボディガードにふさわしいカモフラージュはない。おれが彼女のまわりをうろうろしても、不思議に思う者はいないだろう。レインのみごとな胸や唇、きらきら輝く瞳を見れば、誰でもおれは彼女に夢中だと考える。誰がおれを責められるだろう?

高揚した気分のまま、あらかじめコートクロゼットの上の棚にしまっておいた道具箱をおろし、二階で物音がしないか耳を澄ませた。なにも聞こえない。

道具箱を開け、さまざまなサイズと感知範囲の発信機《ビーコン》を選り分ける。そのうちのひとつを、レインの財布の使っていないポケットに目立たないようにすべりこませた。別のひとつを、彼女のペンに差しこむ。ペンナイフでバッグの裏地の縫い目を切り開き、そこにもひとつ入れた。裁縫セットを出して手際よく開いた場所を縫いあわせ、レインコートの折り返しにもひとつ縫いこむ。

携帯電話にしかけたものを合わせれば、いまのところはこれで充分だ。もっと独創的で大掛かりなことは、時間とプライバシーがあるときにやればいい。セスは玄関ホールの鏡に映った自分の姿に眉をひそめた。とてもじゃないが、正式な恋人には見えない。ぼさぼさの髪、伸びかけた顎鬚《あごひげ》、むきだしの胸。汗とセックスのにおいをさせている。むかし恋人のひとりに、もう少し怖い顔をせずにいれば、本当にハンサムなのにと言われたことがある。いったいどういう意味だと問いつめると、彼女は言葉をにごして口ごもり、最後にはセスの眼のせいだと思うと言った。

その彼女との関係は、たいして長くはつづかなかった。実際、いま思うと、この話をしたのが最後の夜だったのかもしれない。セスは鏡のなかの眼を見つめた。ふだんより少し血走って隈ができているかもしれないが、格別いつもと変わったところはない。いまのところ、レインはおれの眼について不満は言っていない。ありがたいことだ。

素足でキッチンに入ると、一流の泥棒やスパイ、そしてコンピュータのプロとして成功を収めた所以《ゆえん》でもある、細かい点まで入念に注意を払う手順で巨大なサンドイッチを四つつくりはじめた。

わくわくする。正式な恋人。これまで、自分からこんな身分を求めたことはない。つきあう相手には、いつも浅い関係でいるほうが楽だと容赦なく告げてきた。セックスそのものは好きだが、それ以外のものにわずらわされるのはごめんだった。そのことで、しょっちゅうジェシーにからかわれたものだ。最後にはいつも笑っておしまいになったものの、あいつはさも重大問題かのように、しつこくからかってきた。兄さんが人を信頼したり女性と絆《きずな》をつくることができないのは、母さんとの関係のせいだと思うよ。べらべらそんなことをまくしたてたあげく、さっさと先にいびきをかいて眠ってしまう。ジェシーはしばらく、やたらと心理学のたわごとを口にするようになった。大学はときとして、頭のいい人間にそういう影響を与えることがある。たいがいの場合、セスはなんとか弟の話を聞き流した。

ジェシーのことを考えると、いつも焼けつくような痛みが襲ってくる。セスは身構えた。だが痛みは襲ってこなかった。たしかになにか感じるが、いつもと違う。むしろ、誰かに心臓を押さえこまれているような感覚だ。熱く激しい疼き。ほとんど……耐えがたいほどの。

これまで何人もの女性と楽しんできたし、そのうち数人とはそれなりにうまくやっていた。だが、彼女たちの両親の銀婚式のパーティのようなものに招待されたとたん、関係を断ってきた。実際、そのほうが彼女たちのためだったのだ。どうせいつかうまくいかなくなるのだ。おれが口を開いて思っていることを話せば、必然的にその日がやってくる。ドカーン。金切り声。そして最後には「地獄へ落ちればいいんだわ、なんて無礼で無神経な人なの」で終わる。バタンとドアが閉まり、タイヤをきしませて車が出ていく。そしておれは自分のムスコをつかんで立ちつくし、振りだしに戻る。大失敗。

最悪なのは、彼女たちがなぜ腹を立てたのか、わかったためしがないことだ。

くそっ！　なんてまぬけなんだ。おれは飼い慣らされることを夢見ている野獣だったのだ。セスは呆然と冷蔵庫の前に立ちすくんだ。ナイフについたマスタードが床にしたたる。レインのそばにいられるなら、どんなことでも言うし、なんでもするだろう。彼女の両親にも喜んで会う。セスは金縛りにあったように、タイルに落ちたマスタードのしみを見つめた。両親に気に入られるように、努力さえするだろう。経歴を偽り、言葉づかいに気をつけて。必要とあれば、彼らのつま先をしゃぶってもいい。

　おれは自分を見失っている。これはカモフラージュなんかじゃない。ジェシーに言われるまでもない。おれは失敗するのを恐れている。彼女との関係はすごくもろくて壊れやすい。これを失ったら、おれはばらばらになってしまう。

　セスは不安な思いを払いのけ、プラスティックのスプーンとナプキンをかき集めた。そこで手を止める。モンセラーはキャンドルが好きだった。運がよければ、まだいくつか残っているはずだ。彼女は魔女が使うような枝つき燭台に、いつもキャンドルを灯していた。

　キッチンの引き出しのなかに、深紅のキャンドル五本とマッチの箱があった。それを腕の下にはさみ、トレイに食べ物を載せて寝室へ運んだ。

　レインは眠っていた。片手にバラ色の頬を載せている。子どものようにふっくらしたチェリーレッドの唇をかすかに開き、眼の下にうっすらできた隈に睫毛がかかっている。とても美しく、とても疲れているように見えた。守ってやりたいという気持ちが全身を駆けめぐり、サンドイッチの皿が震えた。

　皿をベッドサイドテーブルに置き、膝をついてキャンドルに火をつけた。熱い蠟《ろう》を皿に垂らし、キャンドルを立てる。なかなかいい。ワインレッドの小さな木立のようだ。かすかにレインと同じ蜂蜜の香りがする。起こしたくはなかったが、指先で彼女の髪をそっと撫でた。

「おい」やさしく声をかける。「食べ物だ」

「なに？」レインは眼をしばたたかせた。ぼんやりしている。

「おまえの新しい恋人だ。夕食を持ってきた」

レインは両肘をついて体を起こし、キャンドルに気づいた。まぶしいほど嬉しそうな笑顔を見ると、心が痛んだ。彼女は簡単に喜ぶ。セスはつかのま視線をそらせ、眼が涙でひりひりするのをまばたきしてこらえた。

レインは高々とそびえるサンドイッチを見て息を呑んだ。「誰がこんなに食べるの？」

セスは無邪気な反応をおもしろがりながら、鼻を鳴らした。「心配いらない。おまえが残したものは、おれが全部たいらげる」

誰かに食べ物を準備してやるのは、ジェシーが幼くて自分で食べ物を調達できなかったころ以来だった。料理の腕は、朝食とサンドイッチをつくるのがいいところだ。だがレインは喜んでいるようだった。ふたりはベッドにあぐらをかいて座り、食事を楽しんだ。レインはなんとかサンドイッチをひとつ食べきり、セスが残りの三つをがつがつ食べるのをおもしろそうに見つめていた。そのあと、セスは少しずつブラウニーを食べさせてやるという名案を思いついたが、それはやぶへびだった。彼女の柔らかい唇にケーキをひと口入れてやり、クリームやかけらを舐め取る温かな舌を感じ、嬉しそうな表情を見つめていると、どうしようもなく興奮した。

「お砂糖のオルガスム」レインがつぶやいた。「もっとちょうだい、早く」

「チーズケーキとファッジのどっちにする？」

「最後はファッジにしたいわ。だから最後にくれるのはファッジにしてね」彼女は口を開け、ふたたびブラウニーを頬張った。「こんな風変わりな一日が、こんなにすてきな終わり方をするなんて思わなかった」

もうひとつ、べとべとするかけらを唇のあいだに入れてやる。彼女がチョコレートを舐め取ると、体がこわばった。「セックスのことを言ってるのか？　それともブラウニーのことか？」セスは尋ねた。

レインが体を伸ばしてにっこり微笑むと、またしてもペニスが膨れあがり、ボタンをとめていないジーンズの前からもう少しでのぞきそうになった。「どうして？　ブラウニーに負けるんじゃないかと不安なの？」

彼女が笑ってくれたことが、ばかばかしいほど嬉しい。「二度と同じ質問はしない」セスは保証した。「つねにどちらにも満足するようにしてやる」

レインはセスの上半身に指を這わせた。その視線が下に落ち、眼を丸くした。セスは下を見て赤くなった。はちきれそうなペニスの頭が、物欲しそうにズボンの縁からのぞいている。「心配しなくていい」かすれた声で言う。「疲れているのはわかってる。わずらわせるようなことはしない。おまえが眠っているあいだ、抱いていたいだけだ」

レインはペニスの先端の周囲を指先でそっと撫でた。うっとりしている。「わずらわせる？　あなたはそういう言い方をするの？」

セスは円を描く指を見つめ、自制しようと闘った。

「もう一度、わたしをわずらわせて、セス」レインがささやいた。「そっとやさしくわずらわせて。さっき約束したみたいに。いい？」

セスはあっという間にベッドをおり、ナプキンや食器や調味料をかき集めて床に置いた。そして記録的な短時間でジーンズを脱ぎ、コンドームをつけた。

彼女は上掛けを持ちあげ、暗くていい香りのする秘密のぬくもりへと招いている。それを見たとたん、狂おしいほどの欲望と性欲に襲われた。そっとやさしくだ。何度も自分に言い聞かせる。自分がした約束とキャンドルとチョコレートのことを考えた。そっとやさしく、ロマンティックに。レインはそうしてもらいたがっている。そうしてやらなければ。彼女に体を重ねると、上掛けが雲のようにふわりと背中にかかった。

レインがそっと抱きしめてくる。すごく柔らかくて温かくて力強い。ほっそりした腕を首にまわし、両脚をからみつけている。そっとやさしくだ。ふたたび自分に言い聞かせる。正式な恋人にふさわしいセックス。支配権争いでも月に遠吠えする動物でも征服王コナンでもない。セックスに対してゆがんだ想像をしがちな自分が即座に思い浮かべることのできる、狂気じみたセックスでもない。ぴったりと彼女を抱きしめ、このうえない快感を与えたい。安全だと思わせてやりたい。

ゆっくり時間をかけてやさしくやるのは、予想以上にむずかしかった。レインの香水が麻薬のような作用を及ぼし、キャンドルの光を浴びた髪はところどころが金色に輝くブロンズ色の巻き毛になっている。あまりのすばらしさに、彼女の顔を見つめるだけでいきそうだった。自分を抑えるために、眼をつぶって歯を食いしばらなければならなかった。

前回の名残りでレインは柔らかく濡れている。よかった。せっぱつまっているので、前戯をしていたらもたなかっただろう。軽くつついてから貫くと、レインは低く震えるようなあえぎ声を漏らした。ふたりは無言で見つめあった。この不思議な出来事に畏敬の念を覚え、恐ろしい気さえした。この瞬間がどれほど親密なものか、考えたことはなかった。彼女にとって信頼がどれほど大切なことかを。

セックスを信頼という形で考えたことはない。楽しみや自分がすべき務め、そしてその見返りに得るものしか考えていなかった。単純でストレートなやりとり。これまでは快感を追求する本能に従ってきたが、いまはその本能がこれまで踏みこんだことがない道へ導いている。レインとのセックスは、未知の世界に等しかった。

彼女のなかで動きはじめる。すると、だしぬけに世界の終焉《しゅうえん》が近づいているようにキスをしていて、彼女の腕が首に巻きついていた。さらに深く貫くと、彼女はするりと根元までセスを受け入れ、彼の動きに合わせて腰を上下させた。

セスは心がとろけそうなキスを中断し、笑い声をあげた。「やめてくれ」抗議するように言う。「そっとやさしくしろと言ったじゃないか。でもおまえが夢中になったら、おれはどうすればいいんだ？」

「もう、黙って」レインは彼の顔を引き寄せた。

体の下で彼女の腰が激しく上下している。体重をかけて押さえこむと、レインは体をくねらせて抗《あらが》った。セスは彼女が望む場所へと、無理強いするのではなくそっと誘《いざな》っていった。くり返し解き放たれる悦びが、回を追うごとにいっそうすばらしいものになるように。やさしくゆっくりと慎重に、何度も何度も彼女をいかせた。しぼるようにくり返し熱く締めつけてくるレインのオルガスムに、思わず絶頂を迎えそうになったが、我慢できないほどではない。まだだめだ。彼女が完全に自分を解き放ち、空高く舞いあがっても安全だと思えるようになるまではだめだ。自分が彼女を受けとめる網をつくるまではだめだ。空のように大きくて柔らかく美しい網を。

レインが悦びでぐったりすると、ようやくセスもクライマックスを迎えた。激しい快感が全身を駆けぬける。あまりの激しさに、彼女を抱きしめたまましばらく体をわななかせ、それからようやくわれに返った。

コンドームをはずしたあとで最後に思ったのは、こんなものをつけずに愛しあったらどんなにすばらしいだろうということだった。ふだん、そんなことは頭をよぎりもしない。分別のない愚かな子どものころ以来、コンドームなしのセックスをしたことはない。人生の三分の二ほど前のことだ。むきだしのペニスを燃えるようなぬくもりに沈め、彼女のなかで解き放ったらどれほどすばらしいだろう。

セスはその思いを断ち切り、真の深い眠りへ落ちていくほうを選んだ。永遠とも思える深い眠りのなかへ。


はじめはいつもの矛盾した感覚だった。不意打ちへの嫌悪感と、避けられないという恐怖感が一緒になっている。父親が指を差している。レインはそれを見ようと乗りだした。古いB級ホラー映画の一場面のように、大理石から血がにじみだしている。顔をあげると、そこにいるのは父親ではなくヴィクターだった。にっこり微笑んでいる。ヴィクターが三つ編みをつかんで力いっぱい引っぱったので、涙があふれた。「強くなるんだ、カーチャ。世の中は泣き虫にはやさしくしてくれないぞ」頭のなかで彼の声が大きく耳障りに響く。

自分はストーン・アイランドの桟橋にいて、緑色のカエルがプリントされた水着を着ている。泳ぐために髪はきっちり三つ編みに結ってあり、母親は黄色いサンドレスを着て笑っている。口髭を生やした大柄な浅黒い男が、レインの鼻から緑色のカエルのサングラスをむしり取り、届かないように高いところに持っている。手を上下させてレインをからかっている。ぶらぶらさせては、さっと手をあげる。サングラスは度が入っていて、それがないと視界がぼんやりした。口髭の男はいかにもおもしろそうに笑っているが、全然おもしろくなどない。どんなにまばたきしてこらえようとしても、ぼやけた視界に欲求不満の涙があふれてくる。もしヴィクターに見られたら、きっと叱られる。

父親のヨットが桟橋を離れていく。父親は手を振っていて、視界がぼやけていても、父の眼にかすかに悲しそうな色が浮かんでいるのがわかる。打ちひしがれた顔を見ると胸がつぶれる。笑い声をあげる三人の大人に手を振る父親が、どんどん小さくなっていく。

「忘れるんじゃないよ」声が届くはずもないほど遠く離れているのに、すぐ横にいるように父親の声が頭のなかで響く。

やっぱり。レインにはわかっていた。二度と父親には会えないのだ。父親はしだいに小さくなり、影になった両眼しか見えない。まるで古びた頭蓋骨の眼窩《がんか》のようだ。パニックが押し寄せ、レインは父親に向かって叫んだ。戻ってきて、帰ってきてと訴える。わたしが助けてあげる。なにか方法を考えるわ。パパが喜ぶならなんでもする。お願いだから戻ってきて、わたしをひとりぼっちにしないで……。

「レイン！　くそっ、眼を覚ませ。ただの夢だ。起きろ！」

レインは自分を抱きしめているたくましい腕のなかで激しくもがいた。やがて、頭がはっきりした。セス、セックス、チョコレート、血のように赤い溶けた蠟《ろう》のなかで燃えているキャンドル。ストーン・アイランド。また夢を見たのだ。

レインはセスの温かな胸に倒れこんで泣きだした。だが、涙はいつもほど長くはつづかなかった。しっかりと抱きしめられているうちに全身が暖まり、心が落ちついていく。涙が引いた眼を手の甲でぬぐった。「ごめんなさい。起こしちゃったわね」

「ばかなことを言うな」セスが言った。「ひどくうなされていたぞ」

レインはうなずき、ほてった額を彼の胸にうずめた。

「夢の話をしたいか？」セスがうながした。

「いいえ」

「話せば楽になるかもしれない。そういう話を聞いたことがある」

レインは首を振った。セスが胸にあたっていないほうの頰にキスをした。「好きにしろ。もし気が変わったら、いつでも聞いてやる」

「ありがとう」レインはささやいた。

セスはレインを引き寄せ、肩のくぼみにぴったり抱きしめた。「もう一度眠れそうか？」

「いいえ」正直に答えた。「しばらくは無理。たぶん、もう眠れないと思う」

「じゃあ、こういうことがよくあるんだな」

有無を言わさない口調に、恐怖感が薄れた。セスはベッドサイドの明かりをつけ、まじめな表情でレインの濡れた顔を見つめた。「なにかおれにできることがあるか？　たたきのめしてほしいやつがいるか？」

レインは彼のぬくもりのなかへいっそう深く顔をうずめ、二の腕のたくましい筋肉にキスをして首を振った。「あなたには助けられないわ、セス」そっと言う。「でも、助けようとしてくれて嬉しいわ」

彼が体をこわばらせたのがわかり、レインは自分が危険な〝ラブ〟という言葉を使ったことに気づいて心が疼いた。早まってこの言葉を使うと、男性はパニックを起こすと聞いたことがある。

支配権の幻想にしがみつくのはやめなさい。皮肉な気持ちで自分に言い聞かせる。彼は逃げだしていないし、悲鳴をあげてもいないじゃない。これはいい兆候よ。

「じゃあ」セスが不自然になにげない口調で言った。「これからどうする？」

レインは彼の胸にキスをした。「あなたは眠って、わたしは天井をにらんでいるの」

「そうじゃない。おれたちはどうするのか、と訊いたんだ」

レインは肘をついて体を起こし、胸毛に指をからませながら彼に微笑みかけた。「二度と暗闇から飛びだしてわたしを怖がらせないと約束するところから、もう一度はじめてもいいのよ」

「鍵をくれ」セスは言った。「おまえは家に帰ったら、『ハニー、ただいま』と言えばいい。もしおれがそこにいたら、『今日はどうだった？』と訊くから」

レインは厚かましい要求に唖然《あぜん》とした。「鍵を渡すのは、ちょっとやりすぎのような気がするわ、セス」言葉をにごす。

「おれがいつもこの部屋の鍵をピッキングしているのを見たら、近所の住人が不安がる。それに、正式な恋人は鍵をもらう権利がある」

「そうなの？」

彼は眉をひそめた。「当然だ」レインがためらっているので、いらいらしている。

レインはセスのたくましい胸に生えた毛を見つめ、考えをまとめようとした。鍵を渡すなんて、ルールに反している。でも、そのルールはいま自分がいる狂った現実にはあてはまらない。わたしはカオスに巻きこまれる運命なのよ。レインは深呼吸をすると、感情に従った。理性ではなく。「ヴィクターにもらった鍵をあげるわ」

セスは肘をついてぱっと起きあがった。「なんだって？」

「昨日の夜、帰宅したら彼が待っていたの」

もどかしげに先をうながす。「なにが目的だったんだ？」

「あなたをスパイしろと言われたわ」レインは言った。「彼は、あなたが何者か知りたがっているのよ」

「それで？　彼になんと言った？」

「いやだと言ったわ」あっさりと答える。「帰ってくれと言ったの。ほかにどうしろって言うの？」

「辞めればいい」そっけなく言う。「放っておいてくれと言ってやればいい。この街を出ればいい。そうすればいいんだ！」

レインはうつむいて首を振った。

セスは悪態をつき、ばたんと仰向けに横たわって天井をにらみつけた。「おまえといると、頭がおかしくなる。悪い意味でだ、レイン」

彼女はとまどってセスのしかめっつらを見つめた。「ヴィクターがあなたをスパイするように言ったことは気にならないの？」

セスはいらいらと横目で一瞥《いちべつ》した。「べつにめずらしいことじゃない。おれがあいつの立場なら、同じことをするだろう。あいつが下司《げす》野郎だってことはわかってる。おれをスパイしようとしたところで、とくに驚きはしない。あいつに話すでっちあげを考えてやろうか？これ以上つきまとわれないために」

「いいえ、けっこうよ。こんなことに関わるつもりはないわ」

セスの顔が厳しくなった。「じゃあ、おまえはここでなにをしてるんだ？」

レインはふたたび首を振った。「セス――」

「教えてくれ。レイザーのろくでもない企みには関わりたくないが、ここを出ていくわけにもいかないと言ったな。おまえなりの理由があると。その理由ってのは、なんなんだ？」

悪夢ですでにずたずたになっていた神経に彼の言葉が突き刺さり、もろい冷静さが崩れはじめた。桟橋を離れていく父親の、悲しげでうつろな瞳が脳裏に浮かぶ。熱い涙があふれるのをこらえきれず、手で顔をおおった。

セスが歯がゆそうになにかつぶやいた。「めそめそしても、ごまかされるつもりはないぞ、レイン。レイザーとどういう関係なんだ？　話すんだ」

言葉が自然に口から出た。「彼はわたしの父を殺したの」

セスはなんの反応も見せなかった。驚いた声も出さず、びっくりしているようにも見えない。長いあいだ、考えこんだように見つめているだけだ。やがて手を伸ばし、手の甲でレインの頰の涙をぬぐった。「いまの言葉をおれにくり返してほしいか？」やさしく尋ねる。

レインは口に手を押しあてて、彼に打ち明ける言葉を考えた。ひとつでも間違った言葉を口に出したら、いっきになにもかもしゃべってしまうだろう。「むかしのことなの」小さな声で話しだす。「わたしはもうすぐ十一歳になるところだった。父は……ヴィクターの会社で働いていたの。詳しいことはわからない。子どもだったから。ヨットの事故という話だったわ。わたしたちは逃げだして、二度と戻らなかった。母はそのことを話したがらないの」

「じゃあ、どうしてヴィクターがやったと──」

「この悪夢よ！」さっと手をおろし、涙で汚れた顔をさらす。恥ずかしいほど必死な顔を。「父が死んでから、ずっとこの夢を見ているの。父は自分の墓をわたしに見せるの。すると文字から血がにじみだすのよ。顔をあげるとヴィクターがいて、わたしに笑いかけている」

「証拠はないのか？　当時あいつを告発した人間はいなかったのか？」

「ええ」レインはささやいた。「わたしたちはとにかく逃げだしたの。母とわたしは」

セスは手の甲でやさしく涙をぬぐった。「スイートハート」慎重に口に出す。「単に哀しみのせいだとは思わないのか？」

レインはさっと身を引いた。「十七年間、同じ質問を自分にしてこなかったと思うの？　いまとなっては、そんなことはどうでもいいのよ。わたしはやらなくちゃならない。さもないと頭がおかしくなってしまう。単純なことよ」

セスは顔をしかめた。「やるってなにを？　具体的に、なにをしなくちゃならないんだ？」

レインは両手を振りあげた。「父が殺されるはめになるようななにを知ってたか、突きとめるのよ。手がかりや動機を探す。わたしはワンダー・ウーマンじゃないわ」

「両親はロンドンに住んでるんだと思っていた」

びっくりしてセスを見ると、彼はもどかしそうに肩をすくめた。「おまえの個人ファイルをハッキングしたんだ」

「そうなの」レインはつぶやいた。「ヒュー・キャメロンは義父よ。父が亡くなったあとの五年間、わたしたちはヨーロッパをあちこち移動したの。その後、母はようやく落ちついて、ヒューとロンドンで暮らすようになったのよ」

「父親の名前はなんというんだ？」

このことだけは、話す覚悟ができていなかった。相手が誰であろうと覚悟はできていない。本能が喉元で邪魔をしている。レインは全身を走る身震いを隠そうとした。「父の名は……ピーター・マラットよ」

嘘ではない。ピーター・マラット・レイザー。

「コーネル大学では、文学と心理学を勉強したんだろう？」

「わたしのファイルをじっくり調べたようね？」

「もちろん調べた。おれが言いたいのは、大学で文学を勉強した秘書が、どうやって十七年前の殺人事件を捜査するつもりなんだ？　多少なりともアイデアがあるのか？」

レインは彼から眼をそらせた。「何冊か本を読んだわ」

「本ね。なるほど」

どっと疲れが押し寄せてきた。「わたしは趣味でやってるんじゃないのよ、セス。やらなきゃならないの。もしかしたら、忘れようにも忘れられない悪夢を見つづけているせいで、精神的におかしくなっているのかもしれない。そうだとしても驚かないわ。でも、だからってなにも変わらない。わたしはやるべきことをやらなきゃならないの」

「なにをやらなきゃならないんだ？」セスが問いつめる。「計画は？」

レインは口ごもった。「やりながら考えているのよ」白状する。「ヴィクターがわたしに興味を持っているのはいいことだし……」

「とんでもない」セスがとげとげしく言った。

「わたしの目的にとっては、願ってもないことだわ」言い返す。「昨日ストーン・アイランドに呼ばれたのは、ラッキーだった。手がかりや痕跡につながる記憶を探しているんだもの。わたしはあたりに目を配っているの。できるだけのことをしている。そうしなければ、夢と縁を切れないの」

「要するに、計画などなにもないということだな」

レインは悲しげにため息を漏らした。「そういうことね」

セスは枕をたたきつけた。羽毛が舞いあがる。「こんなに無茶苦茶でばかばかしくて、とことんくだらない話は聞いたことがない」

そう言うと、レインをにらみつけた。すっかり腹を立てている。レインは気分がよくなっていた。彼に打ち明けたせいで、押しつぶされそうな重荷がおりた。空気のように軽くなって、ベッドから浮きあがりそうな気がする。「ええ、そうね」明るく応える。「たしかに、本当にばかげた話だわ」

「レイザーはサメみたいなやつだ」セスが声を荒らげる。「無知で世間知らずな人間が、どうすれば殺されずにあいつの周囲をうろうろできると思うんだ？」

レインはくすくす笑いを抑え、思慮深くまじめな表情を浮かべようとした。「その質問は、一度ならず自分に問いかけてみたわ。唯一思いつく答えは、まったくの運に頼るしかないということね」

「運は永遠にはつづかない」セスがうなった。「万が一に備える必要がある」

つかのま押し寄せた幸福感が薄れていく。「なにか考えるわ」

「いいや。考える必要はない。明日の朝、シアトルを発つ飛行機に乗るんだ。おまえにそんなことをさせるわけには――」

「セス」彼の胸に手をあてて、言葉をさえぎる。「大切なことを忘れてるわ。これは、あなたが決める問題じゃないの」

ふたりの視線ががっちりとからみあう。レインは、セスと恋人同士になってから発見したばかりの認識に基づいて彼と闘った。そして自分の変化にはっとした。セスはとても強いけれど、わたしは彼の非難のプレッシャーに耐えられる。たとえ彼が腹を立てていても。

セスは考えこんだように眼を細めた。「おまえは蝶じゃないということだな？」

レインは首を振った。「もう違うわ」

「あいつのことは忘れろ、レイン。あきらめて逃げるんだ。普通の暮らしができる場所を探せ」

レインはいっとき眼をぱちくりさせると、どっと笑い声をあげた。「普通の暮らしってなに、セス？」

セスはぽかんとした。「その、郊外の家とか？　四人の子どもにＰＴＡの集まり、湖で過ごす夏？　ショッピングモール、映画センター、慈善パーティ、リトル・リーグ？　クレジットカードの支払い？」

レインの口元に悲しそうな笑みが浮かんだ。黙ったまま首を振る。

セスは負けを認めて肩をすくめた。「どうでもいいさ」レインを引き寄せながら、つぶやいた。「普通がどんなものか、どうせおれにはわからない」

「わたしたちは似た者同士なのね」

セスはレインの髪に顔をうずめた。「それはいい」

「多少なりとも喜んでもらえて嬉しいわ」鎖骨に鼻を押しつけているせいで、声がこもった。

セスはレインをベッドに押し倒し、体を重ねた。「おれがなにを言っても、明日の飛行機に乗るつもりはないんだな？」

「何度も逃げようとしたのよ」さらりと答える。「十七年間、ずっと逃げようとしてきた。保証するわ。無駄なのよ」

「わかった。それなら、明日はこうするんだ」厳しいビジネスライクな声で言う。「明日は、おれがオフィスまで送っていって、帰りも迎えにいく。おれに黙ってオフィスを出るんじゃない。電話でもメールでもポケベルでも、とにかく連絡するんだ。おれに連絡せずにあのビルを出るな。コーヒーを飲みにいくだけでもだめだ」

「おれをスパイするようにレイザーに言われたんだろう？　そのとおりにするんだ。おれを誘惑しろ。おれと寝て、おれをスパイするんだ。体の隅ずみまで調べて、髪の毛の数を数えろ。おまえはただ、ボスを喜ばせようとしているだけだ。そうだろう？　完璧な口実だ。それで八方丸く収まる」

「でも――」

レインはうろたえた。「大げさに反応しすぎだと思うわ」

「おれのいかれた恋人が、たったひとりで強大で冷酷な殺人者に立ち向かうと言っている。証拠も捜査の経験もないのにだ。それでも、おれは大げさだって言うのか。あいにくだが、おれに打ち明けたのが運のつきだ。言うとおりにしないと、厄介なことになるぞ。どうせ最後にはおれの言うとおりにするんだろうが、疲れきって腹を立てるはめになる」

レインはばかみたいに笑みが浮かぶのをこらえきれなかった。彼がどれほど誇大妄想で、どれほどわたしを守りたがっていようが、いっこうにかまわない。彼に対処するうえでの厄介な問題は、おいおい解決していけばいい。胸の奥が温かくなっていく。この気持ちだけで充分だ。「わかったわ」チクチクする顎に頬をこすりつけながら言った。「きちんと連絡する。あなたがそうしてほしいなら」

「そうしてほしい」うなるように言いながら上掛けの下にもぐりこんでくると、レインを横から抱きしめた。

「セス？」

「んん？」

「わたしは頭がおかしいと思っているんでしょう？　でも、あなたに全部話してすっきりしたわ」

「そうか？　へえ、そりゃよかったな。おれの気分は最悪だ」

レインは彼の胸にいっそう強く顔をうずめ、笑顔を隠した。太腿に熱く硬いものがかすめる。手を下にのばし、そっと撫《な》でた。はちきれそうだ。まただわ。

セスがうめいた。「その気にさせないでくれ。手を放すんだ。寝る時間だぞ」

レインはしぶしぶ手を放した。「これが、その、普通なの？」

「おれが普通ってものをどう思ってるか、わかってるだろう」

「なにが言いたいかわかるでしょう」

「ああ、何度でも勃《た》つってことを言ってるんだな」頭のてっぺんにキスをする。「そうだな、こいつを元気にするために困ったことはない。だが、おとなしくさせるのに苦労したのは、おまえに会ってからがはじめてだ」

「あら、口がうまいわね」

「こいつのことは気にするな」けだるい声に、かすかに笑いがこもっている。「下品な野蛮人は無視するんだ。そのうちこいつも落ちつくさ」

「こんな状態で眠れるの？」

声をあげずに笑っている彼の胸が、耳の下で震えた。「心配するのはおれにまかせろ。いいから少し眠るんだ」

驚いたことに、眠れそうだった。たくましい彼に抱きついていると、暖かくてリラックスできる。暗闇のなかにいるのは、モンスターと自分だけじゃない。こんなことは、はじめてだった。

なんてクレイジーな一日だったことか。いろいろなことがいっぺんに起こった。恋人ができ、彼に家の鍵を渡し、もっとも陰鬱《いんうつ》でつらい記憶を打ち明けた。彼はわたしを暖め、激しいエネルギーと幸福感、おそらくは勇気と幸運まで与えることで、わたしを変えてくれた。ブレーキもかけずに時速三〇〇マイルで疾走しているのに、スピードを落としたいとも思わなかった。

これほど甘美で感覚にあふれた夢を見るのは、はじめてだった。ぬくもり、湿り気、うっとりするような熱と光、そして移り変わる色。頭がくらくらしてとろけてしまいそうな感覚。まるで神に愛されているようなすばらしい快感。そのとき、するりと意識が戻った。部屋に差しこむかすかな朝日がまぶたにあたっている。レインは美しい夢に留まっていられるように、目を覚まさないように努めた。快感は薄れなかった。しだいに強くなっていく。そっと眼を開けた。

上掛けが足元からめくれ、胸にかかっている――そして、脚のあいだにセスが横たわっていた。

レインを舐めている。

びっくりして飛び起きると、セスが両手でお尻をつかんで安心させるようなことをつぶやいた。上掛けを横にどかして顔をあげ、したり顔で満足げににやりとする。「おはよう」それだけ言うと、ふたたび唇を押しあててきた。

レインは狂おしい快感に身悶えしてささやいた。「セス、あなたってば、取りつかれてるわ」

彼が笑い声をあげると、その声と甘くむずむずするような温かい息に共鳴してひだが震えた。「ああ。おまえを舐めるのが好きなんだ。この味で頭がおかしくなりそうだ」そう言うと顔をあげてレインの眼を見つめた。「なにか問題でも？」

「いいえ、ないわ」レインはあえいだ。彼の舌が上下し、大切なところを転がしている。

「わたしはただ……ああ……」

「ただ、なんだ？」

「あなたは完璧な恋人だと思っただけ」たどたどしく言う。

しゃべることも考えることもできない。エロティックな魔力に包まれ、官能的にやさしくもてあそばれることしかできない。どこよりも熱くて気持ちのいい場所でちらちらと躍る彼の舌に、容赦なく絶頂へ押しあげられていく。まばゆいばかりの恍惚感《こうこつかん》が全身を駆けぬけ、体が痙攣《けいれん》した。

セスは長いあいだレインの太腿に頭を載せていたが、やがて体を起こした。顔をぬぐい、欲望と驚きがまざった奇妙な表情で見つめている。「おはよう」立ちあがりながら、挨拶をくり返す。

レインは起きあがって彼の体を見つめた。しなやかな筋肉が長く伸び、引き締まっていてとても均整がとれている。体の前で誘うようにぴくぴく動いている充血したペニスは言うまでもない。「おはよう」ふいに羞恥心がこみあげ、挨拶を返した。内なる野性の女が、はちきれそうに勃起したものを指差してぴょんぴょん跳びはねながら言っている――わたしのものよ。あれはわたしのもの。あれが欲しいの。ちょうだい。いますぐに。その衝動を社会的にふさわしい言葉で表現しようと葛藤したが、頭がまともに働いてくれない。レインは股間を示して言った。「セス。あなたは、その……」

「もちろんやりたい。だがおまえはまだこういったことに慣れていないし、昨夜のおれたちはつがいのミンクみたいにからみあった。やりすぎるのはよくない。おれは完全な偏執狂じゃない」

「わたしはそうよ」レインはあからさまに言った。

彼の瞳が貪欲な期待できらめく。「そっとでもやさしくもなくなるぞ。おれはいま、そういう気分じゃない」

ぶしつけな警告と挑戦がこもった彼の言葉が、ふたりのあいだに漂った。

「かまわないわ。わたしもそういう気分じゃないの」

彼がナイトテーブルからどんどん数が減っているコンドームのひとつをつかみ、封を切って装着しているあいだ、野性の女ははねまわって歓喜の雄叫びをあげていた。セスはレインの足首をつかみ、ベッドの縁まで引き寄せて仰向けに倒した。太腿を持ちあげ、満開の花のように広げる。

膝をつかんでさらに脚を広げ、じっとレインの眼を見つめた。「今日は、あいつのオフィスへ行かせたくない」

激しい男のエネルギーで自分の優位を主張しようとしたが、虚しい努力は彼女をいっそう興奮させただけだった。「それは残念だわ」そう言うと、レインは彼の両腕をつかんで引き寄せた。「来て、セス。じらさないで」

「見せてくれ」やさしく言う。「全部だ。足首がイヤリングにつくまで」さらに脚を押し広げ、指先でそっとひだを広げる。「すばらしい。かわいらしいセクシーなものを見せてくれ。おれだけを誘っているものを」

「来て」レインはせかすように背中を反らせた。

セスはお尻の下に手を入れ、そっと先端をねじこんだ。「ああ、すごい」

「来て」もう待てない。「意地悪しないで」

最初のひと突きで悲鳴をあげた。痛みのせいではない。だが、セスはびっくりしたように動きを止めた。「大丈夫か?」

彼女はぐっとセスを引き寄せた。「大丈夫。すごくすてきよ。お願い、セス」

「わかった。今回は面倒なことは抜きだ」

そう、これが欲しかった。ふっくらと疼いているところを隅ずみまで愛撫する波のようなリズム。ひと突きされるたびに、レインはすすり泣くようなあえぎを漏らし、彼の両腕をつかんでせきたてた。たがいにそのリズム以外なにもいらなかった。ただ、さらにそれを求めることしかできない。もっと熱く、もっと速く、容赦なく激しく。ふたりとも炸裂するまで。セスが崩れるように倒れ、震えながらレインにおおいかぶさった。「すごい。おまえとやると、いつもこうなる。怖いほどだ」

レインは汗で湿った彼の髪にけだるく指をすべらせた。「なにが怖いの？」

セスは体を離して床に膝をつき、レインの両脚の下に腕をかけた。「おまえが怖いんだ」

「セス」身をくねらせながらつぶやいた。

「おまえの香りをかぐと、欲望で狂いそうになる」そう言って、むさぼるように深く息を吸いこんだ。

ばかみたい。レインはくすくす笑った。「言ったでしょう、香水はつけていないって」

「瓶に入った香水のことを言ってるんじゃない。おまえの香りのことを言ってるんだ。おまえが使っている石鹸やローションが混ざりあってるが、それだけじゃない。いちばん奥にある香りは、まるで……」そこで口を閉ざし、レインのおへそに鼻をうずめて深く息を吸った。

「まるで、蜂蜜とスミレが混ざったような香りだ。雨のあとのスミレ。でももっと温かくて熱い。もっとやさしい。そこにセックスの香りが混ざって、死にそうにいい香りがする」

レインは肘をついてもがくように体を起こし、感動して彼を見つめた。「まあ。あなたって詩人なのね」

彼は意外そうな顔をした。「まさか。わかりきった事実を言ってるだけだ。たまたま詩のように聞こえただけさ」

「そう。あなたに抒情詩的な面があると思うなんて、とんでもない勘違いだったわね」

セスは怖い顔で彼女を見つめながらコンドームをはずし、丸めてゴミ箱に捨てた。「ああ」疑わしそうにつぶやく。「とんでもないことだ」

レインは勇気を振りしぼって体を起こした。「セス、今度は――」

「なんだ？　おれは今回、どんな間違いをやらかしたんだ？」

鋭い口調にびくっとする。「違うわ」慌てて言う。「間違いなんて、ひとつもなかった。わたしはただ、今度はわたしにさせてくれるかと……その……わかるでしょう」

彼は首を振った。「わからないね。はっきり言ってくれないか」

レインは深呼吸して眼をつぶり、ささやいた。「オーラルセックスよ。あなたはいつもしてくれる。わたしもあなたにしてあげたいの。一度もやったことがないから、あまりうまくないと思うけれど」

ようやく眼を開けると、セスが滑稽《こっけい》なほど当惑した顔で見つめていた。「くそっ、レイン。訊かれるまでもない。おまえはなんでも好きなことをすればいいんだ。そんなことをされたら、おれはおまえの奴隷になっちまう。いつでも、どこでもいい。おれは冗談を言ってるんじゃない。もし望むなら、いますぐやってもらってもいい」

レインは頬を染めて首を振った。「もう遅刻しているのよ。また今度にするわ」

「忘れたなんて言わせないぞ」いっきにおおいかぶさってきて、ベッドに押しつけられた。「今日という一日に立ち向かう前に、もうひとつ知りたいことがある。卵はどう料理してほしい？」

レインは呆気に取られて彼を見つめた。「卵？　うちには卵なんてないわよ、セス」

「あるとも。昨晩のご馳走のほかに、朝食の買い物もしておいたんだ。卵、ベーコン、オレンジジュース、トースト、コーヒー。本物のクリームもある。おまえはもう少し肉をつけたほうがいい」

しごく満足げな表情に、レインは思わず笑い声をあげた。「昨晩のことで、すごく自信をつけたみたいね?」彼の頬を撫でながら尋ねる。

「おれを責めないでほしいね」彼は猫のようにレインの手に頬をこすりつけると、それをつかんで手のひらにキスをした。温かくほてるような感覚が胸を満たす。幸せな気分で朝を迎えるのは、ずいぶん久しぶりだ。

彼女はちらりと時計を見て眉をひそめた。「本当に遅刻だわ。大急ぎでシャワーを浴びて出かけなく——」

「おまえが朝食を食べるまで連中は待っていられるさ」有無を言わさぬ口調で話をさえぎる。

「おまえはあの会社のために、何週間も血を流してきた。もう充分だ」

彼はわたしの人生の隅ずみまで知っている。それが不安にさせた。「どうしてわかるの?」ためらいがちに尋ねる。

「おまえを見ればわかる」

レインは眉をひそめた。「そんなにひどい?」

「いい加減にしろ。おまえははっとするほど美人だし、それは自分でもわかってるだろう。だが、もっと食べなくちゃだめだ。それに、どうせオフィスまで送っていくのはおれだ。おれは、おまえが食事をするまで送るつもりはない」

レインは彼の怒った顔から眼をそらし、黄金色のみごとな裸体に視線を落とした。「一緒にシャワーを浴びたい?」

しかめつらが消え、視線が熱を帯びる。「ああ、もちろんだ。息をするよりそうしたい。

だが、そんなことをしたらどうなるかわかってるだろう。それに、おれはおまえに朝食を食べさせたい」

官能的なイメージが心を駆けぬける。石鹼のついた手がほてった肌をすべり、湯気のなかでつるつるしたタイルに押しつけられる。お湯が降り注ぎ、体をたたきつけている。セスはあとずさって体を離し、首を振った。「おまえは危険だ。さあ、急いでシャワーを浴びてこい。さもないと、いますぐまた襲うぞ」

レインは急ぎ足でバスルームに入り、シャワーを出した。降り注ぐお湯の下に立ちながら、悪夢が残す恐怖や哀しみを感じないことに驚き、感謝した。落ちついてリラックスしている。筋肉から力が抜けてエネルギーがあふれている。

現にお腹もすいていた。朝お腹がすくなんて、生まれてからはじめてだ。最近は、空腹感がどんなものかも忘れていた。でもいまは、ベーコン、卵、トーストとオレンジジュースがすばらしく思える。レインは降り注ぐお湯の下でシャンプーしながら小躍りした。ガラスの引き戸の向こうに黒い人影が現われた。セスがドアを開け、泡だらけの体を舐めるように見ている。

「行儀よくしていようとしたんだ」彼が言った。「自分を抑えようとした。礼儀正しく我慢しようとした。誘惑と闘おうとした」

レインは眼から泡をぬぐい、彼に向かって眼をしばたたかせた。「そうなの？　それで？」

セスはシャワーの下に踏みこんで、手を伸ばしてきた。「失敗した」

14

「手順はわかってるな？」

レインはシート越しに乗りだしてキスをした。「心配いらないわ、セス」

安心させるようににっこり微笑んでいる。だがセスはそれを見てよけい不安になった。彼女は真剣に取りあっていない。もし真実をすべて知っていれば、死ぬほど怯えて当然なのだ。

「おれが心配するべきかどうかなんて訊いてない。手順はわかってるかと訊いたんだ」

厳しい口調にレインはたじろいだ。警戒するように眼を見開いている。セスは深呼吸し、努めてやさしい口調で言った。「おれに連絡しないうちは、あそこからは一歩も出るな。わかったな？」

「ええ。あなたもいい一日をね、セス。倉庫の調査を楽しんでちょうだい」そう言うと、肩越しに微笑んで、足早に建物のガラスの回転ドアに呑みこまれていった。

セスは追いかけたい気持ちを必死でこらえ、気をまぎらすために携帯モニターに彼女の発信機のコードを打ちこんだ。碁盤目の上に一連の信号が現われるまで調整する。点滅するアイコンの横で座標数値が絶え間なく変化し、空間データを伝えはじめると、マクラウドの番号を入力した。

最初の呼び出し音でコナーが出た。「もしもし?」

「ピーター・マラットという名の男に関して、わかるかぎりの情報を知りたい」セスは言った。「デイビーにチェックさせろ。この男は、十七年前に謎の溺死を遂げるまで、レイザーのところで働いていた」

「どういう関係があるんだ?」

「レインの父親だ。彼女はレイザーが父親を殺したことを証明したがっている。当時は、状況証拠からヨットの事故と考えられていた」

つかのま沈黙が落ちる。「話がおもしろくなってきたな」わざと不吉な口調でコナーが言った。

「黙って調べろ。おれがレントンにいるあいだは、おまえたちのひとりが彼女を監視してくれ。おれはこれからレントンに向かう。彼女はオフィスにいる。昨日、彼女の所持品に発信機を五つしかけておいた。コードを言うぞ。ペンはあるか?」

「ちょっと待て……よし、いいぞ」

セスは発信機のコードを読みあげた。「モニターを立ちあげて、オフィスへ向かってくれ。急ぐんだ。誰も彼女を監視していない状態にしておきたくない。今朝のレイザーの尾行はショーンにやらせろ」

「ああ、いいとも。問題ない。よお、セス。こいつにけりがついたら、あんたの社交術について真剣に話しあおうぜ」

「いやだね」

セスは電話を切り、朝の渋滞に車を乗りいれた。信号が変わるのを待ちながら、店のショーウィンドウで感謝祭の飾りつけをしている男をぼんやり見つめた。カボチャやトウモロコシの穂軸があふれんばかりに入った小枝編みのかご、張り子の七面鳥、入植時代の服装をしたマネキン。胃袋が締めつけられる。ジェシーは一月に殺された。ジェシーのいないウィンター・ホリデイが、すぐそこに迫っている。セスはまだ覚悟ができていなかった。

子どものころ、祭日が大切なものだったわけではない。むしろその逆だ。だが、ハンクとつきあうようになってから、以前より重要な意味を持つようになった。ハンクにとって、祭日は重要なものだった。何年も前に亡くなった妻を思いだすよすがだったのかもしれない。だからセスとジェシーもぶつぶつ文句を言いながらも調子を合わせた。毎年、三人はローストずみの七面鳥やパンプキン・パイ、それから祭日につきもののまずそうな食べ物を買いそろえた。紙皿に食べ物をよそい、ひと晩じゅうハンクの古いジュリー・アンドリュースやペリー・コモのクリスマスアルバムを聞きながら、ジャック・ダニエルをあおった。そのうち、ハンクは泣きながら亡き妻グラディスの話をはじめる。それを合図に、セスとジェシーはハンクのわきの下に手を入れてベッドへ運んでいった。ハンクの病気が重くなった最後のころは厄介で悲しいものになったが、それは三人にとって精一杯家族らしいイベントだったし、三人ともそれに感謝していた。

どういうわけか、数年前にハンクが死んだあとも、セスとジェシーは祭日に集まる習慣をつづけた。味気ない伝統料理よりメキシコ料理やタイ料理を選んだが、夜がふけるまでジャック・ダニエルをあおるのはハンクへの追悼だった。彼の死後はじめてのクリスマスは憂鬱なものになったが、ふたりは切りぬけた。へたなジョークを山ほど飛ばしては歯を食いしばり、ウィスキーをあおって一緒に戦った。

ひとりでどう戦えばいいのか、わからない。

ショーウィンドウを飾りつけている女々しい男は、マネキンの長い黄色の髪を整えている。マネキンの合成繊維の髪をレインの温かなブロンドとくらべているとき、セスはあることを思いついた。無事にクリスマスを切りぬける完璧な方法を。

レインをさらって、一緒に海へ行こう。海が見える窓とジャグジーがある部屋を見つけ、祭日のあいだずっとエンドルフィンがもたらす霞のなかで過ごすのだ。窓を雨がたたき、浜辺に波が打ち寄せるなか、燃えるようなすばらしいセックスをして、その合間に彼女にシャンパンを飲ませ、殻に載ったカキを手で食べさせてやる。白く泡立つ波が、脈打つような官能的なリズムで砂浜に打ち寄せるなかで。

それがいい。セスは歓喜の雄叫びをあげそうになった。最高の気晴らしになるだろう。ジェシーは兄を誇りに思うに違いない。

レインを説得できるだろう。おれは楽器のように彼女を奏でることができる。レインはとてもやさしくて愛情深い。きっとすばらしいことになる。待ちきれないほどだ。それを思うと興奮し、一分か二分のあいだ、セスは完全に自分がそこにいる理由を忘れていた。

ジェシー、レイザー、ノヴァク。血の報い。くそっ、おれはなにを考えてるんだ。すべてをこの捜査に向けるべきだ。ひとつ残らず。

だが、心の一部は頑なに自分とレインのアイデアにしがみついていた。熱い風呂と打ち寄せる波に。たぶんそのころにはこのろくでもない悪夢にも片がついていて、彼女と海辺で過ごすクリスマスは褒美になるだろう。それまで生き延びることができればだが。信号が青になったのに、セスはマネキンのうつろな笑顔を見つめていたのだ。誰かが卑猥《ひわい》な言葉を怒鳴っている。彼はアクセルを踏みこみ、ノヴァクの手にかかったジェシーの遺体がどんな姿だったか思いだそうと努めた。なにを優先すべきか明確にするには、かっこうのイメージだ。

「ちょっと待っていてもらえるかしら?」レインはタクシーの運転手に尋ねた。「長くはかからないわ」

運転手はどっかりとシートにもたれ、ペーパーバックを探した。「メーターはまわしとくぜ」

「かまわないわ」

レインはリンウッドの住所をもう一度メモで確認すると、小さな一軒家の階段をゆっくりと昇っていった。呼び鈴を鳴らす。ドアが開き、チェーンの向こうから白髪の女性がのぞいた。「はい?」

「ドクター・フィッシャーでいらっしゃいますか?」

「そうですが」

「レイン・キャメロンです。今朝、ピーター・レイザーの解剖報告書の件でお電話をした者です」

年配の女性はためらってから、チェーンをはずした。「お入りなさい」

ドクターは小さな応接間に座るように言うと、コーヒーとシュガークッキーが載った皿を運んできた。レインが座っているソファの反対側の端に腰をおろす。

「さて、ミズ・キャメロン」ドクターははきはきと言った。「どういうご用件かしら？　電話でご質問に答えてもかまわなかったんですよ」

「あいにく、電話をしたときはまわりに人がいたものですから。この解剖報告について、いくつかお訊きしたいことがあるんです」そう言って、セベリン・ベイ検屍官オフィスから送られてきたマニラ封筒を取りだした。

封筒に入った書類に眼を通すうちに、ドクターの眉間にくっきりしわが寄った。「わたしの記憶では、この件には疑わしいところも、複雑なこともまったくなかったと思うわ。事故と判定された。よく覚えています。この地区にいる病理学の専門家はわたしひとりだったので、周辺地域で検屍を依頼されることがよくあったの。でも、セベリン・ベイのように小さな町では、異状死はさほど多くない。だから記憶に残っているのよ」

「実際に検屍されたときのことを覚えていらっしゃいますか？」

「ええ。報告書に書いてあるとおりよ。毒物検査の結果は、被害者が泥酔していたことを示していた。後頭部に打撲傷があったわ。おそらくヨットのブームがあたったのね。当日の午後はひどい嵐だったし、そのことはみんな知っていたわ。肺のなかには水と空気があって、胃のなかにも水があった。これは、被害者が溺死したことを示している。もしあなたが気にしているのがこのことなら」

レインは言葉を探した。「こんなふうに考える理由はありますか？　この死が……事故ではなかったと？」

ドクターは唇を嚙みしめた。「もしそうであれば、わたしは間違いなく報告書にその旨書いたはずよ」

「あなたのプロとしての仕事ぶりを疑っているんじゃありません」レインは請けあった。「ただ、その……他殺とは考えられませんか？　ブームには、頭部の傷に対応する痕跡があったんですか？」

「理論的には何者かに殴られた可能性もあるわ」ドクターは不承不承答えた。「でも、被害者がひとりでストーン・アイランドを出航するのを数人の目撃者が見ていたし、打撲傷は皮膚を破っていなかった。アルミニウム製のブームに痕跡が残るとは思えない。とくに、ヨットはそのあと数時間にわたってひっくり返っていたんだから」

レインはほんの少しかじったクッキーをカップの受け皿に置き、胃が締めつけられるような吐き気と闘った。なんとかこらえながら立ちあがる。パニック発作を起こすとしても、人前で起こすのだけは避けたい。「お時間を割いていただいて、ありがとうございました、ドクター・フィッシャー」消え入りそうな声で言う。「失礼なことをお訊きしたのなら、申し訳ありませんでした」

「かまわないわ」ドクターはレインのあとから玄関ホールへ来ると、クロゼットから彼女のコートを取りだした。コートを手渡し、なにか言いかけた。そこで口をつぐんで首を振る。

レインはコートを着る途中で、ぴたりと動きを止めた。「なんですか？」

ドクターはカーディガンのポケットのなかで手をねじっている。「関係があるのかも、あなたの役に立つのかもわからない。でも、この報告書の結果に関心を持ったのは、あなたがはじめてではないのよ」

レインは袖を通しかけたコートがうしろにねじれていることも忘れ、その場で凍りついた。ドクター・フィッシャーはコートの折り返しをつまみ、レインの肩にしっかり収まるまで引っぱった。子どもにするように、軽くレインをたたく。「FBIの捜査官がふたり訪ねてきたの。あなたとまったく同じことを訊かれたわ。彼らは、ピーター・レイザーが溺れたことに満足していないようだった。わたしは自分の仕事をわかっていないと思いこんでいた。傲《ごう》慢《まん》だったわ、ふたりとも」

唾を呑みこもうとしたが、口のなかが乾ききっている。「彼らはピーター・レイザーのなにを知りたかったんですか？」

「さあ、詳しいことはなにも言わなかったわ。でも当時はかなり噂《うわさ》や憶測が飛び交っていたから」

「どんな？」

ドクターの顔がこわばった。厄介な話題に触れたことを後悔しているらしい。「ああ、たとえばストーン・アイランドで行なわれている放埒《ほうらつ》な行為のことよ。あそこで使われる麻薬の量を考えると、〝ストーン《ハイになる》〟はまさにぴったりの名前だと噂されていたわ。実際に伝説になったパーティもいくつかあったのよ。地元の人間で招待された者はほとんどいなかったけれど、誰もが噂をしたがった。もちろんほとんどは根も葉もないことだったけれど、噂がどういうものかわかるでしょう。それに、アリックスはセクシーな服装とスターのような態度で有名だったし。誰もが彼女の噂をしたがったのよ」

「彼女をご存じだったんですか」慎重に尋ねる。

「顔は知っていたわ」ドクターは肩をすくめた。「街で診察を受けていたから」

レインは口ごもった。「その捜査官ですが」思いきって口に出す。「名前を覚えていらっしゃいますか？」

ドクター・フィッシャーの目元にしわが寄る。「あなたは運がいいわ。ふたりがくれた名刺は何年も前に行方不明になってしまったけれど、ひとりの名前は覚えてるの。大学時代の恋人の名前に似ていたから。年上のほうの名前はヘイリーだったわ。ビル・ヘイリー」

レインは手を差しだしてドクターの手を握りしめた。「ありがとうございます。とても親切にしてくださって」

ドクターはレインの手をしっかりと握りしめたまま、放そうとしなかった。そのままじっと顔を見つめられ、レインは落ちつかない気分になった。「あなたの正体は深くて暗い秘密なのね？」

レインはぽっかり口を開けたが、言葉はなにひとつ出てこなかった。

ドクターはレインの肩に載っている太い金髪の三つ編みに触れた。「髪を切って染めるべきだったわね」

「どうして……なぜ……」

「まあ、なにを言ってるの。こんなに時間がたってから、ピーター・レイザーに関心を持つ人間がほかにいる？」やさしく言う。「それに、あなたはお母さまに生き写しよ。あなたのほうが……どことなくやさしそうに見えるけれど」

「なんてこと」レインはささやいた。「母を知っていた人は、気がつくでしょうか？」

「観察力によるでしょうね」

レインは自分の愚かさにぞっとして首を振った。当初は褐色のかつらを試してみた。だが、肌の色が薄いので、髪の色が濃いとかつらだということがはっきりわかり、よけいに関心を引いてしまうと考えたのだ。そのうえ、一九八六年の母がしていた髪型——長い髪をふんわり膨らませたブロンズ色のレイヤーカット——は、自分の簡単にねじってアップにした髪型や単純な三つ編みとは似ても似つかない。それに母親はいつも、レインは野暮ったいから誰もアリックスの娘とは思わないと言っていた。だから、べっこう縁の大きな眼鏡をかけていれば安全だと思っていたのだ。

なんてばかなんだろう。ヴィクターは観察力がすぐれている。

「一度、あなたを診察したことがあるのよ」ドクター・フィッシャーが言った。

レインは息を呑んだ。「本当ですか？」

「セベリン小学校の保健室の看護師は、わたしの友人だったの。あなたは午後になると、しょっちゅうひどい頭痛がすると言っては保健室へやってきて、幽霊や子鬼や夢について突飛な話をした。友人はあなたを心配していたの。そして、精神科医か神経科医の診察を受けるべきだと思ったのよ。場合によっては両方の診察を」

「そうですか」レインは当時のことを思いだそうとしながら、つぶやいた。

「彼女はすでにあなたのお母さまに連絡していたけれど、どうやら行き詰まってしまったらしくて」年配の女性は思いだしたように眉をひそめた。「それで、あなたを診るために学校へ寄ってほしいと頼まれたの」

レインはつづきを待った。「それで?」

「わたしは、あなたは豊富な想像力とストレスの強い家庭環境を持つ、聡明で感受性の強い十歳の子ども、と診断したわ」ドクター・フィッシャーはレインの肩を軽くたたき、そのまま肩に手を置いた。「お父さまのことは、とてもお気の毒だったわ。そして、わたしはあなたを気の毒に思った。あの島に集まっているほかの連中ではなくね。こんな言い方をして申し訳ないけれど」

「かまいません」レインはまばたきしてこみあげる涙をこらえた。「わたしのことは、どうか誰にも話さないでください」

「もちろん話しません」ドクター・フィッシャーはきっぱりと言った。「あなたの手助けができれば嬉しいわ。当時は助けてあげられなかったから。幸運を祈っていますよ、ミズ・キャメロン。どうなったか教えてね。それから……気をつけて」

レインは急ぎ足でタクシーへ向かいながら、大きな声で言った。「わかりました」

タクシーに乗りこむ。恥ずかしい。たいしたパイレーツ・クイーンだわ。ちょっとやさしくされただけで、めそめそ泣くなんて。わたしが弱虫だというわけじゃない。自分にそう言い聞かせた。ただのストレスよ。レインは唾を呑みこみ、喉の震えを鎮めた。

「どこへ行く?」運転手が訊いた。

「すぐにわかるわ」

セスにもらった携帯電話で番号案内に電話をかけ、ビル・ヘイリーを探しはじめた。大きく円を描くように近隣の住宅街を調べ、待たされたり、あちこちへ電話をまわされたりした。ずいぶん時間がたったころ、ようやくヘイリーは別の地域の対策本部長をしているのがわかった。番号案内の係員から聞いた番号へ電話をして交換手にビル・ヘイリーにつないでくれるよう告げると、レインはざわざわするみぞおちをつかみながらシートにもたれて待った。

運気が変わっている。わたしにはわかる。今朝、ハリエットの顔を真正面から見ながら、まばたきもせずにしらじらしい嘘をついた——病院の予約があるから外出するわ、迷惑をかけてごめんなさい、行ってきます。恐ろしいのは、ハリエットの顔に浮かんだ表情を見て、愉快に思ったことだ。たぶん、セスがどうしてもつくると言い張ったおいしい朝食のせいだろう。彼は卵に妖精の粉を振りかけたのだ。

セスのことを考えると、罪悪感がこみあげて落ちつかない気分になった。自分の動きは逐一報告すると約束したが、彼の要求は横柄で偏執的だ。どうせ今日のセスは管理システムの視察で忙しい。彼をわずらわせることはないじゃない？一緒に行く行かないで口論し、エネルギーの無駄遣いをする余裕はわたしにはない。それに、この用事はたわいないものだ。夜中に橋の下で見知らぬ人間に会うのとはわけが違う。

セスの庇護本能に触れると、抱きしめられて大切にされている気持ちになる。でも彼にも生活があるし、時間の使い方としては、そちらのほうがわたしにくっついているよりずっと有意義だ。いまこそ大胆にならなければ。この勇気とはずみの波に乗り、できるだけ遠くまで運んでもらわなければ。

突然BGMの『シルバー・ベル』が途切れた。「ビル・ヘイリーのオフィスです」女性の声。「どんなご用件でしょうか?」

「わたしはレイン・キャメロンといいます。以前ミスター・ヘイリーが携わった事件について、いくつか質問させていただきたくてお電話しました。一九八五年の八月に起こった、ピーター・マラット・レイザーに関する事件です」

「その事件にあなたが関心を持たれる理由はなんですか?」

レインはつかのま口ごもったが、直感に従った。昨夜セスに対してしたように。「わたしは、ピーター・レイザーの娘です」

「少々お待ちください」女性が告げた。

レインは電話機を握りしめた。頭がくらくらする。十七年ぶりに真実を話した。電話の向こうにいる顔も知らない女性に。母とドクター・フィッシャーを入れると、わたしの正体を知っているのはこの世で三人になった。ビル・ヘイリーが知れば、四人になる。

BGMの『ホワイト・クリスマス』が途切れた。「ミスター・ヘイリーがお会いになるそうです。いつこちらへいらっしゃいますか?」

「いますぐはどうでしょう?」

「けっこうです。でも、急いでください。ミスター・ヘイリーは十二時半から会議の予定がありますので」

レインは震える手で道順をメモした。誰にも嘘をつく必要がない日が来るのかもしれないと思うと、体がびりびり震える。

ああ、そうなったら、きっとすばらしい気分だろう。

セスは、あの天使の顔が嘘をつくなど考えたこともなかった。昨夜彼女の声を震わせていた、痛々しいほどむきだしの正直さ。自分はすっかり信じてしまった。男がものごとを下半身で考えはじめると、こういうことになるのだ。たぶん、ほかの男たちは慣れているのだろう。だがセスにとっては前代未聞の不愉快な経験だった。

スクリーンに映っている発信機《ビーコン》の信号を見つめながら、マクラウドに電話をかけた。レインはレイザー貿易のオフィスに安全に腰をすえてはいない。州間高速道路5号線の南向き車線に乗り、ショアラインを通過している。さきほどセスは、着替えて機材をピックアップするためにアパートに立ち寄り、彼女をチェックしようとビーコン・ディスプレイを立ちあげたのだ。安心するために。いいお笑い種だ。

三度めの呼び出し音でマクラウドが応えた。「どうして彼女が抜けだしたときに連絡してこなかった?」セスは怒鳴りつけた。

「あんたは手一杯だったし、状況はおれが把握してたからだよ」コナーが落ちつき払って言う。「少なくとも、たったいままではな」

「なんだ? どういう意味だ?」

「レインはあんたに隠しごとをしてるって意味さ。いまデイビーと話したところだ。ピーター・マラットという名の人間がヴィクター・レイザーのところで働いた記録はない」ちっちっと舌を鳴らす。「彼女がなにをたくらんでいるのかつきとめるまで、結婚式に出席するのは見合わせるよ」

「おまえはほんとにむかつくやつだな、マクラウド」

「それがおれの専門でね。ブロンドの話に戻ろう。おれは午前中ずっと彼女を尾行してた。最初に行ったのは、セリーナ・フィッシャーという引退した医者の家だ。デイビーが調べたところによると、フィッシャーは一般医で、むかしセベリン・ベイで診療をしていた。レインは二十分ほどそこにいた」

「いまはなにをしてる？」

「それがおもしろいところなのさ。おれは彼女の携帯電話にアクセスした。彼女は、おれたちのボスに会いにいくところなんだ。いま、ビル・ヘイリーのオフィスへ向かっている」

セスの口がぽっかりと開く。

「彼女けっこうやるじゃないか、え？」冷ややかに感心している声。「彼女とヤリながら、情報を漏らしたのか、セス？」

「まさか」呆然とするあまり、非難されても腹を立てることすらできない。

「ふむ。ケイブに電話をしてきた彼女が、ドナになんと言ったか知ったら驚くぞ。あんた、いま座ってるか？」

「もったいぶるのはやめろ」セスは声を荒らげた。

「彼女はな、自分はピーター・レイザーの娘だと言ったんだ。ピーター、マラット、レイザー。おめでとう、マッケイ。あんたはヴィクター・レイザーの姪と、一発ヤッたわけだ」

氷のように冷たい鉤爪がセスのみぞおちをつかみ、ひねりあげた。彼は腰をおろした。どさりと。

コナーの声は冷酷なほど事務的だった。「デイビーが再度調査しなおした。起こったことは、だいたいレインの言ったとおりだ。苗字に関する些細な点をのぞけばな。ヴィクターの弟のピーターは、一九八五年に溺死している。カテリーナという娘がいた。娘と女房は国外へ逃げだして、それ以来音信不通になっている」

コナーは期待するように口を閉ざしたが、セスは無言を貫いた。

不満げに鼻を鳴らしてコナーがつづける。「それだけじゃない。ショーンが午前中レイザーのメルセデスを尾行して、やつの携帯電話を盗聴していた。今夜、ストーン・アイランドで例の堕落したVIPパーティがある。ヴィクターはあちこち電話をかけまくってるよ。顧客の禁制品コレクターたちと、深夜のお楽しみを提供してくれる贔屓《ひいき》の高級同伴サービスにな。どうやらかなりでかいパーティらしい。誰が来るのか興味津々だ」

セスは必死で話を合わせた。「あ、ああ。興味津々だな」

「なにより興味津々なのは、表向き安全ということになってるレイザーのオフィスの専用回線にかかってきた電話だ。あんたがしかけた盗聴器さまさまさ。デイビーが身元不肖の人物からかかってきた二十五秒かそこらの通話を傍受したんだが、その人物は〈闇のハート〉に関する会合は月曜の朝に開かれるとだけ言ったそうだ」

セスはずきずきする眼を両手でこすった。「場所は言わなかったのか？」

「ああ、あいにくな。電話をかけてきた謎の人物は、詳しいことは追って知らせると言った」

「くそっ」

「ああ。これまでどおり、行きあたりばったりでやるしかないな。とにかく、ブロンディの話だ。おれはケイブまで彼女を尾行できない。おれじゃあ、あそこをこっそり監視するのは無理だ。ショーンに行くように頼んだから——」

「おれが行く」セスは話をさえぎった。「彼女を見失うな」

「だが、彼女はあんたを知ってる」コナーが反論する。「ショーンのことは知らない。おい、セス——」

「彼女には見られないようにする」セスは電話を切り、震える手で電話をポケットにしまった。冷静にならなければ。頭に血が昇っていてはだめだ。さもないと脱線して失敗する。

ヴィクター・レイザーの姪。ちくしょう！

いまこそ内なるサイボーグに仕事をさせるべきなのに、もはや部品の残骸しか残っていなかった。切れた回路や煙があがるコードが鼓動に合わせて噴きだす血にまみれ、肉や骨とからみあっている。レイン・キャメロン・レイザーが、セスをばらばらにしたのだ。

「今日こちらへいらしたのは幸運でしたよ」ビル・ヘイリーは言った。「もうすぐ引退するのでね。来週のいまごろは、内海航路でサケ釣りをしているでしょうな。どうぞ、おかけください」

「引退おめでとうございます。お会いできてよかったです」レインは言った。ビル・ヘイリーは瞳をきらきらさせた六十代の男性で、サンタクロースのようにふっくらした頬とぼさぼさの眉、鉄灰色のカールした髪をしていた。

「あなたが自分で言ったとおりの人間であると証明する必要はありませんな」彼は言った。

「いやはや、お母さまにそっくりだ」

「最近、よくそう言われます」レインは言った。

ヘイリーは両手の指を尖塔《せんとう》のように合わせ、愛想よく微笑んだ。「さて、ミズ・キャメロン。わたしがどんなお役に立てると思われたんでしょうか？」

「あなたは父の死に関心を持たれたと聞きました。その理由をうかがいたいんです」

ヘイリーの笑みがあっという間に消えた。「当時のことは、あまり覚えていないのでは？あなたはいくつでした？　九歳？　十歳？」

「もうすぐ十一になるところでした」レインは言った。「覚えているのは、不安になるようなことばかりです」

ビル・ヘイリーはレインの顔をじっと見つめた。「不安になって当然です」単刀直入に言う。「ヴィクター・レイザーにとって、弟の事故は好都合このうえなかった。当時のヴィクターは、あらゆることに首を突っこんでいた。ピーターはようやく兄を告発するために証言すると同意したんです」ペンで机をたたきながら、レインの反応をうかがっている。もう眼はきらきら輝いていない。金属のような鋭い光を放っている。

ふたたびみぞおちに吐き気がこみあげる。レインは意思の力で鎮めようとした。「つづけてください」きっぱりと言う。

「これ以上話すことはあまりありません。ピーターの証言があれば、われわれは八五年にあの悪党を逮捕できたでしょう。だがヴィクターはギリシャへ高飛びし、ピーターはいつのまにかピュージェット湾にうつぶせに浮かんでいた。ああ……これは失礼」

「かまいません」レインはつづきを待った。

ヘイリーは肩をすくめた。「あの一件のあと、ヴィクターは賢くなった。行動をあらためて、合法的なことしかしていないと言ってもいい。あれ以来、われわれは彼のしっぽを捕まえることができずにいる。彼はひじょうに如才ない。とても慎重だ。きわめていいコネを持っている」

レインは膝の上で両手を拳に握りしめ、勇気を奮い起こした。「ヴィクターが父を殺させたとお思いですか？」率直に尋ねる。

ヘイリーの顔は完全に無表情になった。「ピーターの死がヨットの事故ではないという証拠は皆無だった。われわれにできることはなかった。とくに、ピーターの妻と娘が消えてしまったあとはね。彼らに質問するのは不可能だった」冷ややかな、探るような視線でレインを見つめている。「だが、こうしてあなたに会えた。当日、あなたはなにか見るか聞くかしましたか？」

またあの感覚だ。渦を巻いて吐き気をもよおすようなパニック、緑色の霞《かすみ》。響きわたる悲鳴。レインはぐっと唾を呑みこんで吐き気をこらえた。「わたしは……覚えていないんです」どもりながら言う。「母は、わたしたちはあそこにいなかったと言っています」

「なるほど」とんとんとせわしなくペンで机をたたいている。「おじ上は、あなたがピーターについて訊きまわっていることを知っているのかな？」

レインは首を振った。

ヘイリーが肩をすくめる。「ぜったいに彼に知られないようにしなさい」

「わかっています」きっぱりと応える。

「充分注意しなさい。ヴィクター・レイザーに必要以上に関心を持った人間は、早死にする傾向がある。そして、彼の近い親戚だからといって、安全とは言えない。それは明らかだ」

「明らかです」そっとくり返す。

そのあとにつづく断固たる沈黙は、会話の終わりを示していた。レインは脳の奥底にある機械的な部分に従って、ビル・ヘイリーと握手をして時間を割いてくれた礼を言った。そのままうわの空で外の廊下にいる人びとのなかへ出ていった。

ようやく夢を裏付ける具体的なものを見つけたのだ。これは進歩だわ。でも、膨大な情報源と経験を持つ連邦政府の捜査官がお手上げだとあきらめたなら、わたしになにができるのだろう？

レインは誰かにぶつかり、もごもごと謝りながら向きを変えた。このままつづけなければ。潜入するのよ。少なくとも、わたしは狂っているのでも妄想を抱いているのでもない。どれほどとらえどころがなくても、恐ろしいほど現実のものを追っているのだ。それにしがみついていなければ。ひとりの男が振り返り、歩き去るレインを見つめていた。レインはさして関心も引かれずに、ちらりと男を見た。その視線をそらした直後、胃袋がのたうちはじめた。

そんなはずはない。あの男には一度も会ったことはない。写真のように一瞬だけとらえたイメージを、すべて思いだそうとした。長身で突きだした腹、薄くなりかけた黒髪、きれいに剃られた髭、二焦点眼鏡。とくに目立つところはなかった。男の表情以外は。女を値踏みする男の表情ではなかった。あの男は怯えていた。

レインは確かめるために振り向いた。男は大股でホールの向こうへ歩いていく。やけに急いでいる。走っているといってもいいほどだ。レインが出てきたばかりのドアを入っていく。ビル・ヘイリーのオフィスのドアを。

レインはくるりと向きを変え、つのるパニックに震えながら歩きつづけた。体のなかが渦巻いているような、手に負えない感覚がする。緑色の霞、悲鳴。こんなことはばかげている。どこにでもいそうな中年の男性を見かけたからって、どうしてパニック発作を起こさなきゃならないの？　わたしは本当に狂いかけているのかもしれない。

最良の選択肢は、いちばん単純で直接的な行動だ。レインはひとりごちた。ヘイリーのオフィスに戻ってドアをノックし、どこかで会ったことがあるかと男に訊けばいい。答えはイエスかノーのどちらかだ。レインは振り返り、オフィスの方向へしぶしぶ一歩踏みだした。

なにかが割れる音がした。手になにか刺さったような痛みを感じる。コートのポケットから手を出した。強く握りしめていたせいで、カエルのサングラスの片方のつるが折れていた。金具が手のひらに食いこみ、血がにじんでいる。

〝自分の勘を信じろ〟ヴィクターはそう言った。〝信じれば勘はもっと強くなる〟レインはポケットにサングラスを押しこみ、急ぎ足で階段へ向かった。脚が動きはじめたとたん、一目散に走りだしていて、注目を集めないようにするだけで精一杯だった。

15

「ああ、いたか。ハリエットから病院へ行くために外出していると聞いたが。気分はよくなったかね？」

レインはセスに送るメールを打ちこんでいた携帯電話から顔をあげた。メッセージの途中で電話をポケットにしまい、心配そうに微笑みかけているヴィクターに無理やり顔を向けた。

「大丈夫です。どうもすみません」

「いつでもわたしのかかりつけの医者に診てもらうといい」

「いえ、本当に大丈夫です。すっかりよくなりました」レインはくり返した。

「それを聞いて安心した。それなら、今日の午後ストーン・アイランドへ行ってもらえるな。緊急のプロジェクトを手伝ってもらいたい」

セスの返事が聞こえるような気がして、レインは心のなかで顔をしかめた。「わたしは……その……急に言われましても……そんな……」

「荷造りの心配は不要だ。すべて準備してある。マリーナできみを乗せていく車が待っている。わたしはいくつか細かい仕事をかたづけてから島へ向かう。急いでくれ。いろいろやらなければならないことがある」そう言うと、返事も待たずに大股で歩き去った。

レインはわけがわからずに、去っていくヴィクターの背中を見つめた。ハリエットがすべるようにデスクへやってきて、わざとらしい笑みを満面に浮かべながらレインを見おろした。「心配は不要だ」からかうように言う。「すべて準備してある」

レインはつんと顎をあげてにらみ返した。このオフィスの無意味で毒のある敵意には、もううんざりだ。「よくそんなに飽きもせずに融通のきかない意地悪女でいられるわね、ハリエット」はっきりと言う。「疲れない？」

その声は思ったより遠くまで届いた。水爆の電磁パルスのように、ショックを受けた沈黙が広がる。書類一枚動かない。電話さえ鳴らなかった。オフィス全体が、空が落ちてくるのを待っている。

ハリエットはフックからレインのコートをもぎ取るようにはずし、投げつけた。「車が待ってるわよ」吐きだすように言う。「出て行きなさい。もう戻ってこないで」

心臓の鼓動がようやく落ちついたのは、マリーナに着くころだった。レインは携帯電話にさきほどのつづきを打ちこみ、セスに送った。〝ストーン・アイランドへ行きます。しかたがないのよ。心配しないで〟最後にハートマークを三つ入れる。彼が欲しいと言っていた他愛のないメッセージ。無意味なメッセージでもある。彼は心配するに決まってる。でも、その事実を押しのけて集中しなければ。

桟橋で人が待っていた。だがクレイボーンではなく、ハシバミ色の瞳をしたブルネット美人は、マーラと名乗った。マーラが二階のオフィスへあがる階段を素通りするのを見て、レインはとまどった。「あの……クレイボーンはオフィスで用事があるんじゃ――」

「クレイボーンはいないわ。オフィスのスタッフは誰もいないの」マーラはらせん階段を昇りはじめた。その先には、母が使っていた塔にある寝室がある。不安がつのった。

「じゃあ、どうしてミスター・レイザーはわたしを――」

「彼に訊きなさい、わたしにでなく」マーラは寝室のドアを開けた。

室内は、メイクアップミラーで煌々《こうこう》と照らされていた。ベッドの前に置かれたラックには、ビニールでおおわれた服が何着もかかっている。レインはわけがわからずにマーラに振り向いた。「でも、ヴィクターは手伝ってほしいプロジェクトがあって――」

「あなたがプロジェクトなのよ、ハニー」ほっそりしたショートカットの女性が言い、隣りにいる丸々太った白髪の女性とそろって立ちあがった。ふたりともプロ意識を呼びさまされ、眉間にしわを寄せている。「そのひどい服を脱いで、シャワーを浴びてちょうだい。カールを取るためにシャンプーしなければ」

レインは首を振った。「でも、わたし――」

「言われたとおりにするのよ」マーラが淡々と言った。「今夜、大きなパーティがあるの。あなたにはきれいにしてもらわないと。だからさっさとはじめましょう」

「コンタクトレンズは持ってるんでしょうね?」

「え、ええ。バッグに入っているわ」

「やれやれ、助かったわ」白髪の女性はぐるりと眼をまわすと、レインの三つ編みをほどきはじめた。

誰ひとり手を止めなかった。眉を整え、スチームをあて、ピーリングをし、マッサージをして潤いを与える。髪を洗い、トリートメントして毛先を整え、乾かしてまっすぐに伸ばす。抵抗しても無駄なような気がした。これもストーン・アイランドの魔力のひとつだ。わたしが毎日遂げている奇妙な変化のひとつ。

ランジェリーまで用意されていた。見たことがないほど美しい——ミッドナイトブルーのレースのパンティと、縁にレースがついた太腿までのストッキング。レインはブラを探したが、マーラが首を振った。

「あなたが着るドレスには必要ないわ。ブラはいらないの」

「いらない？」むきだしの胸を不安な気持ちで見おろしながら、ブラなしで着るドレスのデザインを想像しようとしたが、悩んでいるひまなどなかった。いやおうなしに大きなメイクアップミラーの前に座らされる。リディア——ショートカットの女性——がレインの髪をうしろに梳《と》かしつけ、後頭部で複雑に編みこんだなめらかなシニョンをつくる一方で、モイラという名の丸まる太った女性がメイクにとりかかった。小さく満足げな声を漏らしながら、繊細な手つきでゆっくりと化粧を施していく。レインの顔にブラシでトランスルーセント・パウダーをつけると、一歩さがって満足げに微笑んだ。「できたわ」

「次はドレスよ」マーラはラックにかかった服をあさり、ドレスを一着取りだしてベッドの上に放り投げた。ビニールのカバーからボリュームのある長いスカートがはみだし、白いレースのベッドカバーの上で光り輝いている。深いピーコックブルーのタフタで、微妙な虹色が混ざっている。ドレスはふたつに分かれていた。大きく膨らんだスカートと、ワイヤーが入ったぴったりしたトップ。トップに肩ひもはなく、胸元は丸みを帯びたV字型にカットされている。ようやくブラがないわけがわかった。ぴったりフィットするトップは、ブラとコルセットがひとつになったビスチェなのだ。乳房を押しあげ、大胆に露出した白い胸と深く暗い谷間がむきだしになるようにデザインされている。リディアがビスチェのホックを留めながら顔をしかめた。「聞いてたサイズよりやせてるわ」

「ごめんなさい」責めるような口調に、もう少しで笑いそうになる。「最近は、あまり食事をするひまがなくて」

「食べないと、美貌が台なしになるわよ」リディアは針に糸を通しながら小言を言った。「詰めるあいだ、じっとしてて」

彼女は生地を引っぱってひだを寄せ、縫ったりつまんだりしてから、なにかを振りかけてスプレーをかけた。それが終わると、レインを衣装だんすについた鏡の前へ連れて行った。

息を呑まないように努めつつも、レインは自分の姿にショックを受けた。メイクは薄いものの、顔立ちがはっきりして高い頬骨が際立っている。まっすぐな眉は優雅な弧を描くように整えられ、顔が明るくなった。眼がぱっちりと大きく見える。いつも子どもっぽくて無防備に見えると思っていたぽってりした唇でさえ、セクシーな曲線を描いている。レインはきらびやかに光り輝いていた。美しいと言ってもいいほどだ。

自分を美人だと思ったことなどなかった。使い古された意味では〝かわいい〟と言えるかもしれないが、美しさは明らかにアリックスの領域で、幼いころからそこへ侵略するのは危険だと感じていた。

だが、自分が美しいと気づいたところで嬉しくはなかった。利用する度胸があれば、美貌は強みになりえるし、おそらく武器にもなるだろう。アリックスは利用していた。しばしば、そして容赦なく。

それを思うとぞっとする。美しくても強くなったとは思えない。少なくとも、この島では。それどころか、セクシーで美しいドレスを着ていると、いっそう無防備になったような気がする。ヴィクターはわたしをおもちゃにしているのだ。

ドレスは晴れわたった空に残る最後の残光の色だった。その色を見ると、子どものころ読んだおとぎ話の絵本を思いだす。青髭の花嫁が、こんなドレスを着ていた。もっとも花嫁のドレスは肩がふんわり膨らんで、肘から先が細くなった袖がついていたけれど。夫となる男の血にまみれた城で、恐怖と発見の旅をする花嫁は、これと同じピーコックブルーのドレスを着ていた。

レインはぶるっと身震いした。マーラが勘違いしてうしろに手を伸ばした。

「寒いなら、ストールがあるわ」そう言って、同じピーコックブルーのタフタのストールをレインの肩にかけた。虹色のハイライトがきらきら光っている。レインは鏡から視線をそらし、期待の表情を浮かべている三人の女性に眼を向けた。「ありがとう。みなさん、とても才能があるのね。すばらしいわ」

「じゃあ、一緒に来てちょうだい」マーラがきびきびと言った。「準備ができしだい図書室に連れてくるようミスター・レイザーに言われてるの」

レインはマーラのあとについて廊下を進んだ。ふんわりと膨らんだタフタのスカートが、官能的に床をこすっている。むきだしの肩と首を冷たい風がかすめ、ストールが妖精の羽根のようにうしろにたなびいた。マーラは図書室のドアを開け、別れのしるしに小さくうなずくと、闇に溶けこんでいった。

レインは漂うように深紅のカーペットを横切った。ついている明かりはステンドグラスのハンギングランプだけで、棚に飾られた写真と、その上にかかった祖母の肖像画を照らしている。レインは複雑な渦巻き模様がついたペルシャ絨毯《じゅうたん》の上に立ち、現実離れした圧倒的な静寂に包まれた。

見あげると、肖像画のなかの祖母がこちらを見おろしているような気がした。灰色の瞳がかすかにおもしろがっているようにきらめいている。自分の瞳と眉は祖母にそっくりだ。リディアとモイラがきれいに整えたせいで眉こそ少し違うけれど、基本的な印象は同じだ。セスに電話すればよかった。けれど、携帯電話は寝室に置いてきたバッグのなかだし、電話を持ち歩こうにもドレスに合うイブニングバッグはなかった。セスの反応を想像すると怖かったが、こうしてドレスアップして生贄《いけにえ》の処女のように連れてこられたいま、不安がつって彼の怒りなど心配している余裕はなかった。窓に映った自分の姿を見つめる。闇が落ち、薄暗い室内でむきだしの喉と肩の肌が異様に青白く見える。不気味な夢の世界に閉じこめられていると、セスへの思いだけが現実への命綱に思えた。

肩の上で空気が動いた。音はしなかったものの、図書室のドアが開いたのがわかった。眼を開くように感覚が広がっていく。驚いて跳びあがったり悲鳴をあげる必要はない。誰が入ってきたのか確信があった。

レインは祖母の肖像画を見つめながら、無言で待っていた。ガラスに映ったヴィクターの姿が近づいてくる。彼はレインの肩につかのま手をかけ、放した。

そして肖像画を指し示した。「おまえとそっくりだろう」

レインは静かに息を吐きだした。ヴィクターはわたしが誰か知っている。ずっと知っていたのだ。その理解はゆっくり訪れたので、驚きもショックも感じなかった。

ドレスが体のまわりにふわりと落ちるように、世界が音もなく変化し、落ちついていく。

レインはヴィクターに振り向いた。「そう？　わたしは母にそっくりだと言われるわ」

ヴィクターは軽く手を振ってその意見を払いのけた。「一見そう見える。肌の色はアリックスゆずりだ。だが骨格はずっと繊細ではっきりしている。おまえのほうが唇が厚いし、眼と眉は生粋のレイザーのものだ。彼女を見てごらん」

ふたりはしばらく肖像画を見あげた。

「おまえが受け継いでいるのは、彼女の名前だけじゃない」ヴィクターが言う。「カーチャと呼んでもかまわないかね？　そうできると嬉しいんだが」

愛想よく同意したいという反射的な気持ちが、血のような赤い渦巻き模様の中心に立つ生まれ変わった強い女性に襲いかかった。生まれ変わったその女性は、意外なほどやすやすとその葛藤に勝ちを収めた。「レインと呼ばれるほうがいいわ」彼女は言った。「わたしの人生は混乱しているの。継続できるものは、できるだけそのままにしておきたい。さもないと自分を見失ってしまう」

ヴィクターの瞳に不満の色がよぎる。「それは残念だ。祖母の名前を受け継いでほしいと思っていたのに」

レインは譲らなかった。「いつも望みがかなうとはかぎらないわ」

ヴィクターの口元がひきつる。「まさに真理だな」彼は腕を差しだした。「来なさい。じきに客が到着する」

「お客さま?」レインは彼が差しだした腕を取らずに、つんと顎をあげた。

彼はぬくもりと承認を放つ笑顔を浮かべた。「認めるまでずいぶん長くかかった。そうだろう? ずっと音信不通だった最愛の姪としての立場が正式に確立しないうちは、おまえに関する計画を相談するわけにはいかなかった。ほっとしたんじゃないか? ようやく本当の姿になれたんだ」

「ええ」レインは心からそう思っていた。「それで、お客さまって?」

「ああ、客か。友人と取引先の人間が夕食に集まるだけだ。もともとは、コレクター仲間を夕食と飲み物でもてなして、わたしが最近手に入れた変わった品物を披露するつもりだった。見てのとおり、わたしは美術品とアンティークのコレクターでね。だがおまえが来たことで、もっと大掛かりなパーティをすることにした」

「そうなの」レインはつぶやいた。「でも、どうしてここまでやる必要があるの? ドレス、ヘア。どうしてわたしにあなたのディナーパーティに出てほしいの?」

「わかりきっているんじゃないか?」

「そうは思わないわ」

ヴィクターはにっこり微笑むと、手の甲でそっとかすめるようにレインの頬を撫でた。

「たぶん虚栄心だろう。わたしには子どもがいない。美しくて教養のある魅力的な若い女性を、友人や仕事仲間に自分の姪だと紹介するチャンスに抗えないんだ。これはおまえのデビューだと思ってくれ」

レインは彼を見つめた。

「ばかげてるのは、わかっている」軽く肩をすくめる。「だが、わたしも歳だ。こういうチャンスはつかめるうちにつかまなければ」

レインは喉元の固いしこりを呑みくだした。「いつからわたしのことを知っていたの?」父親にそっくりな笑顔を見ると、胸が疼《うず》いた。高い頬骨、笑ったときにできる口元のしわ、くっきりしたくぼみのある顎。「母親がおまえをここから連れだしてから、おまえの所在はずっとわかっていた。一日たりとも見失ったことはない」

息が詰まる。「あんなに逃げまわったのに」レインはささやいた。「あんなに身元を変えたのに、すべて無駄だったのね」

「アリックスには芝居がかった行動に出る傾向があった。おまえを見守るのはわたしの責任だった。アリックスが見守ってくれるとは思えなかったのでね。彼女は……そう、寛大な言い方をすれば、自分のことに夢中になっている人間だった」

さりげない侮辱がこもっているのが癇《かん》にさわる。

彼はつづけた。「おまえが使っている別名のどれかがわたしに接触しようとする動きを見せたら、警報が出るように会社のコンピュータシステムにセットしていた。ある朝、受信トレイに自動的に送信されたメールが入っているのを見たとき、どれほど嬉しかったかわかるかね。レイン・キャメロンがうちの人事部に履歴書を送っていた。興奮したよ」

「どうして直接連絡してこなかったのか、不思議に思ったでしょうね」慎重に言う。

「レイザー家の人間は創意工夫に富み、遠まわしな方法を好む」愛嬌のある笑みを浮かべている。「一族の特徴だ。当然わたしは、おまえはピーターが命を落とした恐ろしい夏に起こったことをもっと知りたいのだろうと思った」

レインの胃袋がひきつった。ヴィクターの笑顔からはなにもうかがえない。「怒ってないの？」

彼は首を振った。「全然。おまえが真実を知りたがっていると知って、弟も喜んでいるだろう。たったひとりの姪が勇敢で積極的なのを、わたしは誇らしく思っている」

口のなかがからからに乾き、唇がぴったり貼りついて口を開くことができない。レインは彼の笑顔を見つめ、満足そうなやさしい言葉の裏に隠されている罠を必死で探した。

ヴィクターが一歩近づいた。「ようやく直接おまえにこの話ができるようになって嬉しい。ピーターが溺れたとき、わたしは海外にいた。わたしは弟の死に打ちのめされた。彼はふさぎこんでいた。ひとりで海へ出るべきではなかったんだ。なにより残念だったのは、わたしたちの関係がぎくしゃくしたことだ。ほとんどはおまえの母親に責任がある。アリックスは論議を巻き起こすのが好きだった。誰がなんと言おうが、わたしは弟を愛していた」

その言葉は、ふたりのあいだに低く情熱的に響きわたった。

レインの喉が震えはじめた。指先でそっと涙をぬぐい、胸の奥に閉じこもって夢のメッセージとビル・ヘイリーの言葉に必死にしがみつこうとした。わたしの世界よ、彼のではなく。ヴィクターのカリスマ的な魅力に対抗するお守りのように、心のなかで自分にくり返し言い聞かせた。

ヴィクターはゆがんだ笑みを浮かべた。「納得していないようだな」

レインが答えずにいると、彼は笑い声をあげた。「最近正直な反応にはめったに出合わない。氷水を浴びせられたような気がするよ。爽快《そうかい》な気分だ。さて、わたしを信じるかどうかはさておき、今夜は疑いを棚あげにして、わたしの友人たちと楽しんでもらえるかね？」

「できればその前に、電話をかけたいんだけれど」

ヴィクターは机に載った電話機を示した。「どうぞご自由に」

レインは足を止めた。彼に聞かれたくない。

躊躇《ちゅうちょ》していると、ヴィクターが微笑んだ。「彼に電話をしたいんだろう？　みだらなお祭り騒ぎにおびきだされたわけじゃないと、彼を安心させたいんだろう？　そんなことだろうと思ってね。すでにミスター・マッケイを招待してある」

呆然とするレインを見て、彼の眼がきらりと光った。「おまえも来ると聞くと、マッケイはこのチャンスに飛びついたよ。彼は嫉妬深くて独占欲が強いタイプだ、違うかね？　考えてもみなさい。おまえはここでひと晩じゅう、堕落した欲望を熟知している人間に身をさらすことになる。恐ろしいことだ。ああいった血の気の多い若者なら、嫉妬に狂って当然だ。だから夕食に来るように彼に電話した。安心させるためにね。かまわなかっただろうね。あの男がおまえに面倒をかけないといいんだが」

「あら、いいえ。全然かまわないわ」レインは請けあった。「彼が来ると聞いて、嬉しいわ」

実際、ほっとして膝の力が抜けそうだった。わたしがヴィクターの姪だと紹介されたら、セスは激怒するだろう。でも状況を説明すれば、きっとわかってくれる。それに、彼にはヴィクターの魔力にかからないようにわたしを守ってくれる強さもある。彼といれば、しっかりと現実に留まり、暖かくしていられるだろう。セスがそばにいれば、この気味の悪い場所にいても可能なかぎり安全でいられる。

ヴィクターは素早くレインの全身に視線を走らせ、称賛するようにうなずいた。「こんな姿のおまえを見て、彼がどんな反応をするか楽しみだ」レインを示すようにさっと手を振る。「息を呑むほど美しい」

レインは頬を染めた。「ありがとう」

「それで思いだしたが」ヴィクターは壁に振り向き、アンティークの日本の掛け軸をどけてその下にある金庫を見せた。鍵の番号を合わせ、少し待ってから別の番号を合わせる。かちりと音がして錠が開いた。

金庫の扉を開けてなかを探り、黒いベルベットの平らな箱を取りだした。「おまえの母親はしきりにこれを欲しがっていたが、わたしは彼女には渡すなとピーターに言ったんだ。アリックスはこれにふさわしい所有者とは思えなかったのでね」そう言って、レインに箱を持たせた。「さあ、開けてみなさい」

レインは蓋《ふた》を開けて息を呑んだ。ファイアオパール。渦巻く霞のように光り輝く小粒のダイヤモンドとゴールドの中心に、涙型の石がセットされている。光をあてながら動かすと、胸の奥で思い出がよみがえった。真珠のようになめらかな表面が光を浴びてきらきらと輝き、青と緑と紫の炎のように脈動している。

「このネックレスのことを覚えているわ」レインはささやいた。

「おまえはおばあさんの膝に座って、これで遊んでいた」ヴィクターが言う。「おまえは彼女の喜びだった。このネックレスは〈ドリームチェイサー〉と呼ばれている」

「わたし、この石のなかには虹が閉じこめられていると思ってたの」うやうやしく指先で石に触れる。「本物の虹が」

「これは先祖伝来の家宝だ。四代前の祖父が花嫁に贈ったものだ。ようやくおまえのものになった」

彼はレインの首にネックレスをかけた。きらめく金のチェーンの冷たさに、レインはぞくっとした。過去が冷たい手を伸ばして触れようとしている。遠くで聞こえる音楽のように、低くささやいている。

ヴィクターはレインが鏡を向くように体の向きを変えさせた。ペンダントの長さは、ピーコックブルーのドレスにぴったりだった。胸の谷間に豪華にエレガントに収まっている。完璧だ。

「なんて言えばいいか、わからないわ」口ごもりながら言った。

「ドリームチェイサーは、表面の下にあるものを見ることを思いださせてくれる。単純なうわべの下にある情熱と炎を探すことを。だからといって、おまえはそれを思いだす必要があると言っているわけではないが」彼はレインの肩に手を置いた。「頻繁にこのネックレスをつけてくれ。できればいつもつけていてほしい。何年もおまえを待っていたんだ。おばあさんはおまえが持っているのを喜んでいるだろう。きっと、おまえの美貌と知性を誇りに思うはずだ。そして、勇気を」

レインはペンダントを握りしめた。涙が頬を伝い、化粧がにじまないようにそっとぬぐった。ヴィクターの射るような瞳は、レインの胸の内を見透かしている。恐怖と弱さ、そしてどうしようもなく愛と是認を求める気持ちを。その気持ちは強すぎて抵抗できない。記憶にあるかぎり、誰かに誇りに思っていると言われたことなどない。アリックスは非難し、競争心をつのらせた。義父のヒューはレインの存在をかろうじて意識している程度だった。

これは罠よ。それはわかっている。でもどうでもいいような気がした。九分どおりは。

ヴィクターはやさしくレインの額にキスをし、ハンカチを差しだした。レインはハンカチをそっと眼に押しあて、慎重に微笑んだ。ヴィクターが微笑み返す。さまざまなことを知り、さまざまなことを理解している笑顔。彼は腕を差しだした。「わたしのコレクションを見せたいところだが、今夜は時間がない。明日ならできるだろう。もちろん、そんなものに関心があればだが」

「ありがとう。関心はあるわ。すばらしいでしょうね」レインはつぶやいた。

「おいで。客が到着する前に屋敷を案内しよう。幼いころ過ごした家を思いだせるように」

レインは手を伸ばして彼の腕を取った。罠だろうがそうでなかろうが、嘘だろうがそうでなかろうが、自分の傷痕と恐怖と欲求を意志の力だけで消すことはできなかった。彼女にできるのは、それらが水のように流れ、刻一刻と渦を巻いて変化していくのを見つめることだけだった。

「ええ、お願い」レインは言った。「ぜひそうしたいわ」

16

幾多の筋書きのなかでも、ヴィクター・レイザーの長年行方不明だった姪の恋人として、ストーン・アイランドで開かれるディナーパーティへ出かけることになるとは、思いもよらなかった。セスはストーン・アイランドの桟橋に船をもやい、集中するよう自分に言い聞かせながら、船に取りつけた特別仕様の赤外線モーション感知セキュリティシステムをセットした。自分がいないあいだに誰かが船の二メートル以内に近づけば、ウェストにつけた装置が振動し、ビデオカメラにスイッチが入ってすべてを録画する。

この種の仕事をするときは、細部にまで注意を払う必要がある。にもかかわらず、セスは空《くう》を見つめ、自分がどこにいるかも忘れてしきりに罰当たりな言葉をつぶやいていた。彼女を問いつめてやりたいが、自分の秘密を明かすわけにはいかない。秘密に束縛されていると感じるのは、はじめてだった。秘密はつねに力になるような気がした。それがいまは、自分が無力になったようで無性に腹が立つ。

三日前だったら、ストーン・アイランドの鉄壁のセキュリティをくぐりぬけるチャンスのためなら、割れたガラスの上を裸で這うこともいとわなかっただろう。だがいまは心が揺れ動き、集中力が切れている。今夜の計画を練ろうとしても、なにも考えられず、なにひとつ計画が浮かばない。即興でやるしかないだろう。なんてざまだ。ヴィクター・レイザーはいまいましい天才だ。

屋敷はクリスマスツリーのように煌々と輝いていた。忍びこまずに堂々と入っていくのは、奇妙な感覚だった。敷石を敷いた小道は、木々に張り渡した真っ白なライトで照らされている。上着の下につけたショルダーホルスターにはシグ・ザウエルが入っているが、それでも無防備な気がした。

レセプションホールでは、巨大な暖炉がうなりをあげていた。部屋の隅にジャズバンドがいて、サクソフォンがむせぶような音を奏でている。室内は夜会用に盛装した人間であふれていた。テラスでは、地元の政治家が短い毛皮のジャケットを着た若い美人と活発に会話をはずませている。若い女はシャンパンをあおり、頭をのけぞらせて笑い声をあげた。コナーがいないのが残念だ。あいつは地元の有力者に関して百科事典なみの知識を持っている。セスにわかるのは、ヴィクターはあらゆる種類の人間を手中に収めているということだった。彼らの共通点は、裕福で力があり、レイザーが利用できる秘密の弱点があることだけだ。おれと同じように。危険にさらされているという意味では、おれもここでシャンパンをがぶ飲みしている哀れな連中と同類だ。

「ああ！　来たか。わが社の大胆不敵なセキュリティ・コンサルタント。さあ、入りたまえ」レイザーは急ぎ足で進みでると、セスの手をつかんで力いっぱい上下に揺すった。「来てくれて嬉しいよ。レインが大喜びするだろう。最終の船にきみが乗っていなかったので、あの子はがっかりしていたんだ」

「自分の船で来たので」

ヴィクターは眼をみはった。「ああ。自分の船があるなら当然だな。あの子はどこだ？ ああ、いた。セルジオと話している。レイン！ お待ちかねのゲストがご到着だぞ！」

だがセスはもうヴィクターの言葉など聞いていなかった。世界がかき消え、肺から空気がしぼりだされる。レインしか見えない。

あんなふうにめかしこんでいると、彼女は女神のように美しい。スーパーモデルなみにゴージャスだ。ハリウッド女優の華麗さ。氷のプリンセス、大金持ち、実現不可能な華麗さ。流行遅れのスーツとべっこう縁の眼鏡という格好のときでさえ、彼女はいつもセクシーで魅力的だった。ぶかぶかのフリースのパジャマを着ているときはかわいらしく、裸でヒップまで髪が波打つように落ちているのを見ると心臓が止まりそうになる。

だがこんな彼女を想像したことはなかった。青いコルセットのようなものがあらゆるカーブをつくりあげ、透けるように色の薄い胸をこれみよがしに持ちあげている。セックスの女神と氷のプリンセスがひとつになっている。やけに高そうに見える宝石が完璧な乳房の谷間に収まり、髪はこの世のものとは思えないほど完璧で、うしろで複雑なシニョンに結ってある。彼女はセスの漫画に出てくるおとぎ話のプリンセスだった。星のように輝いている。

気に入らない。彼女を見ると、顎に力が入ってムスコが硬くなる。なにかをめちゃくちゃにしたくなる。壁にパンチを食らわせ、皿を投げつけたい。彼女を部屋の隅へ引きずっていき、きらきら輝くまやかしのベールをはぎ取ってやりたい。彼女はおれの美しい野獣で、こんなふうに完璧で遠い存在ではないと思い知らせてやりたい。レインは地であり、汗であり、血であり、骨だ。渇望し、求め、月に向かって遠吠えするものだ。おれのように。彼女はおれの一部なのだ。

彼女が小走りに近づいてくる。歓迎するようなやさしい笑顔を見て、みぞおちがひきつった。彼女にないのは妖精の羽根とばかばかしいティアラだけだ。そうしたら……しっかりしろ。いますぐに。

「セス！　嬉しいわ——」

「電話をしなかったな」

彼の口調にレインは凍りついた。どうしていいかわからないように眼を見開いている。

「わかってるわ。ごめんなさい。たいへんな一日だったの。説明する——」

「説明してもらおうじゃないか」

レインはあとずさった。眼から歓迎するような明るい表情が消え、セスはそれも気に入らなかった。周囲の人間がふたりの緊張した雰囲気に気づきはじめている。会話を中断し、興味ありげに見つめている。

落ちつけ、マッケイ。セスは自分に言い聞かせた。カーペットで小便をするんじゃないぞ。

「どうかしたのかね？」

ヴィクター・レイザーの落ちついたそつのない声に、セスのうなじの毛が逆立った。礼儀正しい笑みを浮かべるよう顔の筋肉を配置する。「なんでもありません」食いしばった歯の奥から答えた。

「来てくれて、ひじょうに光栄だ。今夜はわれわれにとって特別な夜なんだ、ミスター・マツケイ。十七年ぶりに、ようやく最愛の姪と再会した。彼女にとって大切な人間には、わたしたちを祝福してほしい」

「あなたの姪ですって?」恐ろしいほどにごった声。セスはレインの瞳をのぞきこんだ。もともと大きくて睫毛が長いが、化粧で強調されているうえに不安で見開いているせいで、やけに大きく見える。「あなたの姪」ゆっくりくり返す。「それは……すばらしい」

レインは唇を嚙みしめた。透きとおるような頰が、さっと赤くなる。

「この子はすごい美人だと思わないかね?」自分のものであるかのように誇らしげにレインを見ている。それを見て、セスは唾を吐きたくなった。

「以前のほうがよかった」

抑揚のない大きな声だった。レインがひるんだのがわかる。ざまあみろ。眼で彼女に伝える。おれは生身の人間だ。もしおれのあばらに尖った棒を突き刺したいなら、嚙みつかれるのを覚悟するんだな。

「レイザー家の女性は、なにをしでかすかわからない傾向がある」レイザーが冷ややかに言った。「きみも慣れるだろう。もしこの子の関心を失わずにいられたら、いずれそうなる」

「ヴィクター!」レインがショックを受けたように言った。

セスは、銀色の瞳の気取った男から眼を離さなかった。赤い霧が湧きあがり、耳のなかで血管がどくどくと大きな音をたてている。やがてレインが必死で腕を引っぱっていることに気づいた。「セス、お願い」彼女が訴えた。

「レイン、お客さまをバーへお連れして、リラックスできる飲み物でもすすめたらどうだね？」ヴィクターが言った。「ディナーは十五分後にはじまる。あいにくきみはオードブルを食べそこねたようだが、ディナーもすばらしいものだ。マイク・リンが料理を担当している。今夜のために〈トパーズ・パビリオン〉から盗んだんだ。汎アジア・フュージョン。楽しんでくれたまえ」

セスはレインに腕を差しだした。「それは楽しみです」歯ぎしりしながら言う。「行こう、スイートハート。バーへ案内してくれ」

レインは彼の腕に指先をかけ、ふたりは無言のまま豪華な部屋を横切った。セスは注意を払い、情報を集めるべきだとわかっていたが、なすすべなく惰性で動いていた。ジャケット越しに燃えているような彼女の指の感触しかわからない。

ビールを取ってレインにシャンパンを渡すと、窓際の人目につかない隅へ連れて行った。おたがいを恐れているように見つめあう。

「怒ってるのね」シャンパンを見つめながら、レインがつぶやいた。

「ああ」がぶりとビールをあおった。「はじめて会ったときから、おまえはずっと嘘をついていたんだ。嘘をつかれるとむかつく」

「嘘はついてないわ」

冷静で正当ぶった口調に、セスは思わず下品な笑い声をあげた。「そうか？　ピーター・マラットだと？」

「話さなかったのは、それだけよ。それに、そのことではわたしを責められないはずだわ。わかって、セス。あなたには四日前に会ったばかりだし、わたしは死にそうなほど恐ろしいことをしていて……」

「死にそうだって？」そう言ってペンダントをつまむ。谷間の柔らかなぬくもりに指先を留めると、レインはぱっと身を引いた。セスはさまざまにきらめく色に感心しながらペンダントを光にかざした。「実にみごとだ」そして言った。「こんなものを首のまわりにつけてたら、気が狂いそうになるほど怖いに違いない。これを手に入れるためになにをしたんだ？」

レインはオパールのペンダントを彼の手からひったくった。「品のないことを言わないで。これは祖母のものだったのよ」うしろにさがり、光沢のあるブルーのストールで胸を隠す。

「そういうのって下品だわ」小さな声ではっきりと言う。「やめてちょうだい」

「無理だ」それはまぎれもない事実だった。「おれは本気だぞ。おれは見たままの人間だ。おまえにはこのせりふは言えないんじゃないか、レイン・キャメロン・レイザー」

レインの頬が深紅に染まる。挑戦的な眼をきらめかせて顔をあげ、いっきに残りのシャンパンを飲み干した。「この話はあとでしましょう。もうすぐディナーがはじまるわ。ヴィクターのお客さまの前で、騒ぎを起こさないでいられる？」

「それがおまえにとってどれほどの価値があるんだ？」セスはなじるように言った。

レインの唇が蒼白になる。「お願いよ、セス」

輝くばかりに魅力的なベールの陰で、彼女の顔には苦悩のようなものが浮かんでいた。怒っているにもかかわらず、セスは心を揺さぶられた。子犬を蹴るろくでなしになったような気がする。「あとで話そう」そうつぶやく。

「ほかの人たちはダイニングルームへ向かっているわ。わたしたちも行かない？」

彼はおじぎをして腕を差しだした。「おおせのままに」セスは見せかけのひきつった笑顔を浮かべながら、彼女の隣りの席についた。ようやく社交術の大切さが身にしみた。感情のコントロールを失いかけ、それでも失うわけにはいかないときに、社交術は最後のよりどころになる簡単で純粋なテクニックだ。殴りあいのようなもの。体に染みこむまで、キックとパンチのかわし方と倒れ方を学ぶ。そうすれば、誰かにたたきのめされそうになったとき、スムーズに反射的に自分を守れる。

社交術。キックとパンチ。同じことじゃないか。

レインはどうすればいいか、見当もつかなかった。にっこり微笑みながら、左隣りに座っている学芸員のセルジオとイタリア語で中世の美術について話し、向かいの席にいる著名な年配の男性と、歴史的な武器の蒐集《しゅうしゅう》に対する彼の熱烈な関心について話しあった。楽しそうに笑い声をあげ、微笑み、他愛のない世間話をしているあいだ、隣りの席では火山がずっと煮えくり返っていた。料理はすばらしかったが、なにを食べ、なにを飲んだかまったく覚えていない。たしかに食べたり飲んだりしたはずなのに。

フルーツとデザートとコーヒーのあと、人びとはヴィクターが新しく手に入れたものを披露するメインルームへ三々五々歩いていった。期待のざわめきが高まっている。ヴィクターが大股でやってきて、レインのシニョンからこぼれたほつれ毛をもとに戻した。表面上はなんの兆候も見せていないが、ヴィクターのおじぶった独占的な仕草にセスが怒りを燃えたぎらせているのがはっきりわかる。全身の神経がむきだしになったようにそれを感じる。

ヴィクターの笑顔は、彼もそれを感じ取り、おもしろがっていることを示していた。

「若い人たちはふたりっきりになりたいんじゃないかね。おまえにわたしのコレクションを見せるのは明日にしよう、レイン。だからミスター・マッケイを退屈させる必要はない。よかったら、屋敷を案内してさしあげなさい」

「ぜひ屋敷を案内してくれ」セスが会話に割りこんでレインの肩に腕をまわした。「この屋敷はすばらしい。ぜひ見てみたい」

「それはよかった。もしその気になったら、あとで一杯飲みにきなさい」ヴィクターはレインの頰にキスをすると、セスに会釈してホールへ入っていった。

セスは玄関からレインを引きずりだした。大股で歩く彼に遅れないよう、ほとんど小走りしなければならなかった。「どこへ行くの？」

「おれの船だ」

レインは足を踏ん張って立ち止まった。「あなたの船？　黙って出ていくわけには――」

「この島で、盗み聞きされたり録音されたりせずに会話できるとそれなりに納得できるのは、おれの船だけだ。むろん怒鳴りあったりしなければだがね。いまの時点では保証できないが」

「そんな」レインはささやいた。

暗い波が打ち寄せている桟橋に近づくと、あたりはいっそう寒くなった。セスはレインに手を貸して船に乗せ、華奢《きゃしゃ》なハイヒールでよろめく彼女を支えてやった。レインはキャビンの戸口に立ち、もやい綱を解いてエンジンをかけるセスを見つめていた。

暗い海上をしばらく進んだところで、彼はエンジンを止めた。レインはキャビンへ入ってくるセスを慌ててよけた。とたんに、キャビンの温度があがったような気がした。

セスはテーブルにボルト留めされたランタンをつけ、キャビンの壁に取り付けられたキーボードとモニターをいじった。そしてくるりとレインに振り向き、腕を組んだ。「オーケイ。ヴィクターが設置している指向性マイクもここまでは届かない。話を聞こう」

レインは薄いストールのなかでもじもじした。「聞くって、なにを？」

「おまえが約束を破った理由だ。どうして今日なにをしてるか、おれに連絡しなかった？」

レインはベンチのクッションに腰をおろし、しわになったタフタのスカートをいじりながら考えをまとめた。「あなたが午前中仕事をしているのは知ってたから」慎重に話しだす。「心配かけたくなかったの。オーバーに反応されたくなかった」

「なるほど」つづきを待っている。

射るような凝視に耐えきれずにレインは眼をつぶり、疲労の底に沈みこんだ。「ヴィクター・レイザーの姪だと話す覚悟ができていなかったの。あなたにも、ほかの誰に対しても」レインは認めた。「でも、いまはあなたに知ってもらってよかったと思ってる。知りたい人は誰でも知ることができるわ。ヴィクターはずっと知ってたんだから。なのにわたしは、ずっとうまく立ちまわっていると思ってた」

「それほどひどくは見えなかった。そんなドレスとおばあちゃんのネックレスでめかしこんでいるとな。ヴィクターの甘やかされたお気に入り。おまえはやけにすんなりその身分に馴染んだみたいじゃないか」

「わたしのせいじゃないわ！」レインは言い返した。「わたしは仕事をするためにここへ呼ばれたのよ、セス。女の人たちにつかまって、有無を言わさずお人形みたいに着飾られたの！　ほかにどうすればいいかわからなかったから、されるがままになったのよ！」

「おまえがどうなったか見てみよう。さあ、ショールをはずして見せてみろ」

彼はさっとストールを引っぱった。肩からストールがすべり落ち、とっさに手を伸ばしたレインの二の腕をセスがつかんだ。乱暴な手を引きはがそうと腕を引いたものの、無駄だった。「そのドレスがおまえのおっぱいにしてることを見ろよ。なかなかいい」彼が言う。「あの部屋にいた男たちも全員そう思ってた。あいつらに見られてるのに気づいたか、レイン？　気づいたよな。気分がよかったか？」

「やめて、セス」彼の顔に触れて眼を合わせようとしたが、セスはレインの体から眼を離さなかった。ぴったりしたビスチェの下をつかみ、勢いよく引きさげる。胸元から乳房がこぼれだし、寒さで乳首がピンと張りつめた。

レインは彼の手を振りほどこうとした。「やめて、セス！　めちゃめちゃにしないで！」

「大丈夫さ、プリンセス。ヴィクターおじさんが新しいのを買ってくれる」セスの手が飢えたようにビスチェの前をのぼり、乳房をつかんで指のあいだで乳首を転がした。

「そんなんじゃないわ！」

「そうか？」今度はヒップをつかまれた。「このスカートは気に入った。光る布がまわりでさらさら音をたて、乳首がコルセットから突きだしているおまえとファックしたい。こいつはセックスのためにつくられたドレスだ。おおかたのドレスは、ことをはじめられるように引きはがしたいと思うだけだが、こいつは……ううむ。着たままでもなんの問題もない」

レインは彼の手首をつかみ、引きはがそうとした。「やめて。そんなふうに怒ってるときに、わたしにさわらないで――」

「それに、この宝石を見ろ。最高の仕上げだ」オパールのペンダントを光にかざす。「今日はヴィクターのプリンセスはいい子にしてたんだな、え？」

「言ったでしょう。これは祖母のものだったの。そして……だめよ！」

セスは宝石のついた留め金をはずし、うしろに放り投げた。ペンダントは鋭い音をたてて壁にあたり、床に落ちた。「これで、あとは髪をおろして顔に塗りたくったものを取れば、おれにもおまえだとわかるかもしれない」

限界だ。胸のなかで憤怒が合体する。レインは怒りの叫びをあげて、セスに跳びかかった。彼は驚いたような声をあげながらベンチに倒れこんだ。レインは彼にまたがった。船が大きく揺れる。「いい加減にして、セス！」吐きだすように言う。「わたしの話を聞くのよ」

彼が口を開けた。その上にぴしゃりと手を押しつける。「話を聞けと言ったのよ！」

セスはいっときレインを見つめてから、小さくうなずいた。

おとなしく言いなりになったので、レインは驚きのあまりしばらく言うべき言葉が浮かばなかった。ぎゅっと眼をつぶり、言葉を探す。「あなたはわたしが欲しがっているものがわかると言う。どれほどわたしが違うと言ってもね。あなたは傲慢なろくでなしよ。いまのわたしがしてほしいのはね、落ちついて、道理をわきまえた礼儀正しい人間のように話を聞くことよ。頭のなかに石が詰まってるような狂人じゃなく。できる、セス？　わたしのためにできるかって訊いてるのよ」

彼はつかのまレインを見つめていたが、やがて目元に笑ったようにしわが寄った。彼はうなずき、手の下の表情が変わったのがわかった。

彼は微笑んでいる。レインは手を放した。

「この体勢にはぐっとくる」セスが穏やかに言った。

下を見た。彼にまたがり、はっきり勃起しているのがわかるものの上に座っている。何枚もの生地を透かしても、彼が発散している熱がわかる。レインは慌てて床におりた。

「そんなこと考えないで」ぴしゃりと言う。「忘れるのよ。わたしの話はまだ終わってないわ!」

「つづけろよ。もっと話してくれ」レインの胸を見つめている。それはまだ胸元からたっぷりとあふれだしたままだ。「おまえがなんと言おうが、ここから見るとすばらしいながめだ」

「わたしは嘘なんてついてなかったわ!」

「落ちつけよ、ベイビー」

「じゃあ、わたしを責めるのはやめて! それから、そんなふうに呼ばないで!」ビスチェをいじってなんとか乳房を隠す。「あなたに嘘をついたことなんか、一度もない。黙っていたのは父の本名だけで――」

「えらく大切な情報だよな、言わせてもらえば」

「さっきから言ってるように」冷ややかにつづける。「あなたに話したことは全部本当だし、おおやけの記録に記載されていることよ。気がすむまで調べればいいわ」

ふたりはじっと見つめあった。レインは無言のままその場に立ちつくし、燃えるような視線で探ってくる彼の眼を受けとめた。視線をそらすつもりも、ひるむつもりもなかった。

セスはスカートをつかみ、レインが近づくまで引き寄せた。「それじゃあ、今日はどこへ行ってたんだ？」穏やかで挑戦的な声。レインを脚のあいだへ引き寄せ、大きな温かい手でヒップをつかんで返事を待っている。

レインはやさしく触れてくる手にうながされ、慎重に話しはじめた。「父の解剖報告書を書いたドクターに会いに行ったの。当時、ふたりのFBI捜査官がヴィクターを捜査していたと言われたわ。ドクターはそのうちひとりの名前を覚えていた。わたしはその捜査官も見つけたの。八五年の夏、父はヴィクターに不利な証言をすることになっていた。その機会がないうちに、父は溺死したわ」

セスは考えこんだように眼を細めた。なにも言わない。

ビル・ヘイリーとの会見を思いだし、レインは唇を噛みしめた。「その捜査官に会っても、たいしたことはわからなかった。基本的には、頭を低くしていい子にしているように言われただけ」

「しごくまともなアドバイスだ」セスは言った。「ひとこと言ってくれれば、エンジンをかけておまえをここから連れだしてやるぞ。永遠にな」

レインは眼をつぶり、押し寄せる疲労のなかでつかのま憧れとともにその光景を思い描いた。そして首を振った。「いいえ。逃げだしたら、あの夢は終わらない。明日ヴィクターとしばらく一緒にいて、少しようすを見るつもりよ。コレクションを見せたいんですって。どんなコレクションか知らないけど」

セスはヒップをおおっているなめらかなタフタに手を這わせた。考えこんだような抜け目ない表情をしている。「コレクション？　そう言ったか？」

レインは彼の肩に手をかけて体を支えながらうなずいた。疲労の波にふらつくと、彼はやさしくレインを引き寄せて膝に座らせ、腰に腕を巻きつけた。

彼に腹を立てているはずなのに。ひどい仕打ちをしたくせに、いまはわたしの胸に鼻をこすりつけて首にキスをしている。気を引くのがうまい調子のいい男。けれど疲れすぎていて、抵抗できない。レインはセスにもたれ、力を与えてくれる彼の体温を吸収した。ふと、あることを思いついた。

「セス？」そっとささやいた。

「んん？」彼は一方の胸のてっぺんにキスをし、それからもう一方にもキスをして、谷間に顔をうずめた。「なんだ？」

「思ったんだけど。わたしを……手伝ってくれる？」

「手伝うって、なにをだ？」顔をあげた。眉をひそめている。

「情報収集よ。わたしはへまばかりしてるわ。あなたはいろいろ経験があるでしょ……その……」

「暗闇のなかでこそこそすることに？　自分とはまったく無関係なことを調べるために、道徳的に問題がある行動をすることに？」

レインは勢いよくうなずいた。「そうよ。ちょっとアドバイスしてもらえるかもしれない」

彼はレインの肩に鼻をこすりつけた。いまの頼みについてじっと思案しているのが感じ取れる。集中力で電流がびりびり流れているようだ。返事を待つあいだ、船は揺りかごのようにやさしく前後に揺れていた。波の寄せるゆるやかな音だけが、沈黙を測るリズムだった。

セスが顔をあげた。「やろう。だが、おまえにあることをしてもらう」

レインの顔がぱっとほてった。セスがかすれた笑い声をあげる。「いいや、おまえが考えているようなことじゃない。おれたちがどんな取引をまとめようが、それはしてもらうからな。そいつを取引の種にはしない。わかったか?」

レインはうなずき、顔のほてりがおさまるのを待ってから口を開いた。「じゃあ、わたしになにをしてほしいの?」おずおずと切りだす。

セスはむきだしの背中に手を這わせ、レインが逃げだしかねない野生の獣のようにそっと撫でた。「頼みがある。ヴィクターは明日、おまえにコレクションを見せたがっていると言ったな?」

みぞおちがぞわぞわしはじめる。「ええ」ゆっくりと答えた。「なぜ?」

「あいつのコレクションのなかに、追跡したい品物がある。おれはなにも盗むつもりはない。情報を集めたいだけだ」

さまざまなことがあっという間に収まるべきところに収まり、レインは最初から薄々感じていたものをしっかり理解した。「思ったとおりだわ」そっと言う。「あなたがここにいるのは、レイザーの管理システムをアップグレードするためじゃないんでしょう、セス? あなたには自分の計画があるんだわ」

彼はまったくの無表情だった。レインが膝からすべりおりてあとずさっても、引きとめようともしない。「手伝ってほしいのか、どうなんだ、レイン？」

冷ややかで情け容赦のない口調が気に入らない。でも、わたしひとりではどうしようもないし、頼みの綱はセスしかいない。「手伝ってほしいわ」そっとつぶやく。

「やってほしいことは簡単だ。ヴィクターのコレクションのひとつに追跡装置を取りつけてほしい。発信機はごく小さい。米粒くらいの大きさだ。たいしてむずかしくはない」

レインは床からストールを拾いあげ、震えながら肩をおおった。「どうして自分で忍びこんで取りつけないの？」

彼の口元がひきつる。「おれは腕がいいが、そこまでよくはない。あの金庫室は周囲を鉄筋コンクリートで囲ってあって、手はじめだけでも超音波ドップラーとパッシブ赤外線方式のモーションセンサーが設置されている。おれにも忍びこむことは可能だろうが、いろいろ計画を練らなきゃ無理だ。そしていま、おれのスケジュールは少々立てこんでいる」

ごくりと喉が鳴る。「立てこんでるって、なんのために？」

「やる気があるのか？」

「わたしに……追跡装置をしかけてほしいのね」そっとくり返す。「でも、どうして？　追跡したい品物って、なんなの？」

「それは、イエスという意味か？」

セスの向かい側のベンチに腰をおろし、しわになったピーコックブルーのタフタを両手で握りしめた。「そんなこと、できるかどうかわからない」正直な気持ちを話す。「わたしは器用でも、ごまかしがうまいわけでもない。それに、嘘が上手でもないわ」

「そうでもないさ。日に日にうまくなってる」

その言葉に腹が立ったが、彼の顔にはあざけりも皮肉も浮かんでいなかった。まじめな顔で油断なくこちらを見つめている。

ふと、もしノーと言ったら、自分は想像したこともないほど深刻なトラブルに巻きこまれかねないと思った。そのぞっとする可能性をじっくり考えてみる。そしてその考えを押しやった。

自分をごまかしているのかもしれない。でも心の奥底では、セスは決してわたしを傷つけないとわかっている。少なくとも故意に傷つけることはない。そして、もしこれが運命がわたしに課した悪魔の取引なら、それでもかまわない。取引に応じて感謝しよう。レインは大きく息を吸いこんだ。「オーケイ。やるわ」

セスがうなずいた。「よし。よく聞くんだ。この船を離れたら、二度とこの話はしない。問題の品物は、ワルサーPPKだ。キャリーケースに入っているかもしれないし、ビニール袋に入ってるかもしれない。その場合は発信機をしかけるのがむずかしくなる。可能なら即興でやってくれ。できなければ、それでいい。ばかな危険は冒すな。すんなり簡単にできないときは、あきらめるんだ」

「その拳銃のどこが特別なの?」

「コラソン殺人事件で使われた凶器だ」

レインの口がぽっかりと開く。「でも……そんな。なんてこと。ヴィクターはそんなものをどうするつもりなの?」

セスの口元がぞっとするような笑みを浮かべた。「その疑問の答えは、大勢の人間がぜひ知りたいと思うだろうな。だが、おれは違う」

「違う？」

彼は首を振った。「あいつがあの品物を手に入れた方法も、その理由もおれはどうでもいい。おれが知りたいのは、あれがここから向かう行き先だけだ。船をおりたら、この件についてひとことも話すんじゃないぞ、レイン。こんな話はしなかったふりをするんだ」

「わかったわ。どうして行き先を追跡したいの？」

「その件は心配するな、ベイビー」

レインは腹を立てた猫のように毛を逆立てた。「ばかにした言い方されるぐらいなら、食ってかかられたほうがましだわ」

「わかった。今度、おまえとはまったく無関係で無駄なことを訊かれたときは、覚えておこう」

「あなたは全然わたしを信用していないのね、セス？」レインは言いつのった。「あなたはわたしの秘密をすべて知ってる。なのに自分のことはこれっぽっちも話そうとしない」

セスの眼が無情にきらめいた。「慣れるんだな。ヴィクターのしっぽをつかまえたいんだろう？　だったら言われたとおりにして、質問はするな。おまえには助けが必要なんだから。ひとりじゃまたへまをするのが落ちだ」

顔が赤くなり、レインは傷ついて視線をそらした。どうしても彼に信用してほしいのに、それは愚かで無駄でかなわぬ望みなのだ。彼女はストールをかきあわせた。「じゃあ、これからどうするの？」

彼の視線がするりと落ち、レインの胸で止まる。「ヴィクターはおまえを楽しませるために、おれをこのパーティに呼んだ」レインの両手首をつかみ、やさしく立ちあがらせる。「自分の務めを果たそう」

レインはため息をついた。「セス。三十秒以上つづけてセックス以外のことを考えてはいられないの？」

「むかしはできた」悲しげに言う。そして膝をついてふっくらしたスカートを持ちあげた。温かな両手が太腿をあがっていき、手のひらのたこになった部分が繊細なストッキングに引っかかった。「おれは信じられないほど集中力が高かったんだ。おまえのせいで台なしになった、レイン。だから残ったものを利用しよう。そのほうがいい」

レインは十本の指で密生したなめらかな彼の髪を梳《す》き、彼の手を脚のあいだに感じてわないた。その手はレースでおおわれた丘を羽根のように軽く、じらすように撫でている。

「取引の話はここまでにしよう」セスが言った。「おれとやったあとは、もう寒くなくなる。ものすごく熱くなる。そのしゃれた化粧はすべて溶け落ちて、髪も落ちている。そして、おまえは下着がどうなったかも覚えていない」

レインは彼の眼を見つめ、声にこもった邪悪な魔力に抗った。こんなふうに冷たくわたしを操っているとき、セスは一秒たりとも自制を働かせようとはしないだろう。たぶん服を脱ごうともしないだろう。最後には、わたしが震えながら裸ですすり泣くはめになる。セスは欲しいけれど、わたしにだって言い分がある。この不安定な力関係を変えなければ。彼のためにも、わたしのためにも。

「ここではいや」冷たく鋭い声で言った。

探るように愛撫していた彼の指が止まる。「どうして?」

「こんなふうにしたくないの。床の上とか立ったままとかで。自分のおふとんが好きなの」傲慢に言った。

セスが眉をひそめる。「失礼しました。王女さま」

レインは震えながらストールをかきあわせた。「本気で言ってるんじゃなければ、そんなふうに呼ばないで」ぴしゃりと言い返す。「塔にある寝室には、キングサイズの天蓋《てんがい》付きベッドがあるわ。手刺繍《ししゅう》のリネンやカシミアの毛布、白いレースのベッドカバーも」

セスが不満げな声を出した。「そりゃいい。おれみたいな男は、白いレースのベッドカバーを見ると頭に血が昇るんだ」

彼が背中を向けて革ジャケットに手を伸ばした瞬間、レインは壊れたペンダントを素早く拾いあげた。セスが振り返ったときも、慎重に手のなかに隠していた。生まれたばかりのもろい均衡を壊したくない。彼はレインの肩にジャケットをかけ、その上から抱きしめた。レインは彼に寄り添い、手探りで革ジャケットの内ポケットを探した。

ポケットにペンダントをすべりこませ、チャックを閉める。

ヴィクターが有罪だろうが無罪だろうが、きらめくオパールは祖母と自分をつなぐ唯一の絆《きずな》だ。セスをなだめるだけのために手放すことなどできない。これは、他人にあれこれ指示される自分に終止符を打つ、一大作戦の最初の一歩だ。たとえ、その他人が誰であっても。

17

屋敷へ戻るあいだ、ふたりとも無言だった。セスはレインの肩をしっかりと抱きしめた。頭のなかはばかげた思いつきを正当化しようとやっきになっていた。危険きわまりない賭けだが、抵抗できなかった。りっぱに釣りあいが取れているような気がする――チャンスはタイミングよく向こうからやってきた。それもヴィクター自身の身内によって。本能は、このチャンスをつかんでうまくやれと叫んでいる。そうすれば、裏になにかあるのかわかるだろう。それに、手助けすると約束してレインを騙したわけでもない。おれが復讐を果たせば、彼女も復讐を果たすことになる。ふたりが望む結末は同じものだ。おれがこの件にけりをつければ、レインも安全になれる。

ああ、そうだ。彼女をレイザーとノヴァクに立ち向かわせることが、彼女の身を守る唯一の方法なのだ。そしておれ自身の身を守るためにも。もしかしたら、おれは自分の死刑執行令状にサインをしただけかもしれない。だが、だからどうだと言うのだ。もしレインが信頼に値しない人間なら、彼女を救う必要などない。それにどうせ自分は死んだも同然なのだ。

案内されるままにらせん階段を昇ったが、暗くてほとんどあたりは見えなかった。ドアにつくと、うしろにレインを押しやり、注意深く室内をのぞきこんでから彼女を部屋に入れた。

この屋敷のいたるところに眼と耳があるのは知っているが、たとえ知らなくてもそうとわかっただろう。カメラのまばたきもしない冷たい視線が、肌にあたっているのがわかるような気がした。

ドアに鍵をかけ、バッグを開けてポータブル探知機をドア枠の上に置いた。カーンの〝休憩中の暇つぶしの発明〟のひとつ。プライバシーが必要なときに役に立つ。セスは探査モニターを取りだし、丹念に壁を調べていった。

レインはベッドに腰をおろした。「なにをしてるの?」

「盗聴／盗撮器を探している」繊細なつくりのアンティークチェアをつかみ、その上に乗る。体重で壊れないといいのだが。

レインは眼を丸くした。「あなたが考えてるのは――」

「考えてるんじゃない。知ってるんだ。あいつがおれを招待したのは、このためだ。おれたちを観察したいのさ。たぶん録画もするんだろう。後世に残すためにな」

「そんなの信じないわ!」

状況が違えば、彼女の声にこめられた気取った恐怖を笑い飛ばしただろうが、いまは仕事に集中していた。「ヴィクターは観察するのが好きだ」そっけなく言う。「そして、おれはこういったおもちゃにあいつが金を惜しまないのをよく知っている」

ひとつめは、天井のファンで見つけた。三九九‐〇三〇メガヘルツの遠隔送信機。もうひとつは、可動式スポットライトについていた。天井から吊るした電球のひとつに、四九〇ミリの変調ナトリウム光学式盗聴器がしかけられている。壁の高い位置に間隔をあけて針穴が開けられ、シーダー杉の壁板の裏にビデオカメラが設置してあった。ハンマーか斧がないと、取りはずすのは不可能だ。セスはポケットからガムを出し、柔らかくなるまで噛んでから穴に押しこんだ。

超低周波探査機能を使って搬送波シグナルをチェックし、二カ所——時計とベッドサイドのスタンドのひとつ——で発見した。ふたつとも撤去する。どうやらレイザーは〝過剰〟を信条にしているらしい。

偏執的に見えるのを承知で、多機能赤外線ゴーグルを装着し、暗度九九パーセントの赤外線フィルターをかけて暗視機能のスイッチを入れ、レーザー・ダイオード赤外線エミッターがないかチェックした。ふたつあった。食えない野郎だ。

すべて撤去すると、部屋の中央に立ってゆっくり一回転し、壁と天井を調べていった。基本的には、純粋な本能に従って自分の内なるアンテナで探っていた。

ゼロ。自分の腕が落ちたのでないかぎり、この部屋は安全だ。

セスはくるりとレインに向きなおり、片手いっぱいの撤去した監視装置を差しだした。

「すてきなおじさんには、おまえの知らないことがいっぱいあるんだ、プリンセス」

「そんなふうに呼ぶのはやめて」鋭い声で言う。「もう見つけたんでしょう？　わたしたちのプライバシーは問題ないわ。なんの被害も受けてないじゃない」ばらばらになったスタンドと、中身を抜かれた時計に眼を向ける。顔がぴくぴく痙攣し、両手に顔をうずめた。肩を震わせ、声を出さずに笑いだす。

「なにがそんなにおかしいんだ？」セスが尋ねた。

レインは顔をあげた。頰のところどころが赤く輝いている。「なにもかもよ。とても現実とは思えない。ウサギの穴に落ちたアリスになったような気がする」

「楽しんでもらえて、嬉しいよ」うなるように言う。

レインの手が膝に落ちた。「どうしてそんなにいらいらしてるのか、わからないわ」声がヒステリックに震えている。「どんな家族にもいるでしょう」くすくす笑いをこらえて言う。「人騒がせなおじさんが」

「人騒がせ？　これを人騒がせと言うのか？」セスは手を開き、持っていたものを落とした。ばらばらの部品が大きな音をたてて寄木張りの床に散らばる。

レインはなすすべなく体を震わせて笑いながら、お手上げというように両手をあげた。「わたしは折りあいをつけようとしてるだけよ、セス。あなたも協力してくれたら助かるんだけど。こんなふうに考えてみて。この状況は……テストだって」

セスは揶揄《やゆ》するようににやりとした。「おれが子どものころ読んでた、怪しげなファンタジー漫画みたいに？　おれは邪悪な魔法使いの王の城にいる。もし謎を解けば、美しいプリンセスとファックできる。解けなければ、ドラゴンの餌にされて血だらけの肉片になる」

レインは超然と威厳をこめて首を振った。「違うわ、センスがないのね。あなたは美しいプリンセスと結婚して、ふたりは末永く幸せに暮らすのよ」

セスは体をこわばらせた。耳ががんがんしはじめる。「へえ」レインを見つめたまま、ばかみたいにつぶやく。ごくりと喉を鳴らした。「じゃあ、物語の最後はそうなるのか？」

「そうよ。おとぎ話の典型よ。普通、諸国を遍歴する騎士は、下品でも無礼でも疑い深くもないし、セックスに取りつかれた結婚恐怖症でもないわ」

「おれは子どものとき、間違った漫画を読んでいたに違いない」じっとレインを見つめる。セットされた髪からようやくほつれはじめた髪にうしろからスタンドの光があたり、繊細な金の王冠のように輝いている。それを見ていると、催眠術にかかりそうだった。「おれは、そいつはプリンセスのためにあらゆる難関を克服してドラゴンを退治して謎を解いたあと、彼女と一緒に郊外のアパートに落ちつくつもりなんだと思うね」

「もう一度、普通のおとぎ話をしたいの、セス？」やさしく訊く。

バラ色のスタンドが、彼女にベルベットのような影を落としていた。ゆるやかな曲線をひとつ残らず舐《な》め、鼻をこすりつけたい。「普通なんて知ったことか」彼は言った。「おれは謎を解いたんだから、褒美が欲しい。そのドレスを脱いでいただけますか、王女さま。おれが勝ち取ったものを見せてくれ」

レインは立ちあがってあとずさった。「ちょっと待って、セス」

セスはシーダー杉の壁にレインを押さえつけた。ビスチェが乳房を中央に寄せ、おいしい果物のように差しだしているさまを楽しむ。「どうして待つ？　おれはおまえに奉仕するために呼ばれたんだ、違うか？　セクシーなゲームをしよう、レイン。おまえはいかがわしい億万長者に甘やかされている美しい姪になるんだ。おれは、彼女のエロティックな思いつきを片っ端からかなえるために島の隠れ場所に呼びだされた、年がら年じゅうあそこを硬くしている能なしで筋肉ばかの絶倫男になる。どうだ？」

レインは広げた手のひらを彼の胸にあてた。押すためではなく……むしろセスが本物だと確かめるように。そして唇を舐めた。関心を引かれた猫のように瞳がきらめいている。「その設定は、なんとなくつまらなくて非現実的のような気がするわ。見込みはあるけれど」

セスは指先でそっとバストの頂点を撫でた。「退屈なポルノ映画みたいに聞こえるか」

レインは柔らかな唇を嚙みしめた。「わたしにわかるわけないでしょう。そんなもの観たことがないんだから」

上品ぶった言い方が癇にさわり、セスはふたたびビスチェの下を引っぱった。「そうか？お姫さまにはお下品すぎたかな？」

レインは体をひねって彼の手を払いのけた。「やめて」ぴしゃりと言う。「あなたの下品なところが出てるわよ。そういうのって、頭にくるの。下世話な物言いをやめて、いやらしい顔はしないで。さもないとわたしはやめるわ」

彼女の言葉が宙に浮いた。セスの手がぱたりと体の横に落ちる。興奮しているのと同じくらい恥じ入っていた。「変だな」そっとつぶやく。

「なにが変なの？」油断のない顔。

「自分の変なところに気づいたんだ。高飛車な口をきくえらそうなおまえに、興奮した。おれはスチールみたいに硬くなってる」ほっそりしたレインの手をつかみ、ズボンの前を持ちあげている膨らみに置く。「どうぞお情けを」機嫌を取るようににやりとしながらつぶやいた。「もうたまらない。行儀よくする。やさしくする。なんでもする」

レインはなかば笑いながら短く息を吸いこみ、大きさを測るようにズボンの生地に指先を這わせた。「それはよかったわ。わたしのアイデアを考えると」

「おれの空想どおりにやってみるか？」意気込んで訊く。「もっといいアイデアがあるわ」レインは彼と壁のあいだから、するりと離れた。

「ぜひ聞かせてくれ」

「部屋の真ん中に立って」レインは命じた。

セスは言われたとおりにした。好奇心と興奮が高まってはちきれそうだ。レインは彼の頭からつま先までじっくりとながめながら、周囲をまわっている。セスは彼女の動きを追って首をまわした。

「わたしは海賊の女族長《パイレーツ・クイーン》よ。たったいま、あなたの船を征服したの」

度肝を抜かれ、セスはくるりと振り向いた。あんな目つきでセクシーな笑みを浮かべていると、別人のようだ。世闇と月光に包まれた、危険なプリンセス。「わーお」思わず声を漏らした。「本気でやるつもりなんだな？」

「もちろんよ。わたしは、踏み板から海に落としてあなたを殺すつもりだったんだけど、あなたの筋肉やお尻の形やズボンの前の膨らみを見て、上等な男を無駄にするのはもったいないと思ったの」

「おれは征服された船の船長だったのか？」

彼女はストールをベッドの上に放り投げた。「そんなこと、どうでもいいじゃない？」呪文をかけるように彼の周囲を歩きながら、優雅に両腕をあげた。そのせいで、ビスチェからじらすようにさらに胸がこぼれた。

セスの視線が金縛りにあったように彼女を追う。「おれは知りたい」

彼女は関心なさそうに肩をすくめた。「いいわ。そうしたいなら船長ということにしましょう。でも、だからって違いはないわ。あなたはもうわたしの奴隷なんだから。そして自分が失った力と権力にしがみつけばつくほど、苦しむことになる。あきらめなさい。奴隷としての新しい運命を受け入れるのね」

セスの口はぽっかり開いていたが、笑い声は出なかった。「すごい。残忍で冷酷なパイレーツ・クイーン。おれはとんでもなくやばい状況にいるんだな？」

「ええ、そうよ」冷たく認める。「わたしを崇拝しているたくましい部下たちが、わたしのキャビンへあなたを引きずってきたの。あなたの生死は、どれだけわたしを悦ばせるかにかかってるのよ。だからせいぜい頑張るのね……船乗りさん」

「おれがおまえに歓喜の悲鳴をあげさせたら、連中が駆けこんできておれを殺すのか？」

「部下には命令してあるわ」とりすまして言う。「彼らはわたしの道楽に慣れている。服を脱ぎなさい」

いつもは音楽のように軽快なレインの声が、突然権威を帯びた鋭い口調になった。セスはすぐさま命令に従い、焦りで震える指で引きはがすように服を脱いだ。シグ・ザウエルを見られたときは一瞬躊躇した。レインは眼をぱちくりさせたが、セスがショルダーホルスターをはずしてサイドテーブルへ置くあいだ、なにも言わなかった。せかすように手を振っている。セスは銃のことを忘れて大急ぎで裸になり、床にしわくちゃになった服の山ができた。

全裸で大きく勃起したまま、部屋の真ん中に立った。レインがふたたび周囲を歩きだす。すぐそこにいるので、蜂蜜と暴風雨に洗われたスミレが混じったような繊細な香りが感じ取れる。肩やうなじに彼女の吐息がキスのようにかかるのがわかる。やがて、彼女が触れてきた。ひんやりした指が肌をかすめ、吟味し、愛撫し、じらしている。睾丸《こうがん》を包みこみ、ペニスをつかむ。柔らかな手を悩ましいほどゆっくりと前後させている。ぎゅっと力を入れる。くそっ、死にそうだ。

「とてもいいわ。大きくてたくましくて元気そう」レインがつぶやく。「こんなものを見るのは久しぶりだわ」

セスは必死でうめき声をこらえた。「たくさん見てきたようだな、え？」

「ええ、あなたが想像もつかないほどね」温かくなってきた手が尻をかすめ、硬い筋肉をつかんで満足の吐息を漏らした。「あらゆる色と形とサイズをね。わたしは貪欲《どんよく》なの。わたしを悦ばせているかぎり、男たちを生かしておく。いずれあなたに飽きて、踏み板を歩かせる日がかならず来るわ。その日を少しでも先延ばしにしたかったら、精一杯努力してわたしを悦ばせたほうがいいわよ」

「全力で頑張ろう」セスが請けあった。

「賢いこと」レインは冷たい手をそっと彼の胸に這《は》わせ、あらゆる膨らみとくぼみを感じ取っている。「ベッドに横になりなさい」

彼女がイメージしているシナリオでは、にやつくのはふさわしくないように思われたが、表情をコントロールできなかった。知ったことか。脳みそなどもうなくなっている。おれはまっさかさまに落ちている。彼女の言うなりだ。セスは手足を広げてベッドに横たわり、ばかみたいににやにやしながらレインを見あげた。

彼女はゆっくりとベッドへあがり、うしろに手をまわしてスカートのホックをはずした。

「縛ったほうがいい？　それともいい子にしている？」

縛られたい。だが視線がサイドテーブルの拳銃に落ち、ぎりぎりのところでわずかに正気を取り戻した。ヴィクター・レイザーのねぐらで緊縛ゲームをするのは、いくらなんでも危険すぎる。

「当分はおとなしくしていよう」彼は言った。「あとのことはなんとも言えないが」

レインがふわりとスカートを落とすと、彼は苦痛のうめきにも近い声を漏らした。スカートはパラシュートのように膨らんで落ち、床でくしゃくしゃになった。レインがスカートを蹴《け》り飛すと、セスは透きとおるような完璧な太腿と深いブルーのストッキング、かろうじて存在がわかるほど小さなミッドナイトブルーのレースのパンティに眼を奪われた。すべてが、今夜ダイニングテーブルにいた男全員を勃起させたに違いないブルーのコルセットのようなトップにマッチしている。

レインはうしろを向き、かがんでスパイクヒールのパンプスのストラップをはずした。ちっぽけで思わせぶりなレースに縁取られたバラ色のヒップを、わざとそそるようにたっぷり見せつけている。パンプスを放り投げて背を伸ばすと、パンティにゆっくりと親指をかけた。少しずつ太腿の上にずらしていき、やがてふんわりした金色の巻き毛をあらわにした。ビスチェの下をつかみ、そこで手を止めてなまめかしく微笑みかける。ぐっと下へ引っぱると、つんと上を向いたピンク色の乳首がこぼれだした。

なによりセスをどぎまぎさせたのは、彼女の表情だった。この世のものとは思えないほど強烈な性の魔力。レインは光り輝いていた。月の光を浴びた雌オオカミだ。自分が及ぼす力の大きさに気づいた、美しい野生の獣。彼女はベッドにあがって脚を曲げて座り、セスの体に指を這わせた。

彼が伸ばした手を軽くたたいて払いのける。「あらあら。いい気にならないで、奴隷のくせに。命令されたことだけしなさい」

「次は、おれがおまえの船を征服してやる」

レインはふたたび彼の手を払いのけた。「あなたはしょっちゅうわたしの船を襲ってきた。行儀よくしなさい。それとも、おとなしくさせるために部下を呼んだほうがいい？」

「おまえといると頭がおかしくなりそうだ、レイン」セスはうなるように言った。

「いい意味で？　それとも悪い意味？」

セスがなすすべなく首を振ると、レインは笑い声をあげた。「どういう気分かあなたもわかったでしょう」そうささやき、脈打っている硬いペニスに指先を這わせた。「部下は、わたしが奴隷を痛めつけるのが好きなの。ときどき、部下の行ないがいいときは……見せてやることもあるのよ」

「なんだって？」セスはがばっと起きあがった。

体を押され、また横になった。「ほらほら。用心するのね」

「盛りがついた売女《ばいた》め」顔がほてって赤く染まっている。「いつかこの落とし前はつけてもらうからな」

「そう？」あざけるように言う。「こういうのは嫌い？」ペニスをつかみ、彼が思わずあげたうめき声に満足げな声を漏らす。そっと握りしめたまま上下にしごき、彼がなすすべなくあげるうめき声にびっくりして見せた。「あらあら。どうやら嫌いじゃないみたいね」わざととまどったように言う。「もしわたしが無知だったら、勘違いするところだったわ。あなたが本当は……感じてるって」

「おまえは露出狂じゃないと言ってたと思ったが」

レインは小さく笑った。「違うわ、おばかさんね。これはただの空想よ」そう言うと片脚をあげて彼にまたがり、彼女自身を彼の口に近づけた。「さあ、おしゃべりはおしまいよ。あなたの舌をもっと有効に使いなさい」

それ以上命令される必要はなかった。レインはなんの苦もなくおれの心に入りこみ、おれを狂乱に駆り立てることができる。だが、こっちにはこっちのテクニックがある。それをありったけ使ってやる。

セスは両手でレインのヒップをつかみ、ぞくぞくするような場所へ顔を押しあてると、いとおしむように激しく舐めはじめた。とろけそうな塩辛い味や、それをおおい隠す湿った金色の巻き毛、膨れあがった柔らかなクリトリスは、決して飽きることはない。セスの上でレインのほっそりした体が反りかえり、腰がびくっと痙攣した。彼女はクライマックスとともに大きな悲鳴をあげ、押し寄せる快感の波に体を震わせた。

セスはレインを抱いてそっと横向きに寝かせた。パイレーツ・クイーンの人格を支えていた激しい征服のエネルギーは、いまや黄金のように快感の溶鉱炉のなかで溶けている。セスは乱れた髪をそっと指で梳くと、ピンをすべて抜いてやった。なにか手を加えてカールを取ってある。一時的なものだといいんだが。このままでも美しいが、サテンのようにまっすぐな髪より、カールした長い髪のほうが好きだ。

起きあがって無言のままバッグのなかをかきまわし、コンドームの箱を取りだした。レインはベッドの上で横向きのまま体を丸めている。片脚だけをストッキングに包み、ビスチェの上からは乳房がそそるようにこぼれだしている。セスは脈打つペニスにコンドームをかぶせた。彼女がなにを考えているにせよ、それに合わせる準備をしておきたい。この先のことは考えていないとしても、問題はない。こっちには山ほどアイデアがある。

セスがビスチェのホックをはずしはじめると、レインは眼を閉じたままぼんやりと至福の笑みを浮かべた。きついホックがはずれ、ほっと安堵の吐息を漏らす。ビスチェのおかげで見栄えはよくなったが、これまで着たなかでいちばん着心地がいい服とは言えない。

彼はレインを仰向けにすると、脚を開かせてはいたままになっていたストッキングを脱がせた。たこのできた指で、ゆっくりと愛でるようにやさしく脚を撫であげる。指が濡れたあそこをかすめもしないうちに、レインは心地よい快感にふけるようにぐっと伸びをして、甘やかされた子猫のように背中を反らせた。

「おれは合格したのか？」セスが訊いた。

「んん？」

「セクシーなパイレーツ・クイーンは、セックスのためにおれをもう一日生かしておくのか？」

レインは手を伸ばしてそそりたつ彼を愛撫した。なんて便利。もうコンドームをつけてあるわ。「それはあなたの体力しだいよ」きっぱりと言う。「パイレーツ・クイーンが、たった一度の軽いオルガスムで満足するとは思っていないでしょう？」

「さっきのオルガスムは軽くなんかなかったぞ。長々とつづいてた」レインを起こして自分の上にまたがらせる。「誰がボスか教えてくれ、パイレーツ・クイーン。おれに乗るんだ」

さっきのオルガスムの名残りでまだ震えていたレインは、セスの厚い胸に両手をついて体を支えた。馴染みのない体勢にどぎまぎして落ちつかない。

セスは慣れたようすでリードし、レインを持ちあげると、そっと押し入ってきた。レインは悦びの嗚咽《おえつ》を漏らしながら、なんの苦もなくそれを包みこんだ。彼の顔に触れると、ほてって汗で濡れていた。無防備な眼に心を揺さぶられ、レインは彼の胸の上にくずおれて首に抱きついた。

その瞬間、じゃれあいであろうがなんであろうが、これまで自分たちがしてきた駆け引きの意味がわかった。たがいの気持ちの強さから気をまぎらすための、うわべだけのゲームだったのだ。いまは征服しているともされているとも思わない。ありのままの自分をさらしている。これほど自分のことが理解できたことはなかった。自分の恐怖と渇望、そして孤独。そのすべてが煌々と輝き、ふたりの前に姿をさらしている。

彼のことも細かいところまではっきりと見える。肩のほくろ、二枚の翼のように広がる濃い眉、大きな口のまわりのしわ。厚くてセクシーな唇のくっきりした輪郭。黒い瞳には、ふたりの関係のもろさがあふれている。わたしの瞳も同じに違いない。

レインは焼けつくほどのいとおしさに満たされた。彼の肩に顔をうずめ、無我夢中でうねるような官能的なリズムに溺れる。彼をぎゅっと抱きしめたのは、力に屈服したからではない。感動のせいだ。息もつけぬほどの、気絶しそうな、心臓が破裂しそうな感動に、レインはなすすべもなく身をまかせた。

　セスがレインの髪に指をからめ、そっと頭を持ちあげた。じっと見つめる黒い瞳はすべてを見透かしている。それを受け入れ、求めている。

「おい」つながったままレインを仰向けにし、しわくちゃのシーツに押しつけた。「まだつづきを聞いてないぞ」

「なに？　つづきって？」

「パイレーツ・クイーンと捕虜の船乗りはどうなるんだ？」

「ああ」茶目っ気のある笑顔を見て、息を切らせながら笑い声をあげた。「ええと、つづきはまだ考えてないわ」

「おれは考えてる。船乗りはベッドで飽くなき欲望を見せて、パイレーツ・クイーンを骨抜きにする。彼女の頭をぼうっとさせる。そんなにうまいクンニリングスをされるのははじめてだった。彼女は夢中になって圧倒される。恋に落ちる」

　この言葉を使うのははじめてだ。恐ろしい言葉。恋。

　レインはセスに手足を巻きつけて唇を舐め、言うべき言葉を探した。「それはとても危険だわ。彼女はそんなふうに自分の力を危険にさらすべきじゃない。身の破滅になるわ」

「ああ、そうだ。だが哀れな彼女にはどうしようもない。彼に触れられただけで頭がおかしくなるんだ、こんなふうに」ふたりの体のあいだに手を伸ばし、親指でそっとクリトリスを転がす。レインはあえぎ声とともに体を突きあげた。「彼女は貫かれるとたまらなくなる。奥まで、こんなふうに。そしてかきまわされる……太い棒のように……どうだ？　甘美な快感のボタンをぜんぶ押される、なかも外も。彼女にはどうしてもそれが必要だ。彼はよすぎる。彼女はとりこになる……」

レインは大きな声をあげた。巧妙な指で愛撫されながら奥まで突かれると、ふたたびどっと快感が押し寄せて話の筋がわからなくなった。

眼を開けると、セスは彼女を見つめたまま辛抱強く待っていた。彼は引きぬくところがよく見えるように、膝をついてレインの両脚を持ちあげた。ペニスの先端をそっと上下させ、ぞくぞくするように愛撫している。

レインはわななく唇でしゃべろうとした。「彼女はセクシーで貪欲よ。でも同時に強い女なの」震える声で言う。「セックスで言いなりになったりしない。どんなにすばらしいセックスでも。彼女はただの興奮した肉体じゃないの。知性も持ちあわせている。そうでなければリーダーにはなれないわ」

「ああ、でも忘れちゃいけない。彼女には心もあるんだ」

レインは言葉を失って彼を見つめた。

セスがふたたび入ってくる。「彼女にあるのは、それだ。心。船乗りはそれを開ける鍵を見つける。彼女の鎧《よろい》を通りぬけて、隠された傷をすべて見る。彼女がなぜそんなに恐ろしい悪女になったのか、なぜすべてを支配したがるのか理解する。奥に隠れた傷つきやすい女に気づき、そのときはじめて……彼女は自分は安全だと感じる」

「ああ」レインは息を呑んだ。

セスがヒップの下に片手を入れ、いっそう奥まで貫けるように腰を持ちあげた。「だが、それはおたがいさまなんだ」彼は言った。「船乗りはひどい苦境に陥る。そんなにすばらしいセックスをしたことはない。喜んで捕虜になってもいいくらいだ。毎晩自分を興奮させて、絶叫するような忘却へ駆り立ててくれるセクシーなセックス狂いのパイレーツ・クイーンといられるなら、一生屈辱的な囚われの身でいるのも辞さない気分になる。そして知らずしらずのうちに、がしゃん、どん。彼も恋に落ちる」

レインは手を伸ばし、彼の肩をつかんで必死でつかまった。「悲劇だわ。なんてジレンマなの」

「ああ、そうだ。哀れな男にとっては悪夢だ。彼の心は万力で締めつけられる」ゆっくりと奥まで突き立てた。

レインはぎゅっと目をつぶった。「彼は……船乗りはどうするの?」息を詰めた。自分の運命は彼の答えにかかっている。あるいは、そうではないのかも。たぶんこれも彼にとってはただのゲームなのだろう。わたしにはわからないし、知りようもない。わたしにできるのは、感じることだけ。

顔に触れられたのがわかり、レインは眼を開けた。そのとたん、彼の視線の一途さにすべてを忘れた。彼はレインの眼にかかった髪をはらい、いとおしむようにやさしく頬を撫でている。「このつづきはまだ考えてない。おいおい考えよう。おまえのように、レイン」

たどたどしく心もとなげにそう言うのを聞いて、レインは身震いするような悦びに満たされた。「その、ええと、部下たちがそわそわしはじめるわ」快活に言おうとする。「船乗りに嫉妬して気が狂いそうになっているのよ――」

「パイレーツ・クイーンが彼をひとり占めしたがってるからな。部下に見せるつもりはない。一度たりとも」反論を待つように見つめてくる。

「一度たりとも」レインは穏やかな声で同意した。「彼女はキャビンのドアに鍵をかけ、壁ののぞき穴も全部ふさぐの」

「部下たちは、自分たちの完璧な世界が危機に瀕していると気づく。彼らの女神が、彼らの存在理由が奪われようとしている」大きな温かな手でレインのうなじをはらい、枕の上に髪を広げた。「彼らは以前の状況に戻そうとする。女神を取り戻したいと願うが、彼女は変わってしまった。時間は巻き戻せない。自然の力には逆らえない。愛を止めることはできない」

「ええ」レインはささやいた。そのとおりよ。「できないわ」

彼がなかで動くと、強烈な快感で心がとろけた。セスは自分の首にレインの両手をまわし、両腕を彼女の肩の下へ入れた。

「しっかりつかまるんだ」彼は言った。「よく聞いてくれ。話のつづきはこうだ。海賊たちはひそかに陰謀をめぐらせて船乗りの両手両足を縛り、海に投げこむ。だがパイレーツ・クイーンはぎりぎりのところで察知する。彼女はナイフをくわえて海に飛びこみ、船乗りが沈む前につかまえて縄を切る。部下たちは反乱を起こしていたし、自分と船乗りが大海原に取り残されると承知しながら。サメのいる海に」

微笑もうとしたが、唇が震えた。「そんな、まさか。彼女はぜったいそんなことをしないわ。やりすぎよ、セス」

「彼の舌使いは本当にすばらしいんだ」体を離して下へずれていくと、レインの両脚を大きく開いて自分の言葉を実践しはじめた。クリトリスをそっと歯のあいだにはさみ、巧みに絶え間なく舌をちらつかせる。

快感がとめどなく押し寄せ、レインはやっとのことで彼の髪をつかんで引っぱった。「わかった、わかったわ」すがるように言う。「彼女は海に飛びこむの。短剣でサメと闘う。なんでもするの、本当よ。だからわたしのなかへ戻ってきて。わたしを抱きしめて」

セスは太腿で顔をぬぐうと、レインのおへそに鼻をこすりつけ、濡れたキスの雨を降らせながらゆっくりと上へあがってきた。乳房のところで気を取られ、そこに留まってしゃぶったり舐めたりしはじめる。レインは狂おしいほどのもどかしさに悶え、必死で彼を引きあげた。

ようやくセスとすっかり体を重ね、彼の体温に包まれた。息を荒げながらぐっと入ってくるなり、そこでまごついたように動きを止めた。「それで、ふたりはどうなるんだ？　溺れるのか、それともサメにずたずたにされるのか、どうなんだ？」

レインはびくっと体をこわばらせた。「まさか！　どうしてそんなことを言うの？」

「すまない。おれはひねくれたリアリストなんだ。悪いな」

レインはつかのま考えをめぐらせると、まっすぐ彼の眼を見て言った。「ふたりは熱帯のパラダイスに流れ着くのよ。ココナツとマンゴーと焼いた魚のある太古の輝きの世界に。そこで死ぬまで、波とたわむれたりビーチで遊んだり、ヤシの葉でつくった十部屋の小屋のなかで情熱的に愛しあったりして暮らすの」

「そうなのか？」不安げに眉をひそめている。

その顔を引き寄せてそっとキスをした。「ええ、そうよ」やさしく言う。「彼は銛《もり》で魚を獲ったり果物を集めたり、彼女のために熱帯の花で花輪をつくったりして過ごすの」

セスが疑わしそうな顔をした。「花輪？　おいおい、レイン」

「すばらしいクンニリングスができるのは彼だけじゃないってことを忘れないで」

彼はにやりとした。「オーケイ。花輪だな。お望みならつくってやろう。大きくて香りのいいやつを、いくつでも」

「夕方になると、ふたりは風にそよぐヤシの下に座って夕日を見るの」穏やかにつづけた。「暴力的で醜い世界はもう過去のこと。むかしの苦しみや裏切りを忘れて、ふたりはおたがいの体と心と魂を与えあうの。駆け引きも嘘もごまかしもない。情熱と真実とやさしさがあるだけ。彼は彼女にすべてを与え、彼女も彼にすべてを与えるのよ」

ぴんと張りつめた銀線のように、ふたりのあいだで感動が震えた。

「それはいい結末だな」彼がささやいた。「その終わり方は気に入った」

「終わりじゃないわ、セス」彼の顔に軽いキスの雨を降らせた。「はじまりよ」

ふたりはじっと見つめあった。どちらもわれを忘れ、怯えていた。彼だけが彼女を救える。彼女だけが彼を救える。彼女は短剣をくわえ、サメのなかを泳いでいる。レインの眼に涙がこみあげた。

セスの腕に力が入った。「だめだ」すがるように言う。「頼む、スイートハート。お願いだ。今夜のおれは大海原の真ん中にいるんだ。おまえに泣かれたら、どうしていいかわからなくなる」

レインは彼の首に顔を押しあてて涙を隠した。「そうなってもかまわないわ」そっとささやいた。「わたしがいるから大丈夫よ、セス。あなたをつかまえているわ」

「頼む、やめてくれ」レインの髪に顔を隠す。「ここではだめだ。この屋敷のなかでは。こんなにあいつの近くにいるときはだめだ」

そのとおりだ。ベッドの横には弾を込めた銃が置いてある。無限の世界へ恐れを知らずに飛びこむ状況ではない。

「じゃあ、わたしの気をまぎらわせて」きっぱりと言う。「早く」

彼はやさしく顔をはさんでキスをした。「オーケイ。そう、ビーチの夕日だ。花輪。おれはおまえにすべてを与える。おまえはおれにすべてをくれる」髪を撫でる手が震えている。

「駆け引きはなしだ」

彼にキスを返し、できるだけぴったりと抱きしめた。「いいわ。全部ちょうだい、セス」そうささやいた。「あなたのすべてが欲しいの」

ふたりはまだ見ぬ危険の瀬戸際からしりぞいた。かわりに、激しく飛翔する快感へと舞いあがった。そして、いまはそれで充分だった。ふたりだけで熱帯の日没の赤く渦巻く中心へ突き進み、溶けこんでいくだけで。

18

塔にある部屋を四つの違うアングルからとらえるはずのモニターは、どれも真っ暗だった。

ヴィクターはくすくす笑いながらモニターに背を向けた。姪と恋人の睦《むつ》みあいを見られなくても、失望は感じない。どうせ誉められた行為ではないのだから。そう思ったとたん、思わず笑みがこぼれた。ふいに良心の呵責《かしゃく》を感じるなんて、実に奇妙じゃないか。

あの若者に自分とカーチャのプライバシーを守るだけの抜け目なさがあって、むしろ内心喜んでいる。本人がどう望もうが、あの子をロレインという名で考えることはできない。レインでも無理だ。ひどい名だ。アリックスがつけたに違いない。あの女の好みを彷彿《ほうふつ》とさせる名前だ。

そう。知性と縄張りを守る本能こそ、姪の意欲的なボディガードをみずから買って出た男にヴィクターが求めているものだった。ノヴァクが姪に対して臆面もなく不道徳な関心を示している以上は。わたしに必要なのは、自分のきわめて重要なセキュリティを危険にさらさずに、マッケイの保護本能をあおることだ。むずかしい問題だが、解決策はまもなくおのずと明らかになるだろう。

マッケイはカーチャにとってなかなかいい相手だ。たしかに抑圧された怒りをたぎらせているが、ほとんどの男はひと皮むけば同じだ。マッケイは頭が切れるし、成功したやり手だ。慎重に経歴調査をしたところ、子ども時代はむさ苦しい都市生活の寄せ集めのようなものだった。だが、彼はなんとかそのゴミ溜めから抜けだした。マッケイは自分の腕一本で成功した男であり、その点は評価に値する。自分に似たところがある。表面はざらざらしているが、磨く必要がある場所は純然たる冷酷さで補っている。そしてカーチャには、充分彼を操れる強さがある。本人が気づいているかどうかは別だが。あの子に必要なのは鞭《むち》と椅子、そしてほんの少しの実践だけだ。

インターコムが美しい音色を奏でた。ヴィクターはスイッチを入れた。

「ミスター・レイザー。またリッグズです」マーラのハスキーな声が、高価なセーブルの毛皮のように肌をかすめる。「あなたは誰にもお会いにならないと何度も言ったんですが、いませベリン・ベイ・マリーナにいて、迎えの船をよこしてほしいと言っています」

ぼんやりしたアイデアが形になりはじめ、リッグズの図々しさへのいらだちが消えた。

「チャーリーを起こせ。リッグズを迎えに行かせるんだ。彼をここへ連れてこい」

「コントロール・ルームへですか？」マーラの声には控えめな驚きがこもっていた。

「そうだ。それから、マーラ？」

「はい、なんでしょう？」

「きみはすばらしい声をしている」

とまどったような沈黙が流れた。「あ……ありがとうございます」

ヴィクターはタバコに火をつけて心を落ちつかせると、ジレンマを解決しうる策を吟味するために頭をはっきりさせた。

思ったより早く、部屋の外で男のブーツがたてる重い足音が聞こえた。つづいて、より繊細なマーラのハイヒールの音。ドアが開き、リッグズの毛穴から染みだしているバーボンの饐《す》えたにおいが漂ってきた。リッグズはかなりやせ、めっきりみじめな姿になっている。役に立たなくなる日も近いだろう。

マーラのハイヒールが上品に遠ざかっていく。ヴィクターはモニターを見つめたまま、振り向こうともしなかった。「きみにしてはいつになく愚かな行動だな、ここへ来るなんて」

「あんたはおれのメッセージを無視した」リッグズの声は緊張で震えていた。「こうする以外なかったんだ」

ヴィクターは軽蔑するように鼻を鳴らした。

「あんたはどんなに危険な状況になってるかわかってない。今日彼女はおれを見たんだぞ！ピーターの娘がケイブにいた。ヘイリーと話し、質問していたんだ！彼女には気をつけているはずだろうが、ヴィクター。十七年前におれがやっておくべきだったが、アリックスが……くそっ、すまない。だがきちんとやってくれなくては困る。彼女があんたの姪だってことは知ってるが、あんただって認めざるをえないはず――」

「わたしはなにもする義務はない」ヴィクターは一方的に話しつづけるリッグズをさえぎった。リッグズは息を荒げたまま、鞭で打たれた犬のように話をつづける許可を待っている。

ヴィクターはゆっくりとタバコを一服した。「たぶんきみは、十七年前に起こったことでわたしに間違った印象を抱いているんだろう、エドワード。実際のところ、わたしは家族のメンバーを殺したいとは思っていない。避けられるかぎりはね」

「おれのチームをノヴァクの罠に投げこむことは、気にしなかったじゃないか」リッグズは声を荒らげた。「あの決断のせいで、眠れなくなるなんてことはなかったんじゃないか？」

「ふむ」完璧な煙の輪を吐きだし、それが崩れていくのを見つめた。「まだあの件でへそを曲げているんだな？」

「あの騒ぎでカヒルは死んだ。ひどい死に方でな。マクラウドは二カ月間意識不明になった。あいまだに脚を引きずっている。おれのいちばん腕のいい捜査官ふたりだぞ、ちくしょう。あのせいでおれはすっかりまいっちまった。そうさ、おれはいまでもへそを曲げてるよ」

「もう終わったことだ、エドワード。彼らを痛めつけたのはわたしじゃない。やったのはノヴァクだ。それに、きみはもっとしっかり部下をコントロールすべきだった。あんなに近づかせるべきではなかったんだ」ヴィクターはたしなめた。「きみは、わたしのひじょうに大切なクライアントに迷惑をかけた。あの大失敗の責任の一端はきみにあるんだ、友よ」

「おれはあんたの友人じゃない」リッグズがしゃがれ声で言った。

ヴィクターは椅子に座ったままくるりと振り返り、にっこりと微笑んだ。「じゃあ、敵なのかね？　答える前によく考えたまえ、エドワード。わたしを敵にまわすと怖いぞ」

リッグズの喉がごくりと動いた。血走った眼が絶望に苦悩している。「ヴィクター、あんたはわかってないんだ。あの女はおれを見た。そして反応したんだ」

ヴィクターの笑みは非情だった。「きみの問題だ」

「あんたの問題でもあるんだ！」

「いいや。わたしには失うものなどなにもない」念を押すように言う。「だが、きみにはたくさんある。キャリア、評判、地位。それに美しい妻と娘たちも忘れてはいけない――」

「おれを脅してるのか？」

ヴィクターは不満げに舌を鳴らした。「脅す？　仲間の私生活に友人として関心を持つのが脅しなのかね？　チャーミングなお嬢さんたちの成長を見守るのは、実に楽しいことだ。愛らしい子だ。エリンがワシントン大学を卒業したときは、きみとバーバラを思うととても嬉しかった。愛らしい子だ。褐色の長い髪に優雅な骨格。彼女はきみの魅力的な奥方にそっくりだな。頭もひじょうにいい。記憶が確かなら、美術史と考古学で最優等だったはずだ。すばらしいお嬢さんだな。おめでとう」

「おれの家族に近づくな」リッグズの顔は抑えきれない憤怒で紫色になっている。

「それから、下の娘のシンディ。エリンよりはつらつとしている。正直に言うと、彼女はわたしのお気に入りでね。あの子には、眠れない思いをさせられた夜があるんじゃないかね？　ああ、すまない、エドワード……うっかりしていた。きみはもう毎晩眠れないんだったな」

「ちくしょう」リッグズがつぶやいた。

「かわいいシンディ。エンディコット・フォールズ・クリスチャン・カレッジの二年生になったばかりだ。そしてフルバンドの奨学金ももらっている。とても才能のあるサクソフォン奏者と聞いたよ。学業平均値は三点だとか。優秀だ。個人的にはもう少し精進してもいいと思うが、彼女は大学生活をエンジョイしている学生だ。若い活力にあふれているということだろう。女の子はそういうものだ」

リッグズはどさりと椅子に座って顔をそむけたが、ヴィクターは容赦しなかった。「それからバーバラは、このところ地元の奉仕活動に夢中になっているらしいな。それともこの奉仕活動は、女を買ったり人を殺したりする酔っ払いと結婚している事実を埋めあわせる彼女なりの方法なのか？　たとえはっきりと気づいていないにせよ、彼女は事実を感じ取っているに違いない。女はつねにわかるものだ」

「違う」リッグズは両手に顔をうずめてうめいた。「違う」

「十七年たっても、きっとバーバラは、わたしが所有している高解像度のビデオの内容にしごく関心を持つだろう。きみがわたしの元義理の妹とやっているところが何時間も映っている。それも、ひじょうに想像力に富んだやり方でね。いくつもの突飛な体位――オーラル、アナル、その他もろもろだ。完璧な家族を持つ法執行機関の捜査員であるきみが」そこで悲しげに首を振る。「考えてみたまえ。お嬢さんたちも、さぞショックを受けるだろう」

「おまえも彼女と寝たじゃないか、偽善者め」リッグズが責めたてた。

「たしかに。彼女と寝ていない人間がいたか？　だが、わたしは十分でアリックスに飽きた。彼女は空っぽだったよ、エドワード。コン、コン。頭をノックしても誰もいない。だろう？　バーバラとは違う。彼女は中身のある女性だ。骨折りがいがある。わたしに言わせれば、きみにはもったいない」

「おれの女房の名前を口にするな」リッグズの声には敗北感がにじんでいた。

「ああ、アリックスの話だったな」不興げに舌を鳴らす。「彼女は良心の呵責など感じない貪欲な尻軽女だったかもしれないが、自分の務めはりっぱに果たした」

リッグズはずらりとならんだモニターの前にぐったりと座りこみ、眼鏡をはずして血走った眼をこすった。このくらいで充分だろう。次の作戦にかかる頃合いだ。ヴィクターは立ちあがり、サイドボードに載ったデカンタからグラスにスコッチを注いだ。酒がグラスに注がれる音で、リッグズは獲物に反応する犬のようにさっと頭をあげた。

「今度はおれにどうしろって言うんだ?」ぼんやりと尋ねる。

哀れなものだな。リッグズが使えなくなる日は間違いなく近い。

ヴィクターはグラスを手渡した。「まずは落ちつけ。あまり深刻に考えないことだ。人生は楽しむためにある。苦しむためでなく」

リッグズはスコッチをひと口飲んで口をぬぐった。赤らんだ眼が涙ぐんでいる。「おれをもてあそぶのはやめてくれ」

「どうした、エドワード。きみはすでにわたしの不法行為に一枚嚙んでいるんだ。わたしが提供できる快楽を好きなように利用すればいい。右端のモニターを見たまえ。上から二番めだ。さあ、見てみろ」

リッグズは頭をあげてモニターを見た。ぱっと席を立ち、胸ポケットから眼鏡を取りだしてかけると、前に乗りだした。「なんてこった」小さくつぶやく。

ヴィクターは振り返って笑顔を隠した。人間を操るのはいかにたやすいことか。うんざりするほどだ。彼らが抱く恐怖と欲望を予測するのは簡単だ。「彼女の名前はソニアだ」彼は言った。「かねてから、きみにどうかと思っていたんだ。マディソン判事は彼女の献身的な奉仕を楽しんでいるようだ。違うかね? もしきみも楽しみたいなら、じきに彼女は体があくだろう。判事はスタミナでは有名じゃないからね。ソニアは……そうだな、一時間もしないうちに準備ができると思う。もしきみに待つ気があればだが。彼女が身支度を整えるには、それだけあれば充分だ」

リッグズは口を半開きにしたままほかのモニターを見ていった。グラスに残っていた酒をいっきにあおり、物欲しげにちらりとデカンタを見る。「おれにかけた爪を、もっと深く食いこませようって魂胆か?」

ヴィクターはいかにもおかしそうに笑い声をあげた。「これ以上深くするのは無理だろう。わたしはただ、嘘や裏切りや自己嫌悪に満ちた日々に救いを与えてやろうとしただけだ」

リッグズがさっと振り向いた。その眼は混じりけのない激しい敵意できらめいている。ヴィクターはそれを見て客観的に安堵した。リッグズには、まだ最後のひと仕事をするだけの気概が残っている。すりつぶして肥料にするのは時期尚早だ。

「それで、エドワード? どうする? おやおや……あれを見たまえ。判事はもう終わってしまったぞ、気の毒に。すぐに眠ってしまうだろう。きみも楽しんでみるかね?」

「くそったれ」

「まあまあ、落ちつけ」ヴィクターは銀の写真立てを手に取った。図書室にある写真を拡大したものが入っている。晴れた日の桟橋で、アリックスとカーチャとリッグズと一緒に写っている写真。「きみがパーティに来てくれないので、わたしは少々傷ついているんだ」

「どうしてそんな写真を手元に置いてるんだ? 危険じゃないか!」

ヴィクターはそっと写真立てを棚に戻した。「きみがわたしを裏切らないようにだよ、エドワード」穏やかに言う。

「あんたはいかれた悪党だ」

ヴィクターは肩をすくめた。「たぶんな。わたしのもてなしを受けるつもりがないなら、きみに頼みたい仕事の話に入ろう」

「ああ。さっさと話して、おれを怒らせるのはやめてくれ」

「仕事はきわめて簡単だ。姪を護衛してほしい」

「なんだと？」リッグズは眼をみはった。鼻の破れた毛細血管が脈打っているのが見えるようだ。「頭がおかしいんじゃないのか！」

「いいや。心配するな。姪を直接ガードする必要はない。われわれのあいだで申しあわせがあることをあの子に知られたくはない。つねに眼を離さずにいてほしいだけだ。あの子の家を監視してくれ。あらゆる動きを見張るんだ。外出先へはかならず尾行しろ」

「冗談じゃない！　ケイブは――」

「きみは五年以上休暇を取っていない」話をさえぎる。「いま取るんだ」

リッグズは呆然とヴィクターを見つめた。「だが、おれは昇進したばかりなんだぞ！　無理――」

「無理なはずがないだろう。頼むから被害者ぶるのはやめてくれないか。きみは金持ちになる。わたしと手を結べるのを感謝したまえ。泣き言を言うことはないだろう。それに、きみに頼みごとをするのはこれが最後だ」

信じられないと言うように目を細める。「本当か？」

「誓って最後だ」きっぱりと断言した。「この簡単な仕事で、われわれの取引は終わりだ。保証する」

「彼女をなにから守る必要があるんだ？」リッグズが詰め寄る。「誰が彼女をねらってる？ それに、なぜ内密にやるんだ？」

「きみには関係のないことだ」ヴィクターは言った。

「ノヴァクだ、そうだな？」ゆっくりと言う。「ノヴァクがあんたに手を出そうとしているんだ。彼女を利用して」

しばしばこの男は、つかのま真の知性をひらめかせては厄介の種になる。「きみが理由を知る必要はない」ヴィクターは冷たく言った。「言われたとおりにすればいい。もし監視に気づかれた場合、わたしのことを話したらどうなるかわかっているな」

「正気とは思えない。なんだっておれがそんなことを――」

「泣き言はやめろ」ぴしゃりと言った。「細かいことまで、いちいち指示しなくちゃならないのか？ キャリアの絶頂にいる連邦捜査官のくせに、なにも知らない若い女を見張る方法を教えてもらう必要があるのか？ あさましい考えでいっぱいの頭を使うんだな、エドワード。ビデオに映っているおまえがそれを使っているのを観たぞ。だからおまえにそういう考え方ができるのはわかっている」

リッグズの眼で憎しみが燃えあがった。両手を拳に握りしめている。「女を見張るだけでいいんだな？ おれにさせたいのは、それだけだな？」

「そうだ」キャビネットを開け、携帯モニターを取りだす。「持っていけ。あの子の服と宝石に取りつけた発信機に周波数を合わせてある。単純な装置だから、おまえにも使えるはずだ。あの子を表わすアイコンは小さな宝石だ。電波を感知するには、半径五キロ以内にいる必要がある。万が一見失っても、これがあれば見つけやすいだろう。だが、できればつねに目視できる距離にいてほしい。わかったか？」

リッグズはモニターを手に取った。チクタクと時を刻む爆弾のように持っている。「監視の期間は？」

「未定だ」

リッグズが首を振りかけるのを見て、ヴィクターは声をやわらげた。「これを最後にすべては終わる。考えてみろ。自由になるんだ。心の平安を得られる。それから、エドワード？」

彼は怯えたように戸口から振り向いた。

「あの子の髪の毛一本傷つけたくはない」きっぱりと告げる。「原因がおまえだろうが、ほかの誰かだろうが同じことだ。しくじったら、おまえを完全に破滅させる。完全にだ。わかったな？」

リッグズの顔がゆがんだ。「あんたは狂ってる、ヴィクター。どうしてこんなことをするんだ？　あの女のせいで、おれたちは破滅しかねないんだぞ！」

「なぜなら、あの女性にはおまえの十倍の価値があるからだ、この恥知らずの役立たずが。さあ、消えてくれ。これ以上おまえを見るのは耐えられない」

リッグズはたじろいだ。歯をむいた動物のように唇がひきつっている。薄暗い室内で、ふたりのあいだの激しい憎悪が鞘《さや》から抜いたナイフのごとくきらめくのが見えるようだった。

「ピーターを殺したから、おれを憎んでいるんだろう？　えらそうにしてるくせに、あんたには自分でやる度胸がなかった。そして、かわりに汚れ仕事をしてやったおれを、あんたは憎んでるんだ」

ヴィクターの鼻腔が嫌悪感で開く。この男は、破滅と腐敗と暴力と近づく死のにおいがぷんぷんしている。「わたしを怒らせるんじゃない、エドワード。我慢にも限度がある」

リッグズの口が動いた。「さっき裏切りと自己嫌悪について自分がなんと言ったか覚えてるか？　鏡を見てみろよ、ヴィクター。おれに唾を吐いたら、自分に唾を吐くことになるんだぞ」

「黙って言われたことをするんだ。出ていけ」

大きな足音が遠ざかっていく。ヴィクターは拳を握りしめた。リッグズを追いかけ、その息の根を止めて永遠に楽にしてやりたいという欲求は耐えがたいほどだ。暗闇のなかで背後から。それこそあの男にふさわしい。

そうだ。エドワード・リッグズに似合いの引退プレゼントを考えるのは、遅すぎるくらいだ。なにか特別なものを考えよう。長年忠実に仕えたことへのお返しに。ピーターの血で手を汚したときから、あの男は死んだも同然だったが、いまとなっては彼の命にはなんの価値もない。リッグズの死刑を執行するまで、使えるところは最後の一滴まで搾《しぼ》り取ってやろう。無駄はない。失うものもない。

偽善だということはわかっている。弟を殺害しろと命じたのは自分なのだから。だがピーターには何度もチャンスをやった。理を説き、とうとうと訴え、最後には脅しもした。自分は生涯を通じて先頭に立って策を弄し、身を粉にして働き、家族のためになすべきことをしてきた。家族の利益を守り、将来を保障してきた。ピーターとその家族が贅沢《ぜいたく》で安全で充分に満足できる生活を送れるようにするために、進んで汚い仕事をしてきたのだ。

そのあげく、裏切られた。

それについては考える余地はない。なにを考えても、それはこれまでに数えきれないほど考えてきたことだ。ヴィクターは酒を注ぎ、いっきに飲み干した。こんな自分をエドワード・リッグズになぞらえることはない。まだあそこまで落ちぶれてはいない。

ピーターを殺した人間にカーチャを守るよう命じるとは、なんとも奇妙な話だ。ヴィクターはふとうしろめたさを感じた。だが、奇妙ではあるが筋は通っている。リッグズはこの仕事にはうってつけだ。さまざまな欠点はあるものの、彼は熟練したプロだ。なによりも使い捨てにできる。彼はやるべきことをやり、マッケイは恋人が尾行されていると気づくに違いない。マッケイの反応は素早く、予測できる。

マッケイがリッグズを殺すようなことになったら、さぞおもしろいだろう。そうなったらありがたい。願ってもない結果だし、自分で手配するより手間も費用も節約できる。そして、マッケイにはリッグズを雇った人間がわからないから、ノヴァクか彼が送りこむ人間に備え、レインのガードをつづけるはずだ。申し分ない。完璧だ。

だが残念なことに、リッグズのせいでめずらしく高揚していた気分が台なしになっていた。長年つきまとっていたアリックスの影からカーチャの美貌が抜けだし、輝くばかりに磨かれてふさわしい場で披露されるのを見るのは、実に楽しかった。しかしリッグズはパンドラの箱をこじ開けた。醜い記憶がコウモリのように飛びだしている。

背後でドアが開き、マーラの香水の香りがした。何種類かのエッセンシャルオイルをミックスした素朴で魅力的な香り。まったく足音をたてずにクリーム色の手織り《オービュッソン》のカーペットをそっと横切ってくる。「リッグズが帰りました」彼女は言った。「チャーリーが本土へ送っていきました」

「ありがとう、マーラ」

それだけ言って彼女をさがらせようとした。不安定な気分のときのセックスは悲惨なものになりかねない。それは苦い経験からわかっているが、ヴィクターにも弱さはあった。彼は振り向いた。

マーラは服を着替えていた。パーティのときは、編みあげた髪に、真珠とラピスラズリを散りばめたみごとな日本製のかんざしを刺し、それを引き立たせる腰までスリットの入った黒いイブニングドレスを着ていた。いまはセットした髪をおろしている。編みこんでいた髪にゆるいカールが残り、いつもよりやさしくひ弱に見えた。光沢のある白いシルクの短いチュニックから、褐色のむきだしの太腿がのぞいている。足の指輪もない。

彼女はなにを考えているのかわからないトパーズ色の瞳でヴィクターを見ると、無言のまますらりとならんだモニターの前へ歩いていった。しばらくモニターを見つめ、なにも映っていない画面を指差した。「故障ですか?」

ヴィクターが首を振る。「姪の恋人はプライバシーを欲しがっている」

マーラは驚いたようすもなくうなずくと、ほかのモニターへ視線を戻した。「あのふたりはとてもお似合いだわ」

ヴィクターは立ちあがった。欲望がじんわりとこみあげてくる。驚きだ。背後からマーラに近づき、かがんで香水の香りを吸いこむと、きらきらと輝く髪に触れた。「あの子が着ていたドルチエ&ガッバーナを選んだのはきみか？」

彼女はほっそりした肩を小さくすくめて見せた。「あれがぴったりでしたもの。彼女をきれいに見せるのは簡単でした。とても美人だから」

「きみもだ、マーラ」ヴィクターは言った。「きみもだ」髪を持ちあげ、完璧な背中のカーブと細いうなじで渦巻く産毛を堪能する。「美しい」

マーラは漆黒の長い睫毛の下で微笑むと、モニターへ向きなおった。キーボードの横にあるマウスに手を伸ばし、手慣れたようすで素早くいくつかのアイコンをクリックする。ナンバー17の画像が拡大され、ほかのウィンドウが隠れた。さらに拡大すると、画面いっぱいに画像が広がった。

学芸員のセルジオが映っている。美しいアジア系の若い女性ふたりと、がっしりした金髪の若者と一緒に複雑にからみあい、セルジオぐらいの年齢の男には解剖学的に不可能と思われる体勢で悶えている。

ふたりはしばらく見つめていた。マーラがナンバー9の画像をクリックする。そこでは著名な心臓専門医であるドクター・ウェイドが、みずからの心臓に激しい運動をさせていた。黒いビスチェを着たコーヒー色のしなやかな女性が、ドクターの体のある部分にピンク色の軟膏《なんこう》を塗り、それからその部分にとても手に負えそうにない大人のおもちゃを慎重に挿入していく。威厳あるドクターは見るからに嬉しそうだ。

マーラはぼんやりとクリックしては次々とほかの営みを映しだし、やがてちっぽけなランジェリーを身につけただけの若いブルネット美人が四つん這いになって前後に揺れている画面を見つめた。汗にまみれて顔を紅潮させ、眼をなかば閉じている彼女のうしろから、地元のソフトウェアの大御所が激しく責め立てている。

ヴィクターはモニターに映っているものにはほとんど関心がなかった。そんなものにはとっくに飽きている。だがマーラを見ていると、冬眠から覚めるヘビのように、ゆっくりとしなやかに欲望がほどけていった。「観るのが好きか、マーラ?」そっと尋ねる。

彼女は身じろぎしてヴィクターにもたれた。軽く柔らかな体のぬくもりが伝わってくる。

「わたしには好きなものがたくさんあります」

ヴィクターはさわり心地のいい太腿に手を置き、短いスカートの下へすべらせた。嬉しいことに、チュニックの下は裸だった。ヘアの処理もしてある。丘はなめらかに剃《そ》られ、わずかな体毛が思わせぶりにクリトリスを隠しているだけだ。彼女は吐息を漏らしながら脚を広げた。さらに奥をさぐると、もう興奮しているのがわかった。猫のように優雅な動きでヴィクターの手に体を押しつけてくる。ヘアがなく、なめらかで潤っている。すばらしい。

ヴィクターはマーラの首に歯を立て、ほっそりした体がわななくのを味わった。「いけない子だ」

「もしそうじゃなかったら、ここにはいません」手をさらに奥へ入れると、彼女は息を呑んで声を詰まらせた。ヴィクターはズボンの前を開けた。マーラが机の縁に手をついて体を支え、かがみこむ。

「たしかに」ヴィクターが同意する。

おたがいに驚くほどの激しさでいっきに貫いた。マーラは悲鳴をあげて前によろけ、机をつかんでさらにしっかりと体を支えた。室内は、快楽と堕落の雑多な場面をぼんやりと映しだしているモニターでうっすらと照らされている。マーラの完璧なヒップ、優美な脇腹までたくしあげられたシルクのチュニック、出入りするたびにきらめくペニス。

ヴィクターには、うめき声もあえぎも、体がぶつかりあう音もほとんど聞こえなかった。つねに達観している冷静で超然とした部分では、この獣のようなリズムはリッグズへの憤怒のせいだとわかっている。マーラを傷つけたくはないが、許可や許しを求めずに基本的な本能を満たすために、彼女には気前よく金を払っているのだ。ヴィクターはすっかり高ぶっていた。何年も経験したことがないほど活力がみなぎっている。あれ以来はじめてだ。弟のピーターが……。

やめろ。彼はまとまりかけた思いを払いのけた。すばらしいセックスの激しさから切り離される前に。マーラのわななくヒップを愛撫し、激しいリズムで貫くと、彼女の完璧な体のきつくてなめらかな深みがはかり知れない興奮をもたらした。

全身を激しい快感が突きぬけ、絶頂へと押しやられる。ヴィクターはたっぷりと時間をかけて爆発し、頭のなかの思いをすべて消し去った。

体を離そうと身動きすると、マーラが言葉にならない抵抗の叫びをあげて体を押しつけてきた。「待って」あえぐように言う。彼女はクライマックスを迎えた。延々と体をわななかせる、まったく予想外のクライマックス。それを見つめて感じているのはすばらしかった。延々とつづく脈動が、まだ勃起している彼を締めつけ、もんでいる。ふたりともべとべとで濡れていたが、設計士はこの部屋でセックスをすることは考慮に入れていなかったために、バスルームはついていない。ヴィクターは体を離して下着の前を閉じ、鼓動がおさまるのを待った。マーラはカーペットに沈みこんだ。ぬいぐるみの人形のように、両脚を前に伸ばしてぐったりと座っている。まだ震えている。そんなふうに背中を丸めていると、もろくて無防備に見えた。ヴィクターは彼女のむきだしの肩に手を置いた。ほてって湿っている。マーラが顔をあげてヴィクターを見た。眼が合った瞬間、ヴィクターはあることに気づいてショックを受けた。

彼女は本当に感じていたのだ。実に興味深い発見だ。

手を差しだして立たせてやった。「ありがとう、マーラ。驚くべき新発見だった」そして言った。「さがっていい」

マーラの顔がひきつった。「そんな扱いはしないで!」

またしても呆気に取られる。「なんと言った?」

ふいにおぼつかない表情になった。「わたしは……そんな扱いはしないでと言ったの」そっとつぶやく。「セックスしたばかりのときはやめて。そんな言い方は」

「マーラ。わたしはきみを好きなようにできる」ヴィクターは穏やかに話しかけた。「雇われたときにきみも同意しただろう。忘れたのか?」

大きな口がわなないていた。まっすぐヴィクターを見つめる眼が、あふれる涙できらめいている。「やめて」彼女はくり返した。

ヴィクターは不意をつかれて呆然としていた。彼女の勇気に感動すら覚える。こういう状況でこんな態度を取るには、勇気と誠意が必要だ。自分の人生にはどちらも不足している。たいていの場合、自分のスタッフが個人的な要求をすることなど断じて許さない。だが今夜はルールを破り、危険を冒す夜だ。今夜は慣例破りも許そう。

マーラは震えていた。繊細な生地を透かして、褐色の乳首がつんと上を向いているのがはっきり見えている。新たな欲望の波が押し寄せ、もう一度あの乳房を見るのも悪くないと思った。ベッドに全裸で横たわり、白いシーツに髪が広がっているところを思い描く。心からの欲望にあふれたトパーズ色の瞳を。

そう。それもいいだろう。効き目はあった。また硬くなっている。もう。ヴィクターはマーラに小さくうなずきかけた。「じゃあ、一緒においで。わたしの部屋へ行こう」

大股で廊下を進みながら、小走りで前を歩くマーラを見つめた。冷たい敷石の上を、音もたてずに素足で歩いている。不安そうに眼を見開き、肩越しにちらりと振り返った。無理もない。彼女は頭がいい。不安になって当然だ。

ヴィクターは捕食者の笑みを浮かべながらドアを開け、入るように合図した。マーラもなにかを渇望している。そして彼女の魅惑的な誠意への感謝の印に、それを与えてやるつもりだった。

いくらでも、彼女が受け取れるだけ。

19

リッグズは暗い通りで大きく蛇行し、ぎりぎりでハンドルを戻した。今夜はひどい。ジェシー・カヒルが死んでから、潰瘍《かいよう》の痛みは焼けるような激痛になっている。薬もバーボンと混ざってさほど効果はないが、自分は救いようのないまぬけだという気持ちを鈍らせるために酒が必要だった。生き延びるためには、この気持ちをできるだけ長くバーバラや娘たちに知られないようにするしかない。

リッグズは今朝のことを思いだした――バーバラは、一緒にセラピストに診てもらおうとさかんにせっついた。「あなたは自分の気持ちを直視する必要があるのよ、エディ」そう言ったときの妻の顔。眉間にしわを寄せた心配そうな表情を見ると、怒りと恥ずかしさで気が狂いそうになって、その場で妻の顔を殴りたくなる。自分はそこまで落ちぶれてはいない。いまはまだ。だがそうなるのも時間の問題だろう。

あの女はアリックスにそっくりだ。野暮ったい服や眼鏡やうしろでまとめたヘアスタイルにもかかわらず。アリックスのふんわりとうねる長い髪は、いつもきれいにセットされていた。身につける服は、そのうちのどれひとつを取ってもリッグズの一カ月分の給料に匹敵する値段だった。アリックスのような女ははじめてだった。はっとするほど美しく、燦然《さんぜん》と輝いている女。バーバラも魅力的だが、善良だ。自分には善良すぎる。妻とは大学時代に出会い、上品な物腰に惹きつけられた。バーバラは妻にするには申し分なく、ふたりの娘にとっても完璧な母親だ。

だがアリックスに出会ったとき、体内でなにかが爆発し、それまでの自分はばらばらに吹き飛んだ。アリックスのような女と寝られるなら、男は喜んで命も差しだすだろう。彼女はベッドのなかで野生に返り、発情期の雌犬になる。みごとな乳房の上に引いた二筋のコカインを鼻から吸いこみ、何時間もやりまくった。噂では聞いたことはあっても、実際にやろうなどとは夢にも思わなかったことを。やさしくおとなしいバーバラ相手には、想像もしなかったことを。

幻のような八五年の夏のあいだ、リッグズはふたつの世界を分けることで自分に折りあいをつけていた。ありがたいことに、さすがのヘイリーでさえ疑いもしなかった。レイザーの事業に潜入していたのはヘイリーではなく、リッグズ自身だったのだから。バーバラは現実の一画に住んでいた。カーディガンやなめらかな黒いボブカット、ミートローフや赤ん坊や朝食用のシリアルがある、安全でまともで分別のある一画に。アリックスは別の一画を占めていた。裸で体を開き、リッグズのために燃えあがる存在として。

以前はすばらしい人生を送っていた。あの雌犬が脚を開いて地獄の入り口へ招くまでは。ヴィクターの鉤爪は知らぬ間に深く食いこみ、ほとんど気づかないほどだった。例の命令が下された時点ではすでにすっかり夢中になっていたし、泣き言ばかり言っている役立たずのピーター・レイザーを実際に殺したいとさえ思ったのだ。アリックスを手に入れるために、邪魔者を始末したかった。本当に自分だけのものにするために……。

おれはなんともおめでたいやつだった。自分に嫌気がさす。世界が目の前で崩壊し、瓦礫《がれき》の山を押しのけたとき、自分はもうバーバラが考えているようなまっとうな人間ではないと気づいた。おそらく、まっとうな人間だったことなどなかったのだろう。おそらくずっとろくでもない人間だったのだ。ぬかるみを這う、ヴィクターの奴隷。

ヴィクターが連絡をしてこない時期もあった。ときには何年もつづくこともあり、そんなときは自分は普通の人間に戻ったのだと考えはじめた。だが電話はそのうちかならずかかってきた。もしヴィクター・レイザーが法にまつわるトラブルに巻きこまれれば、あのビデオがリッグズの家族と地元のメディアに送られることになっている。外国にある口座への送金の詳細も公表される。ピーター・レイザーの死にまつわる状況が、ひとつ残らず列挙されるだろう。ヴィクターが疑わしい状況で死亡した場合も同じことが起きる。リッグズがもっともらしい生活を維持するためには、それがどれほど嘘にまみれていようが、ヴィクターに健康で幸福でいてもらう必要がある。カヒルとマクラウドは勝手に行動した。とんでもない独り歩きだ。ふたりのせいで、すべてがふいになるところだった。

リッグズの視線が助手席に置いたモニターに落ちる。父親と一緒にあの女も溺れさせるべきだった。今日あの女はおれを見た。まだおれだとわかっていないとしても、じきに気づくだろう。あのぱっちりした大きな瞳は、おれが人間から這いずりまわるものに変化するのを見ていた。あの眼を閉じてやりたい。永遠に。

看板が目に入り、慌ててハンドルを切った。道路沿いのナイトクラブ。よろめくように薄暗い店内へ入り、バーボンとミルクを注文した。現在の状況で自分に許せるのはここまでだ。一杯飲んだあとも、胃の痛みで気を失わないかぎり運転はできる。リッグズは片手いっぱいの制酸剤を口に放りこみ、ミルクで流しこんだ。こんなごまかしも八カ月前から効き目がなくなっているが、習慣でつづけている。気を失って木に激突したら、どんな感じだろう。それほど恐ろしいとは思えない。ガラスが割れる音とひしゃげた金属がきしむ音、それから暗闇。そのあとは無だ。

カウンターに金を置いてふらふらと外へ出た。身を切るような風で駐車場の水たまりにさざ波が立っている。トーラスに乗りこみ、目をつぶってじょじょに蝕《むしば》まれている胃にぐっと手を押しあてた。

心は迷路のなかのネズミのように駆けめぐっている。だが出口はなく、やがて思考はスピードを落とした。疲れきって戦いに敗れた年老いたネズミのように。それがおれだ。

震える手でイグニッションにキーを差しこむ。革と革がこすれる音がした。冷たい銃身が首に押しあてられた。

「動くな」何者かがささやいた。

助手席のドアが開いた。男が助手席に載った小さなモニターを手に取り、乗りこんでくる。肉の冷凍貯蔵庫の扉がだしぬけに開いたように、男とともに凍るような風が入ってきた。

助手席の男が陽気に微笑みかけてきた。「こんばんは、ミスター・リッグズ」

おれの人生はこれ以上ひどくなることがありえるんだろうか。「誰だ?」

男はしげしげとモニターをながめ、もてあそんでいる。「紹介されたことはないが、おれたちは運命でつながっている。エドワードと呼んでもいいかい？」

「金が目的なら――」

「ジェシー・カヒルの死刑執行は楽しかったぜ、エドワード」男が言った。「あんたにあのお楽しみの礼を言わないとな」

血が凍りつき、膀胱《ぼうこう》がゆるんだ。「ノヴァク」リッグズはささやいた。男の笑みが気味悪く広がり、年齢不詳の顔に濃い影ができた。薄暗がりのなかで、眼が燐《りん》光《こう》を放つようにぎらぎら光っている。

リッグズは基本的な体の機能を取り戻そうと必死になった。「おれになんの用だ？」

「まあ、用はいろいろある」ノヴァクが言った。「まず、レイン・キャメロンについて知ってることを洗いざらい話してもらおうか」

ひどく寒い。体がぶるぶる震えている。「おれはなにも知らな――」

「黙れ」ノヴァクの声が銃声のように響き、頸椎《けいつい》に銃口がぐっと押しつけられた。「十七年間ヴィクター・レイザーの手を舐《な》めてきたくせに、まだ足りないのか？」

リッグズは力なく口を開いたが、言葉はなにひとつ出てこなかった。

「おまえにチャンスをやろう」ノヴァクが言った。「レイザーに復讐するチャンスをな。おまえを這いつくばらせた埋めあわせをさせてやれ」

バーバラの顔が脳裏に浮かぶ。妻の眉間に刻まれた気遣わしげなしわはすっかり深くなり、なにがあっても埋められそうにない。

「おれはヴィクター・レイザーのために働いてなどいない」麻痺《まひ》した唇からなんとかしぼり

だす。

ナイトクラブの看板が放つライトを浴びて、ノヴァクの犬歯が牙のようにきらめいた。

「もちろん違うさ」彼は言った。「たったいまから、おまえはおれのために働くんだ」リッグズの肺から息が漏れ、彼は首を振った。「できない。やれよ。引き金を引け。やれるものならやるがいい。さあ、やれ」

ノヴァクは考えこんだようにリッグズを見つめていたが、やがて後部座席で沈黙を保っていた男に合図した。首から拳銃が離れる。「いいだろう」威勢よく言う。「別の角度から考えてみようじゃないか」

「おれに指図はできないぞ。これ以上はごめんだ。指図されるのはまっぴらだ」

ノヴァクは片手をあげてじれったそうに振ってみせた。「ヴィクターに罰を与えて、おまえのみじめな人生を救うんじゃ動機として不充分だと言うなら、これはどうだ。おまえは、娘のエリンが誰と一緒にいるか知らないだろう」

これほど自分が怯えることがあるとは思わなかった。まぬけもいいとこだ。恐怖は底なしの深みだった。そこへひたすら落ちていく。下へ、下へ。

「エリンがスキーに行ってるのは知ってるな？　レーニア山にあるクリスタル・マウンテンに。女友だちと一緒だ……マリカとベラとサーシャ」

「ああ」かすれた声しか出ない。

「昨日エリンは若い男に出会った。暖炉の横でホットチョコレートを飲んでいるときに。ロマンティックな外国訛《なま》りのある、長い金髪のさっそうとした男だ。男はゲオルグと名乗った」

「そんな」しわがれた声。

「娘とおまえの名誉のために言っておくが、彼女はびっくりするほどガードが固い。だがゲオルグは自分の魅力に自信を持っている。最後には娘の寝室にもぐりこむだろう。彼女をベッドへ連れこむ。そして、彼女にとってそれがどんな経験になるかは、おまえしだいだ」

「そんなことはできっこない」

「おや、それができるんだよ。おまえしだいだ、エドワード。新しい恋を見つけ、やがてどういうわけか破れてしまったというほろ苦い思い出になるか……それともおれが一本電話をすることで、まったく別のものになるか。愛情に満ちた父親が、いたいけなわが子のために全力で阻止するに違いないものに」

リッグズは眼を閉じた。子ども用のプールにいるエリンが眼に浮かぶ。落ち葉かきを手伝ってくれたエリン。窓辺の腰掛けに丸まって雑誌を読んでいる娘。やさしくておとなしいエリン。父親を喜ばせ、いい子でいようとつねに一生懸命な娘。

「ぜひともゆっくり時間をかけてくれ」ノヴァクが穏やかに言った。「考えろ。急ぐことはない。ゲオルグはエリンの処女めいた抵抗にいたくそそられている。美しい娘だ。これはあいつが大好きなたぐいの仕事でね」

「娘に手を出すな」抑揚のないうつろな声で言うと、ノヴァクがおもしろそうに小さく笑った。「ああ、神さま」リッグズはささやいた。これは神が与えた罰なのか。おれがやったことに対する。おれがなってしまったものに対する。

「電話一本だ」ノヴァクのかすかに訛りのある声が、腐食性の酸のように神経を焦がす。

血のように赤いナイトクラブの照明が、涙ぐんだ眼に揺らめいて見える。「もしおまえに協力したら、その男はエリンに手を出さないのか？」

ノヴァクは笑った。「ああ、それは約束できない。エリンしだいだからな。ゲオルグはとても魅力的で、とても口がうまい。おれに約束できるのは、おまえが協力すれば娘が悲しむはめにはならないということだけだ。ゲオルグは熟練したプロだ。おまえがどちらを選ぼうが、あいつは熱心に自分の務めを果たすだろう」

「あの子に手出しをしないと約束してくれ。そうすれば協力する」しゃがれたすがるような声に自分でも嫌気がさした。

「ばかなことを言うな。エリンだってほかの女と同じようにセックスと恋のチャンスを得るべきだ。それから、ケイブに連絡しようと思ってるなら、注意したほうがいい。おれの部下数人がクリスタル・マウンテンを慎重に監視している。おれはこの計画には金に糸目をつけてないんだ。電話が盗聴されるとか、ほんのちょっとでもおかしな動きがあれば、その場でかわいそうなエリンの運命は決まる。それに、もうひとりの娘のシンディに対しては、いまのところとくになにも考えていない。考える相手としては、おまえの女房もいる」そう言うと、ため息をついて首を振った。「あれこれ細かいことが数えきれないほどある」

「そんな」ばかみたいにくり返した。

ノヴァクが肩をたたいた。体が麻痺し凍えていたので、ひるむこともできなかった。すでに死人になったような気がした。

「さあさあ、エドワード。話を進めようじゃないか。レイン・キャメロン。白状するんだ。全部話せよ、友だちだろうが。全部話せ」

「友だちじゃない」ぼそっと言った。

「え？　なんと言った？」

リッグズは大きく息を吸いこんだ。「おれはおまえの友だちじゃない」さっきよりはっきりと言う。

ノヴァクは感心したように微笑んだ。むずかしい算数の問題を解いた頭の鈍い子どもを見るように。「おまえの言うとおりだ、エドワード」そして言った。「おまえは友だちじゃない。おれの奴隷だ」


ジェシーはボートの上に立ち、セスの黒い革ジャケットを着ている。ジェシーには大きすぎるので、セスには自分のジャケットだとわかった。弟の狭い肩からジャケットがずり落ち、袖口が指先まで達している。

ジェシーはひどく青い顔をしていて、そばかすがくっきり見えていた。緑色の瞳が憂いを帯びている。「気をつけろ」彼が言った。「円がどんどん小さくなっている」

夢のなかで、セスにはその言葉の意味がはっきりわかっていた。「どのくらい小さいんだ？」彼は訊いた。

ジェシーは片手をあげた。親指と人さし指で輪をつくっている。すると弟は子どもに戻っていた。だんだん小さくなって、一緒に暮らすようになった五歳ほどの背丈になった。ジャケットが弟の膝をおおっている。「すごく小さいんだ」そう言うと、背後の水が雲間から差す陽射しでできらめいた。なにかが少年になったジェシーの指からぶらさがっている。緑と青の炎のように、きらきら光っている。レインの祖母のネックレス。

セスは夢のディテールを心に留めながらゆっくりと目覚めていった。体にまといつく豪奢なシーツや、腕のなかで丸まっているレインの花びらのような柔らかさがじょじょに伝わってくる。彼女はセスを起こさないように身じろぎし、肩にキスをしたが、彼は眠ったふりをしていた。レインがするりと腕のなかから出ていく。隣接するバスルームのドアが開いた。トイレの水が流れる音。シャワーの水音が聞こえはじめる。

昨夜、セスは限界まで眠らずにいようとした。だが、レインは彼に負けず劣らず積極的に求めてきて、数時間激しく愛しあったのち、結局は睡魔に負けたのだ。伸びをして広々としたベッドのえもいわれぬ心地よさを堪能していると、バスルームのドアが開き、つづいてクロゼットのドアが開いた。息を呑む声に、セスは眼を開けた。

タオルを巻いただけのレインがクロゼットの前に立っている。濡れた髪がみごとなヒップに落ち、カールがもとどおりになっているのを見てほっとした。彼女が驚いた理由を探したが、ビニールがかかった服がならんでいるだけだ。

「どうした?」セスは訊いた。

肩越しに微笑んだものの、不安そうな眼をしている。「あの人たち、わたしの眼鏡を取っていったわ! それに服もない! ここにスーツを置いておいたのよ、靴も。なのにここにあるのは……ほかのものばかり」

「だから？　どのみちあの眼鏡はひどいしろものだった。昨日はコンタクトレンズをつけてたんだろう？　いいじゃないか。そこにあるものから選べよ。どうせ全部おまえのものだ」レインは服を端から見ていった。「たいへん。こんなのもらえないわ。アルマーニ、ジャンフランコ・フェレ、ナニーニ、プラダ……ここにあるだけで、ものすごい金額よ」

「それがどうかしたのか？」

彼女がにらみつけてくる。「人から押しつけられるのはいやなのよ、セス！　わたしの安物の青いブラウスを返してほしいの。あれは、自分でお金を払って買ったわたしの服なんだから」

身動きしたせいでタオルがすべり落ちた。すぐさま寝起きの勃起したペニスが脈打ちはじめる。昨夜の、人生最高の熱く長時間にわたるセックスなどなかったかのように。上掛けをはねのけてレインに突進した。彼女はあとずさったが逃げ場はなく、セスはレインを抱きしめて石鹼とシャンプーの香りに酔いしれた。蜂蜜とスミレ。食べてしまいたい。

「不安で愛しあう気分になれないわ、セス」彼女がささやいた。

「不安になることはない」力づけるように言う。「着るものなど関係ない。おまえはいつもゴージャスだ。もっとも、おれはなにも着ていないときのおまえがいちばん好きだがな」

彼女は両手をセスの腰に巻きつけ、そっと胸に鼻をこすりつけた。「なにも着ないで出ていくわけにはいかないわ」

乱れたベッドに彼女を押し倒す。「今朝は服の心配なんかしている場合じゃない」

レインはその言葉を意図した以上に深刻に受けとめ、怯《おび》えきったように顔を曇らせた。

「そのとおりだわ。セス、わたし自信がない……あんなことができるとは……」

力強くキスをして耳元でささやいた。「言うんじゃない」

レインの唇がわななないている。目をつぶると、睫毛《まつげ》のあいだから水晶のような涙がふた粒こぼれ、頬を伝い落ちた。「でも――」

セスは彼女の口を手でおおい、キスで涙をぬぐってやった。もう決まったことだ。後戻りはできない。交渉の余地はない。言葉以外の方法でそう伝えようとした。

彼女の両脚を押し開いて愛撫をはじめるのは、呼吸することのように自然に思えた。レインは指の動きに応えて身じろぎし、ほとんど即座に潤いだした。セスはふたたびなにか言おうとしたレインに舌を差し入れ、深く突いた瞬間、彼女があげた悲鳴を呑みこんだ。そのとき、やけどしそうな熱さにはっとした。コンドームをつけていない。

だが、それは信じがたいほどよかった。慎重に自制しながら何度か腰を動かすだけだ、なかでいくわけじゃない。なにものにも邪魔されない至福をつかのま堪能する、ただそれだけだ。彼女も喜んでいる。柔らかい体が打ち震えているのがわかる。だが、強烈な快感で頭が真っ白になり、しだいに突きが激しく、深くなっていく。

レインがふたたびなにか言おうとした。セスはキスで言葉を呑みこんだ。聞きたくない。魔力にかかったままでいたい。だが彼女は手を突きあげて、セスの顔を押しのけた。「お願い、やめて」

セスはじっと彼女を見おろした。眼に浮かぶ涙を見てぞっとする。てっきり悦んでいると思っていたのに。「なんだ?」

「わたしを言いなりにするためにセックスを使わないで」怒りで声が震えている。

セスは唖然《あぜん》とした。そのまましばらく彼女を見つめる。「そんなつもりじゃなかった。おまえが欲しかっただけだ」

「あなたは人を操るのが上手だわ。手近な武器はなんでも使う。でも、わたしに対してセックスを使うのはやめて」

彼女のなかではまだ燃えさしのように硬く熱いままなのに、身震いが出た。腰を引いてぴったりとまといついてくる熱いレインから離れ、仰向けに寝そべって天井を見あげた。これまでの女性関係の失敗が次々と心をよぎる。わびしく腹に載った濡れたペニスにあたる空気が、冷たくそっけなく感じられた。言うべき言葉を探した。彼女が考えているようなことじゃないと説得する言葉を。なにひとつ浮かんでこない。

「悪かった」ようやくそう口に出した。なにか言わなければ。なんでもいい。

レインは起きあがって膝をつき、無言で見おろしている。やがてセスの胸に手をあてて、そっと言った。「ありがとう」

「なにが？」ぶっきらぼうでぞんざいな言い方だったが、どうしようもなかった。

「いまのはとてもいい謝り方だったわ。〝もし〟も〝それから〟も〝でも〟もなかった。とてもシンプルで心がこもっていた」

「そうか」まごついて眼を細めた。「それは……気に入ってもらえてよかった」

はじめて正しいことをしたらしい。だが知性のせいでも感性のせいでも手腕のせいでもない。純粋に運に恵まれただけだ。

そう思うと、とてもじゃないが安心はできない。

「じゃあ、その、もう怒ってないのか？」慎重に尋ねる。

レインは両手を口にあてて笑いを隠し、首を振った。かがみこんで両手でセスの顔をはさみ、穏やかにじっと眼を見つめている。香りのいいテントのように髪がふたりをおおうなか、レインがさらに近づいてきて唇にキスをした。かすめるように軽いキス。

抱き寄せてもいいという合図だと思ったが、それも間違いだった。レインは体をこわばらせ、不満げにつぶやきながら身を引いた。

セスは両腕をぱたりとおろして手を開いた。しゃべるのが怖い。息をするのが怖い。おまえを怖がらせるつもりはない。態度と眼でそう伝えようとした。おれは動かない。なにもするつもりはない。おまえの言うとおりにする。また彼女をひるませるのは耐えられない。考えただけでぞっとする。

レインがためらいがちにおぼつかない笑みを浮かべるのを見て、セスはほっと安堵のため息を漏らしたが、ペニスをつかまれて息を呑んだ。「じっとしてて」レインがささやいた。

彼女はうなじで髪をゆるくひねり、セスをつかんだ両手を大胆に動かしはじめた。セスはあえぎながら肘をついて体を起こした。先端から雫《しずく》がにじみだしている。レインはかがんでそれを舐め取った。

「くそっ」セスはつぶやいた。「どういうつもりだ、レイン？　なにかを証明するつもりなのか？　おれに復讐したいのか？」

「いいえ」そっとささやく。「あなたを悦ばせたいの」

　そう言うと同時に温かい吐息がペニスをかすめ、経験したことがないほどの快感に襲われた。だが、それも彼女の口が触れるまでだった。濡れていて柔らかく、このうえなくやさしい。熱心な舌が、下や上やいたるところを渦巻くように素早く動いていく。

　もはやぎこちなさはすっかり消えていた。片手をセスのお尻に添えて官能的にペニスをしゃぶりながら、もう一方の手で睾丸をもてあそび、指のなかでそっと転がしている。レインは先端から根元まで何度も舌を動かすと、口と手の両方を使い、しっかりと握ったまままくわえた。熱い口がぎゅっと締めつけて引っぱり、舌はなにかとてもおいしいものを味わっているかのように物憂げに円を描いている。

　フェラチオはこれまで何度も経験してきたし、どれも充分楽しんだが、これは別物だった。とてもやさしくて心がこもっている。せつないほどだ。

　こんなに無防備な気分になることは許されない。レイザーの屋敷にいるときは。セスは滝のようにこぼれ落ちる髪のなかに手を入れ、レインの顔をはさんで動きを止めさせた。

　レインが顔をあげた。「気に入らない？」

　皮肉な言葉に思わず笑いそうになる。しゃべろうとしたが、声帯が動かない。深呼吸してもう一度やってみた。「すばらしい。でもおれは無防備になる。そういうわけにはいかない。この島を離れなければ。こういう楽しいことは、どこか安全な場所に着いてからにしよう」

　レインの眼がよくわかったと言うようにやわらいだ。セスの体越しに手を伸ばし、サイドテーブルからフォイルの包みをひとつ取る。かたわらにひざまずき、そっと慎重にコンドームをつけた。セスは間違ったことをするのが怖くてじっとしていた。レインが彼の両手を取り、乳房に押しつける。「もうさわってもいいわ」恥ずかしそうに言う。「落ちついたから」

セスはレインがもろいガラスでできているかのように、そっと彼女に触れた。また台なしにするわけにはいかない。今度はレインに主導権を取らせなければ。

彼女は隣りに横たわり、セスを引き寄せて自分の上に乗せた。「熱帯のパラダイスへ戻りましょう、セス」彼女がささやく。

セスはそっと自分の体を持ちあげた。レインにやらせよう。彼女が体を開いて位置を合わせる。手を伸ばしてペニスを導く。セスは腰をつかまれて引き寄せられるまで待ち、それからようやく腰を沈めた。

おたがいの体に腕を巻きつける。最初はゆっくりと、慎重にやさしく動いていたが、やがてふたりの体と心はひとつに溶けあい、春の洪水のように激しさを増してとめどない絶頂へと高まっていった。自分が切望する融合を邪魔しようとしても無駄なのだ。セスはようやくその愚かさに気づいた。

ふたりは長いあいだぴったりと抱きあっていた。やがてレインが体を離した。起きあがって、ベッドの縁に腰をおろす。「水平線に船が現われるの」彼女は言った。

「え？」

肩越しに振り返る。「ある朝、パイレーツ・クイーンと若い船乗りはビーチで愛しあっているの。ふたりが顔をあげると、水平線にマストがたくさん立った帆船が見える。ふたりの素朴な日々は終わるの。永遠に世間から逃げることはできない。遅かれ早かれ捕まってしまう」

セスはぞっとして体を起こした。ふいに大切なものが逃げていってしまったような気がした。

レインが立ちあがった。「もう一度シャワーを浴びないと」

「おれも一緒に浴びる」そう言って手を伸ばした。

レインはその手をひらりとかわした。「いいえ。だめよ」

ふたりは押し黙ったまま身支度を整えた。レインはクロゼットにある服を身につけ、当然ながらそれはとても似合っていた。彼女にはなんでも似合う。

服を着て準備が整うと、それ以上先延ばしにする理由はなくなった。セスはバッグから工具箱を出し、発信機を取りだした。レインは発信機を受け取り、裏側を見ている。なにか言おうとしたが、セスは彼女の唇に指をあてて首を振った。

レインは唇をぎゅっと嚙みしめ、ズボンのポケットに小さな発信機をすべりこませた。

セスはジャケットに袖を通しながら、ふとさっき見た夢を思いだした。

円がどんどん小さくなっている。どういう意味かはわからないが、同じことが起こっているのがわかる。首のまわりを指で締めつけられているように。

20

レインはもそもそと朝食をつついた。身につけている服が気になってしかたがない。アルマーニの青いカシミアセーターに、プラダのブーツ。手持ちの服よりずっと自分に似合っている美しい服に文句を言うのは失礼だが、落ちつかないことに変わりはなかった。

セスは向かいの席に腰をおろし、ビュッフェから運んできた三皿めの料理をテーブルに置いた。シーフードオムレツ、クリームチーズとスモークサーモンをはさんだベーグル、フライドポテト、ソーセージやビスケットが山盛りになっている。彼は料理にフォークを突き刺し、レインの皿に顎をしゃくった。「食えよ、レイン」小声で言う。「ここのやつらと一緒にいるためには、そのくらいのカロリーが必要だ」

「わたしにカロリーが必要なのは、あなたのせいよ」声をひそめて言い返す。

セスはレインの背後を見つめていた。振り返ると、ディナーの席で話した美術館の学芸員とヴィクターが握手をしていた。セルジオだ。手を振って微笑みかけると、セルジオも手を振ってきた。

ヴィクターはポットからコーヒーを注ぎ、満面に笑みを浮かべながら近づいてきた。「おはよう。その色はとてもよく似合っている。ふたりとも、よく眠れたかね？」

思わず頬が赤くなる。

「おかげさまで」セスはソーセージを頬張った。

「今日の予定は？　ミスター・マッケイ？」

「レインと一緒にシアトルへ戻ります」

ヴィクターはカップの縁から探るように見つめながらコーヒーをすすった。「実は、今朝はレインとしばらく過ごすつもりだったんだ。わかってもらえると思うが。午後にはわたしも街へ戻るから、よかったらこの子はわたしが――」

「かまいません」セスは言った。「待ちます。彼女と一緒に帰ります」

「きみの貴重な時間を無駄にしては申し訳ない」

「問題ありません。ノートパソコンを持ってきていますので。おふたりが家族の絆を深めているあいだ、気晴らしをしています。お望みなら、ゲストルーム用に最新の監視システムをデザインしましょうか。昨夜わたしが撤去したものは、かなり時代遅れの代物でした」

ヴィクターの眼つきが厳しくなった。「お申し出に感謝する。だがそれには及ばない。ストーン・アイランドはリラックスする場所だ。仕事をする場所ではない」

「どうぞご自由に」セスはにっこり微笑んだ。

ヴィクターがレインに振り向く。「もう食事は終わったかね？」

レインはヨーグルトとフルーツを押しやって立ちあがった。「ええ」

通りすぎる瞬間、セスがさっと手を伸ばして手首をつかんできた。引き寄せられて、独占するように唇を押しつけられる。ぱっと顔が赤くなり、おもしろそうに見ているヴィクターに気づいてどぎまぎした。

「今日は少し陽射しが出ている」ヴィクターが言った。「外へ出て恩恵にあずかろう」

彼につづいてポーチに出、小道をたどった。桟橋にならんで立ち、陽を浴びてきらめく海面を見つめる。「おまえは水を怖がった」ヴィクターが言った。「わたしが泳ぎを教えてやったときのことを覚えているかね？」

記憶がよみがえり、レインは顔をしかめた。「あなたはとても厳しかったわ」

「当然だ。おまえは覚えようとしなかった。自転車の乗り方も覚えようとしなかった。射撃もだ。だが、わたしは容赦しなかった」

「ええ。たしかにそうだったわ」

自転車のときはとくにひどかった。レインはすり傷やあざをつくり、血を流したが、ヴィクターは情けを見せなかった。マスターするまで、何度もいまいましい自転車に乗るよう命令した。水泳も同じだ。彼は手足をじたばたさせて溺れかけているわたしの頭を水面に引っぱりあげ、息継ぎをさせながらアドバイスをしてきた。「脚を蹴るんだ」落ちつき払ってそう言うと、ふたたび緑色の水中へ落とした。

でも、わたしは溺れなかった。泳ぎを覚えた。拳銃の使い方さえ。銃声やすさまじい跳ねかえりや小さな両手に残るあざは大嫌いだったけれど。あの小さな物体に凝縮されている暴力は恐ろしかったが、それでも覚えた。ヴィクターは選択の余地を与えてはくれなかった。

海から視線をそらしてヴィクターの眼を見つめる。「あなたは、わたしを鍛えるのが自分の務めだと思っていた」

「ピーターとアリックスは怠惰で甘かった。両親にまかせていたら、おまえはめそめそした臆病者になっていただろう」

たしかに。自転車の上でバランスを取るコツをようやくつかみ、すばらしい達成感と喜びを感じることができたのは、彼のおかげだ。だが、はじめてぎこちない潜水から浮かびあがったとき、ヴィクターはつかのま誉めそやしたあと、もう一度岩にのぼってもっと上手にできるまでやりなおせと言った。

両親は、そんな娘の姿を見にこようとすらしなかった。

レインは思い出に沈んで海を見つめた。子どものころは、ヴィクターを崇拝し、恐れていた。彼は予測がつかず、厳しくてよくばかにされた。ときに残酷で、ときにはやさしい。つねにはつらつとしていて、人を惹きつける魅力があった。飄々《ひょうひょう》として心ここにあらずといったようすの父親とは正反対だった。コニャックをすすり、白昼夢と憂鬱な黙想にふけっていた父親とは。

「一時はおまえの母親は成功したんじゃないかと思った」ヴィクターは言った。

「成功？」

「おまえをめそめそした臆病者にすることに。だが完全には成功していない。レイザーの遺伝子は脈々と受け継がれている。完全に臆病者にするのは不可能だ」

銀色の瞳に勝ち誇ったようなプライドが浮かんでいる。彼はわたしの心が読めるんだわ。スクリーンに書かれた字幕を読むように、考えを読まれている。誰よりもわたしを理解できる。レインの体のなかで、なにかがそれに応えていた。残りの部分はあとずさり、怯えている。彼と親密になるわけにはいかない。多少なりとも好意を持つわけにはいかない。彼がしたことを考えたら、そんなことはできない。レインは魔力を断ち切るすべを模索した。「父はどこに埋葬されているの？」

「いつその質問をするのかと思っていた。弟はここに埋葬されている」

「この島に？」啞然とした。

「彼は荼毘《だび》に付された。わたしはここに遺灰を埋葬して、記念碑を立てた」ヴィクターは言った。「来なさい。案内しよう」

ヴィクターと一緒に父親の墓に向きあう覚悟はできていなかったが、逃れるすべはなかった。レインは呼吸をしようと努めながらヴィクターについて曲がりくねった岩だらけの坂を登り、島のいちばん高いところへ向かった。吹きさらしの岩にはさまれた、小さな窪地があった。樹木はなく、ビロードのような苔《こけ》におおわれている。がらんとした場所の中心に、台座に載った黒い大理石の背の高いオベリスクが立っていた。

夢で見たのと同じだ。

レインはじっとオベリスクを見つめた。光沢のある石に刻まれた文字から、いまにも血がにじみだしそうな気がする。

「大丈夫かね、レイン？　急に真っ青になったぞ」

「この場所を夢で見たわ」喉を締めつけられたような声。

ヴィクターが眼をきらめかせた。「じゃあ、おまえにもあるんだな？」

「あるって、なにが？」

「夢のお告げ。レイザー家の特徴だ。母親から聞いていないのか?」

レインは首を振った。母は娘のおかしな悪夢について文句を言いつづけ、そのうちレインはいっさい夢の話はしなくなった。

「わたしにはある。おまえのおばあさんにもあった。鮮やかな同じ夢をくり返し見るんだ。未来に関することもあれば、過去のこともある。おまえはわたしの血を引いているんじゃないかと思っていた」

「あなたの? わたしが?」レインはたじろいだ。

「そうだ。おまえが、わたしの。おまえのように頭のいい子なら、とっくに気づいていると思っていたが」

呆気に取られているレインを辛抱強く見つめている。ようやく彼女は声を出した。「それはつまり……母は……」

「おまえの母親には、たくさん秘密がある」

足元で地面がぽっかり口を開けたような気がした。「母を誘惑したの?」

ヴィクターは不快げに鼻を鳴らした。「そういう言い方をするつもりはない。誘惑というと、わたしのほうからある程度働きかけたように聞こえる」

ショックのあまり、母親が侮辱されたことにもほとんど気づかなかった。「確かなの?」

彼は肩をすくめた。「アリックスが相手だと、確かなことなどなにもない。だが、外観と夢から考えると、わたしかピーターの娘であることに間違いはない。そして個人的には、おまえはわたしの娘だと確信している。わかるんだ」

わたしの娘。所有格の表現が頭のなかで反響する。「なぜ？」

ヴィクターはじれったそうに手を振った。「アリックスは美人だった」投げやりに言う。

「そして、わたしは自分の意見が正しいことをピーターに示したかったんだと思う。うまくいかなかったがね。弟は柔弱な人間だった。わたしは彼を甘やかし、面倒なことはすべてかわりにやってやった。それは間違いだった。わたしは弟といれば自分の純真さを失わずにいられると思った。その見返りに、わたしは弟が人生の醜い部分に触れずにすむようにしてやろうと。だが、うまくいかなかった。弟は自分でそれを見つけに行ったんだ。そしてアリックスのなかに見つけた」

レインは抗議するように両手をあげた。「ヴィクター――」

「弟には、彼の神経の細やかさを認めてくれる人間が必要だった」怒りで顔がこわばっている。「色目を使ってくる男に片っ端から脚を広げる、財産めあての売女などではなく」

「もうやめて！」レインが叫んだ。

その口調にショックを受け、ヴィクターはびくっとあとずさった。

レインは自分の大胆さに怯えながら、きらきら輝く瞳を見つめるように自分に鞭打った。

「母をそんなふうに言われるのは我慢できないわ」

ヴィクターは穏やかな称賛の声をあげた。「すばらしい、カーチャ。もしこれがテストだったら、合格点をやるところだ。アリックスは、こんなに忠実な娘を持つ資格はない」

「わたしの名前はレインよ。アリックスの話は二度としないで」

ヴィクターはこわばった顔をそむけているレインをじっと見つめた。「この場所はおまえを動揺させるようだ」そして言った。「屋敷に戻ろう」

レインは彼について小道を歩いた。何度もくり返しヴィクターの告白の重大さを考えてみたが、頭がくらくらするだけで、結局はあきらめた。理解などできない。

小道は屋敷の裏側いっぱいに延びるベランダへつづいていた。ヴィクターがドアを開け、先に階段をおりるよう合図した。「わたしのコレクションを見せると約束しただろう。金庫室は地下にある。どうぞお先に」

ポケットに入った小さな発信機が心のなかで燃えあがり、焦げ穴をつくった。青髭の城が思い浮かび、胃が締めつけられる。考えちゃだめ。自分にそう言い聞かせる。なにも考えずにやるのよ。わたしはナイフをくわえてサメのなかを泳いでいるの。セスに約束したじゃない。せめてやろうと努力しなければ。

ヴィクターは強化扉の横の壁にある金属製の蓋《ふた》を開け、銀色に輝くパネルのキーをいくつかたたいた。「ああ、そうだ」なにげなくつぶやく。「今朝、わたしのパソコンのアクセスコードを変えた。ふだんは毎日変えている。わたしはこのパスワードを〝神の裁量〟と呼んでいる。これがあれば、あらゆるシステムに入れる」

レインは礼儀正しくうなずいた。なにが言いたいの？

「パスワードはワンワード。四文字以上、十文字以下。ヒントは……わたしがおまえに望むものだ」

わけがわからない。「それって、わたしにパスワードを教えてるの？　でも、わたしになにを望んでるの、ヴィクター？」

鼻を鳴らす。「おいおい、頼む。そんな質問をするものじゃない。教えたら意味がないじゃないか。もしおまえにわかったら」ぜひそうなってほしいというように、にっこり微笑む。「おまえは神になれる」

彼がふたたびキーボードをたたくと、頑丈な扉の継ぎ目がはじけるような音をたてて大きく開いた。「どうぞ」ヴィクターが言った。

レインは金庫室へ入った。空調システムで管理された空気が、独占欲に満ちた息詰まる抱擁のように彼女を包みこんだ。

ヴィクターは十六世紀の短剣をかたづけ、ほかのものと一緒にケースにしまった。高い棚から木の箱を取り、テーブルに置いて蓋を開ける。「この剣は十七世紀のフランスで行なわれた有名な決闘で、とどめを刺した凶器だと言われている。書類の記述が確かなら、決闘は不実な妻が原因だった。激怒した夫は、愛人と妻の両方をこの刃《やいば》にかけたと言われている。この手の逸話はこういった品物の価値を高めるためにでっちあげられることがよくあるが、わたしには真実だと信じる根拠がある。書類は古風なフランス語で書かれているが、おまえにとって、それは問題ではないだろう」

ヴィクターは剣を調べているレインの反応を観察した。彼女の手は小刻みに震え、遠くを見つめるような眼をしている。この子は間違いなくわたしの娘だ。心のなかで狂喜する。夢を見るのが確たる証拠だ。

レインはそっと剣を持ちあげ、空を切るように動かしてから彼に振り向いた。「ええ」きっぱりと言う。「わたしも真実だと思うわ」

この子も感じるのだ。わたしのように。たいしたことではないはずなのに、そうは思えなかった。なぜ自分はこの品物に価値があると思うのか、その理由を理解できる人間に、大切なコレクションを見せられるのはこのうえない喜びだった。

「おまえも感じるんだな？」ヴィクターは剣に手を伸ばした。レインはありありと安堵の表情を浮かべて手を放した。

「感じる？」警戒するような眼をしている。

「染みだ。〝バイブレーション〟と言いたいところだが、この言葉はニューエイジ風の言いまわしのなかで多用されているので、事実上無意味になっている」

「なにを言ってるのかわからないわ」

ヴィクターはレインの肩をたたいた。「いずれわかる。ああいった夢を見るのなら、おまえは別の感性も持っているだろう。レイザー一族のメンバーでいるための代償だ」

「代償なら、もう充分払ったわ」

ヴィクターが冷酷に笑った。「泣き言はやめるんだ。力には代償がつきものだ。そして、おまえは才能を享受するために、力の使い方を学ばなければならない」

レインは疑わしそうな顔をした。「悪夢が役に立つの？」

ヴィクターは一瞬躊躇《ちゅうちょ》してから、ポケットから鍵束を出した。引き出しのひとつを開け、黒いプラスティックケースを出す。

「知識はつねに力になる。真実に向きあうだけの強さがあれば」そう言ってテーブルの上にケースを置いた。「見てごらん。もっとも最近手に入れたものだ。これがおまえにどんな影響を与えるか知りたい。ほかのものと違って古くはないし、美しくも珍しくもない」

「それなら、どうしてこれを手に入れたの？」

「自分のために手に入れたのではない。クライアントのためだ」

レインはポケットに両手を入れた。「どういう品物なの？」

彼はぱちりと蓋を開け、近くへ来るようレインに手招きした。「おまえにはわかるはずだ。心を空っぽにして、なにが浮かんでくるか話してくれ」

レインは品物に近づいた。恐ろしくて体がすくみそうだった。「そんなに近くで見られると落ちつかないわ」

「それは失礼した」ヴィクターがうしろにさがった。

レインは手を伸ばし、両手ではさみこむように銃を持った。「剣とは違う感じ。染みはとても……新しいわ」

「ああ」

レインは焦点の合っていない眼を大きく見開いた。銃のはるか向こうを見ているように。実際に見ているのだ。ヴィクターはずきりと胸が痛んだ。未熟な頭に大量のものがいっきに押し寄せている。だが、この子はそれに立ち向かわなければならない。

「女性、殺された」レインがささやく。「人間の手にかかって……いいえ。もの、だわ。感情がないから、もう人間とは言えない。なんてこと」

体をふたつに折り、いまにも吐きそうにむせはじめた。カールした髪がケースの上に垂れている。全身がぶるぶる震えていた。

ヴィクターはびっくりしてレインを椅子へ連れて行き、座らせた。両手に顔をうずめて激しく肩を震わせている。すすり泣いているように見えるが、声は出ていない。彼はいつも棚に置いてあるコニャックをグラスに注いだ。「カーチャ、すまなかった。大丈夫か？」

レインが体を起こした。ヴィクターはその手にグラスを押しつけた。人形のようにぎくしゃくとグラスを受け取る。「あれはなんなの、ヴィクター？」

抑揚のない厳しい口調で発せられたぶしつけな質問に、彼は面食らった。「わたしがしているゲームのコマのひとつだ」なぜ言い訳などしているんだ？「殺人事件の盗まれた凶器。すまなかった。おまえを動揺させるつもりはなかったんだ。ただ確かめたかった。おまえが感じるかどうか……」

「なにを？」コニャックのグラスを置く。

「染みだ」

レインの眼はいっきに老けこんだように見えた。「感じたわ」低い声で言う。「あんなものは二度と感じたくない」

ヴィクターは良心の呵責にさいなまれた。「おまえがあそこまで敏感だとは思わなかった。本当だ、わたしは――」

「あなたのゲームはプレイする価値などないわ。それがなんであれ」

「どういう意味だ？」

「あの品物には毒がこもっている」音のこもる防音室にいるにもかかわらず、その声は重く響きわたった。

この落ちつかない気分はなんだ。ヴィクターは自分の気持ちに驚いた。「遠いむかしから、貴族たちは何年もかけて自分に少しずつ毒を盛り、敵の陰謀に備えて免疫をつけていた。わたしがしているのも同じことだ。免疫をつけている」

レインが首を振る。「あなたには、自分で思っているほど免疫はないわ。そして、もしそれほど真実に向きあいたいと思ってるなら、この真実に向きあうべきよ、ヴィクター。こんなものを所有するべきじゃない。これを手に入れるためになにをしたにせよ、それはすべて間違ってる。これでなにをするつもりにせよ、それも間違ってるわ」

レインの厚かましさに啞然とし、一瞬言葉に詰まった。分別くさい言い方に、かっとした。「その退屈な説教をする才能は誰から受け継いだんだ？」あざけるように言う。「わたしからではないな。アリックスでないことも間違いない」

「たぶん、わたしだけのものよ。わたしがみずから身につけたもの。誰の助けも借りずに」

「ふむ。過去の汚物溜めの上に裁きの天使が現われたということか。先祖たちの嘘や盗みや姦通の罪を超越して」

「やめて、ヴィクター」

彼はぴしゃりとケースの蓋を閉め、引き出しに戻した。怒りで手が震える。こんなに腹が立ったのは久しぶりだ、ピーターが死んでからこんなことは……。

だめだ。ピーターのことなど考えたくない。

勢いよく引き出しを閉める。「ショッキングな告白はこれぐらいにしておこう。そろそろおまえを新しい番犬のところへ連れ帰る時間だ。彼が鼻をくんくんさせながら、こんなに罪がしみこんだ場所までおまえを追ってきたらたいへんだからな」

「もうやめてちょうだい、ヴィクター」

苦痛に満ちた彼女の顔を見て、彼のなかの錆びついてこわばったものが刺激された。触れずにおいたほうがいいものが。その感覚にいっそう腹が立つ。ヴィクターはさっとドアを開けた。「お先にどうぞ」冷たく言った。

レインはぴんと背を伸ばして先に金庫室を出ていった。

ヴィクターはアラームをセットしながら、神の裁量となるパスワードを変更するべきか考えた。だが、どうしてわざわざそんなことをする必要がある？　自分に対する姪の意見を考えると、この子にパスワードがわかるはずはない。

百万年かけても無理だ。

21

彼女を問いつめる時間は、あとでいくらでもある。ひとりで黙っていたいなら、好きにさせればいい。セスは何度も自分にそう言い聞かせた。

本土へ戻るあいだ、風雨を避けられるキャビンにいるようたびたびすすめたが、レインは黙って首を振るだけだった。吹きつける冷たい雨や風もかえりみず、じっと海を見つめている。栈橋に船がつくと、手を貸そうとするセスを無視してひとりで降りていった。どういうことだ？

セスは車に乗りこみ、エンジンをかけてヒーターを最強にした。「で？」せがむように尋ねる。

彼女は困ったように小さく肩をすくめた。

忍耐が卵の殻ほどの薄さにすり減っていく。「おい」彼女の眼の前で手を振った。「聞いてるのか？　どうなったか話してくれ」

「うまくいったわ」抑揚も感情もない声。「言われたとおりにちゃんとやったわ」

うつろに見開いている眼が気になる。「あいつはコラソン事件の銃だと言ったのか？」

彼女は顔をそむけた。「はっきりとは言わなかった。ビニール袋に入ったワルサーPPK

が、硬いプラスティックケースに入っていたわ。最近手に入れたもので、自分のためでなく、クライアントのために手に入れたと言っていた。殺人事件の盗まれた凶器だって」

「そこまではあっている」あやふやに言った。

「こうも言ってたわ。染みは……新しいって」

途切れとぎれの言葉にとまどった。「染み？　なんの染みだ？」

「暴力の染みよ」緊張で顔がこわばっている。

「ふむ」考えをめぐらせた。「ほかになにか言ってたか？」

レインは首を振った。「彼を少し誘導してみたの。その銃が女性を殺すために使われたのがわかるふりをして。彼の反応で確信が持てたから、先に進めたわ」

セスは自分の幸運が信じられなかった。まったく信じられない。「あれをしかけたのか？」

「発泡ラバーの下に置いたわ。ケースのなかの」

「彼には気づかれなかったんだな？」

「髪が手にかかっていたから。それにわたしの体が彼の視線をさえぎっていたわ。見られたとは思わない」

こわばった顔をじっと見つめていると、不安で胃が締めつけられた。「どうかしたのか？　喜んでいいはずじゃないか。あいつをやっつけたいんだろう？」

「ええ」ぼんやりと言う。「ただ……」

「なんだ？」

彼女はさっと両手をあげた。「裏切りと騙しあいのくり返し。もううんざりなの。わたしは正直でいたいだけ。裏表なしに。ヴィクターに対しても、ほかの誰に対しても」

「生き延びるために主義を曲げなきゃならない人間もいるんだよ」

「ああ、やめて。お願いよ、あなたまでそんな」

くそっ！　また泣いている。そして、それはおれのせいなのだ。こんなことをしているひまはない。セスはレインを抱き寄せようとしたが、彼女は体をこわばらせて拒否した。彼はあきらめてシフトレバーを動かした。自分が役立たずになったような気がする。レインは隣りで肩を震わせている。フードから金色の巻き毛がこぼれている。やがて道順に気づくと、彼女は驚いたようにフードをはずした。「どこへ行くの？」

「安全な場所だ」きっぱりと言い返す。責めるような口調ではあるが、しゃべったのはありがたい。ぴりぴりして突っかかってきたり、腹を立ててくれているほうがましだ。泣かれるのは最悪だ。くそっ、あれには本当にまいる。

「家へ帰りたいわ、セス。しばらくひとりになりたいの」

「だめだ。ひとりにさせるわけにはいかない。あんなことをしたあとだからな」

レインがにらみつけてきた。「セス、わたしはあとこれくらいで頭がおかしくなりそうなの」二本の指で、もう少しでくっつきそうな輪をつくる。「家へ連れて帰ってちょうだい、いますぐに！」

「家に戻るなんてとんでもない考えだ。おれにはわかる」

「わたしにもわかるわ、セス。わかりすぎるほどね。でもいまは、鍵をかけた自分の部屋に閉じこもって、しばらくベッドに顔をうずめていたいの。ひとりっきりで」

セスは別の車線へ素早く移動した。「ホテルのベッドに顔をうずめればいい」

「あなたと一緒じゃだめよ。あなたはずいぶん場所を取るもの、セス・マッケイ。無理だわ。さっさと方向転換して家へ連れて行ってちょうだい」

「最愛のおじさんを裏切って、傷ついているとでも言うのか？　あんなにすてきなネックレスまでもらったしな」

レインは震える手を見おろし、関節が白くなるまでぎゅっと握りしめた。「ひどいことを言うのね」

「真実を聞くのはつらいもんだよな？」皮肉な物言いを抑えられない。「ヴィクターはおじさんかもしれないし、金持ちで権力があり、プレゼントをくれて王女のように扱ってくれるかもしれない。でも、あいつは人殺しのろくでなしで、どんな目に遭おうが自業自得なんだ。だからもし良心の呵責に悩むつもりなら、あとにしてくれ。ホテルに着くまで待つんだ。バスルームで悩めばいい。おれに見えないところでな」

「わかったわ」レインはシートベルトをはずし、さっとドアを開けた。

雨ですべりやすくなったアスファルトの上でブレーキをかけるのに精一杯で、彼女をつかまえる余裕がなかった。「どこへ行くつもりだ？」

「あなたに見られないところよ」

そう言うと、ばたんとドアを閉めて車の流れのなかへ走っていった。

信号が青に変わった。クラクションが鳴り響き、ほかの車がセスをよけていく。ルームミラーで灰色の服を着たレインの姿を追ううちに、彼女は中央分離帯を越えて反対車線を横切っていった。

薄暗がりのなかにレインの姿が消えていく。混みあう三車線の追い越し車線にいるので、彼女を追うために右へ寄って方向転換するのは無理だ。なんとか左折して向きを変えたとき、レインは消えていた。

セスはフロントガラスに向かって卑猥《ひわい》な言葉を怒鳴った。周囲のドライバーたちが不安そうに見ている。ひとりはこちらを見ながらせっぱつまったように携帯電話に話しかけていた。セスは自分の電話をつかみ、コナーの番号にかけた。

間髪を置かずにコナーが応えた。「そろそろ電話があると思ってたよ」そっけなく言う。

「あんたに六回もメッセージを残したんだぞ。いいか——」

「コナー、頼みがある。レインの家のX線スペクトルプログラムを起動してくれ。いますぐだ。おれが着くまで眼を離すな」

びっくりしたような沈黙が落ちた。「おれをコナーと呼ぶなんて、かなりやばい状況に違いない」コナーがのんびりと言った。

「知ったかぶりの御託《ごたく》を聞いているひまはない。いま彼女の家へ向かってるところだが、彼女のほうが先に着きそうなんだ。いやな予感がする」

「了解」ビジネスライクにコナーは応えた。「またあとで」

電話が切れた。セスはグローブボックスから携帯モニターを出した。いたぞ。五キロ先にいる。もう少しで感知範囲を出て信号が途絶えてしまう。モニターを膝に置いて運転に集中した。幸い、スピードを出すことには慣れている。責めるようなクラクションの不協和音を無視しながら車の流れを縫っていく。警察に見つからないといいのだが。

携帯電話が鳴った。考えたこともない場所まで胃が沈みこんだ。「ああ?」

「テンプルトン・ストリートがやばいことになってる」張りつめた真剣な声でコナーが言った。「あんたの彼女のガレージに客が来てる。黒いスキーマスクに銃。あんたがいちばん近い。フルスピードでぶっ飛ばせ」

セスのあてこすりや冷やかしから離れれば、気分がよくなると思っていた。だが意外なことに、気分はもっと悪くなった。

レインはタクシーの後部座席でぶるぶる震えていた。屋根のあるバス停までちょっと走るだけでびしょ濡れになってしまった。水を跳ねあげて水たまりを走りぬけたせいで、すてきなプラダのブーツがぐしょぐしょになっているが、冷たさはほとんど感じない。さっき感じたことをきちんと理解できないし、ヴィクターの告白が頭を離れなかった。

わたしの父親。そんなことがありえるの?

ひとつ、確かなことがある。セスに話すわけにはいかない。わたしがヴィクターの姪だと知っただけでもたいへんだったのだ。ましてや娘と知ったときの反応を思うと、ぞっとする。

雨が筋になって流れている窓ガラス越しに、ぼやけたライトを見つめた。今夜はセスに乗りこんできてほしくない。腹を立てた彼に対処する元気はない。コラソン事件の銃に触れたことによって明らかになったショッキングな事実を考えることしかできない。

セスには銃に反応したふりをしたと言ったが、あれは嘘だ。あの銃は、囚われた動物のように手のなかで震えていた。熱いと同時に、ぞっとするほど冷たかった。思いだすと寒気がする。レインはウェストに腕を巻きつけ、別のことを考えようとした。空を舞うワシ、雪をかぶった夜明けの山々、海。

穏やかで美しいイメージも、記憶に残る感覚を消し去ってはくれなかった。みぞおちを殴られたような気がする。頭のなかをイメージが駆けめぐる——白いカーペット、飛び散った血痕、床に散らばったチューリップ。悲鳴。ああ、神さま。レインはみぞおちにぎゅっと手を押しつけた。これはいつまでつづくの？　夢よりひどい。目を覚ますことはできないのだから。歯を食いしばって耐えるしかない。

ヴィクターとストーン・アイランドにいたせいで、自分はラジオのように恐ろしい周波数に同調してしまったのだ。生皮をはがれ、肉がむきだしになっているような気がする。すさまじい量の情報が押し寄せてくる。たぶん想像力をたくましくしすぎているのよ。力づけるように自分に言い聞かせた。現実を否定しようとする虚しい試みに対し、皮肉な声がコーラスになって頭のなかで騒がしくあざ笑ったり野次ったりしている。

わたしはヴィクターの娘なのだ。父のためにおじに復讐しなければならないのに。その逆じゃない。理論的に考えようとすると頭がおかしくなりそうだった。でも、本当はなにも変わらない。殺人は殺人だ。

タクシーが家の前で停まり、レインはほっと安堵のため息を漏らした。部屋のなかは暗くて寒いだろうが、少なくともひとりになれる。手がかじかんでうまくお金を持てない。感覚のない指から何度もお札とコインが落ちそうになった。タクシーを降りる。

家は陰鬱で、恐ろしくさえ見えた。剪定《せんてい》していないアジサイから長い枝が伸び、雨がしたたっている。玄関の両側についた窓が、敵意に満ちた冷たい眼のようににらんでいる。

運転手に停まってもらおうと振り向いたが、タクシーのテイルランプはすでに遠ざかっていた。いまから追いかけても間に合わない。タクシーは角を曲がって見えなくなった。

想像力をたくましくするのはやめるのよ——玄関に近づくあいだ、アリックスの叱責が頭のなかでこだました。ただの無人の家よ。ガレージにはわたしの車が停まっている。もしここがいやなら、キーを取り、荷物をまとめてホテルへ行けばいい。

とってもいいアイデアだわ。そうしよう。ひどくゆっくり玄関まで歩いたせいで、雨粒が冷たい小さな指のようにコートの襟元から忍びこんできた。

今日のようなことがあったあとで、偏執的にならずにいられたら奇跡だ。自分にそう言い聞かせながらぎこちなく鍵をいじる。部屋のなかで電話が鳴っているが、急ぐことはない。指が言うことをきかなかった。

セスから逃げだすなんてばかだった。無作法で扱いにくいけれど、いま彼が横にいて、皮肉を言ったり怒ったりしてくれるならどんなことだってする。温かくてたくましい彼がいれば、この暗闇でざわめいている悪鬼たちを追い払ってくれるだろう。

情けない。礼儀正しく上品に過ごしてきた自分が、生まれてはじめてかんしゃくを起こした。なのにいざやってみたら、自分がまぬけに思えるなんて。レインは三回も鍵を落とし、欲求不満で叫びそうになった。

ようやく部屋に入った。寒くて暗いが、ありがたいことに嚙みつこうと飛びだしてくるものはない。コートを脱いでヒーターを入れ、寝室へ向かいながら次々にライトをつけていった。ウィングバックチェアに座ってびしょ濡れのブーツの靴ひもを解きはじめたとき、ふたたび電話が鳴った。ベージュのカーペットに泥だらけの足跡がついている。玄関ホールでブーツを脱げばよかった。電話は鳴らせておけばいい。母親と話す気分ではない。

ちらりと電話機を見た。メッセージが五つ。

変ね。こんなにメッセージが残っているのは、はじめてだ。何度も電話をかけてくるなんてアリックスらしくない。そして母以外にわたしがここにいることを知っている者はいない。遠くにいる友人は、誰もこの番号を知らない。胃がゆっくりとひっくり返った。

留守番電話に切り替わり、録音をうながすメッセージが流れた。ピーッと音がした。「レイン、いるのか？　電話に出ろ。早く！　出るんだ！」

レインは電話機に跳びついた。安堵で力が抜ける。「セス？」

「くそっ！　レイン、携帯電話の電源を切ったな！」

「ごめんなさい、わたし——」

「どうでもいい。時間がない。いまどの部屋にいる？」

「寝室よ」レインはたじろいだ。「どうして——」

「ドアに鍵がついてるか？」

体がぶるぶる震えて倒れそうだった。「簡単な小さい鍵がついているわ」歯ががちがち鳴っている。

「くそっ」セスがつぶやいた。「鍵をかけろ。武器を探すんだ。スタンド、瓶、なんでもいい。それからバスルームに入って鍵をかけろ。急げ」

「セス、お願い、どういうことなの？　どうして――」

「さっさと電話を切ってやるんだ！」

彼の意志の強さが熱風のように電話線から飛びだしてきた。受話器が生き物のように手から吹き飛び、テーブルに載った電話機もろともどすんと床に落ちた。

つづく静寂のなかで、物音が聞こえた。ダイニングルームから階段へ出るスイングドアのきしむ音。音はすぐにやんだ。

きしむドアはあれしかない。階段には厚いカーペットが敷いてある。もう警告を発してくれるものはない。

レインはドアへ突進した。すさまじいパニックで頭がきんきんする。ステップ・ワン、寝室のドアに鍵をかける。オーケイ。ステップ・ツー、武器をさがす。傘は玄関ホールのバスケットのなかだ。ペッパースプレーはバッグに入っていて、ホールのテーブルに置いた携帯電話の横にある。ナイフや鉄のフライパンはキッチンにある。寝室には情けないほど武器になりそうなものがない。

誰かが階段を昇ってくる。これは想像なんかじゃない。恐ろしい現実。行動しなければ。いますぐ。レインはドレッサーを調べた。ヘアスティック。小さすぎるし、もろすぎる。ヘアスプレーとドライヤーをつかむ。ベッドサイドのスタンドに眼がいった。真鍮《しんちゆう》でできている。それをつかんだ瞬間、ドアノブがまわった。がたがた動いている。

ありあわせの武器をかかえてバスルームへ飛びこんだ。持っていたものが床に落ちて大きな音をたて、スタンドの電球が割れて破片が散らばった。ライトをつけて勢いよくドアを閉め、ロックする。

なにかが裂けるような恐ろしい大きな音が三回聞こえ、寝室のドアが破られたのがわかった。レインは便器の横の床にうずくまった。震えがひどくてほとんど動けない。パニックの涙が頬を伝う。あたり一面、白におおわれている。白いタイル、白い洗面台……コラソンの呪い。あんないまわしいものに触れるべきではなかった。あの銃が時空を超えてつかまえにきたのだ。やがて、まばゆいばかりに白い世界一面に、深紅の染みが飛び散るのだろう……。

レインは歯を食いしばり、喉の奥からうなり声を漏らした。わたしはめそめそした弱虫なんかじゃない。こんな死に方はしない。わたしはレイザー家の人間だ。わざわざシアトルまで来て努力してきたのは、哀れな被害者になるためじゃない。よろめきながら立ちあがり、真鍮製のスタンドの上をつかんだ。こうすれば重たい土台が棍棒がわりになる。

わたしの血が欲しければ、モンスターは戦わなければならない。

バスルームのドアノブがまわり、がたがた揺れた。レインは震える両手でスタンドを振りあげ、待ち構えた。

この一瞬を生かさなければ。レインはすすり泣きをこらえ、モンスターが肩を打ちつけているドアを見守った。一回、二回。不満げなうめき声とこもった悪態が聞こえる。ほっとした。少なくとも相手は人間だ。別世界からきた悪魔ではない。コラソン事件のモンスター。

めりめりとドアが裂ける音。男が飛びこんできた。黒服の大柄な男。

レインは力まかせにスタンドを振りおろした。男はさっと振り向き、前腕でスタンドをかわしながら怒声をあげた。レインは壁に突き飛ばされ、息が詰まった。ぺしゃんこになった肺に必死で空気を取りこみながら、男がかぶったマスクに爪を立てる。

「くそあま」男が毒づいた。マスクにあいた穴から血走った黒い眼がにらみつけている。手の甲で顔を殴られた。必死で息を吸いこんだとき、男のにおいを嗅ぎ取った。饐えた汗、酒
……そして恐怖。

酒のにおいが父親の記憶を呼び覚ました。そうじゃない、おじさんだわ。ぼんやりと思いなおす。こんなときになんてばかげたことを考えているんだろう。レインは息をしようとあえいだ。「なぜ?」かすれた声で訊く。

「だまれ」男はレインのセーターの襟足をつかみ、うしろを向かせて両手を高くひねりあげると顔を壁にたたきつけた。なにかが裂けたのがわかり、温かな鼻血が流れだした。さらに痛み。そして目の前が真っ暗になった。

セスは銃に弾を込めながら玄関へ突進した。鍵がかかっている。当然だ。パニックで頭がまわらなくなっている。無駄な時間を費やしたことを毒づきながら、レインにもらった鍵を出した。勢いよくドアを開け、シグ・ザウエルを構えながら玄関ホールを駆けぬける。階段のふもとでぴたりと足を止め、上を見た。時間が止まり、場面が凍りついた。

スキーマスクをかぶった大柄な男が階段をあがりきったところに立っている。片手に銃を持ち、もう一方の手で体の前にレインを抱えている。レインは眼をつぶって鼻血を流しているが、生きていた。自分の足で立ち、セスの射線をさえぎっている。

スキーマスクは見おろしていた。セスは見あげていた。どちらも相手が次の手に出るのを待っている。

いっきに時間が動きだした。スキーマスクが階段の下へレインを突き飛ばす。彼女は壁にぶつかり、バランスを取ろうとしたがよろめいて倒れた。セスは叫びながらレインをつかまえようと駆け寄ったが、はずみでふたりして階段を転げ落ちた。支柱が折れ、手すりが裂ける。レインはセスの上に落ち、横に転がった。

スキーマスクはふたりの脇を駆けぬけ、キッチンへ入ってガレージへ出ていった。

セスのなかで、なにかが追跡しろと狂ったように叫んだ。だが膝をついて起きあがったとき、レインがぴくりともせずにカーペットの上に横たわっているのに気づいた。蒼白な顔についた血が、ぞっとするほど鮮やかに見える。

セスはスキーマスクのことを忘れた。レイザーやノヴァクやジェシーのことも、すべてを忘れた。パニックで頭が真っ白になった。

レインの脈を調べ、生きているとわかったときは安堵のあまりすすり泣きが漏れそうになった。脈は力強くてしっかりしている。怪我をしていないかどうか、震える手でそっと全身をさぐった。どれほど彼女が大切でかけがえのない存在か気づき、ぞっとするほどの恐怖を覚えた。彼女を大切に思うのは、美貌やセックスや力とは無関係だ。彼女はおれの心の明るい場所に住んでいる。かつて小さな赤ん坊だったレインも、いつか美しく年老いた女性になるレインも。この気持ちをどう表現すればいいのかわからない。

心臓が痛いほど膨れあがるなか、セスはレインの名前を呼びながら体に手を這わせた。懇願する声はかすれ、心のなかでつじつまのあわない言葉をくり返す――頼むから眼を開けてくれ、頼むから無事でいてくれ、頼むからおれを置いていかないでくれ、頼むから……。レインの睫毛が震えた。眼が開いたが、ぼうっとしている。眼の焦点をセスに合わせようとしている。にっこり微笑もうとしている。

セスは吊りひもの切れた操り人形のようにレインの上に倒れこみ、彼女の胸に顔をうずめた。レインの両腕が動き、彼を抱きしめた。冷たい指が髪を撫でている。セスはあふれる涙を必死でこらえた。

彼は六回つづけて電話番号を打ちそこなった。大きな指でこんなちっぽけな電話機のボタンを正しく押すほど冷静になるためには酒が必要だ。片方の腕が腫《は》れている。あの性悪女はスタンドで殴りつけてきた。あの女は思った以上にアリックスに似ている。

くそっ、大失敗だ。女の彼氏を撃ってやればよかった。あるいは女を人質にして、こちらの言うことをきかせるか。できることはいくらでもあったのだ。脳みそと度胸さえあれば。

ようやく正しい番号を押せた。呼び出し音が聞こえたとたん、新たな恐怖が押し寄せた。胃がよじれて焼けるようだ。

相手が電話に出た。「もしもし?」

「その……手違いがあった」しどろもどろに言う。「だが、始末をつける時間を少しもらえれば――」

「なにがあった?」ノヴァクのやけに穏やかな声に、汗ばんだ背中に寒気が走った。

「ああ、その、男に邪魔されて――」

「おまえには失望したよ、エドワード。この仕事をさせるためにおまえを選んだのは、芸術性を求めたからだ。合理的な理由からではない。父親を殺害した人間に、彼女をおれのところへ連れてこさせる――その芝居がかった演出が気に入ってたんだ。自分の気まぐれを後悔してるよ。いたく後悔している」

「いや、違うんだ。聞いてくれ。状況は把握してる。本当だ」

「おまえのようなみじめな負け犬でも、こんな簡単な仕事ならできると思ったんだが」

リッグズはぎゅっと眼をつぶった。「あいつはどこからともなくいきなりあの家に現われた。やつを殺さずにあの女を連れだすことはできなかった。おれは――」

「おまえが誰かを殺すはめになったところで、おれがどれほど気にかけると思う？　エドワード、どうなんだ？」

「頼む、もう一度チャンスをくれ」リッグズは訴えた。「まだあの女をモニターでとらえている。移動はしていない。居場所はわかってるんだ。本当だ」

「彼氏はどうする？　そっちのけりもつけるつもりか？」

リッグズは唾を呑みこもうとしたが、喉につかえただけだった。自分を見あげていた、あのぎらつく黒い瞳のなかの殺意を思いだす。こちらが間違った動きをするのを待っていた眼を。慣れたようすで構えた銃。訓練を積んだ兵士のように柔軟にかがんだ姿勢。

おれはどうだ。バーベキューの炭のように胃が焼け、肝臓はぼろぼろになっている。勝ち目はない。ああ、神さま。エリン。リッグズは苦しげに息を吐きだした。「あの男はプロだ。

おれがあいつを殺すか、あいつがおれを殺すか。可能性は五分五分だ」

希望的観測だが、と心のなかで言い添える。

ノヴァクは黙っている。一分が経過し、さらにもう一分たった。

「ふたりが移動したら尾行しろ」ノヴァクが言った。「ある人物の電話番号を教える。その男におまえの現在位置を教えるんだ。そいつと合流しろ。女のところへ案内したら、邪魔をせずに彼に仕事をさせるんだ。わかったか？」

「わかった」リッグズはつぶやいた。「それから……それから……」

「なんだ？　はっきり言え」

「エリンは」必死で声に出す。

「ああ、まだ最終決定はしていない。ゲオルグは完璧な紳士を保っている。処女にとってはこれ以上ない夢だな。番号を言うぞ。聞いてるのか？」

「ああ」リッグズはノヴァクが言った番号をメモした。

「それから、エドワード？」

「なんだ？」息を詰めてハンドルを握りしめる。「なんだ？」

ノヴァクは小さく笑い声をあげた。「落ちつけよ」

リッグズの腕から力が抜け、こわばった指から電話機が落ちた。彼は腕に触れた。ずきずきしている。ひどく痛むが、痛みなどどうでもよかった。大切なのはエリンのことだけだ。自分の人生の残骸から娘を救うことができれば、それだけで充分だ。それしか望むことはない。時間が経過するにつれて、人生に望むことはどんどん少なくなっていった。逃げろ、逃

げろ、逃げろ、死にかけた年寄りネズミ。リッグズは眼を閉じ、エリンの愛らしい笑顔を思い浮かべた。

ばかなまねはやめるんだ、ハニー。今夜のおまえはひとりで悪魔と闘わなければならない。神が守ってくれる。きっと守ってくれる。たとえおれのことは守ってくれなくとも。

レインは不安そうな表情を浮かべるセスを見て笑い声をあげ、彼の手からふきんを取ろうとした。「見た目ほどひどくないのよ」

「よく言うよ。自分じゃ見ていないくせに」セスはふきんを奪い返し、青ざめた顔でそっとレインの血をぬぐった。「不思議だな。血なら何度も見たことがあるのに、こんなにやきもきするのははじめてだ」

「ちょうだい」レインはふきんを取って血をふき、ぞっとするありさまになった布をゴミ箱に放りこんだ。両腕をセスの腰にまわし、胸に頭をあてる。「助けに駆けつけてくれて、ありがとう。あなたは白馬の騎士だわ」彼にぎゅっと抱きしめられて、とっさに顔をそらせた。

「鼻に気をつけて」

「すまない。くそっ、レイン。ほんとにぞっとした」

ジャケットのすべすべした冷たい革に頰を押しつける。「かんしゃくを起こしてごめんなさい。死ぬまで『だから言ったじゃないか』って言いつづけてもいいわ」

「ああ、最後の最後まで何度でも言わせてもらおう」レインを上向かせ、にらみつける。

「いま言わせようとしないほうが身のためだ。もう一度最初から腹を立てそうだからな」

「はいはい、わかったわ」慌てて言う。「話題を変えましょう。たとえば……鼻が折れているとどんな感じがするものなの？」

ほっとしたことに、その言葉は魔法のように効果をあげた。セスの眼から厳しさが消えていく。彼は手を伸ばしてそっと鼻に触れた。

「痛い！　気をつけて」レインはひるんだ。

「折れてはいない」確信をこめて言う。

「どうしてわかるの？」自分でも触ってみて縮みあがった。「ものすごく痛むわ」

「おれは三度折ったことがある。信じろ、おれにはわかる」セスは請けあった。「だが、両目にはあざができるだろうな」

レインは顔をしかめた。「いやだ」

「もっとひどいことになっていたかもしれないんだ。救急治療室へ行こう」

びっくりして眼をしばたたかせた。「なぜ？」

不満げに鼻を鳴らす。「おい！　レイン、おまえはたったいまスキーマスクをかぶった男に襲われて、階段に投げ飛ばされたんだぞ！」

「都合のいいことに、落ちたのはあなたの上だったの」つま先立って彼の顎にキスをした。

「わたしは大丈夫よ。震えているだけ。鼻はずきずきしてるけど」

セスはわけがわからないと言うように、まじまじと見つめている。「ずいぶん落ちついているんだな」

「ええ。たぶんまだ実感がわかないんだと思う。そのうちきっと動揺するわ」彼の顎でひきつっている小さな筋肉に指を這わせた。「いつそうなってもいいの。あなたがそばにいてくれるなら。今夜はわたしをひとりにしないで、セス。あなたがいれば、どんなものにも立ち向かえるような気がする」

セスはレインの手をつかんで唇を押しあてた。「そばにいるとも。今夜もこれからもずっとそばにいる。生きているかぎりずっと。どれほど危なかったか、信じられないくらいだ」

彼の声が震えているのに気づき、レインは胸を打たれた。感動で涙があふれそうだった。必死で涙をこらえながら、彼の緊張した顔を撫でる。「不思議なの」レインは言った。「あの男はわたしに殺意を持っていたとは思えない。スタンドで殴りつけたときでさえ、それほどひどい目には遭わされなかった。息が詰まったし顔を殴られた。鼻から壁にたたきつけられもしたけれど、それだけだったわ」

「それで充分だろう」憎らしげに言う。「それに忘れるんじゃない。あいつはおまえを階段からまっさかさまに突き落としたんだ。首の骨が折れていたかもしれない」

「あなたがつかまえてくれなければね。あの男はあなたがつかまえるとわかってたのよ」

セスはだからどうしたと言うようにうなった。「なにが言いたいんだ？」

「わからない」じっと考えこむ。「気がついたことを言っただけ。あの男は怯えていたわ」

「なんだって？」

「においがしたの」レインは言った。「あの男はものすごく怯えていた」

セスは疑わしそうな表情を浮かべた。「おまえに？」

否定するように肩をすくめる。「そうじゃないわ。でもなにかに怯えてた」

「おれにつかまったら、あいつにも怯える理由が山ほどできるさ。さっさとこの家を出よう。長居をしすぎてる」そう言うとレインを抱えあげ、玄関を出た。

「おろして、セス。ばかなまねはやめて。わたし、歩けるわ」

「じたばたするんじゃない」助手席にレインを乗せ、風のにおいを嗅ぐように通りの左右を見渡している。それから自分も車に乗りこんでエンジンをかけた。

「警察に通報しなくていいの?」ためらいがちに尋ねる。

「警察? おいおい、やさしい警官に、どんな目に遭ったかひと晩じゅう説明したいのか? 殺し屋がここへ来る理由を、あれこれ話したいのか?」

「そうね」自分の膝を見つめて言った。「そんなことをしたいとは思わない。じゃああなたは、あの男は関係があると思ってるのね?……わたしたちがやっていることに」

セスの表情は雄弁に答えを物語っていた。

自分が愚かに思え、レインは両手をもみあわせた。「ヴィクターがわたしを傷つけるなんて、思ってもみなかった」

「あれをしかけるところを見られなかったと確信があるのか?」

「ばかにしたような言い方はやめて」ぴしゃりと言った。「今夜はひどい目に遭ったんだから」

「ああ、そうだな」セスが言い返す。「だがひとつ確かなことがある。おまえは過去の亡霊をつかまえるために、おれの助けを借りる必要はない。連中はそんな手間をはぶいてくれるさ。十五分もじっと立っていれば、向こうからやってくる」

22

このままこの車に乗っているのは危険だ。どこかで乗り捨てて、新しい車を手に入れなければ。バッグは昨日からつねに見えるところに置いているし、服も同じだ。レイザーがレインに買い与えた服をすべて処分し、身を隠して休める場所を探す必要がある。セスは道路標識に眼を凝らしながら、考えをまとめようとした。ショッピングセンターの標識を見つけ、ウィンカーを出した。

「セス、あの男がうちにいるって、どうしてわかったの？」

この質問をずっと恐れていた。セスは首を振りながら、いくつもの嘘や言い逃れを考えては放棄した。

レインは返事を待っている。「わたしの家に、例のスパイグッズをしかけたのね？」

淡々とした穏やかな口調からは胸の内がうかがえない。そのせいでひどく不安になった。

ゆっくりと息を吐きだす。「ああ」正直に答えた。

「どうして？」

セスは大型ショッピングセンターのネオンへつづく小さな商店街へ車を乗り入れた。よかった。通りの先に車の代理店がある。「最初は、おまえとはなんの関係もなかった」しぶしぶ説明する。「あの家には以前ヴィクターの情婦が住んでいた。おれたちはその女を監視してたんだ。そのうち彼女がいなくなって、おまえが現われた」

「それで、わたしを監視したのね」

「ああ」駐車場に車を入れ、エンジンを切る。「監視した。しばらくすると、おまえを見ずにはいられなくなった。おまえに銃を頭につきつけられてもやめられなかった。後悔はしていないし、謝るつもりもない」

激怒するものと覚悟を決めたが、なにも起こらなかった。思いきってレインをうかがうと、彼女は駐車場の向こう側にある〈ホーム・デポ〉をじっと見つめていた。当惑したようなぼんやりした表情を浮かべている。やがて不安な眼をして振り向いた。「わたしたちが愛しあっているところを、誰か見たの？」

「まさか」きっぱりと答えた。「そんなことがないように、おれが注意していた」

レインはうつむいた。「よかった。そんなのいやだもの」

「おれだっていやだ」彼女の手を取った。「おれのものは、おれだけのものだ」

彼女はセスの大きな手に握られた自分のほっそりした手首を見つめていたが、やがてふいに笑いだした。「征服王コナン」

セスは肩をすくめ、貴重な四十秒のあいだ彼女の手を握ったまま、じっと闇のなかに座っていた。時間を無駄にしている場合ではないのはわかっていたが。

手のなかで彼女の指がもぞもぞ動いた。「わたしはあなたにすべて話したわ、セス。今度はあなたが手持ちのカードをすべて見せる番よ」

「告白タイムはあとまわしだ。おまえの亡霊を振り払わないと」

レインは眼をみはった。「尾行されていると思ってるの？」

「いずれにせよ、おれたちは行方をくらまさなきゃならない」

レインは唇を嚙みしめ、握りあった手を見おろした。「どこか安全な場所についたら、どういうことか話すと約束してくれる？」

「約束する」急いでそう言うと、ドアのロックを解除した。「行こう」

ふたりは手をつないだまま、いちばん近くにあるブティックまで雨をついて走った。セスは最初に眼についた店員を呼びとめた。「すごく急いでるんだ。ジーンズとTシャツを持ってきてくれ。それとウールのセーター、下着、ソックス、ハイキングブーツ、厚手のコート。サイズ六。急いでくれ」

店員はセスのぎらついた眼とレインの血まみれのセーターに視線を走らせ、ギョッとしたように口を開けた。「でも、その、自分で選ばなくていいんですか？」どもりながら言う。

「色とか、そういったものは？」

「時間がないんだ！」セスが怒鳴った。「さっさと持ってこい！」

店員があとずさる。「あの……店長に連絡しないと」

「心配いらないわ」レインは責めるようにちらりとセスを見た。「わたしが選ぶわ。でも、その場でお勘定ができるようにそばにいてちょうだい。いい？」

ふたりは疾風のように店内を移動した。ラックにかかった服をつかみ、息もつけぬスピードで会計をすませる。やがてセスは下着が入ったバスケットを見つけ、ひもで結ぶだけのちっぽけなビキニパンティを手あたりしだいつかみ取った。ぞっとするほどけばけばしい色合いのシースルーのレース。黒、ショッキングピンク、紫、ライムグリーン、深紅。それをどさりとカウンターに置く。「こいつの勘定も頼む」

「これって、すごいビキニよ」レインは真っ赤になった。

セスが横目で一瞥《いちべつ》した。「ぐっとくる」

レインが濃紺のパーカにあわただしく袖を通していたとき、セスはネグリジェを見つけた。ピーチ色のてろんとしたニット製で、太腿が半分隠れるほどの丈しかなく、曲線やくぼみがくっきりと目立つデザインだ。それに、簡単に脱がせることができる。自分がずっと望んでいたような伸縮性がある。

彼はそのネグリジェをハンガーからはずし、店員が抱えている服の山に載せた。「こいつも頼む。急いでくれ」

「ええ。彼がこれ以上自分好みの物を見つけないうちに頼むわ」レインがぴしゃりと言う。

セスは緊急用の分厚い札束から金を払った。トヨタの車内に戻るやいなや、袋から服を引っぱりだしてプラスティックのタグを噛みちぎる。「服を脱ぐんだ。急げ」

レインは度肝を抜かれ、彼の横やうしろを通りすぎていく車を見つめた。「ここで？」

「全部だ。あいつらがすぐそこまで来てるような気がする」

レインは面食らってためらっている。セスはうめいて彼女のトレンチコートのベルトを引っぱった。

彼女がはっとわれに返って動きだした。「わかった、わかったわ。自分でやる」あきらめたようにため息をついてブーツを脱いだ。「このブーツはとてもすてきだったのに」

彼女がジーンズと下着を脱いでいるあいだに、セスはポケットからナイフを出して脱ぎ捨てられた片方のブーツのかかとの下に刃を入れた。そうしながらも、片目は彼女の脚のあいだのそそるような巻き毛から眼を離さずにいた。レインはビキニパンティをはいている。ショッキングピンクのビキニだ。セスは興味を抑えきれなかった。

「こういう下着って、はき心地が悪いわ、セス」ぶつぶつ文句を言っている。

セスは悪びれもせずに、にやりと笑った。「悪いな、スイートハート」

ヒールの上側をはがす。あった。彼はアンテナがぶらさがっているちっぽけなチップを引きだした。「見ろ」

体をよじりながら着替えていたレインが途中で動きを止めた。新しいジーンズが太腿のなかばで止まっている。怯えたように口を開けていた。「ヴィクターが?」

「急げ、レイン」きっぱりと言う。

それ以上せかす必要はなかった。まもなくレインはすっかり新しい服に着替えていた。

「脱いだものは全部床に置いておくんだ」セスが指示した。「行こう」

「このままここに車を置いていくの?」

「可能なら、あとで取りにくる」

平然とそう言うと、セスはノートパソコンとX線スペクトル装置が入ったバッグをつかみ、レインの手を引いて叩きつける雨のなかを走った。いまにもヘッドライトで照らされ、何者かが車から乗りだして発砲してくるような気がする。ふたりは一目散に道路を横切り、シュルツ新車中古車店へ向かった。十五分後、彼の緊急用の札束はひどく薄くなり、サミュエル・ハドソン――セスの別のIDのひとつ――はわずかに傷のあるブロンズ色の九四年型マーキュリー・サーブのれっきとしたオーナーになっていた。好きで選んだ車ではないが、手持ちの現金で買えるなかではいちばんましだった。

いくつもの通りや裏道を四十分くねくねと走りつづけたのち、セスは尾行されていないと結論を出した。丘を登る細い道路に入る。雨はいっそう激しさを増し、土砂降りと言ってもいいほどだ。オールデン・パインという小さな町の郊外に、ネオンが出ていた。〝ヘロフティ・パインズ・モーテル〉キャビン／ケーブルテレビ完備／空き室あり〟。セスは樹木の生い茂った長い私道に入って車を停めた。

受付の男は一二インチのテレビに映る古いクリント・イーストウッドの映画に夢中になっていた。現金で支払いたいという申し出にもまったく動じず、偽の運転免許証をちらりと見ただけで、傷だらけのカウンター越しにヒマラヤスギの番号札がついた鍵をよこした。

「キャビン七」テレビに眼を釘付けにしたまま言う。「チェックアウトは十一時半」

キャビンのなかはかび臭くて寒かった。セスは年代もののヒーターをいじり、レインはクロゼットから予備の毛布を引っぱりだした。ラジエーターが低くうなってカチカチ音をたてはじめた。木目調の壁紙を張った壁とすり切れた家具に、ひび割れたランプシェードが薄暗い光を投げかけている。この二十四時間の容赦ない現実が、言葉では言い表わせないほど押し寄せてきた。ふたりはベッドをはさんで見つめあった。

レインは新しいコートをするりと脱ぎ、セスに歩み寄った。彼はそっと胸を押され、座ってほしいのだと気づいた。ベッドに腰をおろす。彼の体重でへたったベッドがたわんだ。

レインは腕を組んだ。新しいラズベリー色のセーターを着て、とてもかわいらしい。ブラジャーをしていない胸に、セーターがぴったり張りついている。「それで?」

顔のピンク色に腫れている部分は、明日にはあざになっているだろう。今夜の彼女がどれほど危うかったかを思うと、セスの胃がひきつった。「ベッドに入ろう」

まじめくさった口元に、わずかに笑みが浮かぶ。「もしセックスでこの話題からわたしの気をそらそうと思ってるなら、考えなおしたほうがいいわよ」

「そうじゃない。暖まりたいだけだ」袋のなかからネグリジェを取りだす。「これを着ろ」

レインは小さな布切れを受け取り、さもうさんくさげに見つめた。「これで暖まれると思うの?」

「いいや」そっけなく答える。「おまえを暖めるのは、おれだ」

彼女はバスルームへ姿を消した。セスは服を脱いでサイドテーブルに拳銃を置き、ベッドに入ると思わずうめき声を漏らした。真冬のピュージェット湾に飛びこんだような冷たさだ。

やけに時間がたったころ、バスルームのドアがきしみながら開いた。寝室へ踏みこむまでの一瞬、背後の明かりを浴びて戸口に立つレインのシルエットが浮かびあがった。

彼女を見るといつも興奮する。その美しさに慣れることはない。ピーチ色のしなやかなネグリジェがぴったりと体をおおい、揺れる乳房や腹部のカーブ、わずかにへこんだおへその場所までよくわかる。いつものとおり穏やかに輝いている瞳を見ると、痛いほど喉が締めつけられた。「おいで」ベッドの冷えきった場所へ移動しながら言った。「おまえのために暖めておいた」

レインは感謝するようににっこり微笑むと、上掛けの下にすべりこみ、抱き寄せられて気持ちよさそうにため息をついた。セスは彼女の体に手を這わせた。レインがそこにいて安全だと確認せずにはいられない。温かくて柔らかいレインが腕のなかにいる。痛いほど勃起したものを太腿に押しあて、短いネグリジェをたくしあげた。

レインが体をこわばらせた。「待って。約束したわ、セス。教えてくれるって——」

「頼む、レイン。体じゅうアドレナリンが駆けめぐってるんだ。おまえに触れたい。おまえを失うんじゃないかと思うと、死ぬほど怖かった」

レインはセスの胸を軽く押した。「今回ははぐらかされないわよ、ハニー。アドレナリンは理由にならない。わたしだって手に負えないぐらいよ。どうしてそんなに話したくないのかわからないけど、あきらめるのね。いまここで」

セスは仰向けに寝転がって天井を見つめた。少なくとも〝ハニー〟と呼んでくれた。すべてが台なしになったときは、これにしがみつこう。

「おまえの言うとおりだ」緊張しながら言う。「話したくない。話すと厄介なことになるんだ。少なくとも……女とのつきあいでは」

「厄介なこと？　どういう意味？」

居心地悪そうに眉間にしわを寄せて顔をこすった。「おれがどうなるか、今夜おまえも見ただろう。おれが口を開くと、勝手に言葉が出てくる。そしてなにもかも台なしになる」

「まあ、セス」

「今回はぜったいに台なしにしたくない」声がかすれる。ばつが悪くて、手で顔をおおった。

レインはセスににじり寄った。「本当のことを聞いても、わたしは平気よ」彼の髪を撫でながら、やさしく言った。「それに、あなたに腹を立てたとしても、それで終わりってことにはならないわ。これまでだって、あなたには何度も腹を立てた。そうでしょう？　でもわたしはこうしてここにいる」

「ああ。殺し屋に感謝しなけりゃな」不機嫌に言う。

レインは彼の鼻にキスをした。「ばかね」

セスは眼を閉じ、かすめるような軽いキスや髪を梳《す》く指を堪能した。「いまはそう言うのも簡単だ。おれの性格の一面が表に出たときどうなるか。そうなれば、おまえにもわかる」

「もう最悪の状態のあなたを見たわ、セス・マッケイ。それも一度じゃない。たしかにあなたの言うとおりよ、あなたはどうしようもない人間にもなれる。下劣な人間に」

セスは眼を開けた。彼女は笑っているわけではない。それなら、瞳がきらきら輝いているのはなぜだ？「なにがそんなにおもしろいんだ？」うめくように言った。

レインはセスの手を取って拳に唇を押しあてた。「単純なことよ。あなたはいつもやさしくしてくれた、なにもかもすばらしかった。簡単よ。ただ……これからもやさしくして」

セスは自分の大きな手を見つめた。驚くほど柔らかな唇がかすめるように動き、キスの雨を降らせている。「いつもやさしくはできない」正直に言った。

「どうして？」

セスは荒々しいほどの勢いで彼女を抱き寄せた。誰かがレインを引きはがそうとしているかのように。「なぜなら、この世が許さないからだ」

レインはやさしい笑顔を浮かべた。「じゃあ、この世を変えましょう」そっとささやく。セスはすすり泣くように息を吸いこんだ。体を重ね、揺りかごのような彼女の腰に体重をかける。レインは抵抗しなかった。やさしく包みこみ、ただ受け入れている。

セスはもう少しでわれを忘れそうだった。欲望が全身を駆けめぐる。だがそれを抑え、言葉では言い表わせないすべてのことをキスで表現しようとした。怒りと悲しみ、狼狽《ろうばい》、どれほど彼女が大切な存在になっているか。そしてどれほど畏敬の念を抱き、恐れているか。

もしキスで思いを伝えることができるなら、このキスがそうだった。セスは唇と舌で語りかけた。愛撫し、鼻をすり寄せ、円を描く舐めるようなキスで。細い肩ひもをはずし、ネグリジェを腰までおろした。彼女のすばらしい体に夢中になった。あらゆる秘密のくぼみや膨らみや隠れた場所に。

レインの息遣いが、驚いてふいにはばたく鳥のようにやさしく震えた。セスはレインがバラ色に染まり、朦朧《もうろう》としてわれを忘れるまで愛撫し、吸いつづけた。時間をかけてもいいのなら、彼女が望む言葉を学ぼう。だがいまは、自分が使える言葉はこれしかない。この言葉なら雄弁に言い表わすことができる。

彼女の脚のあいだに触れ、円とらせんの愛の詩を語る。やがてレインが無言の求めとして体を開くと、セスは太腿のあいだにもぐり、口を使って愛の詩を語りつづけた。彼女の甘さは恍惚《こうこつ》とするほどで、赤ん坊のようになめらかな太腿が震えながら顔を締めつけてくる。

レインが手を伸ばし、体が重なりあうようにセスを引き寄せた。「愛しあう前にこうなってほしかった。激しいオルガスムで無防備になる」セスはコンドームを取りながら言った。

そっと押し入ると、レインは彼の肩をつかんで激しく腰を押しつけてきた。彼女の体と心の奥深くでなにかが解き放たれ、セスにすべてをゆだねた瞬間が彼にはわかった。彼はレインを追って新しい世界へ飛びこんだ。あらゆる言葉を超越する光り輝く場所へ。

いまはレインが涙を流してもセスは動揺しなかった。ようやく涙のわけがわかった。木の葉を揺らすやさしい春の雨のようだ。香りのよい癒しの香油。セスはレインと一緒に震えていた。痛めた鼻が横を向くように気をつけながら、胸にそっと彼女の頭を抱き寄せる。彼女の髪を撫でているとき、自然にその言葉が口から出た。たどたどしく息を切らしているような言い方だったが、実際にはまったく息切れなどしていなかった。「愛してる、レイン」

びっくりしてレインは泣きやんだ。ふたたび息を吸いこんだときは、体が震え喉が詰まっていた。「わかってたわ」そうささやく。「でも、あなたが気づいているのかどうか、わからなかった。それに思いもしなかったの、まさか……」

「まさか、なんだ?」

「あなたのほうが先に言葉にするなんて」恥ずかしそうに言う。

セスはいっそう強く彼女を抱きしめた。温かな涙が胸に触れているのがわかる。「それで?」期待をこめて言った。

「え?」

「おれになにか言うことがあるんじゃないか?」

レインはセスを押して仰向けに寝かせ、その上に乗ってきた。顔をぬぐい、涙を流しながら笑っている。「正式に宣言してほしいの？　愛してるわ、セス・マッケイ。ずっと愛してた。はじめて会ったときから」

セスは全身を流れる激しい喜びに怯えながら、レインの腰を抱きしめた。「本当に？」

「ええ、本当よ」

ぎゅっと抱きしめて彼女を見つめる。当惑し、謙虚な気持ちがした。またしても言葉を失っているが、どうでもよかった。もう言葉などいらない。彼女の髪に触れ、ぴったりと寄りそう体を感じ、見つめあっているだけで充分だ。おれたちは、ふたりでひとつだ。そのすばらしさに体が震える。

これを守るためなら、どんなことでもする。そう思いながらセスは眠りに落ちた。どんなことでもする。

セスはぐっすり眠っていたが、レインは浮遊しつづけていた。あまりに高く飛翔しているので、下を見て落下する距離を知るのが怖いほどだった。

思いが駆けめぐっている。処理する情報が多すぎる。わたしを傷つけるためにヴィクターが誰かを送りこむことなどありえるだろうか？　筋が通らない。わたしが知っている彼のイメージには合わない。あのとき非難したことに、そんなに腹を立てているのだろうか？　発信機をしかけたところを見られたはずがない。もしそうなら、彼のエネルギーが変化したことに気づいたはずだ。

おそらく、実の父親——ヴィクターをそんなふうに考えるなんて、妙な感じがする——が自分を傷つけるよう誰かに命令したなんて信じたくないだけなのだろう。なんて感傷的なおばかさん。ヴィクターは弟を殺すよう誰かに命令したのだ。なのに、わたしはこともあろうに傷ついている。わたしは本当にレイザー家の人間だ。頭がおかしいのだ。誰かに殺し屋を送りこまれたのに、心が傷ついているなんて。

セスが眠りながらなにかつぶやき、もぞもぞと身を寄せてきた。レインがたくましい胸をつつくと、カールした長く黒い睫毛が震えた。容赦なくもう一度つつく。眠るのはあとでもできる。約束を果たしてもらったあとでも。「話して」レインはきっぱりと言った。

セスがうなりながら伸びをした。「なにを知りたいんだ?」

レインはあぐらをかいて座り、肩に毛布をかけた。「最初から話して。わたしがあれこれ詮索《せんさく》する必要がないようにしてちょうだい」

彼はサテンでおおった毛布の縁をいじりながら、天井を見つめていた。

「おれには弟がいた」ようやく話しだした声は、険しく抑揚のないものだった。

レインはうなずいた。「それで?」

「正確に言えば、異父兄弟だ。おれが育てたようなものだった。六つ年下で、名前はジェシーといった」彼は天井を見あげたまま、首を振った。「ジェシーは警官になりたがった。おれたちの生い立ちを考えると、それは冗談もいいところだった。だがジェシーはロマンティストだったんだ。あいつはこの世を救いたがっていた。高い枝からおりられなくなった子猫を助けるとか、燃えさかるビルから赤ん坊を助けるとか、そういったことだ」

レインはすでに話のつづきが見えるような気がした。「彼になにがあったの、セス？」

彼は眼を閉じた。「あいつは、おまえのおじさんを捜査する潜入捜査官だった」

「まさか」

「本当だ。ヴィクターは合法的なビジネスで大成功を収めるだけじゃ飽きたらなくなっていた。数年前からふたたび危ない商売に手を出している。ほとんどが盗品の武器やアンティークだ。だがジェシーとあいつのパートナーが関心を持ったのは、ヴィクターのクライアントのひとりだった。カート・ノヴァク。盗品を蒐集《しゅうしゅう》しているコレクターだ。ノヴァクはとんでもない悪党だ。あいつにくらべたら、ヴィクターなど子猫同然。ノヴァクは神より金を持ち、良心は微塵も持ちあわせていない。父親は東欧マフィアの大物だ。弟たちの本当の目的はノヴァクだった。もう少しで捕まえるところだったが、何者かがレイザーに密告した。密告者が誰かはわからない……いまのところは。そして状況が悪化したとき、ジェシーはのっぴきならない羽目に陥った。ノヴァクは弟を殺したんだ。ゆっくり時間をかけて」

「そんな」彼の胸に手を置いたが、セスの心はそれを感じないほど遠くをさまよっていた。

「あいつを助けるために、そばにいてやるべきだった」セスは言った。「そうすれば、状況は変わっていたかもしれない。だが、間に合わなかった」

なぐさめて励ましたかったが、言葉は無意味だとわかっていた。レインは口を閉ざして待った。

数分が過ぎたころ、セスは眼を開けてレインを見た。「これで終わりだ。おれは何カ月もヴィクターを監視している。ノヴァクと接触するのを待ってるんだ。そしてやつと接触したら、全員を殺す。ヴィクター、ノヴァク、そして密告した裏切り者を。おれはそのために生きている。それだけのために。これだけは言っておくが……おまえみたいなことが起こるとは思っていなかった」

レインは彼の胸に頭を載せた。胸を髪がおおう。「じゃあ、あなたとわたしには、思った以上に共通点があるのね」

セスはレインの髪のひとふさをもてあそんだ。「そのようだな」あやふやに答える。

レインは彼の隣りに横たわり、肘をついた。「ジェシーのことを話して」穏やかに言う。

セスは意外な顔をした。「たとえば？」

「彼はどんな人だったの？」

彼はつかのま表情を曇らせたが、やがて小さく肩をすくめた。「あいつはいかれたやつだった」そうつぶやく。「ふざけてばかりいて。すごく頭が切れた。大きすぎるほどの、へんちくりんな緑色の眼をしていた。やたらと背が高くて、狂った科学者みたいなぼさぼさの髪をしてた。忙しくて髪を切りにいけないときは、もつれてドレッドみたいになっていた。そして、情にもろいやつだった。いつも誰かに恋をして、自分が大事にしてるものさえしょっちゅう他人に譲ってた。あいつは学習ってものをしないやつだったんだ。決してしなかった」

彼が語るジェシーの姿にレインは微笑んだ。「つづけて」

セスは遠くを見る眼で黙りこんだ。どうしたのか尋ねようと思ったとき、ふたたびたどたどしくしゃべりだした。「あるとき、あれはハロウィーンのときだった。たぶんあいつは八歳だった。ミッチが――おれの義理の親父だが――なにかの理由でおれをクロゼットに閉じこめた……」

レインは体をこわばらせた。「そんな」

「いや、それ自体はたいしたことじゃない。たぶん、おれがなにかしたんだろう」ぼんやりした顔つきになっている。「とにかく、ミッチは酔いつぶれて、十二時間ほどおれのことなど忘れちまった。ジェシーはクロゼットの鍵を見つけられなかったから、毛布と枕を持ってきてドアの反対側で丸まってたんだ。おれを暗闇のなかでひとりぼっちにしたくないと思ってた。あいつは自分がもらったハロウィーンのお菓子のなかで、ドアの下から入るものを片っ端からよこした。平らなやつだ。ミニ・ハーシー、ミニ・ネッスル・クランチ、そういったものさ。ピーナツバター・カップケーキまで、つぶして押しこんできた。おれはベッドへ行くように言ったんだが、あいつはどうしてもそばにいると言い張った」

レインの喉が詰まった。「まあ、セス」

彼は思い出にひたってにっこり微笑んだ。「あのあと何年もチョコレートを見るのもいやになった。だが、暗闇のなかで臭いスニーカーの山に座っているとき、誰かがチョコレートをくれたら食うものだ」

そこで口を閉ざした。つかのま浮かべた笑みが消え、冷酷な表情に変わっていく。彼はさっと視線をあげてレインを見た。「ジェシーの話はここまでだ。満足したか？」

レインは彼の胸に頬を押しあてて泣き顔を隠した。「セス、わたし弟さんのこと、きっと好きになったと思うわ」

「ああ……まあ、おれはたしかにあいつが好きだった」表情が崩れていく。彼はさっと身を引き、うつ伏せになって枕に顔を押しつけた。

その広い背中を抱きしめて、レインは彼のやるせない震えを吸収した。セスをおおって守った。どのくらいそうしていたかわからない。時間の感覚がなくなっていく。彼の心を癒せるのなら、何年でもそうしていただろう。何世紀でも。

やがてセスが身動きし、レインは体を起こした。「セス……」

「ジェシーの話は終わりだ。あいつは死んだ。そっとしておこう」

セスの体はこわばり、眼は苦しみですっかり曇っている。レインは悲しみで喉が焼けそうだった。「島の夕日を思いだして」彼の顔にやさしいキスの雨を降らせながら言った。「熱帯の花でつくった花輪を思いだして」

彼は仰向けになって自分の上にレインを乗せ、痛いほど強くヒップをつかんだ。「おまえがリードするんだ」乱暴に言う。「おれには無理だ。おまえが欲しいものを与える方法がわからない」

レインはウェストをつかむ彼の手を取り、両側に伸ばして押さえつけた。愛と容認の神のダンスを踊りながら彼の上で体を揺すり、ようやく彼が無防備になるほど自分を信じてくれたことが嬉しかった。両腕と心を大きく開き、レインの愛と癒しを求めている。そしてレインは彼が求めているものを与えずにはいられなかった。与えなければ、わたしは死んでしまうだろう。

彼の傷をすべて癒し、彼の夢をかなえたい。

彼を永遠に愛しつづけたい。

23

ベルベットのように暖かな彼女から離れるのは苦痛だったが、階段の支柱にぶつけた背中がずきずき痛み、耐えられなくなってきた。

レインが眠そうな声で不満げにつぶやいた。「どうしたの？」

「背中が痛いんだ。たいしたことはない」

彼女が背中を撫でた。「シャワーを浴びるといいわ」背骨に沿って手を這わせている。「楽になるかもしれない」

楽になる方法はそれ以外に五十ほど思いついたが、セックスのことしか頭にない人間とは思われたくない。セスはかすかに顔をしかめながらうしろに手を伸ばして背中をもんだ。

「誰にも言うなよ。でもおれは階段を転げ落ちるようなスタントをするには、少々歳を取りすぎてるんだ」

「いくつなの？」

「あと二週間で三十六になる」

レインが肩にキスをした。「わたしはまだ二十八よ。あなたって若い子が好きなのね」

横目で彼女を見た。「一緒にシャワーを浴びるかい、お嬢さん？」

レインは上掛けの下でうっとりと体を伸ばした。「ベッドから出たら寒いもの。それに、まだ動けるとは思えない。骨が溶けちゃったみたい」

「溶けてるのはおまえの骨じゃない」

彼女にキスをすると、体のなかで熱くて官能的なものが騒ぎはじめたが、自分に鞭打って彼女から離れた。セックスならあとでいくらでもできる。死ぬまで何度でも。

「食べる物を注文しておきましょうか？」レインが尋ねた。

食べ物のことを考えたとたん、やかましく胃が鳴りはじめた。「頼む」

「なにか欲しいものはある？」

浮かれて間の抜けた笑顔を返す。「なんでもいい」

お湯の圧力は思った以上に効果があった。降り注ぐ熱いシャワーの下でゆっくりリラックスしてから部屋に戻ると、レインは眠っていた。起こさないように忍び足で部屋を横切った。体が浮いているような気がする。ちっぽけな思いが心に浮かぶたびに、笑い声をあげて叫びたくなる。ジーンズをはき、音をたてないようにベッドの枕元にあるアームチェアに腰をおろした。そこに座ったまま、ぼんやりとレインを見つめる。なんて美しいのだろう。細かなところまで、魅せられてしまう。とくにバラ色に染まる頬。こんなにどきりとするほど完璧なものは、見たことがない。死ぬまでつづけても、彼女の探求は終わらないだろう。

そして、セスはそうするつもりだった。レインはまだ気づいていないかもしれないが、彼女はおれから離れることはできない。おれは接着剤のようにぴったり離れない。

電話が鳴り、レインが飛び起きた。眠たげにセスに微笑みかけながら電話に手を伸ばす。

「はい？　ああ……ありがとう。おいくらかしら？　一〇ドル九八セント。オーケイ。すぐ行くわ」

「食べ物が届いたのか？」セスは急いでブーツとセーターを身につけ、ジャケットをはおってズボンに拳銃を差した。「おれが取ってくる」キスをひとつ。舞いあがった気分のまま、くつろいだ軽やかな足取りで暗い通路を歩いていった。雨は小降りになっていて、濡れた松葉が靴の下ではずんだ。いい香りだ。すごく腹が減っている。

警戒心を抱いたのは、音のせいではなかった。その男はまったく音をたてなかった。不自然な空気の流れを感じ、うなじがぞくっとした。恋人の吐息にも似ている。だがそれは冷たかった。暖かくはない。

セスが振り向いた瞬間、真っ黒なかたまりが突進してきた。カーテンのおりたキャビンの窓明かりを受け、長いナイフの表面がぎらりと黒光りした。

素早くあとずさり、腕でナイフを振り払ったが、男はすぐそこまで来ていた。ナイフの切っ先が脇腹をかすめ、焼けつくような痛みを感じた。くるりと回転し、男の顎に肘をたたきこむと、相手がひるんでうめいたのがわかった。男が股間を狙ってきた膝を、ぎりぎりのところで横にかわして太腿で受けとめる。ひどく痛んだが、痛みを感じている余裕はない。銃を構える余裕もない。ふたたびナイフが切りつけてくる。うしろに飛びのいてよけた。また切りつけてくる。セスはそれをかわしながらあとずさり、濡れた松葉に足を取られてうしろに倒れた。

敵はその隙をついて跳びかかってきたが、セスは腕でナイフをはらって相手の手首をつかんだ。ブーツをはいた両足でみぞおちを蹴りあげ、男を放りだす。男は宙返りして、やすやすと両足で着地した。セスは両足を頭の上に振りあげていっきに跳ね起きると、銃を抜いた。男がすかさず放ってきたまわし蹴りで、手から銃が弾き飛ばされた。

背後でポーチの明かりがついた。男の眼がくらんで、こちらが有利になる隙ができるといいのだが。一瞬でいい。いますぐ隙を見せろ。

「セス？　どうした……たいへん！」

ぞっとするような叫び声をあげながら、男が跳びかかってきた。セスは素早く横にかわし、ナイフを持った手首をつかんだ。その手をさかさまにひねりあげ、いっきに振りおろす。ぽきりと大きな音がした。男の喉の奥から苦悶のうめきが漏れ、手からナイフが落ちた。

キャビンの横に、コンクリートブロックでできた小さな建物があった。セスは単純で便利な方法を選んだ。相手がのけぞって悲鳴をあげるまで折れた腕をひねりあげ、男の頭をブロックにたたきつける。頭を持ちあげて念のためにもう一度たたきつけてから、ゴミ袋のように地面に放り投げた。肩で息をしながらぴくぴくと痙攣《けいれん》している男を見つめているうちに、ようやく恐怖感が湧いてきて身震いしはじめた。くそっ。危ないところだった。

レインが駆け寄ってくる。ぬかるんだ地面を背景に素足がきらめいた。「セス、大丈夫？」

セスは荒い息をしていた。脇腹に手をあてると、温かくてべとべとしていた。セーターをまくりあげ、ちらりと傷を見る。たいしたことはない。セーターとジーンズが裂け、長い傷口からは血が出ているが、傷自体は浅いようだ。

レインの手を振り払って質問をさえぎった。彼女の声も耳に届かない。思いもよらない考えが頭のドアをたたいている。もうひとり刺客がやってきたほうがましだ。束になってかかってきてくれれば、考えたり筋の通る答えを出そうとするひまはなくなる。数週間ぶりに役に立たない脳みそを使い、自分に尋ねるひまはなくなる。あれほど策を弄し、あれほど注意したにもかかわらず、この男はどうやって自分たちを見つけたのか、と。そして自分はついさっき、仇敵の唯一の相続人に、ありったけの秘密を告白したのだ。痛みにひるみながらかがみこみ、スセスは男の死体の下に足を入れ、仰向けに転がした。スキーマスクを取る。頭頂部は血まみれだが、目鼻立ちはよくわかる。短い黒髪、三十代半ば。特徴のない平均的な顔。間隔の狭い茶色の瞳が、うつろに空《くう》を見あげている。セスは頸動脈に指をあてた。なにも感じない。好都合だ。だが、こいつに質問してみるのもおもしろかったかもしれない。テンプルトン・ストリートで会った男ではない。この男のほうが身軽で動きが速かった。はるかに危険なタイプ。

脇腹の刺すような痛みに顔をしかめないように努めながら体を起こした。レインを引き寄せ、男を見せる。「知ってるやつか？」

レインは首を振った。両手を口にあてている。

「どうしておれたちの居場所がわかったんだ？」

彼女は死体を見おろしている。呆然と眼を見開いている。

口にあてた手を払い落とし、肩をつかんで揺さぶった。「答えるんだ、レイン！」

唇が動いたが、言葉は出てこない。彼女はなんとか息を継ぎ、どもりながらひとこと言った。

「わ、わ……わからないわ！」がたがた震えだす。

落ちつくまで、これ以上訊いても無駄だろう。

セスは茂みに落ちた銃を拾い、ズボンのうしろに差した。レインは同じ場所に立ちつくして殺し屋を見つめている。頭と肩に雨がかかっているのにも気づいていない。呆然としているようだ。死体の顔に雨の雫がついていた。

セスはキャビンに飛びこんで自分の荷物をつかみ、レインの腕を取った。「来い」そのまま小道を引っぱっていく。レインはゾンビのようによろめきながらついてきた。素足が泥だらけになっている。

駐車場を見渡し、到着したとき停まっていた車を確認した。一台多い。黒い旧式のサーブ・セダン。まだエンジンが暖かい。受付キャビンの窓では、いまもテレビの青みがかった光がまたたいている。窓から外をのぞいている人間はいない。闇のなかで叫んでいる者もいない。雨音しか聞こえない。セスは車のドアを開けてレインを押しこみ、駐車場を出た。可能なかぎりスピードをあげる。

彼のなかでサイボーグが復活した。冷酷で有能なサイボーグは、人間をひとり殺し、ぬかるみのなかに死体を置き去りにすることもできる。なんでもないことだ。うしろめたさも感じずに、ぶるぶる震えてすすり泣いている半裸の女に、岩や小石の上を裸足で歩かせることもできる。サイボーグはレインのせいで心に侵入してきた明るく光輝く感動を、冷えびえと無関心のままあらゆる方向から観察していた。グロテスクで危険な現象を見るように。

黙りこくって三十分走ったころ、がちがち鳴っていたレインの歯の震えが止まった。もう待つのは充分だろう。

「とんだ番狂わせだったな？」

「え？」レインの声は穏やかだった。とまどった声。無邪気そのもの。

「おれは生きている。まずいんじゃないか？ 計画が台なしだ」

「セス、なにを言ってるの？」

たいしたタマだぜ。いかにも信用できそうに見えるじゃないか。

「いい加減にしろ、レイン。黙っていてもなんの得にもならないぞ。おまえの仲間がどうやっておれたちの居場所を突きとめたか話すんだ」

「まさかわたしが……」そこで言葉を切って首を振った。涙で顔が光っている。さすがに練習を積んだ女優だけのことはある。

「おれには発信機はついていない。おまえにも。この車にもない。おれたちはクレジットカードを使わなかった。人里離れた場所で、偽の名前でチェックインした。いずれは見つかっただろうが、どうして連中はこれほど早く居場所をかぎつけたんだ？ 説明してくれるかね、スイートハート？」

レインは首を振った。「やめて、セス」

「シャワーを浴びるといいわ、セス」歌うような抑揚をつけて、彼女の声をまねる。「背中が楽になるわよ。わたしは夕食を注文しておくから。なにも心配することはないわ」

「わたしはダイナーに電話して、チーズバーガーとフライドポテトと飲み物を頼んだだけよ」レインがささやく。

セスは考えをめぐらせた。「もっとよく考えるべきだった。おまえはヴィクターの長年行方不明だったお気に入りだ。そうだな？　あいつの資産は一億五〇〇〇万ドルくらいあると聞いている。おまえの気持ちが理解できないでもない。たとえパパを殺されたとしてもな。過去は水に流しましょうよ。人殺しくらいなんだと言うの？　どこの家族でもあることよ」

「やめて！」レインがさえぎった。「わたしの家でなにがあったか知ってるでしょう！　あれは事実だったのよ、セス！」

「ああ、たしかにあれには筋が通らない」彼は認めた。「だがおまえみたいな女には、いろんな敵がいるのかもしれない。いつも恋人をおれと同じように扱ってるのなら、なおさらだ」

レインはあふれる涙をこらえきれなかった。こんなこと信じられない。「あなたに嘘をついたことなんてないわ、セス」威厳をこめてこわばった声で言う。「どこへ行くの？」

「これ以上おまえに攻撃されない場所だ」

その言葉にたじろいだ。「わたしは、あなたを傷つけるようなことはしないわ」

セスはつかのま彼女が真実を語っている可能性を考えた。その思いをしりぞける。真実だったらどんなにいいだろう。これはおれの弱点だ。おれの急所。たとえ命を落とすことになろうと、この弱点を克服しなければならない。

パターンが見えはじめている――レインは敵におれを売って殺す手はずを整えた。ジェシーを拷問して殺すような世界では、完璧に筋が通る。その世界は、母親が二度と眼を覚まさないほど大量の睡眠薬を故意に飲む世界と同類だ。それが現実の世界というものだ。そこではどんな恐ろしいことでも起こりうる。ルールなど存在しない。おぞましさに限界などない。

セスは脇腹に手をあてた。頭がくらくらする。セーターがじっとりと濡れ、傷が焼けるように疼《うず》く。

レインは彼の手についた血に気づいた。「怪我をしてるじゃない!」

「たいしたことはない。もうすぐ着く」

「なぜ言わなかったの? 車を停めて。手当てを――」

「それ以上ひとことでも言ったら、トランクに閉じこめるぞ」

レインはひりひりする眼でフロントガラスに打ちつける雨を見つめていた。ヒーターからは熱風が出ているが、それは見せかけの熱風にすぎず、熱は感じない。レインは氷河の上をさまよっていた。二度と体が暖まることはないだろう。誰とも知れぬ刺客に追われ、愛する男はわたしが彼の殺害をたくらんだと思いこんでいる。これ以上事態が悪化することがあるだろうか。

いや、ある。モーテルで頭蓋骨を陥没させている男がセスの殺害に成功していたら、事態はもっと悪くなっていた。はかり知れないほど悪く。そうなったら、この世の終わりだ。

そして、もう少しでそうなるところだった。振りおろされるナイフがきらめくのは見たが、セスの反応は見えなかった。ぼんやりとした影、砂利を踏む音、どすんという鈍い音、それだけだ。アクション映画とは違う。映画では、美しいダンスのような動きをすべて追えるが、今夜眼にしたものには、美しさなどひとつもなかった。冷厳と効率的に死をもたらす動きがあっただけ。

セス・マッケイには、まだわたしが知らないことがたくさんあるのだ。

車のスピードが落ち、険しい砂利道へ入った。セダンは一瞬横すべりしたが、すぐにタイヤがしっかり地面を嚙み、がたがたと揺れながら轍《わだち》のある細い道を登りはじめた。

道は行き止まりになっていて、いまにも倒れそうな大きな家のポーチをヘッドライトが照らしだした。ポーチの奥にある一階の部屋にライトがついている。セスはエンジンを切った。

ポーチのドアが開いた。明るい戸口に、ひどく大柄な男のシルエットが見える。セスが車を降りて言った。「おれだ」

助手席のドアを開けてレインを降ろす。二の腕を手錠のようにつかんでいる。

「こんなことする必要はないわ」レインは嚙みつくように言った。

セスはその言葉を無視し、彼女を建物へ引っぱっていった。戸口にいる大柄な男――鉤鼻で短い顎鬚《あごひげ》を生やしている――が、引きずりこまれるレインを驚いたように見つめている。

レインは眼をしばたたかせながら、素早く室内に視線を走らせた。熱帯のように暖かい大きなすすけたキッチン。テーブルの上で燃えている石油ランプ。広がったトランプのカード、コーヒーポット。いくつものグラスやカップ、ウィスキーのボトル。汚れた皿でいっぱいのシンク。テーブルのそばに男がふたりいる。顎鬚の男はドアを閉め、壁によりかかってたくましい胸の前で太い腕を組んだ。

テーブルのそばにいた男のひとりは、タバコを吸っていた。顎鬚の男とそっくりの鉤鼻で、大きな足を薪《まき》ストーブの開いた扉の上に載せている。その足をおろしてタバコをもみ消す前に、レインはソックスのつま先に穴が開いているのに気づいた。ほっそりと背が高く、髪はもじゃもじゃで、細面の顔が金色の不精髭で光っている。緑色の瞳が鋭く抜け目ない。もうひとりの男はきれいに髭を剃り、とてもハンサムだった。小麦色の長い髪を太いポニーテイルに結んでいる。ほかのふたりと同じ緑色の瞳をしていて、その眼にあけすけな興味を浮かべてレインの体を見ている。

穴の開いたソックスをはいているほっそりした男が、沈黙を破った。「なにごとだ？」問いつめるように尋ねる。

「鍵が締まる部屋が必要だ。南京錠のある部屋が。ヒーターと毛布もいる」

三人の男たちは顔を見合わせた。それからそろってレインに眼を向けた。

「なにを見てるんだ？」セスが不機嫌に言う。

ハンサムな長髪の男が、ぱっと立ちあがった。「屋根裏部屋がいいと思う。フトンを探してみるよ」

「おれは物置から南京錠を持ってくる」顎鬚の男が言った。

ほっそりした男が立ちあがり、杖に手を伸ばした。「おれは毛布を取ってこよう」そして足を引きずって通りすぎながら、セスをにらんだ。「そのあとで、あんたに話がある」

「好きにしろ。まずは彼女のほうを終わらせたい」セスは脇腹に手をあてた。見たこともないほど顔色が悪い。

やせた男が眼をみはった。「おい、なにをやらかしたんだ？」

「あとだ」

レインは屋根裏へ連れて行かれた。あわただしくて、なにが起きているのか理解できなかった。誰かがレインの横にヒーターを引きずってきてスイッチを入れたが、暖かさは感じなかった。ポニーテイルの男が毛布をかけてくれた。やせた男が話しかけてきたが、声が聞こえない。男はレインの顔の前で指を鳴らし、不安げにセスになにか言った。セスは肩をすくめた。

やがて男たちは出ていった。最後にセスが鋭い顔で肩越しに振り返るのを見て、レインは眼をつぶった。

ドアが閉まる。金属がやかましい音をたて、南京錠がかけられた。

コナーは救急箱を開き、巻いたガーゼを取りだした。「セーターを脱げ」それから言った。「見せてみろ」

「たいしたことはないと言っただろう。もっとウィスキーをくれ」

「おとなしくシャツを脱ぐんだ、ばか。抗生物質の軟膏とバンドエイドを使ったからって、死にはしない」

セスはため息をついて服を脱いだ。デイビーが引き出しからふきんを出してお湯をかけ、彼に手渡した。

血をふき取り、コナーが傷口に抗生物質を塗って包帯を巻くと痛みにひるんだ。ショーンが投げてよこした赤いフランネルのシャツに、慎重に腕を通す。疲れてボタンを留める気にもならない。

三人の兄弟はセスにウィスキーを勧め、少しずつ話を聞きだした。ぐったり疲れきっていたせいで、話し終えたときに三人が訳知り顔で眼を見合わせているのを見ても、腹も立たなかった。沈黙のなか、ストーブで薪がはじける音だけが聞こえていた。

「オーケイ」セスは覚悟を決めて言った。「さっさと終わらせよう。おれがどれほどまぬけか、好きなだけ言えばいい。やれよ、覚悟はできてる」

「そうじゃない」コナーは薪を一本ストーブに入れると、燃えさしのなかに収まるように火かき棒でつついた。「あんたは勘違いをしてる。おれたちの選択肢を冷静に話しあうべきだ」

セスはウィスキーをあおって口をぬぐった。「おれは彼女に全部話したんだぞ？　レイザーはおれの正体に気づいてる。もしあの拳銃を追えば、罠が待っている」

「今夜、殺し屋がおたくの居場所をつきとめたという事実に基づけば、だろう？」

デイビーの懐疑的な口調にセスは驚いた。「そう考えなければ、筋が通らない」

「そうとはかぎらないぜ」ショーンが言った。「たぶん、あんたがへまをしたのさ。あんたはスーパーマンじゃない。あんたが知らないことがあるんだろう」

「考えられることは三つある」コナーが言った。「ひとつ。彼女は発信機などしかけてなくて、最初からすべてレイザーに話していた。ふたつ。彼女は発信機をしかけたが、レイザーがそれを見つけ、あんたの正体に気づいた。三つ。彼女は発信機をしかけ、レイザーはそれに気づいてない。そしてスキーマスクの男たちはレイザーが差し向けたんじゃない。個人的には、ひとつめの仮説には賛成できない。もし彼女がレイザーとつるんでるなら、なぜ彼女を襲う必要がある？　おれが知ってる彼女の性格にもマッチしない」

「彼女の性格のなにを知ってるんだ?」セスは苦々しく言った。

コナーが片方の眉をあげる。「おれには、彼女にのぼせあがっていないという明白な強みがある。おれの判断のほうがはるかにまともだ。あんたに命を救われた直後に、どうしてわざわざ殺し屋に連絡して殺させる? しっかりしろ、セス」

彼は首を振った。「それ以外考えられない。あの男は――」

「黙って話を聞け」コナーがぴしゃりと言った。「おれはふたつめの説にも賛成できない。ヴィクターは、彼女を襲わせるために無能なちんぴらを送りこんで手の内を明かすような男じゃない。あいつは両手をこすりあわせて、獲物が罠にかかるのを待つような男だ」

「二番めの男は無能なちんぴらじゃなかった」セスは顔をしかめて脇腹の包帯に触れた。「もう少しでやられるところだった」

「ああ。二番めの男はおれも気になる」コナーが言った。「だから、三つめの説が正解だと思う。スキーマスクの男たちはノヴァクが差し向けたんだ、レイザーでなく。ノヴァクが彼女を欲しがってるのはわかってる。そして、あいつは欲しいものを手に入れるためなら、どんなことでもするやつだ」

セスは両手に顔をうずめた。「彼女はグルだ」頑固にくり返す。「そうでなければ、あの男がおれたちの居場所をつきとめたはずはない。それに彼女のブーツにはX線スペクトル発信機が仕込んであった。おれがレイザーに売ったやつだ」

「だから?」デイビーが言う。「そっちだって彼女の持ち物に発信機をしかけたんだろう? たぶんレイザーは、彼女は自分のものだと思ってるのさ、あんたみたいにね」

「そして、あいつは彼女から眼を離したくなかったから、発信機をしかけた」ショーンが言い添える。「あいつは相手を支配したがる偏執狂だからな」

「あんたみたいに」コナーとデイビーが同時に言い、ふたりはにやりと笑みを交わして手を打ちあわせた。

セスはうめいた。「今夜はおれにユーモアのセンスを求めないでくれ」

「あんたにユーモアのセンスがあったことなんて、ないじゃないか」ショーンが言う。「どうして彼女が嘘をついてない可能性を考えようとしないんだ？」

ウィスキーと疲労で、そんなあたりまえのことも考えられなかった。「そんなふうに考える余裕はない。そうならいいと思うが」

「なるほど。つまりあんたが言ってるのは、あんたは腰抜けってことさ」ショーンは言った。疲労と意気消沈のあまり言い返せない。「疑り深い腰抜けとして間違いを犯すほうがましだ。そのほうが長生きできる」

「ああ、たぶんね。でもあんたの人生はくそおもしろくもないものになるぜ」

セスはショーンをにらみつける気にもならなかった。「かまわない」ぼんやりと言う。「嘘をついていてもいなくても、この件が終わるまで彼女はあの部屋に閉じこめておく。おれはひとりであの銃を追う。自分がやったことの結果を受けとめる。だが、おまえたちまでそうする必要はない」

デイビーがセスのグラスにウィスキーをどぼどぼと注いだ。「センチな口をたたくな、マッケイ。おれたちがやることに指図するんじゃない」

セスは濃い琥珀《こはく》色の液体を見つめた。「ジェシーへの見当はずれの忠義から命を危険にさらす必要はない。あいつは死んだ。あいつはもう、おまえたちの助けは必要としていない」

「ああ、だがあんたには必要だ」コナーが言った。前に乗りだしてセスの肩をつつく。「これはジェシーのためだけじゃない。あんたのためだ。理由なんて訊くな。あんたには本当にむかつくし、その社交術に関しては言いたいことは山ほどあるが、それはそれだ。おれはあんたのためにこれをやってるんだよ、相棒」

セスは飲みかけていたウィスキーにむせた。焼けつく喉を鎮めようと咳をしたせいで、包帯をした脇腹に激痛が走る。「おい、お気持ちはありがたいが、この期に及んで、おれは罠だろうがどうでもいい。とにかく終わらせたいだけだ。カードをかたづけてゲームを終わりにしたい。おれは責任を取れないし、おまえたちの手助けも必要ない」

「そりゃ、あいにくだったな」デイビーが言った。

「右に同じ」ショーンが声を張りあげた。

「おれもだ」コナーがにやりとしながらグラスを掲げる。

デイビーがコナーをにらみつけた。「おまえはだめだ。まだ杖をついてよたよたしてるじゃないか。おまえはどこへも行かない。監視をしてろ」

「やなこった」

「だめだ」デイビーが長男の威厳をこめて言った。「言うとおりにしないと縛りつけるぞ」

「ポーカーで決めようぜ」コナーがそそのかす。

「ああ、そしていかさまをするんだろうが。交渉の余地はない。言うとおりにして……」

会話はすぐに騒がしい兄弟げんかに変わった。セスは聞き慣れたやり取りを頭から締めだし、炎を見つめた。ウィスキーのぬくもりが体を暖め、頭がぼんやりしそうになったが、なんとか思考の糸をたぐった。発信機を追跡してどことも知れぬ場所へ行き、力も数も未知数の敵に立ち向かうのは、死に急ぐ愚か者だけだ。マクラウド兄弟を実際の攻撃に巻きこみたくはない。最初からその部分は自分ひとりでやるつもりだった。

彼は怒鳴りあいにまでエスカレートしている口論に割って入った。「おれのやり方でけりをつけさせてくれ。そうすれば、たとえ失敗してもおまえたちとの関係には気づかれない」

ふいに訪れた沈黙のなかにその言葉が響きわたった。

「ああ、そうだな」コナーがゆっくりと言う。「で、おれたちはあのブロンドをどうすりゃいいんだ？　ラプンツェルみたいに屋根裏に閉じこめておくのか？」

「くそっ」セスはまぶたを閉じて眼をこすった。「そんなこと知るか。ちくしょう、なにもかもめちゃくちゃだ。すまない」

しばらくのあいだ、薪がはじけて火の粉が飛ぶ音だけが聞こえていた。「あんたが彼女をここへ連れてきた理由はわかってる」コナーが穏やかに言った。「そして、あんたは正しいことをしたんだ」

「そうか？」

「ああ。あんたが彼女をここへ連れてきたのは、ここにいれば安全だからだ」

セスは首を振った。否定ではない。「おれはばかだ」

「おたくが最初じゃないし、最後でもない」デイビーが言う。

「おれだったら、屋根裏へ行って彼女と有意義な時間を過ごすね」コナーが言った。「彼女は苦しんでるし、そっちには少し休む必要がある。ひどい顔してるぞ。おれたちはチェロキーにガソリンを入れて、荷物を積んでいつでも出発できるようにしておく。受信機はセットして、コラソンの銃に取りつけた発信機に周波数を合わせてある。今夜はおれたち三人が見張ってるよ。もし動きがあったら知らせる。すぐに出発できる」

「そうだよ、落ちつけって」ショーンがうながした。「いざというときに、あんたには元気いっぱいでいてもらわなくちゃならないんだ。ほら、サンドイッチをつくったぜ。彼女に持っていってやれよ」

「長くはかからない」コナーは言った。「状況は変わりはじめてる」

「円がどんどん小さくなっている」セスは言った。

マクラウド兄弟が彼を見た。「なんだって？」

セスは肩をすくめた。「夢のなかでジェシーが言ったことさ」そうつぶやいて、あたりを見わたした。三対のそっくりな緑色の瞳が、それぞれの懸念といらだちを込めて見つめている。

ジェシーが死んでから、こんなふうに見つめられたことはなかった。もう一度あるとは思ってもいなかった。

セスはウィスキーのボトルをつかみ、兄弟愛を称えて無言でボトルを掲げた。そしてレインのサンドイッチをつかみ、屋根裏部屋へ向かった。

24

鍵がガタガタ鳴る音に、レインはぱっと立ちあがって体に毛布を巻きつけた。震えているのは怯えているせいではない。恐怖感などとうに通り越していて、どんなものか思いだせないほどだった。

セスが部屋に入ってきて、手のひらくらいの大きさの頑丈な南京錠をドレッサーの上に置いた。すぐ横に置いた皿には、ナプキンに包まれたものが載っている。怪我の手当てがしてあるのを見て、レインはほっとした。血まみれのジーンズの上に着古した赤いフランネルのシャツをはおり、黄金色の肌に巻いた包帯の白さが際立って見える。彼は蓋を取ったウィスキーのボトルの首を持ち、ぐびりとひと口飲んだ。

「酔ってるのね」レインは言った。

血走ったうつろな眼がきらめいた。「薬だ」包帯を指差しながら言う。「痛むんだ。サンドイッチを持ってきた。腹が減ってるだろう」

「冗談でしょう」

「好きにしろ」ふたたびウィスキーを飲む。

レインはいっそう強く毛布を引き寄せた。「服はもらえるの？」事務的な口調で言う。

彼は南京錠の隣りにボトルを置き、ゆっくりと近づいてきた。「なにを言ってるのかわからない」そう言うと、毛布の隅をつかんでいっきに引っぱった。ネグリジェを見て眉をしかめる。「そいつはまだ濡れてるじゃないか、レイン。風邪をひくぞ。この部屋はもう暖かい。暑すぎるくらいだ」

「裸であなたと一緒にいたくないわ」

言うべきではなかった。口から出たとたんそう思い、セスの眼がぎらりと光ったのに気づいた。

「そりゃ残念だ」彼は両手でネグリジェの細い肩ひもをはずし、レインの肌に触れたままゆっくり腰まで引きおろした。泥と擦り傷だらけの足のまわりにネグリジェが落ちる。ひるんじゃだめよ。レインは自分にそう言い聞かせ、背を伸ばしてまっすぐセスを見つめた。彼に見せてやればいい。裸でも威厳を保つことはできる。

セスは貪欲《どんよく》にレインの全身をながめまわした。高い頬骨のあたりがほんのり紅潮している。やけどしそうなほど熱い手でウェストをつかむと脇腹に沿ってすべらせ、丹念に指を這《は》わせた。まるで彼女を記憶に留めようとしているかのように。

息はウィスキーのにおいがするし、気分も不安定に見えたが、レインは怖いとは思わなかった。彼の頬に手の甲をあてる。「熱があるじゃない」

「ああ、そうだ。おまえを見るといつもこうなる」

「アスピリンを飲まないと――」

「とんだお笑い草だ」レインがなにも言わなかったようにさえぎった。「生まれてはじめて女に夢中になったのに、そのあげくがこのざまだ」

レインはセスの焼けるような額に両手をあて、熱を冷まそうとした。「わたしがあなたを傷つけるようなことはしないって、わかってるでしょう」穏やかに言う。

「その話はしたくない」

「でもセス、話さなきゃ――」

彼はレインの唇に指をあてた。「いいや、だめだ。話したくない」

以前もこういう石の壁にぶつかったことがあるが、もう怖くはなかった。いまは壁の向こうにあるものを知っている。そこにはやさしさと、途方もない包容力がある。レインはフランネルのシャツの下に両手を入れ、包帯に触れないように腰に手をまわした。

セスはびくっと体をこわばらせ、手を放した。「どういうつもりだ？」

「暖まるのよ。あなたが服をくれないから寒いの」

じっと動こうとしない。「やめたほうがいい。今夜のおれは、自分を抑えられない。おれをそのかすな、レイン」

レインは彼の熱い胸に頬を押しあて、褐色の乳首にそっと頬ずりした。「わたしはあなたを知ってるわ」きっぱりと言った。「わたしを怖がらせようとしても無駄よ、セス・マッケイ」

「へえ、そうか？」ぎゅっとレインを抱きしめた。彼の体温が伝わってくる。「おれはおまえが怖い。死ぬほど怖い」

レインは彼をしっかりと抱き寄せた。セスは即座に反応した。以前と変わらぬ熱意を感じ、レインは安堵ですすり泣きそうになった。彼のむさぼるような欲望がすべて欲しい。今夜目の当たりにした身も凍るような恐怖を打ち消す激情が欲しい。焼けつくようにいきり立った膨らみに手を這わせ、ジーンズの前を開けて手のひらで包みこんだ。

その先は、あっという間だった。セスにフトンの上に押し倒され、しわくちゃの毛布に押しつけられた。彼はブーツをはいたままで、ジーンズすら完全に脱いでいない。レインは眼を見開いて天井を見つめ、貫かれて悲鳴をあげた。早すぎる。まだ潤っていない。それでもかまわなかった。氷河を溶かすにはこれが必要だ。もう一度生きた心地がするためには。

痛んだのは、乱暴にぎこちなく突かれた最初の数回だけだった。自制を取り戻そうと筋肉が収縮しているのがわかる。深く突かれるたびに柔らかくなっていくのがわかる。レインは泥だらけの湿ったジーンズに両脚をからめた。

セスの顔がつらそうにひきつった。「おまえのせいで死にそうだ、レイン」

「いいえ」彼の顔を引き寄せてキスをした。「わたしはあなたを愛してるのよ」

セスはもぎ取るように顔を離した。「おまえを信じたい」

レインは彼の顔を撫でた。彼がしぼりだした苦しげな声に胸がつぶれた。「わたしを信じて」そうささやいた。

彼は奥まで貫いたまま、動きを止めた。時間が止まった。なにもかもが止まった。拳のようにしっかりとからみあったまま、レインは息を詰めてセスを見つめた。

彼の口がこわばる。と、首を振って体を離した。「うつ伏せになれ」

「いやよ！」必死で引き戻そうとした。「愛しあっているときは、せめて顔が見たい。そのくらいしてくれてもいいでしょう」

「愛などないし、おまえになにかしてやる義理もない」

さっとうつ伏せにされた。レインは顔を横に向け、どうしようもなく無防備になった気分を打ち消そうと眼をつぶった。太腿のあいだに脚がねじこまれ、セスがのしかかってきた。ゆっくりと奥まで入ってくる。

「くそっ」レインの顔にかかった髪をはらい、首筋に顔を押しつける。彼女は胸の下からなんとか腕を抜き、顔の横で震えながら毛布を握りしめている大きな拳をつかんで拳にキスをした。

セスは全身をわななかせると、体を少し起こしてふわりとおおいかぶさってきた。レインを暖め、守るように。繊細な長い指で柔らかなひだを探り、やさしく愛撫する。

「わかる?」彼の手に体を押しつけながら、ささやいた。「これが愛よ、セス。わたしたちは愛しあってるの。これからもずっと。傷つけあったりしないわ。わたしにはできない」

「しーっ。動くな」ぎゅっとレインの手を握りしめる。「いきそうだ。まだいきたくない。動かないでくれ」

レインはぎりぎりまで待ったが、内なる野性の女は、彼を駆り立ててふたりの真実に直面させたがっていた。彼女は背中を弓なりにして腰を前後させた。脈動する硬いペニスを締めつけたり放したりする。欲望をたぎらせた力強い彼の体を堪能した。彼から得られるすべてが欲しい。

セスはなすすべなくその動きに合わせ、レインが望むリズムで体を動かした。彼女が望んでいるものを与えずにはいられない。ふたりを突き動かしているものに抗《あらが》うことはできない。彼はわたしのものよ。わたしだけのもの。自分につづいて彼も絶頂を迎えたとき、レインの全身を激しい悦びが貫いた。彼の狂おしいほどの快感が体のなかでこだまする。セスは拒絶の声にも似た短い叫びをあげながら、びくっと痙攣してレインのなかで解き放った。

息を切らせ、胸をあえがせたまま数分過ぎたころ、セスが起きあがってブーツの靴ひもをほどきはじめた。ブーツにつづいて、ジーンズも脱いで放り投げる。背後に横たわり、熱い胸にぴったり背中を抱き寄せられた。まだ硬いままのペニスがヒップにあたっている。ふたたび彼を感じると、レインはあえぎ声を漏らした。

「眠れ」彼が言った。「このままこうしていたい。おまえのなかにいたい」

レインは彼の前腕のたくましい筋肉をつかみながら、ばかげたアイデアにもう少しで笑いそうになった。こんな状態で眠れると思ってるのかしら？　ひとつになったままで？　ふと、太腿をなにかが流れ落ちているのに気づき、はっとした。「セス。あれを使わなかったわ」

セスはそっと肩に歯をあて、汗ばんだ皮膚の上で口をすべらせた。「ああ。コンドームはホテルに置いてきた。マクラウドにやつらの在庫を分けてくれと頼んでほしいか？」

「いいえ」

「そうだと思った」

彼の歯と舌がうなじをやさしくかすめた。「すごくよかった。たっぷり濡れたおまえが隅ずみまでわかって、入れたとたんにいきそうになった。なのにおれは、自分を抑えられると思ってたんだ。十四のときから、コンドームなしでやったことはない。おめでとう。おまえのせいで、おれは愚かなティーンエイジャーに逆戻りだ」

レインはセスの腕を握りしめた。自分たちが冒した危険と、それが意味するものに呆然とした。「あなたは、そんなふうにしたわたしを許すつもりはないんでしょう？」

「死ぬまで許さない」

「セス、わたしは――」

「しーっ、おしゃべりは終わりだ」

抑揚のないその口調にレインは口を閉じた。喉につかえたしこりを呑みくだし、ぎゅっと眼をつぶる。少なくとも彼はやさしく情熱的に触れてくれている。彼の体は真実を知っている。お腹や乳房を愛撫する手の動きでわかる。ゆっくりした執拗《しつよう》なリズムで腰を動かしながら、脚のあいだで巧みに震える彼の指の動きで。

永遠とも思えるときが過ぎたあと、セスが貫きを深めた。あやふやになにかつぶやいて、レインを四つん這いにした。

このほうがずっといい。「止まらないで」レインは息を切らせてせかした。

「おまえを傷つけたくない」セスの声は震えていた。

「なに言ってるの、セス。傷つけてなどいないわ。あなたはそんなことはしない」

励ますように体で応えると、レインはクライマックスを求め、手足を踏ん張って腰を突きだした。

望みはかなった。光輝くぬくもりが、さざ波のように全身に広がっていく。体じゅうの細胞が波立つ水面のように震えている。セスが放つと、ふたたび体のなかが彼のぬくもりで満たされた。ふたりはつながったまま毛布にくずおれた。

レインは毛布に顔を押しつけて涙を隠した。肩が震える。妊娠したかもしれない。そして、もしそうなったら嬉しいと思っている。今夜は殺戮《さつりく》を目の当たりにした。けれど、命は複雑で錯綜《さくそう》した熱をこめて命に呼びかけている。わたしはもう、二度とひるみはしない。


レインは夜中に眼を覚ました。顔がひりひりして、傷だらけの足が疼いている。ウールの毛布がチクチクした。胸に載ったセスの太い腕が息苦しく、奥まで入ったままのペニスのせいで、いやおうなしにある生理現象を思いだした。

「セス、眠ってるの？」そっとささやく。

彼は身動きすると、否定するように短くうめいて首にキスをした。「もう二度と眠らない」

レインは体をねじってうしろを向いた。「トイレに行きたいんだけど」

彼は起きあがって毛布をはぎ、ジーンズに手を伸ばした。「来い。案内する」

レインは体に毛布を巻きつけ、彼のあとから薄暗い廊下を歩いた。セスはドアのひとつを開け、鎖を引いてライトをつけると、なかに入るよううながした。

そこはやけに大きなバスルームで、洗面台やバスタブが小さく見えた。レインは用をすませると、石灰がこびりついた、古びた猫脚のバスタブに眼をやった。ふいに、どうしても体を洗いたくなった。

廊下をのぞいて声をかけた。「お風呂に入りたいの」

「どうぞ」セスは寝室へ戻っていった。

蛇口をひねると、ドアが開いて電気ヒーターを抱えたセスが入ってきた。ヒーターをコンセントにつないで最強にセットし、腕を組んでじっと立っている。

「ちょっとひとりにしてもらえる？」ためらいがちに訊いた。

「だめだ」

断固としたようすで眼を離そうとしない。バスタブに落ちるお湯が大きな音をたて、心そそる羽毛のように湯気が立ちのぼっている。レインはあきらめたようにため息をつき、肩から毛布を落とした。セスがそれをつかんでヒーターの上のフックにかける。

レインは髪をひねってアップにした。髪も洗いたいが、また濡らす気にならない。バスタブに足を入れると、傷がしみて縮みあがった。ゆったりとつかって眼を閉じ、蛇口からあふれるお湯の音で耳を満たす。

眼を開けると、セスがバスタブの横にあぐらをかいて座り、どきっとするほど真剣に見つめていた。彼は石鹸を取ると、レインの片足をお湯から出して洗いはじめた。指の一本一本や、あざや擦り傷のひとつひとつを丹念に洗い、マッサージしていく。それが終わると足を下ろし、反対の足も同じようにやさしく洗いはじめた。その間、バスルームでは静かに水がはねたり落ちる音だけが聞こえていた。

彼への愛で胸が疼いた。「あなたを売ったりはしていない」そっと言った。「そのうち、わたしが本当のことを言ってるってわかるわ」

セスはレインの片脚をお湯から出し、ふくらはぎに石鹸をつけた。「そうか？」

「そうよ」けんか腰の声になる。「わたしを信じないなんて、自分はなんてばかだったんだろうって思うようになる。そのときが楽しみだわ」

まじめくさった口元に、かすかに笑みが浮かぶ。「ぞっとするような予言だな」

「そうなったときも同じことが言えるかしら。あなたはもう真実がわかってるはずよ。信じようとしないだけ」

彼は膝を洗っている。「真実というのは相対的なものだ」

「もう、やめてちょうだい」ぴしゃりと言った。「ヴィクターみたいな言い方をしないで」

泡だらけの指がこわばり、持っていた脚を取り落とした。ばしゃんとお湯がはねる。彼は顔にはねた泡を腕でぬぐった。「あいつにたとえるのはやめてくれ。いまの状況を考えると、おれはその真偽を確かめられるほど長生きできるかわからない」

レインは嚙みつかれたようにぱっと体を起こした。「そんなこと言わないで!」

お湯がバスタブの縁からあふれそうなほど大きく揺れた。セスが遠ざかっていく。彼がそっけなく放った言葉で、夢で見た光景が眼に浮かんだ。ヨットの上の父。落ちくぼんで影になった眼。どんどん遠ざかっていく。「お願いだから、そんなこと言わないで」涙をこらえてくり返した。

「そんなことにならないよう努力する」セスは静かに言った。「黒いスキーマスクをかぶった死神が、いつ暗闇から飛びだしてきてもおかしくない。いまできるのは、気をつけてチャンスをつかむことだけだ。いまそうしているように」

そう言うと、レインを押してバスタブのカーブした背もたれによりかからせた。レインは唇を嚙みしめてうしろにもたれ、彼の大きな手から伝わってくる愛情に身をゆだねた。セスの言うとおりだ。もしいましかないのなら、彼がやさしさを与えてくれるチャンスはすべてつかんだほうがいい。

されるがままに彼のやさしい手に身をまかせた。巧みな指がもつれをひとつ残らずほどき、ほぐしていく。あらゆる曲線を洗い、陶工がこねる粘土のようになめらかにしていく。セスはレインを膝立ちにして脚のあいだを洗った。石鹸ですべりやすくなった指が隅ずみまでまさぐり、知りつくしているがゆえの大胆な動きを見せる。レインは彼につかまって体を支えながら、気持ちの高まりにわなないた。

ふたたびお湯につかり、石鹸を流された。泡だらけのお湯はミルクのようににごって見えた。

次にお湯のなかに立たされ、タオルで体をふかれて、ヒーターの上にかかっていた毛布でくるまれた。暖かくて気持ちがいい。両腕で抱きあげられると、レインは赤ん坊のようにぐったりと彼にもたれた。抵抗する気にも文句を言う気にもならない。

セスはレインをフトンの上におろし、びしょびしょになったジーンズを脱いだ。「オーケイ。パイレーツ・クイーン」彼は言った。「どれだけおれを愛しているか、見せてもらおう」

レインは彼に手を伸ばした。「セス――」

「だめだ。しゃべらないほうが、本当らしくなる」

レインはぎらぎら輝く黒い瞳を見つめた。彼は精一杯歩み寄ってくれているのだ。いまわたしは、ありきたりで平凡な世界からはかけ離れたところにいる。真実とは思えないことがいくらでも起こり、確固たる真実と思えたことがまったくの幻想だったりする、なにひとつわからない世界に。でも、ひとつだけ確かなことがある。セスへの愛。彼はわたしの命を救ってくれた。今夜、愛してると言ってくれた。そして、あれは本心だった。これまでそんなことを言ってくれた人はいなかった。

真実は時間がたっても真実なはずだ。たとえ彼はそう思っていなくても。そして、もしこの気持ちを伝えるために言葉を使ってはいけないのなら、唯一残された言葉を使うまでだ。

レインは両腕を伸ばした。彼にわかってもらおう。

ドアをノックする低い音が聞こえたとき、窓は真っ暗だった。

セスはまったく眠ってなどいなかったように頭をあげた。「なんだ？」

「出番だ」誰かが小さく言った。

「すぐ行く」彼はそのままひとこともしゃべらずに、電気をつけて服を着はじめた。

レインは起きあがって、言うべき言葉を探した。セスはこちらを見向きもせずにシャツを着ている。寝ているあいだに包帯に血がにじんでいた。さして関心もないようにちらりと血の染みを見ると、彼は無言でシャツのボタンをはめていった。

胸の奥でパニックが湧きあがる。「あの銃のあとを追うのね？　コラソンの銃を？」

答えは返ってこない。

頭のなかをさまざまなイメージが駆けぬける。純白の上に散る深紅。セスの包帯についた血。赤いシャツ。床に落ちたチューリップ。コラソンの呪い。恐怖のあまり、思わず言葉が口をついて出た。

「負けたわ、セス。あなたの言うとおりよ。ヴィクターにすべて話した。行かないで、これは罠よ」

彼はフトンの横に膝をついて微笑んだが、眼は笑っていなかった。「おまえはたいしたやつだな、スイートハート。次にどういう行動に出るか、おれには見当もつかない」

「セス、わたしは――」

素早く力強いキスでさえぎられた。「おとなしくしてろ」

そう言うと南京錠をつかみ、ふっと微笑みかけた。妙にやさしい、ゆがんだ笑み。ドアが閉まり、鍵がかかる音がする。

階段をおりていく軽い足音につづき、遠くでなにかしゃべっている男性の声がした。いつもと同じだ――パニック、焦り。ヨットが遠ざかっていくのに、ちっぽけな自分にはどうすることもできない。ヘッドライトが木立を照らし、チェロキーが走り去った。レインは両手に顔をうずめてすすり泣いた。

しばらくすると、寝苦しいまどろみへ落ちていった。頭のなかで、イメージが溶けてはふたたびまとまり、やがてストーン・アイランドから広がる波立つ海面が浮かんできた。はるかかなたで雷鳴が不吉に轟《とどろ》いている。気まぐれに吹きつける風で、父親のヨットの帆が膨らんではためいている。父はわたしを連れて行ってはくれない。ひとりになりたいと言って。いつもうっすら笑顔を浮かべ、こう謝る――悪いね、カーチャ。でも、パパは明るく振る舞う元気がないんだ。静かに考えなきゃならない。家へ戻ってママのところへ行きなさい。ママにはおまえが必要だ。

冗談もいいところ。アリックスがわたしを必要としている？　とんでもない。しだいにヨットが遠ざかっていく。父親は手を振り、カーチャは前の晩見た夢を思いだす。自分はパニックで涙を流しながら叫んでいるのに、父親は帆をあげてどんどん行ってしまう。そんな夢を見たときは、決まって悪いことが起こる。泣きはらした眼をアリックスに見られたら、きっとこう言われるだろう——ああ、お願いよ。めそめそするのはやめてちょうだい、ケイティ。我慢にも限度があるわ。

カーチャは海の上に突きだした枯れた木の根の下でうずくまった。そこには、年齢のわりには小柄な少女がちょうど入れるくらいの、波が削り取った穴が開いている。体を丸めて縮こまり、海面で上下しながら遠ざかっていく帆を見つめる。わたしが見ているあいだは、悪いことは起こらない。彼女はまばたきもしない。まばたきしたら魔法が解けてしまう。

そのとき、桟橋を歩く重い足音が聞こえた。あんなふうに歩くのはエド・リッグズだけだ。エドのことはどうしても好きになれない。たとえ母親の親しい友人でも。彼はばかにしたようにパパに話しかける。パパは、この世でヴィクターの次に頭がいいのに。エドはいい人のふりをしているけれど、本当は違う。それに、最近彼の夢を見た。昨夜見たような夢を。

エドは正面にある桟橋に立ち、もろくはかない白い蛾《が》のように海面で上下する帆を見つめている。ずいぶん長いあいだ、そうして見つめていた。まるでなにかを決心しているかのように。カーチャはじっと息を殺し、エドがボートのもやい綱を解いて海へ出ていくのを、どきどきしながら眼で追った。ディーゼルエンジンの排気ガスが漂ってきて、気分が悪くなりそうだ。エドはまっすぐ白い帆へ向かっていく。黒い点が遠ざかり、どんどん小さくなって見えなくなる。風が強まり、泡立つ波が波打ち際の小石に押し寄せて、カーチャの足を呑みこむ。空はもう青くない。あざを思わせるような、茶色がかった黄ばんだ灰色。雷鳴が轟く。さっきより近い。雨が降りはじめた。

カーチャは白い蛾から眼を離さなかった。まばたきするのも怖いのに、眼の魔力はもう効果を失っている。エドが魔法を解いたのだ。カーチャは、自分の視線が父親を引き戻すロープだと信じようとした。だが白い蛾は踊るように飛び跳ね、視線のロープに抵抗している。

やがて、黒い点がじょじょに大きくなりはじめた。

カーチャは隠れ場所から這いだし、階段のようになった木の根を伝って小道に駆けあがった。昨日あんな夢を見たあとで、エドと海のあいだにいたくない。あたりはとても暗くなっている。ふと、カエルのサングラスをかけたままなのに気づいた。暗くて当然だ。でも、サングラスをはずすと視界がぼやけてしまう。

エドはすぐ近くまできてようやくカーチャに気づいた。眼を丸くしているので、瞳をぐるりと取り巻く白眼が見えている。

「パパになにをしたの？」カーチャが問いつめる。

濃い口髭の下で、エドの口がぽっかりと開く。両手がぶるぶる震えている。全身が震えているが、寒いからではない。

「こんな雨のなかでなにをしてるんだ、ハニー？」

「パパはどこ？」さっきより大きな声で言う。つかのま彼女を見つめたあと、しゃがみこんで片手を差しだす。「おいで、ケイティ。パパのところへ連れて行ってあげよう」

善人ぶった笑みを浮かべているが、稲妻が光って笑顔の真実の姿——身の毛がよだつようなもの——を照らしだした。彼の眼や口からヘビが出たり入ったりしているような気がする。大人たちがパーティで留守の晩にテレビで観たホラー映画のように。

落雷の音が砕ける。カーチャは悲鳴をあげて、ゲートを飛びだす競走馬のようにエドから離れた。走るのは速いが、彼のほうが脚が長い。腕をつかまれたが、カーチャは魚のように濡れてすべりやすく、エドはつかみきれない。カエルのサングラスが吹き飛んだが、かまわず走りつづける。悲鳴をあげながら、単調な緑色の靄《もや》のなかへ……。

ノックの音がして、レインは悲鳴を喉に詰まらせながら飛び起きた。もう一度ノックの音。礼儀正しく軽くドアをたたく音が、悪夢から引き戻してくれたに違いない。慌てて毛布を巻きつける。心臓が早鐘のように高鳴っている。「どうぞ」慎重に言った。

南京錠をはずす音が聞こえ、ドアが開いた。杖をついたほっそりした男が、しわくちゃの衣服らしいかたまりを抱えている。セスがコナーと呼んでいた男だ。彼は冷たい陰気な眼でレインを見た。「おはよう」

「あなたは一緒に行かなかったの？」

コナーの顔がひきつった。「足手まといはベビーシッターを仰せつかったのさ」自分の杖を見せる。「おれだって好きでやってるんじゃない。だからこの話はやめよう」

「わたしを閉じこめて出かければよかったじゃない？　この部屋からは出られないわ」

「ああ。昨夜ふたりの殺し屋があんたを襲ったという事実はさておき、万が一おれたちが四人とも殺されるはめになったら、あんたの叫び声に誰かが気づく前に、あんたはこの部屋で脱水症で死ぬ。この近くに人家はない」

レインはごくりと喉を鳴らして視線をそらせた。

「そうだ、想像がついたかな？　おれは、あんたはもうさいころを振ったんだから、おれたちと運に賭けるべきだと思ってた。だがセスは聞く耳を持たなかった」

「彼が？」

コナーはレインを一瞥した。「ああ。そうだ」

ドレッサーの上に服を積みあげる。「おれたちはいつもここに住んでるわけじゃない。だからたいして服は置いてないんだ。ショーンが子どものころの服をみつくろってきた。あんたに合うかどうかわからないが、ネグリジェよりはましなはずだ」

「ええ。それは間違いないわ」感謝をこめて言う。

「よかったら、着替えてから下へ来い。コーヒーを淹《い》れてある。腹が減ってるなら食い物もある」

「わたしを閉じこめないの？」

コナーは両手で杖にもたれ、レインに向かって眼光鋭い緑色の眼を細めた。「ばかなまねをするつもりなのか？」

首を振って応える。たとえ杖をついていても、この男にはかなわないだろう。意志の強そうな果断な顔を見れば、セスと同じくらい危険な男とわかる。レインはマクラウド兄弟全員に同じ印象を持っていた。

「服をありがとう。すぐ下へ行くわ」

ドレッサーの上にあるのは、すり切れた服のごたまぜだった。いちばんまともなローライズのジーンズは、ヒップはきついのに丈は長く、すそを三度も折り返さなければならなかった。太いサインペンで乱暴な反社会的スローガンが書きなぐってある。さほど穴が開いていない唯一のシャツは、襟ぐりが裂け、縮んですり切れた黒いメガデスのTシャツだった。おへそが出るほど丈が短く、胸まわりはすごくきつい。

もとの色がわからないほど古びたハイトップ・スニーカーは、黄ばんでいびつにゆがんでいた。サイズが大きいのではくとピエロの靴のようにだぶだぶになり、怪我をした足にこすれて痛かったが、みすぼらしい身なりでも、痛いほどありがたかった。

階段の壁には、額に入った絵画やデッサンがいくつもかかっていた。レインはゆっくり階段をおりながらひとつずつ見ていった。木炭画もあれば、ペン画や水彩画もある。風景や動物や木立を描いたものがほとんどだ。その飾り気のなさと力強さに魅了され、ストーン・アイランドに隠された大きな謎を思いださずにいられなかった。

キッチンへ入っていくと、コナーはぽかんとした顔でレインをながめ、「いやはや」と言いながら素早く視線をそらした。「その……ええと、そうだ。コーヒーはそこのコーヒーメーカーにある。カップはシンクだ。クリームは冷蔵庫のなか。トーストが欲しけりゃ、カウンターにパンがある。バターにジャム、ピーナツバターにクリームチーズ、お好きにどうぞ」

レインはカップにコーヒーを注いだ。「階段にある絵、とてもすてきね。誰が描いたの?」

「末の弟のケヴィンだ」

冷蔵庫からクリームを出し、コーヒーに入れる。「それって、昨日の夜ここにいた人?」

「いや。ケヴィンは十年前に死んだ。交通事故で」

レインはクリームのパックをつかんだまま彼を見つめた。冷蔵庫の扉が壁にぶつかり、調味料の瓶がやかましい音をたてた。

コナーはそっと扉を押した。小さな音とともに扉が閉まる。「おれたちがセスに手を貸してる理由はいろいろあるが、これもそのひとつだ」彼は言った。「マクラウド兄弟は、弟を亡くす気持ちを知っている」

レインはトースターのなかで黄金色になっていくパンを見つめた。口が乾き、食欲がなくなっている。「ごめんなさい」

「座れよ。なにか食え。顔色が悪いぞ」

せきたてられるままにピーナツバターを塗ったトーストをいくらか飲みくだすと、コナーがフランネルの裏地がついたデニムジャケットをくれた。袖口が指先より五インチも長い。

「おれは、ここのオフィスで仕事をする。視界に入るところにいてくれると助かる」そっけなく言う。「寒ければ膝掛けもある。本棚に本があるから、好きなのを読んでくれ」

「ありがとう」カウチに丸まって窓の外を見つめた。コナーは一心にコンピュータを見つめている。ふと、彼が見ているものに気づいた。

「コラソンの銃を追ってるのね!」ぱっと立ちあがる。「わたしにも――」

「そこでじっとしてるんだ」声も眼も鋭い。「リラックスしてろ」

「わかったわ」わかればいいんでしょう、わかれば。

どすんとカウチに腰をおろし、曲げた両脚を体の下にたくしこんで、松の木立を漂う霧を見つめた。峡谷の向こう側では雲の切れ間から雪をかぶった峰がのぞき、昇りはじめた太陽の光を浴びて深いピンク色に輝いている。移り変わる色は、オパールを思いださせた。

背骨に沿って悪感が走った。あれはセスの船にいたときだった。彼の革ジャケットの内ポケットに〈ドリームチェイサー〉を入れた。すっかり忘れていた。セスはなにも知らない。誰かがジャケットをいじったと考えるはずはない。

たいへん。ネックレスだったのだ。そうとしか考えられない。殺し屋が居場所をつきとめたのは、わたしのせいだ。レインはぱっと立ちあがった。心臓が喉元までせりあがる。

そのとき、私道の小石をタイヤが踏む音がした。

「コナー、話があるの。わたし――」

「しーっ」コナーはさっと手を振って座るように合図すると、杖をついて窓に近づいた。「妙だな」彼はつぶやいた。「ここを知ってるとは思わなかった」

「誰なの?」

「おれの同僚だ」当惑したように外をのぞいている。「というより上司かな。最近昇進したから。二階へ行っててくれ。急げ。コーヒーを飲みに寄っただけかもしれない。おれが安全だと声をかけるまで上にいるんだ」

レインは階段のふもとで振り向いた。「なに?」それから、レイン?」

「あんたを部屋から出したことを、後悔させないでくれよ」

こくりとうなずいて屋根裏へ向かった。ポーチの屋根を見おろす窓へそっと近づく。カーテンはかかっていない。のぞいたら下にいる人間に見られるかもしれないし、そうなったらコナーはかんかんに腹を立てるだろう。いい加減にしなさい。相手は彼の同僚よ。彼の上司。危険人物のはずないじゃない。

だが、自宅で襲ってきたスキーマスクの血走った眼と、モーテルで死んだ殺し屋のうつろな眼が頭から離れなかった。この五日のあいだに、なにひとつあたりまえと思いこんではいけないと学んでいる。窓からのぞかなければ、コナー・マクラウドを怒らせるより、さらに大きな危険を冒すことになる。

足を忍ばせ、影から出ないようにしながらそっと窓に近づいた。相手はポーチのすぐそばにいるので姿が見えない。もっと近づかなければ。網戸が閉まる音がした。コナーが客に挨拶している。とくに親しみがこもった声ではない。いぶかしそうな声。二重ガラスの防風窓越しでは、会話の内容までは聞き取れない。

客の男が答えた。コナーのバリトンより低い。背中に鳥肌が立った。さらに窓に近寄る。もし男が上を見れば、間違いなく気づかれるだろう。この角度からだと、薄くなった頭と厚ぼったい黒いジャケットしか見えない。眼鏡をかけている。コナーがふたたびなにか尋ねると、男は返事のかわりに肩をすくめた。

コナーはためらっていたが、やがてうなずいた。なかへ入ってくれというようなことをつぶやき、男に背中を向けた。

男がヘビのように素早く手を伸ばし、レインは空しい悲鳴を喉に詰まらせた。コナーは拳銃の握りで頭を殴られ、声もたてずに倒れこんだ。男はつとひざまずいて彼の喉に触れたが、すぐに立ちあがった。みぞおちに手をあてている。そしてあたりを見まわした。

男が上を見た。ふたりの視線がぶつかる。ビル・ヘイリーに会いにいったとき見かけた男だ。母の友人、エド・リッグズ。歳を取って体重が増えているし、口髭もないが、見間違いようがない。十七年前、あの男はわたしを殺そうとした。仕事の仕上げをするために戻ってきたのだ。

エドはポーチの屋根の下に入って見えなくなった。レインはなにもない屋根裏部屋を見渡した。ぞっとするデジャブを見ているようだった。どうしよう。またしても武器のない寝室に閉じこめられている。埃だらけの細い竹枠とモスリンでできたスタンドは役に立たない。ドレッサーの上にウィスキーのボトルを見つけ、それをつかんで揺すってみた。ほとんど空だ。武器としては、ないよりはましという程度。

たとえボトルを持ってドアの陰から飛びだしたところで、リッグズを倒すことはできないだろう。それに、彼が来るまでじっと縮こまっていてもしょうがない。自宅で襲われたときにやってみたが、根本的な解決にならないことはわかっている。今回は助けに駆けつけてくれる人間がいないのだから、なおさらだ。セスはコラソンの銃を追っている。コナーは外の砂利の上に倒れている。どうか、死んだりひどい怪我をしていませんように。

自分でやるしかない。考えてみれば、ずっとそうしてきたのだ。

レインはウィスキーのボトルの首をつかんだ。すぐ横に南京錠があるのに気づき、それもつかむ。脚のうしろにボトルを隠すと、ゆっくりと大きく深呼吸をして階段へ向かった。死ぬほど怖かったが、怯えていないふりをした。なにかのふりをする方法ならよく知っている。

わたしの人生は、このときのためにあったのだ。一世一代の最後の〝ふり〟をするために。足音をひそめようともしなかった。実際、ずかずかと歩いた。思いきりずかずかと。ぶかぶかのピエロの靴で。

「こんにちは、エド」

リッグズは階段の踊り場で振り向いた。ぽかんと口が開く。

安っぽい漫画の一場面のようだった。階段の上にあの女が立ち、軽蔑したように見おろしている。開いた両脚を踏ん張り、胸を張っている。ぼろぼろの服を着て、カールした髪を四方に広げて。ノヴァクが欲しがるのも無理はない。眼の下のあざさえ、女の魅力を損なってはいない。コカインパーティでふらふらになっているファッションモデルのように、セクシーで放縦で気まぐれそのものに見える。

見返りを考えろ。リッグズは自分に言い聞かせた。これはエリンのためだ。

銃を持つ手をあげ、レインに狙いをつける。「おまえを傷つけたくはない」

軽蔑したような表情は変わらない。「じゃあ、どうしてわたしに銃を向けてるの、エド？」

「一緒に来てもらう。おかしなまねをしなければ、痛い目には遭わせない」

レインは一歩階段をおりた。リッグズは無意識に一歩あとずさっていた。まるで彼女を恐れているかのように。

「あなたは父を殺した」憎しみで声が震えている。

ずっと銃口を向けられているのに、気づいていないらしい。気にしていないのかもしれない。「むかしのことだ」リッグズは鼻であしらった。「それに、あれは安楽死のようなものだった。ピーターはいまにも自殺しそうな状態だった。おれはあいつを苦痛から解放してやっただけさ。おとなしくおりてこい。ゆっくりな、ケイティ。手間をかけるんじゃない」

レインの眼は奇妙にぎらぎらしていた。ヴィクターが腹を立てたときのように。顔はぞっとするほど青白く、ホラー映画の吸血鬼を思わせる。

「どうして一緒に行かなきゃならないの？」彼女は言った。「どうせわたしを殺すつもりなんでしょう？　子どものころのように。覚えてる、エド？　わたしはよく覚えているわ」

「おまえはあのころから生意気なガキだった。覚えているとも」苦々しく言う。「さあ、ケイティ。おとなしくするんだ。一歩ずつおりてこい」

「知るもんですか。あなたはパパを殺したのよ」

レインはゆがんだ口元をひきつらせ、酒瓶を隠していた手を脚のうしろから出した。耳をつんざくような金切り声をあげながら、ボトルを投げつける。

リッグズが腕をあげると、酒瓶は昨夜真鍮のスタンドをかわしたせいでずきずきしている腕にあたった。悲鳴をあげた直後、どこからともなく光沢のある金属が飛んできて顎にあたり、彼はふたたび悲鳴をあげた。

そのとき、発狂した女が跳びかかってきた。

25

ボトルが割れた。銃声が轟き、木っ端が飛び散る。レインはエドに体当たりした。耳がわんわんする。ふたりはそのまま踊り場まで転げ落ちた。

エドが壁に激突して低くうめいたのを聞き、レインは残忍な喜びを感じた。だが、それを堪能しているひまはない。いっきに彼を飛び越え、なかば転げ落ち、なかばすべるように残りの階段をおりた。どすんと着地したとたん、飛び起きてキッチンへ走り、手当たりしだいにものをつかんで投げつけた。

トースターが彼の肩にあたり、ミキサーが体をかすめて壁にあたった。オフィスへ駆けこみ、振り向きざまにスピーカーを投げる。エドはさっとよけた。なにか怒鳴っているが、なにを言っているのかわからない。レインも叫んでいたからだ。音そのものが武器になるかのように。これまで抑えようとしてきた怒りという怒りが、途切れない甲高い狂乱の叫びとなって噴きだしていた。どんな暴力も狂気も愚行も可能な気がした。

エドがわめきながらオフィスへ入ってきた。出口は彼のうしろだ。逃げ場はない。なんてまぬけなの？　もう外へは出られない。レインは本棚からトロフィーを取って投げつけた。彼は顔をかばい、肘にあたると毒づいた。顔がうっ血して紫色になっている。

レインはコンピュータが載ったデスクを壁から押しやり、背後へ体をねじこんだ。極度の興奮がもたらしたとてつもないエネルギーが弱まり、ふたたび恐怖が忍びこんできた。彼女は手に触れるものすべてを放り投げた。ノート、ソフトウェアのマニュアル、モデム。ペーパークリップが雨のように降り注ぎ、CDが宙を舞う。どっしりしたペン立てから鉛筆の束とはさみを取り、ペン立てと鉛筆を投げつけた。ペン立ては狙いをはずれ、鉛筆はコートの上をばらばらとすべり落ちた。デスク越しに伸ばしてきた手にはさみを突き立てると、エドが悲鳴をあげた。

彼はデスクをつかんだ。思いきり前へ押し、壁とのあいだにレインをはさみこむ。そして狂ったように突き立ててくるはさみをよけながら、ふたたび手を伸ばしてきた。

「ばかなまねはやめろ」荒い息をつきながら言った。「おまえを傷つけるつもりはない」

「ええ、わたしを殺すつもりなのよ」あえぎながら答える。「そんなことさせない」

「黙れ！　おまえを殺すつもりはない！　殺すつもりなら、とっくにやってる！　おまえをノヴァクのところへ連れて行くことになってるんだ」

「ノヴァク？」レインは凍りついた。はさみは短剣のように握りしめたままだ。

エドは悪魔のように口を開けてにやりとした。息をあえがせ、みぞおちに手をあてている。大きなデスクの向こうから、饐《す》えた息の悪臭がただよってきた。「ああ、ノヴァクだ。おまえを欲しがってるんだよ、ハニー。あいつもおまえを殺すつもりはないと思う。少なくとも最初はな。おまえには別のアイデアを持ってるのさ。運のいい子だよ。実は、おれもおまえのことは気の毒に思ってたんだ。だが、妙なことにもうあまり気の毒とは思わなくなった」

彼はデスクを壁から引きはがした。レインはあとずさり、埃まみれのコードにつまずきながら部屋の隅へ身を寄せた。「昨日の夜、わたしの部屋で襲ってきたのはあなたね、エド?」レインは毒づいた。「臭い息でわかったわ」

気味の悪い笑みで顔がゆがむ。「おや、傷つくことを言うな。ひどい子だ」さらにデスクを引く。壁のコンセントに差しこまれた電源コードが引っぱられた。「くそっ。おまえは淫《いん》売《ばい》の母親そっくりだ」

その言葉で力がみなぎった。レインはもつれたコードの上に落ちていたモニターをつかみ、胸の高さに持ちあげると、パニックがもたらす最後の力を振り絞ってエドに投げつけた。

彼は眼を丸くして両手を振りあげた。モニターが胸にあたってひるみ、よたよたとあとずさりながら、足の上に落ちる前につかもうとした。レインはその隙にやみくもに手を伸ばし、手に触れた最初のものをつかんだ。ファックスマシン。エドがふたたび襲いかかってくる。レインは手に持ったファックスを横ざまに振るった。彼の側頭部めがけて。

「母の悪口を聞くのはうんざりなのよ」

エドは呆然と眼をしばたたいている。ふいに訪れた静寂は圧倒されるほどだった。彼は木のようにゆっくりと倒れ、レインにおおいかぶさってきた。はずみで背後の壁に痛むほうの肩をしたたかにぶつけ、レインはエドを載せたままずるずると座りこんだ。ずっしりした頭がだらりと首に載ってくる。頬をひと筋の血が流れ落ちていた。

レインはぶるぶる震えて泣きながらつかのまその場に横たわっていた。でも、涙を流すのはまだ早い。コナーはじっと外に横たわったままだし、セスはわたしのせいでポケットに破滅の種を入れたまま断崖絶壁に向かっている。体を持ちあげてもがき、ぐったりとのしかかってくるエドの下から這いだすと、なんとかからみつくコードから抜けだした。

エドの体を乗り越える瞬間、彼の体に触れて身がすくんだ。全身ががたがた震え、もう少しで顔から転ぶところだった。ぼんやりと腕から血が出ているのを感じた。かなりの出血だ。でもいまはそんなことにかかずらわっているひまはない。

まずは、エドの銃だ。がらくたのなかを四つん這いで這いまわり、震える指で床を探った。デスクの下にあった。グロック17。きついジーンズのうしろに銃をはさむ。ひやりと冷たくて硬く、ひどく不快だった。

エドを見おろした。息をしているし、脈もある。意識を取り戻してふたたび襲ってくる可能性があるということだ。ホラー映画のなかで、悪役はつねにそうする。運に賭けるわけにはいかない。

彼の足を持ち、床に落ちた機材のなかから引きずりだした。肩で息をし、すすり泣きながら、デスクのうしろから引っぱりだす。つづいてよろよろとキッチンへ行き、引き出しをあさった。ロープでもひもでもなんでもいい。

ダクトテープがあった。それを持ってオフィスへ駆け戻り、まずはエドの両手首を背中で縛りあげると、足首も縛った。念のために両膝にもテープを巻き、膝をうしろに曲げて手首と足首を縛りあわせた。それが終わると、やりすぎたかもしれないと思いながら外へ走った。

ありがたいことに、コナーはすでに体を起こしてそっと頭の横をさわっていた。彼の横にひざまずく。

「大丈夫?」

大きな声にコナーがひるんだ。「なんだ?」

「あなたのボスが銃で殴ったのよ。それからわたしに襲いかかってきた。わたしをノヴァクのところへ連れて行くつもりだったの」

疑わしそうに横目で一瞥している。

「本当よ。話をでっちあげてるひまなんてないわ」ぴしゃりと言った。「来て。キッチンまで手を貸すわ」

レインは杖を拾うと、腰に手をまわしてコナーを立ちあがらせた。「エドはオフィスにいるわ」ポーチの階段を昇りながら言った。「ダクトテープを使ったんだけど、誰かの手足を縛るのなんてはじめてだから、あれでいいかどうか見てほしいの」

「エド?」コナーは不審そうに眼を細めた。

「会ったことがあるの。十七年前、わたしの父を殺したときに。それから昨夜、わたしの家でも。最初に襲ってきたスキーマスクは彼よ」

「なるほど」レインにドアを開けてもらいながら、つぶやいた。「おれが昼寝しているあいだ、忙しくしてたみたいだな」

キッチンのテーブルの上に、コットンのボールと消毒薬があった。レインはコットンをつかんで消毒薬をつけ、めちゃくちゃになったオフィスへ向かった。コナーはエドを見つめていた。「あんた、こいつをミイラにしたんだな」

彼のぼさぼさの濃いブロンドをかき分け、血が出ているところにコットンをあてる。

コナーはびくっとした。「痛い！　自分でやる！」コットンをつかみ、エドを見おろす。

それからレインを見た。「どうやった？」

レインは震えながら自分を抱きしめた。「ファックスで殴ったの」

「なるほど」

「彼はわたしの母を侮辱したのよ」自分の行動を正当化する必要があるかのように、言い添える。

「あんたの母親を侮辱しないように気をつけよう」

「たしかに、母はたくさんの男性に強烈な印象を与えたのよ。どうやら本当にひどい女だったみたい」

饒舌《じょうぜつ》になっているのが自分でもわかる。

　コナーは笑いをこらえているような、妙な顔をしていた。「ふむ、まあ、もしお母さんがきみに似ているのなら――」

「いいえ、それほど似てないわ。ごめんなさい。オフィスをめちゃくちゃにしちゃって」

「いいさ」レインの顔を見つめ、眉をひそめた。「顔に怪我をしてるのを知ってるか？　頬から血が出てるぞ」

　レインは肩をすくめた。「あとでいいわ。ねえコナー、あなたをここに残していっても、意識不明になったりしないわよね？　救急治療室でおろしてあげてもいいのよ。途中で――」

「あんたはここにいるんだ」

「込み入ってて全部説明できないけれど、昨夜殺し屋に見つかった理由がわかったの」歯ぎしりしながら説明する。「それと、エドがわたしを見つけた理由も。わたしがヴィクターにもらったネックレスが、セスのポケットに入ってるのよ。あれに発信機がついてる、そうに違いないわ」

コナーの表情が険しくなった。「あんたが入れたのか？」

「そうよ！」声がうわずる。「わたしが入れたの。悪かったわ、これで気がすんだ？　わたしがばかだったのよ！　あのときは、そんなこと夢にも思わなかった。ヴィクターが監視しているなら、セスの居場所がわかってしまう。わたしを監視していると思ってるかもしれないけど、彼に警告しないと」

コナーは受話器をつかんだ。ナンバーをたたき、架台をがちゃがちゃたたく。ジャックを確認すると、急いでキッチンへ行って壁にかかった電話を試した。「リッグズの野郎。電話線を切りやがった」

「携帯電話はないの？」

「圏外だ。ここはエンディコット・ブラフの反対側なんだ」

どうすることもできずにパニックに陥っている夢の感覚がじわじわと迫ってきた。「でも、ふたりが会う場所に着く前にセスを見つけないと」

「どうやって？　たとえリッグズが電話線を切らなかったとしても、指令中枢はこのオフィスだったんだ。あんたはそれをめちゃくちゃにした。コンピュータに詳しいのは兄のデイビーだ。おれじゃない。やつかセスならここをもとどおりにできるが、おれには無理だ」

レインは両眼に手を押しあてた。「エドがわたしを見つけたモニターを使えるわ」

コナーがかぶりを振る。「有効範囲は半径五キロだ。もう届かない。現時点で彼らを見つける唯一の方法は、発信機のコードに合わせたX線スペクトルシステムを入れてあるマスターコンピュータだけだ」

「ヴィクターのコンピュータね」レインはささやいた。「ヴィクターの発信機だもの」

コナーが物思いに沈んだ。「ああ、ヴィクターのコンピュータだ」

「車のキーはどこ、コナー?」

首を振る。「だめだ。どこへも――」

「キーをちょうだい、コナー」ジーンズのうしろからエドの銃を抜いて彼に向けた。「早く」

彼は頭に触れて血のついた指を見た。「そして、脳震盪《のうしんとう》を起こす可能性のあるおれをひとりで置き去りにするのか?　意識不明になって死ぬかもしれないんだぞ」

レインは歯ぎしりした。「近くの家に寄って、あなたの世話を頼んでいくわ」

「いいことを教えてやろう、レイン。今度誰かに銃を向けて脅すときは、その一方でミルクとクッキーと暖かい毛布を提供したりしないことだ。相手はあんたが本気だとは思わなくなる。さあ、そいつをおろしてくれ。ばかみたいに見えるぞ」

ため息をついて銃をおろした。「悪ふざけはやめて。こういうのは慣れてないんだから」

「おれも一緒に行く」

「だめだ!」

ふたりは下を見た。その叫び声はエドから出たものだった。縛られたままもがいている。

「マクラウド。話がある……」

「裁判官に言うんだな、リッグズ。ただでさえ、おれは頭を殴られたせいで吐き気がしてるんだ。これ以上たわごとを聞かされたら、今度こそ戻しちまうかもしれない」

「違うんだ、頼む。大切なことなんだ。おれを助けてくれ」

「あんたを助ける？　誰を助けろって？」体を折り曲げたエドのまわりをゆっくり歩いたかと思うと、杖に体重をかけてエドの体の下に足を入れ、仰向けに転がした。

額と眼の下から幾筋も血が流れている。まるでカーニバルの気味の悪いマスクのようだ。

「おれじゃない」しゃがれ声で言う。「エリンだ」

コナーの顔が凍りついた。「なんだと？」

「エリン？」レインは尋ねた。

「こいつの娘だ」消え入りそうな声でコナーが言う。「エリンがどうしたんだ、リッグズ？　言え。おれたちには、やることがあるんだ」

「ノヴァクに捕まった」エドがかすれ声で言った。「だからその女が必要だったんだ。取引を……するために」

コナーの顔がふいに真っ白になった。「そんなばかな。嘘だ、リッグズ。嘘だと言え」

「もしおれがこの取引をしくじったら、おまえがエリンを助けるんだ、マクラウド」

コナーはエドの横に膝をつき、ジャケットをつかんで力まかせに引き寄せた。「ノヴァクがエリンを捕まえたのに、あんたはつまらない隠れみのを守るために黙ってたのか？　あんたは人間のくずだ。父親づらする権利なんかない。なぜおれに連絡しなかった？」

エドはぎゅっと眼をつぶった。「もう遅い」息を荒げながら言う。「危険は冒せなかった。

ノヴァクの部下が……見張っている。もう手の出しようがない」

「そうか、じゃあ手を出してやろうじゃないか。いまからな」コナーが憎々しげに言った。

どさりとエドを床に落とし、よろよろと立ちあがる。怒りで唇を噛みしめている。

エドがふたたび眼を開け、レインを見つめた。「おまえのアイコンは宝石だ。ヴィクターからもらったモニターがある。今朝、車が出発したときアイコンが移動したのを見たが、おれはあんたはここに残っていると思った。ヴィクターには、あんたを守るように言われた。ノヴァクから守るように。いいお笑い種だ。おれはこれまで、誰かを守れたためしなどないのに」息を切らし、ごくりと喉を鳴らす。「そしたら、ノヴァクがやってきたんだ。エリンをつかまえたと言って」

「エリンはどこにいる？」コナーが訊いた。

「クリスタル・マウンテンだ。友人と一緒に」あえぎながら言う。「ノヴァクの部下が山ほどいる。おれがレイザーの女を連れていかなければ、ゲオルグという名の男が、あの子を……痛めつけることになっている。頼む、マクラウド。エリンはずっとおまえに好意を持っていた。おまえを崇拝しているんだ。彼女のために頼む。おれのためでなく。あの子に罪はない。おれは違うが、あの子には罪はないんだ」

コナーにうながされ、レインはキッチンへ向かった。彼は、壊れた器具や陶器でめちゃくちゃになっていることなど眼に入っていないらしい。食器棚を開け、プラスティック容器に入ったマカロニを震える手にざらざらと開けていく。なかから鍵束が出てきた。「ほら」レインに渡した。「もう手遅れだろうが、精一杯やってみてくれ。私道のはずれで右に曲がり、エンディコット・フォールズの標識に従ってモーズレー・ロードまで行くんだ。モーズレーを南に一〇マイル行くと、州間高速道路の標識が見えてくる」

「彼の娘を助けに行くつもりなのね？」

やつれた顔が不安でこわばった。「デイビーとショーンとセスはタフなやつらだ。自分たちがなにを相手にしているかわかってる」自分に言い聞かせるように話している。「それに見たところ、あんたは自分の面倒は自分でみられるようだ。だがエリンは……彼女にはとても無理だ。くそっ、おれは彼女の卒業パーティに行ったんだ」

レインは思わずコナーを抱きしめた。「気をつけてね、コナー。あなたはいい人だわ」

「そうか？　いい人ってのは、あれをどうするものなんだ？」エドがうめきながらぜえぜえ言っているオフィスへ頭を傾ける。

「屋根裏に閉じこめればいいわ」冷たく言った。「彼はさいころを振ったのよ。わたしたちを相手に勝負に勝てるかどうか、やってみればいいんだわ」

コナーは感心したように、にやりとした。「血も涙もない女山師みたいな口ぶりだな。あんたは情け容赦のない女だよ、レイン。知ってたか？」

「あんまり。でも、そう言ってくれてありがとう」戸口へ向かいながら肩越しに叫んだ。

リッグズの車の助手席にモニターがあった。セスのブロンズ色のマーキュリーから地図を取り、できるだけスピードを上げた。無免許で、ジーンズからは盗んだ銃が突きだしている。ヴィクターとノヴァクに捕まる前に、セスに追いつかなければ。

セスは自分はハンターだと思っている。でも、実は獲物なのだ。

26

デイビーはこれで三度めになる電話をかけ、顔をしかめた。携帯電話をぱたんと閉める。

「つながらない。コナーと連絡が取れない」

つかのまいやな沈黙が流れた。

「ちくしょう」いつになく考えこんだようにショーンがつぶやく。

「たまたまかもしれない」デイビーは言った。

セスはレイザーがいつも使うマリーナへつづく出口へハンドルを切りながら、鼻を鳴らした。「賭けるか？」

「いいや」デイビーとショーンが同時に言った。

セスはめまぐるしく思いをめぐらせた。「もし手を引きたいなら遠慮なく言ってくれ。そうしたところで、おまえたちを見くだしたりしない。むしろその逆だ。賢明な判断だと評価する。かなりな」

ショーンはにやりとすると、少年のような顔の上に緑色のスキーマスクを引きさげた。

「やなこった」

「そうとも」デイビーが言う。「右に同じだ」

セスは静かに大きくため息をついた。マクラウド兄弟はダニに似ている。ひとたび食いつかれたら、容易なことでは引きはがせない。

「で？　どうする？」あっけらかんとショーンが言った。「ここからコラソンのアイコンを追跡できるんだろ？」

「バッグからノートパソコンを出してくれ」

ショーンはパソコンを開いてログオンした。「はいよ。X線スペクトルプログラムを起動した。画面に地図を出したぜ。次はどうする？」

「いちばん上の右端にあるボタンをクリックしてくれ」

「パスワードは？」

「〝報復〟だ」

「ひゅー。怖い、怖い」

セスは顔をしかめた。「おもしろがってる場合じゃないぞ」

「おい。自分が女でトラブってるからって、こっちまでしょんぼりしてなきゃなんないのか？　いい加減に元気だせよ」

「ばかはたいがいにしろ、ショーン」うんざりしたようにデイビーが言った。

「おれは弟だぜ。弟ってのは、ばかをやるためにいるんだよ」ショーンは顔をしかめたが、セスの表情に気づいてつぶやいた。「おっと、失礼」

「黙ってパソコンをよこせ」セスはうしろに手を伸ばしたが、ショーンは能天気に鼻歌を歌いながらしっかりパソコンをつかんで放そうとしない。

「待てよ。ええと……あったぞ！　あんたにもロマンティックなとこがあるんだな、え？」

「なんのことだ？」セスが嚙みつく。

「アイコンさ。矢が突き刺さってるハート。こいつがコラソンだろ？　一・三キロ西を南へ移動してる。おれたちの真横だ。おれたちの真下にいると言ってもいいほどだ。こいつは運命だな」


レイザーのビルの駐車場係は、車から降りるレインを見てぱっと椅子から立ちあがった。驚きのあまり滑稽《こっけい》な顔になっている。

「おはよう、ジェレミー」レインは言った。「申し訳ないんだけど、きょうは社員章も駐車ステッカーもないの。長くはかからないわ」

「はあ？」ジェレミーの顎が滑稽なほどがっくり落ちた。

エレベーターに乗っていると、現世とそっくりなパラレルワールドにいるような気がした。周囲の人びとは、頭がふたつある人間を見るような眼でレインを見つめていた。誰も彼もが身ぎれいな格好をしている。彼らの世界は安全で、理解や管理が可能な世界だ。レインは彼らに向かって叫びたかった。いつなんどき最悪の悪夢が現実となって、黄色い長い牙をむいて跳びかかってこないともかぎらないのだと警告したかった。本当よ。そうなるかもしれないのよ、みなさん。

意志の力を振り絞って自分を抑えた。わたしの仕事は彼らに警告することじゃない。もつれた髪が膨らんで長く垂れているおかげで、腰のうしろに差した銃を隠してくれている。その一方、ちっぽけなTシャツは、なにひとつ隠していない。お尻はローライズのジーンズの縁から丸見えといってもいいほどだ。

エレベーターの扉が開き、レインが「失礼」と言うと、周囲の人びとはあとずさって彼女を真っ先に降ろした。こんなことにはすぐ慣れるわ。笑いをこらえながら自分に言い聞かせる。このままずっと見かけを変えたままでいたほうがいいのかもしれない。

レイザー貿易のオフィスでも、同じことが起こった。これまで怒鳴りつけ命令してきた連中が、慌ててレインに道を譲り、目を丸くして壁にぴったり張りついている。まるで彼女が危険人物であるように。冷酷なおかしさがこみあげる。スーツを着たお歴々にメロンとミニマフィンを配るのにも膝ががくがくした弱虫から、ずいぶん成長したものだわ。

ヴィクターのオフィスへ向かって廊下を歩いていくと、ハリエットが戦闘機のように襲いかかってきた。ひきつった唇を怒りで震わせながら、目の前に立ちはだかった。「売春婦みたいな格好をして、どういうつもりなの！　気でも違ったの？　顔に血がついてるわよ。それにはっきり言って……汚れてるわ！」嫌悪感で声がうわずっている。

レインはヒステリックに笑いそうになるのを、ぐっとこらえた。「どきなさい」ぴしゃりと言う。「あのオフィスに用があるの」

「だめよ！」ハリエットは両手をあげた。悲壮感をかもしだそうとしている。「ミスター・レイザーとどういう関係だろうが、あなたにあそこへ入る権利はな――」

「彼はわたしの父よ、ハリエット」

彼女はびくっとあとずさった。眼鏡の奥で、驚愕に眼を見開いている。

レインは追い討ちをかけた。「だから、そのがりがりのお尻をどけてちょうだい。わかってるかもしれないけど、わたし、今日はひどい気分だし、それをあなたに説明する時間も忍耐も持ちあわせていないの。どいて！」

ハリエットはごくりと喉を鳴らして道を開けた。顔がひきつっている。「警備員を呼んで」背後でこそこそ話している見物人たちに声をかけた。

警備員。すてき。ぐずぐずしてはいられない。レインはオフィスのドアをロックして玉座のような椅子に腰をおろした。コンピュータはスイッチが入っていて、パスワードの入力ボックスの上でカーソルが忠実に点滅している。

受話器をつかみ、セスの携帯電話にかけた。録音された声が電話は圏外だと告げる。メッセージを残したほうがいいかしら？　勢いよく受話器を架台に戻し、ひりひりする眼をこすった。ヴィクターはなんと言っていた？　四文字以上、十文字以下。わたしに望むもの。

いまいましいヴィクター。いつだって力をめぐる争い。いつだって謎解きゲーム。わたしが望んでいるものを知るために、誰かが脳みそを絞ってくれたことなどなかった。そんな力がどれほど欲しかったことか。冗談じゃない。わたしは欲しいものを手に入れるために、這いつくばって懇願しなければならなかった。そこまでしても、結局は手に入らなかった。

やめなさい。自己憐憫《れんびん》にひたっているひまはない。集中しなければ。ヴィクターは支配欲が強い。相手を支配するために、彼がよく使うものは……。

〝恐怖〟と入力する。だめだ。〝支配〟〝復讐〟だめ。

〝力〟と入力する。次に〝敬意〟やっぱりだめ。ぎゅっと目をつぶる。ヴィクターのように考えなくては。もっと複雑に、もっと観念的に。ヴィクターはどう見ても観念的だ。でも、なにも浮かんでこない。ストレスで押しつぶされそうだった。レインは首を振って頭をはっきりさせると、頭に浮かんだ言葉を片っ端から入力していった。

〝信頼〟〝真実〟〝尊敬〟〝正義〟〝勇気〟だめ。試しに〝慈悲〟と打つ。〝許し〟しばらくためらってから、唇を噛みしめて〝愛〟と打った。

なにも起こらない。

レインはこの数日でセスが使った目新しい乱暴な言葉をいくつか組みあわせ、罰当たりな言葉をつぶやいた。

いまいましいパスワードは〝愛〟のはずだったのに。そうであってほしいと思っていた。感傷的なおばかさん。いつも手に入らないものを欲しがって、あるはずもない場所を探している。この憎しみと復讐の叫びをあげている混乱した場所から出ていきたい。みんなを助けたい。自分を、セスを、コナーを。会ったこともない哀れなエリンさえも。昨夜やってきた殺し屋に破壊されるまで、自分が味わっていた完璧で大切な幸福を奪い返したい。

手遅れになる前に過去に戻りたかった。エドからピーターを救い、ヴィクターを彼自身から救い、あらゆる人びとを彼らの恐怖と絶望と孤独から救いたい。けれど、ちっぽけで無力な自分はなすすべもなく、船は遠ざかっていく。誰か助けて。一瞬でいい。謎に満ちた偉大な未知なるものの純粋な恵みが、どうかこの謎を解く手助けをしてくれますように……。

ぱたりと膝の上に手が落ちた。とてつもない希望で麻痺《まひ》したように、腫れあがった眼でモニターを見つめる。

素早くキーボードに手を戻し、慎重に入力した――〝恵み《グレイス》〟

メニュー・オプションが開き、次の命令を待っている。感激の涙にむせんでいるひまはない。眼鏡のアイコンをクリックした。X線スペクトルプログラムのロゴが現われ、眼を引く動画が映しだされたが、涙があふれているのでよく見えない。《最新エリア画像》を選び、《すべて探知》をクリックした。

モニターにぱっと地図が現われ、テンプルトン・ストリートにある自宅周辺の住宅街が映しだされた。あたり一面で、色のついた小さな点が点滅している。レインはべとつく汚れた腕で眼と鼻をこすった。ツールバーに大きな虫眼鏡がある。それを地図上にドラッグし、眼から力を抜いて焦点をぼかした。一瞬でいい。どうぞお恵みをお与えください。心のなかで祈る。ほんの一瞬でいいんです。そうしたら、そのあとは自分でやります。

あった。画面のいちばん下でなにかが動いている。誰かがわめきながらオフィスのドアをたたいているのをうすうす感じながら、動いている点まで虫眼鏡をドラッグして拡大した。

宝石のアイコンが、テンプルトン・ストリートと平行するカーステアズ・ロードの南行き車線を移動している。アイコンは通りをはずれて止まった。この場所なら知っている。一九二〇年代に木材で財を成した人物の豪奢《ごうしゃ》な屋敷があった場所だ。いまは、住む者もない荒れ果てた屋敷の周囲に樹木の生い茂る広大な森林公園が広がっている。ジョギングする気にもならないほど疲れる前に、その公園を走ったことがある。

オフィスのドアが勢いよく開いた。これがわたしが得る恵みというわけね。警備員の制服を着たたくましい男が室内をのぞきこみ、凶暴な動物を見るような眼でレインを見つめている。「申し訳ありませんが、その、一緒に来ていただきます」厳しい表情をとりつくろいながら、重々しい声で言った。

「そうかしら」礼儀正しく応える。「わたしはやることがあるの」

警備員はレインの前に立ちはだかり、ドアへの道をふさいだ。時間を無駄にはできない。レインはしょうがない。こんなことはしたくなかったけれど、
うしろに手を伸ばしてエドのグロックを抜くと、にっこりと満面の笑みを浮かべた。「もう行くわ。ごきげんよう」

歩きはじめたレインをよけようとして、警備員はよろけそうになった。ハリエットが金切り声をあげる。「わかった？　だから彼女は危険だって言ったでしょう！」

レインは、この一カ月のあいだ自分が顔色をうかがっては気に入られようとしてきた人びとの怯えた顔から遠ざかった。みんなグロックに怖じ気づいているが、じきに誰かが銃など使ったことがないのに気づくだろう。

「じゃあ……みなさん、ごきげんよう」レインは言った。「とても楽しかったわ」

そしてグロックをもとの場所に差すと、一目散に駆けだした。

携帯電話が鳴った。ヴィクターは応える前に番号をチェックした——マーラ。彼女には、コントロール・ルームでモニターを監視するように言ってある。昨夜、大胆で魅力的なマーラに寝室でしたこととの記憶が頭をよぎる。たしかに忘れがたい記憶ではあるが、睦言を話す

ために電話をしてきたとは思えない。彼は電話のボタンを押した。「なんだ?」

「ミスター・レイザー、宝石のアイコンがマリーナのすぐ近くにあって、さらに接近しています」

そんなばかな。「確かなのか?」

「はい。モアヘッド・ストリートを時速約三〇マイルで南へ移動中です。そちらのモニターにも映るはずです」

ヴィクターはコートのポケットからモニターを出し、パスワードを入力してコードを入れた。マーラの言うとおりだ。カーチャが来ている。

「ありがとう、マーラ。監視をつづけてくれ」電話を切り、コートの襟元をかきあわせた。寒気がする。

カーチャはここにいるはずではなかった。手の届かない遠く離れた場所で、マッケイとリッグズに守られているはずだった。

もうすぐ会合の時間だ。いやな予感がする。だが、もしカーチャがノヴァクに捕まったら、自分は歩き去ることはできない。自分は不死身だと思っていたが、カーチャはわたしの弱点だ。ずっとそうだった。そしてこちらには、あの冷たい金属のかたまりと悪夢で見たイメージしか取引に使えるものはない。

彼らはマリーナに近づいている。モニター上の信号は空間座標を次々に変えながら絶え間なく移動している。

ヴィクターは役に立たないモニターのスイッチを切って海へ放り投げた。

たぶん、これはカーチャではないのだ。別の人間が、発信機をつけたあの子の持ち物を持っているのだろう。機械の故障かもしれない。いまの自分には、そう願うことしかできない。これだけ計画と策略を練ってきたのだ。希望のようなはかないものに頼ってもいいはずだ。

「おれもこういうのがひとつほしいな」双眼鏡で靄《もや》のたちこめる木立を見つめながらショーンが言った。「あいつの会社に忍びこんで以来、こんなにわくわくするのははじめてだよ。こんなに離れてるのに、ノヴァクの兵隊をもう三人見つけたぜ……いや、四人だ。あんたのおもちゃで遊んでると、スーパーマンになったような気がする」

「そりゃよかったな」セスはデイビーにも双眼鏡を渡し、自分の首にもひとつさげた。小さなマイクとイヤフォンをふたりに手渡す。緑色の迷彩服を着ていると、ふたりはそっくりで見分けがつかなかった。手際よくマイクとイヤフォンを装着するところを見ると、この手の装置を使うのははじめてではないらしい。

「で、どうするつもりだ？」デイビーが尋ねた。「まっすぐ玄関へ歩いていって、呼び鈴を鳴らすか？」

「敷地内の状況がわからなければ、偵察しても意味がない。おれは臨機応変にやるつもりだった。ほかにアイデアがあったら教えてくれ」

デイビーとショーンは長いあいだ見つめあっていた。そっくりの歯並びのいい歯が、緑色のスキーマスクのなかできらめいた。

「狩りの時間だ」デイビーはジープ・チェロキーの後部ドアを開けた。「あんたにマクラウド家の兵器庫を見せてやろう」頑丈な黒いケースを取りだし、問いかけるようにちらりと弟を見る。「レミントン700とチェイテック408どっちにする？」そう言いながらケースを開けて大きなスナイパー・ライフルを取りだした。

「兄さんはチェイテックにしなよ」ショーンが言った。「兄さんのほうが腕がいい」

「だからこそ、おまえがチェイテックにしろ」デイビーが忍耐強く言う。「それに、おまえだって腕はいい」

「ああ、へたじゃないさ。でも、兄さんのほうがもっと腕がいい。兄さんは狙撃の名人だ。おれは爆破の名人さ」にやりとセスに微笑む。「事前にあそこを調べてないのが残念だよ。ちぇっ、あいつらを吹き飛ばしてやりたかったぜ。でかいのを一発ドカンとお見舞いしてやるほど満足できるものはないんだ。わかるかい？　心の底から、すっとするのさ」

「集中しろ、ショーン」デイビーがぶすっと言った。「さっさとチェイテックを取れ」

「いやだね。チェイテックで仕事をすると落ちつかないんだ。兄さんがそいつにしなよ。おれは、リューポルド社製の強力望遠照準器がついたレミントンがいい」

「勝手にしろ」デイビーはチェイテックを構えて照準器をのぞきこんだ。「ガキのころ、おれたちはよく弓矢で狩りをしたんだ。遊びでな」ちらりとセスを見る。「やったことあるか？」

セスはわれ知らず感銘を受けながら、巨大なライフルに眼を奪われていた。デイビーの質問を理解するまで少し時間がかかった。「冗談だろ。おれは都会で育ったんだ」

「おれたちは親父から教わった」デイビーが言う。「政府が倒れて無政府状態のルールが蔓延し、市民が青銅器時代へ逆行する破滅と審判の避けられない日に備えるために」

「そして、その日に備えてきた選ばれた者が、新しい世界の君主になる」ショーンが抑揚をつけて言った。「すなわち、われわれが」

「おれも、自分の子ども時代は変わっていると思ってたが……」セスはつぶやいた。

「ああ、親父はかなり独特の考え方をするやつだった」デイビーが言う。「とにかく、弓矢で狩りをするときは、かなり獲物に近づく必要がある。いつも獲物を殺したわけじゃない。鹿やヘラジカにたっぷり近づいて、尻を引っぱたいて逃げていくのを見てるだけのこともあった。矢を射ることもあった。どちらにするかは冷凍庫の在庫しだいさ」

セスは双眼鏡をのぞいて屋敷を囲っている木立を見つめた。「おまえたちは、こんなことをしてなにになるんだ？」

「さあな、たいした意味はない」デイビーは手首を縛るプラスティックのひもの束をバッグから取りだし、セスとショーンにひとつかみずつ手渡した。「ショーンとおれが最後に狩りをしてからずいぶんたつからかな」

「ずいぶんたつよ」ショーンがくり返す。「コナーが来れなくて残念だ。兄弟のなかでいちばん腕がいい。影のように身をひそめる腕は生まれつきさ」

セスはプラスティックのひもを見おろし、マクラウド兄弟に眼を向けた。肉体のないふた組の緑色の瞳が、スキーマスクのなかで熱い期待に燃えている。「本気でやるつもりなんだな？」

「あいつらのせいで、コナーは二カ月も意識不明に陥った」デイビーが静かに言った。「そして、あいつらはジェシーを殺した」

「ジェシーはおれたちにとっても友だちだったんだ」ショーンが言う。「いくら金を積まれても、このパーティを逃す気はないね」そう言うとチェロキーのうしろに手を入れ、もうひとつケースを取りだした。「見ろよ、セス。袖のなかに手品の種を隠してるのは、あんただけじゃないんだぜ」ぱちんと蓋を開け、なかが見えるようにケースを差しだす。

セスはケースをのぞきこんだ。「なんだ?」

「麻酔銃に改造したエアピストルさ。瞬時に効果が現われるトランキライザーを仕込んだ矢《ダート》を撃てる」ショーンが得意げに言った。「ニックにもらったんだ。コナーの特別捜査班の仲間のひとりだ。ニックはまさにこういった状況のスペシャリストでね。敵を皆殺しにして面倒な手続きにわずらわされることなく、こっちの勝ち目を高めたいとき、って意味のね」

セスはじっとショーンを見つめた。「信じられない」ゆっくりと話しだした。「それはつまり、これを使うのははじめてじゃないってことか?　おまえたちは、ふだんなにをして食ってるんだ?」

ショーンは曖昧《あいまい》に肩をすくめると、にっこりと有無を言わさぬ笑みを浮かべた。「うん、あれやこれやを少しずつやってるんだ。なんとか暮らしてはいける。ほら。コナーの銃を持ってきてやったぜ。ベレッタM92。強力望遠照準器がついてる。お望みならレーザー照準器もある。でも、個人的にはこういったもんを使うと楽しみが減ると思うけどね」

セスは差しだされた拳銃を受け取り、じっと見つめた。顔がにやけてくる。なぜか気分が高まっている。「おまえらマクラウドは、変な一族だよ」

デイビーがにやりと笑い返した。「そう言うのは、あんたがはじめてじゃない」

また男が倒れている。

レインはふたつめの動かない体の横にしゃがみ、マクラウド兄弟のひとりでないことを確かめるために震える指で黒いフードをめくった。違うとわかってほっとため息を漏らす。赤毛を短く刈りあげた若い男だ。生きている。小さなダートが首に刺さり、プラスティックのひもで手首と足首がきつく縛ってある。

あたりを見まわしたが、葉ずれの音が聞こえる木立のなかには、気を失った男と自分しかいない。まるで、『眠れる森の美女』に出てくる魔法の森にいるような気がした。自分以外はみな眠っている。

できるだけ廃屋の近くに車を停めてから、モニターの表示に従って可能なかぎり急いで森を抜けてきた。セスとマクラウド兄弟は、ノヴァクの部下をひとりずつ倒しながら近くを歩いているはずだ。そう思うと勇気が出た。

また雨が降りだしているが、緊張していて気にならなかった。代謝が野火のように燃えさかっているに違いない。雨粒は肌にあたったとたん、フライパンに落ちた水滴のようにジュッと蒸発してしまうような気がした。

木の幹の陰に隠れ、エドの拳銃を関節が白くなるほどきつく握りしめたままあたりを見まわす。さっきはセスを助けに駆けつけるのはいいアイデアのように思えたが、こうして静まり返った森のなかにいると、それほどいいアイデアとは思えなくなった。自分はまたしても身のほど知らずのことをしている。けれど、いまさら常識を働かせたり考えなおしたりしても、もう遅い。ポケットにネックレスを入れたセスを黙って見捨てることはできない。それに、自分にはほかに行き場がない。ほかにやることがない。この瞬間とこの場所とこの務めがあるだけだ。それらが渦のようにレインを引きこんでいた。自分の人生の惨めな謎を解くには、こうするしかない。

これがすべての頂点なのだ。

モニターの表示によると、ネックレスはここから北東に三〇〇メートルも行かないところにある。もし柳の木立に隠れてそっと進めば、そのうち……。

すさまじい力で肩甲骨のあいだを殴られ、レインは泥だらけの落ち葉に顔から突っこんだ。重いものが背中に乗っている。それが身動きして息をすると、タバコのにおいがした。

手からもぎ取られた拳銃が首に突きつけられた。顎の下に差しこまれた腕が気道を圧迫している。レインは怯えながらもなんとか背中を起こし、薄いモニターを濡れた落ち葉の下へ押しこんだ。

背中に乗っているものがレインの髪をつかんで顔を横に向けた。色の薄いブロンドの眉毛と血走った眼が見えた。それが黄ばんだ大きな歯を見せてにやりと笑った。

「やあ、お嬢ちゃん。あんたに会ったらボスは大喜びするぜ」

27

ようやく得意分野に戻ってきた。集中力もほぼいつもどおりまで回復し、本能がかみそりのように研ぎ澄まされている。もう少しでこの狂気じみたジョークにもけりがつく。誰にも邪魔はさせない。そのためには、心の中心で燃えさかっている影――レイン――に関心を向けないようにしなければ。

セスは力ずくでその影から気持ちを引きはがした。いまこの瞬間に集中しろ。彼は建物から五〇メートル離れた地点で腹這いになっていた。カメラがあるのはわかっているが、ノヴァクがモーションセンサーをしかけている可能性もある。だが、あれだけ見張りがいたところを見ると、センサーはしかけられていないだろう。それに、この廃屋は本格的なセキュリティ・システムを設置しているようには見えない。建物は薄気味悪い幽霊屋敷のようだ。ノヴァクはこの雰囲気をセキュリティがわりに使うつもりなのだろう。

セスは警戒しながらも楽観的になっていた。こちらの勝ち目はかなり高い。モニターは、コラソンの銃が廃屋のなかにあると告げている。侵入するのは、やりがいのあるおもしろい仕事になりそうだ。さらに数フィート匍匐《ほふく》前進し、生い茂った藪《やぶ》の下に隠れた。パチッと音がしてイヤフォンから声が聞こえた。

「よお、セス」妙に沈んだショーンの声がした。「こんなこと言いたくないんだけどさ……あんたの彼女が参加することにしたらしいぜ」

頭のなかが真っ白になる。

まさか。彼女はコナーの庇護のもと、毛布にくるまってハーブティーを飲んでいるはずだ。この近くにいるはずがない。

「どこにいる?」襟《えり》に留めてある小さなマイクに向かって鋭く言った。

「どうやらおれが西側に開けた穴から入ってきたらしい。ノヴァクの手下のひとりにあっさり捕まった。建物に連れて行かれるところだ」

「そいつを撃てるか?」

「遠すぎる。危険だ。彼女にあたるかもしれない。悪いな」

「くそっ! 信じられん。そんなこと信じられない」

「わかるよ」同情したように言う。「彼女は手に負えない。でも、うまくやってることは確かだな。コナーはどうなったんだろう。痛めつけられたりしてないといいんだけど」

「黙れ、ショーン。デイビー、狩りの調子はどうだ?」

「何人か捕まえた」デイビーが即答した。「縛りあげて、これからさばくところだ」

「建物までの距離は?」

「約一〇〇メートル」

セスは感情を締めだし、本能が支配する純粋で完璧な世界へ戻ろうとした。だが最悪の事態のなかで心を集中できるはずがなかった。レインが現われて捕らえられ、こちらの射線をさえぎっている。彼女の美しさで頭に霧がかかっている。ライフルを撃つという明白で単純な行動を、とてつもなく複雑にするのが彼女の才能だ。

「もっと接近しろ」セスは言った。「聞いてくれ、おれの考えを話す……」

カート・ノヴァクは、ヴィクター・レイザーが待つ図書室を映しだしたモニターを見つめていた。ヴィクターはふっくらしたヴィクトリア朝風のアームチェアにゆったりと座り、タバコを吸っている。くつろいで見える。生意気にも、ゲームの達人を負かしたと思っているのだ。あの男が這いつくばって懇願する姿を見るのはさぞ痛快だろう。

ここで会合を開くのは危険だが、窓のない部屋で縮こまっているのはもううんざりだった。ノヴァクは最後にもう一度リッグズの番号に電話をかけた。依然として返答はない。地元でいちばん腕のいい殺し屋をひとりつけてやったのに、リッグズは簡単な任務をしくじったのだ。あの女の恋人はそうとう腕が立つに違いない。

ゲームは時間切れになった。実に腹立たしい。地下室の準備は整っているし、いますぐあの女が必要なのだ。そうすれば、釣り針にかかった魚のようにレイザーを好きに操れる。このままでは、間に合わせで急場をしのがざるをえないだろう。だが状況が流動的なときは、予期せぬ天才的なひらめきが生まれることがある。

いずれにせよ、リッグズにはおのれの無能の報いを受けさせてやろう。正確に言えば、彼の娘が受けることになる。ノヴァクはゲオルグの電話番号をたたきはじめた。ゲオルグには、格別独創的なやり方でリッグズの娘を扱わせよう。

無線機が甲高い音をたてた。「なんだ?」

部下の話に耳を澄ませ、やがて笑いだす。モニターに向きなおり、映像のひとつを拡大した。

まもなく、レイザーの女を連れたカールが画面に現われた。とげとげしくなにか言って女の髪をうしろに引っぱったので、女の顔がカメラに向いた。美しい眼に反抗的な表情が浮かんでいる。

服のせいで多少見劣りするが、よだれが出そうなほどいい女であることに違いはない。わなないているふっくらした唇。小さなほくろひとつまではっきり見える色の薄い肌。結局、無能なリッグズなど必要なかったのだ。いちばん腕の立つ殺し屋を無駄死にさせてしまった。あの女はみずからここへやってきた。

「ここへ連れてこい」ノヴァクは言った。レイザーとの長ったらしい退屈な仕事にさっさとけりをつけてしまおう。

そのあとは、お楽しみの時間だ。

レインは自分をばかだと思いたくなかった。怯えたくもない。ノヴァクが彼女の両手を背中にまわしてひねりあげた。神経を焦がすような激痛が走り、一瞬気を失いそうになったところを前へ押された。

カール――森で跳びかかってきた男――が彫刻を施したどっしりしたドアを開け、わきに立ってレインとノヴァクを通した。通りすぎるレインにぞっとするような一瞥《いちべつ》をくれる。湿ってねばついた手でさわられたときの感触がまだ残っている。この感触を洗い流すことができるのだろうか。

もっと端的に言えば、洗い流す機会などあるのだろうか。

薄暗い広い図書室でヴィクターが待っていた。険しい表情を浮かべ、レインを見ても驚いたようすはない。カールとノヴァクのもうひとりの手下が両側で持ち場についた。

「やあ、カート」ヴィクターが言った。「こんな不愉快な状況が必要なのかね?」

「いちばん不愉快な状況だろ、ヴィクター」ノヴァクが応える。「こんなことになったのも、みんなおまえのせいだ。自分を責めるんだな」

ヴィクターはレインを見た。口元にかすかに笑みが浮かぶ。「おはよう、カーチャ。ここで会うのは残念だが、意外ではない。おまえは渦中に飛びこまずにはいられないようだな? 蚊帳《かや》の外にはいられない。安全な場所には」

「わたしをモニターで見ていたのね?」この期に及んでなにか役に立てるとしたら、それは彼らの関心をセスからそらすことだ。

「ああ」ヴィクターはレインの全身に視線を走らせた。「服に対するおまえのセンスはものすごいスピードで変化しているな。いま着ているそれはなんだね? GIジェーンか? 粗野な魅力はあるが、わたしはドルチエ&ガッバーナのほうがいい」

「わたしがこんな格好をしてるのは、エド・リッグズに襲われたからよ」

ヴィクターの皮肉な笑顔が凍りついた。「リッグズがおまえを襲った?」

「誰も彼もがわたしを襲うのよ」憎々しげにつぶやく。

ノヴァクがレインの腕をひねりあげた。レインは痛みにあえいで背中を丸めた。「泣き言はやめろ」ノヴァクは言った。「リッグズは寝返ったんだ。昨夜、あさましい話をなにからなにまで話してくれたよ。誘惑、恐喝、殺人。たいした一家だな、え？　薄汚い秘密があることに関しては、おれの家族といい勝負だ」

レインはヴィクターの眼を見つめた。「じゃあ、本当なのね？」

彼は肩をすくめた。「大きな真実の一部にすぎない」冷淡に言う。「リッグズをやっつけたとは、たいしたものだ、カーチャ。あんな愚か者よりおまえのほうがずっとすぐれていると思っていた。彼を殺したんだろうね？」

ノヴァクにゆっくりひざまずかされ、腕に激痛が走った。「いいえ」声がかすれた。「わたしは人殺しなんてしない」

「殺さなかった？」ヴィクターはがっかりした表情を浮かべた。「経験が浅い者には手加減するべきだ。どうかその子を立たせてやってくれないかね、カート。こんな芝居じみたまねは必要ない」

「上品ぶるのはやめたらどうだ？」ノヴァクは銃身でレインの顎を押しあげ、上を向かせた。「おれとおまえは、このあとものすごくわくわくするゲームをやるんだ」猫撫で声で言う。「こういう姿勢に慣れるんだな」

レインはかろうじて首を振った。「いやよ」吐き捨てるように言う。

「もういいだろう」ヴィクターが一喝した。「こんなことは悪趣味で不必要だ。取引の条件について話しあおう」

ノヴァクは気取った笑みを浮かべながらレインを立たせた。「すぐに要点に入るなんて、おまえらしくないな、ヴィクター。いつもはだらだら話を長引かせるじゃないか。神経質になってるんだろう？　不安になっている。おれが言ったことのせいかな？」

「もういいだろう」ヴィクターが冷たい声でくり返した。「なにが目的だ？」

ノヴァクはかがみこみ、レインが悲鳴をあげるほど強く耳たぶを嚙んだ。「全部さ」彼は言った。「コラソンの銃。ビデオテープ。すべてだ。おまえの姪。おまえのプライド。心の平安。夜の安眠。そういったものすべてが欲しい」

ヴィクターはいらついたような声を漏らした。「芝居じみたまねはやめろ。何年も平和的にビジネスをしてきた仲じゃないか。なぜ突然こんな敵意に満ちたことをする？」

ノヴァクはわざとらしく傷ついた表情を浮かべた。「だが、おれの友情を裏切ったのはおまえだぜ、ヴィクター。おれのいちばん傷つきやすい感情をもてあそんだ。だから今度はおれがもてあそんでやる」

ヴィクターはノヴァクから眼をそらさない。「カーチャ、本当にすまない」とてもやさしい声で言った。「おまえはこんな目に遭ういわれはない」

レインは体をくねらせて耳に差しこまれるノヴァクの舌から逃れようとしたが、銃で顎の下を撫でられてぴたりと動きを止めた。「それは確かね」心からそう思った。

「おまえの姪には、ベリンダ・コラソンよりわくわくするよ」ノヴァクは猫撫で声で言った。「あの女より手に負えないし、挑戦しがいがある。そのビデオをじっくり観るのが楽しみだよ、ヴィクター。どんな気持ちになるかわかれば、くらべられるからな」

ふいに金庫室での会話がよみがえった。ひとことひとことが思いだされ、レインは唐突に悟った。

ヴィクターは夢で見たことをもとに、この怪物にはったりをかけたのだ。取引するビデオなど持っていない。うつろに見つめ返してくる眼を見れば、それが恐ろしい真実だとわかる。言葉にするまでもない。この恐怖の部屋から出るすべはないのだ。

「レイザーの夢は役に立つと言ったのは、こういう意味だったの?」

「いまわたしを批判されても困る」ヴィクターがそっけなく言った。「この取引をまとめたのは、おまえが首を突っこんでくる前だった」

「黙れ!」ノヴァクが怒鳴った。

顔に唾がかかり、レインはひるんだ。ノヴァクは銃を動かしてヴィクターに向けた。「よく聞け、ヴィクター。取引の条件を話してやる。おまえのかわいい姪のために、秘密の部屋を用意してある。ぐずぐず引き延ばしてると、ビデオをよこすまでおれはその部屋で――」

図書室のアーチ状の大きな窓が炸裂《さくれつ》し、ガラスの破片が飛び散った。ノヴァクの手下のひとりが吹き飛び、埃だらけの床にたたきつけられた。と、次の瞬間、あらゆるものが爆発したように見えた。

ノヴァクが絶叫している。ヴィクターが叫んでいる。ノヴァクはレインを突き飛ばし、新たな敵に向きなおった。敵はあらゆる方角からやってくるように思われた。突き飛ばされた反動で、レインはどすんと壁にぶつかった。

カールが図書室のドアに向かってしゃにむに発砲した。一発の銃声が応え、カールは両腕をくるくるまわしながら床に倒れた。ぐしゃぐしゃになった喉をつかんでいる。

ふたたび銃声が轟き、ノヴァクがうめいて倒れた。いびつにゆがんだ時間のなかで、彼は音のないどんよりしたスローモーションのようによろよろと肘をつき、ヴィクターをにらみつけた。ガーゴイルのように顔がひきつっている。

ノヴァクは拳銃をあげてレインに狙いをつけた。ヴィクターがレインの前へ飛びだす。彼の体に弾丸がめりこみ、その衝撃でレインはうしろの壁に押しつけられた。背中が焼けるように痛む。胸の上でヴィクターの体がずるずるすべり落ちていく。レインはわきの下に手を入れて支えてやった。ノヴァクが銃をあげ、ふたたびレインに狙いをつけた。髑髏《どくろ》のような身の毛のよだつ笑みを浮かべている。

またしても耳をつんざく轟音が轟き、彼の手から銃が吹き飛んだ。手から赤いしぶきが噴きだしている。ノヴァクは声にならない悲鳴をあげながら、ずたずたになった手の上にかがみこんだ。

ふたたび銃声。ノヴァクはびくっとして太腿をつかみ、顔から床に倒れこんだ。

空気がない。肺が空っぽだ。レインの心臓は燃えさかる石炭のようだった。そして、重力は抗いようがない力でヴィクターを引き寄せていた。

遅かった。おれはしくじった。失敗したんだ。レインはレイザーのうしろで壁をずるずるすべり落ちている。世界は終末を迎えたのだ。いま、ここで。セスは横すべりして足を止め、広がっていく血のなかに膝をついた。「撃たれたのか？」

レインは呆然と彼を見あげた。セスは彼女の怪我の具合を見るためにレイザーを引きはがそうとした。

「やめて!」レインは負傷した男をぎゅっと抱きしめた。

「おまえが怪我をしていないか確かめたいだけだ!」

彼女は首を振り、ささやいた。「ヴィクターはわたしをかばって撃たれたの」

セスはレイザーの顔をじっと見おろした。唇が青い。眼はまだ鋭く輝いていて、気を失ってはいない。唇がかすかに動いたが、声は聞こえない。セスはかがんで体を近づけた。「なんだ?」

「おまえはこの子を守るはずだっただろう」

セスは耳障りな笑い声をあげた。「やろうとしたんだが、彼女を守るのは容易じゃなくてね」

「もっと真剣にやれ」ヴィクターは言った。「ばかめ」そう言って咳きこむと、唇から血の泡があふれた。

「やめて、お願い、ヴィクター」レインの声が震えている。「動かないで。すぐに助けがくるわ。そしたら――」

「しーっ、カーチャ。マッケイ……」ヴィクターの眼が近づくように言っていた。

なぜジェシーを殺した人間のひとりの今際《いまわ》のせりふを聞く気になったのかわからない。だが、この男はレインのかわりに弾を受けたのだ。セスはふたたびかがみこんだ。

「守るものがなければ、力は無意味だ」弱々しい声でヴィクターが言った。

セスは死にかけている男の眼を見つめ、そこで自分を待ち構えている荒涼とした空虚な冷たさに気づいた。彼はぱっと体を起こした。この男のいまいましい神経には、本当に腹が立つ。

「人殺しの貴重なご意見に感謝するよ、レイザー。おれのレターヘッドに印刷することにしよう。いや、おまえの墓石に彫ってやるよ。いいことを教えてやろう。おまえはこんな死に方をする権利はないんだ」

レイザーの口元にかすかにおもしろそうな笑みが浮かんだと思った瞬間、レインに押しやられた。「あっちへ行って」

セスは彼女が死にゆく男にかがみこみ、そっとささやきかけているのを見つめていた。淡い色のカールした長い髪が血だまりに落ちている。彼女は声を出さずに泣いていた。顔についた血の上を涙が流れ、汚れがにじんでいる。

レイザーの眼がガラス玉のように動かなくなった。

ノヴァクは血まみれのぼろきれのようにねじれ、うつ伏せに倒れている。

セスは勝利感も満足感も平穏も感じなかった。

なにも感じなかった。

レインはヴィクターの顔を見つめ、かつての眼のまじないを使った。まばたきしなければ、彼をつなぎとめておける。たったいま見つけたばかりなのに。

けれど涙が止まらなかった。まばたきせずにはいられない。どうせ彼は去っていってしまうだろう。子どもじみたおまじないではつなぎとめておけない。レインはヴィクターの顔に触れた。こわごわ撫でると、高い頬骨に血の染みがついた。「パスワードがわかったわ」そうささやいた。「だからあなたを見つけたのよ」

「賢い子だ」ほとんど声が聞き取れない。「おまえはパスワードをあてたんじゃない。おまえがパスワードなんだ」

「あなたが欲しいものをあげられなくてごめんなさい」

彼の口元がかすかに動いた。「いや、もらったよ。これでピーターもわたしを許してくれるだろう。おまえが許してくれるなら」じっとレインを見つめている。

彼女は見つめ返してうなずいた。「許すわ」短く答える。

もうわたしたちのあいだには秘密も嘘もない。厳《おごそ》かな最期に向かう死があるだけ。広漠たる大海へ出ていく船のように。

夢に似ているが、夢とは違う。いまは船が遠ざかっていっても、パニックは起こしていないし、泣いてもいなければ一緒に連れて行ってくれとせがんでもいない。

レインはぐったりしたヴィクターを腕に抱き、あふれる涙を流しながら彼の旅立ちを黙って見送った。

セスはがらがらと崩れていた。下降曲線を止めるすべはない。いくつものライトがきらめき、人びとが大声でしゃべっている。誰ともわからぬ警官たちに質問をされたが、集中して返事をすることができなかった。マクラウド兄弟が警察の相手をし、セスは朦朧《もうろう》とした頭で彼らに感謝した。

そのうち、ノヴァクが生き延びたことに気づいた。見たところ瀕死の状態だが、救急医療士たちが酸素チューブを差しこんでいる。死体にはそんな手間はかけない。

すばらしい。おれはこっちもしくじったのだ。ジェシーの復讐はまだ終わっていない。

だが、それを気にかける部分は山のような瓦礫《がれき》の下に埋まっていた。彼は血だらけの床に座って泣いているレインを見つめた。おれたちのあいだには、大きな溝が口を開けている。とてつもなく大きくて、反響がこだまする底なしの溝が。ヴィクターを入れた遺体用の黒い袋のチャックが閉まったときも、彼女はまだ泣いていた。どうしてだ？　あの男は彼女の父親の殺人指令を出し、彼女の人生をめちゃくちゃにした冷血な人殺しじゃないか。理解に苦しみ、セスはよろよろと彼女に近づいて質問せずにはいられなかった。「なぜだ？」

レインは汚れた手で涙をぬぐった。「なぜって、なにが？」

「どうして父親を殺した男のために泣いてるんだ？」

救急医療士が話しかけてきたが、彼女は無視した。ふたりは完全に別の場所にいた。冷えびえした静寂に包まれたガラスのベルに閉じこめられていた。セスを見つめる彼女の濡れた瞳が、この世のものならぬ銀色にきらめいた。

「彼は父を殺してはいない。彼がわたしの父なの。わたしは彼のために悲しみたければ悲しむわ」

そう言うと、彼のジャケットのなかに手を入れてあたりをさぐった。セスはじっと見おろしていた。体が麻痺して抵抗できない。どうでもいい。そうしたければ、おれを撃つなり刺すなり好きにすればいい。彼女の手を振り払う気力も残っていない。

レインの汚れた手が現われた。きらきら輝くオパールのペンダントを持っている。「これはもらっておくわ。父の形見に」

セスは乳白色の表面の下で輝くブルーグリーンの炎を見つめた。「あいつらに見つかったのは、このせいか」

レインはうなずき、ネックレスをポケットにしまった。「わざと入れたんじゃないわ。それに、わたしがあなたのあとを追ってきたのは、警告したかったからよ。もちろん信じてはもらえないでしょうけれど。それでもかまわない。正直言って、どうしてかまわないのか自分でもわからないわ」

セスは首を振った。「レイン……」

「自分が信じたいように信じなさい。わたしはあなたがどう思おうが、もうどうでもいい。あなたは冷たくて意地悪だけど、死なずにすんでよかったわ。本当にそう思ってる。ほかのすべてと同じように」

救急医療士がレインの肩に毛布をかけて連れて行った。彼女は振り向きもしなかった。

かなり強い薬を打たれたに違いない。あらゆるものがふわふわと漂いながら離れていき、レインは白い霧のなかにひとり取り残されていた。一度、セスの姿が見えたような気がしたが、夢に決まっている。なにしろ、彼の両側にはヴィクターとピーターが立っていたのだから。手を伸ばしても届かず、手は空しくシーツの上に落ちた。「じゃあ、わたしたちは死んだの？」レインは尋ねた。

「いいや」セスが答えた。彼の眼はうつろで悲しそうだった。

レインはいつものように眼のまじないで彼をつかまえようとしたが、眼を開けていられなかった。そして、今回ふわふわと漂っていくのは彼ではなく自分のほうだった。レインは彼に向かって跳びだし、言葉で彼をつかまえようとした。「愛してるわ。死なないで」

「死なないよ」彼は言った。レインは救命ボートのようにその言葉にしがみつきながら、ふたたび白い霧のなかへ漂っていった。

次に目を覚ましたとき、自分は死んでいないとわかった。なにしろ、母親がベッドの横に座っていたのだ。アリックスはネズミ穴の外で待ち構える猫のような表情を浮かべていた。こんな表情を浮かべているアリックスほど、地に足がついてしっかりしているものはない。

「そろそろ目を覚ますと思っていたわ、ロレイン。あなたのせいで、死ぬほど怖い思いをしたのよ。ひどい姿よ。眼のまわりのあざ、擦り傷、切り傷、捻挫《ねんざ》、肋骨にはひびが入ってるし、肩は脱臼してる。軟骨も折れてるわ。体じゅうぼろぼろよ。むかしから、やってはいけないことをさんざん教えてきたでしょう。さっさと逃げだして、わたしが言ったとおりにすればよかったのよ！　なのに逆のことをするんだから。お父さまにそっくり」

「どっちのお父さま？」

アリックスの唖然とした顔を楽しむ間もなく、レインはふたたび眠りに落ちていった。

28

セスはデータを巻き戻し、ふたたび再生した。

ストーン・アイランドの浮き桟橋を見おろすように設置した、コルビット・カメラが撮った映像だ。昨夜こっそり回収してきた九十六時間分のデータ。すでにレインが映っている場所だけをつなぎあわせ、一本にまとめてある。この六分間の映像は彼のお気に入りだった。

彼女は木立から出てくると、ゆっくり桟橋へおりていく。顔のあざはほとんど消えている。長い髪が流れ落ち、ふんわりと体をおおっている。なめらかなぴったりした白いTシャツを着ている。ブラはつけておらず、乳首がつんと突きだしている。ジャケットを着る必要がある。それにも気づかなかった彼女を思うと、セスは心が痛んだ。彼女は自分にかまわなさすぎる。もしおれが一緒にいたら、ジャケットを着るようにうるさく言ってやったのに。

一陣の風がレインの顔にかかった髪を吹き飛ばした。彼女は体に腕を巻きつけ、遠くを見る眼で海を見つめている。なにかを待っているように。あるいは、誰かを待ってでもいるように。

私道を走ってくる車の音が聞こえた。開け放ったシェビーのドアから身を乗りだし、音のするほうを見た。コナーの車だ。セスは映像を消し、ノートパソコンを閉じた。自分は取りつかれたようにこのビデオを観つづけている。この気晴らしに対するコナーの意見など聞きたくない。

コナーは車を降り、足を引きずりながらシェビーへやってきた。杖にもたれてうなずきかける。「よお」

「どうかしたか？」仕上げの細かい作業に関心を持っているふりをするのは骨が折れる。だが、礼儀としてそのふりをつづけていた。

「ケイブのニックから電話があった。ノヴァクは生き延びるらしい。ショーンが胸を狙って撃った弾は防弾チョッキにあたっていた。用意のいい野郎だぜ。あんたが太腿にぶちこんだ弾は、ぎりぎりで大腿動脈にあたらなかった。がっかりだ」

セスは不快そうにうめいた。「頭を狙えばよかった」

「あんたのせいで、あいつは左手の指をさらに失うはめになったんだ。それで自分をなぐさめるんだな。意識を取り戻したら、あの野郎は激怒するだろう」

「リッグズはどうなった？」

「刑務所で自分の傷を舐めてるよ。仮釈放なしだ」

「彼の娘は？」

コナーの顔がこわばった。「エリンは無事だ。当然ながら、おれの厚かましさに腹を立てているが、べつに驚くようなことじゃない。ゲオルグには指一本触れられていないと言ってたが、おれはとりあえずあいつの顔と体の配置をいろいろ変えてやった。エリンに手を出そうと考えたことに変わりはないんだからな。しばらく血が混じった小便が出るだろう」意地の悪い笑みをうっすら浮かべる。「刑務所の連中は、あいつみたいな黄色い髪のかわいい坊やを迎えて大喜びだろうよ」

セスはコナーの杖をつかんで彼の手から取りあげた。「こいつは労災をもらうための見せかけなのか？　それとも予備の武器を持ち歩くのを楽しんでるだけか？」

コナーは杖をひったくり、目にも留まらぬ速さでくるくるまわしはじめた。「素早く動ければ、こいつでいろんなことができるんだぜ」

二〇ヤードほど離れた草地を、一頭のシカが歩いていく。ゆっくり通りすぎていくシカを、ふたりは押し黙ったままぼんやりと見つめた。世の中は動きつづけている。ジェシーは死に、ノヴァクはいまも生きている。シカは黄色くなった草の穂先をのんびり食《は》んでいた。

網戸が閉まる大きな音が聞こえた。シカはぴょんと飛び跳ね、音もたてずに木立へ逃げこんだ。ショーンがぶらぶらとシェビーへやってきた。「よお、セス、たったいまカーンから電話があったぜ。これで六回めだ。頼むから電話してやれよ。あんたのことをえらく心配してるぜ」

「あいつはなんとかやっていくさ。それに、もうすぐ帰る。あいつとは戻ってから話す」

「そうだろうとも。もう八日間も同じことを言ってるぜ。だからってべつにかまわないけどね。好きなだけここにいればいい」ショーンはにやりとしてポケットに両手を突っこんだ。

「彼女に会いにいく勇気が出るまでいればいいさ」

セスはショーンを横目で一瞥した。おおかたの人間なら口ごもってあとずさっただろうが、ショーンには効き目がなかった。彼はえくぼを見せてようすをうかがっている。

「よけいな口出しをせずに自分のことだけ考えてろ、ショーン」コナーが言った。

「こっちはこの一週間ずっと自分のことだけ考えてたんだぜ。もう飽きたよ」ショーンはけろりと答えた。「なにをぐずぐずしてるんだ？　おれだったら、自分の舌を赤いカーペットみたいにクルクル伸ばしてあのダイナマイト・ベイビーの前にひれ伏すね」

セスはレインの別れのせりふを思い浮かべた。「彼女はレイザーの娘だ」

ショーンはわけがわからないという表情を浮かべてふんぞり返り、踵《かかと》に重心をかけてそわそわと体を上下に動かした。「だから？　それがどうかしたのか？　あいつは死んだんだろ？　もうあんたをわずらわせることはない」

コナーは弟をにらみつけた。「ショーン……」

「おれたちの親父は完全に頭がいかれてたが、誰もそのせいでおれたちを責めたりしなかった。たとえ責めるやつがいたところで知ったこっちゃない。考えてみろよ、あんたの親父だって誉められたもんじゃなかったじゃないか。それに、こうなったからには、もう彼女があんたを騙すことは二度とない。だろ？　違うか？」

ショーンの無遠慮な説に異論はない。セスは、父親の遺体を抱きながら自分を見たときの、レインの眼に宿っていた怒りとよそよそしさと冷たさを説明する気にはなれなかった。

だから、単に粗野な態度を取るほうを選んだ。「うせろ、ショーン」

ショーンはいぶかしげに眼を細めた。「まだ彼女に未練があるんだろ？」

「そういう問題じゃない！」

ショーンは鼻を鳴らした。「ああ。問題は、あんたが桃の種みたいにちっぽけでしわしわのタマしかついてない腰抜けだってことさ」

コナーが顔をそむけて咳払いした。

ショーンはいたずらっぽくにやりとした。「あんたの手にはあまるよな？ いいことを教えてやろう。おれが落ちこんでる彼女をなぐさめてやるよ。傷ついた心を癒してやるんだ。そのためならなんだってやる。どういう意味かわかるか？」

セスはいきなりショーンの色あせたミッキー・マウスのトレーナーをつかみ、地面から六インチほど持ちあげた。「彼女のことをそんなふうに考えるんじゃない。さもないとぶちのめす。わかったか？」

ショーンはセスの手をつかみ、息ができるように体を持ちあげた。「あんたはおちょくりがいがあるよ」声がしゃがれている。「デイビーとコナーはもううんざりしてるから、全然反応しないんだ。でもあんたは違う。確実に反応する」

セスはショーンを突き飛ばした。ショーンはくるりと一回転して立ちあがり、ジーンズから冷静に松葉を払い落とした。ネアカなやつ。デイビーとコナーを兄に持っていれば無理もない。そう思ったとたん、胸の奥がぎゅっと締めつけられた。おれもジェシーには厳しかった。そしてジェシーはいつも根っから明るいやつだった。そうする必要のないときでさえ、おれを許した。セスはマクラウド兄弟に背中を向け、草地へ歩きだした。「カーンから電話があったら、おれは今日じゅうに戻ると伝えてくれ」

「腰抜け」ショーンがぼそりと言う声が聞こえた。

セスは振り向かなかった。兄弟のようにふざけあう気にはなれない。岩や木を見つめているほうがましだ。ジェシーを失ってから十カ月、からかいあったりしつこくからんだりするのとはご無沙汰だった。彼はモミの木立を押し分けて進んだ。ぴしゃりと打ちつけてくる枝に毒づく。自然なんてくそくらえだ。どうして好きこのんでわざわざこんなところへやってくる人間がいるのか理解できない。ジェシーにハイキングへ誘われたことがあったが、セスはとことん抵抗した。

あらゆるものに抵抗したように。いつもそうだった。

それに思い至ったとたん、若木の木立のなかでぴたりと足を止めた。若木の尖ったてっぺんは、セスの心臓の高さしかない。そよ風を受けて枝先が揺れている。セスはじっとそれを見つめた。なぜおれを助けようとしたジェシーの申し出をはねつけたのだろう。マクラウド兄弟をはねつけたように。おれはありとあらゆるものをはねつけてきた。いつも拒絶してきた。相手に先に剣突くを食わされないように。

同じように、おれはレインもはねつけたのだ。

雪をかぶった峰から吹きつけた突風が、若木を揺らした。柔らかくしなやかな幹は、もとどおりまっすぐ上を向いた。ジャケットなしでは寒かったが、取りに戻ってマクラウド兄弟の探るような明るい瞳を直視することはできない。いまはまだ無理だ。

ヴァンは荷積みを終え、いつでも出発できるようになっている。何カ月も仕事をおろそかにしてきたのだから、早く戻らなければ。いつもどおりの日常が、安全で予測可能な日常が待っている。

だが、セスは毎日心のなかで同じビデオを何度もくり返し再生していた。レインと愛しあったときのことが、ひとつ残らず記憶にしっかり刻みこまれていた。あらゆる言葉が、あらゆる香りと吐息が。彼女の感触と色、やさしさと勇気。あの女性は信じられないほどすばらしい。おれのような性悪で口の悪いろくでなしにはふさわしくない。

なんてことだ。おれは嘆き悲しんでいる。ジェシーが鼻で笑いながら、ぐずぐずするなと言ってるのが聞こえるような気がした。〝お得意の消極的意見を語るのはやめろよ〟例によって心理学用語を使い御託《ごたく》をならべたてる。まったく、あれには本当にいらいらしたものだ。

木立を抜け、ふと気がつくと草のはえた広い岩棚に立っていた。岩棚は急角度で谷間に落ちこみ、そこでは滝が水音をたてていた。見栄えのする大きな滝ではないが、セスは思わず眼を奪われた。緑色に苔《こけ》むした岩の両側を流れ落ちる白い泡を、催眠術にかかったように見つめた。水は泡立つ滝壺に落下し、滝壺は透明感のある深い緑色に輝いている。

生まれてはじめて、人びとがこういうものを見るために、退屈さや虫に刺されることも顧みずに森を訪れる理由がおぼろげに理解できた。それは美しい光景だった。すばらしいと言ってもいいほどだ。

セスは滝に近づき、しばらく見つめていた。絶え間なく崩れ落ちる水音が、心のなかに静けさと空間を生みだしていく。新たに生まれた考えを、尻ごみせずに広げる空間を。

おれがレインをはねつけたのは、いずれ彼女に袖にされると、どこかで確信していたからだ。振られてうろたえる危険は冒せない。それなら、一足飛びに寒々とした孤独の段階へ進んだほうがましだ。

視界の隅でなにかが動いた。森からシカが一頭現われた。ひとりと一頭は、たがいに不信感を抱きながらしばらく相手を冷たく見つめていた。慎重に背後の森へ姿を消すシカを見ていたセスは、草地のなかで四角い石がきらりと光ったのに気づいた。近づいてみると、それは地面に平らに置かれた墓石だった。周囲の草は短く刈られ、ほかの石は苔におおわれているのに、墓石の苔はきれいにこすり落としてある。しゃがみこんで表面の落ち葉と松葉を払った。

ケヴィン・シェーマス・マクラウド
Jan. 10, 1971～Aug. 18, 1992
最愛の弟

頭の奥に埋もれていた記憶がかき乱された。ジェシーから、パートナーは数年前に弟を亡くしたと聞いたことがあったが、当時はさして気に留めていなかった。ショーンは三十一歳だ。ケヴィンが生きていたら同じ歳。ショーンは十年前に双子の弟を亡くしたのだ。まだ二十一歳のときに。

ふたたび痛みがこみあげてきたが、今回はいつものように気をまぎらせようとはしなかった。ただ歯を食いしばり、呼吸をつづけて待った。十年の歳月を経た大理石が、石が持つ飾り気のない率直さで無言の痛ましい話を語りかけてくる。セスはそこにしゃがみこんだまま、じっと耳を傾けた。

つらく、心を揺さぶる話だった。嚙みしめた顎が疼き、喉がひりひりして脚がしびれた。

冷たい風があたりを吹きぬけていく。セスは墓石の上に飛んできた枯葉や松葉をひたすら払いのけ、理解しようともコントロールしようともせずに感情の嵐に耐えつづけた。

ようやく立ちあがると、刺すような痛みが薄れるまでじっと立っていた。そうしているあいだに、色のついたものを探して周囲の草地を見まわした。もし花が咲いていたら、何本か摘んできてケヴィンの墓にたむけるつもりだった。誰も見ていないのだから。だが、奇妙な衝動を満たすことはできなかった。見わたすかぎり、花などひとつも咲いていない。霜でひなびた草と赤茶けた松葉、モミの実と落ち葉しかない。

ふたたび歩きだしたときは、風が強まっていた。木々が風にあおられ、森は葉ずれの音と枝がきしむ音にあふれている。なにかが変わった。おれの心のなかの風と天候と風景が。

もう世間を拒絶するのはやめよう。それがジェシーの思い出へのたむけだ。そしてマクラウド兄弟ともう一度向きあおう。彼らには借りがある。大きな借りが。連中の手助けがなければ、レインをあそこから救いだすことはできなかった。兄弟ぶったむかつくたわごとに耐え、感謝しよう。そして、たとえ連中がおれを必要とするより、おれのほうが連中を必要としているのだとしても、それがなんだというのだ。べつに恥じるようなことじゃない。

そしてレイン。ああ、レイン。

風が急きたてるように木々のあいだを吹きぬけていく。病院で鎮静剤を打たれて朦朧としていたレインは、愛してると言ってくれた。死なないでくれと。あの言葉には期待が持てる。だが麻薬中毒の母親と暮らすあいだに、セスはなにより大切なルールを学んでいた――朦朧としているときの言葉は、決して信じてはいけない。

たぶん彼女はおれを袖にするだろう。さんざんひどいことをしたんだから、そうされて当然だ。彼女をひそかに監視し、誘惑し、嘘をついて操った。そのあげく、裏切り者だと責めたのだ。そう思うと身がすくむ。

いずれにしても、一か八かやってみなければ。平身低頭しよう。彼女が疲れて降参するまで、ひれ伏して懇願するのだ。レインはやさしくて人がいい。ジェシーのように。その性格がこちらに有利に働くかもしれない。今回が最後だ。そのあとは二度と彼女のやさしさを利用したりしない。

そして、ほかの誰にも利用させはしない。おれは彼女のドラゴンと白馬の騎士を合わせたものになろう。死ぬまで彼女を守り、大切にしよう。彼女はセクシーでゴージャスで魅力的な愛の女神だ。それにふさわしい扱いをするのだ。

レインはおれのような男にはふさわしくないが、かまうものか。もしかしたら運に恵まれるかもしれない。セスは森を抜けて歩きながらどんどんスピードをあげた。木立を抜けて草地へ飛びだしたときは、競走馬のように疾走していた。

「なんてずうずうしい人なの、おまえにまたレイザーの名を使わせるなんて。鼻持ちならない傲慢な男。遺産相続の条件ですって。フン！　いかにもヴィクターがやりそうなことだわ。いつも相手を自分の好きなように操ってきたのよ」

「わたしはべつにどうでもいいわ」レインは辛抱強く言った。「この名前のほうが自分に合ってる気がするの」

アリックスは中身を探っていたクロゼットからくるりと振り向くと、娘に向かって顔をしかめた。「おまえは変わったわね、ロレイン。どうしてそんな、なんでもわかってるような生意気な態度を取るようになったのかわからないけれど、そういう態度は好きじゃないわ」

レインはもつれた髪を慎重に櫛《くし》で梳《す》いた。「気を悪くしたならごめんなさい。でも、もとには戻らないと思うわ」

「ほらね？　またそういう生意気な口のきき方をして。もう堪忍袋の緒が切れそうよ」アリックスは完璧にセットしたブロンドの頭を振ってクロゼットの探索に戻ると、はっと息を呑んでドレスを一着引きだした。「まあ。このゴージャスなドレスのカットを見てごらんなさい。ディオールだわ。なるほどね。あの人殺しが買った服はひと財産に値するのよ。おまえにはもったいないわ。もったいないとしか言いようがない。残念だわ」アリックスは全身が映る大きな鏡を一瞥し、均整のとれた自分の体に手を這わせた。「ふたつ上のサイズなら、わたしにぴったりだったのに」

「残念だったわね」レインは真顔でつぶやき、もうひと束もつれた髪を手に取った。退院してから髪はおろしたままにしている。腕をあげると痛むので、編んだりアップにすることができないが、おろしたままでいると風のせいでカールがひどくもつれてしまう。

アリックスはうさんくさそうにちらりと娘を見た。「わたしに生意気な口をきかないで」

レインはにっこり微笑みかけた。「そんなことしてないわ、お母さん」

そう呼ばれてもアリックスが文句を言わなかったのは、はじめてだった。唇を嚙みしめ、ほれぼれと見ていたビニールに包まれたジャケットをベッドに放り投げた。「こうなったのは、わたしのせいじゃないわ」

「わかってるわ」なだめるように言う。

「いいえ、わかってない。わたしのことをおまえがどう思ってるか、わかってるわ。ヴィクターから聞いたんでしょう? わたしには過去を変えられない。わたしは間違いを犯した。誰だって間違いは犯すわ。わたしは冷たくて自分勝手だったかもしれない。ひどい母親だったんでしょう。でも、正しいことをしようとしたのよ、ロレイン。おまえが傷つくようなことにはなってほしくなかった」

「いずれにしても、わたしは傷ついたわ」レインは言った。「でも、努力してくれてありがとう」

「そう、ならいいわ」アリックスはベッドに腰をおろし、蹴るように靴を脱いでレインのうしろへやってきた。「櫛を貸しなさい」

レインはためらってから櫛を渡した。アリックスは決して髪を梳くのがうまいとは言えず、レインは早くからブラッシングや髪の編み方を覚えた。だが、母親の手はやさしく毛先から注意深く梳《と》かしはじめた。「なにがあったか話して」レインは訊いた。

櫛が止まった。「もうだいたいわかってるでしょう」

「お母さんの話は聞いてないわ」

アリックスはふたたび髪を梳かしはじめた。「そうね。八五年の夏、ヴィクターは荒稼ぎをしていたの」ゆっくりとしゃべりだす。「どうやって稼いでいたのかは知らなかったし、知りたいとも思わなかった。ただ、わたしたちはとてもいい暮らしをしていて、わたしはそれに満足していた」

そこで口をつぐんで頑固なもつれをほぐしにかかる。櫛が通るようになると、ふたたびしゃべりだした。「あの夏ピーターは、ひどく落ちこんでいたの。全部汚れたお金だと言ってたわ。わたしたちは逃げだして、どこかの小屋に住んでニンジンやタマネギを育てるべきだ、って。メロドラマじみたナンセンスな話よ。わたしは、面倒なことはヴィクターにまかせておくようにピーターを説得しようとした。でもひとたびなにか思いこむと、彼は……そういうところ、彼はおまえにそっくりだった。そんなあるとき、彼はすべてを終わらせるつもりだと言ったの。これっきりにしてやるんだって。ピーターは、ヴィクターに不利な証言をすれば免責特権を与えるとエド・リッグズに言われたのよ」

「ピーターを止めようとしたの？」

「わたしはあることを思いついた」アリックスはためらいがちに言った。「エドがわたしに気があるのはわかっていた。だからそれを……利用することにしたの」

「ヴィクターにピーターの計画を話し、エドを誘惑したのね」

「あんなことになるなんて思わなかった」声が震えている。「わたしは、ヴィクターはピーターの目を覚ましてくれると思ったの。彼はそれまでいつも弟を好きに操ってきたから。誰かの身に害が及ぶなんて、思ってもみなかった。わたしはただ、それまでと変わらぬ暮らしがしたかっただけ」

「わかるわ」レインは言った。「つづけて」

もつれが解けるにつれて、櫛のすべりがよくなっていく。「そのあとのことは、おまえも知ってるでしょう」アリックスは言った。「わたしはエドがなにかするなんて思っていなかった。彼はどんどん夢中になって、妻子を捨ててわたしと駆け落ちしたいと言いだした。そしてある日……」

髪から櫛が離れた。レインはつづきを待った。「それで?」やさしく先をうながす。

「ある日、屋敷を出ると彼がおまえを追いかけているのが見えた。どうしてかわからないけれど、わたしにはわかったの。なにが起こったか。おまえがなにを見たか。エドの顔を見ればわかった。正気じゃなかった。おまえを殺しそうな顔だった」

「ええ、覚えてるわ」そっとつぶやく。「もう少しで殺されていたと思う」

「自分が彼になんと言ったか覚えていないの。とにかく、なにも知らないふりをしたわ。そういうふりをするのは得意だったから。わたしは、おまえはヒステリックで想像力過剰だと思わせようにした。わたしたちのどちらも彼の脅威になりえないと思わせようとした」アリックスは鼻をすすった。「わたしにできるのは、あのとんでもない世界からできるだけ遠くへおまえを連れて行くことだった」

「そして、わたしに忘れさせること?」

アリックスはレインの髪を手に取り、ふたたび毛先から梳かしていった。「そして、おまえに忘れさせること」彼女はくり返した。ベッドの上を這ってレインの前へやってくると、眼をのぞきこんだ。「ヴィクターがピーターを傷つけるなんて、思わなかったの。信じて、ハニー。ヴィクターは、弟というよりむしろ甘やかした息子のようにピーターを扱っていた。彼はピーターを愛していたのよ」

「弟の妻を誘惑するほど愛してたの？」

アリックスがひるんだ。「レイン！」

「そうなんでしょう？」

「それとこれとどういう関係があるの」ぴしゃりと言う。「そんな話はしたくないわ」

「わたしはしたいの」レインはしぶとく食いさがった。「わたしの本当の父親はどっちなの？　ヴィクター？　それともピーター？」

「いまさらそれが重要なの？」

レインは真剣に母親を見つめた。「教えて」

アリックスはため息をつくと、手に持った櫛に視線を落とした。一瞬、母が歳相応に見えた。「わからない」疲れきったように言う。「どうしても知りたいなら、DNA検査をするのね。あのころのわたしは、とても放埒《ほうらつ》な暮らしをしていたのよ。覚えていないことがいろいろあるの」

レインは、この数週間のうちに研ぎ澄まされて高まった感覚を総動員して耳を澄ませた。母親の声には誠意の響きがこもっている。それだけでも驚異的なことであり、感謝に値することだった。レインはずきずきするあばらに響かないようにそっと母親に近づいた。深く息を吸いこみ、思いきってアリックスの肩に頭を載せた。

アリックスは一瞬体をこわばらせたが、やがて手を伸ばしてためらいがちに娘の髪を撫でた。「もうどうでもいいことよ、どちらが父親かなんて」自分に言い聞かせているように聞こえる。

「ええ、そうね」レインは言った。「ふたりとも死んでしまったんだもの」アリックスはふたたびレインを撫でた。こわばったぎこちない手つき。「まあ、おまえにはまだ母親がいるしね」明るく言う。「こんな母親だけど」

戸口からばつの悪そうな咳払いが聞こえた。つかのまの恵みの時間は終わった。

クレイボーンが戸口でそわそわしている。「失礼します、ミズ・レイザー。お知らせしたいことがございまして」落ちつかないようすで言った。

レインは眼に浮かんだ涙をぬぐった。「あとにできないの?」

「その……お時間は取らせません。ミスター・レイザーはご自分が火葬されたあとの遺灰の処理について、たいへん詳しい指示をされていましたが、亡くなる二日前にその指示を変更なさいました」

レインはアリックスと顔を見合わせ、クレイボーンに視線を戻した。「それで?」先をうながす。

「あなたにすべて一任されるそうです」

レインは眼をしばたたかせた。「わたしに?」

クレイボーンは困ったように肩をすくめた。「申し訳ありませんが、これもご遺言のひとつです」

船はさざ波の立つ海の上でゆるやかに揺れていた。レインは十七年前にピーターのヨットを見た場所へ連れて行ってくれるようチャーリーに頼んでいた。ヴィクターの遺灰が入った白い箱を膝に載せたまま、じっと海を見つめた。チャーリーは敬意を表して口をつぐんでいる。ヴィクターのスタッフが残って世話をしてくれることになってよかった。マーラ以外の全員が残ってくれた。マーラはすぐに島を出た。彼女はヴィクターの死を知って悲嘆に暮れていた。

胸の奥で鈍痛が疼き、レインはきつく眼を閉じた。なぜかセスのことが思いだされる。彼は、二度とわたしを信じられないとはっきり言った。そして、わたしがヴィクターの血縁という事実で彼の決断は固まった。わたしがヴィクターを愛していたことも、彼には決して受け入れられないだろう。でも、ヴィクターへの愛情を恥ずかしいとは思わない。この数週間でなにか学んだことがあるとすれば、それは誰かを愛することを恥ずかしく思わなくとも、複雑な人生には恥ずべきことがたくさんあるということだ。どれほど浅はかな人生でも。

わたしには父親がふたりいる。ふたりとも欠点があり、ふたりとも死んだが、どちらもすばらしい贈り物をくれた。レインはピーターを奪った冷たい深みを見つめ、海が持つ清めと再生の力がもうひとりの父親も受けとめてくれるように祈った。

箱の中身は思っていたよりきめが粗く、砂のようだった。それをひとつかみ取り、海へまく。

大丈夫。これでいい。ピーターはわかってくれる。この世のすべてはわかってくれる。レインは箱をさかさまにし、なかにあるビニール袋が空になるまで箱を揺すった。灰が沈んでいき、さざ波が押し寄せて海面がせりあがった。レインは箱を置いてチャーリーに向きなおった。「戻りましょう」

チャーリーがエンジンの回転をあげるあいだ、レインは風に顔を向けていた。船は三角波の立つ海面を飛び跳ねながら進み、ずきずきする胸と背中に響いたが、痛みで気がまぎれるのが嬉しかった。セスのことを考えずにすむ。胸の奥で黒いしこりになった痛みを感じずにすむ。

乗り越えなければ。レインは自分に言い聞かせた。愛に背を向けたのは、なにもわたしだけじゃない。傷はいずれ癒えるだろう。でも彼は苦しむ。そう思うとつらかった。

風が涙を吹き飛ばす。きつく眼を閉じ、こぼれた涙を毅然《きぜん》とぬぐった。

「客人ですよ」寡黙なチャーリーが言った。

レインは桟橋の横で上下に動いている一艘の船に眼を凝らした。うなじの毛が逆立つ。胸が膨れ、息が詰まって呼吸が浅くなった。みぞおちがざわめく。ただの似た船よ。近所の誰か。新鮮な魚を売りにきたのかもしれない。また岩にぶつかるとわかっているときに、期待をつのらせるべきじゃない。

それはセスだった。岸辺を這うねじれた木の根の前に、黒い人影がじっと立っていた。記憶より顔がやせたように見えた。海の向こうから、険しい黒い瞳がじっと見据えている。瞳はレインを引っぱっていた。子どものころに夢見たまじないのロープのように。決して効果のなかったまじない。愛を留めるまじない。

どちらも挨拶はしなかった。チャーリーがもやい綱で船をつないだ。うさんくさそうにセスを一瞥し、問いかけるようにちらりとレインを見る。

「いいの、チャーリー。ありがとう」

彼は首を振りながら重い足取りで歩き去った。

「ヴィクターのスタッフはおまえを受け入れたようだな」セスが言った。

どういう意味かわからず、レインはあらゆるものに備えて心を引き締めた。「とてもよくやってくれてるわ。たいへんな一週間だった」

「大丈夫か？」

「まだうまく動けないけれど、日に日によくなってるわ」

「体のことだけを言ったんじゃない」

レインは射るような視線から眼をそらした。「あなたはどうなの？　傷はすっかりなおったの？」

彼は顔をしかめた。「話をすり替えるな」

「なぜいけないの？　もう話すことなんてないわ」

セスはポケットに手を入れた。「そうなのか？」

「あなたがそう言ったのよ」彼がよく使う手を使おうとした。すべてを見ているが、なにも語らない眼。

そのとき、あることが起きてレインはショックを受けた。セスがうつむいて視線をそらしたのだ。一方の脚からもう一方の脚へと体重を移動させ、はっきりとわかるほど大きく唾を呑みこんでいる。

そわそわしている。わたしはセス・マッケイをそわそわさせたんだわ。

「おれは……」視線はレインのうしろの海を見つめている。「言いたいことがたくさんある。

たくさんありすぎて……その……全部言うには一生かかるかもしれない」

歓喜の叫び声をあげたかったが、無表情を保った。心はこれから彼が言おうとしていることに一心に耳を澄ませているが、そんなそぶりは露ほども見せなかった。「あなたは、自分にはロマンティックで感傷的な面はないと言ったじゃない」

自分でも驚いたことに、冷静で落ちついた声が出た。

彼はちらりと目をあげた。「それは、おまえとつきあうようになる前の話だ」

「まあ」

セスはおずおずと微笑んだ。「パイレーツ・クイーンとつきあうと、男の潜在的なロマンティックな創造性が呼び覚まされるんだ」

なにかを期待するように、じっと立っている。レインが次の手を打つのを待っている。自分の手の内を見せるつもりはないのだ。こちらが見せないかぎり。

いいわ。もしこれが彼にとって精一杯なら、とことん苦しめてやりましょう。

「提案があるの」レインは言った。「仕事に関する提案よ」

セスは不審そうに眼を細めた。「聞かせてもらおう」

「レイザー貿易のセキュリティのために、あなたの会社を雇いたいの。ただし、あくまでも非常勤で」

「非常勤？」眉をひそめる。

「そうすれば、本業をする時間が取れるわ。常勤の愛の奴隷という本業を」

彼は眼をしばたたき、こもった笑い声を漏らしながら視線をそらせた。

「ヴィクターのパーティのあとで、あなたが提案した計画のようなものよ」レインはつづけた。「わたしのあらゆるエロティックな気まぐれに応えるために、なにも知らない筋肉隆々の絶倫男が、島の人目につかない場所に連れてこられたの。わたしたちはまだ、あのシナリオで起こりうる設定をすべてこなしてないわ。パイレーツ・クイーンと彼女の飽くなき欲望に気を取られてしまったから。それと、ほかのことに。殺人や復讐や裏切りといったものに」

あざけるような口調を彼が無視するかどうかようすをうかがう。

「おもしろい」セスはゆっくり言った。

「そう言うと思ってたわ」

「おれに代案がある。おれが望む職務内容明細を教えてやろう」

欲求不満で喉が詰まる。彼がこのままの調子をつづけるつもりだとすると、次の段階に進めるかどうかはわたししだいということになる。またしても。

セスは足元を見ている。喉仏がごくりと動いたのがわかった。さらにもう一度。彼は視線をあげてレインの眼を見た。銃殺隊と向きあっているような顔をしている。「常勤の恋人」かすれた声で言った。「おまえの子どもの父親。わくわくすることを一緒にやる仲間。おまえのために闘う戦士。保護者。配偶者。友人。おまえの人生の愛。永遠に」

心の眼は涙でひりひりしていた。ずきずきする肋骨に高鳴る心臓がぶつかり、喉がわなないた。「まあ。でも悪いけど、その、愛の奴隷という条件に交渉の余地はないわ」レインはささやいた。

「かまわない。おまえの愛の奴隷になる。おまえの白馬の騎士になる。おまえの絶倫の船乗りに、カエルの王子になる。なんでも望むものになる。だから、おれが欲しいと言ってくれ。頼む、レイン。もう死にそうなんだ」

ようやく眼のまじないのこつがわかった。おたがいにやらなければ効果はないのだ。ロープのように引っぱられ、レインはセスを抱きしめて胸に顔をうずめた。「ああ、イエスよ。あなたが欲しい。わたしにはあなたが必要なの。とても会いたかった」

セスはレインがガラスでできているかのように背中を撫で、髪に顔をうずめた。「おれもだ」かすれた声で言う。「待たせて悪かった。ばつが悪かったんだ。おれがばかだった。だから、その、おれのオファーだが。あれはもう決まりなんだな？　もうリラックスしてもいいのか？　決まったのか？」

レインは涙で濡れた顔を離し、探るように彼の瞳を見つめた。「本気なの？」

「愛してる。本気に決まってるだろう？」

レインは白い蛾《が》が沈んだ場所へ眼を向けた。ヴィクターの遺灰が溶けていった場所へ。「でも、わたしでいいの？　わたしはこの事実に背を向けたりしない。わたしはレイザーの血を引いているのよ、セス」

彼は両手でレインの顔をはさみこんだ。「おれは、おまえという人間を愛してるんだ」そっとうやうやしくキスの雨を降らせた。頬に、額に、顎に、唇に。「そのことに感謝したい。おまえを守り、愛したい。おまえはすばらしい、レイン。おまえのような人間はこの世にふたりといない」

彼と見つめあっているうちに、世界が柔らいで広がっていった。日没の最後の輝きが、さざ波の立つ海面で躍っている。一羽のイヌワシが波の先端をかすめるように飛んでいた。やがて、もう一羽がつづいた。つがいだ。二羽は音もなく滑空し、翼を広げた大きなふたつの影は厳粛な祝福の祈りのように見えた。ふたたび恵みが訪れた。人生には思っていたより恵みが多いのかもしれない。これからの人生は、ともにこういう瞬間を過ごし、恵みを分かちあおう。

セスの眼は愛情と慎重な希望に満ちている。そっと顔を包みこんでいるたくましい大きな手が震えている。「それで?」彼が尋ねた。「結婚してくれるのか?」

レインはセスの首に腕をまわした。心臓が喜びで破裂しそうだ。「いますぐでもいいわ」彼女はささやいた。

訳者あとがき

舞台はワシントン州シアトル。レイン・キャメロンは幼いころを過ごしたこの街に、十七年ぶりに戻ってきた。

十七年前にヨットの事故で父親を亡くして以来、彼女は悪魔に悩まされていた。おじのヴィクターが父親を殺したことを示唆するその夢から逃れるには、事故の真相を探るしかない。レインは身元を偽ってヴィクターの会社に入社し、彼に接近して父親の死の謎を解くつもりだった。

一方、セス・マッケイは弟ジェシーの復讐のためにヴィクターを監視していた。FBIの覆面捜査官だったジェシーは、著名な企業家という顔の裏でひそかに殺人事件の凶器を売買していたヴィクターと彼の顧客のひとり、ノヴァクに殺されたのだ。セスはジェシーのパートナーだったコナー・マクラウドらとともに、ヴィクターとノヴァクに復讐するチャンスをうかがっていた。

最愛の弟を殺され天涯孤独となったセスにとって、生きる目標はジェシーの復讐のみ、もはや失うものなどなにもないはずだった。だが、監視領域にレインが現われたそのときから、感情を持たないサイボーグのように冷えきった彼の心に、馴染みのない感情が芽生える……。

たがいに秘密を抱えたまま激しい恋に身を焦がすセスとレイン。しかしヴィクターのしかけた冷酷なゲームは、復讐という名の絆で結ばれたふたりに疑念と誤解を生むだけでなく、残虐なノヴァクの魔の手をレインに迫らせることとなる――

本邦初紹介となるシャノン・マッケナの作品、いかがでしたでしょうか？

本作『そのドアの向こうで』は、著者の記念すべき長編デビュー作。激しいベッドシーンはなんとも訳者泣かせでしたが、ロマンス小説の大ファンを自称するマッケナは、実生活においてもロマンス小説のヒロインを地でいく情熱的な女性のようです。

執筆活動に入る前のマッケナは、ニューヨークの保険会社で臨時職員を務めるかたわら歌手になる夢を抱き、余暇を利用してさまざまな場所で歌っていました。そんなある夏、ニューヨークで開催されたルネッサンス・フェアに参加した彼女は、イタリア人ミュージシャンのグループと出会います。なかでもハンサムなリュート弾きのニコラにひと目で恋に落ち、英語をまったく話せない彼に強引に接近します。

けれど、フェアの終了とともに彼はイタリアへ戻ってしまいます。普通なら〝ひと夏の恋の終わり〟となるはずですが、どうしてもニコラを忘れられなかった彼女は、一年後、ニューヨークでの生活をすべて清算し、ニコラを探しにイタリアへ旅立ちました。無謀とも愚かとも取れる行動ですが、マッケナは無事ニコラと再会、なんと結婚までしたのです。

現在彼女は愛する夫ニコラとともに、南イタリアで暮らしています。結婚生活も七年めに突入と、激しい恋は決して一時的なものではなく、まさに〝末永く幸せに暮らしました〟そのものと言えそう。マッケナはみずからの恋の顚末をいつか小説にしてみたいとも語っており、そのときは情熱的な恋の一部始終が明らかになるかもしれませんね。

ところで、本書で名脇役ぶりを発揮したコナーたちマクラウド三兄弟のファンになった方も多いのではないでしょうか。

本国アメリカでも、彼らのことをもっと知りたいという読者からのリクエストが多かったらしく、続編『Standing In The Shadows』では、コナーが主役を務めます。以前から好意を寄せていた女性が冷酷非情な人物に付け狙われていると知ったコナー。果してコナーは彼女を守れるのでしょうか。セスがちらりと登場するほか、本書の個性豊かなバイプレーヤーたちがまたしても鍵を握るキャラクターに。マクラウド兄弟の謎めいた生い立ちもちょっぴり明らかになる続編は、本書に負けず劣らずスリルとロマンスに満ちた作品になっています。

また、デイビーとショーンの物語も順次執筆予定とか。ロマンティック・サスペンス界に登場した新星の今後の活躍が楽しみなところです。

ザ・ミステリ・コレクション

そのドアの向《む》こうで

［著　者］ シャノン・マッケナ
［訳　者］ 中西《なかにし》 和美《かずみ》

［発行所］ 株式会社 二見書房
東京都千代田区神田神保町1-5-10
電話　03（3219）2311［営業］
　　　03（3219）2315［編集］
振替　00170-4-2639

［印　刷］ 株式会社 堀内印刷所
［製　本］ 株式会社 明泉堂

ISBN4-576-04038-3
http://www.futami.co.jp

闇に潜む眼
ヘザー・グレアム
山田香里［訳］
スポーツジムを営むサマンサは、失踪した親友の行方を追ううち、かつての恋人と再会。千々に乱れる彼女の心は、狂気に満ちた視線に気づくはずもなく…
本体895円

ひそやかな微笑み
ヘザー・グレアム
山田香里［訳］
ハリウッドを震撼させた女優連続殺人事件。犯行手口はヒッチコック映画に酷似していた！　人気TV女優ジェニファーに忍び寄る狂気の正体とは!?
本体895円

業火の灰（上・下）
タミー・ホウグ
飛田野裕子［訳］
連続猟奇殺人事件を捜査する女性FBI特別捜査官。癒されない過去の心の傷に苦しみながらも、かつての恋人と協力し、捜査を進める彼女に魔の手が迫る！
本体829円

ふたりだけの岸辺
タミー・ホウグ
宮下有香［訳］
離婚後一人息子とともにミネソタの静かな町に移り住んだエリザベス。そこで傷心を癒すはずが、残虐な殺人事件が発生。捜査を進める保安官と対立するが…
本体1095円

見知らぬあなた
リンダ・ハワード
林啓恵［訳］
一夜の恋で運命が一変するとしたら…。平穏な生活を〝見知らぬあなた〟に変えられた女性たちを、華麗な筆致で紡ぐ三篇のスリリングな傑作オムニバス。
本体733円

一度しか死ねない
リンダ・ハワード
加藤洋子［訳］
彼女はボディガード、そして美しき女執事——不可解な連続殺人を追う刑事と汚名を着せられた女。事件の裏で渦巻く狂気と燃えあがる愛の行方は!?
本体829円

二見文庫　ザ・ミステリ・コレクション